SHIRLEY

CKSON

Publicado mediante acordo com a Bantam Books, um selo da Random House, uma divisão da Penguin Random House LLC.

Ilustrações © Terra Keck
Imagens do miolo: © Adobe Stock, © Alamy, © Freepik e © Retina 78

Tradução para a língua portuguesa
© Sonia Moreira, 2025

Posfácio para a edição brasileira
© Nilsen Silva, 2025

Diretor Editorial
Christiano Menezes

Diretor de Novos Negócios
Chico de Assis

Diretor de Planejamento
Marcel Souto Maior

Diretor Comercial
Gilberto Capelo

Diretora de Estratégia Editorial
Raquel Moritz

Gerente de Marca
Arthur Moraes

Gerente Editorial
Marcia Heloisa

Editora
Nilsen Silva

Capa e Projeto Gráfico
Retina 78

Coordenador de Diagramação
Sergio Chaves

Designer Assistente
Jefferson Cortinove

Preparação
Lúcia Maier

Revisão
Jéssica Reinaldo
Laís Curvão

Finalização
Roberto Geronimo

Marketing Estratégico
Ag. Mandíbula

Impressão e Acabamento
Braspor

DADOS INTERNACIONAIS DE CATALOGAÇÃO NA PUBLICAÇÃO (CIP)
Jéssica de Oliveira Molinari - CRB-8/9852

Jackson, Shirley, 1919-1965
Jardim Noturno / Shirley Jackson; organização de Sarah Hyman Stewart, Laurence Jackson Hyman; tradução Sonia Moreira; ilustrações Terra Keck. — Rio de Janeiro: DarkSide Books, 2025.
576 p. : il.

ISBN: 978-65-5598-576-4
Título original: Just an Ordinary Day

1. Ficção norte-americana 2. Ficção gótica 3. Horror
I. Título II. Stewart, Sarah Hyman III. Hyman, Laurence Jackson
IV. Sonia, Moreira V. Keck, Terra CDD 813

25-3400 CDD 813

Índice para catálogo sistemático:
1. Ficção norte-americana

[2025]

DarkSide® *Entretenimento* LTDA.
Rua General Roca, 935/504 — Tijuca
20521-071 — Rio de Janeiro — RJ — Brasil
www.darksidebooks.com

JARDIM NOTURNO

SHIRLEY JACKSON

DARKSIDE

Ilustrações
Terra Keck

Tradução
Sonia Moreira

SUMÁRIO

SUMÁRIO

Introdução

Há alguns anos, uma caixa cheia de pastas cobertas de teias de aranha encontrada num celeiro, em Vermont, chegou de surpresa pelo correio. Dentro dela estava o original de *A Assombração da Casa da Colina*, junto de anotações manuscritas em que Shirley Jackson elaborava personagens e cenas para o romance, além de meia dúzia de contos inéditos — as cópias feitas com papel-carbono que ela guardava em seus arquivos. Nós não conhecíamos a maioria daqueles contos e começamos a pensar em publicar uma nova coletânea de trabalhos da nossa mãe.

Logo encontramos outros contos, alguns nunca publicados em lugar algum, outros publicados apenas uma vez, décadas atrás, em periódicos, muitos deles extintos há tempos. O irmão e a cunhada de Shirley, Barry e Marylou Jackson, nos forneceram mais contos em exemplares de revistas bem preservados; outros tinham sido reunidos ao longo dos anos pela nossa irmã, Jay Holly, e pelo nosso irmão, Barry Hyman. Vários foram encontrados nos arquivos da biblioteca pública de São Francisco. Tiramos a sorte grande quando descobrimos que a Biblioteca do Congresso tinha em seu acervo vinte e seis caixas contendo escritos da nossa mãe — diários, poemas, peças de teatro, partes de romances inacabados e contos, muitos contos. Depois de passarmos uma semana lá tirando fotocópias, começamos a sentir que tínhamos material para um livro, o primeiro livro novo de Shirley Jackson desde *The Magic of Shirley Jackson* e de *Come Along With Me*, ambos publicados pouco depois de sua morte, em 1965, aos 48 anos. Nossa esperança era que a obra de Shirley Jackson pudesse agora ser descoberta por toda uma nova geração de leitores.

Desencavamos um tesouro de escritos de juventude de fins dos anos 1930 e início dos anos 1940, mas pouca coisa dos anos anteriores ao seu tempo de faculdade. Ela dizia que tinha queimado todos os seus escritos pouco antes de sair de casa com destino à Universidade de Rochester, em 1934, e é possível que tenha mesmo, embora entre os escritos preservados na Biblioteca do Congresso estejam alguns dos diários que ela escreveu enquanto cursava o ensino secundário. Ainda que possamos inferir o período aproximado em que os novos contos que encontramos foram produzidos, nenhum deles estava datado nem trazia qualquer indicação de quando foram escritos. Para não incorrermos em imprecisões, preferimos deixar os contos da Primeira Parte sem data.

Outras visitas à Biblioteca do Congresso nos permitiram encontrar as partes que estavam faltando em contos incompletos ou versões de que gostamos mais. Em pouco tempo, já havíamos reunido mais de 130 contos e, destes, selecionamos de comum acordo os cinquenta e quatro aqui presentes, aqueles que, no nosso entender, estão concluídos e alcançam o alto padrão de exigência de Shirley Jackson. Quando entramos em contato com a Bantam, nosso projeto foi recebido com considerável entusiasmo, e o livro começou a tomar forma como uma coletânea significativa da ficção curta de Jackson. Dos contos que fazem parte desta coletânea, trinta e um nunca haviam sido publicados. Os restantes foram publicados em revistas, mas nunca chegaram a ser incluídos em nenhuma coletânea da ficção curta de Jackson; e, destes, apenas dois ou três já haviam aparecido em livros de outro tipo, em sua maioria antologias. Um desses contos (e muito difícil de encontrar) é "Um dia normal, com amendoim".

Encontramos muitos contos sem título ou com títulos provisórios, pois Jackson com frequência só dava nome aos contos quando eles já estavam prestes a ser publicados. Nesses casos, criamos títulos no melhor estilo sutil jacksoniano de que fomos capazes. Em outros, decidimos mudar nomes repetitivos de personagens, que Jackson muitas vezes atribuía de maneira arbitrária, com a intenção de trocá-los antes da publicação. Resolvemos não alterar referências a dinheiro defasadas, por mais datadas que fossem, para não comprometer a integridade e a compreensão dos contos.

Selecionamos uma gama completa dos muitos tipos de ficção curta praticados por Jackson, desde leves histórias românticas, passando por histórias macabras até aquelas genuinamente assustadoras. Incluímos ainda alguns dos textos humorísticos que ela escreveu sobre a nossa família, já que esse também foi um dos gêneros em que Shirley Jackson foi pioneira como escritora, bem como as suas chocantes e bizarras explorações do sobrenatural e da psique. Com esta coletânea, desejamos representar a grande diversidade da obra de Jackson e mostrar a evolução de sua habilidade como escritora em várias formas e estilos.

Nossa mãe viveu e escreveu numa época — dos anos 1930 aos anos 1960 — em que fumar e beber eram não só hábitos extremamente comuns, mas também coisas que estavam na moda. Seus personagens fumam alegremente um cigarro atrás do outro e bebem sem parar, quando não estão passando café ou dando palmadas nos filhos. Mas, por trás desses costumes da turma literária da época, fulguram temas universais.

Nem todos os contos que incluímos aqui são histórias de suspense arrepiantes e carismáticas no nível de "A loteria". A maior parte da ficção curta de Jackson foi escrita para ser publicada em revistas populares do seu tempo (*Charm*, *Look*, *Harper's*, *Ladies' Home Companion*, *Mademoiselle*, *Cosmopolitan*, *The Magazine of Fantasy and Science Fiction*, *Reader's Digest*, *The New Yorker*, *Playboy*, *Good Housekeeping*, *Woman's Home Companion* etc.). Na verdade, ela escreveu poucos contos de horror e não muitos de fantasia ou que abordassem o sobrenatural, provavelmente preferindo desenvolver esses temas de modo mais minucioso em seus romances. Teve a coragem de tratar de assuntos impopulares na época e de subverter ícones populares. Alguns dos contos aqui reunidos têm estilos e pontos de vista tão incomuns que não se parecem com quase nada do restante da sua obra.

Descobrimos que alguns contos foram reescritos inúmeras vezes ao longo da vida de Jackson. O conto "A lua de mel da sra. Smith" tem uma atmosfera, um tema e um clímax espantosamente diferentes dos da versão que o precede aqui, "O mistério da noiva assassinada". Ambos narram a mesma história, mas foram escritos com anos de distância um do outro e de pontos de vista quase opostos. Esse foi o único caso — um caso fascinante para estudiosos da ficção curta — em que decidimos incluir duas versões do mesmo conto. Também selecionamos algumas histórias mais "água com açúcar" que eram adoradas por leitores das revistas (em sua maioria femininas) dos anos 1950 e 1960. Elas estão aninhadas entre narrativas de assassinato e trapaça, entremeadas com histórias de fantasma e fábulas poéticas, intercaladas com crônicas familiares engraçadíssimas e histórias sombrias em que uma justiça inesperada e perfeita acaba se cumprindo.

Nossa mãe tentava escrever todos os dias e tratava a escrita sob todos os aspectos como o seu meio de vida, a sua profissão. Num dia típico, trabalhava a manhã inteira, depois que todos os filhos iam para a escola, e geralmente voltava a escrever à noite, muitas vezes até altas horas. O barulho das teclas da máquina de escrever era constante. E nossa casa vivia cheia de expoentes da literatura e das artes. Algumas festas e noitadas de pôquer, com pintores, escultores, músicos, compositores, poetas, professores e escritores de todos os tipos que iam nos visitar, chegaram a se tornar lendárias. Mas o barulho das teclas da máquina de escrever estava sempre lá, martelando noite adentro.

Tomada como um todo, esta coletânea de ficções curtas representa um acréscimo significativo ao conjunto da obra publicada de Shirley Jackson. Encontram-se aqui desde contos que ela escreveu quando estava na faculdade, outros do tempo em que ela era uma escritora iniciante e morava em Greenwich Village no início dos anos 1940, outros que fazem parte dos inúmeros que ela produziu regularmente ao longo dos anos 1950, até aqueles aterrorizantes e quase perfeitos que ela urdiu perto do fim da vida, em meados dos anos 1960. Esta coletânea mostra a sua dedicação à escrita ao longo da vida inteira, o seu desenvolvimento como artista e a sua coragem para explorar temas universais como o mal, a loucura e a crueldade, assim como as cômicas ironias da vida de quem cria filhos. Ela levava o ofício da escrita tão a sério quanto os temas que escolhia (o *Minneapolis Tribune* certa vez publicou: "Parece que a srta. Jackson é incapaz de escrever uma frase ruim"). E nos contos aqui presentes o leitor vai encontrar a inteligência espirituosa e o prazer de contar histórias que eram as marcas registradas de Shirley Jackson. Ela no seu jardim vivo e intacto.

Laurence Jackson Hyman
Sarah Hyman DeWitt
São Francisco
Agosto de 1995

Prefácio

Só o que consigo lembrar

Só o que consigo lembrar com clareza dos meus 16 anos é que foi uma idade particularmente angustiante; a nossa família estava se preparando para se mudar da Califórnia para a Costa Leste, e tive que me adaptar a uma nova escola secundária e a novos hábitos e costumes, coisas que geram uma grande ansiedade em qualquer pessoa de 16 anos. Lembro que interromperam uma aula de química na minha nova escola só para eu poder ver, pela primeira vez na vida, flocos de neve caindo do céu; a turma inteira foi lá para fora e se divertiu vendo a minha reação diante de uma coisa que eu custava a crer que fosse real.

Também lembro de sentir uma irritação e uma frustração tão grandes com o que quer que eu estava lendo na época — sabe-se lá o que era, considerando algumas das leituras que eu abandonei por volta desse período — que uma noite eu decidi que, já que não existia um único livro no mundo que desse para ler, eu ia escrever um que desse.

Depois de descartar o drama poético por estar fora de moda e a poesia por ser difícil demais, resolvi escrever uma história de mistério, por ser mais fácil de escrever e provavelmente mais fácil de ler. Então me ocorreu que, se escrevesse a história toda menos o fim, eu poderia botar os nomes de todos os personagens dentro de um chapéu, sortear um para ser o assassino e, assim, surpreender até a mim mesma com o final. Lembro que passei o dia inteiro no meu quarto, no andar de cima, escrevendo freneticamente e tentando criar uma situação em que qualquer um dos meus personagens (todos detestáveis e dados a fazer comentários sarcásticos tipicamente adolescentes) pudesse ser escolhido como o assassino. Depois dos dois ou três primeiros assassinatos, a história começou a ficar meio capenga, porque eu não tinha paciência para passar horas e horas pensando na investigação, então escrevi os nomes dos meus personagens em papeizinhos e desci com o meu manuscrito, para ler para a minha família.

A minha mãe estava fazendo tricô, o meu pai estava lendo jornal e o meu irmão estava fazendo sei lá o quê — provavelmente entalhando as iniciais dele na mesinha de centro —, e eu convenci os três a me ouvirem. Li o manuscrito inteiro e, quando terminei, o diálogo que se seguiu foi mais ou menos assim:

IRMÃO: Que diabo é *isso*?

MÃE: Muito bom, minha querida.

PAI: Muito bom, muito bom. (*Para a minha mãe*) Você ligou para o homem da calefação?

IRMÃO: Eu só acho que você tem que matar aquelas pessoas *todas*. (*Gargalhada cavernosa*)

MÃE: Shirley, já que você passou tanto tempo enfiada no quarto, espero que tenha se lembrado de arrumar a cama.

Não lembro que personagem acabou saindo de dentro do chapéu com sangue nas mãos, mas lembro que decidi que nunca mais ia ler nem escrever nenhuma história de mistério; na verdade, decidi que nunca mais ia escrever coisíssima nenhuma. Já tinha decidido de uma vez por todas que nunca iria me casar e que *obviamente* nunca teria filhos. Talvez tenha sido por volta dessa época que passei a acreditar que o meu destino era ser detetive particular.

Shirley Jackson

Jardim Noturno

PRIMEIRA PARTE

No. 1

a
b

.01

A sala da fumaça

Ele era mais alto do que eu imaginava. E mais barulhento também. Eu estava sozinha com a minha máquina de escrever no andar de baixo ao do dormitório, na sala de fumar, também conhecida como sala da fumaça, quando de repente ouvi um barulho de alguma coisa tremendo e uma espécie de chiado. Virei a cabeça para ver o que era e lá estava ele.

"Não dá para você fazer menos barulho, não?", falei. "Eu estou tentando trabalhar."

Ele ficou parado lá, enquanto línguas de fumaça saíam da sua cabeça. "Eu não tenho como fazer menos barulho que isso", respondeu ele, como quem pede desculpas. "Tem que ter muita força explosiva, sabe?"

"Bom, então vai explodir em outro lugar", retruquei. "É proibido homens entrarem aqui."

"Eu sei", disse ele.

Eu me virei para dar uma boa olhada nele. Ele ainda estava soltando um pouco de fumaça, mas, tirando isso, parecia um rapaz até muito bem-apessoado. Mal se notavam os chifres, e ele estava com sapatos de verniz de bico fino que escondiam os cascos fendidos. Parecia esperar que eu puxasse conversa.

"Você deve ser o diabo", falei educadamente e acrescentei: "Pelo menos, é isso que eu imagino".

"Sim", disse ele, satisfeito. "Eu *sou* o diabo."

"Cadê o seu rabo?", perguntei. Ele corou e fez um gesto vago com a mão.

"As circunstâncias...", murmurou. Em seguida veio até a mesa onde eu estava trabalhando. "O que você está fazendo?"

"Estou escrevendo um trabalho", respondi.

"Deixe-me ver." Ele estendeu o braço na direção da máquina de escrever e eu empurrei a mão dele, o que me causou uma bela de uma queimadura.

"Cuide da sua própria vida", falei.

Ele se sentou, resignado. "Escuta, você tem um cigarro sobrando?"

Joguei o maço para ele e fiquei observando enquanto ele acendia um cigarro com a ponta do dedo. A parte da minha mão que tinha encostado nele estava muito vermelha e doía um bocado.

Mostrei a minha mão para ele. "Você não devia tratar as pessoas desse jeito", falei. "Isso cria inimizades."

Ele olhou para a minha mão com pena, depois murmurou perto dela e a queimadura sumiu.

"Melhor assim", comentei.

Nós nos recostamos e, por um tempo, ficamos só fumando e olhando um para o outro. Ele era um cara bonito.

"Aliás", falei, por fim, "você se importaria de me dizer por que está aqui?"

"Isso aqui é uma universidade, não é?"

Olhei para ele um momento, mas, como ele não parecia insinuar nada de desagradável, respondi: "Você está na sala de fumar do maior dormitório feminino do campus da Universidade Estadual, e a governanta do dormitório vai fazer um escarcéu dos diabos se descobrir que você está aqui".

Ele começou a rir, e eu me dei conta de que a minha escolha de palavras tinha sido, no mínimo, infeliz.

"Eu gostaria de conhecer essa governanta", disse ele.

Tentei imaginar como esse encontro seria e desisti. "Ela é a coisa mais próxima de você que você vai encontrar na face da terra", falei, com toda a seriedade.

Ele levantou as sobrancelhas e depois, de repente, pareceu se lembrar de alguma coisa, pois enfiou a mão no bolso e puxou uma folha de papel.

"Será que você poderia assinar isso aqui para mim?", perguntou num tom casual.

Peguei o papel. "Eu posso ler primeiro?"

Ele deu de ombros. "Não é importante, mas, sim, pode ler."

Li: "'Este contrato dá ao diabo a minha alma'". Abaixo, havia um espaço em branco para o meu nome. "Isso não tem lá muita validade legal", falei.

Ele olhou por cima do meu ombro, nervoso. "Não?", perguntou. "O que tem de errado com ele?"

"Bom, francamente!" Atirei o papel em cima da mesa e apontei para ele com desdém. "Quem em sã consciência iria acreditar que isso seria aceito num tribunal? Não tem testemunhas, tem milhares de brechas que qualquer advogado inteligente..."

Ele pegou o papel e o examinou, com o cenho franzido e um ar desconsolado. "Ninguém nunca reclamou dele antes", disse.

"Bom, eu só estou surpresa com o seu modo de fazer negócios, só isso. Nenhum tribunal iria sequer olhar para isso."

"Escuta", disse ele, "vamos fazer outro contrato... Um contrato que *você* ache que está bom. Afinal, eu não quero fazer isso do jeito errado."

Pensei um pouco. "Tudo bem", falei. "Eu redijo um contrato. Veja bem, eu não tenho certeza da terminologia jurídica, mas acho que consigo me virar."

"Pode fazer do seu jeito", disse ele. "Estando bom para você, está bom para mim."

Tirei a folha que estava na máquina de escrever e peguei um papel-carbono e duas folhas em branco.

Ele olhou desconfiado para o papel-carbono.

"O que é isso?"

"É para fazer duas cópias", respondi. "Eu tenho que ficar com uma via. É isso que estabelece o vínculo contratual."

Ele continuou a me observar com desconfiança enquanto eu preparava o contrato.

"Por quanto tempo é para esse contrato valer?", perguntei de imediato.

"Ah, por toda a eternidade", ele respondeu tranquilamente.

Depois de um tempo terminei de redigir e tirei as folhas da máquina de escrever. Como o meu conhecimento de documentos legais se restringe às notificações que a secretaria envia a quem tira notas baixas, o contrato ficou um pouquinho confuso. Dizia:

> Eu, (espaço em branco para preencher com um nome), doravante denominado(a) parte 1, pelo presente instrumento, vendo e entrego a minha alma, doravante denominada parte 2, à custódia e à cuidadosa vigilância de (outro espaço em branco), doravante denominado(a) parte 3, que por este ato se compromete a pagar em troca a soma de 1 dólar, bem como a atender a outras solicitações não especificadas, admitindo e reconhecendo que se trata de preço certo e justo e que não cabem queixas posteriores; este acordo é válido, por mútuo consentimento das partes envolvidas, em qualquer tribunal de justiça, onde quer que seja apresentado. (Assinaturas) (Testemunha)

O diabo leu o contrato duas vezes. "Não entendi", disse ele.

"Está dizendo a mesma coisa que o seu dizia", garanti, "só que desse jeito tem mais valor legal." Apontei por cima do ombro dele. "Está vendo essas coisas todas sobre as partes 1, 2 e 3? E sobre o tribunal de justiça? É isso tudo que torna o contrato legal."

"Bom, então assine", disse ele.

Pensei por um instante. "A gente precisa de uma testemunha", falei. "Vou lá em cima chamar a minha colega de quarto."

Saí antes que ele pudesse dizer alguma coisa. A minha colega de quarto estava dormindo.

"Acorda, Bobbie", falei e a sacudi.

Ela se virou e disse: "Me deixa".

"Bobbie, eu preciso que você venha comigo para ser testemunha de um contrato."

"Ah, vai para o inferno", vociferou Bobbie.

"Eu estou com o diabo me esperando lá embaixo."

"Ele que espere", disse Bobbie. Ela estava de olhos abertos, mas se recusava a se mexer. Eu a fiz rolar para fora da cama e a levantei. "Vamos", falei. "Ele vai ficar impaciente."

"Assinar contrato com o diabo", comentou Bobbie, indignada. "Às três da manhã. Como é que alguém pode dormir bem assim?"

"Vem *logo*!", falei.

Bobbie se sentou na beirada da cama. "Se ele já esperou milhares de anos", disse ela, "ele que espere mais um pouquinho para eu passar batom."

Quando finalmente consegui levá-la até lá embaixo, o diabo já tinha fumado mais quatro cigarros do meu maço. Ele se levantou quando nós entramos e fez uma longa mesura para Bobbie.

"Encantado", disse ele.

Bobbie lhe sorriu com um ar convidativo. "Olá", cumprimentou ela.

"Andem, vocês dois", falei. "Eu preciso acabar logo com isso e voltar para o meu trabalho."

"O que é que eu tenho que fazer?", perguntou Bobbie, olhando para o diabo de canto de olho.

"Só assinar", respondeu o diabo, pegando o braço dela para conduzi-la até a mesa.

Bobbie soltou um berro que eu não sei como não acordou a governanta e o dormitório inteiro. O diabo chegou para trás e se pôs a pedir desculpas, mas Bobbie só ficou parada lá, passando a mão no braço e olhando furiosa para o diabo.

"Escuta aqui", ela disse num tom beligerante, "eu não quero saber de conversa com um cara que bota fogo em mim quando me toca." O diabo olhou para o braço dela e fez a queimadura desaparecer, mas Bobbie só foi para o outro lado da mesa e ficou lá. Peguei o contrato.

"Eu assino primeiro", falei. Escrevi rápido o meu nome no *segundo* espaço em branco e estendi o papel para o diabo. "Você também tem que assinar."

"Onde?" Ele olhou para o papel, perdido. Mostrei a ele o primeiro espaço em branco e lhe entreguei a minha caneta. Ele corou e ficou olhando ora para mim, ora para Bobbie. "Infelizmente...", começou a dizer, "você se importa se..." Então deu de ombros e fez um *X* no espaço. "Eu nunca aprendi...", acrescentou, como quem se desculpa. O queixo de Bobbie caiu e ela simplesmente ficou sem ação, até eu chutar seu tornozelo.

"Assina aqui", falei, e ela assinou no espaço destinado à testemunha.

Depois, eu e o diabo assinamos de novo embaixo do texto e em seguida assinamos a segunda via da mesma forma. Entreguei a ele uma das folhas e fiquei com a outra.

"Bom, então acho que agora estou te devendo 1 dólar", falei no tom mais casual possível.

"Por quê?", perguntou ele.

"Bobbie", chamei mais que depressa, "vai lá em cima correndo e pede 1 dólar emprestado para alguém."

"Ah, vai para o inferno", disse Bobbie, mas se virou e foi andando em direção à escada.

"Bom", disse o diabo, esfregando as mãos, "o que é que eu posso fazer por você agora?"

Comecei a passar as unhas na palma da mão. "Vejamos", falei. "Para começar, eu quero um *A* em química 186, o poder de ficar invisível quando eu voltar para o dormitório depois do horário, ser convidada pelo capitão do time de futebol americano para ir com ele ao baile dos veteranos..."

"Pede alguma coisa para mim", disse Bobbie, voltando para o quarto.

"Vamos ver", falei, "dá para ela..."

"Um encontro com aquele cara loiro", disse Bobbie. "Você sabe quem é." Ela me entregou uma nota de 1 dólar.

"Acho que é isso", falei para o diabo.

"Isso e mais uns 200 mil dólares, claro", Bobbie acrescentou.

"Vocês vão ter todas essas coisas", prometeu o diabo, ávido.

"Ah, sim", falei. "E em troca você fica com isso aqui." Entreguei a ele a nota de 1 dólar.

"Para que isso?", perguntou ele.

Olhei para o contrato. "Isso é pela sua alma", respondi.

O diabo olhou para o contrato dele. "Pela *sua* alma."

"Não." Mostrei o contrato para ele. "Aqui onde você assinou diz que você me dá a sua alma pela soma de 1 dólar e também por outras coisas não especificadas. Por exemplo, os cigarros que você pegou do meu maço e fumou."

"E por me tirar da cama", acrescentou Bobbie.

O diabo leu o contrato de novo. Depois começou a bater os pés no chão enquanto línguas de fogo saíam de sua boca. Bobbie e eu olhamos uma para a outra.

"Cruzes!", exclamou ela. "Imagina como seria sair com *esse* cara!"

Então o diabo ficou meio pálido e recuou até encostar na parede, com os olhos fixos em algum ponto atrás de nós. Bobbie e eu nos viramos e eis que nos deparamos com a governanta. Ela estava parada no vão da porta, de roupão e com papelotes no cabelo, numa visão de causar assombro.

Ela olhou para o diabo e disse: "O que você está fazendo aqui, rapaz?".

"Senhora...", o diabo começou a dizer.

"A sua presença é um risco de incêndio!", bradou ela.

"Sim, senhora", respondeu o diabo.

"Saia daqui imediatamente antes que eu dê parte de você para a diretoria feminina", ameaçou ela.

O diabo lançou um olhar horrendo para mim e para Bobbie, depois tentou desaparecer numa nuvem de fumaça. Só o que conseguiu, porém, foi produzir um leve chiado, sumindo em seguida.

"Ótimo", disse a governanta. Depois se virou para mim e para Bobbie. "E então?"

"Olha..."

"O que aconteceu foi o seguinte", falei.

"Sei", disse a governanta. "Diabos, realmente!" E voltou para a cama.

JARDIM NOTURNO

SHIRLEY JACKSON

.02

Eu não beijo estranhos

Toda vez que ia até onde ela estava sentada, ele fazia menção de dizer alguma coisa, depois mudava de ideia; havia gente demais por perto para ele dizer algo sentimental, e a postura dela desencorajava qualquer comentário bem-humorado que a situação pudesse inspirar. Uma vez ele chegou a se sentar do lado dela e pegar na sua mão, mas só o que ela fez foi sorrir vagamente para ele e continuar olhando fixamente para a frente.

A sala estava tão cheia e tão barulhenta que o que ele queria mesmo era levá-la lá para fora, para algum lugar onde eles pudessem ver a noite, mas não havia nada que pudesse dizer para convencê-la a sair. A certa altura da noite, ele falou com um amigo sobre o caso. "Não dá para você chegar para uma garota no meio de uma festa e dizer 'vamos lá para fora tomar um ar, a gente precisa se despedir de alguma forma'."

Mas o amigo com quem ele falou disse apenas: "Pelo amor de Deus, vai com ela para o quarto, está vazio agora". E se afastou.

Por fim, quando todo mundo na festa já estava bêbado e a cantoria alta o bastante para abafar a maior parte das conversas, ele foi até lá e se sentou ao lado dela de novo.

"Escuta", disse ele, "eu queria falar com você."

"Pode falar", respondeu ela. "Eu estou ouvindo."

Não havia o que dizer depois disso; ele pensou em lembrá-la de que aquela era a última noite que eles passariam juntos, mas descartou a ideia, achando que seria falta de tato dizer isso; também queria lhe perguntar que sentido fazia os dois passarem as últimas horas que teriam juntos de mau humor, mas sabia que ela não responderia. Então ele disse: "Eu não paro de olhar para você".

"Eu não quero olhar para você", ela retrucou mais que depressa. "Já tenho o bastante nesse momento para me lembrar de você."

"Você vai me visitar, não vai?" Ele segurou a mão dela e a puxou, tentando fazer com que ela o olhasse. "Vai ser uma seguidora do nosso acampamento, não vai?"

"Não", respondeu ela. "Eu vou para casa. Vou ficar com a minha mãe."

"E vai passar o dia inteiro jogando bridge e comendo aqueles sanduichinhos frios em agradáveis reuniõezinhas de senhoras, enquanto eu me ralo aprendendo a usar um potente rifle Garand."

"Cala a boca", exclamou ela.

Esse era o momento, e ele falou: "Vem comigo. Vamos sair daqui".

"Eu não quero ir para longe das bebidas", disse ela.

"Vamos ali fora só uns minutinhos."

"Não." Depois ela disse: "Espera um instante. Vem". Pegou sua bebida e um maço de cigarros e fez sinal para que ele a seguisse. Levou-o para o banheiro e trancou a porta.

"Pronto", disse ela. "Agora a gente não está longe das bebidas e também não tem ninguém por perto."

"E se alguém quiser usar o banheiro?", perguntou ele, sentando-se na beirada da banheira.

"Ah, que espere. A gente não vai demorar muito."

"Que lugar animado", comentou ele, olhando em volta. "Dedicado, como as nossas casas editoriais, para os refugos menos agradáveis da humanidade."

"Ótimo", disse ela. "Vamos fazer uma despedida de sala de visitas.* Você vai ser o Noël Coward e continuar dizendo coisas assim."

* Referência a um tipo de peça teatral conhecido como *drawing room play*, no qual a ação costuma se passar em uma sala de visitas. (As notas são da tradutora.)

"Pelo amor de Deus, o que foi que deu em você? Está bêbada?"

"Não", ela respondeu.

Parecia que agora ele podia falar qualquer coisa que antes havia parecido muita falta de tato ou completamente inútil, então ele falou: "Querida, é a nossa última noite juntos e eu não quero que ela seja estragada...".

"Por que a nossa última noite haveria de ser diferente de qualquer outra? Eu já estraguei várias, não foi?"

"Mas eu não quero me lembrar de você desse..."

"Escuta", disse ela, "esse não é um dos nossos bons momentos juntos, certo? Você não vê que uma coisa é nós estarmos apaixonados e nos divertindo e outra é estarmos apaixonados e você ter sido recrutado?"

"É diferente?", perguntou ele.

"Claro que é diferente. Até ontem à noite tudo estava igual, mas a partir do momento em que passou a ser o seu último dia comigo tudo ficou diferente. E vai continuar sendo diferente por um bom tempo."

"Por um ano."

"Para com essa baboseira de um ano", disse ela. "Mesmo que você realmente volte daqui a um ano, você vai ser um ex-combatente. Vai ter tudo quanto é tipo de lembrança horrível e vai ser uma pessoa diferente."

"Ouvindo você falar, parece até que foi você que foi convocada."

"E você acha que eu não fui? Eu só posso balançar a cabeça e falar 'é, a gente vai ficar um bom tempo sem se ver', e nem sequer insinuar o que *um bom tempo* quer dizer. Como eu vou passar o meu tempo lendo cartas. Ou encontrar algum outro cara para dividir o tempo comigo. Eu não tenho nem ideia de como vai ser esse outro cara. Não sei como vai ser a aparência dele, a voz dele, nada. É isso que um bom tempo quer dizer. E todas as coisas que eu vou ter que fazer sem você. Eu não consigo nem imaginar, no momento, o número de vezes que eu vou ter que ir para a cama sozinha. Ou com outra pessoa — esse cara que eu ainda não sei quem é. Ou quantas vezes vou ficar sem cigarro sem ter você para sair para comprar mais."

"É", disse ele, "mas qual de nós dois vai ter que ficar deitado de barriga na lama?"

“Qual de nós dois vai ter que mandar todas as cartas para outro endereço?”, disse ela. “Quem vai ter que dar corda no relógio agora ou se lembrar de levar o lixo para fora toda noite?”

“Você vai se acostumar.”

“E aí eu vou virar uma pessoa diferente também. Vou ser alguém que está vivendo sem você, assim como você é alguém que vai para um acampamento do exército amanhã.”

“Mas por que pelo menos a gente não pode ficar feliz hoje?”, perguntou ele. “Por que a gente tem que se desesperar por causa disso? A gente está brigando porque eu vou viajar, isso é ridículo.”

“Ninguém está brigando”, disse ela, “e ninguém está se desesperando. Você ia adorar poder me dar tapinhas nas costas e dizer: ‘não chora, não, é só um ano’, mas eu não vou te dar esse prazer. Não vou nem me sentir mal, só diferente.”

“Mas por quê?”

“Porque essa despedida é a única coisa que eu tenho agora”, explicou ela. “Porque eu vou ter que continuar fazendo as mesmas coisas de sempre depois, é por isso, e nada é mais do mesmo jeito quando você está diferente.”

“Isso não faz sentido”, disse ele. “Você está dizendo que eu estou diferente porque vou viajar.”

“Você não entende?”, perguntou ela. Depois acrescentou: “Está bem, eu vou tentar de novo. Você não é mais só o cara que eu amo. Você é o cara que eu amo e que foi convocado. E só o que eu ganho com isso são esses poucos minutos me despedindo de você. Quando você for embora, eu não vou ter absolutamente nada, a não ser o que você me deixar. E eu não quero passar esses últimos minutos com o cara que eu amo e que foi convocado”.

“Desculpe”, disse ele. “Eu não entendo.”

“Não, você não entende”, disse ela. “Bom, eu mando uma carta para você.”

Alguém bateu na porta nessa hora, e ele disse: “Acho que a festa está acabando”.

"É", ela disse e se levantou. "Bom..."

Ele parou diante da porta e se virou. "Você não vai chorar, vai?"

"Não", respondeu ela.

Ela passou na frente dele e destrancou a porta. Ele estendeu os braços na direção dela, mas ela se virou para o outro lado.

"Não", disse ela. "Eu não beijo estranhos. A essa altura você já devia saber disso."

.03

Tarde de verão

Rosabelle Jemina Henderson, que tinha olhos que abriam e fechavam e cabelo de verdade, no qual era possível fazer tranças e cachos, estava confortavelmente recostada num travesseiro cor-de-rosa em seu carrinho de boneca modelo guarda-chuva. Ao lado dela, Amelia Marian Dawson, que dava passos de verdade quando você a segurava pelas mãos e dizia "mamãe" e "papai" ao dar corda, dormia, os longos cílios fazendo sombra nas bochechas delicadamente rosadas, sob a capota de seu carrinho de boneca modelo berço. Na escada da frente da casa dos Dawson, momentaneamente liberadas de seus deveres maternos, Jeannie Dawson e Carrie Henderson estavam debruçadas, em total concentração, sobre a segunda brincadeira favorita das duas, que elas chamavam entre si de Pessoas de Flor. Jeannie era loura e estava com o cabelo preso num rabo de cavalo amarrado com uma fita cor-de-rosa; Carrie tinha cabelo preto cortado reto e usava uma blusa vermelha. Carrie achava que a mãe de Jeannie era a segunda melhor mãe do mundo, e o pai de Carrie fazia Jeannie chorar de tanto rir quando fazia caretas.

Quando brincavam de Pessoas de Flor, elas faziam casinhas de folha e capim, e as florzinhas em forma de sino do arbusto que ficava em frente à varanda da casa de Jeannie viravam elegantes senhoras brancas e cor-de-rosa. Da árvore baixa plantada ao lado da casa de Jeannie, elas pegavam vagens verdes para fazer berços para os bebezinhos de flor. Na casinha de Jeannie, havia uma casca de noz que servia de mesa, e na de Carrie, um pedaço de papel prateado que servia de tapete. "A minha senhora vai visitar a sua", disse Jeannie e fez uma florzinha rosa ir rebolando até a casa de Carrie. "Como vai, sra. Brown?", perguntou a senhora rosa. "Eu vim almoçar com a senhora."

"Eu vou bem, sra. Smith", disse a senhora branca de Carrie, indo às pressas até sua própria porta da frente. "Por favor, entre e sente na minha sala com tapete prateado que eu vou preparar o almoço para nós."

A senhora rosa e a senhora branca se sentaram em cadeiras de folhas e, no espaço entre as duas, Carrie botou uma pétala de rosa com duas frutinhas em cima. "A senhora aceita um pouco de sorvete?", perguntou a senhora branca. "E bolo e biscoito? Fui eu mesma que fiz."

"Muito, muito obrigada", disse a senhora rosa. "Eles devem estar muito, muito deliciosos."

"Ei", chamou Carrie, pousando a senhora branca. "A minha mãe *fez* biscoito hoje."

"Vamos lá pra sua casa então", disse Jeannie.

"Eu vou pedir pra ela dar leite e biscoito pra gente", disse Carrie.

Elas deixaram a senhora rosa e a senhora branca almoçando, com Rosabelle e Amelia ferradas no sono perto da escada, e caminharam do jardim em direção à rua. Pararam uma vez para examinar uma criaturinha, que Carrie achou que era bem provável que fosse uma maria-fedida, e Jeannie tinha quase certeza de que era um filhote de lagarta. Quando já estavam na calçada, pararam de novo para ver se o caminhão de mudança que se aproximava ia parar no quarteirão delas; quando o caminhão passou e se foi, elas seguiram sem pressa pelo caminho do jardim da casa de Carrie. Havia uma passagem pela sebe que dividia os terrenos das duas casas; a mãe e o pai de Jeannie e a mãe e o pai de Carrie usavam essa passagem para ir de uma casa para a outra, mas Carrie e Jeannie usavam os caminhos dos jardins, porque sempre tinham muito tempo.

A mãe de Carrie tinha mesmo feito biscoitos, mas já estava perto demais da hora do jantar para elas comerem mais do que um biscoito cada uma, e então, mordiscando cuidadosamente os biscoitos pelas beiradas para durarem mais, elas saíram da casa de Carrie e caminharam devagar pela calçada de novo.

"Eu não quero mais brincar de Pessoas de Flor", disse Jeannie.

"Eu também não", concordou Carrie. "A gente podia brincar de amarelinha."

"Amarelinha é só a minha décima quinta brincadeira favorita", afirmou Jeannie. "A gente podia brincar de pular corda."

"Pular corda é só a minha centésima brincadeira favorita. A gente podia brincar de dançar."

"A gente podia colorir com lápis de cera."

"A gente podia trepar na nogueira."

"A gente podia brincar de dançar."

Carrie pensou um pouco. "A gente podia ir ver a Tippie", disse ela.

"É!" Jeannie fez que sim com a cabeça com tanta convicção que seu rabo de cavalo comprido foi para a frente do rosto. "A gente pode ir ver a Tippie."

Exatamente do mesmo tamanho, as duas caminharam lenta e graciosamente pela calçada, mordiscando seus biscoitos. "Faz muito tempo que a gente não vai lá ver a Tippie", disse Jeannie.

"Vai ver a Tippie está há um tempão torcendo pra gente ir lá."

"Vai ver a Tippie está triste que a gente não vai lá há tanto tempo."

"Faz muitos e muitos dias que a gente não vai lá."

Sem planejar, as duas começaram a saltitar. Não precisavam perguntar uma à outra se era uma boa ideia começar a saltitar ali, porque sempre começavam a saltitar quando chegavam àquele ponto do caminho e continuavam saltitando até logo depois da entrada da garagem da casa dos Brown, onde a calçada estava esburacada. Então, começavam a andar de novo, passando em fila pelo trecho em que a calçada estava esburacada, depois andavam lado a lado novamente até dobrarem a esquina e passarem pelo terreno baldio, onde num fim de tarde os meninos grandes da vizinhança tinham feito uma fogueira e assado batatas, e Carrie e Jeannie, que ficaram observando com curiosidade da calçada, ganharam cada uma um marshmallow assado, que era grudento, mas muito gostoso. O terreno baldio pertencia aos Brown, mas todas as crianças grandes da vizinhança brincavam lá, e uma vez os meninos tinham construído uma espécie de cabana, onde nenhuma menina podia entrar. Jeannie e Carrie não tinham permissão para brincar no terreno baldio porque eram pequenas, mas podiam dar a volta no quarteirão desde que não botassem o pé, nem mesmo a pontinha do pé, na rua. Jeannie e Carrie não podiam descer da calçada e pôr o pé na rua nem mesmo quando chovia e a água descia com força pelas sarjetas e as crianças grandes construíam barragens e botavam barquinhos de folha para navegar. Isso era perfeitamente justo. Quando fossem um pouco maiores, Jeannie e Carrie iam poder brincar na sarjeta quando chovesse, iam passar o dia todo na escola e iam fazer castelos de neve no terreno baldio. Enquanto ainda eram pequenas — era perfeitamente justo —, Jeannie e Carrie podiam dar a volta no quarteirão, podiam até fazer isso empurrando seus carrinhos de boneca se quisessem, mas não podiam botar o pé na rua de jeito nenhum.

Uma vez, o menino dos Harris tinha levado as duas, primeiro Carrie e depois Jeannie, para dar uma volta pelo quarteirão no carrinho de puxar dele até depois do terreno baldio, e às vezes à noitinha, logo depois do jantar, quando o céu ainda estava claro e as vozes soavam estranhamente distantes, Carrie e Jeannie recebiam permissão para irem juntas até depois da esquina e verem as crianças grandes brincarem de polícia e ladrão, pique-bandeira na rua ou esconde-esconde ao redor do poste de luz. Uma das meninas grandes que brincavam de polícia e ladrão às vezes tomava conta de Jeannie ou de Carrie, quando os pais delas saíam à noite, e então lia histórias para elas ou fazia bonequinhas de papel.

Para além da outra esquina, havia um trecho do qual Carrie e Jeannie não gostavam muito, mas era lá que Tippie morava. Por entre as árvores atrás dessas casas dava para ver os fundos da casa onde elas moravam, e era estranho ver a sua própria casa por trás, de onde ela não podia ver você. Uma das coisas que faziam aquela parte da rua ser menos alegre era o jardim da sra. Branson, que era comprido, escuro e sombrio, com árvores grandes, de galhos pesados, um lugar absolutamente ruim para brincar, mesmo quando a sra. Branson não vinha lá de dentro para dizer que ia chamar a polícia se as crianças continuassem a correr no gramado dela.

"Será que a Tippie está procurando a gente?", perguntou Jeannie, voltando a saltitar; elas sempre passavam pela casa da sra. Branson saltitando, porque queriam passar rápido. "Aposto que ela está há um tempão esperando a gente ir lá."

"Aposto que ela está pedindo sem parar pra mãe dela telefonar pra gente", disse Carrie.

A casa de Tippie ficava na esquina. O caminho teria sido mais curto se elas tivessem dado a volta no sentido contrário, passando pelo outro lado do quarteirão, mas Carrie e Jeannie sempre iam para a casa de Tippie pelo lado do terreno baldio; elas sempre tinham muito tempo. O outro lado era o caminho para voltar para casa; depois de passar pela casa de Tippie, não havia nada a fazer senão tomar o caminho de volta para casa. Além do mais, indo por aquele lado, dava para ver a janela de Tippie enquanto elas andavam pela rua.

"Será que ela está lá hoje?", disse Carrie, parando na calçada para olhar para a janela do segundo andar. "Eu estou vendo a casa de boneca dela lá dentro."

Elas ficaram olhando lá para cima, ansiosas. Às vezes, o sol refletia no vidro da janela e elas não conseguiam ver nada lá dentro, mas outras vezes, como hoje, a luz da tarde deixava o vidro da janela completamente transparente.

"Eu estou vendo o ursinho de pelúcia e a girafa dela", disse Jeannie.

"Aposto que a estante de brinquedos dela fica logo embaixo da janela", arriscou Carrie, como já dissera muitas outras vezes. "Assim, todo mundo pode ver os brinquedos dela e, quando está voltando pra casa, ela pode olhar lá pra cima e ver os brinquedos esperando por ela, o ursinho de pelúcia e a casa de boneca."

"A arca de Noé não está lá", afirmou Jeannie. "Aposto que ela está brincando com a arca de Noé hoje."

"A boneca bonita de vestido azul também não. Aposto que ela está brincando de boneca com ela e depois vai brincar com a arca de Noé."

"Eu queria que ela desse um tchauzinho pra gente ou coisa assim", disse Jeannie.

"Eu queria que ela viesse pra janela, olhasse pra gente e desse um tchauzinho", disse Carrie.

"Eu queria que ela viesse brincar na rua de vez em quando", disse Jeannie.

"Vai ver ela foi desobediente e a mãe dela falou que ela tinha que ficar no quarto o dia inteiro", disse Carrie, como já dissera muitas outras vezes.

"Vai ver ela ficou doente e a mãe dela falou que ela tinha que ficar na cama até a febre passar", disse Jeannie, como já dissera muitas outras vezes.

"Vai ver ela tem uma amiga que vai lá brincar com ela todo dia."

"Vai ver ela tem um gatinho que não pode ficar sozinho em casa porque ainda é bebê."

"Eu queria que ela pelo menos desse um tchauzinho de vez em quando", disse Carrie.

"Mas eu aposto que ela fica feliz quando a gente vem aqui."

Carrie suspirou e se virou para Jeannie. "Eu acho que ela também não quer brincar com a gente hoje."

Elas ficaram ali por mais alguns instantes, olhando para a janela lá em cima. "Tchau, Tippie", murmurou Jeannie.

"Tchau, Tippie", disse Carrie.

Então elas seguiram saltitando pela calçada, dobraram a esquina ainda saltitando e continuaram saltitando a maior parte do caminho até a outra esquina; era ali que elas saltitavam por mais tempo, porque não havia nada de interessante naquele trecho de rua, só casas onde não morava nenhuma criança, a não ser que você contasse o bebezinho pequenininho dos Andover, que às vezes saía para passear de carrinho na rua, e Jeannie e Carrie andavam bem devagarinho até perto dele e davam uma espiadinha dentro do carrinho, sorrindo prazerosamente, sem conseguir acreditar nas mãozinhas minúsculas e no rostinho rosado do bebê adormecido. Hoje nem mesmo o bebê dos Andover estava na rua, então elas foram saltitando o caminho inteiro até a esquina e depois até a escada da frente da casa de Jeannie, onde as senhoras de flor ainda almoçavam elegantemente e Rosabelle e Amelia ainda dormiam.

"Eu vou perguntar pra minha mãe por que a Tippie não pode brincar na rua", disse Jeannie de repente.

"Aí a sua mãe podia telefonar pra mãe dela e perguntar se a Tippie pode vir pra cá brincar com a gente", sugeriu Carrie. "Eu vou perguntar pra *minha* mãe se a Tippie pode vir pra minha festa de aniversário."

"Eu vou perguntar pra minha mãe se a Tippie pode vir pra cá amanhã."

"Eu vou perguntar pra minha mãe se a Tippie pode vir morar com a gente." Às gargalhadas, as duas desciam cambaleantes o caminho do jardim, quando a porta dos fundos da casa de Carrie se abriu e a mãe dela chamou: "Carrie? Carrie? Está na hora de entrar".

Sentada no banco alto da cozinha de frente para a bancada, Jeannie observava a mãe descascar batatas e cantava baixinho. Lá fora escurecia; as folhas das árvores mudavam de cor, e logo, logo o verão chegaria ao fim e as crianças grandes voltariam a ir para a escola. Dali a um ano, Jeannie e Carrie entrariam na escola e iriam andando até lá todo dia de manhã junto das crianças grandes, talvez até carregando um livro, um estojo de lápis e um lanche dentro de um saco de papel. "Mamãe", disse Jeannie, pensativa. "A Tippie vai pra escola um dia?"

"Imagino que sim. Quem é Tippie?"

"É uma menininha."

"Se é uma menininha, com certeza ela vai para a escola. Onde ela mora?"

"Na outra esquina. A gente toda hora vai lá ver a Tippie, eu e a Carrie."

A mãe de Jeannie hesitou, franzindo o cenho. "Tem outra menininha que mora por aqui?", perguntou. Depois, preocupada, quis saber: "Jeannie, você e a Carrie andam atravessando a rua?".

"Não, a gente nunca bota nem a pontinha do pé na rua", disse Jeannie e riu. "A Tippie mora no *nosso* quarteirão, virando a esquina. Depois do jardim escuro da sra. Branson."

"Em que casa, meu amor?"

"Na da esquina, depois do jardim da sra. Branson. A gente sai pelo caminho da frente daqui de casa, vai até a esquina e vira, passa pelo terreno baldio e depois vira *naquela* esquina, passa pela casa da sra. Branson e aí na *outra* esquina é a casa da Tippie."

A sra. Dawson largou a batata que estava descascando e se debruçou na bancada, de frente para Jeannie; estendeu um dedo, tocou no nariz de Jeannie, e as duas riram. "Sua bobinha", disse a sra. Dawson. "Aquela é a casa dos Archer."

"E é lá que a Tippie mora. A gente vai até lá, olha pra janela lá em cima e vê a Tippie brincando, mas ela nunca vem pra rua. A gente só vai lá e fica vendo a Tippie pela janela."

A sra. Dawson ficou séria, foi para o outro lado da bancada, pegou Jeannie no colo, depois se sentou no banco e acomodou a menina nos joelhos. Jeannie se aconchegou no colo da mãe e soltou um suspiro de prazer. "Meu amor", disse a sra. Dawson, "alguém falou para você sobre a sra. Archer e a filhinha dela? Talvez a Helen, quando veio tomar conta de você?"

"Não", respondeu Jeannie, intrigada. "Mas você pode ligar pra sra. Archer e perguntar se a Tippie pode vir brincar aqui em casa algum dia?"

"Meu amor", disse a sra. Dawson e parou. Em seguida respirou fundo e perguntou devagar: "Você já ouviu falar que as pessoas morrem?".

"Claro", disse Jeannie, surpresa. "A bisa morreu e o peixinho dourado da Carrie também."

"A sra. Archer tinha uma filhinha, mas ela morreu", disse a sra. Dawson, ainda falando com muito cuidado. "Você deve ter ouvido alguém falando sobre isso. Não faz tanto tempo assim."

"A Tippie fica o tempo todo no quarto dela. A gente vê a Tippie botando os brinquedos no peitoril da janela e depois tirando de novo. Ela tem uma arca de Noé, uma boneca de vestido azul e uma girafa amarela."

"Jeannie." A sra. Dawson a sacudiu de leve. "Não tem *nenhuma* menininha na casa dos Archer. Não tem mais nenhuma criança lá." Ela apertou Jeannie um pouco mais forte. "E com certeza também não tem mais brinquedo nenhum lá, que eu sei." Ela hesitou de novo. "Fui eu que encaixotei todos eles. O sr. e a sra. Archer doaram tudo."

"Por que foi você que teve que encaixotar as coisas se elas eram da filhinha da sra. Archer? Por que a sra. Archer não fez isso?"

"A sra. Archer não estava se sentindo muito bem. A mãe da Carrie, a sra. Brown e eu fomos lá para dar uma ajuda."

"Vocês foram boazinhas ajudando a sra. Archer quando ela não estava se sentindo bem", disse Jeannie, remexendo-se confortavelmente no colo da mãe.

"Mas você precisa me prometer uma coisa, meu amor. Você precisa me prometer que nunca, nunca, nunca vai falar nada para a sra. Archer sobre esse faz de conta de ver uma menininha..."

Jeannie se virou para a mãe, indignada. "Não é faz de conta", disse ela. "A gente vai lá toda hora pra ver a Tippie. É a nossa terceira brincadeira favorita."

A sra. Dawson fez menção de dizer alguma coisa, mas logo mudou de ideia. Em vez disso, encostou a bochecha na cabeça de Jeannie. Passados alguns instantes, perguntou: "Por que vocês chamam essa menininha de Tippie?".

Jeannie deu uma risadinha. "É que às vezes parecia que a gente só estava vendo a pontinha* da cabeça dela ou da mão dela dando tchau, aí a gente começou a chamar ela de Tippie. Foi um nome que a gente inventou, eu e a Carrie."

"Entendi", disse a sra. Dawson. Depois continuou, bem-humorada: "Sabe de uma coisa, mocinha, se eu não terminar de descascar essas batatas logo, seu pai vai chegar e vai perguntar: CADÊ O MEU JANTAR? E se não tiver jantar, o que é que ele vai fazer?".

"Vai dar palmada na gente", disse Jeannie, exultante. "Vai dar palmada em nós duas."

Ela deslizou do colo da mãe até cair no chão, rindo e se sentando. "Mamãe", perguntou, "você ia ficar triste se eu morresse que nem a Tippie?"

A sra. Dawson estendeu o braço e tocou de leve a ponta do nariz de Jeannie. "Ia, sim", respondeu. "Eu ia ficar muito, muito triste."

* No original, *tip*.

"Escuta só", disse Jeannie, levantando-se às pressas do chão. "A Carrie está me chamando lá fora. Por que será que ela veio pra cá de novo, logo antes do jantar?"

Correndo em disparada, Jeannie atravessou a sala de jantar e o hall e abriu a porta da frente. "Oi, Carrie", disse.

"Eu esqueci a Rosabelle Jemima", explicou Carrie. "Tive que voltar pra buscar ela, senão ela podia pegar um resfriado ficando lá fora até tão tarde."

"Você perguntou pra sua mãe se a Tippie podia ir brincar na sua casa?"

"Perguntei, mas ela disse que não", respondeu Carrie. "Você perguntou pra sua?"

"Perguntei, mas ela disse que não. Pergunta pra sua mãe se eu posso almoçar na sua casa amanhã."

"Eu vou perguntar. E você pergunta pra sua se *eu* posso almoçar na *sua* casa amanhã. Aí a gente telefona uma pra outra pra dizer o que elas falaram."

"Tá bom. Você pode trazer a Rosabelle Jemima se ela não tiver pegado um resfriado."

"Tá bom. Tchau, Carrie."

"Tchau, Jeannie."

Carrie virou o carrinho de boneca e seguiu pelo caminho do jardim.

"Escuta", Jeannie gritou, "pergunta pra sua mãe mesmo, tá?"

"Tá. E você pergunta pra sua."

"Não esquece."

"Você também não."

"Tchau, Carrie."

"Tchau, Jeannie."

"Até amanhã."

"Até amanhã."

"Tchau, Rosabelle Jemima."

"Tchau, Amelia Marian."

"Tchau."

"Tchau."

.04

Índios moram em cabanas

Elm Street, 36
Terça-feira

Prezada srta. Griswold,

Esta é apenas uma mensagem de agradecimento, para dizer que quero que a senhorita saiba o quanto sou grato pela sua generosidade em me passar este apartamento. Toda vez que volto para casa à noite e olho para o meu próprio conjugadinho, penso na senhorita e que, se eu não tivesse falado com o Timmy Richards e o Timmy Richards não conhecesse a Eve Martin e a Eve Martin não tivesse entrado em contato com o Bill Ireland e o Bill Ireland não conhecesse a senhorita, eu ainda estaria morando em Staten Island com a minha irmã e os filhos dela, e então eu lembro como sou agradecido à senhorita por ter me deixado ficar com o seu apartamento. Eu queria muito que a senhorita pudesse vê-lo agora. Claro que as suas coisas eram bonitas, e acho que eu nunca iria conseguir fazer este lugar ficar tão gracioso quanto era na sua época, mas é óbvio que a primeira coisa que tive que fazer foi guardar todos aqueles troços cheios de babados, as cortinas e que tais, e agora que eu botei os meus navios em miniatura e as minhas fotografias da faculdade nas prateleiras, o apartamento com certeza ficou bem bacana. Quando a senhorita quiser as suas coisas de volta, obviamente, está tudo aqui. Eu não tocaria nelas por nada.

Bem, obrigado novamente, e com certeza espero que esteja feliz na sua casa nova. Foi sem dúvida muita sorte a sua conseguir esse apartamento e, quando a senhorita quiser os seus móveis, é só falar que eu dou um jeito de levar tudo até aí e depois pego os meus próprios móveis com o Bill Ireland e aí ele vai poder pegar os dele com o Timmy Richards e o Timmy Richards vai poder pegar os dele na casa da mãe. Então, obrigado de novo.

Atenciosamente,

Allan Burlingame

Eastern Square, 101

Quinta-feira

Prezado sr. Burlingame,

Fico muito feliz em saber que o senhor está gostando do meu apartamento e, claro, foi uma grande alegria para mim poder passá-lo para o senhor. Como era de se esperar, eu ainda não estou nem perto de começar a me instalar de verdade aqui, então não tenho como mandar buscar os meus móveis de imediato. No entanto, assim que eu conseguir dar um jeito na situação da minha sublocação, nós podemos resolver tudo. Como o senhor sabe, eu estou tendo um certo probleminha com o senhorio, porque nós queríamos esperar mais um pouco para comunicar a ele que eu estou sublocando o imóvel — ele queria dar o apartamento para uma tia morar ou coisa assim — então obviamente a minha presença aqui ainda não está de fato legalizada. *Por isso, eu ficaria muito grata se o senhor não endereçasse as suas cartas diretamente para mim, como fez da última vez. Enderece-as aos cuidados de Tuttle, que é o sobrenome das pessoas de quem eu estou sublocando. Ou, melhor ainda, me telefone se tiver algum problema. O número está listado no nome de J. T. Maloney, que é o nome da pessoa de quem os Tuttle sublocaram, e obviamente ninguém quis trocar o nome na lista telefônica, porque o senhorio nunca* quis *de fato que os Tuttle sublocassem dos Maloney.*

Na verdade, estou só eu e o telefone aqui agora. Eu consegui esconder duas cobertas debaixo do meu casaco quando vim para cá para poder me enrolar nelas à noite, trouxe a minha escova de dentes dentro da bolsa e também consegui trazer às escondidas uma toalha e um sabonete, mas, tirando isso, aqui está meio vazio. Os Tuttle levaram os móveis deles daqui, um por um, botando o móvel na parte de trás da camionete deles e cobrindo com um tapete. Ontem foi a vez da cama, e foi por pouco que o zelador não nos pegou descendo com o colchão pela escada dos fundos.

Se o senhor souber de alguma forma de trazer escondido até aqui em cima algum tipo de cadeira dobrável para mim, eu ficaria muito grata.

Atenciosamente,

Marian Griswold

Elm St., 36

Segunda-feira

Prezada srta. Griswold,

Lamento saber que a senhorita está passando por tanto desconforto. Nada me deixaria mais feliz do que levar os seus móveis até aí agora mesmo, já que os meus amigos acham meio esquisito eu dormir numa cama com dossel cor-de-rosa e pousar o meu relógio de pulso e o meu dinheiro trocado numa cômoda que tem uma espécie de saia de filó. Finalmente encontrei o telefone debaixo daquele seu negócio em forma de boneca e teria lhe telefonado em vez de escrever, só que o catálogo telefônico está escorando um dos pés da banheira e eu não consigo tirá-lo de lá. Eu também gostaria muito que a senhorita pudesse levar algumas das suas roupas que estão armário, não só porque eu poderia usar os cabides, mas também porque a minha tia veio aqui para me trazer um bolo de chocolate, abriu o armário para pendurar o casaco dela e eu penei um bocado tentando explicar a situação para ela. A senhorita teria alguma sugestão?

Cordialmente,

Allan Burlingame

Eastern Square, 101
Quarta-feira

Prezado sr. Burlingame,

Eu já venho tendo bastante dificuldade para entrar e sair do meu apartamento sem tentar transportar uma cômoda com saia de filó. Se o senhor não gosta dela, mude-se. Eu tenho que subir as escadas um lance de cada vez, me escondendo nas sombras em cada patamar, com medo de que alguém me veja e conte para o senhorio que tem uma pessoa estranha morando no apartamento dos Tuttle. Eu dei 5 dólares para o zelador e disse a ele que estava de visita na casa dos Tuttle e que eles não estavam saindo de casa porque todos tinham pegado uma gripe muito forte, mas tenho quase certeza de que ele sabe que os Tuttle se mudaram e que eu estou morando aqui, porque acho que ele viu as cadeiras da sala dentro do elevador e eu sei que ele me viu entrando com a cama de armar, mas eu disse a ele que era porque os Tuttle não tinham camas suficientes e então eu lhe dei os 5 dólares.

De qualquer forma, agora eu tenho uma cama onde dormir e espero conseguir trazer uma cafeteira amanhã ou depois de amanhã. Assim que contar para o senhorio que os Tuttle se mudaram e que estou alugando o apartamento, vou poder tirar os meus móveis daí.

Atenciosamente,
Marian Griswold

Shax, Asmodeu, Baal e Cia. Corretores de Imóveis

Prezada sra. Tuttle,

Em referência ao apartamento 3C no número 101 da Eastern Square, sublocado em seu nome do sr. J. T. Maloney, lamentamos informar que, como o seu contrato de sublocação expirou, não temos outra escolha senão lhe comunicar que a sua sublocação do apartamento 3C no número 101 da Eastern Square não é mais válida e que esperamos retomar a posse do referido imóvel no dia 1 de outubro do ano corrente, sendo essa a data em que a sua sublocação expira. Lamentamos lhe informar que, caso a senhora não desocupe o referido imóvel antes da referida data, seremos forçados a lhe entregar a primeira notificação de uma ordem de despejo.

Cordialmente,

B. H. Shax, Vice-Presidente Executivo

Eastern Square, 101
Segunda-feira

Querida Helen,

Isto *acabou de chegar. O que eu faço?*

Desesperadamente,

Marian

Martin Lane, 95
Quarta-feira

Querida Marian,

*Aguenta firme aí, porque nós também já estamos com problemas mais que suficientes. Acontece que o proprietário do apartamento aqui não su*porta *crianças e só porque um velho ranzinza reclamou que o Butchie estava andando de triciclo no corredor, e sabe, a culpa é deles que os corredores daqui são escuros, sabe, mas enfim o senhorio está sendo um tremendo de um carrasco com a gente por causa disso. Então, aconteça o que acontecer, não desocupe o apartamento, porque talvez a gente tenha que voltar.*

Beijos,

Helen

Elm St., 36
Quinta-feira

Prezada srta. Griswold,

Sinto muito ter que importuná-la de novo, mas é que a senhora que mora no apartamento do fim do corredor disse que a senhorita estava lhe devendo 1,65 dólar de uma encomenda que chegou para a senhorita e que tinha que ser paga na entrega e que ela pagou e a senhorita nunca lhe pagou de volta. Eu tentei dar a ela o seu novo endereço, mas ela disse que queria o dinheiro, então eu tive que dar a ela 1,65 dólar, o que me deixou numa situação bem difícil, já que o aluguel daqui é mais alto do que o que eu pagava à minha irmã quando morava com ela. Então eu ficaria grato se a senhorita pudesse me enviar esse dinheiro. Além disso, o fundo da sua estante caiu e eu tentei botar de volta, mas não ficou muito bom. E peço desculpas, mas eu queimei o tampo da sua mesinha de centro com o cigarro.

Como está a situação na sua casa nova? Eu acho que sei onde posso arranjar um carro emprestado e, quando a senhorita quiser os seus móveis, eu levo tudo até aí com prazer. É só me avisar.

Atenciosamente,
Allan Burlingame

Quinta-feira

Prezada senhorita, o senhorio veio aqui hoje e me fez abrir a porta do 3C para ele ver se estava vazio, então estou devolvendo os seus 5 dólares porque não pude dizer não para ele.

Charles E. Murphy (zelador)

Shax, Asmodeu, Baal e Cia. Corretores de Imóveis

Prezada sra. Tuttle,

Obrigado por sair do apartamento com tanta presteza depois da minha carta. Agora só precisamos incomodá-la mais uma vez para lhe pedir que quite o valor (65,75 dólares) do aluguel do mês passado.

Muito cordialmente,
B. H. Shax

Eastern Square, 101
Sexta-feira

Prezado sr. Shax,

O senhor foi mal-informado. Os Tuttle se mudaram daqui, mas, com a permissão deles, eu me mudei para o apartamento. Segue incluso o cheque para o pagamento do aluguel deste mês. Todo ser humano tem direito a um abrigo. Índios moram em cabanas, esquimós moram em iglus, cachorros moram em canis, e eu estou morando aqui.

Cordialmente,
Marian Griswold

Shax, Asmodeu, Baal e Cia. Corretores de Imóveis

Prezada srta. Griswold,

Segue incluso o seu cheque para o pagamento do aluguel do apartamento 3C do número 101 da Eastern Square referente ao mês passado, porque nós o estamos devolvendo. Se a senhorita está interessada em alugar um canil ou um iglu, eu sugiro que procure uma imobiliária que negocie com esse tipo de imóvel. A nossa empresa negocia apenas com apartamentos e, como não é a residente legal do apartamento da Eastern Square número 101, a senhorita não pode pagar o aluguel. Mas, já que acredita ser a residente legal do apartamento, a senhorita pode considerar esta mensagem a primeira notificação de ordem de despejo.

Muito cordialmente,
B. H. Shax

Eastern Square, 101
Quarta-feira

Caro sr. Burlingame,

Traga todos os meus móveis para cá o mais rápido que puder. Eu pretendo ficar neste apartamento, a não ser que um cavalheiro chamado B. H. Shax venha aqui pessoalmente, me carregue escada abaixo e me bote no olho da rua, e isso vai ser mais difícil do que ele pensa, porque eu não sou uma pessoa fácil de carregar por três lances de escada.

Atenciosamente,
Marian Griswold

Elm St., 36
Quinta-feira

Caro Bill,

Você pode juntar as minhas coisas e trazer tudo para cá o mais rápido possível? Finalmente vou poder tirar as tralhas daquela mulher daqui. Graças a deus,
Al

Oliver, 10
Sexta-feira

Caro Timmy,

Sinto muito, mas vou precisar dos meus móveis e das minhas coisas. O Al quer os dele de volta, porque vai se livrar das tralhas que aquela moça deixou no apartamento dele.
Bill

Jones St., 1249
Sábado

Querida mãe, a senhora poderia mandar para cá o mais rápido possível a cama, as cadeiras e as outras coisas que a senhora disse que eu podia levar? É que o cara que é dono dos móveis que estão neste apartamento vai precisar deles. Eu posso ficar com o radinho também? Escrevo em breve.

Beijos,

Timmy

Eastern Square, 101
Segunda-feira

Prezado sr. Shax,

Estou enviando de novo o meu cheque para pagar o aluguel do mês passado. Eu falei com a sra. Tuttle e ela acredita que o contrato de sublocação dela lhe dá o direito de sub-sublocar este apartamento, embora a proíba de montar uma barraca de legumes na calçada, criar passarinhos dentro do apartamento e botar anúncios de consultas de vidente nas janelas da frente. Sugiro, então, que o senhor considere que eu sub-subloquei o apartamento e fique com o cheque.

Atenciosamente,

Marian Griswold

Shax, Asmodeu, Baal e Cia. Corretores de Imóveis

Prezada srta. Griswold,

Segue incluso nesta carta o seu cheque no valor de 65,75 dólares para pagar o aluguel de um mês do apartamento 3C do número 101 da Eastern Square. Como a senhorita não é a residente legal do referido imóvel, seria ilegal que nós aceitássemos esse cheque. A sra. Tuttle está enganada. O contrato de sublocação dá a ela todo o direito de criar passarinhos, mas não lhe dá absolutamente direito algum de sub-sublocar o apartamento.

Muito cordialmente,

B. H. Shax

P.S. Queira, por favor, considerar esta mensagem como a segunda notificação da ordem de despejo.

Eastern Square, 101
Sexta-feira

Prezado sr. Shax,

Se eu não sou a residente legal do apartamento, o senhor não pode me despejar. E o senhor não pode despejar a sra. Tuttle, que é a residente legal do apartamento, porque ela não está morando aqui. A menos que aceite o meu cheque, o senhor não vai receber pagamento algum pelo aluguel do apartamento, porque o senhor não pode alugá-lo para nenhuma outra pessoa enquanto eu estiver morando aqui, porque o senhor não pode me despejar para que outra pessoa possa se mudar para cá. A sra. Tuttle não vai pagar o aluguel porque não está morando aqui.

Atenciosamente,
Marian Griswold

Martin Lane, 95
Sexta-feira

Querida Marian,

Eu sinto muito, muito, muito mesmo, *mas infelizmente nós vamos ter que voltar. Voltar aí para o apartamento, quero dizer. Eles se recusam terminantemente a nos deixar ficar aqui com o Butchie e também não gostam muito do cachorro. Nós chegamos à conclusão de que não vale a pena brigar só para ficar num apartamento velho de que a gente nem gosta tanto assim, então lá vamos nós de volta para aí. Eu sinto muito* de verdade *pela sua mudança e tudo mais, mas você entende, não entende?*

Beijos,
Helen

Shax, Asmodeu, Baal e Cia. Corretores de Imóveis

Prezada srta. Griswold,

Eu não sou um homem sem coração e, embora no ramo imobiliário impere a lei da selva, a senhorita precisa tentar entender que é só porque o ramo imobiliário é desse jeito que nós muitas vezes parecemos ser desagradáveis e sem coração. Eu não iria conseguir dormir à noite se botasse uma moça no olho da rua, abandonada à própria sorte. Eu realmente não sou um homem sem coração, então a senhorita pode ficar no apartamento. Peço, por favor, que me envie de volta o seu cheque do aluguel do mês passado do apartamento 3C do número 101 da Eastern Square, o cheque do aluguel do mês que vem e também uma declaração assinada se comprometendo a não sub-sub-sublocar o apartamento. Imagino que a senhorita não tenha nenhuma intenção de abrir uma barraca de legumes e verduras na calçada, ter cachorros ou crianças, pendurar quadros nas paredes, fazer ruídos desnecessários, deixar lixo no corredor, bloquear a escada ou o elevador, arranhar o piso, alugar quartos nem abrir qualquer tipo de negócio com fins lucrativos no imóvel. Como disse, eu não sou um homem sem coração e não iria conseguir dormir à noite se tivesse que despejá-la à força.

Muito cordialmente,

B. H. Shax

Eastern Square, 101

Terça-feira

Caro sr. Burlingame,

É uma coisa horrível de se fazer, mas eu preciso pedir o meu apartamento antigo de volta, e justo quando tudo estava se acertando por aqui, ainda por cima. As pessoas que me passaram este apartamento o querem de volta porque o prédio para onde elas foram não aceita crianças. Então, não traga os meus móveis para cá. Provavelmente vou ter que voltar para aí algum dia da semana que vem.

Atenciosamente,

Marian Griswold

Elm St., 36
Quarta-feira

Caro Bill,
Não precisa trazer nada. A mulher quer o apartamento de volta.
Al

Oliver, 10
Quinta-feira

Caro Timmy,
Eu não vou precisar dos meus móveis por enquanto. A mulher que morava no apartamento do Al vai voltar e ele vai ter que sair de lá.
Bill

Jones St., 1249
Sexta-feira

Querida mãe,
Esqueça os móveis. Espero que a senhora ainda não tenha enviado nada para cá, porque eu não vou mais precisar deles. Escrevo em breve.
Beijos,
Timmy

Elm St., 36
Sexta-feira

Querida Felicia,

Tenho certeza de que você vai me perdoar por fazer esse pedido por escrito quando souber o quanto isso significa para mim e que, sempre que estou com você, simplesmente não consigo ter coragem de falar. Sei que você já sabe há muito tempo o que eu sinto por você e se, por um feliz acaso, você sentir o mesmo por mim, isso com certeza seria maravilhoso.

Será que você aceitaria considerar a ideia de se tornar minha esposa? Nós teríamos que morar com a sua família por um tempo até encontrarmos um apartamento, mas, como você sabe, eu tenho um bom emprego, com boas chances de ascensão, e seria a ambição da minha vida oferecer a você uma vida confortável, e claro que por algum tempo nós economizaríamos o dinheiro do aluguel.

Por favor, responda assim que puder. Você faria de mim o homem mais feliz do mundo.

Do seu,
Allan

Martin Lane, 95
Segunda-feira

Querida Marian,

Aconteceu uma coisa maravilhosa, *você não vai* acreditar. *Como você sabe, nós estamos sendo expulsos deste apartamento, e a verdade é que eu estava simplesmente* desesperada, *mas no domingo passado nós fomos até Connecticut para visitar a Eve Crawley e o novo marido dela — você se lembra da Eve, não lembra? Aquela minha amiga que tem aquele cabelo incrível? —* e adivinha só. *Por um golpe da mais pura sorte, nós encontramos um chalé absolutamente* encantador *à venda e, bom, para encurtar a história, juntamos todo o nosso dinheiro na mesma hora e demos entrada na compra do chalé. A gente vai se mudar para lá na semana que vem! O que você acha* disso? *O chalé tem quatro cômodos e é claro que está precisando de umas obrinhas — tem que instalar um banheiro e tal e consertar um canto do telhado, mas o Bill pode fazer isso quando voltar para casa à noite, porque é claro que ele vai precisar fazer uma certa viagem para ir e voltar do trabalho, e tem quase um acre de terreno, árvores antigas simplesmente* lindas, *e eu vou levar o Bill de carro até a estação todo dia de manhã e depois pegá-lo lá à noite, e aí durante o dia eu posso pintar e botar papel de parede na casa. E custa só 1.600 dólares, sendo que nós só tivemos que pagar uma* mixaria *de entrada e podemos levar o resto da vida para pagar o financiamento, se quisermos — o banco foi* incrivelmente *camarada em relação a isso. Nós vamos morar no* campo! *Você não está com* inveja? *E é claro que você vai lá nos visitar sempre que puder, e vai ser simplesmente uma* farra *todo mundo se juntar lá para ajeitar a casa. Agora eu tenho que ir — nós vamos assinar o resto da papelada hoje à tarde.*

Beijos,
Helen

Eastern Square, 101
Terça-feira

Prezado sr. Burlingame,

Se o senhor ainda quiser o meu apartamento, pode ficar com ele. Os céus acabaram de me conceder um milagre.

Atenciosamente,
Marian Griswold

Elm St., 36
Quarta-feira

Caro Bill...

Oliver, 10
Quinta-feira

Caro Timmy...

Jones, 1249
Quinta-feira

Querida mãe...

Arden's Court, 16
Sábado

Querido Allan,

Nem sei dizer o quanto fiquei eufórica, lisonjeada e feliz com a sua carta e imagino que você já soubesse o tempo todo qual seria a minha resposta quando finalmente você tivesse coragem de fazer o pedido. Claro que eu aceito me casar com você e acho a ideia maravilhosa.

A minha mãe e o meu pai também estão muito felizes com a ideia, e o papai disse que, agora que a última filha deles vai se casar, está na hora de eles voltarem para a Califórnia, que é onde eles sempre quiseram estar, na verdade. Então eles vão deixar este apartamento e a maior parte dos móveis para nós como presente de casamento e, embora um apartamento de doze cômodos possa ser um pouco grande demais para nós no início, sempre podemos dar um jeito de aproveitar o espaço dando festas e coisas assim. A mamãe disse para você vir jantar aqui amanhã para conversarmos sobre tudo isso.

Com amor, da sua
Felicia

JARDIM NOTURNO

SHIRLEY JACKSON

.05

O sol escaldante das Bermudas

Era o primeiro veranico do ano letivo da faculdade, a época em que pela primeira vez os gramados se colorem de verde e o céu fica azul de verdade; as macieiras se ocupavam com botões levemente rosados; os prédios do campus começavam a parecer velhos, poeirentos e vermelhos em meio às árvores viçosas e o céu muito azul. Dali a uma semana poderia nevar de novo, com o clima traiçoeiro que começa com os bailes de primavera e as festas de noivado e a pré-formatura e termina, finalmente, numa grande onda de calor e letargia, com as provas finais e as últimas palavras torturadas dos derradeiros trabalhos.

Era sábado; Katie Collins tinha passado a manhã inteira no sol, começando o bronzeamento das pernas compridas e das costas macias; quando o outono chegasse, ela estaria espantosamente queimada de sol e poderia usar vestidos de festa brancos para realçar seu bronzeado. Enquanto atravessava o campus, Katie observava suas pernas, ainda ligeiramente bronzeadas do ano anterior e talvez levemente avermelhadas pelo sol daquela manhã. *Este ano preciso arranjar um biquíni preto, tomara que caia, fazer os homens assobiarem quando eu andar pela beira da praia*, pensou. Imaginar os homens assobiando para ela a fez sorrir enquanto andava. Sol quente, areia quente; dali a um mês estaria nadando, jogando tênis, dançando, velejando; só de pensar nisso ela já achou o sol mais quente; *ou verde*, refletiu, *eu podia arranjar um biquíni verde matador; eu sempre fico bem de verde.*

Ela vestia um short amarelo, em homenagem ao sol, e sentia que estava combinando com a grama e as árvores; enquanto atravessava o campus, de repente se deu conta de que na primavera seguinte, ao contrário daquela e da do ano passado e retrasado, ela estaria em outro lugar; casada, provavelmente, pensou; *eu tenho que me casar logo depois de me formar; garotas como eu correm muito risco sendo solteiras*. Ela sorriu de novo, olhando para o campus tranquilo. Todo mundo estava estudando, tomando sol ou relaxando em algum lugar, tomando Coca-Cola; não tinha ninguém andando pelo campus, a não ser Katie.

Talvez eu nem chegue a voltar para casa, pensou. *Só vou viajar logo para algum lugar como as ilhas Bermudas para passar a lua de mel.* Riu ao se imaginar tomando o sol escaldante das Bermudas, enquanto algumas de suas amigas ainda continuavam na faculdade.

Alta, de pernas compridas e sozinha, ela foi andando rápido pelo campus até onde a grama terminava e o terreno fazia um declive em direção a um riacho; virando-se, seguiu pela beira do riacho por um tempo, até avistar mais adiante um prédio pequeno, de um único andar, um pouco recuado em relação às árvores que ladeavam o riacho. Então começou a andar mais devagar, parando para olhar para o riacho lá embaixo, botando as mãos nos bolsos e diminuindo ainda mais o passo, até que alguma coisa ao longe atraiu sua atenção; quando chegou bem perto do prédio, falou: "Oi!". Esperou um momento e então foi até lá e bateu energicamente na janela ao lado da porta. "Oi!", repetiu.

Esperou mais alguns instantes, e então uma chave girou na fechadura e a porta se abriu. "Demorei?", perguntou Katie num tom alegre. Foi até a porta e se encostou no umbral, sorrindo. "Tem muito tempo que você está me esperando?", quis saber.

"*Por favor*, entra", disse o homem.

"Não tem ninguém por perto", comentou Katie, mas entrou e fechou a porta. As janelas faziam do estúdio um lugar muito claro e, naquele dia ensolarado, uma luminosidade branca e intensa realçava as cores dos quadros pendurados nas paredes e banhava por completo a tela que estava no cavalete, uma natureza-morta com uma maçã, um livro e um castiçal de cobre. Katie foi andando até um banco comprido encostado numa das paredes e se sentou, esticando as pernas. "Eu estou morta", disse. "Corri quase o caminho inteiro até aqui."

"Você não parecia morta quando estava vindo pela trilha."

Katie riu, olhando satisfeita para as pernas compridas. "Eu estava te provocando."

"Você nem olhou para o quadro", disse ele.

Katie se levantou sem pressa e foi olhar a natureza-morta que estava no cavalete. "Fica mais bonito a cada dia que passa", disse, "e você também." Ela se virou e olhou para ele com ar crítico. "Mas você parece muito triste." Foi até ele e puxou a manga da velha jaqueta de veludo dele de um jeito infantil. Ele olhou para ela rapidamente e depois de novo para o quadro.

"Como eu poderia não estar triste?", ele perguntou e fez um gesto na direção do quadro. "Fiquei trabalhando nele o dia inteiro."

"Está incrível", observou Katie. "É sério, eu acho que está muito bom."

Com ar de cansaço, ele passou a mão na testa baixa e larga. Quando finalmente sorriu para Katie, tinha no rosto uma expressão mais desamparada, como se tivesse a intenção de parecer amuado e indefeso. Pegou a mão dela e disse: "Eu precisava que você viesse".

"Bom, eu estou aqui", disse Katie. "E o quadro está legal." Desvencilhando-se dele, ela começou a andar pela sala, com as mãos nos bolsos. "Você mudou as coisas de lugar de novo", comentou. Como ele não disse nada, ela falou com veemência: "Peter, acorda! Eu disse que você andou mudando as coisas de lugar de novo".

"Eu achei que o *Estado de Espírito* ficaria melhor no centro. Chamaria mais atenção." Ele ainda continuava parado com ar de desamparo na frente do cavalete e acompanhou Katie com os olhos quando ela foi até o meio da sala e parou diante do quadro que ele chamava de *Estado de Espírito*. Era uma pintura de uma garota sentada perto de uma janela; era uma garota muito bonita, com um cabelo escuro e comprido que lhe caía nas costas; ela estava de vestido branco e olhava para a lua. "Ficou ótimo aqui", disse Katie. "Perfeito." Sem se virar, ela começou a rir. "Você chegou atrasado para o jantar ontem?", perguntou.

"Não muito."

"Ela ficou furiosa?"

"Katie, pelo amor de Deus", ele disse num tom de desespero, "para de andar de um lado para o outro e vem aqui conversar comigo." A voz dele foi perdendo a força. "Eu não sei o que fazer."

"Coitadinho do Peter", comentou Katie. Em seguida, foi até ele e o puxou pelo braço, levando-o até o banco. "Coitadinho do Peter", repetiu. "Ela te faz sofrer tanto, tanto."

Ele enterrou a cabeça nas mãos e disse, com voz trêmula: "Às vezes eu acho que não vou conseguir aguentar muito tempo mais. O que é que eu faço?".

"Não fique tão angustiado assim", pediu Katie. Impaciente de novo, ela se levantou, enfiou a mão no bolso do short e tirou de lá um cigarro. Ela o acendeu, foi até o cavalete e disse, olhando para o quadro: "É só você não dar bola para ela".

"Eu acho que se ela não me deixar em paz...", retrucou ele.

Katie se aproximou do quadro, franzindo o cenho. "Por que essa parte está azul?", perguntou. "Você disse para a gente na aula..."

Ele levantou a cabeça. "Eu queria ver como ficaria aí. É uma espécie de transgressão, para dar um efeito maior." Suspirou. "Imagino que tenha ficado horrível."

"Não, está bom", respondeu Katie. Inquieta, ela saiu de perto do quadro e seguiu ao longo da parede mais próxima, olhando com desinteresse para os quadros já familiares, um após o outro, naturezas-mortas que retratavam vasos, livros, violinos e gatos de porcelana, retratos dos filhos dele, ocasionais pinturas abstratas com violentos vermelhos e amarelos, uma paisagem com um celeiro velho, uma pintura de uma garota bonita de cabelo escuro imersa até os joelhos num lago enluarado, outra de uma garota bonita de cabelo escuro colhendo rosas ao luar. "Eu passei por ela no campus hoje de manhã e ela se recusou a falar comigo", comentou Katie.

Intrigado, ele olhava fixamente para um quadro imaginário. "Está faltando *alguma* coisa ali", disse. "Eu achei que o azul fosse resolver o problema."

"Eu fiquei com vontade de ir até lá e dar um tapa na cara dela", confessou Katie. "Que bruxa velha e acabada."

"Não fale assim", repreendeu ele.

"Desculpe", disse Katie de um jeito formal. "Eu esqueci que ela era sua mulher. Que bruxa velha e bem conservada." Ela riu, e ele deu um sorriso relutante. "Anime-se", ela continuou, "não deixe que ela te ponha para baixo." Girou pela sala e, de volta ao cavalete, exclamou: "A pintura está *sensacional*, sério!".

"Pintei da melhor forma que pude para você", disse ele. "Eu só queria não ser um artista de terceira classe." Ele esperou alguns instantes. "Se eu conseguisse fazer melhor, eu faria", acrescentou.

Katie deixou o cigarro cair no chão e pisou em cima. "Mas eu não quero deixar a sua mulher furiosa", observou. "Ela pode me expulsar da faculdade se ficar muito brava."

"Ela está esperando você se formar." Ele se levantou sem muito ânimo e foi até o cavalete, olhando para o quadro enquanto tateava em busca dos pincéis e da paleta. "Ela disse que, depois de algumas semanas, eu nunca mais vou te ver."

"Acho bom ela não fazer nenhum tipo de escândalo", disse Katie.

Ele começou a pintar com cuidado. "Eu deixei que ela continuasse pensando que eu não vou mais te ver."

"Eu queria tanto que você pudesse ir para a praia também", disse Katie.

"Não sei." Ele apertou os lábios, em dúvida. "Pode ser que ela vá para algum lugar com as crianças."

Mais que depressa, Katie emendou: "Mas claro que a minha família e todos os meus amigos vão estar lá. Talvez eu possa me encontrar com você em Nova York ou em algum outro lugar".

"Em Nova York seria fácil", disse ele, virando-se para ela. "Eu falei para você que para Nova York eu consigo dar um jeito de ir."

"Eu vou ver como vão ser as coisas", disse Katie e, indo até a janela perto da porta, acrescentou: "Esse tempo está me deixando maluca. Vamos lá para fora um pouco, andar descalços no riacho".

"Deve estar cheio de gente lá fora num dia como esse", replicou ele. "Eu não quero que ela fique mais desconfiada do que já está."

"Ai, Deus!", exclamou Katie. "Você já foi para as Bermudas?" Ela ficou tamborilando no vidro da janela, irrequieta. "Eu gostaria de ir para as Bermudas."

"Sai de perto da janela", disse ele. "Ninguém pode saber que você está aqui."

Batendo os pés com força no chão, Katie andou até o banco e se sentou, depois apoiou as pernas dobradas em cima do banco e as abraçou. "Quanto tempo falta para você terminar o quadro?"

"Mais uns dois dias."

"Então dá tempo de sobra", disse Katie. "Eu só vou precisar dele no dia 15 de maio."

"Eu vou passar mais um tempo trabalhando nele. Não estou nem um pouco satisfeito!", exclamou ele.

"Eu estou", disse Katie. "Desde que me forme, tudo bem. Ninguém espera que eu seja um gênio." Ela bocejou e se levantou. "Eu vou indo."

Ele se virou para ela, surpreso. "Eu pensei que você fosse ficar aqui um tempo."

"Eu já fiquei aqui um tempo", disse Katie. "E, além do mais, eu não ajudo em nada ficando aqui enquanto você está pintando." Ela parou com uma das mãos na maçaneta da porta e mandou um beijo para ele com a outra. "Trabalha direitinho, tá? A gente se vê na aula segunda-feira."

Desesperado, ele a chamou: "Katie, escuta". Ela hesitou, a porta entreaberta. "Você não pode me dar uma sugestão do que dizer para ela?" Imóvel, ele olhava para Katie com ansiedade, os ombros caídos. "Pensa em *alguma* coisa", pediu.

"Deixe-me ver." Katie ficou parada no vão da porta, mordendo o lábio. "Fala para ela que eu não a magoaria por nada neste mundo", disse, por fim, depois sorriu e acenou. "Tchau", falou e saiu, fechando a porta delicadamente. Só tinha dado alguns passos quando ouviu a chave girar na fechadura.

Como se alguém se importasse, pensou, seguindo pela beira do riacho; *na próxima primavera eu posso estar em Paris*. Quando atravessava o campus, pensou de repente: *por que não um biquíni vermelho-vivo*? E riu alto. *Nossa*, disse consigo, *eles me veriam chegando a um quilômetro de distância.*

JARDIM NOTURNO
SHIRLEY JACKSON

.06

Pesadelo

Era uma daquelas manhãs de primavera em março; o céu entre os prédios estava muito claro e azul, e o ar da cidade, aquecido por motores e uma infinidade de expirações, tinha um frescor e um efeito estimulante que só podem advir de uma brisa que começa no campo, bem longe, e vem para a cidade quando todo mundo está dormindo, para renovar o ar para o amanhecer. Andando da estação do metrô para o trabalho, a srta. Toni Morgan abriu um leve e doce sorriso e o deixou no rosto enquanto seus pés se moviam rapidamente, produzindo estalidos na calçada. Usava um chapéu azul real com uma cômica pena vermelha presa nele, um tailleur azul e um sobretudo de tweed vermelho e cinza; os sapatos eram finos e pontudos e pareciam desengonçados quando ela andava; azul-escuros, tinham uma listra vermelha muito discreta margeando a sola. Carregava uma bolsa azul com as suas iniciais gravadas em dourado e vestia luvas azul-escuras com botões vermelhos. O sobretudo rodopiou à sua volta quando ela se virou para entrar pela porta do enorme edifício de escritórios; ao chegar ao seu gabinete, no sexagésimo andar, tirou o sobretudo com carinho e o pendurou meticulosamente no armário, depois botou o chapéu e as luvas na prateleira de cima; ela era meticulosa em tudo, de forma que eram nove em ponto quando se sentou à mesa, consultou seu bloco de anotações, arrancou a primeira folha do calendário, endireitou os ombros e ajustou o sorriso. Quando seu chefe chegou às nove e meia, ela estava ocupada, datilografando, então levantou a cabeça, sorriu e disse: "Bom dia, sr. Lang". Depois sorriu de novo.

Às nove e quarenta, a srta. Fishman, a moça que trabalhava na mesa correspondente à da srta. Morgan, do outro lado da sala, telefonou para dizer que estava doente e não iria trabalhar naquele dia. Quando deu meio-dia e meia, a srta. Morgan saiu para almoçar sozinha, já que a srta. Fishman não estava lá. Comeu um sanduíche de bacon, tomate e alface, tomou uma xícara de chá na lanchonete que ficava no térreo e voltou mais cedo para o escritório, porque queria terminar uma carta. Durante a sua hora de almoço, não notou nada de extraordinário, nada que não tivesse acontecido todos os dias dos seis anos em que ela trabalhava para o sr. Lang.

Quando o relógio do escritório marcou duas e vinte, o sr. Lang voltou do almoço; tão logo passou pela porta, perguntou: "Alguém ligou, srta. Morgan?", e a srta. Morgan sorriu para ele e respondeu: "Não, ninguém ligou, sr. Lang". O sr. Lang foi para a sua sala, e não houve nenhuma ligação até as três e cinco, quando ele saiu da sala carregando um pacote grande, embrulhado com papel pardo e amarrado com barbante grosso comum.

"A srta. Fishman está aqui?", perguntou ele.

"Ela está doente", respondeu a srta. Morgan, sorrindo. "Não veio trabalhar hoje."

"Droga", disse o sr. Lang. Olhou em volta, esperançoso. A mesa da srta. Fishman estava vazia e limpa; tudo estava na mais perfeita ordem e a srta. Morgan sorria para ele. "Eu preciso que esse pacote seja entregue", disse ele. "É muito importante." Olhou para a srta. Morgan como se nunca a tivesse visto. "Será que seria pedir demais?", perguntou.

A srta. Morgan ficou olhando para ele com uma expressão gentil por alguns instantes, até que entendeu. Então falou: "De maneira nenhuma", pronunciando as palavras com extrema clareza, e em seguida tratou de se levantar.

"Ótimo", disse o sr. Lang, satisfeito. "O endereço está na etiqueta. É do outro lado da cidade, bem lá embaixo. Não vai ser difícil de achar. Deve levar mais ou menos", consultou o relógio de pulso, "mais ou menos uma hora, eu diria, contando tudo, ida e volta. Entregue o pacote diretamente ao sr. Shax. Nada de deixar com secretárias. Se ele tiver saído, espere. Se ele não estiver lá, vá até a casa dele. Ligue para mim se for demorar mais de uma hora. Maldita srta. Fishman", acrescentou, depois voltou para a sala dele.

De uma ponta a outra do corredor, em escritórios chefiados e controlados pelo sr. Lang, havia pessoas prontas e ansiosas para cumprir qualquer incumbência na rua para ele. A srta. Morgan e a srta. Fishman eram apenas as recepcionistas, o bastião externo da defesa do sr. Lang. Apreensiva, a srta. Morgan olhou para a porta fechada da sala do sr. Lang enquanto ia até o armário pegar o casaco. O sr. Lang ficaria desprotegido, mas era primavera lá fora, ela estava com o seu sobretudo vermelho, e era provável que a srta. Fishman, sob o pretexto de estar doente, tivesse fugido para a amplidão verde e florida do campo. A srta. Morgan ajeitou seu chapéu azul na cabeça diante do espelho fixado na parte de dentro da porta do armário, vestiu com enorme prazer o sobretudo vermelho, pegou a bolsa e as luvas e enfiou a mão por baixo do barbante do pacote, que era surpreendentemente leve. A caminho do elevador, descobriu que conseguia facilmente carregar o pacote com a mesma mão com que segurava a bolsa, embora o volume fosse lhe causar alguma dificuldade dentro do ônibus. Conferiu o destinatário: "Sr. Ray Shax", e uma rua de que ela nunca tinha ouvido falar.

Ao sair do edifício naquela tarde de primavera, ela decidiu perguntar na banca de jornal onde ficava aquela rua; os homenzinhos das bancas de jornal sempre parecem saber tudo. Aquele foi particularmente gentil com ela, talvez porque fosse primavera. Ele pegou um livrinho vermelho, um guia da cidade de Nova York, e esquadrinhou suas colunas até encontrar a rua.

"A senhora tem que pegar o ônibus na esquina para ir para o outro lado da cidade", explicou ele. "Lá, a senhora pega um ônibus que vá para o centro da cidade e aí segue até chegar a essa rua. Depois a senhora vai precisar ir a pé, com certeza. É provável que seja um armazém."

"É provável", concordou a srta. Morgan, distraída. Ela observava um pôster atrás dele, preso na parte de dentro da banca. "Encontre a srta. X", dizia o pôster em letras vermelhas berrantes. "Encontre a srta. X. Encontre a srta. X. Encontre a srta. X." As palavras se repetiam vezes a fio, menores a cada linha e em cores diferentes; a última linha era tão pequena que mal dava para enxergar. "Que negócio é esse de srta. X?", a srta. Morgan perguntou ao jornaleiro. Ele se virou, olhou para trás e deu de ombros. "É uma daquelas coisas de competição", respondeu.

A srta. Morgan caminhou em direção ao ponto de ônibus. Provavelmente porque o pôster havia atraído sua atenção, ela logo ouviu o caminhão de som; uma voz bradava de lá: "Encontre a srta. X! Ganhe um casaco de vison no valor de 12 mil dólares, uma viagem para o Taiti; encontre a srta. X".

Taiti, num dia como esse, pensou a srta. Morgan. Ela andava rápido pela calçada, enquanto o caminhão de som seguia do seu lado pela rua, conclamando aos berros: "Encontre a srta. X! Ela está andando pela cidade, andando sozinha; encontre a srta. X. Chegue perto da moça que é a srta. X, diga: 'Você é a srta. X', e ganhe um serviço completo de pintura e decoração para a sua casa, além de outros prêmios fabulosos".

Não havia nenhum ônibus à vista e, depois de ficar um minuto esperando na esquina, a srta. Morgan pensou: *dá tempo de eu caminhar um pouco e aproveitar esse tempo maravilhoso*. Com o sobretudo balançando à sua volta, andou na direção do outro lado da cidade para pegar um ônibus na esquina seguinte.

O caminhão de som dobrou a esquina atrás dela; ele andava muito devagar e, um minuto depois, ela já havia tomado uma boa distância dele. Mas continuou ouvindo, ao longe, a voz do anunciante: "E todos os seus cosméticos por um ano".

Agora que tinha tomado conhecimento da competição, ela reparou que havia pôsteres de "Encontre a srta. X" em tudo quanto era poste de luz; eram todos iguais ao que tinha visto na banca de jornal, com as palavras se repetindo em tamanhos cada vez menores e em cores diferentes. Ela andava numa rua movimentada e volta e meia parava diante das vitrines das lojas, examinando joias ou sapatos feitos sob medida. Viu um chapéu parecido com o dela na vitrine de uma loja tão cara que a única coisa em exposição na vitrine era o chapéu, pousado suavemente sobre um pedaço de seda laranja drapeado. *O meu é quase igual*, pensou ao seguir em frente, *e só custou 4,98 dólares*. Como ela parava com frequência para ver as vitrines, o caminhão de som a alcançou; ela o ouviu de longe, forçando passagem por entre os táxis e caminhões na rua, os alto-falantes tocando bem alto uma música que parecia militar. Então, a voz do anunciante começou de novo: "Encontre a srta. X, encontre a srta. X. Ganhe 50 mil dólares em dinheiro; a srta. X está andando pelas ruas da cidade hoje, sozinha. Está usando um chapéu azul com uma pena vermelha, um sobretudo de tweed avermelhado e sapatos azuis. Está carregando uma bolsa azul e um pacote grande. Preste atenção. A srta. X está carregando um pacote grande. Encontre a srta. X, encontre a srta. X. Vá até ela, diga: 'Você é a srta. X', e ganhe uma casa nova em qualquer cidade do mundo, mais um automóvel de quatro portas com chofer e todos esses prêmios magníficos".

Qualquer cidade do mundo, pensou a srta. Morgan. *Eu escolheria Nova York. Compre uma casa para mim em Nova York, moço, que com o dinheiro que eu vou ganhar com a venda dela vai dar para comprar todos os seus outros prêmios.*

Carregando um pacote, pensou de repente, eu *estou carregando um pacote*. Tentou botar o pacote à frente e envolvê-lo nos braços, mas ele era volumoso demais. Então, ela o segurou pelo barbante e o carregou o mais perto possível da lateral do corpo; *deve haver milhares de pessoas carregando pacotes grandes em Nova York neste momento*, pensou; *ninguém vai me incomodar*. Avistou mais adiante a esquina onde o ônibus dela iria parar e se perguntou se queria andar mais um quarteirão.

"Diga: 'Você é a srta. X'", bradou o caminhão de som, "e ganhe um desses prêmios fantásticos. O seu próprio iate particular, totalmente equipado. Um colar de pérolas digno de uma rainha. A srta. X está andando pelas ruas da cidade, absolutamente sozinha. Está usando um chapéu azul com uma pena vermelha, luvas azuis e sapatos azul-escuros."

Minha nossa, pensou a srta. Morgan; parou e olhou para baixo; de fato, ela estava usando os seus sapatos azuis. Virou a cabeça e olhou com raiva para o caminhão de som, que era branco e tinha a frase “Encontre a srta. X” escrita na lateral, em letras vermelhas garrafais.

“Encontre a srta. X”, disse o caminhão dc som.

A srta. Morgan começou a andar bem rápido. Chegou à esquina e se misturou à chusma de pessoas que esperavam para entrar no ônibus, mas era gente demais e as portas do ônibus se fecharam na cara dela. Ansiosa, olhou para o início do longo quarteirão que havia acabado de percorrer, mas, como não viu nenhum outro ônibus vindo a caminho, começou a andar apressada em direção à esquina seguinte. *Eu poderia pegar um táxi*, pensou. *Aquele palhaço dentro do caminhão de som vai perder o emprego.* Com a mão que estava livre, ela tateou a cabeça para sentir se o seu chapéu estava inclinado no ângulo certo e se o seu cabelo estava direito. *Tomara que ele perca o emprego* mesmo, pensou. *Isso lá é coisa que se faça?* Sem conseguir resistir à tentação, olhou por cima do ombro para ver o que havia acontecido com o caminhão de som e teve um choque quando descobriu que ele andava lenta e silenciosamente logo atrás dela, seguindo adiante praticamente ao seu lado pela rua. Quando ela se virou, o caminhão de som bradou: “Encontre a srta. X, encontre a srta. X”.

“Escuta”, disse consigo a srta. Morgan. Parou e olhou ao redor, mas as pessoas à sua volta passavam apressadas sem reparar nela. Até o homem que quase trombou com ela quando ela parou de repente pediu apenas licença e seguiu em frente sem olhar para trás. O caminhão de som ficou retido no trânsito, bem perto do meio-fio, e a srta. Morgan foi até lá e bateu na janela até que o motorista se virasse.

“Eu quero falar com o senhor”, disse a srta. Morgan num tom ameaçador. O motorista estendeu o braço e abriu a porta.

“A senhora quer alguma coisa?”, perguntou ele, aparentando cansaço.

“Eu quero saber por que esse caminhão está me seguindo pela rua”, respondeu a srta. Morgan; como não conhecia o motorista do caminhão e provavelmente nunca mais o veria na vida, ela estava cheia de coragem. Adotando um tom enérgico, perguntou: “O que o senhor está tentando fazer?”.

"Eu?", disse o motorista. "Olha, minha senhora, eu não estou seguindo ninguém. Tem uma rota que eu preciso cumprir. Está vendo aqui?" Ele mostrou um pedaço de papel sujo, e a srta. Morgan viu que havia traços feitos a lápis no papel, uma série de linhas numeradas como ruas, embora ela estivesse longe demais para conseguir enxergar que números eram. "Eu vou aonde diz aqui que eu tenho que ir", insistiu o motorista do caminhão. "Está vendo?"

"Bom", disse a srta. Morgan, com menos convicção na voz, "mas por que esses anúncios falando de pessoas vestidas como eu? Chapéus azuis e tudo mais?"

"Não me pergunte", disse o motorista. "As pessoas contratam esse caminhão e eu vou aonde elas falam para eu ir. Eu não tenho nada a ver com o que acontece lá atrás." Ele fez um gesto na direção da parte de trás do caminhão, que era separada por uma divisória atrás do banco do motorista. O trânsito na frente dele começou a andar e ele disse rapidamente: "Se a senhora quer saber, pergunta lá atrás. Eu não escuto nada com as janelas todas fechadas". Em seguida fechou a porta, e o caminhão seguiu adiante devagar. Parada no meio-fio, a srta. Morgan ficou observando o caminhão se afastar, e então o alto-falante começou de novo: "A srta. X está andando sozinha pela cidade".

É muita cara de pau desse cretino, pensou a srta. Morgan, retornando a uma cultura firmemente enterrada debaixo da experiência de passar seis anos trabalhando para o sr. Lang. *É muita cara de pau desse filho da mãe!* Indignada, ela saiu andando, agora ligeiramente atrás do caminhão de som. *Eles vão ver só*, pensou, *se alguém me perguntar "Você é a srta. Sei-lá-das-quantas?", eu vou dizer: "Ah, sim, sou eu mesma, toma aqui o seu milhão de dólares e pode ir...".*

"Sobretudo de tweed avermelhado", bradou o caminhão de som, "sapatos azuis, chapéu azul." A esquina da qual a srta. Morgan se aproximava era um ponto central daquela área, onde o tráfego era intenso e rápido, onde uma multidão de pedestres esperava para atravessar a rua, onde os sinais de trânsito mudavam de cor a toda hora. *E se eu ficar esperando na esquina?*, pensou a srta. Morgan. *O caminhão vai ser obrigado a seguir em frente.* Então parou na esquina perto da placa do ponto de ônibus, ficou com a expressão vazia de um passageiro de ônibus e esperou o caminhão de som seguir adiante. Ao dobrar a esquina, o caminhão bradou na direção dela: "Encontre a srta. X, encontre a srta. X. Ela pode estar parada ao seu lado neste momento".

Nervosa, olhou ao redor e descobriu que estava parada ao lado de um pôster que começava com "Encontre a srta. X, encontre a srta. X", e depois dizia: "A srta. X vai andar pelas ruas de Nova York HOJE. Ela vai estar vestida de azul — chapéu azul, tailleur azul, sapatos azuis, luvas azuis — e com um casaco de tweed vermelho e cinza. ELA VAI ESTAR CARREGANDO UM PACOTE GRANDE. Encontre a srta. X e ganhe prêmios".

Santo Deus, pensou a srta. Morgan, *santo Deus*. Uma ideia horrível lhe passou pela cabeça: será que ela poderia ser processada, julgada e presa por ter se vestido como a srta. X? O que o sr. Lang diria? Ela se deu conta de que não teria como provar que tinha vestido aquelas roupas inocentemente, sem nenhuma intenção criminosa; na verdade, ela lembrou que naquela manhã, lá em Woodside, quando ela tomava café, a mãe dela dissera: "Você vai ficar com frio com essa roupa; o jornal está dizendo que vai esfriar logo mais. Leve o seu casaco grosso, pelo menos". Como a srta. Morgan explicaria para a polícia que o clima da primavera a tinha contagiado e feito com que ela levasse o casaco novo em vez do antigo? Como ela provaria o que quer que fosse? Um medo frio invadiu a srta. Morgan, e ela começou a andar depressa, para longe do pôster. Então percebeu que havia pôsteres por todo lado: nos postes de luz, nas laterais dos prédios, uma ampliação imensa na parede de um alto edifício. *Eu preciso fazer alguma coisa imediatamente*, pensou, *não dá tempo de voltar para casa e trocar de roupa*.

Tentando fazer movimentos discretos, ela tirou as luvas azuis, enrolou-as e guardou-as dentro da bolsa. A própria bolsa, ela escondeu atrás do pacote. Abotoou o sobretudo para esconder o tailleur azul e pensou: *eu vou entrar no banheiro de algum estabelecimento e tirar a pena do meu chapéu; se souberem que eu tentei ficar diferente, eles não vão poder me culpar*. Mais adiante, na calçada, ela viu um rapaz com um microfone; ele estava de terno azul, e ela pensou, bem-humorada: *é só botar um chapéu azul nele que vai servir perfeitamente.* Foi então que ela percebeu que ele estava tentando parar as pessoas e falar sobre a srta. X.

"Você é a srta. X?", perguntava ele. "Desculpe, senhora, ela está de sobretudo vermelho, sabe, e carregando um pacote. Você é a srta. X?" As pessoas evitavam passar perto dele; ele chamava as senhoras que passavam e, às vezes, elas olhavam para ele com curiosidade. De vez em quando, ao que parecia, ele conseguia parar alguém e tentava fazer perguntas, mas em geral as mulheres passavam sem olhar para ele e os homens olhavam uma vez e depois desviavam o olhar. *Ele vai me parar*, pensou a srta. Morgan em pânico, *ele vai falar* comigo. Ela viu que ele vasculhava a multidão com os olhos enquanto falava ao microfone, alto o bastante para que todo mundo ouvisse. "A previsão é que a srta. X desça essa rua, pessoal, e já está mais do que na hora de a srta. X passar por aqui. Ela deve chegar por aí a qualquer momento, pessoal, e talvez você seja a pessoa que vai andar até ela, perguntar: 'Você é a srta. X?', e ganhar aqueles prêmios fantásticos, pessoal, um aparelho de chá dourado, uma coleção com dez mil dos melhores livros do mundo, pessoal, dez mil livros, e 50 mil dólares. Só o que é preciso fazer é encontrar a srta. X, pessoal, é só encontrar a moça que está andando pela cidade sozinha, e só o que você precisa fazer é perguntar: 'Você é a srta. X?', e então os prêmios serão seus. E eu vou dizer uma coisa para vocês, pessoal, a srta. X agora está com o casaco abotoado, então não dá para ver o tailleur azul, e ela tirou as luvas. Está esfriando, pessoal, vamos encontrar a srta. X antes que as mãos dela fiquem geladas sem as luvas."

Ele vai falar comigo, pensou a srta. Morgan e, então, foi para perto do meio-fio e começou a fazer sinal freneticamente para chamar um táxi. "Táxi", gritou com uma voz estridente. "Táxi!" Por cima da própria voz, ela ouvia o homem com o microfone, dizendo: "Encontre a srta. X, encontre a srta. X". Como nenhum táxi parou, a srta. Morgan correu para o outro lado da calçada, perto dos prédios, e tentou passar sorrateiramente pelo homem do microfone. Ele a viu, e seus olhos zombaram dela enquanto ela passava. "Encontre a srta. X, pessoal", repetiu ele, "encontre a pobre moça antes que as mãos dela congelem."

Devo estar maluca, pensou a srta. Morgan. *Só estou ficando nervosa porque estou cansada de andar. Eu definitivamente vou pegar um táxi na próxima esquina.*

"Encontre a srta. X", o caminhão de som bradou do meio-fio, ao lado dela.

"Ela já passou por aqui agora", emendou o homem do microfone. "Ela já passou pela gente, pessoal, mas continuou descendo a rua. Encontre a srta. X."

"Chapéu azul", disse o caminhão de som, "sapatos azuis, carregando um pacote grande." Estabanada, a srta. Morgan saiu correndo em direção ao meio da rua, atravessou bem na frente do caminhão de som e, quando chegou do outro lado, deparou-se com um homem que vestia um enorme pôster de papelão, onde se lia: "Srta. X, srta. X, encontre a srta. X. CARREGANDO UM PACOTE GRANDE. Sapatos azuis, chapéu azul, casaco de tweed vermelho e cinza. CARREGANDO UM PACOTE GRANDE". O homem distribuía folhetos a torto e a direito. Sem dar nenhuma atenção a eles, as pessoas simplesmente os deixavam cair. A srta. Morgan pisou num deles, e a frase "Encontre a srta. X" saltou aos seus olhos.

Ela passava em frente a uma chapelaria quando de repente teve uma ideia; mais que depressa, entrou na loja silenciosa. Ali não havia nenhum pôster, e ela deu um sorriso grato para a mulher com aparência tranquila que veio atendê-la. *As vendas aqui devem ser escassas*, pensou a srta. Morgan; *as vendedoras estão tão ávidas por clientes que aparecem assim que você entra*. A srta. Morgan recuperou seu jeito bem-educado de falar. "Me desculpe", disse num tom delicado, "mas será que seria possível a senhora me ceder uma sacola ou uma caixa de chapéu?"

"Uma caixa de chapéu?", a mulher perguntou vagamente. "A senhora quer dizer... uma caixa vazia?"

"Eu estou disposta a comprar a sacola ou a caixa, é *claro*", disse a srta. Morgan, dando uma risadinha. "O que acontece é que, como está esse tempo lindo, eu decidi tirar o chapéu, e a gente se sente meio ridícula *carregando* um chapéu pela rua. Então eu achei que uma sacola... ou uma caixa de chapéu..."

Os olhos da mulher se voltaram para o pacote que a srta. Morgan carregava. "Outro pacote?", perguntou ela.

A srta. Morgan fez um gesto nervoso, botou o pacote atrás de si e disse, desta vez num tom um pouco mais firme: "Sinceramente, não me parece que seja uma coisa tão *estranha* assim *pedir* uma sacola ou uma caixa de chapéu".

"Bom..." disse a mulher. Então se virou para o fundo da loja e foi até um balcão, atrás do qual havia pilhas de caixas de chapéu. "Sabe", prosseguiu ela, "eu estou sozinha na loja no momento, e por aqui muitas vezes as pessoas entram nas lojas só para atazanar. Aconteceram pelo menos dois roubos na vizinhança desde que estamos aqui, sabe?", acrescentou, olhando apreensiva para a srta. Morgan.

"É mesmo?", disse a srta. Morgan num tom casual. "E há quanto tempo, se me permite a pergunta, vocês estão aqui?"

"Bom...", disse a mulher. "Há dezessete anos." Ela botou uma caixa de chapéu em cima do balcão e, subitamente tomada por uma ideia, perguntou: "A senhora não gostaria de dar uma olhadinha nos chapéus enquanto está aqui?".

A srta. Morgan estava prestes a dizer "não", quando seu olhar foi capturado por um chapéu vermelho e cinza parecido com uma boina, então ela acabou dizendo, com um leve interesse: "Acho que eu gostaria de experimentar *aquele* ali, se puder".

"Claro", disse a mulher. Levantando o braço, ela pegou o chapéu do manequim em que ele estava. "Este é um dos nossos modelos que mais fazem sucesso", comentou. A srta. Morgan se sentou diante de um espelho e a mulher pôs o chapéu nela.

"Ficou ótimo na senhora", comentou a mulher, e a srta. Morgan fez que sim. "É exatamente o tom de vermelho do meu casaco", disse, satisfeita.

"Esse casaco realmente pede um chapéu vermelho", disse a mulher.

De repente, a srta. Morgan pensou: *o que o sr. Lang diria se soubesse que estou aqui, experimentando chapéus, quando deveria estar fazendo a entrega de que ele me incumbiu?* "Quanto é?", perguntou, apressada.

"Bom, 8,95 dólares", disse a mulher.

"Isso é dinheiro *demais* por esse chapéu", disse a srta. Morgan. "Eu vou levar só a caixa mesmo."

"Oito e noventa e cinco *com* a caixa", disse a balconista, num tom desagradável.

Impotente, a srta. Morgan olhou para a mulher, depois para o espelho, depois para a caixa em cima do balcão. Ela tinha uma nota de 10 dólares na bolsa. "Está bem", disse, por fim. "Ponha o meu chapéu antigo na caixa, que eu vou usar este."

"A senhora não vai se arrepender de ter comprado esse chapéu", disse a atendente. Em seguida, pegou o chapéu azul da srta. Morgan e o colocou dentro da caixa. Enquanto a amarrava, comentou num tom alegre: "Por um momento, fiquei com receio de que a senhora fosse uma daquelas pessoas que entram numa loja como essa com más intenções. A senhora *entende* o que eu quero dizer. Sabe que já aconteceram dois roubos aqui na vizinhança desde que abrimos aqui?".

A srta. Morgan pegou a caixa da mão da mulher e lhe entregou a nota de 10 dólares. "Eu estou com um pouco de pressa", disse a srta. Morgan. A mulher entrou atrás de uma cortina no fundo da loja e voltou um minuto depois com o troco. A srta. Morgan o guardou dentro da bolsa; *agora não vou ter dinheiro suficiente para ir e voltar de táxi*, pensou.

Usando o chapéu novo e carregando a caixa com o chapéu velho, a bolsa e o pacote, ela saiu da loja, sendo observada com curiosidade pela mulher. A srta. Morgan percebeu que estava a um quarteirão e meio de distância do seu ponto de ônibus, então foi andando de novo até lá; estava quase na esquina quando o caminhão de som saiu de uma rua transversal, bradando: "Encontre a srta. X, encontre a srta. X, ganhe um cavalo puro-sangue e um castelo à beira do Reno".

A srta. Morgan se acomodou confortavelmente dentro do seu casaco. Só tinha que atravessar a rua para chegar ao ponto de ônibus, e o ônibus já estava vindo; ela o avistou a um quarteirão de distância. Quando ela parou para pegar o dinheiro da passagem dentro da bolsa, afastando o pacote e a caixa de chapéu para conseguir fazer isso, o caminhão passou lentamente por ela, anunciando aos berros: "A srta. X trocou de roupa, mas continua andando sozinha pelas ruas da cidade, encontre a srta. X! A srta. X agora está usando um chapéu cinza e vermelho e carregando *dois* pacotes; não esqueça, são *dois* pacotes".

Sem querer, a srta. Morgan deixou a bolsa e a caixa de chapéu caírem no chão e se abaixou para pegar os objetos pequenos que tinham rolado para fora da bolsa, enquanto tentava esconder o rosto. Seu batom estava na sarjeta, seu pó compacto tinha se despedaçado, seus cigarros tinham escapulido de dentro da cigarreira e saído rolando pelo chão. Ela os catou da melhor forma que pôde, deu meia-volta e começou a andar na direção de onde tinha vindo. Quando viu uma lanchonete, entrou e se dirigiu às cabines telefônicas. De acordo com o relógio da lanchonete, ela havia saído do escritório fazia uma hora e só estava a três ou quatro quarteirões de lá. Às pressas, com a caixa de chapéu e o pacote pousados no chão da cabine, discou o número do escritório. Uma voz familiar atendeu — *seria a srta. Martin da sala do fundo ou a srta. Walpole?* —, e a srta. Morgan disse: "Eu poderia falar com o sr. Lang, por favor?".

"Quem gostaria?"

"Aqui é a Toni Morgan. Eu preciso falar com o sr. Lang com urgência."

"Ele está em outra ligação. A senhora pode esperar, por favor?"

A srta. Morgan esperou; pelo vidro sujo da cabine telefônica, ela viu, vagamente, o balcão da lanchonete, o atendente atarefado, algumas moças com jeito de secretárias sentadas nos bancos altos.

"Alô?", disse a srta. Morgan, impaciente. "Alô, alô?"

"Com quem gostaria de falar, por favor?", perguntou a voz — *era possível que fosse a srta. Kittredge, da contabilidade.*

"Com o sr. Lang, por favor", disse a srta. Morgan, aflita. "É importante."

"Só um momento." A linha ficou em silêncio, e a srta. Morgan esperou. Depois de alguns minutos, a impaciência a dominou de novo e ela desligou o telefone, pegou outra moeda e discou o número de novo. Atendeu uma voz diferente, desta vez masculina, que a srta. Morgan não reconheceu.

"O sr. Lang, por favor", disse a srta. Morgan.

"Quem deseja?"

"Aqui é a srta. Morgan, eu preciso falar com o sr. Lang imediatamente."

"Só um minuto, por favor", disse o homem.

A srta. Morgan esperou um tempo, então disse: "Alô? Alô? O que é que está acontecendo?".

"Alô?", disse o homem.

"O sr. Lang está aí?", perguntou a srta. Morgan. "Eu preciso falar com ele imediatamente."

"Ele está em outra ligação, a senhora espera?"

Ele está atendendo a minha outra ligação, concluiu de modo estapafúrdio a srta. Morgan, então desligou. Carregando o pacote e a caixa do chapéu, ela voltou para a rua. O caminhão de som tinha desaparecido e tudo parecia tranquilo, salvo pela presença de pôsteres com a mensagem "Encontre a srta. X" em todos os postes. Todos eles anunciavam que a srta. X usava uma boina vermelha e cinza e carregava dois pacotes. Um dos prêmios, ela notou, era um carro blindado, e outro, uma filiação vitalícia à bolsa de valores.

Independentemente de qualquer coisa, ela decidiu que precisava sair daquele bairro o mais rápido possível e, quando um táxi parou providencialmente ao seu lado no meio-fio para os passageiros saltarem, ela entrou na mesma hora e pediu ao motorista que a levasse para o endereço que estava no pacote. Depois se recostou, com a caixa de chapéu e o pacote ao seu lado no banco, e acendeu um dos cigarros que ela havia conseguido recuperar quando sua bolsa caiu. *Eu devo estar sonhando*, disse consigo, *é tudo muito idiota*. O que ela mais lamentava era ter perdido a cabeça a ponto de, primeiro, ir falar com o motorista do caminhão de som e, depois, deixar a bolsa cair e chamar a atenção para si, abaixando-se na esquina para apanhar suas coisas. Enquanto o táxi seguia no sentido sul, ela reparou nos pôsteres que havia em todos os postes de luz e sorriu. *Pobre srta. X*, pensou. *Será que* vão *encontrá-la?*

"Eu vou ter que parar aqui, moça", disse o motorista do táxi, virando-se para trás.

"Onde a gente está?", perguntou a srta. Morgan.

"Na Times Square", respondeu o motorista. "Nenhum carro está podendo passar daqui, por causa do desfile."

Ele abriu a porta e estendeu a mão para ela lhe pagar a corrida. Como não lhe ocorreu outra coisa a fazer, a srta. Morgan pagou o motorista, pegou a caixa de chapéu e o pacote e desceu do táxi. A rua adiante estava obstruída com cordas, ao longo das quais policiais montavam guarda. A srta. Morgan tentou abrir caminho em meio à multidão, mas era gente demais, e ela foi forçada a parar. Enquanto se perguntava o que fazer, ela ouviu o som de uma banda e se deu conta de que o desfile estava se aproximando. Então, o policial que estava de guarda no meio-fio abriu as cordas para permitir a travessia de pedestres pela última vez antes que o desfile chegasse. Todas as pessoas que estavam paradas com a srta. Morgan atravessaram para o outro lado, ao mesmo tempo que as pessoas que estavam paradas do outro lado atravessaram para o lado da srta. Morgan, virando-se em seguida para atravessar a rua perpendicular à que elas haviam acabado de cruzar, mas os policiais e a multidão as detiveram e elas tiveram que esperar, impacientes, para atravessar de novo. A srta. Morgan tinha sido forçada a parar perto do meio-fio e agora conseguia ver o desfile avançando em sentido sul. A banda abria o desfile; doze balizas com jaquetas e saias vermelhas, usando botas prateadas e carregando bastões marchavam pela rua, de seis em seis, levantando os joelhos bem alto e lançando seus bastões no ar de forma sincronizada. Atrás delas vinham os músicos, todos vestidos de vermelho, e em cada um dos enormes tambores havia um enorme X escrito em vermelho. Atrás da banda vinham doze arautos com roupas de veludo preto, soprando trombetas prateadas, e, atrás deles, vinha um homem também de veludo preto, montado num cavalo branco com plumas vermelhas na cabeça; o homem gritava: “Encontre a srta. X, encontre a srta. X, encontre a srta. X”.

Depois surgiu um carro alegórico precedido de duas meninas de vermelho que carregavam uma faixa com a frase “Ganhe prêmios magníficos” escrita também em vermelho. O carro alegórico representava uma orquestra sinfônica completa em miniatura; todos os membros da orquestra eram crianças e vestiam minúsculos trajes formais, sendo que o maestro, que era muito pequeno, encimava uma pequena plataforma e regia a orquestra na execução de uma pequena versão de “A Tarde de um Fauno”. Depois desse carro surgiu outro que trazia uma geladeira nova, cinquenta vezes maior do que uma normal, com a porta se abrindo para mostrar as prateleiras cheias de comida. Em seguida, veio um carro com um avião em miniatura e doze lindas garotas fantasiadas de nuvem. Logo depois, um carro com um barril dourado cheio de enormes notas de dólar, ornado com um manequim sorridente que se debruçava sobre ele e tirava lá de dentro uma mão-cheia daquelas notas enormes e as comia, voltando a se debruçar em seguida.

Atrás desse carro vieram todas as tropas de escoteiros de Manhattan, marchando em perfeito alinhamento, enquanto seus líderes seguiam ao lado, bradando de vez em quando: "Mantenham o passo, homens, mantenham o passo".

Nesse momento, a travessia de pedestres foi liberada na rua transversal, e todas as pessoas próximas à srta. Morgan trataram de atravessar imediatamente, ao mesmo tempo que todas as pessoas que estavam do outro lado da rua também atravessaram. A srta. Morgan foi junto com as pessoas à sua volta e, quando chegaram do outro lado, todas aquelas pessoas continuaram a andar no sentido sul, até chegarem à esquina seguinte e serem de novo impedidas de prosseguir. O desfile havia estacionado ali, e a srta. Morgan notou que havia emparelhado com o carro da geladeira gigante. Mais atrás, os escoteiros haviam saído de suas fileiras perfeitas e agora riam e se empurravam. Uma das crianças do carro da orquestra chorava. Enquanto o desfile continuava parado, a srta. Morgan e todos que estavam perto dela receberam permissão para atravessar para o outro lado da avenida, passando pelo meio do desfile. Ao chegarem lá, ficaram esperando para poder atravessar a próxima transversal.

O desfile começou a avançar de novo. Os escoteiros emparelharam com a srta. Morgan, suas fileiras tornando a se alinhar, e então a causa da demora se revelou: doze elefantes cobertos com panos azuis se deslocavam pesadamente pela rua; em cima da cabeça de cada um, havia uma moça vestida de azul, com um grande penacho da mesma cor na cabeça; as moças balançavam para a frente e para trás e de um lado para o outro com o movimento dos elefantes. Depois veio outra banda, esta vestida de azul e dourado, com os enormes tambores também marcados com um X, só que azul. Seguiu-se outra faixa, onde se lia "Encontre a srta. X", atrás da qual vieram mais doze arautos vestidos de branco, soprando trombetas douradas, e um homem montado num cavalo preto, que bradava num megafone: "A srta. X está andando pelas ruas da cidade, assistindo ao desfile. Olhe em volta, pessoal".

Então surgiu uma linha de doze moças de braços dados, todas vestidas como a srta. X, com um chapéu vermelho e cinza, um sobretudo de tweed vermelho e cinza e sapatos azuis. Atrás delas vieram doze homens, cada um carregando dois pacotes, um deles grande e pardo, como o que a srta. Morgan carregava, e outro, uma caixa de chapéu. Todos cantavam uma canção, cuja letra a srta. Morgan só conseguiu entender: "Encontre a srta. X e ganhe prêmios mis".

Inclinando-se para a frente e olhando ao longe, a srta. Morgan viu que o desfile se estendia por vários quarteirões e mudava de cor: ficava verde, laranja, roxo e, lá atrás, amarelo. Inquieta, a srta. Morgan cutucou a mulher ao lado dela e perguntou: "Esse desfile é para quê?". A mulher olhou para ela.

"Eu não consegui ouvir", respondeu a mulher, que era pequena e tinha uma cara simpática. A srta. Morgan sorriu e, elevando a voz, disse: "Eu perguntei quanto tempo esse desfile vai demorar".

"Que desfile?", disse a mulher. "Isso aí?", perguntou, apontando com o queixo para a rua. "Não faço a menor ideia. Estou tentando chegar à Macy's."

"A senhora sabe alguma coisa sobre essa tal de srta. X?", perguntou a srta. Morgan, intrépida.

A mulher riu. "Estava falando no rádio", disse ela. "Alguém vai ganhar muitos prêmios. Tem que descobrir algum tipo de enigma ou coisa assim."

"Mas para que isso?", perguntou a srta. Morgan.

"É propaganda", respondeu a mulher, surpresa.

"A *senhora* está procurando a srta. X?", perguntou a srta. Morgan, ousada.

A mulher riu de novo. "Eu não sou boa nesse tipo de coisa", respondeu ela. "Além do mais, é sempre alguém da própria empresa que está fazendo a campanha que ganha essas coisas."

Nesse momento, a travessia de pedestres foi liberada de novo, e a srta. Morgan e a mulher atravessaram a rua às pressas e seguiram pelo quarteirão seguinte. Andando ao lado da mulher, a srta. Morgan disse, por fim: "Acho que eu sou a srta. X de quem eles estão falando, mas não sei por quê".

A mulher olhou para ela e acrescentou: "Não pergunte para *mim*". Então apertou o passo e desapareceu em meio à multidão à frente delas.

No meio da rua, um astro de filmes de caubói passava montado a cavalo, acenando com o chapéu para o público.

A srta. Morgan entrou numa ruazinha tranquila e andou até se afastar do desfile e da multidão; estava perdida, longe demais do escritório para voltar a pé e a quilômetros de distância do endereço escrito no pacote. Então viu uma loja de sapateiro e, movida por um impulso, entrou e se sentou numa das cadeiras especiais, que tinham um cercadinho em volta das pernas e uma portinhola à frente. O sapateiro veio atendê-la e ela lhe entregou os sapatos.

"É para lustrar?", perguntou ele, olhando para os calçados.

"Sim, lustrar", disse a srta. Morgan. Então se recostou na cadeira e fechou os olhos. Estava vagamente consciente de que o sapateiro tinha ido para o fundo da loja e de que estava sozinha ali, quando ouviu passos. Abriu os olhos e viu um homem de terno azul vindo em sua direção.

"Você é a srta. X?", o homem de terno azul perguntou.

A srta. Morgan abriu a boca e, passado um instante, respondeu, exausta: "Sou".

"Eu rodei por tudo quanto foi canto procurando por você", disse o homem. "Como você conseguiu despistar o caminhão de som?"

"Sei lá", disse a srta. Morgan. "Eu fugi."

"Escuta", disse o homem, "essa cidade não está com nada. Ninguém te encontrou." Ele abriu a portinhola do cercadinho e esperou a srta. Morgan sair.

"O meu sapato", disse a srta. Morgan, e o homem abanou a mão com impaciência.

"Você não vai precisar dele. O carro está bem aqui em frente." Olhou para a srta. Morgan com olhos amarelos de gato e disse: "Vem, anda logo".

Quando ela se levantou, ele pegou o braço dela e disse: "Nós vamos ter que fazer tudo outra vez amanhã em Chicago. Porcaria de cidade".

Naquela noite, quando estava quase pegando no sono no enorme hotel, a srta. Morgan pensou brevemente no sr. Lang e no pacote que ela não só não havia entregado, como esquecido, junto com a caixa de chapéu, na loja do sapateiro. Sorrindo, puxou o lençol de cetim até o queixo e dormiu.

.07

Jantar para um rapaz

Frequentemente penso que não é possível andar rápido e se esganar ao mesmo tempo. Você pode parar e tentar, claro, se sua vontade for realmente *muito* grande, mas, sabe, provavelmente vai parecer meio idiota, e idiota, se você é como eu, é algo que você já parece demais normalmente.

A questão é que, toda vez que tento me exibir, eu acabo sendo desmascarada; no fundo, tudo se resume a isso. Toda vez que entro numa daquelas conversas em que não sei direito do que estou falando, mas finjo que sei, quando dou por mim, já estou falando alguma coisa que precisa ser corroborada com provas, e aí, como é que eu fico? Bom, *nesse* dia, de qualquer forma, eu estava andando pela rua com uma vontade louca de me esganar, com os dois braços cheios de sacolas de mercado e uma enorme e tenebrosa nuvem de mau pressentimento pairando em algum lugar perto da minha nuca. Então, está bom, Hugh Talley sabe cozinhar. Quer dizer, eu podia ter deixado por isso mesmo, não podia? Eu não precisava ter falado nada, nem uma única palavra; não precisava nem ter escutado o que ele estava dizendo. Mas não. Então, lá estava eu andando pela rua a caminho de casa para preparar um jantar para Hugh Talley, só porque eu quis me exibir, e se eu já achava que estava parecendo uma idiota agora, como é que seria dali a mais ou menos uma hora, quando Hugh Talley se sentasse diante da minha pequena mesa de jantar com os dentes à mostra e pronto para comer? Ou seja, eu *tinha* que querer me esganar.

Eu não sou burra, embora saiba que é isso que parece, e imagino que não sejam muitas as pessoas que são desmascaradas a toda hora, como acontece comigo. Mas eu reparei que Hugh Talley tem esse efeito em muita gente. Ele é bonito *demais*, tem aquele tipo de beleza máscula que é incrivelmente eficiente no cinema e uma verdadeira maldição quando você se depara com ela todo santo dia no trabalho. Talley faz os outros homens do escritório parecerem pálidos e meio desmazelados. Tem um belo bronzeado artificial, joga golfe, se alimenta bem e adora, mais que tudo na vida, botar a porcaria de um avental, ir para a cozinha e mostrar para as mulheres como é que se cozinha. Talley gosta de dizer que não existe uma única mulher no mundo que saiba fazer um bife do jeito que um *homem* gosta. Nem uma macarronada. Nem frango frito. As mulheres — e você precisa ver a cara de desprezo que ele faz quando diz isso — pegam uma boa peça de carne e a encharcam de molhos gosmentos. *Esse*, sem tirar nem pôr, é Hugh Talley.

E eu? Bom, eu não jogo golfe e, embora tenha bom apetite e me alimente de forma saudável, minha pele tende a bronzear de modo bastante desigual no verão e a perder todo e qualquer resquício de bronzeado à primeira geada. Eu sou como centenas de outras garotas da cidade — tenho um emprego de que gosto, dividia o apartamento com outra garota, mas ela se casou e agora eu moro sozinha; um dia provavelmente vou me casar com um rapaz bom e ter dois filhos (primeiro um menino, eu acho, depois uma menina); sou forte e saudável, tenho pernas bonitas e cabelos cacheados. E, como centenas de outras garotas, eu *detesto* quando um homem — qualquer homem — fala comigo com aquele tom levemente condescendente que os homens às vezes usam, começando a frase com "O problema das mulheres...".

Só que, de todas as garotas que já tinham tentado fazer Hugh Talley engolir as palavras provando para ele que eram ótimas cozinheiras, imagino que eu tenha sido a primeira que tentou fazer isso *antes* de aprender a cozinhar.

Agora você entende o que eu quero dizer?

Saí do escritório cedo naquele dia para comprar os ingredientes para fazer o jantar, depois fui para casa, caçar um livro de receitas. Eu sabia que tinha um livro de receitas em algum lugar no meu apartamento, porque eu e a moça que morava comigo tínhamos comprado um muito tempo atrás para aprender a fazer *fudge*. Quando cheguei em casa, fui direto para a estante procurar o livro, com as sacolas de compra ainda nas mãos, e lá estava ele, parecendo tão novo quanto era quando nós o compramos. Nesse momento, uma voz disse atrás de mim:

"Dimity Baxter!"

Bom, eu dei um pulo de susto, deixei as sacolas caírem, me virei e me deparei com uma senhorinha sorrindo para mim. Enquanto eu continuava ali parada, boquiaberta e ainda encurvada na frente da estante, a senhorinha largou a peça de roupa que estava tricotando, veio até mim e começou a pegar as compras que tinham caído no chão.

"Eu vou só tirar essas coisas do caminho", disse ela. "O que você está pensando em fazer de sobremesa? Torta de limão?"

"O quê?", falei, o que já foi mais do que eu achava que conseguiria dizer.

"Eu só passei aqui para ver se não podia dar uma mãozinha para você", disse ela, seguindo em direção à cozinha com os braços carregados de pacotes.

"Mas, escuta...", falei.

"O seu caseiro abriu a porta para mim", disse ela e fungou. "Disse que imaginava que podia confiar em mim."

Automaticamente, peguei algumas das coisas que estavam no chão e fui para a cozinha atrás dela. "O meu caseiro?", perguntei tolamente. "A senhora quer dizer o zelador?"

"Isso. Ele achou que eu era *confiável*", respondeu ela. "Pode me chamar de Mallie", acrescentou.

"Mallie", falei.

"Do norte do estado", disse ela. "Acho que se pode dizer que sou uma velha amiga da sua mãe", acrescentou e riu.

Bom, isso era um pouco demais. Não que a minha mãe não seja a pessoa mais doce do mundo — e aquela senhorinha era muito parecida com ela —, mas é só que a minha mãe e as amigas dela simplesmente não *se encaixam* muito bem no apartamento de uma garota que trabalha, se é que você me entende. Mallie correu os olhos pela minha cozinha minúscula, e eu vi a cara que ela fez quando notou a xícara e o pires que eu tinha deixado em cima da pia naquela manhã (afinal, eu *sei* fazer café com água quente e aqueles pós concentrados), e quando olhou em volta mais um pouco e viu que eu só tinha duas panelas e que o meu rolo de massa e as minhas tigelas eram todos daquele tipo bonitinho e pequenininho que é feito para quem não tem muito hábito de cozinhar, e quando ela abriu a porta do armário e olhou para as duas latas de sopa e para a lata de sardinha que eram as únicas coisas que havia lá dentro, sendo que essas latas na verdade eram sobras da época em que eu dividia o apartamento com outra garota... bom, tudo isso foi um bocado constrangedor e eu me senti mais idiota do que nunca.

Acabei tendo que ser indelicada com ela, só porque estava me sentindo uma tremenda idiota. "Será que a senhora se importaria", falei com aquela espécie de polidez extrema com que se fala quando gostaria muito de *não* estar dizendo o que se *está* dizendo... "Será que a senhora se importaria se eu começasse logo a cozinhar? É que vou receber um convidado para jantar e realmente preciso correr."

Bom, não era bem assim que eu tinha imaginado que as coisas fossem acontecer. Quer dizer, não me passou pela cabeça que eu fosse começar logo a preparar aquele jantar com ela ali na cozinha, me observando. A cozinha parecia ser o habitat natural de Mallie, se é que você me entende. Ela dava a impressão de ser capaz de encontrar a prateleira certa por puro instinto, de saber exatamente como manusear as coisas da melhor maneira possível. Parecia se fundir confortavelmente com o espaço entre a pia e o fogão. Ou seja, não era o tipo de pessoa na frente da qual você iria querer consultar um livro de receitas.

Não tive outra saída, porém, senão dizer "Bom..." de um jeito meio desamparado, voltar para a sala e pegar o livro de receitas. "Eu preciso ter certeza de que estou fazendo tudo certinho", foi a desculpa esfarrapada que dei para Mallie quando voltei. Sem parar de tricotar, ela fez que sim com a cabeça alegremente.

O meu primeiro problema, que era também o que mais me angustiava, era justamente aquela torta de limão. Eu me lembrava com muita clareza de ter dito a Hugh Talley num tom absolutamente insuportável que, a menos que soubesse fazer uma boa torta de limão, ele não poderia se dizer realmente um grande cozinheiro. Enquanto falava isso para ele, eu pensava comigo que uma torta de limão provavelmente era mais fácil de fazer do que uma torta de maçã, de cereja ou outra coisa assim. A de limão só tem uma camada de massa, sabe?

Eu tinha quase certeza de que Mallie estava me espiando de rabo de olho enquanto eu abria o livro de receitas na página do índice e corria o dedo casualmente pela lista até chegar ao item "Torta suspiro de limão". Abri o livro na página indicada, me esforçando ao máximo para passar a impressão de que eu fazia torta de limão praticamente todo santo dia e só estava querendo refrescar um pouco a minha memória. Li a receita duas vezes. Eu tinha razão. Era fácil. Só o que eu tinha que fazer...

"Lave as mãos primeiro", disse Mallie, enérgica.

Dei um pulo, depois fui até a pia e lavei as mãos. Estava começando a entender que, quando a tal Mallie falava alguma coisa a sério, primeiro você dava um pulo, depois fazia o que ela dissera para você fazer. Depois de lavar as mãos e amarrar uma toalha de banho na cintura para fazer as vezes de avental, fui até as sacolas de compras e peguei a farinha, a manteiga, os limões, os ovos, o leite condensado, a gelatina, a baunilha, o creme — todas as coisas que eu havia comprado porque me parecia que seriam necessárias para fazer uma torta de limão. "Muito bem", falei num tom alegre.

A primeira coisa que aconteceu foi que eu deixei a farinha cair no chão. Eu não tinha uma jarra medidora, obviamente; então, quando eu tentava calcular mais ou menos quanta farinha seria necessária, o pacote escorregou da minha mão e se espatifou no chão. Felizmente, havia farinha suficiente em cima da mesa para eu usar e, de qualquer forma, a receita dizia que eu podia botar mais farinha *se* fosse preciso. Mas a massa de torta que eu estava fazendo em nenhum momento ficou como eu lembrava que ela devia ficar. Não sei por que, uma hora, quando tentei abri-la, ela estava farinhenta demais e toda quebradiça e, no minuto seguinte, quando finalmente fiz uma bola com ela e a apertei para dar liga, ela ficou dura feito uma pedra e não abria de jeito nenhum. Depois de umas quatro tentativas, finalmente consegui fazê-la ficar no formato certo para cobrir a fôrma, embora ela tenha ficado fina demais em alguns lugares e eu tenha tido que botar remendos e apertá-los até que grudassem no resto da massa. Mesmo assim, ela ainda ficou bastante grossa em algumas partes. *Não tem importância, não vai dar para notar depois que eu botar o recheio*, disse a mim mesma. Por fim, pus a fôrma dentro do forno, me virei e olhei para Mallie.

"Bom, essa parte *está feita*", falei com certa satisfação.

Mallie não tinha falado nada enquanto eu preparava a massa da torta. Uma hora eu tinha me virado para olhar para ela, porque desconfiei por um momento que ela pudesse estar rindo de mim — isso foi quando a bola de massa que eu estava apertando escapuliu das minhas mãos e foi parar do outro lado da mesa —, mas ela estava de cabeça baixa, olhando para o seu tricô. Sua nuca e orelhas estavam muito vermelhas e ela parecia tossir, mas eu resolvi que não ia falar nada enquanto *ela* não falasse. E ela fizera a gentileza de catar os cacos da tigela que tinha caído no chão.

Quando pus a torta no forno e me virei para olhar para Mallie, ela sorriu para mim de um jeito inocente. "É melhor botar as batatas para assar, hein?", disse.

"Eu *sei*", respondi. "Não se preocupe *comigo*."

Voltei para o índice do livro de receitas. Para mim, o que eu tinha que fazer agora era o recheio da torta, mas se Mallie achava que eram as batatas... "Batatas, assadas." Abri o livro na página indicada e, para o meu desalento, vi que o tempo de preparo mencionado para batatas assadas era de cinquenta minutos. E Hugh Talley ia chegar dali a quarenta e cinco minutos, supondo que ele atrasasse cinco. "Ele vai ter que esperar", falei irritada para o relógio e me atirei às batatas.

"Nunca achei que alguém pudesse se atrapalhar para fazer batata assada", Mallie comentou com as agulhas de tricô.

Lancei um olhar furioso para ela, mas estava apressada demais para responder. Àquela altura, eu já tinha começado a espremer os limões para o recheio da torta; quando estava mais ou menos no oitavo limão, o espremedor virou, deslizou até outro lado da mesa e caiu no chão, virado para baixo. Tive que espremer os limões que faltavam e acrescentar um pouco de suco de limão enlatado para chegar ao que eu calculava que fosse uma xícara. Então, quando estava tentando bater os ovos, de repente me lembrei da massa da torta e, quando corri para tirá-la do forno, o batedor fez a tigela em que os ovos estavam virar e lá se foram os ovos para o chão. Mas isso na verdade não importava muito, já que a massa tinha esturricado até ficar preta. Fiquei parada diante do fogão, com a fôrma de torta na mão.

"Você botou a massa lá para trás", disse Mallie. "E aí, com as batatas na frente, você se esqueceu dela."

"Não tem *importância*", rosnei. "Eu compro uma torta de limão."

"*Comprar* uma *torta* de limão?", disse Mallie, como se eu tivesse sugerido roubar uma torta do peitoril de alguma janela.

"Não tem *importância*", repeti.

Eu tinha planejado fazer pãezinhos de minuto também, mas o forno estava ficando tão cheio e o tempo tão curto que desisti da ideia. Faltavam quinze minutos para Hugh Talley chegar — supondo que ele atrasasse dez —, e então lembrei vagamente que também tinha planejado fazer costeletas de cordeiro.

"Costeletas de cordeiro", falei. "Costeletas de cordeiro."

"Costeletas de cordeiro", disse Mallie num tom tranquilizador.

Será que ela estava rindo de mim? Olhei para ela de novo e ela olhou de volta para mim com aqueles olhos grandes e amáveis.

"Costeletas de cordeiro", repeti, determinada. Revirei a confusão de papéis em cima da mesa e encontrei o pacote de costeletas. Sabia que elas tinham que ser fritas, mas a única frigideira que consegui encontrar era pequena demais para acomodar mais que duas e, conhecendo o famoso apetite de Hugh Talley, eu havia comprado seis. Paciência, eu teria que fritar duas de cada vez mesmo. Olhei desconfiada para Mallie; ela havia fechado os olhos brevemente e seus lábios se mexiam. Tive a impressão de que ela estava dizendo "costeletas de cordeiro" baixinho.

Não havia absolutamente nenhum lugar na cozinha onde eu pudesse apoiar a embalagem com as costeletas, então fiquei segurando-a enquanto virava as páginas do livro de receitas. Também estava muito difícil manusear o livro, porque, àquela altura, as folhas estavam todas besuntadas de recheio de torta de limão e havia tanta farinha grudada nas minhas mãos que uma espécie de pasta se formava nelas conforme eu tocava as páginas. A página da receita das costeletas de cordeiro era a mesma da receita da torta suspiro de limão e estava toda grudada na folha seguinte. Então eu tive que largar as costeletas para poder separar as folhas, e o único lugar livre que consegui encontrar foi o peitoril da janela; eu tinha aberto a janela para deixar o cheiro da massa de torta queimada sair, mas de repente senti cheiro de alguma outra coisa queimando e, quando me virei correndo para ver o que era, esbarrei no pacote das costeletas pousado no peitoril e lá se foram as costeletas. Mallie veio até a janela e, debruçando-se ao meu lado, olhou lá para baixo.

"Bom", disse, "as suas costeletas de cordeiro lá embaixo na calçada... Olhando daqui", acrescentou num tom severo, "elas não parecem ser um bom corte."

Abri a porta do forno para ver o que estava queimando e descobri que as batatas ainda estavam assando direitinho, assim como o meu pegador de panelas, que eu tinha deixado lá dentro.

"Já chega", falei com um comedimento admirável. Então me levantei e puxei o cabelo para trás com a mão cheia de farinha. "Já chega", repeti, já sem tanto comedimento. "Vou fazer ele pagar por isso", falei. "Vou mostrar para ele o que acontece com quem fica atormentando boas moças só porque sabe cozinhar. Vou fritar as folhas desse livro uma por uma..." Eu ia continuar, mas Mallie me interrompeu.

"Calma, fique calma", disse ela. E, mais uma vez, fiz o que ela falou. Parei de gritar e olhei para a cozinha. Havia uma pilha gigantesca de louça suja na pia. Eu tinha posto o espremedor quebrado em cima da pilha, porque não consegui encontrar nenhum outro lugar onde pudesse botá-lo, e em cima *dele* ainda se equilibrava precariamente a metade de um limão. As tigelas que eu havia usado para misturar os ingredientes estavam todas em cima da pia também, salvo a que eu tinha quebrado. Por alguma razão, eu havia usado quatro tigelas e uma panela tentando fazer o recheio da torta. Em cima da mesa, além de uma bagunça de embalagens de comida e cascas de ovo, estava também o livro de receitas, bem no meio da poça de recheio de torta. Eu tinha esquecido de ligar o fogo debaixo da cafeteira, que estava postada, fria e descontente, ao lado do saco rasgado de farinha, que, não sei bem por quê, eu havia botado em cima do fogão. Mas a farinha que tinha sobrado dentro do saco não era nada que chegasse a preocupar; a maior parte dela estava no chão. O pegador de panela tinha assado à perfeição. A campainha tocou.

Olhei para as pegadas que eu tinha deixado na farinha espalhada pelo chão. "Eu realmente andei tanto assim?", perguntei a Mallie de um jeito levemente histérico.

Ela finalmente largou suas agulhas de tricô e se levantou. "Agora você vai lá", disse ela. "Vai lá se arrumar e bota o seu vestido azul; eu o passei a ferro de tarde enquanto esperava você chegar. Toma um banho rápido e se arruma, que eu cuido do seu colega."

"Mas...", comecei a dizer, impotente. Fiz um gesto com o braço indicando a cozinha, e a campainha tocou de novo. "O que é que eu faço?", perguntei.

"Eu *acabei* de dizer o que é para você fazer", disse Mallie, enérgica. "Corre lá para dentro e se arruma."

Bom, eu já sabia o que fazer quando Mallie falava daquele jeito. Não havia como hesitar nem desobedecer, e fui às pressas lá para dentro, pensando no banho e no vestido azul. Assim que fechei a porta do quarto, ouvi Mallie dizer: "... uma velha amiga da mãe da Dimity. Só passei para dar um oi".

Confesso que demorei muito mais do que seria razoável naquele banho. Se fosse com qualquer outra pessoa, imagino que eu teria simplesmente admitido que havia metido os pés pelas mãos, contado vantagem e depois sido incapaz de entregar o que havia prometido, mas admitir uma coisa dessas para Hugh Talley era bem mais difícil. Em primeiro lugar, porque ele nunca mais se esqueceria disso. E, em segundo, porque ele jamais deixaria que *eu* me esquecesse. A certa altura, quando estava pronta para sair do banho, pensei na sua cara vermelha e no sorriso complacente e imediatamente voltei para debaixo do chuveiro e fiquei lá mais um pouco. *Vai, Dimity*, eu falava para mim mesma, *vai lá e encara a situação de uma vez.*

Fiquei me sentindo um pouco melhor depois de arrumada, sem o cheiro de queimado no cabelo e sem farinha debaixo das unhas. Cheguei até a me animar um pouco, talvez achando que, um dia, provavelmente dali a uns dez anos, quando morasse em alguma cidadezinha a uns mil quilômetros de distância de Hugh Talley, esse dia pudesse começar a parecer menos importante, quem sabe até engraçado.

Diante da porta do meu quarto, reuni toda a coragem de que dispunha, levantei a cabeça o máximo que pude com o torcicolo que tinha me dado de ficar debruçada naquele fogão, endireitei os ombros e enfim abri a porta. Bravamente, marchei sala adentro e parei diante de Hugh Talley, que estava sentado na única cadeira confortável da casa, com os pés apoiados em cima da banqueta.

"Desculpe ter deixado você esperando, Hugh", falei com um sorriso valente nos lábios, "mas, na verdade, eu tenho que admitir..."

"Dimity", disse Mallie com veemência, "é melhor você ir correndo lá na cozinha dar uma olhada naquela torta."

"Tenho que admitir", continuei, "que apesar de tudo que eu falei..."

"Eu dei uma espiada nela tem uns minutinhos", disse Mallie, "e ela deve estar pedindo para sair do forno agora mesmo. *Agora* mesmo", insistiu. Em seguida, acrescentou com voz doce: "Logicamente, isso é só o que *eu* acho, claro. Quem sabe mesmo é a Dimity".

Aos poucos, fui me dando conta do que ela dissera. Eu estava tão tensa com o discurso corajoso que pretendia fazer para Hugh Talley que levei quase um minuto inteiro para perceber que Mallie estava falando comigo. Quando por fim me virei e olhei para ela, Mallie me dirigiu uma prodigiosa piscada de olho e fez um gesto com a mão na direção da cozinha. E então, quando me virei de novo para Hugh Talley, vi outra coisa que não tinha percebido. A pequena mesa da sala estava posta para duas pessoas. A toalha de mesa refulgia, as taças cintilavam, os talheres refletiam a luz das duas velas altas postas no centro da mesa. Estava bonito.

Mallie disse: "Daqui a pouquinho eu tenho que ir, mas antes eu queria ver como ficou a sua torta, Dimity".

Então me ocorreu que ela queria que eu fosse até a cozinha. Fui e Mallie veio atrás de mim. Quando nós duas estávamos saindo, Hugh

Talley disse: "Espero que a Dimity não tenha feito nada de muito sofisticado por minha causa. Eu não estava esperando muito, sabe?". E riu de um jeito desagradável.

Estaquei no vão da porta da cozinha. Podia jurar que quando saí de lá pouco tempo antes, a pia estava abarrotada de louça suja, o chão cheio de farinha, e não havia nada que pudesse ser chamado de jantar no fogão. Agora, no entanto, a cozinha estava um brinco — muito mais limpa, me envergonho de dizer, do que jamais estivera. Tudo havia sido guardado no seu devido lugar. O chão dava a impressão de ter sido lavado e esfregado.

"O quê?", falei — meu costumeiro comentário inteligente quando tomada de espanto.

"Se você não fechar essa boca logo", disse Mallie, irritada, "eu não me responsabilizo pelo que possa cair dentro dela."

"Mas...", falei, mais um dos meus comentários inteligentes típicos.

"Não dá tempo de fazer pergunta boba", disse Mallie. "Agora você me escuta, Dimity Baxter. Até há pouco, eu achava que o melhor a fazer era deixar você se virar sozinha, depois reconhecer que precisava dar o braço a torcer e admitir que tinha errado. Mas eu vou lhe dizer uma coisa. Não gostei nem um pouco desse rapaz que está aí. A primeira coisa que ele me disse depois de se sentar foi: 'Foi a Dimity mesmo que fez o jantar?'. Ora, isso para mim não foi nada correto, então eu respondi para ele: 'Ela passou a tarde inteira na cozinha', o que é a mais pura verdade." Ela me olhou de cima a baixo, pensativa. "Você fica muito bem de azul", comentou, depois continuou: "Esse é o tipo de rapaz com quem você tem que contornar a verdade. Então não conte nada para ele, ouviu? E, pelo amor de Deus, tire a torta do forno".

Abri o forno e tirei a torta, notando, entorpecida, que o suspiro estava perfeito, e lasquinhas de massa caíam das beiradas. "Torta", falei.

"O que mais seria se eu falei que era uma torta?", perguntou Mallie. "Nunca mais chame esse rapaz para jantar aqui, está me ouvindo?"

"Pode deixar que nunca mais faço isso", falei com toda a convicção.

"Ah, por falar nisso, eu peguei dinheiro emprestado do seu porquinho", informou Mallie.

"Do porquinho?", perguntei. "Mas só tinha seis..."

"Não tem importância", disse Mallie. "Aquelas costeletas de cordeiro não eram das melhores, de qualquer forma. Agora toma aqui um livro de receitas para substituir o seu antigo, que eu joguei fora, e talvez um dia eu dê um pulo aqui de novo para dar um oi."

Breve e rapidamente, ela me deu um beijo na bochecha, um ligeiro roçar de lábios velhos e macios, depois a porta da frente se fechou suavemente e eu me vi parada no meio da minha cozinha limpa, sentindo um cheiro delicioso de comida e com um livro de receitas na mão.

"Ei!", Hugh Talley gritou da sala. "Quando é que nós vamos comer?"

Meio anestesiada, fui até o fogão. Levantei o guardanapo que cobria um dos pratos para não deixar a comida esfriar; eram pãezinhos de minuto, leves e dourados como eu não via fazia um bom tempo. Em outro prato, encontrei as batatas assadas e, num terceiro, as costeletas. Tinha a torta. E tinha também, descobri, uma salada dentro da geladeira.

Não havia mais nada a fazer a não ser começar a levar a comida para Hugh Talley, que foi o que eu fiz.

Sentado à mesa, Hugh Talley olhou satisfeito para o seu prato. "A cara até que não está ruim", disse. Ele tinha pegado três pãezinhos, comentando que eles deviam estar pesados feito chumbo. Tinha pegado uma batata assada, dizendo que ela parecia meio dura. Tinha se servido de duas costeletas, observando enquanto se servia que era um espanto que elas não estivessem cobertas de algum tipo de molho chique. Quando pegou um pouco de salada, falou que apostava que o molho tinha levado creme batido, mas botou uma boa quantidade no prato mesmo assim. Eu me limitei a olhar para o meu próprio prato; o que havia nele com certeza tinha *cara* de comida.

"Sabe", Talley disse de boca cheia, "esses pãezinhos estão bem bons, na verdade." Engoliu e fez um gesto, mostrando o pedaço que ainda estava em sua mão. Tinha passado um bocado de manteiga nele, eu reparei. "Sabe", falou de novo, "eu aposto que tem uns segredos a respeito desses pãezinhos que você ainda não sabe. Aposto que você usa uma farinha comum para fazer esses pãezinhos, certo?" Fiz que sim; o que mais eu poderia fazer? "Bom", disse ele, botando na boca o restante do pão, "isso é *totalmente* errado. É assim que as mulheres cozinham. Elas só pegam uma farinha qualquer e usam para fazer tudo. Já um cozinheiro de *verdade*..." Ele fez um gesto largo que culminou sobre o prato de pãezinhos. Hesitou, depois pegou mais um. "Já um cozinheiro de verdade *entende* de farinha. Quando quero fazer pão, vou até uma lojinha especial de farinha que eu conheço, lá do outro lado da cidade, e falo para eles: 'Escuta, eu não quero a farinha comum de vocês, eu quero aquela farinha *especial* que vocês reservam para Hugh Talley'. E pode acreditar que é exatamente isso que eu recebo."

"O que *é* que você recebe exatamente?", perguntei, mas ele não me ouviu.

"É a mesma coisa com compota de maçã", comentou Hugh Talley. "Eu aposto que você bota canela na compota de maçã, não bota?" Fiz que sim de novo; eu achava que, de fato, eu botava canela na compota de maçã. "Bom", disse Talley, "eu acho que *todo mundo* bota canela ou algo assim na compota de maçã, mas não Hugh Talley." Ele sacudiu a cabeça violentamente e comeu outro pãozinho. "O que você tem que fazer, quer dizer, o que um cozinheiro *de verdade* faz é comprar um tempero especial que tem numa lojinha que eu conheço; não é canela, exatamente, tem mais sabor, pode-se dizer. Eu vou lá sempre que quero fazer compota de maçã *de verdade* e falo para eles..."

Experimentei um pãozinho. Achei que ele tinha sabor de pãozinho de verdade e mais que isso até; tinha o sabor dos pãezinhos que eu comia quando tinha uns 12 anos e comer era praticamente a minha única razão de viver. Ele tinha, na verdade, um sabor perfeito.

"Agora, veja as costeletas", continuou Hugh Talley; por um momento me perguntei como era possível ele conseguir comer tanto, falar tanto e fazer as duas coisas ao mesmo tempo sem parar, e então me ocorreu a agradável ideia de que ele poderia acabar morrendo engasgado. "Costeletas de porco, por exemplo", disse ele, "você tem que preparar uma boa costeleta de porco da maneira correta ou ela simplesmente fica com o mesmo sabor de uma costeleta qualquer. Ora, *eu* sempre preparo a *minha* costeleta de porco com uma boa marinada. Pois bem, a maioria das pessoas diz que marinar costeleta de porco é completamente errado, mas não Hugh Talley." Ele balançou a cabeça positivamente. "A questão é que a maioria das pessoas acha que, quando eu digo marinada, quero simplesmente dizer marinar as costeletas de porco, mas nenhum cozinheiro *de verdade* faria isso. Não com costeletas de porco", esclareceu. "O que você tem que fazer é uma combinação especial de molho vinagrete — não o molho vinagrete que você *compra*, obviamente." Ele parou e me lançou um olhar agressivo, e eu fiz que sim de novo, porque àquela altura eu já fazia isso toda vez que ele parava de falar. "Claro que não", continuou. "Então você pega o molho vinagrete e acrescenta um ingrediente especial..."

Costeletas de porco?, pensei de repente. Costeletas de *porco*? Olhei para o meu prato e provei um pedaço de costeleta. Eu tinha certeza de que tinha comprado costeletas de cordeiro. Então me lembrei das costeletas de cordeiro lá embaixo na calçada e de Mallie dizendo: "Por falar nisso, eu peguei dinheiro emprestado do seu porquinho".

"Com licença", falei mais que depressa e fui correndo até a cozinha. O porquinho havia sumido e os 6 centavos contidos dentro dele estavam em cima da prateleira.

"Onde está aquela torta de limão tão falada?!", Talley gritou da sala.

Não parecia possível, depois da quantidade de comida que ele tinha posto para dentro, que ainda quisesse mais, mas eu peguei a torta e fui andando com ela. Assim que entrei na sala, ele começou de novo. "Agora você vê o caso da lagosta", disse ele. "A maioria das pessoas não cozinha lagosta do jeito certo." Ele ficou me observando trazer a torta com ar de aprovação. Quando eu estava prestes a botá-la na mesa, ele respirou fundo e disse: "O problema das mulheres...".

Não consegui evitar. Ninguém teria conseguido. Nem mesmo *Mallie*, e tenho quase certeza de que ela teria aprovado.

Achei engraçadíssimo e, confesso, comecei a rir. Hugh Talley tirou uma quantidade de torta de limão da cara e me fulminou com os olhos. Então se levantou, sacudindo bocados de suspiro das mangas da camisa e pedaços de massa do cabelo, e tentou recuperar o fôlego. Depois, com a cara vermelha e os olhos faiscando, tentou pensar em alguma coisa para dizer, alguma coisa suficientemente cortante, imagino, para soar furiosa detrás da grossa camada de torta de limão que lhe cobria o rosto.

"Sua... sua... cozinheira mulher!", gritou por fim.

Ouvi a porta bater atrás dele e pensei: *meu mérito nisso foi pequeno; eu só atirei a torta, mas quem a fez foi Mallie.* E então me ocorreu que talvez

Mallie tivesse feito aquela torta com um único propósito, um propósito que havia acabado de se cumprir.

Na mesma hora me veio à cabeça que só havia uma coisa que eu realmente devia a Mallie, e que era melhor eu começar a tratar disso imediatamente, antes de cuidar da lambança que tinha ficado no chão. Qualquer um pode limpar uma lambança, mas Dimity Baxter ia se dedicar a aprender a cozinhar, sem ficar inventando desculpas.

Fui até a cozinha, peguei o livro de receitas que Mallie havia deixado para mim, voltei para a sala e me sentei na cadeira confortável onde, minutos antes, Hugh Talley havia se acomodado. A capa do livro era quadriculada de azul e branco e trazia o nome "Dimity Baster" escrito em letras douradas. Dentro, na guarda, lia-se: "Para Dimity, de Mallie". Em seguida, vinha o que era definitivamente o sumário mais estranho que eu já tinha visto na vida. Começava com "Jantar para o sr. Arthur Clyde Brookson", um nome que eu nunca tinha ouvido, mas que, depois de ler, falei em voz alta uma ou duas vezes e, estranhamente, gostei do modo como ele soava. As instruções para esse jantar, que constavam na página 1, começavam assim: "Antes de qualquer coisa, nada de ficar nervosa, Dimity. Não precisa se preocupar com *esse* jantar. Ele vai gostar da comida, não importa o que você fizer. E, de qualquer modo, é provável que nenhum de vocês dois coma quase nada".

Voltei para o sumário. Outro item me chamou a atenção. Dizia: "Almoço para a sogra e duas amigas". Pisquei os olhos e dei uma risadinha.

Tinha também "Jantar para o namorado da filha" e "Jantar em família para quinze pessoas". E ainda "Jantar para o chefe do marido e esposa". Esse me fez rir alto.

Então, um item despertou a minha curiosidade e, incapaz de resistir, fui até a página em que estava a receita. O título era "Primeiro jantar da vida de casados" e as instruções começavam assim: "Dimity, tire o avental de organdi amarelo e ponha aquele bom e prático que a sua mãe te mandou. Guarde o amarelo para quando for servir o jantar. E não deixe que o seu marido pense que não precisa ajudar a lavar a louça".

Só me ocorreu uma coisa a fazer e, alguns instantes depois, eu me dei conta de como poderia fazer isso. Fui até a cozinha e falei baixinho: "Obrigada, Mallie".

JARDIM NOTURNO
SHIRLEY JACKSON

.08

Festa de meninos

Laurie, meu filho mais velho, faz aniversário no início de outubro; então, em anos bons, ele vai com o pai para Nova York para ver os jogos da World Series; em anos em que o Brooklyn perde o campeonato, Laurie comemora o aniversário só com uma festinha em casa. Perto do fim do último verão, quando começou a ficar tristemente claro que Laurie comemoraria seu aniversário de 12 anos longe de Ebbets Field, ele começou a traçar um plano carinhoso e detalhado de como festejar da maneira mais adequada e alegre possível o único aniversário de 12 anos de um menino. E começou propondo, como a única base sensata sobre a qual um aniversário feliz poderia ser construído, que suas duas irmãs mais novas passassem aquele fim de semana com a avó na Califórnia. Eu disse que a distância entre Vermont, onde nós moramos, e a Califórnia tornava essa ideia inviável, mas que eu garantia que as duas meninas passariam o dia inteiro na casa de umas amigas que moravam por perto. Laurie então sugeriu convidar dezoito amigos para jogar beisebol no gramado ao lado da casa. Eu disse que o gramado ao lado da casa não era um campo esportivo e que, de qualquer forma, eu não ia dar de comer a dezoito amigos dele, a menos que eles comessem no celeiro. Laurie suspirou e disse que se contentaria com doze amigos e voleibol. Eu tornei a dizer que o gramado ao lado da casa não era um campo esportivo e que, além do mais, eu tinha quase certeza de que choveria no dia. Laurie pensou alguns instantes, então perguntou com extrema educação se seria possível convidar apenas o Robert para passar a tarde lá em casa e os dois jogarem xadrez.

Eu disse a ele que a nossa sala acomodava confortavelmente oito meninos de 12 anos, desde que eles não inventassem de disputar corridas de atletismo nem de lutar esgrima com as facas de mesa. Que tal, sugeri, fazer uma festa à noite? Nesse caso, eu poderia fazer um montão de sanduíches e um bom ponche de frutas, e ele poderia até convidar seis meninos e seis meninas... Nesse momento, Laurie se retirou, comentando num tom contundente que às vezes ele tinha a impressão de que todo mundo estava maluco, menos ele.

Por fim, acabou decidindo que a melhor opção seria um cinema no sábado à tarde, com jantar depois, e convidou seus sete melhores amigos, todos que ele podia contar que trariam presentes bem escolhidos, como os últimos discos de sucesso, frascos de laboratório e livros do Tarzan, muito em voga na panelinha de Laurie. Nos convites, estava claramente especificado que não era exigido traje formal. Os convidados chegaram de bicicleta, com pacotes caprichosamente embrulhados, pendurados no guidão. Os pacotes foram postos em cima da mesa de jantar, para serem abertos depois do cinema, as bicicletas foram enfileiradas na frente da nossa varanda dos fundos, e Laurie e seus sete amigos lutaram alegremente uns com os outros para se enfiarem no meu carro e irem até o cinema da cidade para ver *O Diabo Louco do Planeta Perdido*, *Orgulho do Rancho Grande* e *Tatuados pelos Homens Primatas*, além de dois seriados e um desenho animado, sem falar no cinejornal e nos anúncios das próximas atrações. Eu tinha feito um saque no banco de manhã e dado a Laurie dinheiro suficiente para comprar oito ingressos para o cinema, mais um saco de pipoca e um pacote de balas para cada um, e combinei de pegá-los ao fim da sessão.

Barry, meu filho mais novo, que ainda não completou 3 anos e admira os amigos do irmão como se eles fossem uma ordem de seres superiores, infinitamente altos e sábios e capazes de consertar um sem-número de brinquedinhos, foi até a cidade conosco, espiando com veneração por cima do encosto do banco os convidados da festa de aniversário, que haviam se espremido sem piedade na metade de trás da minha caminhonete. Barry e eu tínhamos espaço de sobra no banco da frente, já que nenhum membro do grupo estava preparado para admitir ser maricas a ponto de se sentar perto da gente. Os oito pareciam bem apertados lá atrás — volta e meia um pé tremendamente agitado ou um braço levantado em protesto apareciam no retrovisor —, e eu fiquei me perguntando o caminho inteiro se no fundo eles não estavam torcendo para eu bater em alguma coisa.

"Pô", disse uma voz lá detrás, que eu consegui identificar como a de Stuart, "pô, eu ia detestar perder o seriado dessa semana. Lembra que eles foram pegos pelos árabes?"

"É, mas, vem cá", disse Oliver, "você sabe que eles vão escapar, não sabe?"

"Bom, mas se fosse você no lugar daquele cara, pô, o que é que *você* faria?"

"Mas, também, ele *mentiu*, né?"

"É, mas só porque eles falaram que iam atirar. Pô, o que *você* faria? Você não ia desistir, não?"

"Ah, claro, porque, pô..."

"Mas ele desistiu. Vocês viram. Ele desistiu."

"Bom, se fosse eu, quer dizer, se eu fosse aquele cara lá, *eu* não desistia."

"Ei, gente, lembra da semana *passada*?" Era Laurie, nostálgico. "Puxa, a gente levou um tremendo pito daquele lanterninha."

"Meninos", falei. "Lembrem-se, nada de briga. Comportem-se como..."

"Putz", disse Laurie. "Eu esqueci que você estava aí."

"Não estou, não", falei, irritada. "É o Barry que está dirigindo."

"Sou eu que estou dirigindo", confirmou Barry. "Estou ligando o limpador do para-brisa bem agora."

"É, mas..." A conversa continuou depois de uma pausa cautelosa. "Imagine que *fosse* você. Você consegue imaginar?"

"Bom." Esse era o Tommy, refletindo. "É como se você pegasse uma coisa que não é sua. Você não ia simplesmente *devolver*, ia, se você pegou de *propósito*? Só porque eles falaram?"

"Não", disseram várias vozes ao mesmo tempo. "Mas", disse Willie, "imagine que você *tivesse* que devolver. Quer dizer, se aparecesse polícia e tudo."

"Bom, *aí*", alguém disse, "se fosse a polícia, sim."

"Mas ele *não* fez isso", falaram dois ou três deles ao mesmo tempo.

"E aquela *garota*", disse alguém.

Houve um breve silêncio desaprovador. Então, Joey disse: "Se fosse *eu*, eu teria feito o que é certo".

"Ah, é, teria, sim." "Claro, você é um doce de pessoa." "Ãhã, *acredito*."

Parei o carro em frente ao cinema. "Escuta, Laurie", falei. "Toma cuidado com esse dinheiro e não me saia correndo pela cidade. Eu volto às quatro e meia. E não encham a barriga de porcaria, porque o jantar vai ser..."

"Tá bom, mãe, tá bom", disse Laurie. "A minha velha", comentou, dirigindo-se aos amigos, "está de pileque."

Mordi o lábio. "Divirtam-se", falei.

"Tá." Eles saíram do carro um atrás do outro, tropeçando em seus pezões, dando encontrões e empurrões uns nos outros; tiveram que descer pela porta do lado de Berry e, ao se espremerem para passar, todos deram tapinhas na cabeça dele, que dava risadinhas. Eu sorria, nervosa, tentando memorizar bonés e casacos para garantir que devolveria os nossos convidados mais ou menos no mesmo estado em que eles tinham chegado, enquanto Laurie dava ordens a todos. "Ei, espera, gente!", repetia ele.

"Tomem cuidado", falei sem querer.

Laurie olhou para mim. "Você só pode estar de pileque", disse.

Eles atravessaram a rua como as legiões de Marte desembarcando de seu disco voador; no meio do caminho, Laurie hesitou, pensou e deu meia-volta.

"Ei", disse ele, vindo até a janela do carro. "Quase esqueci. Compra alguma besteirinha para o Joey, tá bom? Um carrinho ou coisa assim?"

"Para o Joey?"

"É aniversário dele também. Ei, espera, gente." Então ele se virou e atravessou a rua correndo, enquanto eu ainda dizia: "Mas por que você não me falou isso antes? Eu teria...".

Botei a cabeça para fora da janela, ainda falando, e observei os meninos entrarem no cinema, pulando uns nos outros, seguindo na direção do balcão de pipoca. Convencendo-me de que todos eles provavelmente se tornariam bons rapazes um dia, revirei a bolsa em busca de uma moeda para botar no parquímetro, tirei Barry do carro e fui andando com ele, ainda me convencendo de que com certeza, com certeza, eles se tornariam bons rapazes um dia, enquanto seguia rumo à loja de brinquedos para comprar uma besteirinha para Joey.

Com a reação retardada que acredito ser comum a todas as mães, eu ainda sentia um misto de irritação e desconfiança em relação a Joey; ele é uns quinze centímetros mais alto que os outros meninos e costumava bater em Laurie todo dia no caminho para a escola. Embora agora ele seja um membro totalmente integrado ao grupo de amigos de Laurie, não consigo me livrar da inquietante sensação de que, quando contrariado, Joey está sempre pronto a atirar uma pedra, muito embora sempre me chame de "senhora" e seja um dos poucos meninos que se lembra de tirar o boné quando entra na nossa casa. Como não consigo esconder por completo meu nervosismo, eu faço absoluta questão de abrir um largo sorriso para Joey sempre que ele entra lá em casa (afinal, ele é cinco centímetros mais alto que eu) e, nas reuniões de pais, a mãe de Oliver, a mãe de Tommy, a mãe de Willie e eu ficamos dizendo umas para as outras que, afinal, um menino como Joey precisa de *compreensão*, não de castigo; falamos umas para as outras que ele só arruma encrenca porque se sente inseguro. Joey mora com a avó, porque seus pais morreram, e no dia em que seu irmão mais velho foi enviado para o reformatório, a mãe de Willie me telefonou e nós dissemos uma para a outra que, se conseguíssemos fazer com que Joey sentisse que é, afinal, um membro do grupo bem-aceito por todos, ele ainda poderia ser motivo de orgulho para a sua velha avó. Todas prometemos nos empenhar ao máximo para que isso acontecesse, e claro que ninguém tem realmente como provar que tenha sido Joey que jogou cimento na caldeira da calefação da escola, mas mesmo assim não consegui deixar de ficar levemente atordoada diante da ideia de que ele fazia aniversário como qualquer outra criança.

No entanto, para que o processo de reabilitação de Joey não sofresse um irrevogável revés, eu sabia que precisava agir imediatamente; então, deixei Barry sentado perto de um trator de brinquedo, entrei na cabine telefônica da loja de brinquedos e liguei para a mãe de Willie. Na mesma hora, ela pensou que havia acontecido algo de errado na festa de aniversário e que eu estava ligando para perguntar se os meninos podiam ir para a casa dela, de modo que tive que tranquilizá-la antes de lhe contar que eu havia acabado de saber que o Joey, coitado, também fazia aniversário naquele dia e nenhuma de nós jamais tivera conhecimento disso. Ela disse santo Deus, que hora para descobrir isso, e perguntou o que eu planejava fazer, coitadinho do menino. Eu respondi que achava que não tinha outra escolha, senão comprar um presente e um bolo extra para o coitadinho do menino, já que o bolo que eu tinha em casa dizia com todas as letras: "Feliz aniversário, Laurie", e seria praticamente impossível acrescentar o nome de Joey com glacê rosa no espaço que havia sobrado. Ela disse espera um instante, falou que estava prestes a confeitar um bolo que ela pretendia levar para um evento beneficente da igreja e perguntou que tal se, em vez disso, ela enfeitasse o bolo para Joey. Ela podia levar a torta de maçã para o evento da igreja e comprar alguma coisa para a sobremesa quando fosse deixar o bolo lá na minha casa. Eu respondi, muito agradecida, que isso seria a salvação da lavoura, porque eu tinha velas extras em quantidade suficiente em casa, e Joey nunca iria saber que aquela comemoração de aniversário tinha sido uma coisa de última hora. Ela falou coitadinho do menino, disse que odiava ver uma criança passar o aniversário em branco e que tinha certeza de que Helen, Sylvia e Jean ficariam com o coração apertado quando soubessem, sugerindo que eu ligasse para elas para contar, que ela deixaria o bolo na mesa da minha cozinha.

Encorajada, liguei para a mãe de Oliver, perguntei se ela sabia que Joey também fazia aniversário naquele dia, e ela disse pronto, agora não falta mais nada, que aquilo era tudo que ela precisava num dia como aquele, e perguntou que diabo nós íamos fazer. Eu falei que tinha acabado de deixar os meninos no cinema e que ainda estava na cidade e que, se ela quisesse dar alguma lembrancinha para Joey, eu poderia comprar sem nenhum problema.

"Ah, que bom", disse ela. "Então compra um livro para ele, que tal?"

"Um livro?", falei. "Para o Joey?"

"Ai, Deus", disse ela. "Um canivete, então. E fala que é presente do Oliver que depois eu acerto com você quando a gente se encontrar."

Eu disse que ia comprar também um cartão bem bonito e assinar "Oliver". Ela perguntou se os meninos estavam todos em segurança no cinema, e eu respondi que, bom, pelo menos todos estão *lá dentro*, e ela falou que bom que eu ia dar o jantar para eles naquela noite, e não ela.

Quando liguei para a mãe de Tommy, ela disse que, se por acaso eu fosse naquela loja de roupas de meninos, ela ficaria grata se eu pudesse comprar um suéter leve ou meia dúzia de pares de meia, porque tinha a impressão de que o coitadinho do menino não tinha absolutamente *nada* para vestir. Achei a ideia tão boa que a sugeri à mãe de Stuart, que, depois de exclamar que hora para descobrir isso, disse que todos os meninos viviam precisando de calças jeans novas de qualquer forma, e que eu podia mandar botar na conta dela na loja, se o meu dinheiro não desse.

Quando finalmente voltei para o carro, eu tinha dado seis telefonemas, comprado sete presentes de aniversário para Joey e uma roupa de caubói para Barry, que não sei bem como fui convencida a comprar. O bolo já estava em cima da mesa da cozinha quando cheguei em casa, e era um belo bolo, maior ainda que o de Laurie e confeitado com a mensagem: "Um aniversário muito feliz para o Joey".

Felizmente, eu ia servir espaguete no jantar para os meninos e já havia preparado tudo de manhã, de modo que só o que eu precisava fazer era passar manteiga num monte de pão e preparar uma salada simples. ("Sem nenhuma daquelas porcarias que você costuma botar na salada", tinha sido a instrução explícita de Laurie. "Só alface, tomate e rabanete fatiado, nada de marshmallow, abacaxi ou outra porcaria assim." "Eu nunca na vida botei marshmallow numa salada", falei, indignada. "Bom, eu não tenho como saber quando você vai começar", disse Laurie, pessimista.) Botei a mesa com cuidado ("Escuta, nem pensa em dar cestinhas de *bala* ou coisa assim"), usando guardanapos de papel simples, copos comuns, talheres do meu faqueiro bom e meus pratos azul-escuros, torcendo para Laurie não interpretar o azul como uma tentativa de enfeitar a mesa de aniversário. Com certa satisfação cínica, pus uma tigelinha de prata com nozes, amêndoas e castanhas em cada ponta da mesa, algo que só costumo fazer no Dia de Ação de Graças, quando a família toda se reúne. Laurie havia admitido que talvez os amigos dele não achassem tão embaraçoso assim encontrar um pequeno brinde perto do prato de cada um; ele sugeriu estilingues ou pistolas d'água, mas eu optei por ioiôs.

Barry tinha sido gentilmente convidado a se sentar do lado do aniversariante e a participar integralmente das festividades na hora do jantar. Meu marido havia nos garantido com veemência que não tinha nenhuma intenção de sair de dentro do escritório, e eu havia sido firmemente instruída a me limitar a botar o jantar na mesa e não amolar. ("Na festa do Jimmie, a velha dele ficava entrando lá toda hora", disse Laurie. "Pô!" "Por favor, não chame as mães das pessoas de velhas", falei. "A mãe do Jimmie não é muito mais velha do que..." "Você está de pileque", resmungou Laurie, suspirando.) A diversão durante o jantar seria fornecida por um daqueles joguinhos que consistem em puxar uma tirinha de papel com a descrição de um desafio que deve ser cumprido. E também — embora eu não tivesse sido informada disso, se é que isso tinha sido planejado com antecedência — por uma prova de arremesso de tomates. No cômputo geral, como planejado, seria um aniversário bastante divertido e muito bem arquitetado, desde que eu não perdesse nenhum dos meninos no cinema nem deixasse o bolo cair no chão.

Às quatro e meia, meu carro estava estacionado na frente do cinema, num espaço marcado com um aviso de "Proibido estacionar", e às quatro e trinta e cinco os meninos começaram a sair, um a um, piscando os olhos e jogando embalagens de bala no lixo. Todos deram tapinhas na cabeça de Barry ao entrar no carro, enquanto eu fazia estimativas nervosas sobre bonés, casacos e o policial parado na esquina. Quando Laurie entrou, eu me virei para trás, contei e perguntei: "Está todo mundo aqui? Stuart?".

"Aqui", disse uma voz do meio da massa de meninos na parte de trás da caminhonete.

"Joey?", falei, procurando.

"Oi?"

"O Oliver não está aqui", disse alguém. Em seguida, várias vozes acrescentaram: "É, não, o Oliver não está aqui. Cadê o Ollie?".

"Ele voltou pra pegar o sapato dele", informou Willie.

"O que aconteceu com o sapato dele?", perguntei, me virando. "O *sapato*?"

"Ah, *mãe*", disse Laurie, e um silêncio profundo tomou conta da parte de trás do carro.

"Escuta", falei, por fim, "é melhor alguém ir lá correndo buscar o Oliver, porque aquele policial..."

"Ele já está vindo ali", disse Laurie. "Anda *logo*, Ollie. Você acha que a minha velha quer ser *presa*? Além do mais, a gente tem que voltar pra *comer*, meu Deus."

"Tem sorvete", segredou Barry, dando um largo sorriso por cima do encosto do banco. "Sorvete, Laurie."

Depois que Oliver entrou no carro, eu contei os meninos mais duas vezes, anunciei que quem não estivesse ali naquele momento provavelmente teria que voltar a pé e tomei o rumo de casa. Barry entoava baixinho "Sorvete, sorvete" e, passado um minuto, alguém lá atrás disse: "Ei, vocês *lembram* daquele cara?".

"Minha nossa", alguém disse quase ao mesmo tempo em que outro dava um suspiro.

"E aqueles caras com as armas espaciais..."

"E o polvo..."

"E no seriado..."

"Sorvete, sorvete", entoou Barry.

"E quando os policiais estavam revistando a casa..."

"E o cérebro que comandava tudo..."

"E, nossa, aquele lanterninha ficou *fulo*."

Relaxei. Agora era botar o jantar na mesa, acender as velas, fazer um esforço razoável para que aquelas dezesseis mãos fossem lavadas. Senti também uma grande satisfação ao lembrar dos presentes e do bolo para Joey. "Sorvete, bolo e sorvete", entoou Barry.

Laurie se sentou numa cabeceira da mesa e Joey na outra. Os meninos se aglomeraram em volta dos dois enquanto os presentes eram abertos; um ou dois garotos ficaram um pouco espantados quando descobriram que haviam dado presentes para Joey, mas ninguém disse nada. Fiquei espiando discretamente do vão da porta, saboreando o raro prazer de uma tarefa bem-feita; Joey ficou numa felicidade tremenda e chegou até a experimentar o suéter que havia ganhado de Tommy. Mais tarde, quando a travessa de espaguete circulava pela mesa e Robert tentava cumprir o desafio de imitar uma senhora gorda entrando numa cabine telefônica com os braços carregados de pacotes, Joey levantou e veio até a cozinha, onde eu passava manteiga em mais uma leva de pães. "Muito obrigado", disse ele, encabulado.

"Muitas felicidades, Joey", falei, perguntando-me por que eu tinha passado tanto tempo ressabiada com aquele menino tão amável.

"Obrigado, senhora", repetiu ele e voltou para a mesa, e eu continuei passando manteiga nos pães. Willie tentava dar tapinhas na própria cabeça e massagear a barriga ao mesmo tempo, e eu ouvi Barry perguntando, ansioso, onde é que estava o sorvete.

Convenci meu marido a sair do escritório e levar o bolo de Laurie para a mesa, para eu poder levar o de Joey.

"Feliz aniversário", todo mundo entoou. "Feliz aniversário, Laurie e Joey."

"Feliz aniversário", Barry entoou sozinho, "feliz e sorvete."

Voltei para o escritório com o meu marido, sem saber que estava quase na hora de começar a prova de arremesso de tomates. "Quem é aquele outro menino?", perguntou meu marido.

"É o Joey. Ele está muito bem agora, que tem amigos. Começou a jogar beisebol e..."

"É aquele garoto que quebrou a vitrine da agência dos correios?"

"... e a sra. Moore disse que foi maravilhoso o modo como ele passou a se dedicar às tarefas escolares com um pouco de incentivo..."

"Aquele que botou o gato dos Henley dentro do galinheiro?"

"Você teria ficado comovido vendo o Joey abrindo aqueles presentes."

"O que eu sei", disse o meu marido, "é que se ele aparecer na Pleasant Street, o velho Martin vai estar esperando por ele com uma espingarda."

"Obviamente", falei, "se você não acredita que um pouco de generosidade e de paciência..."

"Só não se esqueça de contar os talheres depois", disse o meu marido.

Barry abriu a porta do escritório. "Quando vai ser o lanche?", perguntou. "Vem ver quanto tomate o Laurie levou."

Mais tarde, ignorando os tomates, as tiras de alface, os pedaços de pão, os fios de espaguete, os papéis de embrulho rasgados, as castanhas espalhadas pelo chão, os pedaços de fita e as cadeiras de pernas para o ar, fiquei ao lado de Laurie na varanda dos fundos para dar tchau para os convidados dele. "Obrigado pela festa, por todos os presentes e pelo bolo", disse Joey.

"De nada, foi um prazer", falei.

"Até mais, Joey", disse Laurie. "Puxa", ele comentou comigo depois que a última bicicleta se foi, "o Joey tem muita sorte mesmo."

"Ainda bem que você me contou", falei. "Eu ia me sentir péssima se não tivesse ficado sabendo que também era aniversário dele."

"É, mas você sabe o que ele vai *ganhar*? O tio dele vai com ele pro hipódromo agora à noite e vai deixar o Joey apostar em tudo quanto é corrida. Puxa." Eu comecei a rir, e Laurie se virou e olhou para mim, intrigado. "Qual é a graça?"

"Não, nada", respondi. "Acho que só estou de pileque."

"Está o quê?"

"De pileque", respondi. "Não conte pro seu pai."

Laurie ficou um tempo olhando para mim, depois sacudiu a cabeça como quem diz "não tem jeito". Em seguida, estendeu o braço e deu uns tapinhas no meu ombro, com ar de aprovação. "De qualquer forma, foi uma festa bem legal", disse. "Vamos lá, minha velha, vamos começar a arrumar aquela bagunça."

.09

Jack, o Estripador

O homem hesitou na esquina, perto do sinal de trânsito, depois seguiu pela rua transversal, andando devagar e observando as poucas pessoas que passavam por ele. Já era meia-noite e tanto, e as ruas estavam quase tão desertas quanto ficavam nas horas mais mortas. Enquanto descia a rua escura, o homem estacou por um momento, acreditando avistar uma garota morta na calçada. Ela estava quase encostada na parede de um prédio; poucos metros adiante, uma pequena placa indicava que ali havia um bar e, ao ver a placa, o homem começou a andar de novo, mas depois tornou a se virar para a garota.

Ela estava tão bêbada que, quando ele a sacudiu e tentou botá-la sentada, ela logo tombou para trás, com os olhos semicerrados e as mãos se arrastando pela calçada. O homem se levantou e ficou olhando para ela por alguns instantes, depois se virou de novo e foi até o bar. Quando abriu a porta e entrou, viu que o lugar estava quase vazio; havia apenas um grupo de três ou quatro marinheiros na outra ponta do balcão, e o balconista estava perto deles, conversando e rindo. Também havia um homem no canto do balcão que ficava perto da porta e, depois de olhar em volta por um momento, o homem que havia acabado de entrar foi até lá.

"Escuta", disse ele, "tem uma garota estendida na calçada aqui em frente."

O homem que estava no canto do balcão olhou para ele, em silêncio.

"Eu só estava passando por acaso por aqui", continuou o homem que tinha acabado de entrar, num tom mais urgente, "e a vi no chão. Acho que é preciso fazer alguma coisa. Ela não pode ficar lá." O homem no canto do balcão continuou olhando para ele. "Ela não parece ter mais que uns 17 anos."

"Tem um telefone lá no fundo", disse o homem no canto do balcão. "Liga pro prefeito."

O balconista veio andando calmamente em direção àquela ponta do balcão, o sorriso desaparecendo do rosto à medida que se aproximava. Quando chegou perto do homem que havia acabado de entrar, parou ali, sério, à espera.

"Escuta", repetiu o homem, "tem uma menina de 16, 17 anos estendida na calçada aqui em frente. É melhor nós a trazermos aqui pra dentro."

"Liga pro prefeito", disse o homem no canto do balcão. "O número dele está no catálogo."

"Eu só estava passando", disse o outro homem, "e a vi deitada lá."

"Eu sei", disse o balconista.

"Mencione o meu nome", recomendou o homem no canto do balcão. "Diga que fui eu que falei pra você ligar."

"Eu fiz o possível pra ela ficar bem confortável e tudo", disse o balconista. "Botei a bolsa dela logo ao lado, num lugar bem conveniente e tudo." Deu um sorriso afável. "Espero que você não tenha incomodado a menina."

"Ela não pode ficar deitada lá", disse o homem, elevando ligeiramente a voz. "Não vai me dizer que você pretende deixar a garota lá, não é?"

"Com certeza ele vai se lembrar de mim", disse o homem no canto do balcão, fazendo que sim com a cabeça. "Tão cedo ele não vai se esquecer de mim."

"Ela gosta de ficar lá", disse o balconista. "Dorme lá quase toda noite."

"Mas é uma menina de 15, 16 anos!", bradou o homem.

O balconista apoiou as mãos na beirada do balcão e, inclinando-se na direção do homem, disse num tom mais ríspido: "Ela pode levantar e ir pra casa quando quiser. Não tem que ficar lá. Ela que levante e vá pra casa".

"Não vai esquecer *mesmo*, não tão cedo", disse o homem no canto do balcão.

"Toda noite ela vem aqui e enche a cara", continuou o balconista. "Volta e meia eu a deixo tomar uma cerveja de graça. Agora você quer que eu arranje um quarto pra ela também?" Ele se desencostou do balcão e sua voz ficou mais suave. "Ela dorme que nem um bebê, não é?" Então se virou de repente e voltou para perto dos marinheiros. "Mais um bêbado", disse para eles.

O homem foi até a porta e a abriu, ainda hesitante. Depois saiu.

"Não esquece de dizer pra ele o que eu falei pra você", gritou o homem no canto do balcão.

Quando voltou para perto da menina, o homem viu que ela continuava na mesma posição, com o rosto encostado na calçada e os joelhos encostados na parede. A bolsa estava ao seu lado no chão, e ele pegou a bolsa e a abriu. Não havia dinheiro dentro dela; tinha um batom barato, uma chave, um pente e um caderninho. O homem botou tudo de volta dentro da bolsa, menos o caderninho; ele o abriu e encontrou, logo na primeira página, o nome e o endereço da menina. Virou a página e notou uma lista de cerca de vinte bares, com endereços e, em alguns casos, o nome dos balconistas. Algumas páginas depois, encontrou outra lista, desta vez de marinheiros, cujos nomes eram seguidos do nome do navio e de uma data, aparentemente a data da última vez em que o navio tinha vindo para Nova York. As anotações estavam escritas numa letra grande e infantil, com is sem pingos, ts sem traços e ocasionais erros de ortografia. Perto do fim do caderno, havia uma fotografia guardada entre as páginas. Nela, via-se a garota entre dois marinheiros, ambos com a cabeça encostada na dela, os três sorrindo. A menina da foto parecia contente e insossa; deitada no chão, ela parecia magra e quase bela. O homem botou a fotografia de volta dentro do caderno e o caderno de volta dentro da bolsa; depois, levando o caderno, foi andando até a esquina e fez sinal para um táxi. Com o táxi esperando, ele voltou para perto da menina, levantou-a, carregou-a para dentro do táxi e em seguida entrou também. A menina ficou esparramada no banco, e o homem teve que se sentar no canto para lhe dar espaço. Quando ele falou para o motorista o endereço que tinha visto no caderno, o motorista, levantando os olhos para olhar para ele pelo espelho retrovisor, deu de ombros e se pôs a caminho.

A casa ficava numa vizinhança horrível, velha e suja, e o motorista, parando o táxi, disse: "É aqui, senhor". Virando a cabeça para trás, ele olhou para a garota e perguntou, em dúvida: "Quer ajuda?".

O homem tirou a menina do táxi, segurando-a pelas pernas e puxando-a até conseguir apoiar os pés dela no chão, depois a pegou pela cintura e a botou em cima do ombro. Com a garota pendurada no ombro, pegou dinheiro dentro do bolso para pagar o motorista e depois, ainda segurando-a pelas pernas, entrou na casa.

O hall era iluminado com lampiões a gás, e a escada era extremamente estreita e íngreme. O homem bateu na primeira porta, primeiro com os nós dos dedos e depois, obstinado, com os sapatos da menina, balançando as pernas dela para a frente e para trás.

De algum lugar do outro lado da porta, uma voz de mulher perguntou: "Que é?". Por fim, a porta se abriu um pouquinho e a mulher botou a cara na fresta. Estava escuro demais para o homem conseguir ver como era a mulher, mas ela perguntou: "Quem é? É a Rose? Ela mora no sexto andar. Última porta à direita". A porta se fechou de novo. O homem examinou a escada e pensou. Não havia espaço no hall para pousar a menina, então ele segurou as pernas dela com mais firmeza e começou a subir os degraus. Parava a cada patamar para recuperar o fôlego, mas mesmo assim chegou ao sexto andar arfando muito e se locomovendo lentamente, botando os dois pés em cada degrau. Ficou encostado na parede por um momento, tentando deslocar o peso da menina, depois andou em direção à última porta à direita. Botando a garota no chão, abriu a bolsa dela, pegou a chave e abriu a porta. Estava escuro demais para ver o que havia lá dentro, então ele acendeu um fósforo e entrou, tentando encontrar alguma luz. Depois de acender três fósforos, encontrou uma vela, que ele acendeu e prendeu em cima da cômoda com cera da própria vela. No quarto, cabia apenas uma cama e a cômoda; atrás da porta havia três ganchos, nos quais estavam pendurados um quimono de seda rasgado e um par de meias finas e sujas. A cama estava coberta por uma colcha, sobre a qual havia um travesseiro sujo, sem fronha. Em cima da cômoda havia alguns grampos de cabelo e uma caixa de fósforos. O homem abriu as quatro gavetas da cômoda; todas estavam vazias menos a de cima, onde havia um abridor de garrafas e duas ou três tampinhas de garrafas de cerveja. Depois de examinar o quarto, o homem foi até o hall, onde havia deixado a garota, segurou-a por baixo dos braços e a arrastou para dentro. Botou-a em cima da cama e a cobriu com a colcha. Abriu a bolsa dela e pegou o caderno, folheando-o até encontrar a fotografia, que botou dentro do bolso. Pousou a chave em cima da cômoda e o caderno ao lado dela e então, antes de assoprar a vela, pegou a faca dele. A faca tinha um cabo de osso polido e uma lâmina comprida e incrivelmente afiada.

Ele pegou um táxi na esquina próxima ao cortiço, dando ao motorista um endereço situado numa área nobre de Manhattan, e alguns minutos depois já estava em casa. Quando saiu do elevador do seu prédio, parou um momento, examinou as mãos e os sapatos, depois tirou cuidadosamente um fiapo da manga do casaco. Abriu a porta do apartamento com a sua própria chave e entrou no quarto em silêncio. Quando acendeu a luz, sua esposa se remexeu na cama, depois abriu os olhos. "Que horas são?", murmurou ela.

"É tarde", disse ele. Em seguida foi até ela e lhe deu um beijo.

"Por que você demorou tanto?", perguntou ela.

"Eu parei para tomar uns drinques depois da reunião", disse ele. Foi até a cômoda, pousou suas chaves e olhou para a foto da esposa no porta-retrato alto. Metendo a mão no bolso, pegou a fotografia da menina com os dois marinheiros e pensou um pouco; então foi até a penteadeira da mulher e, com a tesourinha de unha dela, cortou fora os dois marinheiros, deixando só a garota na foto. Botou esse pedaço de foto no canto inferior do porta-retrato em que estava a fotografia de sua esposa. Acendeu um cigarro e ficou olhando para o porta-retrato.

"Você não vem pra cama?", perguntou a mulher, sonolenta.

"Não", respondeu ele. "Acho que vou tomar um banho."

JARDIM NOTURNO

SHIRLEY JACKSON

.10

A lua de mel da sra. Smith

(Versão I)

Quando entrou na mercearia, ela teve a nítida impressão de que estava interrompendo uma conversa a respeito dela e do marido. Debruçado sobre o balcão para conversar confidencialmente com uma freguesa, o merceeiro se levantou de um salto e fez um sinal com os olhos, e de repente todo mundo que estava na loja, fosse empregado ou freguês, encontrou um motivo para se concentrar em uma prateleira de produtos, em sua lista de compras ou em sua sacola. Para onde quer que olhasse, parecia que ela sempre flagrava um olhar rápido e ávido em sua direção, que sempre se voltava para baixo assim que ela se virava, e então o merceeiro disse em voz alta e clara: "Boa tarde, sra. Smith", ao que um suspiro lento, quase imperceptível, varou a mercearia.

"Boa tarde", respondeu a sra. Smith.

"O que vai ser hoje?", perguntou ele, mexendo as mãos nervosamente no balcão. "Um pedido grande para o fim de semana?" Eram perguntas que ele fazia para quase todos os fregueses, mesmo os que só haviam começado a fazer compras lá havia pouco, como a pequena sra. Smith, mas, quando ele falou com ela, sua voz saiu com um vigor incomum, e ele tossiu, constrangido.

"Eu não preciso de muita coisa, não", respondeu a sra. Smith. "O meu marido está com a ideia de irmos passar o fim de semana fora." De novo, aquele longo suspiro percorreu a mercearia, e ela teve a clara sensação de que as pessoas se aproximavam só para escutar o que ela dizia. "Um pão de fôrma", disse ela. "Trezentos mililitros de creme. Uma lata pequena de ervilha." Ela estava com os olhos fixos na lista que havia preparado fazia alguns minutos em seu apartamento; no início, alguns dias antes, ela havia perambulado pela mercearia como as outras mulheres faziam, mas agora que sabia que elas mantinham certa distância dela, lançando-lhe olhares de esguelha de propósito, achou melhor ir direto ao balcão e ler sua lista para o merceeiro. *Como essas pessoas são bobas*, pensou e em seguida disse: "E também duzentos gramas de manteiga e três costeletas de cordeiro". Uma para mim e duas para o meu marido , sentiu vontade de dizer na cara daquelas pessoas. Sim, para o meu *marido*, ela desejou dizer, virando-se para olhar nos olhos de cada uma delas, porque até mesmo uma solteirona de 38 anos às vezes consegue encontrar um homem que a estime e proteja. *Ainda bem*, ela pensou com tristeza, *que elas não sabem como nós nos conhecemos.*

"Café?", perguntou o merceeiro. "Chá?"

"Meio quilo de café", disse ela, sorrindo. "Eu adoro café. Sou capaz de tomar café o dia inteiro, se deixar."

"*Meio quilo*?", disse o merceeiro, espantado.

"Sim." Ela segurou com firmeza a beirada do balcão, para não tropeçar nas palavras. "O meu marido não gosta de café", disse. "Mas eu adoro."

Mais uma vez, embora já estivesse preparada para isso, ela ouviu com surpresa aquele vago suspiro e de novo o silêncio de expectativa. *O que elas querem que eu faça*, ela se perguntou, *que finja que sou viúva?* O açougueiro, que tinha ouvido o pedido dela, atravessou a mercearia silenciosamente e botou um pacote com as costeletas de cordeiro em cima do balcão, depois lançou um rápido olhar por cima do ombro na direção dela e voltou apressado para o açougue, do outro lado da loja. "Obrigada", disse a sra. Smith, e logo em seguida o merceeiro começou a fazer um estardalhaço, tremendo com as sacolas de papel para abrir uma delas e pôr as compras. *Uma coisa boa de ser alvo de tanta atenção*, pensou a sra. Smith, *é que eu nunca tenho que* esperar *em lugar nenhum; essas mulheres todas já estavam aqui antes de mim, e, no entanto, eu já estou com as minhas compras, enquanto...*

O merceeiro se inclinou na direção dela de repente. "Sra. Smith", disse ele, "imagino que caiba a mim falar, mas é que aqui na vizinhança as pessoas tentam ser prestativas, e mais cedo ou mais tarde alguém vai ter que falar para a senhora..." Ele se calou, desamparado, e o silêncio que se seguiu foi imenso. "Será que *ninguém* vai falar para ela?", perguntou ele, e ninguém se mexeu nem disse nada.

A sra. Smith riu timidamente. "Ninguém precisa me falar nada", respondeu ela. "Eu sei que não tenho muita experiência como dona de casa e imagino que vá cometer todo tipo de erro bobo", ela hesitou, ouvindo de novo aquele suspiro ansioso, "mas todos vocês têm sido extremamente gentis, e eu agradeço a todos por quererem me ajudar."

"Ah, meu Deus", disse o merceeiro, fazendo um gesto largo, abarcando a loja inteira. "*Ninguém* vai falar?", perguntou, e de novo o silêncio foi total.

"Bom", disse a sra. Smith, relutante. "Muito obrigada." Deu um sorrisinho na direção das outras mulheres e pegou sua sacola de compras. "Imagino que na segunda já estejamos de volta", disse para o merceeiro. "Bom fim de semana."

Enquanto o merceeiro olhava para ela de boca aberta, a sra. Smith se virou e foi andando até a porta. Ao fechá-la depois de sair, ouviu o merceeiro dizer, irritado: "Vocês todos só ficam aí *parados...*". *Gente esquisita*, pensou a sra. Smith; *vizinhanças de cidades grandes no fundo são iguaizinhas às de cidades pequenas: sempre ficam tensas com pessoas novas. E eu sou uma pessoa nova*, pensou, feliz; *depois de trinta e oito anos, eu me tornei uma nova pessoa. Sra. Charles Smith*, pensou; *imagino que eu deixe as outras pessoas constrangidas porque estou meio boba com isso.*

Não era uma coisa exatamente nova para ela, aquela reação de estranha surpresa que ela vinha encontrando em toda parte; na verdade, a primeira pessoa a ficar surpresa tinha sido ela própria, Helen Bertram, quando Charles Smith, olhando nervoso para o biscoitinho de arroz ao lado da sua xícara de chá, disse, quase gaguejando: "Eu não imagino que você já tenha pensado alguma vez em... se casar, pensou?". Surpresa, refletiu agora a sra. Smith, muito provavelmente havia sido a principal emoção estampada no rosto dela, surpresa e depois, rapidamente, uma felicidade incrédula; *foi sorte ele não ter olhado para mim naquele momento*, pensou, e quase riu. *Sra. Charles Smith.* Nesse momento, ela se deu conta de que tinha parado na frente de uma loja de vestidos e, para qualquer pessoa que passasse, poderia parecer que ela admirava com ar cobiçoso algumas camisolas de renda preta expostas na vitrine; *santo Deus*, pensou, recuando e corando; *espero que ninguém tenha me visto* aqui; *imagine uma coisa dessas na* minha idade.

"Será que a senhora me acharia muito atrevido", perguntava ele naquela manhã luminosa, fazia agora duas semanas e três dias, "se eu puxasse conversa com a senhora?"

Ela o tinha achado inacreditavelmente atrevido, tinha ficado atônita, tinha quase se enrolado em seu xale preto e saído friamente de lá, mas depois, no último minuto, mudando a sua vida, acabou retribuindo o sorriso dele e disse: "Não, claro que não".

"Está um dia muito bonito", disse ele.

"Está mesmo", concordou ela.

"E o ar marinho é revigorante."

"Muito revigorante."

E naquela noite, durante o jantar, num restaurante no píer, ele havia lhe falado, com sobriedade, da sua falecida esposa, da pequena casa agora fechada e abandonada em que os dois haviam passado seus quinze anos de vida em comum, dos seus patrões generosos, que haviam lhe dado um mês de licença para que se recuperasse do luto. "Mas um homem se sente muito só, eu acho", ele disse, e ela fez que sim, com tristeza e, ao mesmo tempo, com inveja da mulher que pelo menos tinha desfrutado daqueles quinze anos. Então, ela lhe contou sobre o pai dela e sobre os longos e solitários anos em que cuidou da casa, enquanto o tempo passava, e sobre o dinheiro do seguro, que seria a conta exata para ela levar uma vida modesta, se tivesse cuidado. "Pelo menos", acrescentou corajosamente, "eu não vou ter que sair por aí para tentar arranjar um... *emprego* nem nada assim."

"Você também deve se sentir muito só", disse ele, dando um tapinha rápido e tímido na mão dela.

Até mesmo os guardanapos do restaurante no píer cheiravam a peixe, e a mesa era granulosa, como que polvilhada de sal. "Acho que foi por isso que eu falei com você, na verdade", confessou ele. "Eu sabia que estava sendo atrevido, mas imagino que eu tenha pensado que talvez você também se sentisse sozinha."

"Fico muito feliz", ela disse timidamente. "Que você tenha falado comigo, eu quis dizer."

"A minha esposa", disse ele, "a minha *falecida* esposa, a Janet, teria ficado furiosa. Acho que eu estava com receio de que você também ficasse. *Ela* teria se levantado e ido embora."

Lembrando-se de que ela própria tinha ficado a um triz de se levantar e ir embora, Helen Bertram, que muito em breve se tornaria a sra. Charles Smith, deu uma risadinha e disse: "Para mim, isso é bobagem. Pessoas solitárias têm todo o direito de fazer amizade umas com as outras".

E então, três dias depois, eles foram tomar chá juntos numa casa de chá chinesa e, olhando de um jeito constrangido para o biscoitinho de arroz, ele perguntou se ela alguma vez já tinha pensado em se casar. Agora, ao entrar no hall do prédio onde eles iriam morar até que a casa ficasse pronta, a pequena sra. Smith se perguntava, como já fizera tantas outras vezes nos últimos dias, como era possível que a vida de duas pessoas mudasse completamente por obra de um simples acaso, pela combinação de um dia bonito com o ar marinho, por uma súbita palavra compreensiva e pela percepção de que um inesperado conforto podia advir de uma melancolia compartilhada — ainda que, disse a si mesma, conscienciosa, ela não viesse se sentindo *tão* triste assim naqueles últimos dias. Lembrou-se com certo carinho da primeira esposa dele, a falecida Janet, e de novo, como já tinha feito outras vezes naqueles últimos dias, prometeu a Janet que o sr. Smith não seria menos feliz com a segunda esposa do que havia sido com a primeira.

O apartamentinho que o sr. Smith tinha alugado para eles ficava no terceiro andar, e subir até lá era uma escalada e tanto para a sra. Smith, que já não era mais nenhuma criança, principalmente tendo que carregar uma sacola de compras. Ela parou para descansar no segundo andar e então lembrou, tarde demais, que a sra. Armstrong morava naquele andar e já havia demonstrado um interesse quase excessivo em ser uma vizinha atenciosa; ao descer para ir à mercearia, a sra. Smith tinha passado correndo pela porta da sra. Armstrong e ouvido a porta abrir atrás dela; agora a porta se abriu de novo e a sra. Smith foi pega em cheio.

"É a senhora, sra. Smith?"

"Boa tarde", disse a sra. Smith por cima do ombro, andando com certa pressa em direção à escada.

"Espere um instante que estou indo aí." O trinco da porta da sra. Armstrong estalou e a porta se fechou atrás dela. A sra. Armstrong atravessou o hall às pressas, meio esbaforida, e foi até a escada, onde a sra. Smith a esperava. "Achei que não fosse conseguir pegá-la", disse a sra. Armstrong. "Eu estava esperando a senhora voltar. A senhora foi... fazer compras?"

Como segurava uma sacola, a sra. Smith só precisou fazer que sim com a cabeça e, então, tentou escapulir seguindo escada acima, mas a sra. Armstrong foi atrás dela, resoluta. "Bom, eu achei que a senhora não fosse voltar nunca", disse a sra. Armstrong, ofegante. "Eu falei para o Ed que não ia deixar passar nem mais um dia, nem mais um *único* dia, sem conversar com a senhora. A *senhora* faria o mesmo por *mim*, sabe? Sendo a sua vizinha mais próxima e tudo."

Ela seguiu a sra. Smith até o terceiro andar e esperou, com a mão ao lado da barriga e respirando ruidosamente, enquanto a sra. Smith destrancava a porta do pequeno apartamento onde ela e o sr. Smith morariam até que a casinha do sr. Smith estivesse pronta para recebê-los. A sra. Armstrong era a primeira pessoa de fora a entrar no apartamento, e a sra. Smith se deu conta, nervosa, de que não estava muito bem equipada para receber visitas; eles haviam desencaixotado tão pouca coisa e viviam de um jeito tão improvisado, na expectativa de se mudarem para a casa, que o apartamento parecia desguarnecido, sem nada que o tornasse acolhedor. "Nós ainda não nos instalamos de verdade", a sra. Smith explicou como que se desculpando, fazendo um gesto na direção das inadequadas instalações. "Para ser sincera, nós só vamos ficar aqui até..."

"Ah, é claro. Coitadinha da senhora. Imagino que ele tenha lhe falado para ficar longe dos vizinhos, não foi?"

"Não", respondeu a sra. Smith, surpresa. "Eu sempre demoro muito para fazer amizades, então acho que..."

"Ah, coitadinha, *coitadinha*. Mas agora vai ficar tudo bem. Estou felicíssima por ter resolvido vir conversar com a senhora."

A sra. Smith pousou a sacola de compras na mesa da cozinha e voltou para a sala para pendurar o casaco no armário do hall, ao lado da capa de chuva — ainda pouco familiar para ela — do sr. Smith, e ficou contente, apesar da presença da sra. Armstrong, com a ideia de dividir o armário com outra pessoa. Mais para a frente, quando fosse tirar todas as suas roupas das malas na casa do sr. Smith, ela teria um armário só seu, o armário revestido de cedro, dissera o sr. Smith, em que antes ficavam guardadas as roupas da primeira sra. Smith.

A sra. Armstrong tinha entrado na cozinha sem a menor cerimônia e tirava as compras de dentro da sacola. "A senhora comprou pouca coisa, não?", perguntou. "Faço café para nós duas? Ou *ele* deve chegar daqui a pouco?"

"Ele só chega perto da hora do jantar", respondeu a sra. Smith, tentando ser afável. "Obrigada, eu estou mesmo com vontade de tomar café. E comprei pouca coisa porque estamos planejando viajar amanhã; vamos começar a ajeitar a nossa casa, que ficou um bom tempo fechada." *Pronto*, pensou, *agora eu já contei tudo para ela e talvez a gente possa se sentar para tomar café e conversar sobre o tempo até ela ir embora.*

"Vocês vão viajar *amanhã*?", perguntou a sra. Armstrong, com o rosto empalidecendo de forma alarmante. "*Amanhã*?" Ela se sentou pesadamente numa cadeira da cozinha, de olhos arregalados.

"O sr. Smith tem uma casa nos arredores da cidade, a uns vinte e cinco quilômetros daqui, e ela está fechada há meses." A sra. Smith entrou na cozinha e se sentou, perguntando-se quantos detalhes a sra. Armstrong acreditaria que ela lhe devia como uma mulher recém-casada. "Nós alugamos este apartamento por algumas semanas para poder ajeitar a casa antes de nos mudarmos para lá. O porão..."

"O porão", repetiu a sra. Armstrong, num sussurro.

"O porão está precisando de um piso novo. Enquanto o sr. Smith bota o piso novo no porão, eu vou lavar as janelas, esfregar..."

"Ah, coitadinha, coitadinha da senhora", disse a sra. Armstrong.

"Não acho que eu seja digna de pena, sra. Armstrong." A sra. Smith adotou um tom de voz um pouco mais firme; tudo aquilo soava como uma crítica velada ao seu marido, e a sra. Smith tinha uma visão austera das obrigações de uma esposa, principalmente em se tratando de uma esposa que fora salva da solidão e da infelicidade no que com certeza era o último minuto. "O sr. Smith já foi casado, é verdade, mas eu não acho que a antiga esposa dele..."

"A antiga esposa dele", disse a sra. Armstrong. "Claro. Todas as seis."

"Como?"

"Por que a senhora acha que todo mundo aqui na vizinhança anda se perguntando o que fazer e discutindo esse assunto? Alguns de nós achamos que precisávamos ir à polícia, mas claro que a polícia sempre é tão dura com as pessoas quando elas se enganam. A senhora acha que as pessoas aqui da vizinhança são *cegas*?"

"Eu acho que as pessoas aqui da vizinhança têm sido muito atenciosas, e com certeza eu sou grata..."

"Saiu nos jornais", a sra. Armstrong contou, desesperada. "A senhora não sabia que tinha saído nos jornais?"

"Eu não leio jornal, sra. Armstrong. O sr. Smith e eu concordamos a esse respeito, felizmente. Jornal, rádio, todas as formas de comunicação de massa..."

"Talvez", disse a sra. Armstrong gravemente, "talvez não lhe fizesse mal desta vez... não lhe faria nenhum *mal*, me escute, dar uma olhadinha nesse recorte que eu tenho aqui. Veja a foto, pelo menos."

Achando certa graça, a sra. Smith olhou brevemente para o recorte que a sra. Armstrong havia tirado do bolso do avental. *Sensacionalismo*, pensou a sra. Smith; *como as pessoas adoram isso*. "Muito interessante", disse educadamente a sra. Smith.

"E a foto?", perguntou a sra. Armstrong. "Esse aí se parece com alguém que a senhora conhece?"

"Não, sra. Armstrong. Eu não tenho nenhum conhecido que tenha foto publicada em jornal."

"Bem." A sra. Armstrong se recostou na cadeira e soltou um longo suspiro. "A senhora sabe o que esse sujeito fez, esse que está aí no jornal?"

"Confesso que eu não li."

A sra. Armstrong pegou o recorte e olhou de novo para ele. "Seis esposas", disse ela. "Ele afogou seis esposas na banheira, e elas foram encontradas enterradas no porão. Seis."

A sra. Smith riu alto. "Eu sei que isso fascina a *senhora*", ela começou a dizer, mas a sra. Armstrong a interrompeu.

"Eles só têm essa foto porque uma vizinha por acaso tirou um instantâneo dele entrando no chalé. *O* chalé. Mais tarde, depois que eles encontraram... depois que eles cavaram lá no porão... eles conseguiram essa foto e a ampliaram. Parece que é uma imagem *muito* fiel."

"Sra. Armstrong, *sinceramente*, eu..."

"Agora, esse sujeito ainda está solto por aí, eles não sabem onde. Um assassino de mulheres. Ele as afoga na banheira e depois enterra..."

O café ficou pronto e, aliviada, a sra. Smith foi até o fogão, tirou a cafeteira do fogo e se virou para pegar xícaras e pires dentro do armário. *Eu não vou oferecer a ela uma segunda xícara de café*, pensou a sra. Smith; *assim que ela terminar a primeira, eu começo a recolher a louça e, se continuar contando essas histórias vulgares horrorosas, eu a ponho para fora daqui*; *de qualquer forma*, continuou pensando a sra. Smith, *vou ser bem fria com ela na próxima vez que nos encontrarmos; ela não é de maneira alguma o tipo de conhecida que o sr. Smith iria gostar que eu tivesse; imagine se ela se considerar uma amiga próxima o bastante para ir nos visitar quando estivermos na nossa casa nova. O que a querida Janet iria pensar, se visse uma pessoa assim na casa dela?*, perguntou-se, sorrindo consigo mesma "Açúcar?", ofereceu educadamente a sra. Smith.

A sra. Armstrong tamborilava os dedos na mesa, impaciente. "Escute, querida", disse ela assim que a sra. Smith se virou, "eu não quero ser intrometida, mas *por favor* tente ver a coisa pelo nosso lado. Nós — e isso quer dizer todos nós, todo mundo aqui da vizinhança, porque nós todos vimos a foto e estamos praticamente todos de acordo e tem até alguns, como já lhe falei, que querem ir à polícia — nos afeiçoamos à senhora. Tenho que admitir que não é nada fácil fazer amizade com a senhora, mas mesmo assim ninguém tem absolutamente nada de negativo a falar a seu respeito. E, se estivermos errados, nós seremos os primeiros a reconhecer."

"É muita bondade da parte de vocês todos pensar tão bem de mim. Eu *sou* de fato uma pessoa muito tímida, embora tente não ser."

"Ele fez a senhora contratar um seguro?", a sra. Armstrong perguntou de chofre.

A sra. Smith ficou intrigada. "Ele? A senhora quer dizer o sr. Smith?"

"Sim, o sr. Smith."

"Bom... sim. Mas não é isso que a maioria das pessoas casadas faz? É o mínimo que nós poderíamos fazer um pelo outro", explicou a sra. Smith, repetindo o que o sr. Smith dissera para ela, "para garantir que, se alguma coisa acontecer a um de nós, o outro tenha o seu sustento assegurado. Claro que dinheiro nenhum jamais poderá compensar a perda de um cônjuge querido, mas nenhum de nós dois é mais nenhuma criança e..."

"Eu não quero assustar a senhora", disse a sra. Armstrong. "Se acontecer de nós todos estarmos enganados, como eu disse, nós vamos ser os primeiros a dar a mão à palmatória e reconhecer o nosso erro. Como foi que a senhora conheceu o sr. Smith?"

"Sinceramente", disse a sra. Smith, enrubescendo. "Eu não creio..."

"Ele disse alguma coisa estranha? Alguma coisa que levantasse suspeitas?"

"O sr. Smith já foi casado", explicou pacientemente a sra. Smith. "Foi casado com uma mulher íntegra e maravilhosa, e foi ele próprio que me disse isso. Nós discutimos a situação a fundo, e eu garanto à senhora que não tenho nenhuma intenção de tentar tomar o lugar dela. Eu e o sr. Smith estávamos ambos muito solitários e sabemos que não podemos esperar que o nosso casamento seja parecido com o de um casal de jovens de 20 anos. Eu não tenho nenhum motivo para desconfiar que o sr. Smith tenha agido de forma suspeita ou desonrosa para comigo em momento algum."

"A senhora revistou as coisas dele?"

"Sra. Armstrong!"

"O mínimo que a senhora pode fazer é descobrir se ele tem uma faca ou um revólver... mas não. Ele não usa nada disso, não é?" Ela estremeceu. "Sei lá, mas acho que eu ia preferir uma faca", disse ela. "Banheira tem em tudo que é lugar."

A sra. Smith falou da maneira mais educada que pôde. "Sra. Armstrong, eu lhe garanto, do fundo do meu coração, que eu não tenho absolutamente nenhum interesse por crimes sórdidos. Não estou, claro, querendo criticar o seu prazer em pensar em assassinatos e mortes súbitas, mas isso simplesmente não é um assunto que me agrade. Que tal se falássemos de alguma outra coisa enquanto terminamos nosso café?"

"Acho que eu não quero mais café", disse a sra. Armstrong quase emburrada, depois se levantou. "Bom", acrescentou num tom quase ameaçador, "só não venha me dizer depois que eu não avisei."

A sra. Smith riu, vibrando intimamente por sua visita ir embora tão rápido. "Morar numa cidade grande às vezes faz as pessoas remoerem coisas horríveis", disse ela. "Ainda bem que logo, logo nós vamos para o campo."

A sra. Armstrong parou no vão da porta e ergueu as mãos num gesto eloquente. "*Escute*", disse, "só o que eu posso dizer é que, se a senhora precisar de ajuda — *qualquer* ajuda, a *qualquer* hora —, basta abrir a boca e gritar, está bem? Porque o Ed, o meu marido, vai subir correndo até aqui. Só o que a senhora precisa fazer é gritar ou bater o pé com força no chão ou, se conseguir fugir, bater na nossa porta lá embaixo. Um de nós com certeza vai estar lá. Lembre-se, é só gritar."

"Obrigada", disse a sra. Smith. "Pode deixar que eu chamo se precisar de alguma coisa."

Quando ia fechar a porta, a sra. Armstrong de repente a abriu de novo e disse, tentando soar bem-humorada: "Só não tome banho de banheira". E fechou a porta. Depois, gritou da escada: "Obrigada pelo café".

A sra. Smith soltou um suspiro de alívio e foi para a cozinha lavar as xícaras. Depois de lavar e secar as duas xícaras e os pires, pegou uma xícara limpa para si, encheu-a de café e foi se sentar perto da janela da sala. Olhando para a rua escura e suja lá embaixo, mergulhou de novo no estado de serena felicidade em que se encontrava antes; *três semanas atrás*, disse a si mesma, *eu estava extremamente infeliz e não tinha um único amigo no mundo. O pai tinha partido e lá estava eu, completamente sozinha e até* — tentou passar pela lembrança o mais rápido possível — *pensando em como seria entrar no mar e simplesmente ir andando e andando, então ele se sentou do meu lado e perguntou: "Será que a senhora me acharia muito atrevido?"*. A sra. Smith deu uma risadinha furtiva e bebericou seu café.

Estava grelhando as costeletas de cordeiro quando o barulho da chave do marido na fechadura a fez sair da cozinha e ir para a sala. Eles ainda estavam um pouco acanhados um com o outro, de modo que a sra. Smith não teve coragem de correr até a porta para recebê-lo, mas ficou comovida quando ele entrou e atravessou quase a sala inteira para lhe dar um beijo carinhoso na testa. "Como está a minha esposa?", perguntou ele.

"Senti sua falta o dia inteiro", respondeu ela. "Conseguiu resolver o assunto que precisava?"

"Consegui, sim", disse ele. "Acho que acertei tudo."

"Eu acabei de me dar conta de que nem sei se você *gosta* de costeleta de cordeiro", comentou ela, indo às pressas até a cozinha. "Espero que sim."

"É um dos meus pratos favoritos", disse ele, entrando na cozinha e se sentando na mesma cadeira em que a sra. Armstrong havia se sentado. "Aconteceu alguma coisa de especial hoje?"

"Não." Concentrando-se, a sra. Smith examinou a pequena mesa de jantar posta, agora, com uma miscelânea de louças e talheres; quando tivesse a sua casa, ela usaria louças do mesmo aparelho de jantar e talheres do mesmo faqueiro. "Só a vizinha do andar de baixo que veio aqui e ficou um pouco", disse ela.

Passou-se um minuto de silêncio e então o sr. Smith perguntou, num tom indiferente: "O que ela queria?".

Com cuidado, a sra. Smith serviu as costeletas de cordeiro e as ervilhas e botou uma batata assada no prato do sr. Smith. "Só jogar conversa fora", disse ela; "nós tomamos café e ela ficou tagarelando tanto que eu cheguei a pensar que ela não fosse embora nunca."

"Sobre o quê? Quer dizer, o que alguém como ela poderia ter a dizer para *você*?"

"Na verdade, eu nem prestei atenção; só estava torcendo para ela ir embora logo. Ela é daquelas pessoas que adoram assassinatos com detalhes sanguinolentos, e eu quase achei que não ia nem conseguir tomar o meu café, por causa das coisas que ela estava falando."

"Alguma coisa em particular?"

"Ah, acho que era a trama de um filme que ela viu", respondeu vagamente a sra. Smith. "A costeleta está boa?"

"Está ótima." O sr. Smith atacou sua segunda costeleta. "Você é uma excelente cozinheira", disse ele, como que surpreso. "Quem diria que, além de tudo, você seria uma cozinheira de mão-cheia?"

A sra. Smith deu uma risadinha. "*Tudo* o quê, seu bobo?", disse ela. "Eu pensei que você só tivesse se casado comigo para eu cuidar da casa para você."

"Por falar em cuidar da casa", disse o sr. Smith, engolindo o pedaço de costeleta que tinha na boca e pousando o garfo. "Eu estava pensando que seria melhor e a gente ganharia um bocado de tempo se fosse para lá agora à noite, logo depois do jantar, em vez de esperar até amanhã."

"Eu iria gostar", disse a sra. Smith timidamente. "Estou louca para conhecer a casa."

"É só a gente entrar no carro e se mandar; não tem ninguém para se preocupar com o que a gente faz nem quando faz. E a gente pode passar essa noite lá, porque a eletricidade já foi ligada, a água também, então não vai ser tão desconfortável assim."

"Está ótimo", disse a sra. Smith. "Eu não me importo que as coisas não estejam totalmente prontas; afinal, a gente vai ter muito tempo para botar tudo em ordem, do jeito que a gente gosta."

"E assim", disse o sr. Smith, como se falasse consigo mesmo, "eu posso começar a trabalhar no porão logo de manhã cedo."

.11

A lua de mel da sra. Smith

(Versão II)

O mistério da noiva assassinada

Quando entrou na mercearia, ela claramente interrompeu uma conversa a respeito dela e do marido. Debruçado sobre o balcão para conversar confidencialmente com uma freguesa, o merceeiro se levantou de um salto e fez um sinal com os olhos na direção dela, de modo que a freguesa, numa tentativa bastante óbvia de dissimulação, olhou obstinadamente na direção oposta por quase um minuto antes de se virar mais que depressa para dar uma olhadela rápida e ansiosa.

"Bom dia", disse ela.

"O que vai ser hoje?", perguntou ele, movendo os olhos de um lado para o outro para se certificar de que todos ali o viam se dirigir corajosamente à sra. Smith.

"Eu não preciso de muita coisa, não", disse ela. "Talvez eu passe o fim de semana fora."

Um longo suspiro varou a mercearia; ela teve a nítida sensação de que todas as pessoas, inclusive os outros doze fregueses, o merceeiro, o açougueiro e os balconistas, se aproximavam e a cercavam para escutar avidamente.

"Um pão de fôrma pequeno", ela disse com clareza. "Meio litro de leite. A menor lata de ervilha possível."

"Não vai fazer uma compra grande para o fim de semana", disse o merceeiro com satisfação.

"Talvez eu viaje", disse ela, e de novo veio aquele longo suspiro de satisfação. Ela pensou: *como nós somos bobos — eu tenho tão pouca certeza quanto* eles, *nós só suspeitamos, e claro que não há como saber ao certo, mas mesmo assim seria uma pena encher a despensa de comida e deixar estragar e apodrecer tudo lá enquanto...*

"Café?", perguntou o merceeiro. "Chá?"

"Sim, me vê meio quilo de café", disse ela, sorrindo para ele. "Afinal, eu gosto muito de café. Acho que consigo acabar com meio quilo antes..." A pausa de expectativa a fez acrescentar rápido: "E quero também duzentos gramas de manteiga e acho que duas costeletas de cordeiro".

Embora viesse tentando fingir indiferença, o açougueiro se virou imediatamente para pegar as costeletas, depois atravessou a loja e pôs o pequeno pacote em cima do balcão antes que o merceeiro terminasse de somar o pedido dela.

Uma coisa boa disso tudo, ela pensou, *é que eu nunca tenho que* esperar *em lugar nenhum. É como se todo mundo soubesse que eu estou com pressa para resolver pequenas coisas. E imagino que ninguém me queira por perto muito tempo, não depois de já terem dado uma boa olhada em mim e arranjado assunto para comentar uns com os outros.*

Quando as compras dela já estavam todas embaladas e o merceeiro estava prestes a lhe entregar a sacola por cima do balcão, ele hesitou, como já havia feito outras vezes, como se tentasse reunir coragem para lhe dizer alguma coisa. Ela tinha consciência disso e sabia razoavelmente bem o que ele pretendia dizer — escute, sra. Smith, ele começaria, nós não queremos criar problema nem nada desse tipo, e é claro que nenhum de nós tem *certeza*, mas eu imagino que a essa altura a senhora já deva saber que tudo isso parece muito suspeito, e nós chegamos à conclusão — dando uma olhada ao redor para receber o apoio do açougueiro e dos balconistas — nós todos conversamos e chegamos à conclusão... bem, nós chegamos à conclusão de que alguém precisava dizer alguma coisa sobre isso para a senhora. Imagino que outras pessoas já tenham cometido esse erro a respeito da senhora, não? Ou do seu marido? Porque claro que ninguém gosta de chegar e *dizer* uma coisa dessas, quando pode facilmente estar enganado. E claro que quanto mais todo mundo fala sobre esse tipo de coisa, mais difícil é saber se você está certo ou não...

Tinha sido basicamente isso que o homem da loja de bebidas dissera para ela, todo constrangido e deixando a voz perder a força sob o olhar frio e indagador que ela fixou nele. O homem da farmácia também havia começado a dizer algo assim e depois, corando, tinha concluído: "Bom, de qualquer forma, isso não é da *minha* conta". A mulher da biblioteca havia lhe lançado um olhar nervoso e perscrutador e perguntado se ela sabia, se alguém tinha lhe dito, se tinham tido coragem, e acabado por tratá-la com extrema gentileza e com a amável paciência que as pessoas costumam reservar aos inválidos dóceis e incuráveis. Ela era diferente aos olhos deles, ela estava marcada; se o pavoroso fato não fosse verdade (e todos eles esperavam que fosse), ela estaria numa posição tão embaraçosa que a solicitude deles era ainda mais merecida. Se o pavoroso fato *fosse* verdade (e todos esperavam que fosse), então nenhum deles, nem a mulher da biblioteca, nem o merceeiro, nem os balconistas, nem o homem da farmácia, teria vivido em vão, teria atravessado os seus dias sem experimentar a suprema emoção de estar perto e ao mesmo tempo a salvo de uma situação absolutamente medonha. Se o pavoroso fato *fosse* verdade (e todos esperavam que fosse), a sra. Smith seria, para eles, uma salvação e uma heroína, uma frágil e encantadora criatura cuja preservação estava nas mãos dos outros, não deles.

Algumas dessas conclusões a sra. Smith tirou vagamente enquanto voltava a pé para o apartamento, carregando a sacola de compras. Pelo menos ela quase não tinha dúvida; tinha praticamente certeza de que o pavoroso fato era verdade fazia três semanas e seis dias, desde que se vira cara a cara com ele num banco de frente para o mar.

"Espero que a senhora não me ache indelicado", dissera o sr. Smith naquele momento, "se eu puxar conversa dizendo que está um dia lindo."

Ela o achou tremendamente ousado e inacreditavelmente vulgar, mas não o achou indelicado; aquela era uma palavra ridícula quando aplicada a ele.

"Não", disse ela, reconhecendo-o, "eu não acho o senhor indelicado."

Se alguma vez tivesse tentado descrever a coisa para si mesma — seria impossível descrevê-la para qualquer outra pessoa —, ela poderia ter dito, no linguajar levemente clerical que aprendera tão bem, que havia sido escolhida para isso ou que foi como ser carregada sem resistência pelas águas de um rio que inevitavelmente a levaria para o mar. Ou poderia ter dito que, assim como ela nunca na vida havia questionado as decisões do pai e sempre fizera docilmente o que ele mandava, agora era um alívio saber que mais uma vez haveria alguém para decidir por ela, e que a sua vida, com a mesma inevitabilidade de antes, agora também estava traçada. Ou poderia ter dito ainda — corando em virtude de um possível duplo sentido — que eles, como qualquer outro casal, eram duas metades do que era essencialmente um ato natural.

"Um homem se sente muito solitário", dissera ele durante o jantar naquela noite, num restaurante perto do mar onde até os guardanapos cheiravam a peixe e a madeira da mesa tinha uma indescritível textura granulosa, como que polvilhada de sal. "Eu acho que um homem sozinho precisa encontrar algum tipo de companhia." E depois, talvez achando que suas palavras não tinham sido elogiosas o suficiente, ele acrescentou às pressas: "Só que nem todo mundo tem a sorte de encontrar uma moça tão encantadora quanto você". Ela havia aberto um sorriso encabulado, àquela altura totalmente consciente de que essas eram as etapas preliminares do que seria o seu destino.

Três semanas e seis dias depois, ao entrar pela porta do prédio decadente, ela ficou pensando por um momento no fim de semana que se aproximava; tinha relutado em comprar muita comida, mas, por outro lado, se acontecesse de ela ainda *estar lá*, não haveria como comprar mais comida no domingo. *Um restaurante*, pensou, *nós vamos ter que ir a um restaurante* — embora eles não fossem a um restaurante juntos desde aquele primeiro jantar, e não porque precisassem realmente economizar, ambos eram da sóbria opinião de que a quantia relativamente alta que eles agora tinham na conta conjunta não devia ser esbanjada desnecessariamente, mas sim mantida quase tão intacta quanto possível; eles não haviam conversado sobre isso, mas o instintivo respeito diplomático que a sra. Smith tinha pelos métodos do marido a levava a concordar silenciosamente com a rotina de economia seguida por ele.

Os três lances de escada eram longos e estreitos, e a sra. Smith, com a capacidade de reconhecer símbolos que ela havia herdado, que sempre tivera em abundância e que agora usava quase que exclusivamente, viu aqueles infindáveis degraus subindo e subindo como o irrevogável desenho de sua vida; ela não tinha realmente outra escolha senão subir, enfastiada; se desse meia-volta e descesse de novo, desfazendo laboriosamente o pequeno progresso que havia feito, teria simplesmente que subir por outro caminho, começando de novo, como ela agora quase se dava conta, uma busca que, para ela, só poderia ter um fim. *Acontece com todo mundo*, disse a si mesma a título de consolo enquanto subia.

O orgulho não lhe permitia fazer qualquer concessão à sua posição, então ela não fez nenhum grande esforço para passar silenciosamente pelo hall do segundo andar; por um momento, enquanto subia o lance seguinte, achou que tinha conseguido passar incólume, mas depois, quando já estava quase chegando à sua própria porta, a porta do apartamento do segundo andar se abriu e a sra. Jones gritou, com uma voz estridente, como se tivesse vindo correndo lá do fundo até a porta ao ouvir passos no hall.

"É a senhora, sra. Smith?"

"Olá", respondeu a sra. Smith, gritando lá para baixo.

"Espere um instante que eu vou subir." O trinco da porta da sra. Jones estalou e a porta se fechou. Ainda um pouco esbaforida, a sra. Jones atravessou o hall às pressas e começou a subir a escada rumo ao terceiro andar. "Achei que tivesse me desencontrado da senhora", disse ainda na escada. E depois: "Meu Deus, como a senhora parece cansada".

Isso era parte da postura que tratava a sra. Smith como um vaso precioso. Qualquer mínimo desvio que ela apresentasse do normal, no decorrer de mais de uma semana, era notado e repassado de fuxico em fuxico: uma leve palidez em seu rosto virava tema de nervosas especulações, qualquer alteração em sua voz, uma opacidade em seus olhos, um desalinho em suas roupas — era de coisas assim que os vizinhos viviam. No início daquela semana, a sra. Smith tinha pensado que um baque forte em seu apartamento seria a melhor coisa que ela poderia fazer pela sra. Jones, mas agora isso não parecia mais ter muita importância: a sra. Jones também conseguia viver de minúsculas migalhas.

"Eu já estava achando que a senhora não fosse voltar para casa nunca mais", disse a sra. Jones, entrando atrás da sra. Smith na salinha desguarnecida que, junto de um pequeno quarto, uma cozinha encardida e um banheiro, compunha o recanto de lua de mel do sr. e da sra. Smith. A sra. Jones levou a sacola de compras para a cozinha enquanto a sra. Smith pendurava o casaco no armário; ela não tinha se dado ao trabalho de tirar muita coisa das malas e o armário parecia vazio; havia dois ou três vestidos, um sobretudo leve e um terno sobressalente do sr. Smith; aquele apartamento obviamente era apenas um lar temporário para ambos, uma escala. A sra. Smith não olhou para os seus três vestidos com pesar nem tinha qualquer admiração especial pelos ternos do sr. Smith, embora eles ainda lhe parecessem pouco familiares, pendurados ao lado das roupas dela (assim como as roupas de baixo dele, guardadas perto das dela na cômoda); nem o sr. nem a sra. Smith eram do tipo desregrado que se deleita irresponsavelmente montando enxoval ou comprando outros mimos como um ato de purificação preliminar.

"Bom", disse a sra. Jones, vindo da cozinha, "está claro que a senhora não está planejando cozinhar muito nesse fim de semana."

A privacidade não era uma das bênçãos da posição da sra. Smith. "Pode ser que eu não fique aqui", respondeu ela.

De novo, houve aquela breve pausa de expectativa; a sra. Jones olhou rápido para ela, desviou o olhar logo em seguida e depois, sentando-se com firmeza no sofá mirrado, decidiu ir direto ao ponto.

"Escute, sra. Smith", ela começou a dizer, então se interrompeu. "Ah, para que esse negócio de 'senhora' o tempo todo? Pode me chamar de Polly, e de agora em diante vou te chamar de Hellen. Está bem?" Ela sorriu, e a sra. Smith, retribuindo o sorriso, pensou: *como é que eles descobriram meu primeiro nome?* "Bom, então, escute aqui, Helen", continuou a sra. Jones, determinada a fazer valer imediatamente sua nova familiaridade, "eu acho que já está na hora de alguém se sentar com você e conversar de maneira sensata. Quer dizer, a essa altura você já deve saber muito bem o que as pessoas andam dizendo."

Aqui estamos nós, pensou Helen Smith, *dois exemplares da singular categoria mulher, uma de pé, apreensiva e constrangida, na frente de uma janela, de vestido marrom, cabelo marrom e sapatos marrons, não diferindo em nenhum aspecto essencial da outra, sentada, segura e decidida, de vestido caseiro florido verde e rosa e de chinelos de pano — não diferindo, na verdade, em nada de essencial, embora neguemos, indignadas, que somos a mesma pessoa, em busca do mesmo destino, e prestes a iniciar uma conversa a respeito de um assunto mirabolante.*

"Eu notei", disse a sra. Smith com cuidado, "que há um interesse incomum por nós. Eu nunca estive em lua de mel, claro, então não tenho realmente como saber se é só por isso." Ela deu um risinho sem graça, mas a sra. Jones não se deixou levar pelo sentimentalismo.

"Eu acho que você sabe muito bem que não é isso", retorquiu ela. "Você não está *tão* envolvida assim pelo seu marido."

"Bem... não", admitiu a sra. Smith.

"E além disso", continuou a sra. Jones, olhando para a sra. Smith com ceticismo, "você não é nenhuma mocinha de 18 anos, sabe, e o sr. Smith não é nenhum rapazinho. Vocês dois são pessoas já relativamente maduras." A sra. Jones sentiu que havia apresentado um bom argumento e o repetiu. "Vocês dois já deixaram a juventude, e ninguém espera que vocês fiquem se acariciando e arrulhando por aí feito dois pombinhos. E, *além do mais*, você já tem idade suficiente para lidar de um jeito inteligente com essa situação horrorosa."

"Eu não sei o que seria lidar de um jeito inteligente com essa situação", disse a sra. Smith humildemente.

"Ah, pelo amor de Deus!", exclamou a sra. Jones, abrindo os braços num gesto de impotência. "Você não se dá conta da posição em que está? *Todo mundo* sabe. Escute." Ela se recostou, preparando-se para argumentar com o máximo de bom senso. "Você veio para cá uma semana atrás, recém-casada, e se mudou para este apartamento com o seu marido. No primeiro dia que vocês passaram aqui, as pessoas já começaram a achar que tinha alguma coisa estranha. Em primeiro lugar, vocês não agiam como se fossem o tipo certo um para o outro. Você sabe o que eu quero dizer — você, um tanto refinada, com a aparência de uma senhora distinta, e ele..."

Indelicado, pensou a sra. Smith, sentindo vontade de rir; foi a palavra que ele usou.

A sra. Jones deu de ombros. "Em segundo lugar", prosseguiu, "você não parecia combinar com esse prédio nem com essa vizinhança, porque você sempre tinha bastante dinheiro, o que, acredite, o resto de nós nunca tem, e você sempre agia como se estivesse numa situação melhor. E, em *terceiro* lugar", disse a sra. Jones, avançando, apressada, para o clímax de sua argumentação, "não demorou nem dois dias para as pessoas começarem a achar que reconheciam seu marido de fotos que tinham visto no jornal."

"Eu entendo", disse a sra. Smith. "Mas uma foto de jornal..."

"Foi justamente isso que fez a gente começar a pensar de verdade", afirmou a sra. Jones. Então, começou a contar nos dedos enquanto enumerava: "Noiva recém-casada. Apartamento barato. Você fez um testamento a favor dele? Seguro?".

"Sim, mas isso é muito natural...", disse a sra. Smith.

"Natural? E ele é igualzinho ao homem do jornal que assa..." Ela parou de falar de repente. "Eu não quero te deixar assustada", disse ela. "Mas você precisa saber de tudo sobre ele."

"Eu agradeço sua preocupação", disse a sra. Smith, afastando-se da janela e parando na frente da sra. Jones, que precisou olhar para cima do seu lugar no sofá. "Eu sei de tudo isso. Mas quantos casais recém-casados não fazem testamentos a favor um do outro? Ou contratam um seguro? E quantas mulheres com mais de 30 anos se casam com homens com mais de 40? E o que dizer de homens que se parecem com outros que tiveram fotos publicadas no jornal? E mesmo com todo esse falatório sobre nós na vizinhança inteira, a senhora reparou que ninguém conseguiu sequer ter muita convicção para falar alguma coisa?"

"Eu quis ligar para a polícia dois ou três dias atrás", disse a sra. Jones, amuada. "Mas o Ed não deixou."

"Imagino que ele tenha falado que isso não era da sua conta", disse a sra. Smith.

"Mas todo mundo *desconfia*", disse a sra. Jones. "E é claro que ninguém tem como ter certeza."

"Só vai dar para saber com certeza quando..." A sra. Smith tentou não sorrir.

A sra. Jones soltou um suspiro. "Eu preferia que você não falasse desse jeito", disse.

"Bom, o que exatamente quer que eu faça?", perguntou a sra. Smith, num tom sensato.

"Você podia procurar algum tipo de informação", disse a sra. Jones. "Alguma coisa que fizesse você ter certeza."

"Mas é o que eu falei", retorquiu a sra. Smith. "Só existe uma maneira de saber com certeza."

"Não *fale* desse jeito", repreendeu a sra. Jones.

"Eu poderia fugir do meu marido", sugeriu a sra. Smith.

A sra. Jones ficou surpresa. "Você não pode fugir do seu *marido*", disse ela. "E se não for verdade? Não, isso você não pode fazer."

"Eu não tenho nenhuma justificativa para pedir o divórcio", disse a sra. Smith. "Seria muito difícil falar sobre esse assunto com ele."

"É claro que você não iria discutir isso com ele", disse a sra. Jones.

"Pois é", concordou a sra. Smith. "E claro que eu não poderia revistar as roupas dele. Aliás, eu já sei que não tem nada nos bolsos do terno que está pendurado no armário e, se revirasse os bolsos do sobretudo dele e as gavetas dele na cômoda, eu dificilmente encontraria algo de convincente."

"Por que não?"

"Bom, o que eu quero dizer", explicou a sra. Smith, "é que mesmo se eu encontrasse, digamos, uma faca, que diferença isso faria?"

"Mas ele não usa...", começou a dizer a sra. Jones, interrompendo--se de repente.

"Eu sei", disse a sra. Smith. "Pelo que me lembro dos detalhes... mas não li muito sobre eles... geralmente ele faz a coisa..."

"Na banheira", disse a sra. Jones e estremeceu. "Sei lá, mas acho que uma faca seria melhor", acrescentou.

"Não é a gente que escolhe", retrucou a sra. Smith, irônica. "Está vendo como estamos parecendo ridículas? Aqui estamos nós, falando como se fôssemos crianças contando histórias de fantasma. Vamos acabar convencendo uma à outra de alguma ideia horrível."

A sra. Jones hesitou por um momento, pensando em como deveria reagir, e por fim decidiu ficar levemente ofendida. "Na verdade, eu só vim aqui", explicou com altivez, "para te informar o que as pessoas andam dizendo. Se parar um minuto para *pensar*, você vai entender por que alguém poderia querer ajudá-la. Afinal, não sou eu que estou nessa situação."

"É por isso que eu acho que a senhora não deve se preocupar", retrucou a sra. Smith num tom gentil.

A sra. Jones se levantou e andou em direção à porta, mas, ao chegar lá, não conseguiu se conter, se virou e disse, aflita: "Escute, eu só quero que você saiba que se você precisar de ajuda — de *qualquer* tipo de ajuda, a *qualquer* hora — é só abrir a boca e gritar, está bem? Porque o meu Ed vai vir correndo até aqui. Só o que você precisa fazer é gritar, ou bater o pé com força no chão ou, se conseguir, ir correndo para o nosso apartamento lá embaixo. Nós estaremos atentos". Em seguida abriu a porta e, tentando soar bem-humorada, disse antes de sair: "Só não tome banho de banheira". Depois gritou da escada: "E lembre-se, você só precisa gritar. Nós estaremos atentos".

A sra. Smith fechou a porta com certa pressa e, antes de começar a pensar, foi até a cozinha arrumar as compras, mas a sra. Jones já tinha guardado tudo. Quando encontrou o pacote de café, a sra. Smith mediu água para botar na cafeteira, pensando na promessa que tinha feito ao merceeiro de que acabaria com o meio quilo de café sozinha. O sr. Smith tomava café com moderação; ficava nervoso se tomasse muito.

Enquanto trabalhava naquela cozinha pequena e melancólica, a sra. Smith pensou, como já fizera várias vezes, que não gostaria de passar a vida inteira com coisas como aquelas. Não havia sido assim na vida do seu pai, em que uma existência tranquila e bem organizada fluía placidamente entre objetos que, se não eram bonitos, pelo menos proporcionavam os prazeres da familiaridade e tinham a quase beleza da ordem, e a sra. Smith, que era Helen Bertram na época, podia passar longas horas trabalhando no jardim, ou cerzindo as meias do pai, ou fazendo o bolo de nozes que aprendera com a mãe, e só de vez em quando parava para pensar o que seria da sua vida no futuro.

Tinha ficado claro para ela depois da morte do pai que aquela existência padronizada não fazia mais sentido e havia sido resultado da vida do pai, não da vida dela. Assim, quando o sr. Smith falou para ela: "Imagino que você jamais cogitaria se casar com um sujeito como eu, cogitaria?", Helen Bertram fizera que sim com a cabeça, vendo naquele momento o desenho repetido que formava o padrão completo.

Ela havia botado seu melhor vestido azul-escuro para se casar, e o sr. Smith tinha usado um terno também azul-escuro, de modo que, ao saírem andando lado a lado pela rua, os dois davam a impressão de ser assustadoramente parecidos um com o outro. Tinham ido direto para o escritório do advogado, para assinar os testamentos, e depois para a companhia de seguros. No caminho, o sr. Smith tinha feito questão de parar para comprar para a nova sra. Smith um cachorrinho de feltro que ela havia achado engraçadinho; havia um homem na esquina vendendo esses cachorrinhos, que eram de corda e ficavam correndo em círculos em volta da pequena banca do sujeito e fazendo barulhinhos estridentes que imitavam latidos. Quando eles foram para a companhia de seguros, a sra. Smith pousou a caixa em que estava o cachorrinho em cima da mesa e, enquanto eles aguardavam o médico, ela abriu a caixa e não encontrou nenhuma chave para dar corda no cachorrinho. Irritado, o sr. Smith disse: "Essa gente vive tentando passar a perna nos outros". Em seguida, voltou correndo até a esquina e descobriu que a banca, o vendedor e os cachorrinhos já não estavam mais ali.

"Nada me deixa mais furioso", ele disse para a sra. Smith, "do que ser enganado por alguém assim."

O cachorrinho agora estava na prateleira da cozinha e, olhando para ele, a sra. Smith pensou: *eu não vou suportar passar o resto da minha com esse tipo de coisa chinfrim*. Às vezes ela pensava com tristeza na casa do pai, dando-se conta de que nunca mais teria coisas como aquelas, mas, como disse a si mesma mais uma vez agora, *Eu estou de olhos abertos. Vai ter que ser logo*, pensou em seguida; *as pessoas estão começando a estranhar demais. Está todo mundo esperando; vai estragar tudo se não for logo*. Quando o café ficou pronto, ela levou uma xícara para a sala e se sentou no sofá em que a sra. Jones tinha se sentado, pensando: *vai ter que ser logo; afinal, não tem comida para o fim de semana; eu vou ter que levar o meu vestido para a lavanderia na segunda-feira se estiver aqui, e amanhã vence mais uma semana de aluguel.* O meio quilo de café seria o único detalhe que ficaria pendente.

Ela havia terminado sua quarta xícara de café — bebendo às pressas agora e até com certo desespero — quando ouviu os passos do marido na escada. Eles ainda ficavam meio encabulados um com o outro, de modo que enquanto ela hesitava, pensando se devia ou não ir até lá recebê-lo, ele abriu a porta; então ela andou na direção dele de um jeito constrangido e, sem saber se ele iria querer beijá-la ao voltar para casa, parou e ficou esperando, até que ele foi educadamente até ela e lhe deu um beijo no rosto.

"Onde você estava?", perguntou ela, embora isso não fosse de modo algum o tipo de coisa que gostaria de falar para ele, e, enquanto falava, ela se deu conta de que ele não lhe diria.

"Fazendo compras", ele respondeu, carregando uma porção de pacotes, um dos quais ele deu para ela.

"Obrigada", ela agradeceu educadamente antes de abrir; pelo tato e pelo embrulho da farmácia, ela percebeu que era uma caixinha de balas e, com uma sensação que, quando a sentiu de novo depois, ela notou que era de triunfo, pensou: *claro, isso é para depois, é para provar que o novo marido ainda traz presentes para a noiva*. Ela abriu a caixa e sentiu vontade de pegar uma bala, mas pensou: *não, antes do jantar, não*. Depois repensou: *é provável que isso hoje não importe*.

"Quer uma?", perguntou ela, e ele aceitou.

O comportamento dele não parecia estranho nem nervoso, mas quando ela disse: "A sra. Jones veio aqui hoje à tarde", ele logo perguntou: "O que aquela velha intrometida queria?".

"Eu acho que ela está com inveja", respondeu a sra. Smith. "Faz muito tempo que o marido *dela* não demonstra nenhum interesse por ela."

"Eu imagino", disse ele.

"Começo a preparar o jantar?", perguntou a sra. Smith. "Ou você quer descansar um pouco antes?"

"Eu não estou com fome", respondeu ele.

Agora, pela primeira vez, ele pareceu constrangido, e a sra. Smith logo pensou: *eu tinha razão sobre a comida para o fim de semana, a minha intuição estava certa*; ele não perguntou se ela estava com fome porque — e ambos sabiam agora que o outro sabia — isso realmente não importava.

A sra. Smith disse a si mesma que falar alguma coisa agora estragaria tudo; então, se sentou ao lado do marido no sofá e disse: "Acho que estou um pouco cansada".

"Uma semana de casamento foi demais para você", disse ele, dando tapinhas na mão dela. "Nós vamos ter que dar um jeito de você ter mais tempo para descansar."

Por que está demorando tanto, por que *está demorando tanto?*, pensou a sra. Smith; então se levantou de novo e, nervosa, foi para o outro lado da sala para olhar pela janela; o sr. Jones estava subindo a escada da frente naquele momento e olhou para cima, viu a sra. Smith e acenou. *Por que está demorando tanto?,* ela pensou de novo, se virou e disse para o marido: "Então?".

"É, acho que sim", disse o sr. Smith e, enfastiado, levantou-se do sofá.

.12

A irmã

Margaret olhou para o irmão com o primeiro sentimento consciente de afeto que ela já havia sentido por ele na vida. *Ele parece grande, desajeitado e infantil*, ela pensou, e o que quer que ele dissesse com certeza seria tirado de algum filme. Ela ficou observando-o fechar a porta e parar por um momento, cogitando em como começar. Então ele se aproximou devagar e se sentou, inquieto, na pequena poltrona sem braços ao lado da cama.

"Caramba", disse ele.

Margaret riu. "Caramba", disse ela.

"Você vai mesmo?", perguntou o irmão.

"Eu vou mesmo", respondeu Margaret.

Cerimoniosamente, o irmão tirou um maço de cigarros do bolso e o ofereceu a Margaret. Ela fez que não e apontou para o cigarro aceso que havia deixado apoiado na beirada da cômoda. O irmão acendeu um cigarro para si, foi até a mesa do outro lado do quarto e pegou um cinzeiro.

"Você vai acabar queimando a toalhinha da cômoda, deixando cigarros por aí desse jeito."

"Eu faço isso desde que comecei a fumar escondido aqui", disse Margaret.

"A mamãe botou um cinzeiro no meu quarto umas duas semanas atrás", contou o irmão. "Acho que ela está começando a ficar mais esperta. Mas, para *você*, ela só foi dar um cinzeiro quando você voltou da faculdade."

"E eu fumo desde os 15 anos", comentou Margaret.

O irmão se levantou e começou a zanzar pelo quarto. Foi até a cama e olhou para a mala que Margaret fazia. "Eu lembro desse vestido", disse ele, levantando uma ponta da saia. "Você usou na noite em que eu não consegui arranjar um par para o Dick e você foi com a gente para o baile do country club."

"Isso foi quando eu ainda me sentia uma solteirona", disse Margaret.

O irmão hesitou. "Escuta, você realmente vai casar com aquele cara?"

"Eu realmente vou."

"Você sabe o que está fazendo com o papai e a mamãe?", perguntou o irmão.

Margaret foi até a cômoda e pegou o cigarro. "Você está falando igual ao papai", disse ela, "o mesmo tom de voz e tudo. Só falta falar que eu estou sendo idiota e mal-agradecida, que eu não sei o que estou fazendo e que em uma semana eu vou voltar aqui para casa, implorando perdão."

"Eu não acho que você vai voltar", disse o irmão. Margaret se virou e ficou olhando para ele. "Você é inteligente demais", continuou ele. "Entrou para a faculdade e tudo."

"Foi na faculdade que eu o conheci", revelou ela.

"Eu sei", disse o irmão. "Se tivesse entrado para a faculdade, talvez eu tivesse conhecido uma garota bacana."

"Em vez da que você conheceu."

"Não tem nada de errado com a Bobbie." O irmão franziu o cenho e ficou olhando fixamente para a mala de Margaret em cima da cama. "Ela é uma boa menina. Foi por isso que a gente casou."

Margaret se virou para olhar para o irmão. "O que foi que você disse?", perguntou ela. "Você falou que casou com aquela vagabundinha?"

O irmão levantou a cabeça, depois voltou a olhar para o chão, e Margaret de repente começou a rir. "Você sabe o que *você* está fazendo com o papai e a mamãe?"

"Eu pretendia contar para eles logo depois", respondeu o irmão, "mas aí você veio com essa história de ir para Chicago para casar com aquele cara e eu achei que isso já era ruim o bastante."

"Então eu matei sua história, é isso?", disse Margaret. "O que você vai fazer?"

"Vou deixar para contar depois, quando eles já tiverem se acostumado com a ideia de você casar."

"Eles vão ficar em choque."

"Vem cá, Margaret, o que é que tem de errado com eles?", perguntou o irmão. "Ninguém mais tem filhos como nós."

"O que é que tem de errado com a gente?", disse Margaret. "Nós somos pessoas de classe média boas e honestas, que têm um carro e um título do country club. Eu fui para a faculdade porque quis, e você não foi para a faculdade porque o papai achou que você devia trabalhar. Nós jogamos golfe e bridge em família e nenhum de nós jamais disse uma palavra amável um para o outro. O que *você* acha que tem de errado com a gente?"

"A Bobbie falou que o papai foi severo demais com a gente", comentou o irmão.

"Pode ser", concordou Margaret. "Quando vocês casaram?"

"Tem uma semana mais ou menos."

"Onde a Bobbie está agora?"

"Com a família dela. Eles sabem. A irmã dela foi com a gente."

"Você devia ter me chamado", disse Margaret. "Eu teria gostado de ir."

"Eu gostaria de ir ao seu casamento", afirmou o irmão. "A gente nunca conversou um com o outro desse jeito, né?"

"Por que a gente teria que ter conversado?", disse Margaret. "Nunca nada aconteceu com a gente antes."

Ela trancou a mala e a botou no chão. O irmão se aproximou dela e a ajudou a vestir o casaco, então ela pegou a mala e olhou em volta.

"Estou esquecendo alguma coisa?", ela perguntou.

"Escuta", disse o irmão, "você precisa de dinheiro?"

Tirou de algum filme, com certeza, pensou Margaret. "Obrigada, mas ele me mandou dinheiro mais que suficiente."

"Eu tenho algum aqui comigo", insistiu o irmão.

"Guarda para a Bobbie", disse Margaret. "Provavelmente ela vai precisar."

Ele a acompanhou até a porta do quarto. "Bom", disse, depois se inclinou e deu um beijo no rosto dela. "Boa sorte."

"Manda um beijo para a Bobbie", disse Margaret e começou a descer a escada.

O pai veio da sala, seguido pela mãe. Margaret continuou andando na direção da porta da frente, mas o pai fez um sinal com a mão para ela parar.

"Espera um instante", disse ele. "Você não vai mudar de ideia?"

"Você não sabe o que está fazendo", declarou a mãe.

"Não, eu vou mesmo", Margaret falou para o pai.

"Um homem que nenhum de nós conhece", disse a mãe, "e para morar lá em Chicago."

"Você pode voltar para casa quando quiser, filha", disse o pai, "nós vamos estar sempre de braços abertos para você."

"Obrigada", disse Margaret.

"Margaret", disse o pai, "eu vou repetir só mais uma vez. Eu e sua mãe estamos muito, muito magoados com tudo isso, mas nós só estamos tentando fazer o que é melhor para você. Talvez essa notícia, tão repentina e tudo, tenha nos deixado meio surpresos..."

"Você e seu irmão", disse a mãe, "sempre foram filhos tão *obedientes*."

"Escuta", disse Margaret, virando-se para o pai e colocando a mala no chão, "quer saber de uma coisa que vai deixar vocês surpresos *de verdade*?"

.13

Arquicri-minoso

Imagino que a maioria das mães de meninos de 12 anos viva com a inquietante convicção de que seus filhos levam uma vida secreta de crimes. No meu caso, essa crença em relação ao meu filho Laurie é compartilhada — não sem motivos — pela sra. John R. Simpkins, do norte do estado de Nova York, cujas opiniões a respeito de Laurie são ainda mais categóricas do que as minhas e, em menor grau, do que as do meu marido, que recentemente andou fazendo pesquisas sobre a criminalidade no século XVIII e afirma que, naquela época, *todos* os meninos de 12 anos eram criminosos — ou, como ele diz, gatunos —, e muitos deles, na verdade, se chamavam Simpkins. "Ladrões de varal", disse ele num tom tranquilizador, "larápios de roupa lavada".

Estou me referindo, claro, à sra. John R. Simpkins que passou o verão em que Laurie tinha 9 anos na casa que ficava ao lado da nossa e em frente à casa dos Rowland, embora obviamente nós não tivéssemos ideia, quando alugamos aquela casa, de que os Rowland também fossem passar o verão lá. A sra. Simpkins ainda me escreve de vez em quando, sempre que tem alguma notícia de pessoas que nós conhecemos naquela época, e apesar de nunca fazer nenhuma pergunta direta a respeito da ficha criminal de Laurie nem qualquer menção aos aspectos menos agradáveis das seis semanas em que fomos vizinhas, ela escreveu em sua última carta que pensou de imediato em nós quando se deparou com uma notícia de jornal sobre um dos meninos dos Rowland, notícia essa que ela havia recortado e incluído no envelope. No parágrafo seguinte, ela dizia que o seu filhinho querido vinha recebendo muitos elogios pelos versinhos que havia escrito e publicado no jornal da escola e perguntava o que o querido Laurie andava fazendo ultimamente. Ainda interessado em todo tipo de esporte, ela supunha, e tão "ativo" quanto antes?

"Olha para isso", falei, botando com raiva a carta e o recorte em cima da mesa, na frente do meu marido.

Ele olhou para o recorte, meio alheio. "Apanharam o garoto com a boca na botija, foi?"

"Essa mulher devia ser presa por espalhar boatos maldosos", falei. "Eu fico só imaginando o que as pessoas daquela cidadezinha não devem pensar de nós."

"Os Rowland..."

"Bom, o que ela diz sobre os Rowland", ponderei, "provavelmente é verdade, porque você sabe tão bem quanto eu que aquele menino mais velho deles nunca passou de um..."

"Rapinante inveterado", completou meu marido.

"Mas o coitadinho do Laurie, engambelado por aqueles delinquentes juvenis, só ia na onda e fazia o que eles falavam para ele fazer..."

"Um olheiro", sugeriu meu marido. "O olheiro naquele último serviço."

Peguei a carta e o recorte e fui andando, enfurecida, em direção à porta do escritório. "Talvez", falei, olhando por cima do ombro, "se o Laurie tivesse um pai que falasse a mesma língua..."

"Foi isso que você disse para a sra. Rowland", comentou meu marido, de um jeito afável.

Sim, eu tinha dito isso, ou quase. Fui para a cozinha e resolvi me vingar da sra. Simpkins, dos Rowland e do meu marido servindo sopa de legumes de novo no almoço, e botei a tampa na panela, desejando que a cabeça de Spike Rowland estivesse lá dentro. Tudo que eu disse para a sra. Rowland foi que talvez o pai de Spike devesse tentar ser um bom exemplo para os filhos, e essa foi a única vez na vida em que vi a sra. Rowland gargalhar. Eu nunca conheci o sr. Rowland, mas Laurie sim.

Spike tinha 13 anos, Billy Rowland, 10, e Laurie, 9. O filhinho querido dos Simpkins, da casa ao lado, era uns seis meses mais velho que Laurie, e a irmã mais nova dele e a nossa filha Jannie ficaram muito amigas e se deram maravilhosamente bem o verão inteiro. Eu achava que seria ótimo se Laurie e Tommy Simpkins brincassem juntos e cheguei até a convidar os filhos dos Simpkins para jantar na nossa casa na primeira semana da nossa estada lá, mas a reunião foi um completo fracasso no que dizia respeito a Laurie, já que depois do jantar Tommy Simpkins quis brincar de casinha com a irmã e com Jannie, e Laurie acabou indo para a rua em busca de diversão e encontrou os meninos dos Rowland atirando pedras nas lâmpadas dos postes de iluminação.

Nós percebemos, claro, que o comportamento de Laurie foi piorando à medida que o verão avançava. Ele andava insolente, sujo, insensível e realmente tratava Tommy Simpkins de um jeito horroroso. Também passou a dar respostas para lá de evasivas quando perguntávamos sobre as atividades dele, tanto que nós só ficamos sabendo do princípio de incêndio porque ele voltou para casa uma noite com a jaqueta chamuscada e a cara toda suja de fuligem.

"O que é isso?", perguntei, largando a jaqueta para segurar Laurie e virá-lo de um lado para o outro, à procura de sinais de queimadura. "O que é isso?"

Laurie balançou a cabeça, irritado. "Eu *falei* pra ele que você ia ficar pê da vida", disse ele.

"Você tinha razão. Eu estou pê da vida. Falou para quem?"

"Pro Spike. Eu falei que era pra ele usar a jaqueta dele."

"Usar a jaqueta dele para quê?"

"Pra apagar o fogo."

"Que fogo?"

"O fogo lá na casa da árvore."

"Fogo? Na nossa casa da árvore? No nosso quin... Vocês apagaram?"

"Apagamos", disse Laurie, enquanto eu saía correndo feito uma louca na direção da porta dos fundos. "Não precisa ficar preocupada *agora*."

Eu me sentei, contei até cem, enquanto Laurie passava distraidamente a mão suja de fuligem na cortina, e depois, mais calma e acendendo um cigarro com mãos só levemente trêmulas, falei: "Certo, Laurence, agora me conte tim-tim por tim-tim o que aconteceu, por favor. A nossa casa da árvore pegou fogo?".

"Não no início."

"Como assim?"

"Estava indo tudo bem até o Billy jogar querosene."

"O quê?", perguntei baixinho.

"Ele disse que o fogo ia pegar melhor, mas aí a casa da árvore também pegou fogo."

"Como foi que o fogo *começou*?"

"O Spike acendeu o fogo."

"Por quê?"

"Pra assar as batatas."

"Que batatas?"

"Que ele afanou da mercearia do seu Martin."

"Ele *roubou* batatas?"

"Bom... ele meio que teve que fazer isso."

"Por quê? Por quê? Por quê?"

"Por causa do Billy. Pro seu Martin correr atrás do Spike e não do Billy."

"Rapazinho", falei, "o seu pai vai chegar em casa às cinco horas, e você vai entrar agora no banho e ficar lá até ele chegar. *Ele* é que vai ter uma conversa com você e decidir o que deve ser feito. Eu vou falar para ele que você tem andado com ladrões e incendiários. Já lá para cima."

"Banho não", disse Laurie, amuado.

"Banho sim", falei. "Só me responde uma coisa antes: o que fez o Spike pensar que o sr. Martin ia correr atrás do Billy?"

"É que o Billy botou o gato dentro da vitrine das carnes. Mas *eu* não fiz nada", disse Laurie. "Eu só fiquei olhando."

Infelizmente, a sra. Simpkins tinha visto o fogo na casa da árvore e fez algumas observações bastante incisivas a respeito de menininhos que brincam, tranquilos, com as suas irmãs mais novas em oposição a menininhos que andam por aí com arruaceiros. Nós proibimos Laurie terminantemente não só de se encontrar, falar ou trocar sinais com os meninos dos Rowland, mas também de lembrar que eles existiam, e foi no dia seguinte que fui até a casa deles e tive a minha conversa com a sra. Rowland. Ela era uma mulher de cabelo grisalho e aparência cansada e abriu a porta com um bebê no colo. Ambos pareciam ressabiados e relutantes. Eu disse a ela da maneira mais educada possível que achava que as relações diplomáticas entre as nossas famílias precisavam ser cortadas, e ela fez que sim com a cabeça, soltando um suspiro, como se nós fôssemos a única família que ainda falava com eles e agora estivéssemos nos afastando também. Perguntei se ela poderia dizer aos filhos que a amizade deles com Laurie precisava acabar imediatamente.

"Eu vou falar com eles", disse ela, e o bebê me lançou um olhar de desdém.

Comentei que era sorte a casa da árvore não ter ficado muito danificada, porque obviamente nós só havíamos alugado aquela casa para passar o verão. "Mas eu fiquei, sim, um pouco surpresa", acrescentei, "com o fato de um menino da idade do Spike incentivar uma coisa dessas."

"Ficou?", disse ela.

"Talvez o sr. Rowland..."

Ela deu um passo para trás. "O que é que tem ele?", perguntou ela, segurando o bebê com mais força.

"Eu só ia dizer que talvez o sr. Rowland possa conversar com os meninos. Falar para eles que esse tipo de coisa é perigosa."

"Que tipo de coisa?", perguntou ela. "*Ele* não fez nada, e eu acho bom a senhora não dizer que ele fez."

"Bom, se a senhora acha que tocar fogo numa casa de árvore..."

"Ah, a senhora está falando do Spikey", disse ela. "Ele é só um garoto, eu não me preocupo com *ele*. Mas eu acho bom a senhora não falar nada contra o pai dele, porque *ele* não botou fogo em árvore nenhuma."

"Eu só estou sugerindo", falei com muita paciência, "que talvez o sr. Rowland devesse dar um bom exemplo para os filhos."

Essa foi, como falei, a única vez que vi a sr. Rowland rir.

Deixamos Laurie na solitária uma semana. Durante esse período, ele manteve um comportamento exemplar e um bom humor espantoso. Leu boa parte de *A Cabana da Águia*, da série dos jovens detetives Hardy Boys, e passou um bocado de tempo pintando, embora tenha rejeitado a proposta de se corresponder com o menino dos Simpkins, que sugeriu que o coitadinho do Laurie talvez gostasse de jogar xadrez por carta.

Tomados de otimismo, acreditamos que Laurie havia se regenerado. Falei para o meu marido, no último dia de confinamento de Laurie, que um bom susto como aquele provavelmente era capaz de marcar uma criança pelo resto da vida, e o meu marido comentou que as crianças muitas vezes têm um desejo instintivo de seguir o bom exemplo e não o mau, depois que descobrem qual é qual. Concordamos que uma boa formação moral e um bom mergulho na leitura dos Hardy Boys sempre surtiam efeito no longo prazo.

No dia seguinte, o policial apareceu. Ele bateu à porta da frente quando o meu marido estava lendo o jornal de domingo e eu estava regando a carne que tinha posto para assar e perguntou por Laurie.

"O Laurie?", falei, e meu marido perguntou: "O quê?".

"Os senhores têm um filho de mais ou menos 10 anos?"

"Temos", respondeu meu marido, e acrescentei em tom defensivo que Laurie tinha só 9 anos.

"Bom", disse o policial, parecendo meio constrangido. "Eu também tenho filhos pequenos", comentou. "Uma menina de 10 e um menino de 6."

Esperamos, tensos, e alguns instantes depois ele continuou: "Acho melhor eu falar com o menino".

"Escuta aqui, o Laurie não fez nada", falei, enquanto meu marido perguntava: "O que foi que ele fez?".

"Bom, houve um probleminha", disse o policial. "Parece que o seu filho se envolveu num probleminha."

Um leve ruído de passos na escada o fez calar. Depois de verificar a natureza da visita, Laurie tentava subir de volta para o quarto. O pai dele foi até lá e o capturou, e, quando Laurie foi trazido até nós, emburrado e nervoso, tive de resistir a um forte impulso de correr até ele, pegá-lo no colo e bradar que ele era o meu bebezinho e ninguém ia botar a mão nele enquanto eu estivesse por perto. Por sorte, o policial falou primeiro.

"Então, filho", disse ele, "o que você tem a nos dizer sobre aquela betoneira?"

Laurie fez menção de dizer "*Que* betoneira?", mas viu o olhar que o pai lhe dirigia e, em vez disso, respondeu: "Era só uma betoneira velha, só isso".

"Quem ligou a betoneira?", perguntou o policial.

"O Spike", Laurie respondeu com uma voz quase inaudível.

"Você estava lá?"

Laurie olhou para mim, depois para o pai e depois para o policial. "Acho que sim", disse ele.

"Como foi que o Spike ligou a betoneira?"

Engolindo em seco, Laurie disse: "Com os fios".

"Fios?"

"Ele juntou uns fios e torceu", disse Laurie. "Falou que ia mostrar pra mim e pro Billy como dar partida numa betoneira."

O policial se inclinou para a frente. "Que fios?", perguntou. "Você lembra, filho?"

Laurie fez que não com a cabeça, e o policial se recostou, apreensivo.

"Foi o *Spike* que entrou lá", Laurie contou, enfático. "Eu e o Billy só ficamos olhando."

O policial olhou para as próprias unhas casualmente. "Onde exatamente esse tal de Spike está agora?", perguntou ele. Laurie fez que não com a cabeça. "Bom, você sabe de algum lugar onde ele *possa* estar?" Laurie fez que não com a cabeça de novo. "Tem alguma ideia de onde ele *costuma* se esconder?"

"Por que o senhor não pergunta pro Billy?", sugeriu Laurie.

"Ele também não sabe", disse o policial, suspirando. "Mas nós gostaríamos muito de encontrar esse menino."

"Vocês vão prender o Spike?", perguntou Laurie.

O policial hesitou. "Na verdade", disse ele, relutante, "acho que o que a gente quer mesmo é que ele volte lá e desligue a betoneira. O mestre de obras está viajando", ele explicou para nós, "e não tem ninguém por aqui que saiba desligar aquela porcaria, que está lá girando e girando sem parar. Escuta, filho", ele perguntou de novo para Laurie, em tom de súplica, "não tem nenhum lugar, nenhum lugar *mesmo* onde você acha que aquele menino possa estar?"

"Não", disse Laurie.

"Por que o senhor não pergunta para o pai do menino?", sugeri.

Laurie deu uma risadinha espremida. O policial me dirigiu um breve olhar compassivo, depois disse para Laurie: "Isso tudo bate com o que o outro menino, o Billy, nos disse. Eu não acredito que você vá ter nenhum grande problema por causa disso, mas acho melhor eu, você e seu pai termos uma conversa de homem para homem sobre garotos que se metem em encrencas".

O propósito desse comentário parecia bastante claro, então eu pedi licença e voltei para o meu assado. Mais ou menos meia hora depois, ouvi meu marido e Laurie se despedindo do policial na porta da frente. Da janela da cozinha, vi a sra. Simpkins espiando da janela da cozinha *dela* para ver o policial sair da nossa casa.

Escapamos dessa com punições bastante leves; Laurie se esforçou para redigir um pedido de desculpas para a empresa a que pertencia a betoneira, que acabou queimando e parando por conta própria. Meu marido se ofereceu para pagar a nossa parte do prejuízo causado pelo dano, mas como Laurie não havia realmente participado da ação de ligar a betoneira, a empresa recusou a oferta, e o dono ainda chegou a dar tapinhas na cabeça de Laurie quando ele lhe estendeu, todo choroso, o dinheiro da sua semanada, referente àquela semana que ele tinha ficado de castigo. Até onde eu sei, nunca foi feita nenhuma tentativa de cobrar alguma coisa do sr. Rowland.

O recorte que a sra. Simpkins me enviou, três anos depois, dizia apenas que Spike Rowland havia sido condenado a dois anos de prisão por roubar uma quantia alta do caixa do cinema em que trabalhava como lanterninha e depois fugir num carro roubado. O pai do jovem condenado era identificado como John Rowland, dono da concessionária de carros usados Honest John's.

Quando Laurie voltou para casa da escola e se sentou à mesa para almoçar, eu botei o recorte ao lado do prato dele, sem dizer nada. "Sopa de legumes?", disse ele.

"De novo?", disse Jannie, enquanto meu marido olhava com tristeza para o próprio prato.

Sally e Barry, nossos dois filhos mais novos, já haviam começado a almoçar; Barry tinha entornado o copo de leite dele, e Sally estraçalhava, compenetrada, bolachas de água e sal com as costas da colher.

"Escuta", disse Laurie, sério, "eu dou duro na escola o dia inteiro e preciso..." Seus olhos se voltaram para o recorte. "O quê?", disse. "Por acaso é para eu ler isso aqui?" Ele leu, franziu a testa, leu de novo, deu de ombros, deixou o recorte cair no chão, então disse "Ei!", como quem acaba de ter uma grata surpresa, e finalmente pegou o recorte do chão. "Ei, eu não sabia que o velho Rowland vendia carros. *Aquele* cara?", disse, dando uma risadinha.

"Você reparou que o seu amigo foi preso?", perguntei.

"Isso? Ah, o velho dele vai dar um jeito *nisso*. O Spike dizia que o pai dele era o *dono* daquela cidade. Puxa", disse Laurie, soltando um suspiro nostálgico, "as coisas que a gente fazia... Sabe aquela semana que eu devia ter ficado no meu quarto de castigo?", ele perguntou ao pai.

"Foi para as cucuias", disse meu marido.

"Isso", respondeu Laurie. "Puxa", ele repetiu. "Então eles conseguiram dar um jeito naquela betoneira?" Virando-se para a irmã Jannie, comentou: "Você tinha que ter visto. Tinha polícia por tudo quanto era lado, e eu e o Billy, nós dois não sabíamos de *nada*". Em seguida riu.

"Demorou uns quatro dias para aquele garoto aparecer de novo", falei.

"Bom, *nós* sabíamos que eles jamais iam conseguir encontrar o Spike", disse Laurie. "Acho que ele podia ter ficado lá um ano."

"Lá onde?", perguntei, e meu marido disse: "Então você *sabia* onde ele estava?".

"Ah, é claro", disse Laurie. "Ele estava no nosso porão." Laurie se virou para Jannie de novo. "Nós tínhamos formado uma organização que nem a Mão Negra", explicou ele, "e o Spike ia cortar dois dedos da gente se nós contássemos, eram as regras. E a gente levou bastante coisa pra ele comer; o Billy levou uma caixa de biscoito integral pra ele e um saco de maçãs que ele afanou, e eu levei aquele bolo de carne que estava na nossa geladeira." Ele se virou para mim. "Você achou que o cachorro é que tinha pegado, lembra?"

"A sra. Simpkins", falei baixinho.

"Você era muito pequena ainda", Laurie disse para Jannie. "Puxa, a gente roubava batata e depois assava no fogo, e o Spike costumava levar a gente pra passear num dos carros do pai dele..."

"O quê?", disse meu marido.

"... E umas duas ou três vezes a gente saiu escondido à noite e foi pro cinema. E teve uma vez que o pai do Spike deu 5 dólares pra ele e o Spike comprou uma caixa de charutos e..."

"Laurie", falei, em tom de queixa.

"Ah, *mãe*", disse Laurie. "Você sempre acha que eu sou um *bebezinho*." Fazendo questão de se mostrar extremamente contrariado, ele pegou sua colher. Um minuto depois, deu uma risadinha de novo. "Puxa!", disse.

.14

Sra. Anderson

Observando a esposa encher a xícara dele de café pela segunda vez naquela manhã, o sr. Anderson pegou seu maço de cigarros e botou um cigarro na boca. Depois, tateou os bolsos, um a um, olhou para o chão debaixo da sua cadeira, moveu seu prato e por fim se levantou e foi até o fogão, onde pegou uma caixa de fósforos e acendeu um cigarro. "Esqueci a droga do isqueiro lá em cima de novo", disse.

A sra. Anderson pousou o bule de café e soltou um suspiro. "Ainda *bem* que você disse isso", falou.

"O quê?" O sr. Anderson voltou para a sua cadeira e se sentou. "Disse o quê?"

"Isso sobre o seu isqueiro", respondeu a sra. Anderson. "Você não faz *ideia* de como eu estava preocupada."

"Com o meu isqueiro?" O sr. Anderson franziu o cenho e olhou rapidamente para a sua xícara de café, como se, uma vez que a esposa havia começado a se preocupar com o seu isqueiro, o próximo passo lógico seria envenenar o café dele.

"Preocupada se você ia falar isso e se ia esquecer a droga do seu isqueiro lá em cima de novo." A sra. Anderson empurrou o açucareiro até o outro lado da mesa e continuou: "É por causa de um sonho que eu tive, sabe? Você dizia...".

"Eu não sei", disse o sr. Anderson com cuidado, "se estou em condições de ouvir você falar dos seus sonhos no momento. Eu..."

"Mas *esse* sonho", insistiu a sra. Anderson, "esse sonho tem me preocupado muito. É que eu sonhei que você não dizia três ou quatro coisas — acho que eram três, na verdade — que você *sempre* diz. Três vezes no meu sonho eu fiquei lá esperando e esperando que você dissesse essas coisas que você sempre diz. Como isso de esquecer o isqueiro lá em cima." Ela pensou por um momento. "O que eu quero dizer é que você diz essas coisas todo dia, mas naquele dia você não disse."

"Por favor", disse o sr. Anderson. "Por favor, Clara."

"Como esquecer..."

"Mas eu não esqueço o meu isqueiro lá em cima todo dia", disse o sr. Anderson.

"Esquece, sim", disse a sra. Anderson. "Todo santo dia você pega um cigarro do maço e procura o seu isqueiro e aí você vai até o fogão, pega um fósforo e diz que esqueceu a droga do isqueiro lá em cima. Todo santo dia."

O sr. Anderson fez menção de responder, depois pensou melhor. "São quase oito e quinze", falou em vez de retrucar.

"Eu vou tirar o carro", disse a sra. Anderson.

No caminho para a estação, a sra. Anderson voltou ao assunto. "Eu só queria lembrar quais foram as outras coisas que você não disse. Nesse cruzamento aqui, por exemplo, você sempre fala: 'Será possível que esse sinal não fica verde *nunca*?'"

O sr. Anderson, que já tinha chegado até "Será possível que esse sinal...", se virou e olhou para a esposa. "Falo nada", disse ele.

"Está bem, querido", disse a sra. Anderson. "São as coisas que eu *não* lembro que me preocupam, as que você deixou de falar."

"No seu sonho", perguntou o sr. Anderson, cauteloso, "o que acontecia quando eu não dizia essas coisas?"

A sra. Anderson franziu o cenho, tentando lembrar. "Nada, eu *acho*", respondeu. "Eu lembro que no sonho eu ficava muito, muito preocupada, e aí o despertador tocou e eu acordei com a sensação de que ainda estava segurando uma faca na mão."

"Ora, ora!", exclamou o sr. Anderson, inclinando-se para a frente e olhando lá para fora pelo para-brisa. "Dá tempo de sobra para comprar o jornal."

"Essa *não* é uma das que eu esqueci", disse a sra. Anderson, satisfeita. "Eu me lembrei dessa sobre o jornal."

"Tchau", o sr. Anderson disse de repente e saiu do carro. Foi andando rápido até a plataforma da estação, virou-se para acenar para a sra. Anderson e entrou na banca de jornal. "Tem um jornal aí para mim hoje?", perguntou de um jeito afável e, então, parou para pensar.

"Tem sim, como sempre, sr. Anderson", disse a moça da banca. "Tenha um bom dia."

"Bom dia", disse o sr. Anderson, absorto. Botou o jornal debaixo do braço e voltou para a plataforma. "Bom dia", falou para alguém que ele reconheceu, mas de cujo nome não se lembrava. "Bom dia."

"Bom dia, Andy, como vão as coisas?"

"Tudo ótimo, obrigado. E com você?", disse ele, parando para pensar. Quando o trem chegou, ele entrou tão distraído que tropeçou e quase caiu e, lá dentro, foi andando sem pensar até um banco do lado esquerdo, o lado em que não batia sol, e só depois de se acomodar, botar o casaco no colo e abrir o jornal foi que realmente se deu conta de que estava dentro do trem. Estendeu o bilhete e se pegou dizendo: "Então, Jerry, como vai essa força?".

"Não posso me queixar", respondeu o cobrador. "E a sua, sr. Anderson?"

"Eu me sinto dez anos mais moço do que devia", respondeu o sr. Anderson e parou para pensar.

Quando o trem chegou ao centro da cidade, o sr. Anderson já tinha decidido o que diria à esposa quando voltasse para casa à noite. "Sobre esse negócio de eu dizer as mesmas coisas todo dia", falaria para ela, "sobre esse sonho que você teve, acho que o problema é que você está estafada. Está precisando dar uma escapulida, talvez tirar umas férias, passar uma semana fora ou coisa assim. Pode até ser que eu consiga ir com você. Nós dois estamos caindo na rotina", diria ele, "estamos sempre no mesmo rame-rame. É melhor dar uma escapulida por um tempo."

Tendo concluído que a sra. Anderson estava estafada, ele conseguiu ir para o escritório sem dificuldade. "Muito bom dia", disse para a recepcionista; "Ora, ora, vem aí mais um dia", falou para a secretária; "A labuta diária começa novamente", disse para Joe Field.

"A mesma ladainha de sempre", disse Joe Field em resposta.

O sr. Anderson parou para pensar de novo. Ouvia Field dizer aquilo com muita frequência, pensou; todo dia, praticamente. Na verdade, pensou o sr. Anderson, faz mais ou menos cinco anos que todo dia de manhã eu digo "A labuta diária começa novamente" para Joe Field, e ele me responde "A mesma ladainha de sempre". O sr. Anderson começou a refletir seriamente.

Perto do meio-dia, ele perguntou de repente para a secretária: "A senhora acha que eu digo sempre as mesmas coisas?".

Ela levantou a cabeça, surpresa. "Bom, o senhor sempre termina as suas cartas com 'Atenciosamente'", respondeu ela.

"Não", disse o sr. Anderson, "quando eu falo, eu repito as mesmas coisas toda hora?"

"O senhor está se referindo às vezes em que eu digo 'Desculpe, eu não ouvi o que o senhor disse'?", ela perguntou, piscando.

"Deixa para lá", disse o sr. Anderson. "Acho que estou com um pouco de dor de cabeça."

No almoço, ele foi com Joe Field ao mesmo restaurante onde os dois almoçavam juntos fazia mais ou menos cinco anos. "Ai, ai", disse Joe quando eles se sentaram, em seguida soltou um longo suspiro, "que bom sair um pouco do escritório."

"Eu ando meio sem apetite ultimamente", confessou o sr. Anderson, examinando o cardápio.

"Sopa de lentilha de novo", disse Joe Field.

"Vem cá, Joe", disse o sr. Anderson de repente, "por acaso você às vezes tem a impressão de que diz sempre as mesmas coisas?"

"Tenho, claro", Joe respondeu, surpreso. "Eu *faço* sempre as mesmas coisas."

"A impressão de que está caindo numa rotina?"

"Sim, claro", disse Joe. "Eu *estou* numa rotina. Foi onde eu sempre quis estar, numa rotina."

"A minha mulher me falou hoje de manhã", o sr. Anderson disse com tristeza, "que todo dia depois do café da manhã eu digo: 'Esqueci a droga do meu isqueiro lá em cima'."

"O quê?"

"Todo dia depois do café da manhã eu falo a mesma coisa", disse o sr. Anderson, desanimado. "Todo dia no caminho para a estação, eu digo 'Será possível que esse sinal não fica verde *nunca*?' e 'Dá tempo de sobra para comprar o jornal' e uma porção de outras coisas assim."

"Sopa de lentilha", Joe falou para o garçom, "e tortilha espanhola. E café."

"Acho que vou para casa", disse o sr. Anderson.

Ele telefonou para a esposa antes de pegar o trem, e ela foi buscá-lo na estação perto de casa. Quando entrou no carro, ele disse: "Só tem uma coisa que eu não quero fazer: *falar*".

"Algum problema no trabalho?", perguntou ela.

"Não", disse o sr. Anderson.

"Você está bem?" Ela se virou e olhou para ele. "Está parecendo meio pálido."

"Eu *estou* pálido", disse o sr. Anderson. "Pálido de susto com a curva fechada que você acabou de fazer."

A sra. Anderson estremeceu de leve, e o sr. Anderson calou a boca, cruzou os braços e fixou os olhos na estrada à sua frente. Um minuto depois, disse: "Você está cansada, Clara. A rotina está te sufocando. Precisa dar uma escapulida por um tempo".

"Eu fiquei pensando nisso", disse a sra. Anderson. "Quer dizer, sobre o modo como as pessoas falam. E me ocorreu que talvez as pessoas *tenham* que falar desse jeito, sabe, dizendo sempre as mesmas coisas, porque assim elas conseguem conviver umas com as outras sem ter que pensar." Ela parou um pouco para refletir. "O que estava me deixando preocupada", continuou, "é que, se as pessoas não falassem sempre essas mesmíssimas coisas, elas *jamais* falariam umas com as outras."

"Ir para algum lugar tranquilo", insistiu o sr. Anderson. "Tomar banho de sol, ficar de papo para o ar, jogar um pouquinho de tênis."

"A gente não tem dinheiro para isso", disse a sra. Anderson. Ela parou o carro na frente de casa e o sr. Anderson desceu, exausto. Foi andando atrás dela pelo caminho do jardim e entrou em casa, pousou o casaco e o chapéu, foi para a sala e se sentou, soltando um suspiro. Sua esposa fechou a porta com força. "Antes isso do que viver com um homem que não fala *nunca*", disse ela, com uma voz meio diferente. "Até *isso* que você diz é melhor do que nada."

"Eu falei para você que não estou me sentindo bem", disse o sr. Anderson.

"Quando eu disse que a gente não tinha dinheiro para dar uma escapulida, você não falou 'A vida é curta demais para perder tempo se preocupando'", disse a sra. Anderson, contrariada.

O sr. Anderson suspirou de novo. "A vida é curta demais para perder tempo se preocupando", disse ele.

"Agora não adianta mais", disse a sra. Anderson. "Além disso, quando desceu do trem, você não perguntou se estava na hora de trocar o óleo do carro." A voz dela agora estava quase chorosa.

"Eu *falei* para você que estou com dor de cabeça", disse o sr. Anderson. "Eu preferia que você não ficasse brincando com essa faca."

"E quando você saiu do carro hoje de manhã", esclareceu a sra. Anderson, elevando a voz num brado de lamento, "eu fiquei lá sentada esperando, esperando, esperando, e você entrou no seu trem sem dizer uma *única* palavra além de 'tchau'."

"Clara, controle-se", disse o sr. Anderson, ríspido. E foi a última coisa que ele falou na vida.

.15

Venha para a quermesse

Depois de passar um bom tempo refletindo muito seriamente, a srta. Helen Spencer decidiu que não ia à quermesse. "É verdade", disse a si mesma com sensatez, debruçada sobre a sua solitária xícara de chá na hora do jantar, "é verdade que eles precisam do dinheiro, mas *ninguém* poderia dizer que eu não quis gastar com caridade. *Ninguém*", falou para o gato, que lhe lançou um olhar demorado, e então ela se abaixou e tocou rapidamente na pata dianteira dele. "Não é por sovinice, de modo algum." Sem ter a atenção do gato, ela passou a se dirigir ao bule de chá. "Mas que sentido faria *eu* ir lá? Eu ficaria à margem da multidão, daria boa-noite a todos, riria quando todo mundo risse, compraria um sorvete de casquinha e talvez um balão, fingiria que estou me divertindo a valer e sorriria alegremente para a sra. Miller." Ela abaixou a cabeça diante do olhar fixo do bule de chá. "E para o dr. Atherton, claro", disse ela. Parou de repente e deu vários golinhos rápidos em seu chá.

"De qualquer forma", continuou, agora se dirigindo à violeta-africana no peitoril da janela, "quem é que iria reparar se eu estou lá ou não? Ele vai estar jogando dardos com a sra. Miller, e todo mundo vai estar se divertindo e dançando na praça, então o que é que *eu* vou fazer lá? Eu não jogo dardos." Ela pensou por um momento e depois, sorrindo com tristeza para o açucareiro, disse: "Não que alguém alguma vez já tenha me *convidado*, obviamente".

Suspirou, e talvez o açucareiro, o bule de chá e a violeta tenham suspirado com ela, pois deviam saber bem que Helen Spencer se sentia muito sozinha e, com frequência, muito infeliz, com a profunda tristeza que acomete pessoas solitárias que anseiam interagir socialmente e, por algum motivo, não conseguem se integrar de maneira natural e desenvolta em nenhum grupo. Helen Spencer era um amor de pessoa, a cujos cuidados estava entregue a quinta série da escola local; ela havia nascido e crescido naquela cidadezinha, e as pessoas que a conheciam desde sempre volta e meia comentavam umas com as outras: "Ela é um *amor*; eu vivo querendo convidá-la para um chá ou coisa assim qualquer dia desses". O resultado disso era que Helen raramente ia a algum lugar, e, quando os primeiros cartazes começaram a aparecer nas árvores da cidade ("Quermesse, dia 25 de julho, a partir das 19h. Venha você, venham todos"), ela já sabia que não ia, enquanto mantinha sua sossegada rotina diária, indo de casa para a escola, para o correio, para a biblioteca e depois de volta para casa para jantar sozinha com um leve e melancólico anseio pulsando lá no fundo do peito e talvez até com uma pontinha de autopiedade.

Agora, na quermesse, às seis e meia da noite, com os primeiros sons distantes de riso e excitação vindos do enorme gramado atrás da prefeitura, onde as barracas já estavam quase todas montadas, as luzes testadas e as bandeirinhas balançando ao sabor da brisa do anoitecer, Helen tomava docilmente seu café, fingindo não notar o prato de comida intocado diante de si. Pensou, de forma sensata: *Acho que vou fazer as unhas, lavar o cabelo, depois ir direto para a cama para ler uma revista. Eu sempre posso dizer que estou resfriada se alguém me perguntar.* Se *alguém me perguntar*.

Então, como sabia muito bem reconhecer os sinais da autopiedade quando eles apareciam, balançou a cabeça violentamente e disse: "Como eu sou ridícula", depois se levantou com a intenção de guardar o prato de comida que não havia comido dentro da geladeira (*Com certeza vou ficar com fome mais tarde*, pensou) e falou para o gato, que passou agilmente por entre suas pernas quando ela foi na direção da cozinha: "Eu vou pagar uma penitência por ter sentido pena de mim mesma. Se por *acaso* o telefone tocar...". Hesitou, com o prato na mão, lançando um olhar esperançoso para o telefone, que teimava em continuar em silêncio. "Se o telefone tocar, vou deixar que ele toque sete vezes antes de atender." Refletiu. "Seis", disse. "Eu vou deixar que ele toque seis vezes antes de atender."

Então o telefone tocou vigorosamente, e Helen tropeçou no gato, pegou o prato no ar, pousou-o num único movimento em cima de uma cadeira e atendeu o telefone antes que ele tocasse duas vezes. "Alô", disse. "Alô?"

"Helen, aqui é Dorothy Brandon. Escuta, querida, você *precisa* nos ajudar."

"Eu?"

"É a mãe da Wilma Arthur. Ah, a gente já *devia saber* que ela ia fazer isso justo hoje."

"Fazer o quê?"

"Cair da escada, óbvio. Uma falta de sorte *horrorosa*."

"Coitada."

"Mas ela não podia ter deixado para fazer isso *amanhã*? Quer dizer, sim, claro, coitada, ela quebrou a perna e claro que todos nós lamentamos *muitíssimo*, mas, sabe, olha só a situação em que nós ficamos, e já *passa* das seis."

"São seis e meia."

"Seis e *meia*!", bradou, quase histérica. "E se *você* não ajudar, eu acho que vou simplesmente *enlouquecer*. Primeiro foi aquele garoto dos William que se esqueceu de encomendar o sorvete, depois as luzes da barraca de prendas que não funcionavam, depois aquele trombonista *horrível*..."

"Horrí...?"

"Ele inventou de ter neném — quer dizer, a mulher dele teve neném — justo hoje à tarde, e nós tivemos que pedir ao Hot Rock Trio que viesse lá de South Arlen, e aí o sr. French ficou furioso e disse que não ia tocar o serrote musical dele se tivesse que competir com uma banda de jazz, e aí quando nós finalmente conseguimos dar um jeito de *ele* se acalmar, a mãe do pequeno Michael Willis, que ia tomar conta da barraca de limonada, disse que como ele tinha tacado uma pedra na janela dos Perrin..."

"Mas eu não tenho como consertar a janela dos Perrin", disse Helen com extremo pragmatismo, "e em se tratando de tocar trombone..."

"Helen, por favor, seja sensata. Só o que a gente quer é... O quê?", ela perguntou para alguém, afastando o bocal do telefone. "O que foi que você disse? Ele o quê? Isso foi agora? E o que é que o pessoal da barraca de limonada vai *fazer*? Fala para eles que se esse cachorro aparecer na minha frente, eu vou... Helen", disse ela, agora perto do bocal, "eu realmente não tenho tempo para *conversar*. Vem para cá correndo, está bem? E não se preocupe com fantasia, porque aqui tem uma porção de lenços, colares de contas e coisas assim. Mas vem *correndo*."

"Mas o que...", Helen começou a dizer, mas então se deu conta de que não tinha mais ninguém do outro lado da linha. "O quê?", perguntou vagamente para o gato, botando o fone no gancho devagar, e o gato deu um enorme bocejo, de olhos fechados. "Acho que é melhor eu correr, então", disse Helen, pegando o prato da cadeira e olhando, distraída, para a comida. "Eles precisam de *mim*", explicou, pousando o prato na frente do gato, que olhou para ele, espantado, depois começou mais que depressa a comer o pedaço de galinha frio, espreitando Helen sem acreditar. Depois que ela saiu e bateu a porta, o gato se acomodou com todo o conforto, terminou a galinha primeiro, em seguida passou para a ricota da salada e até provou delicadamente a alface. Quando não restava mais nada no prato além de alface e uma fatia de abacaxi, ele o abandonou e pulou suavemente em cima da mesa, onde tomou o resto de creme que havia na cremeira e deu uma lambida na manteiga. Depois pulou graciosamente no chão, subiu na poltrona, se lambeu um pouco e pegou lindamente no sono.

Helen Spencer saiu correndo pela rua sem chapéu, com um senso de urgência completamente sem sentido, entrou às pressas na área da quermesse, ofegante, passando por entre barracas de madeira que anunciavam pescarias e prendas, limonada e cachorro-quente, passeios de pônei e doces caseiros; abriu caminho por entre os pequenos grupos de mulheres, homens e crianças aglomerados em torno das barracas, os primeiros visitantes, as senhoras que haviam feito os bolos caseiros, bordado os aventais e pintado os cinzeiros para os sacos de prendas, as crianças que se esquivavam para não serem pegas por mãos adultas, paradas de olhos arregalados diante da barraca de bola ao alvo e do trenzinho feito com vagões emprestados e puxados por um jipe.

"Helen, *corre*! Já tem uma fila de gente esperando."

"Mas o quê?", disse Helen esbaforida enquanto a sra. Brandon pegava seu braço e a conduzia com firmeza em direção ao outro lado do gramado. "Onde?"

"Vem *rápido*. A gente tem que botar alguma coisa na sua *cabeça*."

Impotente e percebendo que tinha se esquecido de pentear o cabelo, Helen foi trotando atrás da sra. Brandon, volta e meia perguntando "O quê?" ou "Onde?". Elas foram para trás de uma fileira de barracas, passaram com cuidado por entre engradados e caixas de papelão com suprimentos sobressalentes e, por fim, a sra. Brandon levantou a cortina na parte de trás de uma das tendas e disse: "Pronto. Agora, assim que a gente arrumar a sua fantasia, você pode começar, porque se a gente deixar essas pessoas esperando mais tempo só Deus sabe o que elas podem fazer, e a menina dos Armstrong já está aqui há *pelo menos* uns quinze minutos".

Dentro da barraca havia duas cadeiras, uma de cada lado de uma mesinha de jogar cartas, uma pilha de panos de cores vivas e mais nada. "A gente só precisa amarrar uns panos desses em volta de você, de qualquer jeito mesmo", disse a sra. Brandon, fazendo Helen se sentar numa das cadeiras e depois vindo para cima dela com uma echarpe escarlate, "e alguém vai trazer uns brincos e colares, mas claro que você pode começar sem isso. A menina dos Armstrong..." Ela chegou um pouco para trás e olhou para Helen e para a echarpe escarlate enrolada em volta da cabeça dela. "Você fica muito bem com essa cor", disse a sra. Brandon, "devia arranjar um chapéu ou algo assim. Agora deixe-me ver. Azul em volta dos ombros e, como você vai estar sentada, não há necessidade de vestir uma saia nem nada assim. É só a gente cobrir a mesa com esse xale azul que ele já vai esconder você. Agora, onde foi que botaram as cartas?"

"Cartas?"

"A Wilma disse que elas estariam... aqui. Agora eu sugiro que você dê uma olhadinha nelas, enquanto eu dou um pulo lá fora para checar a sua tabuleta e aí eu já posso falar para a menina dos Armstrong entrar."

"Cartas?", disse Helen, atônita. Com dedos trêmulos, ela abriu o baralho que a sra. Brandon tinha lhe entregado e ficou olhando perplexa para as cartas. "Mas...", disse, no entanto a sra. Brandon já havia saído, e Helen ouviu vagamente a voz dela dizer lá fora: "Daqui a um minutinho você já vai poder entrar, assim que a Rainha Cigana acabar de... eh... se comunicar com os espíritos dela".

"Mas eu não sei...", disse Helen, indo para a frente da barraca e abrindo uma fresta entre as cortinas. "Sra. Brandon, eu..." Ela se calou de repente, deparando-se com uma profusão de olhos cravados nela. Na frente da barraca havia uma fila de espera que parecia se estender por uma grande distância, e, quando olhou para baixo, Helen viu ao seu lado uma enorme tabuleta, pintada com tons vivos de vermelho e verde: "Madame Mistério. Sabe Tudo, Conta Tudo, Vê o Futuro e Explica o Passado. Cinquenta centavos".

"Ai, meu Deus", disse Helen. Zonza, ela voltou para a sua cadeira e se sentou, olhando cegamente para o baralho. Espalhando as cartas na sua frente, viu uma intitulada "Um doente", com a imagem de um inválido acamado sendo tratado por um médico e uma enfermeira; outra com o nome "A aliança", com a imagem de um casal de noivos; outras com um cupido, um espelho quebrado, um trem, uma casa. Por um breve momento, pensou em sua sala tranquila, em seu gato, em sua revista e, se não fosse bem-humorada e de bom senso, poderia muito bem ter saído de fininho pela parte de trás da barraca e fugido para casa. Numa cidade pequena, porém, você não deixa as sras. Brandon na mão desnecessariamente, sem uma vidente para a quermesse delas, e então Helen endireitou os ombros, apertou os lábios, puxou pela memória, apelou para todas as boas fadas que porventura a observassem naquele momento e disse em voz alta: "Que entre o primeiro entre aqueles que buscam a verdade".

A cortina na frente da barraca se entreabriu e a menina dos Armstrong entrou, andando com cautela na penumbra. Como era aluna do penúltimo ano do curso secundário na mesma escola em que Helen dava aula para a quinta série, ela reconheceu Helen, deu um leve sorriso e disse: “Eu nunca soube que a *senhora* sabia ler a sorte”, enquanto se sentava. “Eu *adoro* que leiam a minha sorte”, acrescentou desnecessariamente.

Helen se postou como uma cigana em transe, com as mãos sobre as cartas e a cabeça baixa. (Armstrong; seria Sally Armstrong? Susie? Seja como for, não é lá muito brilhante. Não foi ela que foi reprovada em geometria ano passado? Uma das líderes de torcida, Helen tinha a impressão; interessada naquele garoto ruivo, o Watson.) “Escolha uma carta”, Helen disse com enorme autoridade.

A menina deu uma risadinha, debateu consigo mesma com a mão pairando sobre as cartas e finalmente deu o bote. “*Essa*”, disse. Helen virou a carta. “As nuvens”, falou, olhando para a paisagem tempestuosa representada na carta. “Bem.”

A sensação de ser deixada de fora, de ser sempre a que acaba ficando sozinha em casa, nunca notada, nunca levada em consideração, nunca lembrada, a invadiu de repente; ali estava uma menina que nunca, obviamente, conheceria essa sensação, e, sem pensar, Helen disse: “Você nunca vai se sentir sozinha. *Você*, ninguém nunca vai magoar. Os problemas na sua vida serão pequenos”. (Que problemas ela poderia ter, afinal, uma menina que não conseguia passar em geometria, mas que tinha um namorado ruivo?) “O convite”, disse Helen, virando a carta seguinte, “claro que *você* sabe o que é *isso*, não é?” A menina fez que sim, sorrindo. “O seu desejo em relação ao convite vai se concretizar”, prosseguiu Helen, “e vai ser uma das ocasiões mais felizes da sua vida.” A menina se inclinou para a frente, ávida. “A minha mãe vai me deixar *ir*?”, perguntou, quase sem fôlego. Com ar muito solene, Helen virou outra carta. “O muro de pedra”, disse. “Bem, acho que você terá permissão para ir, mas só porque a sua mãe sabe que pode confiar que você vai se comportar e agir conforme as recomendações dela. Se você desobedecer, voltar para casa tarde ou coisa assim...” Ela virou outra carta. “O raio. Bem, você pode contar que isso vai lhe trazer muitos problemas. Problemas *sérios*”, disse ela, levantando a cabeça para encarar a menina com ar nefasto. “Problemas *terríveis*.”

A menina fez que sim, de olhos arregalados. "Eu vou me casar?", ela perguntou alguns instantes depois.

Helen virou outra carta. "Espelho quebrado. Bem... não com a pessoa que você pensa que vai casar, nesse momento. Daqui a alguns anos você já vai estar mais velha, e o que parece tão fascinante para você agora pode parecer só uma fantasia de criança mais adiante. Um dia você vai encontrar", ela hesitou, "o homem dos seus sonhos", concluiu gravemente.

Afinal, pensou, ela não tinha dito nada que não fizesse sentido. E toda menina acreditava que havia um homem ideal. O dr. Atherton não pareceria exatamente um homem dos sonhos para uma garota de 16 anos, mas quem é que — Helen se perguntou enquanto a menina dos Armstrong refletia com carinho sobre o seu próprio futuro — estava pensando no dr. Atherton? *Eu o conheço desde que ele ganhou seu primeiro patinete*, pensou Helen; *vou ficar muito feliz quando ele finalmente se acertar com a sra. Miller.*

"Até que idade eu vou viver?", perguntou a menina dos Armstrong.

"As flores", leu Helen. "Até uma idade bem avançada. Você vai ser... sábia e respeitada, vai ter muitos netos e uma vida muito boa."

Ela se calou, e, relutantemente, a menina se preparou para ir embora. "Bom", disse. "Muito obrigada, srta. Spencer." Foi andando em direção à entrada da barraca e então parou. "Escuta", falou, virando-se para trás, "a senhora poderia só me dizer mais *alguma* coisa sobre aquele baile? Quer dizer, sobre aquele convite?"

Delicadamente, Helen virou outra carta. "A lua", leu. Então levantou a cabeça e deu um largo sorriso para a menina, que sorriu também. "Ah, obrigada", disse a menina e saiu.

Em algum momento daquela noite alguém lhe trouxe uma vela, que foi posta em cima da mesa e pouco fez para dissipar a escuridão que cercava a Madame Mistério; àquela altura, Helen já tinha a sensação de que nunca havia conhecido algo tão bem — nem os pratos que ela lavava e secava diariamente, nem as paredes de casa, nem as roupas que ela usava todo dia — quanto as figuras daquelas cartas, os casamentos, os convites, as doenças, as mensagens inesperadas. Tinha dito para a velha sra. Langdon que o delfínio dela ia florir como nunca no ano seguinte; para o jovem Bobbie Mills, ela disse que o braço com que ele fazia arremessos no beisebol ia melhorar; falou para todas as moças bonitas que elas deviam esperar um pouco e olhar em volta, antes de se casar, e falou para todas as moças feiosas que elas iam encontrar maridos mais cedo do que imaginavam. Aconselhou enfaticamente Betsy Harvester, de 14 anos, a não fugir de casa para ir para Hollywood, e se recusou, rindo, a prever se o bebê da sra. Martin ia ser menino ou menina. Mesmo assim, a fila diante da barraca dela continuava, e foi só quando a sra. Brandon lhe trouxe limonada num copo de papel que Helen se deu conta de que já estava ficando tarde e a quermesse devia estar quase chegando ao fim.

"A gente está ganhando uma *fortuna*", disse a sra. Brandon, dando tapinhas afetuosos no ombro de Helen. "Está todo mundo dizendo que você é *maravilhosa*."

Helen endireitou as costas e se alongou. "Que bom ter um minutinho de descanso", disse. Quando levantou os olhos na direção da sra. Brandon, Helen piscou; ela olhava para as cartas à luz da vela fazia tanto tempo que a escuridão da barraca a deixou tonta. A sra. Brandon foi até a entrada e deu uma espiada lá para fora. "Tem umas seis pessoas esperando ainda", disse. "Sinceramente, Helen, o que você fez por nós hoje foi *fantástico*." Ela ficou em silêncio por um instante, desconfortável, depois acrescentou às pressas: "Eu nunca tive oportunidade de conhecer você muito bem, na verdade. Por que não vai almoçar lá em casa amanhã e nos ajuda a calcular os lucros? Eu ficaria feliz se você fosse".

"Puxa...", disse Helen. "Obrigada, vai ser um prazer." Depois acrescentou mais que depressa: "Melhor eu voltar ao trabalho. Tem fregueses esperando".

"*Sinceramente*", disse a sra. Brandon, dando tapinhas no ombro dela de novo. "Espero você lá amanhã, então, à uma hora." Ela saiu pela cortina de trás da barraca, e Helen a ouviu esbarrar numa caixa de papelão. *Amanhã vai ser bom*, pensou Helen; *talvez o Bill Atherton...* "Que venha o próximo", ela disse rapidamente, abafando os próprios pensamentos. Afinal, mesmo que você conheça alguém desde que ele perdeu o primeiro dente de leite, isso ainda não lhe dá o direito de... "Que perguntas você deseja fazer às cartas?", perguntou Helen, depois levantou a cabeça e disse "ah" baixinho.

A sra. Miller sorriu. Ela era uma mulher que sorria com charme, andava com charme, falava, ria e se vestia com charme; se o charme dela não surtia efeito em Helen Spencer, não era por má vontade da sra. Miller. "A senhorita sem dúvida está fazendo um tremendo sucesso hoje", disse a sra. Miller. "Eu fiquei horas esperando na fila."

Tomada por um profundo constrangimento, Helen se agarrou à esperança de que, sob a luz tênue da vela, a sra. Miller não conseguisse ver que ela, uma mulher adulta e, presumia-se, uma pessoa razoável, havia corado de um jeito vexaminoso. "Eu só estou fazendo isso...", começou a dizer baixinho, mas logo pensou: *por que eu estou me desculpando? Ela não tem nada a ver com isso.* Então, perguntou: "A senhora está interessada no futuro? Quer uma explicação para o passado?".

Ora, a maioria dos moradores da cidade já tinha tentado prever o futuro da sra. Miller e, embora o passado dela fosse claríssimo, ele fora obscurecido pelos intensos esforços que pessoas bem-intencionadas haviam feito para projetar sombras sobre ele; a sra. Miller tinha sido casada e havia se divorciado, e, como não havia nascido nem crescido na cidade, obviamente havia algo de perigoso a respeito dela; Helen Spencer, que desprezava mexericos mesquinhos, detestava a sra. Miller cordialmente.

"Eu quero saber", disse a sra. Miller, sorrindo de modo recatado, "se devo aceitar o convite que recebi hoje. Um convite *muito* importante."

Então finalmente ela o fisgou, pensou Helen, começando a virar as cartas uma a uma, com mãos tensas, forçando-se a fazer movimentos lentos e suaves. *Faça de conta que é outra pessoa*, falou para si mesma, então disse: "Esta carta aqui representa um convite e ao lado dela está a carta do casamento". A sra. Miller se remexeu na cadeira e sorriu. "É um convite para se casar, ou seja, um pedido de casamento, claro. Está parecendo que a senhora deve aceitar, sem nenhuma dúvida. A carta seguinte representa uma grande sorte. Uma longa viagem, talvez de lua de mel?"

"Talvez", disse a sra. Miller, contente.

Provavelmente para as Bermudas, pensou Helen, que sempre tinha sonhado em conhecer as ilhas Bermudas. "A senhora terá poucas dificuldades em seu caminho rumo à felicidade", Helen continuou, desconsolada, "e a senhora será sempre favorecida pela sorte." Com um gesto definitivo, ela juntou as cartas. "A senhora deve estar muito feliz, não é?", disse, não sem ironia.

A sra. Miller se levantou. "*Muito* obrigada. Eu estou tão empolgada!" E saiu da barraca correndo.

Eu queria não ter vindo, pensou Helen. *Queria ter lavado o cabelo; agora, não vou ler mais sorte nenhuma e nunca mais quero olhar para essas cartas na vida; e por que é que eu estou aqui fazendo papel de idiota quando outras pessoas... Queria ter feito as unhas. Queria ter dinheiro para ir para as Bermudas sozinha e ficar lá; talvez eu possa pedir transferência para alguma escola em... sei lá... Ruritânia.*

Desanimada, ela virou as cartas uma a uma; *o anel, a ponte, o sol*, pensou. Alguém entrou na barraca e, sem levantar os olhos, Helen disse: "Acabou por hoje. Estou cansada".

"Tudo bem", disse a voz de Bill Atherton. "Eu já sei o meu futuro."

"Ah", disse Helen, já percebendo que ela não conseguia dizer nada além disso. *Óbvio que ele ia entrar aqui logo depois da sra. Miller*, pensou. *Os dois vieram juntos, e ela provavelmente insistiu, bem-humorada, que eles* tinham *que saber o que o destino lhes reservava; eu só estou surpresa que eles não tenham entrado aqui juntos.*

Impotente, ela ponderou alguns minutos sobre o que poderia dizer ("Que bom vê-lo aqui; eu soube que você vai se casar"; "A sra. Miller acabou de me contar; parabéns aos dois"; "Que tal vocês dois irem tomar um chá lá em casa qualquer dia desses?") e, tomando uma decisão inteligente, continuou em silêncio. "Eu vim resgatá-la", disse ele. "Você já passou tempo demais em poder dos ciganos."

Helen riu, quase com naturalidade. "Foi divertido."

"Então", disse ele, pegando as cartas, "agora eu vou ler o *seu* futuro, só para variar." Ele espalhou as cartas diante de si e olhou para elas, franzindo o cenho. "Eu vejo", disse gravemente, "uma moça que gosta de festa, de gente, de se divertir e de rir."

"Eu sei quem é *essa*", disse Helen.

"Sabe? Vejo também uma moça solitária, triste, ansiosa para ir para algum lugar bem longe daqui."

"Eu sei quem é *essa*."

"A primeira moça está à espera de um campeão que a defenda de um desespero profundo."

"Faço votos de que vocês sejam muito felizes", disse Helen.

"A segunda moça finalmente aprendeu a aceitar o inevitável e se rendeu a ele."

"Certamente", disse ela. "Eu..."

"A segunda moça", ele continuou com voz suave, "está, como todo mundo já sabe a essa altura, indo embora desta cidade o mais rápido que pode, e por um bom motivo."

"Eu estava pensando em Ruritânia", disse Helen.

"Mas a *primeira* moça", disse ele, interrompendo-a, "provavelmente vai ser feliz para sempre. Eileen Miller", falou de um jeito despreocupado, como se isso não tivesse a menor importância, "vai zarpar daqui amanhã, com destino ao Sião." Ele juntou as cartas. "Ela recebeu o chamado do futuro marido, que é missionário." Então, pela primeira vez, ele olhou nos olhos de Helen. "Você sabe que hoje foi a primeira vez que a maioria das pessoas da cidade teve uma chance de falar com calma com você?", ele perguntou.

"Mas eu..."

"Principalmente eu", disse ele. "Agora vamos jogar dardos. Você já fez estragos suficientes por hoje." E jogou as cartas num canto.

Em casa, agitado por algum obscuro pressentimento felino, o gato de Helen se remexeu na poltrona e se levantou, bocejando prodigiosamente. Talvez tenha ouvido um rato ou, quem sabe, se dado conta de que sua dona nunca havia ficado fora de casa até tão tarde na vida; fosse como fosse, ele desceu da poltrona e foi até a cozinha, onde, com um salto, subiu no fogão e se acercou das sobras da galinha fria. Absorto, sem medo de ser interrompido, escolheu uma coxa e se pôs a trabalhar.

.16

Retrato

Era assim que ela falava, e eu costumava ouvir e observar enquanto ela, com as pernas penduradas sobre o braço da poltrona, falava e sorria, mas sem rir. Acho que eu nunca a vi rir.

Go walking through the valley,
go walking through the valley,
go walking through the valley,
*as we have done before.**

... Uma criança dançava no jardim, e eu fui até lá e falei com ela.

"Criança", falei, "você está pisando nas minhas flores."

"Sim, eu sei", disse a criança.

"Criança", falei, "você está andando pelo meu jardim."

* "Caminhem pelo vale,/ caminhem pelo vale,/ caminhem pelo vale,/ como fizemos antes." Trecho da letra de uma das versões de uma canção popular conhecida como "Go In and Out the Windows", entre outros títulos, tradicionalmente usada em danças ao estilo de quadrilhas. Essa canção também aparece no romance *A Assombração da Casa da Colina.*

"Sim, eu sei", disse a criança.
"Por quê?", perguntei.
"Eu estou dançando", disse a criança; "você não está vendo?"

Go in and out the windows,
go in and out the windows,
go in and out the windows,
as we have done before. *

... O menininho olhou para mim, chorando.
"Olha", disse ele, "as minhas mãos estão sujas."
"Por que elas estão sujas?", perguntei.
"Eu estava cavando para desenterrar o meu pai", disse ele.
"O seu pai morreu?", perguntei.
"Ele foi enforcado", disse ele.
"Por que ele foi enforcado?", perguntei.
"Porque ele estava vivo", disse ele.
"Então por que você está tentando desenterrá-lo?", perguntei.
"Porque agora ele está morto", disse o menino, "e não pode ser enforcado de novo."

Go forth and face your lover,
go forth and face your lover,
go forth and face your lover,
as we have done before. **

... Ao longe, no meio das árvores, havia uma garotinha sentada, e quando eu fui até lá, ela olhou para mim e franziu o cenho.
"Vão cair folhas em cima de você", falei.

* "Entrem nas janelas e depois saiam,/ entrem nas janelas e depois saiam,/ entrem nas janelas e depois saiam,/ como fizemos antes."

** "Avancem e fiquem de frente para o seu par,/ avancem e fiquem de frente para o seu par,/ Avancem e fiquem de frente para o seu par,/ como fizemos antes."

"Não tem problema; eu estou me escondendo", disse ela.
"Por que você está se escondendo aqui?", perguntei.
"Aqui é mais escuro que a maioria dos lugares", explicou ela.
"De quem você está se escondendo?", perguntei.
"De todo mundo", ela respondeu.
"Por quê?", perguntei.
"Porque eles querem que eu penteie o cabelo", ela explicou.

And now you two are parted,
and now you two are parted,
and now you two are parted,
*as we have done before.****

Era assim que ela falava, mas acho que nunca a vi rir.

*** "E agora vocês dois se separam,/ e agora vocês dois se separam,/ e agora vocês dois se separam,/ como fizemos antes."

.17

Rosnador, o rei da selva

Rosnador, o rei da selva, era uma propriedade especial de Ellen Jane desde que a mãe dela lhe falou sobre ele; Rosnador era um leão que tinha nascido muitos e muitos anos atrás e fugido dos outros leões para morar com uma menininha (como Ellen Jane) e aprendido a falar com crianças, mas não com adultos. "Por mais que tente", Ellen Jane dizia toda hora para a mãe, "você não vai conseguir ouvir o Rosnador, o rei da selva, nem fazer ele falar com você." As aventuras de Rosnador eram muitas: às vezes ele enfrentava (e derrotava) um bando de macacos que implicava com um menininho; uma vez um homem mau obrigou Rosnador a substituir um cavalo num carrossel, e foi só graças às crianças que iam falar com ele que Rosnador conseguiu suportar aquela provação; teve até uma vez que Rosnador encontrou um tesouro enterrado e o distribuiu entre todas as crianças do mundo para elas gastarem com balas. (Ellen Jane também ganhou um saquinho de balas, que apareceu ao lado do travesseiro dela certa manhã, com a mensagem: "De Rosnador, o rei da selva".)

Rosnador tinha sido inventado pela mãe de Ellen Jane, e todas as suas amigas falavam que ela devia escrever um livro sobre ele. "Pelo jeito que a Ellen Jane é apaixonada por esse leão", elas diziam, "você poderia ganhar muito dinheiro com um livro."

A mãe de Ellen Jane ficava o dia inteiro ocupada, tentando inventar novas aventuras para Rosnador viver toda noite, antes de Ellen Jane ir para a cama. Em todas as suas aventuras, Rosnador tinha que ser bonzinho com as crianças e falar com elas. Faltavam só duas semanas para o aniversário de 6 anos de Ellen Jane quando sua mãe enfim encontrou uma solução para a questão das futuras aventuras de Rosnador. "Ellen Jane", perguntou ela, "o que você gostaria de ganhar de aniversário?" E Ellen Jane respondeu, como se fosse a coisa mais natural do mundo: "Eu só quero o Rosnador, o rei da selva. Eu quero que ele venha morar comigo".

E então, desesperada, a mãe de Ellen Jane esquadrinhou o catálogo telefônico em busca de lugares que talvez pudessem vender leões de madeira, peregrinou por lojas de quinquilharias e bricabraques e, por fim, encontrou um imenso leão de madeira que, inacreditavelmente, tinha feito parte de um carrossel e que, com uma nova demão de tinta e um par de pedras vermelhas no lugar dos olhos, poderia passar por Rosnador, o rei da selva. A mãe de Ellen Jane levou o leão para um carpinteiro e lhe pediu que botasse duas enormes embaladeiras de madeira sob as patas do leão e entalhasse uma cara sorridente no lugar da carranca feroz que ele ostentava no carrossel. Para terminar, pediu à sua própria costureira que fizesse uma sela de veludo verde para Rosnador. Quando foi transportado às escondidas para dentro da casa e posto ao lado da mesa do café da manhã, junto dos outros presentes de aniversário de Ellen Jane, ele finalmente fazia uma figura imponente.

Na manhã do seu aniversário de 6 anos, Ellen Jane desceu para o andar de baixo e perguntou: "O Rosnador já chegou, mamãe? Cadê o Rosnador?". E quando a mãe, toda orgulhosa, levou-a até onde Rosnador estava, Ellen Jane simplesmente estacou no vão da porta com as mãos entrelaçadas e disse: "Oi, Rosnador".

Enquanto a mãe observava, parada ao lado da mesa do café da manhã, Ellen Jane trepou muito séria nas costas de Rosnador, experimentou se balançar três ou quatro vezes, então anunciou: "Eu quero tomar café aqui e também almoçar e jantar, e amanhã também, e depois de amanhã também...". As orelhas do Rosnador chamaram a atenção de Ellen Jane. "Olha, mamãe", disse ela, "as orelhas dele são diferentes, uma está levantada e a outra abaixada."

"Posso pedir para a Veronica servir o seu café da manhã aqui, então, minha querida?", perguntou a mãe de Ellen Jane.

"Eu vou morar no Rosnador daqui pra frente", disse Ellen Jane, distraída, virando o corpo para olhar para o rosto de Rosnador.

A mãe de Ellen Jane abriu a porta da cozinha. "Veronica", disse ela, "você pode dar o café da manhã para a Ellen Jane no cavalo de balanço dela, por favor?"

"Leão de balanço", corrigiu Ellen Jane. "Olha, Veronca, esse é o Rosnador."

Veronica cozinhava e fazia serviços domésticos gerais para a mãe de Ellen Jane havia tempo o bastante para já ter ouvido falar de Rosnador, o rei da selva, e agora ela examinou o leão de balanço com cautela por trás da bandeja com o café da manhã da menina. "Minha nossa, Ellen Jane", exclamou ela, "que brinquedo bonito! Você é uma menininha de sorte, no duro que é."

"Não é um brinquedo", disse Ellen Jane. "É o Rosnador."

"Isso, o Rosnador", disse Veronica.

"Olha, Veronca, ele tem olhos."

"Dona Curtain", disse Veronica, subitamente em pânico, "a Ellen Jane não vai abrir os outros presentes dela, não? Os *outros* presentes?", ela repetiu com uma ênfase significativa, fazendo um sinal na direção da pequena pilha de presentes em cima da mesa.

"Ellen Jane, minha querida", chamou a mãe.

"Sabe, *aquela* caixinha ali...", disse Veronica, elevando a voz e apontando para si mesma, depois fazendo gestos enérgicos em direção aos presentes.

"Minha querida", disse a mãe de Ellen Jane num tom mais persuasivo, "você não quer ver as coisas bonitas que todo mundo deu para você de aniversário?"

"Quero sim", disse Ellen Jane. "E o Rosnador também. Traz tudo pra cá, Veronca."

Veronica pegou uma das caixas. “Abre esse aqui primeiro”, disse, apressada. Ellen Jane rasgou o papel que envolvia a pequena caixa. “O que é isso?”, perguntou.

“É um lindo presente, minha querida”, disse a mãe.

Ellen Jane abriu a caixa e tirou de dentro dela uma pulseira grossa de ouro, com uma plaquinha no meio. “Está escrito Ellen Jane”, disse, lendo o que estava gravado na placa. “Quem foi que deu?” Ela pendurou a pulseira numa das orelhas do leão. “Aqui, Rosnador”, disse ela. “Você usa isso enquanto eu abro as outras coisas.”

“Fui eu, Ellen Jane”, disse Veronica, apontando para a pulseira. “Fui eu que dei essa pulseira pra você.”

“Foi?”, perguntou Ellen Jane, balançando-se tão rápido no Rosnador que a pulseira voou para longe. “É bonita, Veronca. Pega de volta pra mim? Está debaixo da mesa.”

“Ponha a pulseira, minha querida”, a mãe pediu quando Ellen Jane pegou a pulseira da mão de Veronica. “É muito linda, Veronica, e foi *tão* gentil da sua parte.”

“Eu comprei de um rapaz que eu conheço, dona Curtain”, contou Veronica, com orgulho na voz. “Ele arranja essas coisas a preço de atacado e então eu comprei essa pulseira pra Ellen Jane pelo aniversário dela.”

“Obrigada, Veronica”, disse a mãe de Ellen Jane.

Satisfeita, Veronica começou a entregar os outros presentes para Ellen Jane, um a um. Um cachecol foi tirado de dentro de uma caixa e enrolado em volta do pescoço de Rosnador, um par de luvas foi enfiado de um jeito cômico nas orelhas dele, um estojo de pintura foi posto em cima de uma das embaladeiras para que ele examinasse, um broche foi preso na sela ao lado de Ellen Jane.

“Bom, minha querida, acho que você teve um belo aniversário”, a mãe de Ellen Jane disse enquanto Veronica recolhia os papéis de presente e as fitas. “Acho melhor nos sentarmos logo depois do café para escrever cartinhas para todo mundo — para a sua avó, para a sua tia Alice e para todos os demais, para dizer o quanto você gostou dos presentes.”

“A gente não precisa escrever pra Veronca”, disse Ellen Jane. “Ela está bem ali.”

“Minha querida”, disse a mãe, “eu estava pensando que, já que é seu aniversário, nós poderíamos almoçar na cidade e depois ir ao cinema. O que você acha?”

“Eu não posso ir com o Rosnador”, respondeu Ellen Jane.

“Sei”, disse a mãe. “Veronica, você já pode tirar a mesa do café, quando estiver livre.”

Ela se levantou e fez menção de sair da sala, mas parou no vão da porta e se virou. “Você não quer almoçar no Schrafft’s, não?”, insistiu, mas Ellen Jane olhava para o rosto de Rosnador de novo e não a ouviu, então a mãe soltou um suspiro e saiu.

Por um momento, Ellen Jane ficou pendurada, com os braços em volta do pescoço de Rosnador, examinando cuidadosamente o rosto e as pernas dianteiras do leão. Depois levantou o tronco, deu meia-volta em cima da sela de veludo verde e se abaixou de novo, desta vez para examinar as pernas traseiras e o rabo do leão. Estava enroscada por cima da sela, investigando a barriga do animal, quando Veronica entrou na sala para tirar a mesa do café.

“Santo Deus”, exclamou Veronica, “o que é que você está fazendo, menina?”

Ellen Jane levantou a cabeça com desdém. “Eu estou conhecendo o Rosnador, ué”, respondeu.

Veronica se sentou na cadeira que a mãe de Ellen Jane havia acabado de desocupar. “Que susto você me deu”, disse. “Eu pensei que você estava caindo desse troço.”

“Olha pra ele, Veronca. Ele tem orelhas e olhos vermelhos, na barriga ele é todo macio, e aqui em cima o pelo dele vira uma juba. Ah, e em volta do pescoço ele tem uma gola bem grande de pelo. *Olha*.”

Veronica se aproximou com cautela. “Então esse é que é o tal do rei da selva das histórias que a sua mãe conta?”, perguntou ela.

“É, esse é o Rosnador. Olha as orelhas dele, Veronca. E ele fala, ainda por cima.”

“Ah, então eu quero ouvir”, disse Veronica na mesma hora.

“Ele não pode falar com *você*; não pode falar com ninguém, só comigo. Não aqui, pelo menos. Ele só fala com criança. Olha. Rosnador, aqui é a Ellen Jane que está falando. Me diz alguma coisa." Ela se inclinou e botou o ouvido perto da boca do leão, depois se levantou e se virou para Veronica. "Ele disse que esse é o lugar mais bonito que ele já viu e que eu sou a pessoa que ele mais gosta no mundo."

Veronica ficou impressionada. "Ele ouve tudo que a gente fala?"

"Claro. Pergunta alguma coisa pra ele que eu digo pra você o que ele respondeu."

Veronica pensou. "Pergunta pra ele quantos anos eu tenho", disse, triunfante.

Ellen Jane se inclinou para ouvir Rosnador. "Ele disse que você tem 34 anos."

Admirada, Veronica chegou mais perto para examinar melhor a cara de Rosnador.

"Eu sei que ele acertou", acrescentou Ellen Jane, "porque outro dia mesmo você me falou quantos anos você tem, Veronca. Outro dia mesmo você me disse que tinha 34 anos."

Veronica deu uma risadinha. "Pergunta se ele quer me ajudar com essa louça." Ela começou a empilhar as louças. De repente, teve um sobressalto e se virou.

"Ellen Jane", disse ela, "você falou alguma coisa?"

Ellen Jane arregalou os olhos e Veronica deu de ombros. "Eu devo estar maluca", disse.

"O que foi, Veronca? O que é que você ouviu?"

"Ah, nada não", disse Veronica, sonsa. "Eu só achei que tinha ouvido alguma coisa, só isso."

"Mas o quê, Veronca?"

"Bom", disse Veronica, devagar. "Eu tive a nítida impressão de ouvir alguém dizer 'Claro, eu ajudo você com a louça, sim'. Juro que ouvi."

"Não fui eu", disse Ellen Jane.

"Engraçado, eu achei de verdade que tinha ouvido", comentou Veronica. Ela parou, com uma pilha de louça em cada mão. "Não pode ter sido esse cavalo aí, pode?"

"O Rosnador?" Ellen Jane começou a rir.

"Bom..." Veronica deu de ombros de novo e, passando pelas portas vai e vem, foi para a cozinha.

De repente, ela pôs a cabeça para fora de novo. "Você me chamou, Ellen Jane?"

"Não", respondeu a menina. "Eu não disse nada."

Veronica olhou para o leão e soltou um suspiro. Depois franziu a testa e foi andando até ele.

"Olha aqui, você para de mexer comigo, está ouvindo?", ela disse com firmeza para o leão. "Eu não vou deixar você me atrapalhar a manhã inteira com essas suas brincadeirinhas. Se você quer vir me ajudar com a louça..."

"Veronca!" O tom de voz de Ellen Jane era de alguém em choque. "Você está falando com o Rosnador?"

Veronica olhou para ela. "É claro que eu estou", disse ela. "E se esse cavalo folgado acha que pode fazer o que bem entende..."

Ellen Jane quicou na sela, enfurecida. "Não está nada", berrou, "você não está falando com o Rosnador coisa nenhuma. Ele é meu leão e você não pode falar com ele. Você só está imaginando coisas, sua feia. Você está fingindo que ele está falando com você só pra me irritar!"

Veronica olhou para ela por um instante, depois se virou e voltou para a cozinha.

"Mamãe!", bradou Ellen Jane. "Vem aqui rápido, mamãe!"

"Isso, chama a sua mãe", Veronica gritou da cozinha. "E, quando ela vier, eu vou contar pra ela que filhinha egoísta ela tem e que você gritou comigo só porque o Rosnador também fala comigo."

A mãe de Ellen Jane veio correndo até a porta. "Ellen Jane", chamou, aflita, "o que houve, minha querida? Você caiu? O que foi?"

Ellen Jane começou a chorar. "A Veronca fez uma coisa horrível", choramingou.

"A *Veronica*?" A mãe de Ellen Jane ficou intrigada. Foi até as portas da cozinha e abriu uma delas. "Veronica? O que houve com a Ellen Jane?", perguntou.

Ellen Jane pensou rápido. Ela e Rosnador tinham que dar uma lição em Veronica, uma lição das boas. "Ela me fez ficar com muito, muito medo, mamãe", disse Ellen Jane.

"Mas como foi que ela fez isso, Ellen Jane?"

"Ela falou do irmão dela pra mim", respondeu Ellen Jane, de caso pensado. "O irmão dela é um homem malvado e horrível, e ela disse que ele ia me pegar. Ele está na cadeia."

Uma das portas da cozinha se abriu de repente, batendo com força na parede, e Veronica bradou: "Ellen Jane, você me prometeu que não ia contar pra ninguém!".

Ellen Jane olhou para a mãe. "Ele está na cadeia porque roubou e matou uma porção de gente, assaltou um banco e fez uma porção de coisas horríveis."

"Dona Curtain", disse Veronica, "por favor, não acredite nela."

"E porque matou e bateu nos policiais, e porque tirou um milhão de dólares do bolso de um homem."

"Veronica", disse a mãe de Ellen Jane, "o que tem de verdade nisso tudo?"

"É tudo verdade", disse Ellen Jane. "Foi ela mesma que me contou, muito tempo atrás, e ela me fez prometer que eu não ia contar pra ninguém, porque ela disse que, se você soubesse, ela podia ir pra cadeia também."

"Veronica", disse a mãe de Ellen Jane, "acho melhor termos uma conversa a sós sobre isso na cozinha."

Em silêncio, Veronica se virou e segurou a porta aberta para a mãe de Ellen Jane passar. Ellen Jane ficou vendo a porta se fechar atrás de Veronica, depois se abraçou ao pescoço do leão e começou a cochichar no ouvido dele, olhando para a porta da cozinha e rindo baixinho.

.18

A boa esposa

O sr. James Benjamin se serviu de uma segunda xícara de café, soltou um suspiro e esticou o braço para alcançar a cremeira do outro lado da mesa. "Genevieve", disse sem se dar ao trabalho de se virar, "você já levou o café da manhã para a sra. Benjamin?"

"Ela ainda está dormindo, sr. Benjamin. Eu fui lá em cima tem uns dez minutos."

"Coitadinha", disse o sr. Benjamin, servindo-se de uma torrada. Suspirou de novo, pôs o jornal de lado como algo indigno de atenção e ficou contente de ver que Genevieve trazia a correspondência.

"Alguma carta para mim?", perguntou, mais para contribuir com alguma comunicação e desejo humanos, ainda que fosse algo tão pequeno como desejar ver a correspondência, do que para receber uma informação que ele poderia muito bem obter num minuto. "Chegou alguma coisa para mim?"

Genevieve era bem-educada demais para bisbilhotar a correspondência dos outros, mas disse "Está tudo aí, sr. Benjamin", como se ele pudesse suspeitar que ela tivesse subtraído cartas importantíssimas, talvez de negócios ou de mulheres.

Havia, claro — era o terceiro dia do mês—, contas de várias lojas de departamentos, a última delas datada do dia 10 do mês anterior, quando a sra. Benjamin havia se recolhido no quarto. Eram contas irrisórias, e o sr. Benjamin as pôs de lado, junto de folhetos que anunciavam roupas íntimas, louças, cosméticos e móveis; a sra. Benjamin se distrairia vendo esses folhetos depois. Havia um extrato bancário, e, irritado, o sr. Benjamin o atirou na direção da cafeteira, para examiná-lo mais tarde. Havia três cartas pessoais: uma para ele, de um amigo que estava na Itália e louvava o tempo que estava fazendo lá naquele momento, e duas para a sra. Benjamin. A primeira delas, que o sr. Benjamin abriu sem hesitar, era da mãe dela e dizia:

> Querida, só um bilhete rápido para dizer que vamos zarpar no dia 10. Eu ainda tenho esperança de que vocês venham conosco, e claro que até o instante em que embarcarmos vamos aguardar notícias suas. Vocês não precisam nem trazer muita bagagem — planejamos fazer todas as nossas compras em Paris, obviamente, e claro que vocês não vão precisar de muita coisa para usar no navio. Mas façam como acharem melhor. Você sabe que nós dois contávamos que vocês viessem e não conseguimos entender o motivo dessa mudança de ideia no último minuto, mas claro que, se o James decidiu assim, imagino que você não tenha escolha. De qualquer forma, se houver alguma chance de você e o James se juntarem a nós depois, não deixe de me avisar. Vou enviar nosso endereço para você. Enquanto isso, cuide-se bem e lembre-se de que estamos sempre pensando em você. Beijos, Mamãe.

O sr. Benjamin separou essa carta para ser respondida e abriu a outra, endereçada à sua esposa. Deduziu que era de uma antiga colega de escola, porque ele não conhecia o nome, e dizia:

> Helen, querida, eu acabo de ver o seu nome no jornal. Você se casou, que *maravilha*! Por acaso nós conhecemos o felizardo? Engraçado, nós vivíamos dizendo que você seria a primeira a se casar e, no final,

não é que você foi a última? Pelo menos a Smithy não se casou ainda, mas nós nunca levávamos a *Smithy* em conta. Enfim, eu e o Doug estamos *loucos* para te ver e, agora que estamos em contato de novo, vou ficar esperando ansiosa uma mensagem sua para saber quando você e o maridão vão poder dar um pulo aqui para nos visitar. Pode ser em *qualquer* fim de semana, é só nos avisar em que trem vocês vão poder vir. Meus parabéns e um montão de beijos, Joanie.

Essa carta não precisava necessariamente ser respondida, mas o sr. Benjamin a separou mesmo assim, encheu sua xícara de café pela terceira vez e a tomou tranquilamente, olhando para os anúncios das lojas de departamentos sobrepostos aos horrores do jornal matutino. Quando acabou de tomar mais essa xícara, ele se levantou, pegou o jornal e os anúncios e disse, quando viu Genevieve parada no vão da porta da cozinha: "Terminei, obrigado, Genevieve. A sra. Benjamin acordou?".

"Eu acabei de levar o café da manhã para ela lá em cima, sr. Benjamin", respondeu ela.

"Certo", disse o sr. Benjamin. "Eu vou para o trabalho no trem das onze e quinze, Genevieve. Vou de carro até a estação e volto lá pelas sete. Você e a sra. Carter vão cuidar direitinho da sra. Benjamin enquanto eu estiver fora?"

"Claro, sr. Benjamin."

"Ótimo." Levando consigo o pequeno amontoado de papéis, o sr. Benjamin andou com determinação em direção à escada, deixando para trás a louça do café da manhã, a cafeteira e os olhos indiferentes de Genevieve.

O quarto de sua esposa ficava no alto da escada, uma porta de carvalho pesada, com maçanetas e dobradiças com detalhes em bronze. A chave ficava sempre pendurada num gancho ao lado da porta, e o sr. Benjamin suspirou pela terceira vez enquanto pegava a chave do gancho e sentia o peso dela na palma da mão. Quando enfiou a chave na fechadura, ouviu por uma fração de segundo um silêncio aturdido lá dentro, depois um retinido de louças quando sua mulher pôs de lado a bandeja do café da manhã e esperou a porta abrir. O sr. Benjamin girou a chave e abriu a porta.

"Bom dia", disse ele, evitando olhar para a esposa e indo até a janela, de onde viu a mesma vista do jardim que já tinha visto da sala de jantar, as mesmas flores só um pouco mais distantes, a mesma rua mais adiante, as mesmas fileiras de casas. "Como você está hoje?"

"Muito bem, obrigada."

Visto daquele ângulo, o gramado mostrava mais claramente que precisava ser aparado, e o sr. Benjamin disse: "Tenho que chamar aquele sujeito para aparar o gramado".

"O nome dele está no caderninho de telefone", disse ela. "Onde eu anoto números como os da lavanderia e da mercearia." A xícara de café dela tilintou no pires. "Digo, anotava."

"Está um dia bonito de novo", disse ele, ainda olhando lá para fora.

"Está lindo. Você vai jogar golfe?"

"Você sabe que eu não jogo golfe às segundas", disse ele e se virou para ela, surpreso; uma vez tendo olhado para ela, mesmo sem querer, ele não achava difícil continuar olhando; ela estava sempre igual agora, naquelas manhãs, e era mais chocante para ele perceber diariamente que, embora em todo o resto da casa ela existisse como uma presença feita em parte de lembranças e em parte de intenção, ali no seu quarto ela era a mesma de sempre e não exercia influência alguma. Às vezes usava um casaco azul de pijama por cima da camisola, e na sua bandeja de café da manhã havia um ovo; às vezes o cabelo dela estava preso com pentes no alto da cabeça, em vez de solto; às vezes ela estava sentada na poltrona perto da janela; e às vezes estava lendo os livros que ele trazia da biblioteca, mas em essência ela estava sempre igual e era a mesma mulher com quem ele havia se casado e provavelmente seria a mesma mulher que ele poderia um dia vir a enterrar.

Quando ela falou com ele, sua voz era a mesma que ela vinha usando havia muitos anos, embora recentemente ela tivesse aprendido a mantê-la mais baixa e sem emoção; no início, ela fazia isso porque não gostava da ideia de Genevieve e da sra. Carter a escutarem, mas agora era porque gritar com ele de pouco adiantava e com frequência o afugentava. "Chegou alguma carta?", perguntou ela.

"Chegou uma carta da sua mãe e outra de uma pessoa chamada Joanie."

"Joanie?", disse ela, franzindo o cenho. "Eu não conheço nenhuma Joanie."

"Helen", disse ele, irritado, "você pode *por favor* parar de falar desse jeito?"

Ela hesitou, depois levou sua xícara de café à boca de novo, com um gesto que deixava claro que, o que quer que pretendesse dizer, ela se convencera de que não havia razão para dizer novamente.

"Eu não sei o nome completo dela", ele disse pacientemente, "mas está escrito na carta. Ela diz que uma tal de Smithy ainda não se casou, que é uma maravilha você ter se casado e que espera que você e o seu maridão a visitem em breve."

"Joan Morris", disse ela. "Por que você não falou logo, em vez de me deixar..." Ela se calou.

"Não chegou mais nenhuma carta", disse ele, de modo calculado.

"Eu não estava esperando nenhuma correspondência além da carta da minha mãe."

"Será que o sr. Ferguson já te esqueceu? Ou, quem sabe, desistiu de uma empreitada difícil?"

"Eu não conheço nenhum sr. Ferguson."

"Ele desistiu tão fácil...", disse o sr. Benjamin. "Não deve ter sido um caso lá muito... *ardente*."

"Eu não conheço ninguém chamado Ferguson." Ela manteve a voz baixa, como fazia sempre ultimamente, mas moveu de leve a xícara de café em cima do pires, olhando para ela com atenção, a xícara fina se movendo num pequeno e delicado círculo sobre o pires. "Não teve nenhum caso."

Ele continuou falando, tão baixo quanto ela, enquanto observava a xícara de café, mas soou quase ansioso. "Você abriu mão dele com muita facilidade. Eu mal disse algumas palavras, e o pobre sr. Ferguson já foi abandonado. E agora, ao que parece, ele anda sendo um pouco relapso nos esforços para te libertar." Ele pensou por um momento. "Acho que já faz quase uma semana que não chega uma carta dele."

"Eu não sei quem escreve essas cartas. Não conheço ninguém com o nome de Ferguson."

"Talvez não. Talvez ele tenha te visto num ônibus ou num restaurante e, desde esse momento mágico, tenha passado a dedicar a vida dele a você; é possível até que você tenha conseguido jogar um bilhete pela janela ou a Genevieve tenha ficado com pena de você... será que o casaco de pele que você deu para a Genevieve foi um suborno?"

"Certamente eu não ia precisar de um casaco de pele", disse ela.

"Esse casaco foi um presente meu para você, não foi? Pois você vai ficar feliz em saber que a Genevieve logo veio falar comigo e se ofereceu para devolver o casaco."

"E imagino que você aceitou o casaco de volta, não é?"

"Aceitei", disse ele. "Eu prefiro que a Genevieve não fique em dívida com você."

Ele já estava cansado dela naquela manhã; não estava sendo possível estabelecer uma comunicação, porque ela não largava aquela xícara de café; e ela já sabia, obviamente, que ele havia tirado o casaco e as joias de Genevieve. Entre eles não havia mais sequer a esperança de que ele acreditasse que ela de fato tivesse jogado um bilhete pela janela ou conseguido de alguma forma fazer contato com o mundo exterior; não havia nem mesmo, ambos sabiam, nenhuma possibilidade de ela se sentar e, com mãos trêmulas e olhadelas nervosas na direção da porta, redigir alguma mensagem em que descrevesse sua situação e que fizesse alguém destrancar a porta e tirá-la dali. Mesmo que conseguisse arranjar papel e lápis ou que lhe fosse possível garatujar alguma coisa com batom num lenço, ela não se sentia mais capaz de formular expressões como "Meu marido me mantém prisioneira, me ajudem" ou "Salvem uma pobre mulher injustamente confinada" ou "Chamem a polícia" e nem mesmo "Socorro"; tinha havido uma fase em que ela tentava sair do quarto à força sempre que alguém abria a porta, mas isso fora só no início. Depois, ela havia mergulhado numa melancolia indiferente, período durante o qual ele a vigiara atentamente, já que as cartas (então quase diárias) de Ferguson traziam sugestões de como ela poderia se libertar e ele desconfiava que ela andava tentando se comunicar com a mãe. Agora, no entanto, naquela sua fase relativamente nova, que tinha se iniciado quando ela deu roupas dela para Genevieve e começou a passar o dia inteiro na cama, e em que as cartas de Ferguson se tornaram menos frequentes, ele tinha ficado mais tranquilo em relação a ela e até passado a lhe trazer livros e revistas e, uma vez, até uma dúzia de rosas para enfeitar o quarto. Ele não acreditava de forma alguma que ela fosse ardilosa o bastante para planejar uma fuga nem para adotar aquela postura aparentemente resignada com o intuito de levá-lo a crer que ela havia aceitado a autoridade dele. "Você ainda lembra", perguntou ele, pensando nisso, "que pode retomar sua vida normal quando quiser e usar novamente suas roupas bonitas e voltar à normalidade, não lembra?"

"Lembro", ela disse e riu.

Ele foi se aproximando dela, da cama, da xícara de café e do casaco de pijama azul, até conseguir ver com clareza os pentes no alto da sua cabeça e os cabelinhos que tinham escapado. "É só você me contar", falou em tom de súplica. "Só o que você precisa fazer é me contar — só algumas palavras — quem é esse Ferguson, onde vocês se conheceram e o que..." Ele parou. "Confesse", falou num tom duro, e ela levantou a cabeça para olhar para ele.

"Eu não conheço ninguém chamado Ferguson. Nunca amei ninguém na minha vida. Nunca tive nenhum caso. Não tenho nada a confessar. Não quero mais usar minhas roupas bonitas."

Ele soltou um suspiro e se virou para a porta. "O que eu me pergunto é por que não", disse ele.

"Não se esqueça de trancar a porta", disse ela, virando-se para pegar seu livro de cima da mesa.

O sr. Benjamin trancou a porta atrás de si e ficou parado por um momento, com a chave na mão, antes de pendurá-la de novo no gancho. Depois, com um ar de cansaço, se virou e desceu a escada. Genevieve tirava o pó na sala de estar, e ele parou no vão da porta e disse: "Genevieve, a sra. Benjamin quer alguma coisa leve no almoço; talvez uma salada".

"Claro, sr. Benjamin", disse Genevieve.

"Eu não vou jantar em casa", disse ele. "Pensei que fosse, mas acho que vou ficar na cidade. Acho que a sra. Benjamin está precisando de livros novos da biblioteca; você pode cuidar disso para ela?"

"Claro, sr. Benjamin", repetiu Genevieve.

Ele sentia uma estranha hesitação, como se preferisse ficar ali falando com Genevieve a ir para o escritório; talvez porque Genevieve certamente responderia "Claro, sr. Benjamin". Saiu andando de repente, antes que pudesse dizer mais alguma coisa, e foi para o seu escritório, depois fechou e trancou a porta, pensando enquanto fazia isso: dois cômodos trancados e isolados do resto da casa, dois cômodos bem longe um do outro, e toda aquela parte da casa entre eles sem uso, a sala de estar, a sala de jantar, o hall, a escada e os quartos, tudo só ali, separando dois cômodos trancados. Sacudiu a cabeça vigorosamente; estava cansado. Dormia no quarto ao lado do da esposa e às vezes, à noite, a tentação que sentia de destrancar a porta do quarto dela, entrar e dizer a ela que a perdoava era forte demais; felizmente, ele era dissuadido de fazer isso pela assustadora lembrança da única vez em que ele tinha destrancado a porta do quarto da esposa durante a noite e ela o havia enxotado de lá aos socos, depois trancado a porta pelo lado de dentro, devolvendo a chave para ele na manhã seguinte sem dizer uma palavra; ele desconfiava que, não demoraria muito, e ele seria impedido de entrar no quarto dela mesmo durante o dia.

Sentou-se à mesa e pôs a mão na testa, irritado. No entanto, aquilo precisava ser feito, e ele pegou uma folha de papel de carta com o monograma dela e tirou a tampa de sua caneta-tinteiro. "Querida mãe", escreveu, "o diabo do meu dedo ainda está dolorido demais para eu escrever — o James acha que deve ser luxação, mas acho que ele só está cansado de seguir o que eu dito, como se algum dia ele já tivesse feito outra coisa. Enfim, nós dois estamos simplesmente *arrasados* por não podermos ir para Paris com vocês, mas realmente achamos mais prudente não ir. Afinal, acabamos de voltar da nossa viagem de lua de mel em julho, e o James *precisa* marcar presença no escritório de vez em quando. Ele diz que talvez no inverno a gente possa dar uma escapulida para a América do Sul, sem dizer para ninguém para onde vamos nem quando voltamos nem nada. Enfim, aproveite bastante em Paris, compre *um monte* de roupa bonita e não se esqueça de me escrever." O sr. Benjamin releu a carta que havia acabado de redigir e depois, soltando um suspiro, pegou a caneta de novo e acrescentou: "Beijos, Helen e James". Selou e endereçou a carta e então, sentado em silêncio à sua mesa com as mãos entrelaçadas diante de si, refletiu por um momento. De repente, tomou uma decisão, abriu a última gaveta da mesa e pegou uma caixa de papel de carta meio vagabundo, já um pouco manchado, e uma caneta-tinteiro carregada de tinta marrom. Com um ar grave que tornava seus gestos um tanto sinistros, pegou a caneta com a mão esquerda e começou a escrever com uma letra arrojada: "Minha querida, finalmente consegui pensar num jeito de despistar aquele idiota ciumento. Falei umas duas vezes com a moça da biblioteca e acho que ela vai nos ajudar, se tiver certeza de que isso não vai lhe causar problemas. O que eu quero fazer é o seguinte...".

.19

Diabo de história

E o diabo estava nos silêncios solitários do inferno, perdido em pensamentos. Andara sobre a terra um homem, filho de Deus, e ele botara o diabo para correr. E o mundo venerava o filho de Deus e através dele o próprio Deus, e o diabo estava sozinho.

"Pois eu terei um filho", disse o diabo. "Uma mulher há de gerar um filho meu."

E, dirigindo-se à terra, ele foi em busca de uma certa Lady Katharine, mulher inteligente e espirituosa, sem filhos, mas esposa de um homem fraco. E o diabo, falando com Lady Katharine, expôs a ela o seu problema e lhe ofereceu a oportunidade de ser mãe do filho dele.

Mas Lady Katharine, que não era boba nem nada, perguntou ao diabo: "Que garantia eu tenho de que o senhor vai me recompensar de forma adequada?".

"Eu lhe dou a minha palavra, senhora", respondeu o diabo educadamente.

Lady Katharine, porém, riu e falou para o diabo: "Eu vou gerar o seu filho e aí o senhor vai esquecer a sua palavra e me carregar para o inferno. Não, eu preciso de uma caução decente".

"Eu lhe darei um trono no inferno", prometeu o diabo.

"Prefiro um trono na terra", respondeu Lady Katharine.

"Eu lhe darei tudo que a senhora me pedir", disse o diabo, "e a senhora terá o meu filho como garantia."

"O senhor vai cuidar bem o bastante do seu filho sem mim", disse Lady Katharine. "Prefiro o seu olho direito como garantia."

Então, um contrato foi firmado, e o diabo deu a Lady Katharine o olho direito dele como caução do contrato. Lady Katharine gerou um filho para o diabo e guardou o olho dele, na forma de um rubi, dentro de uma caixa com uma cruz na tampa. E por toda a sua vida Lady Katharine teve a riqueza do mundo e todas as alegrias que ele proporciona e viveu muitos e prazerosos anos com o olho direito do diabo como garantia pela sua alma. E o filho do diabo cresceu e vicejou sob o cuidado vigilante do pai e foi o único filho que Lady Katharine teve na vida e, quando ela morresse, herdaria a riqueza que ela obtivera do diabo.

Lady Katharine morreu, e o diabo lhe levou a alma e pediu seu olho de volta em troca da liberdade da alma dela.

Mas o filho do diabo havia herdado não só toda a riqueza de Lady Katharine como também a caixa com a cruz na tampa e, não tendo o pavor que o pai tinha da cruz, abriu a caixa e encontrou lá dentro o rubi que era o olho do diabo e, com ele, um bilhete em que estava expresso o desejo de Lady Katharine de que o rubi fosse atirado ao mar para resgatar a alma dela do inferno.

Mas o filho do diabo, sendo herdeiro do pai, riu e fechou a caixa com o rubi lá dentro. E o diabo, querendo seu olho de volta, foi até o filho, revelou-se e disse: "Eu sou seu pai e venho protegendo e guiando você a sua vida inteira. Você tem o meu olho e a redenção da alma da sua mãe em seu poder; atire a caixa ao mar e livre-se da minha ira".

Mas o filho do diabo, conhecendo bem o pai, disse: "Eu sou o seu único filho, e não é provável que o senhor venha a ter outro; vou ficar com o seu olho como garantia de que o senhor vai continuar a me favorecer e não ousará me fazer mal; quanto à alma da minha mãe, ela que fique no inferno".

E, então, ele deu as costas para o diabo e se jogou no mundo.

.20

Os ratos

O apartamento novo para onde o sr. e sra. Malkin se mudaram no dia 1º de outubro era amplo e confortável. Tinha uma lareira a lenha, uma cozinha grande e ficava perto do trabalho do sr. Malkin. A sra. Malkin havia mandado pintar a sala de estar de um rosa suave, o quarto de um azul igualmente suave e a cozinha de verde, e depois, num rompante daquilo que o sr. Malkin talvez considerasse um sarcasmo típico de esposas, tinha olhado para o cômodo que o sr. Malkin havia sentido de imediato que seria o escritório dele e decidido mandar pintá-lo de cinza, um austero cinza-chumbo. O sr. Malkin trabalhava para uma companhia de seguros e tinha lido em algum lugar que cores claras e alegres eram melhores para trabalhar — como executivo de baixo escalão da companhia, ele ocupava uma sala de paredes marrom-claras e cadeiras de madeira —, mas a sra. Malkin foi inflexível. "Você é um sujeito tão melancólico, de qualquer maneira", disse ela, impiedosa. Ela havia cedido a ponto de concordar com cortinas laranja e um tapete claro, mas mesmo assim o sr. Malkin nunca gostou de trabalhar naquele cômodo. Aos domingos, quando a sra. Malkin ficava alegremente atarefada na cozinha, o sr. Malkin se enfiava no seu escritório cinza e laranja e fingia trabalhar, mas, no fim do ano, quando sugerisse repintá-lo, o sr. Malkin lançaria mão do irrefutável argumento de que tinha a sensação de que nunca havia conseguido trabalhar nada naquele cômodo, ao que a sra. Malkin rebateria, dizendo que ele nunca conseguia trabalhar nada em lugar nenhum, de qualquer maneira.

Já fazia um bom tempo que a sra. Malkin sentia em seu íntimo que era seu dever cuidar para que o marido não fosse sempre tão infantil quanto ele gostaria; ela havia esmagado com certo entusiasmo todas as tentativas que ele fizera de começar a praticar golfe, desencorajara a amizade dele com um membro mais velho da firma que ela considerava complacente e vinha se empenhando para que, aos 29 anos, o sr. Malkin sempre se vestisse de forma correta, se comportasse com bons modos, não tivesse filhos e se mantivesse taciturno.

O sr. Malkin gostava da esposa. Ou costumava gostar até o terrível incidente do rato.

Os ratos, dois deles, tinham vindo com o apartamento. Desde o instante em que entrou na cozinha nova e encontrou a ratoeira que o antigo inquilino havia deixado no fundo do armário, a sra. Malkin já sabia que teria problemas. "Essa ratoeira estava aí o tempo todo", ela falou para o sr. Malkin, "e dá para ver que não estava adiantando nada. Tem pegadas de rato na cozinha inteira."

"O problema dessa ratoeira", disse o sr. Malkin se ajoelhando do lado dela, "é que ela já foi usada várias vezes. Os ratos sabem pelo cheiro quando as ratoeiras já pegaram outros ratos e não chegam nem perto de uma ratoeira usada."

A sra. Malkin olhou para o marido. "E desde quando você entende de rato?", perguntou.

"Você compra uma ratoeira que eu pego esses ratos para você", disse o sr. Malkin.

A sra. Malkin se esqueceu de comprar uma ratoeira nova e só foi se lembrar do assunto depois que os pintores já tinham terminado a pintura, o sr. Malkin já tinha pendurado as cortinas e os quadros, e ela já havia encomendado e instalado luminárias novas. Então, uma noite, quando foi até a sua cozinha recém-pintada pegar um maço de cigarros, a sra. Malkin quase pisou num rato, que correu em disparada para se esconder debaixo da geladeira. Ela deu um berro e voou para a sala de estar, onde o sr. Malkin estava sentado, lendo.

"Eu não sabia que você tinha medo de rato", disse o sr. Malkin, num tom tranquilizador.

"Eu não tenho ", disse a sra. Malkin, "mas detesto quando um deles me dá um susto desses."

"Amanhã de manhã você compra uma ratoeira", disse o sr. Malkin, "que à noite eu pego esse rato."

A sra. Malkin comprou uma ratoeira no dia seguinte, o sr. Malkin armou a ratoeira à noite e o rato foi capturado, mas justo quando o sr. Malkin falava para a sra. Malkin "Está vendo, o problema daquela ratoeira velha era que o rato sentia o cheiro dos outros ratos que tinham sido pegos", a sra. Malkin ouviu barulhinhos suspeitos nos jornais atrás do fogão, e na manhã seguinte havia pegadas de rato por toda a pia.

"Eu vou ter que chamar o dedetizador", a sra. Malkin disse ao marido no café da manhã, "isso não pode continuar. Eu não tenho medo de rato, você sabe disso, mas eles estão me deixando muito nervosa."

"Não é preciso chamar um dedetizador por causa de um par de ratos", retrucou o sr. Malkin. "É só você comprar uma ratoeira para mim hoje..."

A sra. Malkin fez que sim, ajudou o marido a vestir o sobretudo e lhe deu um beijo de despedida. "Compra a ratoeira", disse o sr. Malkin enquanto descia a escada, "que eu te garanto que pego esse rato hoje à noite."

Mais tarde, ainda naquela manhã, a sra. Malkin telefonou para o marido no trabalho. "Comprou a ratoeira?", o sr. Malkin perguntou de cara.

"A ratoeira?", a sra. Malkin repetiu vagamente.

O sr. Malkin teve a impressão de que a voz da mulher estava estranha. "Aconteceu alguma coisa?", perguntou ele.

Fez-se um breve silêncio. Então, a sra. Malkin disse: "Eu liguei por causa de uma coisa que vi na sua mesa".

O sr. Malkin pensou rápido. Obviamente ele tinha feito alguma coisa errada; no momento, porém, não conseguia se lembrar de nada que estivesse na mesa dele que pudesse ofender a esposa. "Eu guardo muita tralha...", começou a dizer.

"Eu sei", interrompeu a sra. Malkin. "Tem uma caderneta de banco aqui."

"Uma caderneta de banco?", disse o sr. Malkin.

"Ela foi preenchida em nome de... espera um instante que eu vou conferir." Houve uma pausa enquanto a sra. Malkin conferia a caderneta. "Donald Emmett Malkin", disse ela.

"Donald Emmett Malkin", repetiu o sr. Malkin.

"Tem um saldo de 29 dólares nessa conta", disse a sra. Malkin. "Está entrando 1 dólar por semana, faz mais ou menos uns seis meses."

"Vinte e nove dólares", disse o sr. Malkin. "Que coisa..."

"É melhor você ver se pode pegar esse dinheiro de volta", disse a sra. Malkin. "Afinal, são quase 30 dólares."

"Sim", disse o sr. Malkin. "Eu tinha me esquecido disso. Vou pegar o dinheiro de volta."

"Quem é Donald Emmett Malkin?", perguntou a sra. Malkin.

"É só um nome", respondeu vagamente o sr. Malkin. "Uma brincadeira que eu fiz na época."

"Donald do seu pai, Emmett do meu", disse a sra. Malkin. "Você falou que vai pegar o dinheiro de volta? Quer que eu jogue a caderneta fora para você?"

"Pode jogar", disse o sr. Malkin. "Foi só uma brincadeira, provavelmente."

"Provavelmente", repetiu a sra. Malkin. "Eu vi o rato, aliás."

"E levou um susto?", perguntou o sr. Malkin.

"Eu odeio rato", disse a sra. Malkin. "E esse era bem gordo e esquisito. Bom, eu vou jogar a caderneta fora então, se você tem certeza de que não a quer."

"Claro", disse o sr. Malkin. Depois desligou o telefone com certo alívio.

Quando ele chegou em casa naquela noite, a sra. Malkin o recebeu na porta. Ela usava seu robe cor de vinho e seu cabelo estava solto e escovado.

"Eu peguei o rato", contou ela.

"Na ratoeira?"

"Não", disse a sra. Malkin com voz suave, "sozinha mesmo. Eu fui rápida demais para ela."

"Para ela?", perguntou o sr. Malkin enquanto andava atrás da esposa até o escritório dele. O rato estava no meio do escritório, em cima de uma folha de papel-ofício branca. E era exatamente da mesma cor das paredes. "Para ela?", o sr. Malkin tornou a perguntar, com mais ênfase.

"Eu bati nela com a frigideira", disse a sra. Malkin e olhou para o marido. "Fui muito corajosa."

"Foi mesmo", disse o sr. Malkin com entusiasmo.

"Depois eu a empurrei com a vassoura para cima dessa folha de papel e a trouxe para cá", disse a sra. Malkin. "E eu sei por que ela estava tão gorda."

O sr. Malkin se inclinou na direção da rata e viu por que ela estava tão gorda, depois se levantou e olhou para a esposa. Pela expressão no rosto dela, o sr. Malkin percebeu que ela era a mulher mais terrível que ele já tinha visto.

.21

Minha avó e o mundo dos gatos

Como a minha avó é paciente e gatos têm vida longa, eu é que não vou arriscar um palpite sobre o resultado dessa peleja; embora intimamente bote fé na minha avó, tem quem esteja disposto a arriscar verdadeiras boladas nos gatos, e eu não sou de dar dica para ninguém apostar em azarão. Posso, no entanto, fazer um breve resumo da situação até agora, como contumaz observadora, e gostaria de acrescentar que, pensando no longo prazo, eu nunca achei que os gatos tivessem um poder de resistência capaz de rivalizar com o da velha. Sete vidas, talvez, mas não o poder de resistência.

Minha avó é uma mulher gentil e adorável, salvo pelo que faz com os gatos. É também apaixonada por eles e vive se lamentando da cruel sina que fez dela uma inimiga natural dos bichanos. Ela parece lhes causar horror. Desde que ela veio morar com a gente quando o meu avô morreu, quase quinze anos atrás, pelo menos uns quarenta ou cinquenta gatos já passaram uma temporada aqui em casa, adquiriram cicatrizes emocionais e se foram. Talvez seja só que nós já nos acostumamos com a minha avó, coisa que seria demais pedir de um gato.

Eu me lembro da Flossie, que costumava morder a minha avó. Nada além disso. Só andava tranquilamente até a minha avó, se agarrava com firmeza aos tornozelos dela e cravava os dentes. Por algum tempo, minha avó achou que isso fosse apenas carinho e sentia uma alegria tremenda por ter sido escolhida como alvo da afeição de Flossie, mas depois, conforme Flossie foi ficando mais velha e maior, e seus dentes, mais longos, minha avó pegou o hábito de se sentar com os pés enfiados debaixo do corpo. Passado um tempo, Flossie começou a ter filhotes, milhares deles, e um dia minha avó estava sentada, descansando com as pernas apoiadas no chão, e Flossie, que minha avó pensava que estava fora da sala e, portanto, a uma distância segura, saiu de baixo da mesa com um dos seus filhotes mais velhos e começou a ensiná-lo a morder os tornozelos da minha avó. Como um de seus princípios cardeais era jamais matar gatos e nunca se livrar deles a não ser por um motivo muito forte, a minha avó, que obviamente não tinha nenhuma espécie de prova contra Flossie, continuou a se sentar com os pés enfiados debaixo do corpo. No entanto, Flossie acabou cometendo um erro: um dia, estando particularmente animada, ela entrou correndo na sala e, confundindo o meu pai com a minha avó, arrancou um pedaço considerável da canela dele.

Depois que Flossie se foi, a minha avó começou a ter problemas com o único filhote com que tínhamos ficado, um gatinho laranja, metade persa, chamado Creampuff. A abordagem de Creampuff tendia mais para o colapso nervoso. Ele se retirava acintosamente do recinto sempre que a minha avó entrava, olhando por cima do ombro, de lábios arreganhados. Se Creampuff estava comendo tranquilamente na cozinha e a minha avó entrava, ele parava de comer e ia embora. Como isso não surtiu nenhum efeito, além de fazer a minha avó perder um pouco de peso, Creampuff começou a matar moscas e deixá-las em lugares específicos. Sempre que a minha avó passava a se sentar com alguma frequência num lugar, quando ia se sentar lá de novo, ela encontrava umas sete ou oito moscas mortas no assento. Um dia, eu estava sentada ao lado do piano enquanto a minha avó tocava e cantava, e Creampuff entrou na sala. Acho que ele não tinha visto a minha avó, e ela ficou felicíssima achando que talvez agora ele estivesse pronto para fazer amizade com ela. “Eu vou continuar cantando”, ela sussurrou às pressas para mim, “e você me fala o que ele está fazendo.” Então a minha avó continuou cantando “I Passed by Your Window”, e eu fiquei observando Creampuff. Ele zanzou pela sala um tempo, então eu reparei que ele estava o tempo todo olhando de soslaio para a minha avó. De repente, ele pulou em cima da banqueta do piano, justo quando a minha avó chegou a “To bid you good morning, good morning, my dear” e trilava as notas agudas. Depois de lançar um rápido olhar de agonia para a minha avó, Creampuff subiu na estante de música e começou a matar moscas. Ficava esperando que elas pousassem na partitura e então dava uma patada nelas. Dividida entre a integridade artística e uma fúria absoluta, a minha avó finalmente acabou se retirando da sala, ao que Creampuff olhou para mim com um sorriso malvado, derrubou a partitura de cima da estante e saiu das nossas vidas. Eu não sei o que aconteceu com ele; aparentemente, Creampuff achou que o trabalho dele na nossa casa estava encerrado.

Depois disso o meu pai bateu o pé, e por algum tempo não houve gatos na nossa casa. As coisas transcorriam tranquilamente, sem lutas internas; a minha mãe arranjou um cachorrinho, que se afeiçoou muito à minha avó e costumava ir para perto dela para ela lhe afagar a barriga.

Então um dia eu deixei um gatinho me seguir até em casa e a coisa toda começou outra vez, pior ainda do que antes. Eu dei a ele o nome de Nick e, como a minha avó estava viajando nesse fim de semana, ele teve tempo para ir ficando à vontade na casa e se acostumar com o cachorro. Parecia um gatinho doce e afetuoso, até que a minha avó entrou pela porta da frente. “Ah, um *gatinho*!”, ela exclamou com voz aguda. “Ôôô que coisiiinha mais fooofa.” Nick fez um barulho de gato com a garganta e atacou. A minha avó, que estava abaixada para olhar nos olhos de Nick, perdeu boa parte do penteado.

Desse momento em diante, Nick se transformou no mais radical de todos os nossos gatos. Ele desenvolveu uma hostilidade em relação à minha avó que fazia Flossie e Creampuff parecerem amadores, e dessa vez a minha avó abandonou sua postura não combativa e enfrentou Nick com todas as forças que tinha. Quando ele encontrou uma passagem secreta pelas grades da calefação que o levava para dentro do quarto da minha avó, apesar de ela ter fechado todas as portas e janelas, e usou essa passagem para entrar lá sorrateiramente à noite e começar a pular em cima da barriga dela, a minha avó encheu a banheira de água morna e jogou Nick lá dentro. Uma vez a minha avó fez um bolo, recobriu-o de glacê e o deixou na mesa da cozinha para esfriar; Nick pulou em cima do bolo, andou para lá e para cá e fez um belo desenho na cobertura. Dessa vez a minha avó pegou Nick, botou-o no chão, colocou uma panela virada de cabeça para baixo em cima dele, depois se sentou do lado e ficou batendo com uma colher no fundo da panela. Chegou a um ponto em que nenhum de nós ficava mais surpreso quando via Nick correndo pela casa e a minha avó correndo atrás dele com uma vassoura.

"Acho que a sua avó está enlouquecendo, mocinha", a minha mãe disse para mim.

"O Nick não faz por maldade", falei.

"Mas a sua avó está tramando alguma", disse a minha mãe.

Quando o meu irmão bateu o carro da família contra um poste de telefone, dizem que a minha avó declarou num tom soturno que aquilo claramente era mais uma obra daquele gato. Certa manhã, a campainha tocou e, ao abrir a porta, a minha avó encontrou um passarinho amarelo bem pequenininho pousado na varanda. "O que é que você quer?", perguntou ela, mas, antes que o passarinho pudesse responder, Nick, obviamente concluindo que ele era amigo da minha avó, correu porta afora e capturou a avezinha, levando-a consigo. Pensativa, a minha avó saiu e comprou um canário dentro de uma gaiola e o deu de presente para a minha mãe. Alguns dias depois, ela entrou às pressas no quarto, onde a minha mãe me ensinava tranquilamente a fazer casa de botão, e gritou: "Venham rápido, aquele gato está atrás do canário! Eu sabia que isso ia acontecer". Minha mãe e eu fomos correndo lá para baixo, ela armada com um ovo de cerzir, e encontramos Nick em cima da gaiola. O canário se balançava para a frente e para trás, cantando docemente para Nick, que comia a folha de alface que a minha mãe tinha colocado entre duas barras da gaiola. Minha avó ficou embasbacada por um momento, mas acabou se recuperando para apontar o dedo de modo acusador para

Nick, que a observava confortavelmente, com um pedacinho de alface pendurado para fora da boca, e falar num tom dramático: "Eu não vivo dizendo? Ele é um ladrão nato!".

Mais tarde, minha avó foi para a cama com uma compressa fria na testa, e minha mãe e eu discutimos a questão do Nick.

"Mocinha, ou esse gato vai embora desta casa ou eu não me responsabilizo pela sua avó", disse ela.

"Deve ter alguém para quem eu possa dar o Nick, alguém que a gente não conheça muito bem", falei. "Alguém que não venha aqui em casa com muita frequência."

"Eu vou falar com o seu pai", disse minha mãe. Nós duas sabíamos que a minha avó jamais se permitiria ser intimidada por um gato; ou tinha que haver um bom motivo, um motivo convincente, para que Nick fosse embora ou a minha avó o enfrentaria em casa até que um dos lados cedesse. Aparentemente, a minha mãe falou com o meu pai; na manhã seguinte, quando foi ver como a minha avó se sentia, a minha mãe falou para ela que Nick e meu pai tinham se desentendido e que Nick teria que ir embora.

"Dá o gato para mim", disse a minha avó. "Eu venho mesmo pensando em viajar."

"A senhora quer o gato?", perguntou a minha mãe, pasma.

"Você acha que eu vou deixar um gato bom desses sair da família?", disse a minha avó.

Ela e Nick fizeram uma viagem para o sul; nós recebíamos relatórios semanais da minha avó, dizendo que Nick tinha fugido, que Nick tinha mordido um cobrador de trem, que Nick tinha rasgado todos os travesseiros do hotel, que Nick tinha caído no mar, que Nick tinha machucado a pata numa briga com um crocodilo (um assunto ao qual nós nunca conseguimos fazer a minha avó voltar; ela dizia que não gostava de pensar nisso), que Nick estava cansado de viajar e que os dois iam voltar para casa. Eles voltaram para casa, minha avó bronzeada e revigorada, Nick mais magro e com aparência de cansado.

"Viajar faz bem para nós", disse minha avó, "não é, Nick, meu amor?" Ela puxou a orelha de Nick carinhosamente e Nick ronronou.

Pouco tempo depois, Nick morreu, após bater de frente com um Chevrolet, e a minha avó arranjou outro gato, uma criatura preta e lustrosa com cara de anjo.

"Durão, ele, não é?", minha avó comentou quando o trouxe para casa. Ela lhe deu o nome de Mo, em homenagem ao meu avô. Logo ficou claro que Mo era um excêntrico; vivia exclusivamente de salmão e melão cantalupo; quando não era época de cantalupo, ele comia morango. Tinha o hábito de dormir no alto da escada, no penúltimo degrau. Isso acabou provocando uma rusga com o meu irmão, que costumava entrar correndo pela porta da frente e continuar correndo em disparada escada acima, sendo que, toda vez que ele subia a escada em disparada, Mo se levantava e bocejava bem na hora em que o meu irmão estava quase chegando lá em cima, e então o meu irmão tropeçava nele e caía.

Um dia o meu irmão entrou correndo pela porta da frente e, lembrando-se de repente do gato, parou para ver se Mo estava lá em cima. Mo estava. Então, o meu irmão se virou para a minha avó, que estava sentada na sala tricotando um gorro para o meu pai, e disse que daquela vez ele ia dar uma lição naquele gato. Em seguida, subiu a escada devagar, pegou Mo no colo, levou-o lá para baixo e o pôs no chão. Com Mo sentado ao pé da escada, observando, meu irmão subiu a escada com muito cuidado, depois deu meia-volta e tornou a descer. "Viu, eu não caí nenhuma vez", ele disse para Mo. Tentou mais uma vez, subindo bem devagar e descendo de novo. Depois disse para Mo: "Está bom, agora olha isso". Saiu pela porta da frente, abriu-a com força em seguida, entrou correndo e continuou correndo em disparada escada acima; tinha subido até a metade da escada quando tropeçou e caiu de cara no chão. Mo continuou sentado lá embaixo com uma expressão séria, vendo o meu irmão caído lá em cima, praguejando. Então, ainda sem falar com Mo, meu irmão desceu a escada, deu meia-volta e subiu em disparada de novo, mas desta vez Mo subiu também e chegou no alto da escada antes do meu irmão, que tropeçou nele e caiu de novo.

Minha avó veio até o hall e perguntou, amável: "Caiu, meu querido?". Mo desceu a escada e seguiu a minha avó até a cozinha, onde ela lhe deu uma tigelinha com morangos; meu irmão enfiou a cabeça entre dois balaústres e ficou lá, gemendo, até que a minha mãe foi até lá e o pegou.

Finalmente, minha avó acabou conseguindo cortar as asas de Mo. Primeiro, amarrou uma fita em volta do pescoço dele; quando isso pareceu não funcionar, ela pendurou um sininho na fita. Ela me explicou que isso também fazia dele um bom gato de guarda; Mo não aguentava que ninguém entrasse na casa sem ir lá ver se podia fazer alguma coisa com quem tinha entrado e, se ele se mexesse, a minha avó — que havia passado a ter um sono muito leve desde a época em que Nick pulava na barriga dela no meio da noite — escutaria o barulho do sino e desceria para pegar os ladrões. É provável que isso tivesse funcionado muito bem, mas infelizmente Mo acabou tendo um treco, porque o sino tocava toda vez que ele tentava dormir.

Minha avó pareceu ficar muito chateada quando Mo morreu.

"Eu sempre me sentia segura com ele em casa", disse ela, tristonha. "Muito mais segura do que me sentia com o seu avô."

.22

Talvez tenha sido o carro

Talvez tenha sido o carro. Ou talvez o olmo bichado, ou a banheira que estava vazando de novo, ou o acúmulo de roupas para lavar, ou a ideia de fritar hambúrguer outra vez naquela noite, ou talvez tenha sido a aluna do meu marido que me perguntou, com olhos arregalados e ar inocente: "Tem pintado muito?". Quando eu disse a ela que a única coisa que eu tinha pintado nos últimos vinte anos tinham sido as cadeiras da varanda, ela abriu ainda mais os olhos, depois franziu o cenho e disse: "Ué, não era para a senhora ser pintora?". "Era para eu ser escritora", falei, meio tensa. "Engraçado", disse ela. "Eu sempre achei que a senhora fosse pintora. Que tipo de coisa a senhora escreve?"

"Era para eu ser escritora?", perguntei ao meu marido no fim daquela tarde.

"O quê?", disse ele.

"Eu perguntei se era para eu ser escritora."

"Imagino que sim", respondeu ele. "Por quê?"

"Eu achei que era para eu ser pintora", falei.

"Eu não entendo mais nada do que você diz", disse ele. "Falta muito para sair o jantar?"

O carro é novo. Um pequeno conversível inglês, preto, ágil e cheio de charme. As crianças começaram de imediato a chamá-lo de Toro, porque no volante dele tem a imagem de um touro. Eu preferia rodar por aí com o Toro a fritar hambúrguer de novo aquela noite; deixei o meu marido sentado na sala, lendo o jornal vespertino, fui para a cozinha, me sentei no meu banco alto no canto e fiquei olhando para o Toro, estacionado na entrada da garagem. O zíper da saia da minha filha tinha arrebentado. A roseira que eu tinha plantado em frente à varanda obviamente não ia pegar. *Eu sou escritora*, falei para mim mesma no canto da cozinha. *Eu sou escritora e estou aqui, fritando hambúrguer*. O cachorro tinha ido para o riacho e rolado na lama de novo.

Numa casa com milhares de discos fonográficos, de todos os tamanhos, épocas, velocidades e intensidades sonoras, eu sou dona de dois. Um deles é uma gravação de várias caixas de música tocando. O outro é de músicas de tourada. Subi, peguei emprestado um dos toca-discos das crianças e levei para a cozinha, depois peguei os meus dois discos e botei para tocar o das caixas de música, em que um órgão a vapor toca canções como "The Sidewalks of New York".

"A mamãe ficou maluca de novo", meu filho mais velho comentou com o pai, na sala. "O que será que ela vai fazer dessa vez?"

"Tudo ou é falso ou é verdadeiro ou é um dos delírios da sua mãe...", foi a resposta obscura do meu marido.

"Eu preferia que ela tivesse botado a música de tourada", disse o meu filho. "Esse órgão a vapor me dá nos nervos."

"Na última vez que ela botou a música de tourada, o jantar foi sopa de legumes quatro noites seguidas", disse o meu marido.

"Você devia levar a gente para jantar fora mais vezes", disse o meu filho.

"Normalmente, depois que bota o disco das caixas de música, ela sobe e arruma o armário das roupas de cama ou, às vezes, vai para o quarto e lê as cartas que eu mandei para ela quando a gente estava na faculdade", comentou o meu marido, com voz trêmula.

"Eu só queria que ela tivesse botado a música de tourada", disse o meu filho.

Desci do meu banco e fui para a sala. "Escuta", falei, "eu sou uma escritora ou uma dona de casa de meia-idade?"

"Ai, Deus", disse o meu filho, enquanto o meu marido respondia: "Uma escritora, querida. Uma escritora".

"Com certeza", disse o meu filho.

Saí pela porta dos fundos, desci a escada e entrei no Toro. Percebi que o meu marido e o meu filho me observavam pela janela da sala. Minha filha apareceu na janela do quarto dela, no andar de cima, e perguntou: "Você vai sair? Espera um instante que vou trocar de saia e vou com você".

"Não, você fica aqui e frita os hambúrgueres", falei. "Tem sorvete no congelador para a sobremesa."

"Aonde você vai?", perguntou ela.

"Eu vou fugir", respondi. "Provavelmente para o oeste, para lutar com os nativos."

"De novo?", disse ela. "Eu pensei que você estivesse ouvindo o disco das caixas de música."

"Um dia eu mando notícias", falei. "Vou administrar um bar em Singapura ou vender jornal numa esquina de Argel. Ou talvez uma velhinha chegue perto de você daqui a muitos anos, olhe bem para o seu rosto e pergunte se você se lembra da sua mãe. Serei eu."

"Ah", disse ela. "Bom, aproveita bastante, então."

Saí de ré da garagem, virei e fui dirigindo até sair da cidade. Eram cinco e meia da tarde, fazia muito calor, mas na estrada o ar estava fresco, e a vegetação, verde. *Eu sou escritora*, disse a mim mesma energicamente, *não alguém que cozinha, lava e conserta zíperes. Eu vou fugir.* Rodei uns trinta quilômetros, passando por meia dúzia de cidadezinhas, mas elas ficavam perto demais de casa; eu conhecia todas elas, conhecia as lojas, as casas e até algumas das pessoas que moravam lá. *Eu tenho que ir para mais longe*, pensei; como não costumo ir para o leste, resolvi pegar a primeira estrada em direção ao leste. Era uma estrada ruim e foi ficando cada vez menos familiar, então eu segui por ela até chegar a um cruzamento e virei em direção ao sul. Depois de rodar uns sessenta quilômetros, eu não conseguia reconhecer nada à minha volta, mas estava ficando escuro. Cheguei a uma cidadezinha onde se lia numa placa:

"Fundada em 1684". Havia uma praça enorme com gramado e um belo prédio colonial antigo chamado Hospedaria Colonial e, ao redor de toda a praça, grandes casas rústicas e lojas com fachada de tijolos de vidro. *Vou parar aqui*, pensei, e entrei com o carro no estacionamento do hotel.

Quando entrei no saguão, vi à minha direita um restaurante chamado O Velho Estábulo, e à minha esquerda um bar chamado A Gamela. Fui até a recepção e perguntei à senhora atrás do balcão, que usava colares de contas de cobre, se havia algum quarto vago. Ela olhou bem para mim e perguntou: "A senhora não é de algum lugar aqui perto?".

"Não", respondi. "Eu sou do Rio de Janeiro. Só estou aqui de passagem."

"Ah, eu achei que já tinha visto a senhora no supermercado A & P", disse ela.

"Não, eu sou turista", retruquei.

"Engraçado", disse ela. "Deve ter sido outra pessoa, então."

"É, deve", falei.

"Vai ficar muito tempo?"

"Ainda não sei", respondi. "É possível que eu receba uma ligação de emergência do meu chefe. O velho. Eu trabalho no serviço secreto, sabe?"

"Ah", repetiu ela. "Quem sabe a senhora possa recomendar o nosso hotel quando seguir viagem?"

"Sim, com certeza", falei. "*Muy bono.*"

"Vocês, mexicanos, são todos ricos, não são?", perguntou ela.

"Petróleo", falei e assinei o cartão que ela me entregou. Assinei "Sra. Pancho Villa", porque sabia perfeitamente que ela tinha me visto no supermercado. Ela olhou para o cartão, disse "É um prazer tê-la conosco. Quarto 3" e me entregou a chave. Eu subi a escadinha estreita e encontrei o Quarto 3, que tinha uma bela cama colonial, com balaústres altos e trabalhados, e uma mesa de bordo moderna. Penteei o cabelo e lavei o rosto, depois desci a escada de novo, saí e fui a uma farmácia, onde comprei uma escova de dentes, três romances policiais e uma caixa de caramelos. Voltei para o hotel, entrei no Velho Estábulo e uma recepcionista de maria-chiquinha me arranjou uma mesa num canto. Pedi dois daiquiris em homenagem ao Rio e um filé mignon. Por três vezes, a garçonete veio até a minha mesa perguntar se estava tudo certo e em todas elas eu respondi que sim, tudo certo. Comecei a ler um dos romances enquanto jantava e tomei um licor Drambuie com o café. Depois subi, me acomodei na cama colonial e fiquei lendo um romance policial até pegar no sono, por volta das nove e meia.

Acordei às sete da manhã, desci e entrei de novo no Velho Estábulo, onde comi waffles e salsicha. Depois paguei a minha conta, peguei o Toro e segui pela rua principal da cidade. Bem no finalzinho dela, vi uma casa à venda, parei o Toro e desci. A casa tinha um jardim grande, com uma cerca branca em volta, um caminho feito de pedras e um telhadinho de duas águas. Enquanto eu estava parada em frente ao portão, espiando a casa, um homem veio lá dos fundos e acenou para mim. "Bom dia", disse ele. "Simpática essa casinha, não é?"

"É, muito", respondi.

"E tem bons alicerces. Telhado novo. Sistema de aquecimento novo em folha. Janelas de proteção contra intempéries."

"Quantos quartos?"

"Cinco. Três em baixo, dois em cima. Cozinha moderna."

"Não", falei, "é grande demais."

"Grande demais para quê?"

"Grande demais para mim. Eu só preciso de um quarto."

Ele deu de ombros. "Algumas pessoas gostam de ter bastante espaço", disse ele.

"Não é o meu caso. Eu sou escritora."

"Escritora? Que nem na televisão?"

"Não", respondi.

"Eu nunca teria adivinhado", disse ele. "Olhando para a senhora, eu imaginei mais alguém que tem família. Filhos, sabe? Alguém que faz tortas, bolos, biscoitos. Teria jurado que a senhora é uma ótima cozinheira."

"Eu sou escritora."

"Certo", disse ele. "Então a casa é grande demais para a senhora."

"Eu só estava olhando por curiosidade, de qualquer maneira."

"Olhar não tira pedaço", disse ele.

Entrei no Toro e fui embora. Depois de rodar trinta quilômetros no sentido oposto ao da véspera, comecei a reconhecer os lugares ao meu redor; percorri mais trinta quilômetros e cheguei de volta em casa. Quando entrei, eles estavam almoçando na cozinha. Minha filha tinha feito uma salada de camarão e pãezinhos de minuto. "Oi", disseram eles. "Aproveitou bastante?"

"Muito", respondi.

"A Ninki teve os filhotes dela dentro do cesto de roupa", contou a minha filha.

"Tem alguma coisa errada com a gola da minha camisa branca", disse o meu marido.

"Ligaram da assistência técnica", disse o meu filho. "Disseram que não vale a pena consertar o aspirador de pó e que é melhor comprar um novo."

"A gente guardou os seus discos", disse a minha filha. "O papai comeu três hambúrgueres e a sola da minha sandália branca está descolando."

"Aonde você foi?", perguntou o meu marido.

"Sei lá", respondi. "Fui dar uma volta pelo mundo."

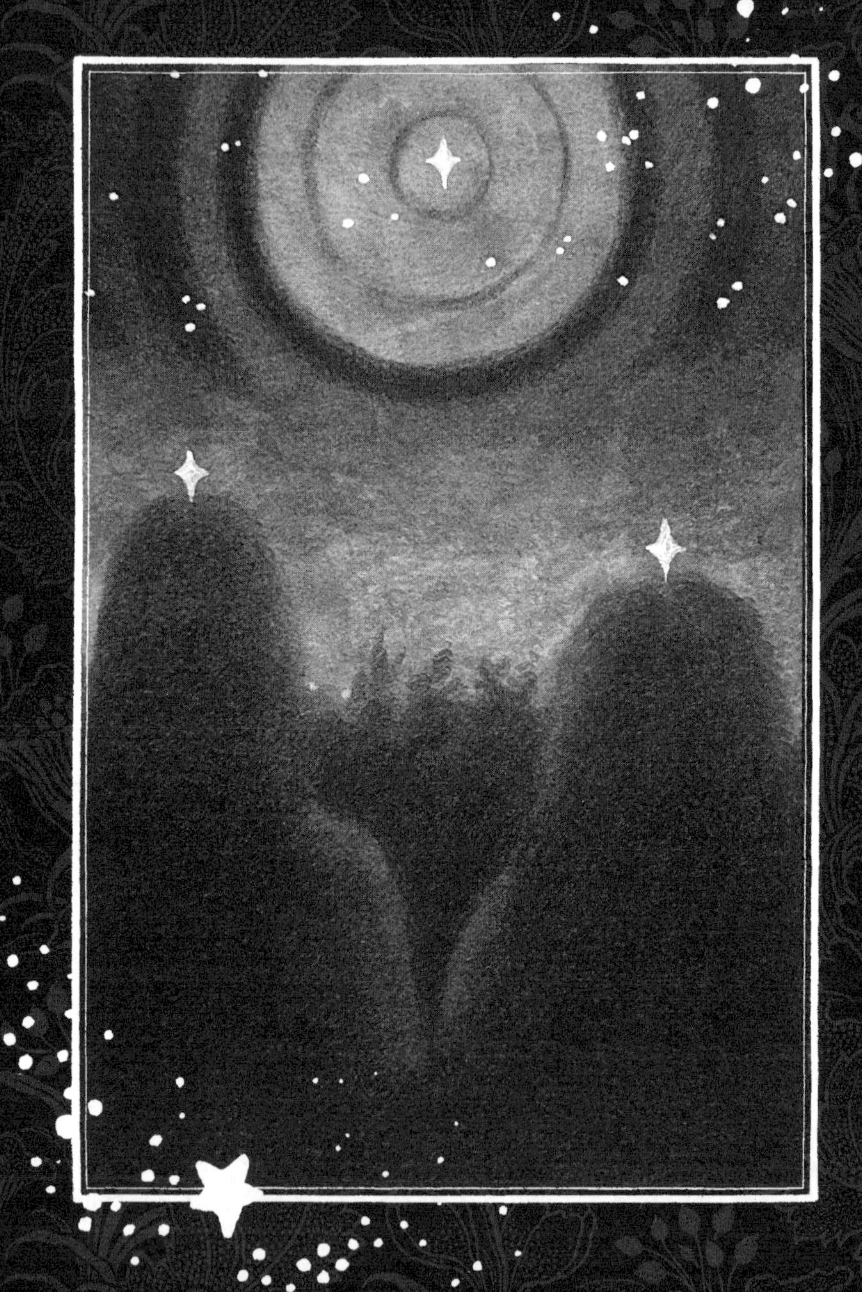

.23

Encontro de amantes

Não poderia ter sido um acidente, nem um sonho, nem uma daquelas pequenas traições mentais que a fez ouvir a música; ela sabia que não tinha ligado o rádio nem posto nenhum disco para tocar na vitrola e, no entanto, ouviu a música, clara, melodiosa e incrivelmente nítida, as palavras suaves em seu ouvido: "O que está por vir é sempre incerto, na demora não há contentamento...".*

Assim começou a longa, solitária e terrível noite que Phyllis passou numa aventura que acabou... mas, antes, vamos a como começou. Começou metodicamente, pois Phyllis era uma garota de senso lógico. Ela pegou luvas limpas, fez um coque no cabelo, botou um lenço dentro da bolsa e saiu do apartamento sem apagar as luzes nem olhar para trás.

Se ouviu os passos ao sair do apartamento, ela não lhes deu muita atenção ou talvez eles tenham se fundido perfeitamente ao barulho dos seus próprios sapatos de salto alto enquanto ela atravessava o corredor; de qualquer

* Trecho de uma música cantada pelo bufão Feste na peça *Noite de Reis*, de William Shakespeare.

forma, foi só quando saiu para a rua solitária, caminhando de modo desenvolto, consciente e orgulhoso, que ela ouviu o som de passos atrás de si, avançando tão claramente pela rua quanto ela própria e guiando o eco da música... "O que está por vir é sempre incerto..."

Indiferente, ainda que não sem medo, ela seguiu adiante. Andava cada vez mais rápido, tensa e alerta. Havia outros sons e ela estava consciente deles, mas também estava consciente de que *sabia* que eles estavam lá, embora não ouvisse nada. Nada a não ser os pés que a seguiam. E foi andando sem parar, ansiando que a música continuasse. A canção dizia "incerto", mas era certo, era sim, seria. *Ele* sabe. Então ela foi andando com a multidão, a multidão sem rosto, pelas ruas silenciosas, salvo pelo ruído dos passos dele.

Se ele está me seguindo, pensou, tentando manter a cabeça no lugar, racional, *se ele está,* se é que está mesmo, *me seguindo, será que é porque está tentando me dizer o que fazer? Será que eu estou fazendo algo de errado? Será que estou caminhando em direção a algo do qual deveria fugir? Ou será que eu deveria fugir* dele*?* Perdida em pensamentos, ela só parou em cima da hora na esquina da rua e então viu, quase sem surpresa, que o motorista do táxi parado na esquina acenava para ela e a chamava: "Moça, moça".

"Sim", sussurrou ela. "Sim. Claro." Seus lábios formaram as sílabas cuidadosa e conscientemente. Ela inclinou o tronco, rígida, e olhou para ele. *Um rosto familiar*, pensou. "Sim, pa..." Quando ela tocou no metal frio do táxi, o rosto mudou. "A senhorita não devia andar sozinha nessa rua", disse o motorista. Então ela entrou no táxi, sem olhar para trás, e se sentou no meio do banco. "Para o bar", falou para o motorista. "Que bar, moça?" "Ora, o Zanzibar, óbvio!"

O motorista olhou rapidamente para ela pelo retrovisor, depois de novo para o trânsito; afastando-se do meio-fio, o táxi se juntou à fila dos carros que seguiam em direção ao norte. "Moça", disse o motorista passado um tempo, "a senhorita se importa se eu a levar para outro lugar? Quer dizer, normalmente os meus passageiros me dizem para onde querem ir e eu os levo lá", ele deu uma risadinha sem graça, "mas desta vez eu realmente acho melhor a senhorita me deixar levá-la para outro lugar, sabe, moça. Ou, pelo menos, me deixar tentar despistá-lo; ele continua atrás da gente."

Essas palavras se chocaram dentro dela com aquelas outras palavras. As palavras não se encaixavam. Aqueles sons significavam... ora, eles significavam que havia alguém que diria: "Olá, Phyllis, olá. Pare, é o Jack. Eu queria te convidar para ir a um concerto". Mas não era isso, não podia ser. "... O que está por vir é sempre incerto." *Está bem, garota*, ela disse a si mesma. *Vamos ver. Vamos ver quem vai ganhar.* "Motorista", falou ela, "pode tentar. Tente despistá-lo."

"Certo, moça", disse o motorista. O táxi ganhou velocidade, indo gradualmente para perto do meio-fio, e então de repente, inesperadamente, fez uma curva, avançou um sinal vermelho e seguiu à toda na contramão por uma rua de mão única. "Se eu levar uma multa por isso", disse o motorista, "ela é toda sua, moça." Ele virou o volante com firmeza e eles passaram a seguir de novo para o sul, e nenhum carro tinha saído da rua de mão única atrás deles. Abalada com a curva repentina, Phyllis quase riu no banco de trás, pensando que ela e um motorista de táxi simpático estavam fugindo de... fugindo de... "Como o senhor sabia que alguém estava me seguindo?", ela perguntou de repente, e o motorista, olhando de novo para ela pelo retrovisor, respondeu sucintamente: "Eu vi". "Viu quem?", perguntou Phyllis. O motorista encostou o táxi no meio-fio e parou. "Agora está tudo bem, moça", disse o motorista. "Pronto, pode descer." Ele fez um gesto dispensando a nota de dinheiro que Phyllis lhe estendeu. "Não, moça", disse ele. "Prefiro não receber nada da senhorita."

Então ele sabia. Ela começou a andar de novo. Saltitou um pouco. Cantarolou. "La ci darem la mano..." E a melodia se ajustou de novo à voz interna. *Droga. Drogadrogadroga.* Ela deixou que o ritmo dos seus passos diminuísse. Agora nada poderia impedir o que estava para acontecer. Logo ela encontraria o que buscava. Aquilo se abriria na frente dela como uma loja de brinquedos, e ela entraria e seria como estar cercada de lilases em flor. *E ele vai estar de armadura, caramba.* Ela riu da própria audácia. Então parou diante da porta. Um porteiro alto, de uniforme de veludo vinho, perguntou: "Quantos, senhora?". E ela respondeu: "Um".

Um. Por que ela não podia comprar dois, sete, cinquenta e quatro, aquele prédio inteiro, com luzes e palavras que piscam e o porteiro alto de veludo vinho, que fez uma reverência para ela e sorriu educadamente quando ela passou; por que ela não podia descer o corredor escuro sozinha, como se fosse dona de tudo aquilo que não conseguia ver? Sentiu de repente que precisava sair dali, talvez voltar para casa, mas com certeza sair dali, onde o porteiro alto de veludo vinho tornou a fazer uma reverência e a sorrir quando ela passou por ele a caminho da saída, como se não tivesse acabado de vê-la entrar... e então ele tocou no ombro dela delicadamente e ela se virou, percebendo movimentos rápidos atrás de si. "Desculpe, senhora", disse o porteiro, com uma voz muito suave, como convinha a um homem que passava o dia inteiro no imenso limiar de sons gravados. "Desculpe, mas é melhor a senhora correr. A senhora está sendo seguida. Pode sair pela porta lateral, se quiser." Ele fez uma reverência, deu um sorriso impessoal e acrescentou: "Mas corra. Por favor, por favor, corra".

Ela fez que sim e foi em frente. Sentiu os olhos dele a acompanharem até que ela se virou e subiu a escada, onde os olhos dele não podiam mais alcançá-la, e de novo ela ouviu os passos. No tapete o som deles era baixo, mas bastante nítido. E a música também. E agora ela andava com calma. À esquerda havia um espelho alto, embaçado como o olho de uma velha. E, à direita, um homem encostado na parede a observava com uma expressão bem-humorada. "Chegou em cima da hora, hein?", disse ele. "Vá até o fim do corredor e espere lá." Então ela foi e atravessou a cortina, onde naquele momento não dava para enxergar nada, mas ela ouviu: "Corre, corre, que ainda dá tempo".

"Corre, corre", a voz que vinha da enorme tela disse para ela num tom zombeteiro, mas a voz estava errada, e a música era diferente. Ela foi andando rápido, sem tomar conhecimento da escuridão, desceu o corredor em direção à porta encimada por uma placa vermelha onde se lia "Saída", abriu-a de qualquer jeito e saiu. Atabalhoada e sem olhar para trás, desceu rápido a escada externa de aço e, uma vez na rua, quase saiu correndo, porque os passos continuavam atrás dela. Chegou à esquina bem na hora que um ônibus parava junto ao meio-fio. O motorista abriu a porta para ela, se inclinou e estendeu a mão para ajudá-la a subir. "Eu vou para casa", ela disse num tom de desamparo para o motorista, que fez que sim com a cabeça e, sem olhar para ela, disse: "Eu imaginei. Pode deixar que nós a levamos até lá o mais rápido possível". Ela abriu a bolsa para pagar a passagem, mas o motorista botou a mão em cima da caixa do dinheiro e disse: "Não se preocupe. Eu não quero receber nada, não". Ele pôs o ônibus em movimento e ela foi procurar um lugar para se sentar. O ônibus estava quase cheio, e ela foi praticamente até o fundo dele e se sentou ao lado de uma velha senhora com uma pilha de pacotes no colo. A senhora sorriu para ela por cima dos pacotes e disse: "Coitadinha. Todos nós vimos". "Eu vou para casa", disse Phyllis, ao que a senhora respondeu: "Vai, sim, querida. Eu acho um absurdo isso. Ele devia ser preso, é o que *eu* acho. Pessoas assim". Ela esticou o pescoço para olhar pela janela por cima dos pacotes e estalou a língua, com ar de reprovação. "E ele ainda está lá", disse ela. "Seguindo bem de perto."

Phyllis dirigiu à senhora um esgar tenso que ela pretendia que fosse um sorriso e não disse nada. "Eles que tentem", murmurou. *Aquilo vai ser meu agora. Eles sabem e acham que eu estou com medo. Eles que tentem me barrar. Quando chegar em casa e puder ficar quietinha, aquilo vai ser todo meu. Vai cantar para mim como uma chaleira de cobre que apita.*

E, quando o ônibus parou, ela saiu rápido pela porta lateral, enquanto a velha senhora se inclinava para cochichar com o motorista e os outros passageiros se levantavam em seus bancos para espiar. E ela foi andando, mal sentindo a calçada sob seus pés, na direção de casa.

Os passos ainda a seguiam? Ela estava quase correndo na rua escura, mas estacou de repente; aquele barulho atrás dela teria sido um último passo, por não ter conseguido parar tão rápido quanto ela? A frase "O que está por vir é sempre incerto" veio à sua cabeça doce e nitidamente, e ela começou a correr de novo. A porta do seu prédio se abriu quando ela a empurrou, e ela atravessou o saguão correndo, se perguntando enquanto corria se devia pegar o elevador, e acabou optando pela escada. Ainda correndo, subiu o primeiro lance (aquele barulho atrás dela teria sido um passo no degrau de mármore?), atravessou o hall do primeiro andar, subiu o lance que levava ao segundo andar, depois o que levava ao terceiro e atravessou o corredor até o seu apartamento. Às pressas, atrapalhada, revirou a bolsa em busca da chave e a enfiou na fechadura, abriu a porta e a bateu atrás de si, fechou o trinco e, esbaforida, se recostou na madeira fria e firme. À sua frente, do outro lado da sala, perto da janela, um vulto se levantou da poltrona na escuridão. "Você demorou para chegar", disse ele.

Fazendo que sim, ela foi até o espelho. Soltou o cabelo e o penteou. Pegou o frasco. "Tão pequeno esse vidrinho", disse ela. "Não, é o tamanho certo", respondeu ele. "Na demora mora a mentira deles." A música ficou mais alta. "Beba. Na demora não há contentamento... Na demora só há arrependimento... O que está por vir é doce e certo..."

.24

Minhas lembranças de S.B. Fairchild

Dois anos e meio atrás, meu marido e eu decidimos nos dar de presente, pelo nosso aniversário de quinze anos de casamento, um gravador de fita. Acreditávamos que com um gravador poderíamos preservar, permanentemente, as vozinhas estridentes dos nossos filhos e, fazendo também gravações com a câmera de filmar, proteger boas lembranças para revistá-las no futuro. Imaginávamos sentimentalmente que nos sentaríamos uma noite, os dois grisalhos, gastos, trêmulos e abençoadamente a sós, e ficaríamos vendo pelo projetor intermináveis séries de filmes dos nossos filhos dançando, nadando, soltando fogos, jogando basquete e dando seus primeiros passos vacilantes, ao mesmo tempo em que ouvíamos suas vozes gravadas, recitando "The Night Before Christmas" e cantando "Three Blind Mice".

As glórias do gravador de fita nos foram sugeridas pela primeira vez por um anúncio no jornal de domingo que dizia que uma grande loja de Nova York onde nós tínhamos conta estava vendendo gravadores "reformados" por 99,99 dólares, o que representava uma economia, o anúncio apregoava, de quase quarenta por cento. Embora tenhamos observado que 99,99 dólares era tão perto de 100 dólares a ponto de não fazer nenhuma diferença e era sem dúvida uma quantia extravagante para esbanjar por conta de um simples aniversário de quinze anos de casamento, fomos seduzidos pela ideia de que cem dólares eram, na verdade, um preço relativamente baixo a pagar pelo prazer de ouvir a voz dos nossos filhos dali a anos, quando nos sentássemos diante da nossa tela de projeção para ver nossos filmes caseiros. Eu escrevi para a loja de Nova York, cujo nome era Fairchild's, e encomendei o gravador de fita, pedindo que os 99,99 dólares fossem lançados na nossa conta.

Como naquele mês já havíamos comprado alguns livros sobre moedas para o meu marido e uma caixa de maçãs cobertas de chocolate, a nossa fatura mensal, que chegou alguns dias antes do gravador, veio no valor de 111,53 dólares. Quando o gravador chegou, eu tive que pagar 3,17 dólares de taxa de transporte. O gravador estava dentro de um caixote de madeira, e, quando meu marido chegou em casa, ele e o nosso filho mais velho tiveram que usar martelos e uma chave de fenda para desmantelar o caixote e tirar o gravador de lá. Embora houvesse um manual de instruções dentro do gravador, não havia nenhuma fita, e enquanto o meu marido e o nosso filho liam o manual e examinavam os vários botões e bobinas, eu fui até a loja de música na cidade e comprei um pacote de fitas para gravador. O pacote custou 5,95 dólares, e o homem da loja de música, que eu conhecia fazia anos, ficou muito contrariado quando soube que nós tínhamos comprado um gravador de uma loja de Nova York em vez de fazer a compra com dele.

Durante o jantar inteiro, o meu marido e as crianças conversaram sobre o gravador e, depois do jantar, as crianças foram para o quarto delas para treinar reservadamente as músicas e poemas que planejavam registrar com o gravador de fita para que ficassem armazenados em segurança até o longínquo dia no futuro em que eu e o pai delas finalmente poderíamos nos sentar uns minutinhos para ouvir de novo as nossas recordações. Depois de lavar a louça do jantar, chamamos todas as crianças para o escritório e elas ficaram esperando, rindo e tossindo de nervoso, enquanto o pai relia o manual e preparava o gravador para gravar. Todo mundo toda hora pedia silêncio para todo mundo. Nosso filho mais velho quis ser gravado tocando em seu trompete um estribilho de "Tin Roof Blues", e o caçula sussurrou uma espécie de musiquinha sem muita melodia que ele adorava, chamada "Viajando com o Maquinista". Nossa filha mais nova cantou, bem alto e com muita atenção à dicção, uma música que falava de uma ida a uma loja de balas, e a nossa filha mais velha optou por gravar uma canção que ela havia aprendido com o avô, chamada "Your Baby Has Gone Down the Drainpipe (He Should Have Been Bathed in a Jug)". Quando botamos a fita gravada para tocar, todas as crianças ficaram, primeiro, boquiabertas, e depois eufóricas, e todo mundo quis gravar mais alguma coisa. Na fita, a voz do meu marido dizia que, se todo mundo não ficasse quieto, ele não ia gravar coisíssima nenhuma, e a minha completava: "Todo mundo ouviu o que o papai acabou de dizer? Porque a próxima criança que der um pio vai lá para fora".

Botamos a nossa fita para tocar várias vezes e depois mais uma porção de vezes para as pessoas que apareciam lá em casa; as crianças pediam para botar a fita para os amigos ouvirem e nós a botamos para os avós delas ouvirem pelo telefone. Estávamos bem satisfeitos com a nossa gravação e pretendíamos gravar mais coisas quando as crianças, principalmente o caçula, tivessem aprendido números novos. Mas, uma noite, quando tocávamos a fita para alguns amigos que tinham ido lá para casa jogar bridge (a mesma noite em que, aliás, o nove de espadas desapareceu inexplicavelmente no meio da segunda rodada e está sumido até agora), o gravador soltou uma espécie de gemido agoniado, cantou *"... has gone down the drain..."* e parou. Meu marido e os convidados o cobriram de atenções por um tempo, mas nada foi capaz de convencê-lo a tocar mais uma nota sequer.

No dia seguinte, meu marido e o nosso filho mais velho carregaram o gravador até o carro e eu o levei para a loja de música na cidade. O dono da loja e um dos seus funcionários carregaram o gravador até a oficina de consertos da loja, e eu lhes contei que nós estávamos ouvindo a nossa fita, quando o gravador simplesmente parou de funcionar. Eles prometeram examinar o aparelho direitinho e ver se ele estava precisando de óleo ou algo assim, e o dono da loja disse que, como eu não tinha comprado o gravador lá, ele teria que me cobrar pelo conserto; se eu tivesse comprado o aparelho com ele, explicou, o reparo seria feito de graça por conta da garantia que ele oferecia regularmente aos seus fregueses, mas, como havia comprado o gravador em outro lugar, eu teria que pagar o preço normal de um conserto. Eu disse que estava certo, que aquilo era exatamente o que eu merecia por ter comprado o aparelho de uma loja de Nova York, e o homem da loja disse que esperava sinceramente que eu tivesse aprendido a lição.

Uns três dias depois, ele me telefonou e disse que não tinha como consertar o gravador. Disse ainda que aquele aparelho obviamente havia sido enviado por engano, um engano que com certeza não teria acontecido com um aparelho adquirido no comércio local. O gravador não só nunca havia sido reformado, como tinha sido usado até ficar arruinado e depois ou caído de uma grande altura ou sido pisoteado por um elefante. Era um milagre, disse ele, que nós tivéssemos conseguido fazê-lo funcionar uma única vez que fosse. O trecho de fita que havíamos gravado com certeza tinha sido o único resultado que conseguiríamos extrair daquele aparelho. Ele não ia assumir a responsabilidade de consertar o gravador; ele e seu técnico o haviam desmontado e iam montá-lo de novo do modo como o tinham encontrado, mas não iam tentar consertá-lo. Ele sugeriu que, já que o aparelho claramente havia sido enviado por engano pela loja de Nova York — pelo menos, ele esperava que tivesse sido um engano, mas se eu tivesse comprado um gravador com ele eu teria a certeza de que, se ele dissesse que o aparelho tinha sido reformado, isso significava que o aparelho tinha sido reformado —, eu mandasse o gravador de volta e deixasse que eles resolvessem o problema.

Fui à cidade e o dono da loja de música e o técnico dele carregaram o gravador da oficina até o meu carro e o botaram no porta-malas; eu trouxe o gravador para casa e o meu marido e o nosso filho mais velho o carregaram para dentro de casa e o botaram em cima da mesa de jantar. Quando contei ao meu marido o que o homem da loja de música dissera sobre o gravador, ele ficou extremamente indignado e disse que era óbvio que eu tinha que devolver o gravador e mandar junto uma reclamação.

Nós jantamos na mesa da cozinha, já que o gravador estava em cima da mesa da sala, e depois que lavamos a louça do jantar, eu me sentei e escrevi uma carta para a Fairchild's, explicando tudo que havia acontecido e enfatizando que o homem da loja de música estava convicto de que o aparelho fora enviado por engano. Eu dizia que nós pretendíamos devolver o gravador e perguntava o que a Fairchild's sugeria que nós fizéssemos. Recebi uma resposta imediata, assinada por S. B. Fairchild. Ele dizia que eu tinha que botar o gravador de volta no caixote em que o recebera e enviá-lo mediante uma taxa de transporte pré-paga; dizia também que lamentava que nós não tivéssemos decidido se queríamos ou não um gravador antes de encomendá-lo, porque constantes devoluções de mercadoria eram um transtorno para o comprador e para a loja. Eu escrevi de volta para S. B. Fairchild dizendo que o gravador estava quebrado, que eu já tinha pagado a taxa de transporte do gravador até a nossa casa e que de qualquer maneira não havia como botar o gravador de volta no caixote de madeira em que eu o recebera, porque o caixote tinha sido todo desmantelado para que pudéssemos tirar o gravador de dentro dele, e os nossos filhos haviam usado os pedaços de madeira para fazer uma jaula de leão. S. B. Fairchild escreveu em resposta dizendo que era política inviolável da Fairchild's não pagar despesas com transporte de mercadorias devolvidas e que, se não fosse encaixotado, o gravador não poderia ser devolvido. Se tinha sido imprudente destruir o caixote original, eu teria que arranjar um novo. A Fairchild's, salientou S. B. Fairchild, recusava-se a encorajar clientes que encomendavam mercadorias de forma leviana e depois as devolviam sem maiores considerações; isso tinha um custo tanto para a loja quanto para os fregueses.

Escrevi de volta dizendo que na nossa cidade serviços manuais eram coisa rara e cara e que o único jeito de eu conseguir um caixote novo seria pagando para alguém fazer para mim, o que me custaria uma nota. S. B. Fairchild escreveu sugerindo que eu ficasse com o gravador, então, já que eu o queria a ponto de tê-lo encomendado, para começo de conversa.

A óbvia convicção de S. B. Fairchild, de que eu tinha o olho maior que a barriga, me irritou tanto que eu escrevi uma resposta bastante mal-humorada, dizendo que aquele gravador era responsabilidade da

Fairchild's e não minha, e que pessoalmente eu não compartilhava mais da opinião otimista do dono da loja de música, e acreditava, ao contrário, que a Fairchild's havia me enviado um gravador defeituoso de propósito, para lucrar com o que pudesse amealhar a título de custos de embalagem e taxas de transporte. Interpretando a minha carta de forma claramente distorcida do início ao fim, S. B. Fairchild escreveu em resposta que a política do pequeno lucro em muitos produtos vinha sendo a base da Organização Fairchild desde 1863.

Eu tentava pensar num modo de responder à carta de Fairchild quando uma amiga nossa ligou para dizer que eles iam de carro para Nova York no fim da semana e perguntou se nós queríamos que eles trouxessem alguma coisa de lá. Eu respondi que, bom, na verdade, seria ótimo se eles pudessem levar uma coisa para lá; será que eles poderiam devolver um gravador de fita na Fairchild para nós? Depois de certa hesitação, a minha amiga respondeu que, bem, ela imaginava que eles poderiam, sim, então eu disse que levaria o gravador até lá naquele instante. Meu marido e o nosso filho mais velho carregaram o gravador até o carro e eu o levei até a casa da minha amiga; lá, nós pedimos a dois homens que botavam areia na pista da garagem que pegassem o gravador no meu carro e o carregassem até o porta-malas do carro da minha amiga. Dei 1 dólar aos dois homens. Como agradecimento aos nossos amigos por levarem o gravador para Nova York, dei para o filho deles um kit para montar um relógio elétrico, que custou 4,95 dólares, e ele montou um belo relógio elétrico e o colocou no quarto dele. Então pudemos abandonar a mesa da cozinha e voltar a jantar na mesa da sala.

Nossos amigos ficaram uma semana em Nova York e, quando voltaram, me entregaram um recibo da Fairchild's pela devolução do gravador. Eles me avisaram que só haviam conseguido carregar o aparelho até um balcão no andar principal da Fairchild's, embora o departamento responsável por receber mercadorias devolvidas ficasse no nono andar. Disseram que não se sentiram capazes de subir nove andares de escada rolante carregando o gravador. Por isso, tinham deixado o aparelho aos cuidados de um supervisor do andar principal, que foi quem lhes deu o recibo da devolução. O recibo dizia que o gravador havia sido devolvido para a oficina de consertos, e quando eu disse que era para devolvê-lo de vez, para todo o sempre, os nossos amigos explicaram que os únicos balcões do andar principal em que você podia pousar alguma coisa eram o balcão de consertos e o de embrulhos. Eles imaginaram que eu não iria querer que o gravador fosse deixado no balcão de embrulhos e, para poder simplesmente aceitar o gravador, o supervisor teve que lhes dar um recibo da oficina de consertos, a não ser que eles arranjassem um jeito de subir os nove andares de escada rolante carregando o gravador para deixá-lo no balcão do nono andar onde as coisas eram devolvidas. O supervisor explicou que, enquanto estivesse apenas sendo carregado a esmo pela loja por pessoas sem nenhum vínculo oficial com a Fairchild's, o gravador só poderia ser transportado pelas escadas rolantes, mas, assim que tivesse aceitado formalmente o gravador em nome da Fairchild's, ele poderia botar o gravador imediatamente no elevador de carga. Eles falaram que o supervisor dissera que só o que eu precisava fazer era escrever para a loja explicando a situação e que todo mundo, segundo o supervisor, ficaria satisfeito.

Agradeci aos meus amigos e reli o recibo, que dizia que um gravador de fita havia sido aceito para conserto. Então, escrevi uma carta longa e civilizada para a Fairchild's, relatando a história da devolução do gravador e enfatizando que o supervisor do andar principal havia assumido total responsabilidade pela devolução. Copiei com cuidado todos os números que estavam no recibo e o botei na caixa em que guardo receitas, garantias e as instruções de uso da batedeira elétrica.

Como nesse meio-tempo nós tínhamos encomendado da Fairchild's um vestido de festa para a nossa filha mais nova e um banco de cozinha, a nossa fatura mensal seguinte veio no valor de 132,61 dólares. Fiquei intrigada e escrevi para a Fairchild's, perguntando por que o gravador devolvido ainda constava na nossa fatura. Salientei que havia escrito para eles duas semanas antes, explicando como se dera a devolução do gravador, e disse que é claro que eu imaginava que o preço do gravador seria deduzido da minha fatura, uma vez que eu não havia recebido nenhuma resposta para a minha carta.

Sob pressão das crianças, que queriam se ouvir cantando de novo, eu e meu marido compramos um gravador novo, consideravelmente mais caro, com o homem da loja de música. O aparelho funcionou lindamente. Gravamos o nosso filho mais velho tocando "Royal Garden Blues" no trompete, a nossa filha mais nova cantando uma canção um tanto rasa sobre tulipas e raios de sol, a nossa filha mais velha cantando algo chamado "Who Strangled Old Man Gratton (with a Wire)?", que ela havia aprendido com o avô, e o caçula cantando "Viajando com o Maquinista".

Encomendei três caixas de papel de carta com as minhas iniciais e uma caixa de um talco perfumado caro da Fairchild's, e no mês seguinte a nossa fatura veio no valor de 160,04 dólares. Escrevi para a Fairchild's perguntando por que o gravador — devolvido, salientei, fazia dois meses — ainda não tinha sido deduzido da nossa fatura e não recebi resposta. Meu marido, que não tinha conseguido decidir o que fazer no mês anterior, chegou à conclusão de que o melhor era ignorar o gravador e enviou à Fairchild's um cheque de 60,05 dólares, deduzindo os 99,99 dólares do gravador. A Fairchild's nos enviou um recibo de pagamento, com uma observação salientando que ainda havia um saldo de 99,99 dólares a pagar, e perguntavam se nós poderíamos saldar essa diferença ou pelo menos pagar parte desse valor. Escrevi de volta dizendo "Ver carta inclusa" e enviando no mesmo envelope uma cópia da carta que eu já havia mandando para eles antes.

Àquela altura, nós já tínhamos começado a nos dar conta de que o recibo assinado pelo supervisor era um papel muito precioso, e eu o tirei da caixa de receitas e o entreguei ao meu marido, que o pôs na mesa dele, no envelope em que guardava a cópia do contrato da nossa hipoteca e as listagens preliminares para a sua declaração de imposto de renda. Escrevi para outra loja de departamentos de Nova York, tão grande quanto a Fairchild's, e abri uma conta lá, encomendando um trem de brinquedo para o aniversário do nosso caçula e um tipo novo de apontador de lápis, de modo que as nossas contas do mês seguinte incluíam uma fatura no valor de 8,45 dólares da nova loja de departamentos e uma fatura da Fairchild's no valor de 99,99 dólares, com um bilhetinho colado na parte de baixo da fatura pedindo que nós, POR FAVOR, parássemos de ignorar a conta acima. Meu marido fez um cheque para pagar a fatura da segunda loja de departamentos e jogou a fatura da Fairchild's no lixo.

Umas três semanas depois, eu e meu marido saímos uma noite para jogar bridge e quando voltamos para casa a babysitter nos disse, corando, que tinha atendido um telegrama fonado; ela havia tomado nota da mensagem; o recado, disse ela, enquanto se aproximava discretamente da porta, estava na mesa do meu marido. O telegrama dizia que, caso nós não pagássemos a conta vencida havia muito com a Loja de Departamentos Fairchild's, a loja entraria com uma ação judicial; o telegrama era assinado por S. B. Fairchild. Nervosa, a babysitter disse que não tinha problema nenhum, que nós não precisávamos pagar para ela aquela noite, porque ela sabia como era ficar sem dinheiro, e que esperava que ficasse tudo bem. Meu marido, que estava começando a ficar com a cara meio roxa, puxou a carteira do bolso com mãos trêmulas e fez questão de lhe pagar em dobro. Eu disse que aquilo era inacreditável, que nós não devíamos nem um único centavo àquela loja, e a babysitter disse claro que não e que era um absurdo que pessoas assim nunca dessem nem sequer um mínimo de tempo para você arranjar o dinheiro.

No dia seguinte, a mãe da babysitter me ligou para dizer, compreensiva, que dadas as circunstâncias ela imaginava que eu iria querer diminuir um pouco a nossa costumeira contribuição para a campanha de patrocínio da banda da escola. Quando fui à mercearia naquela tarde, o merceeiro disse que imaginava que eu já soubesse àquela altura que certas pessoas sempre pensavam no dinheiro que os outros lhes deviam, mas que ele não era uma dessas pessoas e que, se eu quisesse deixar para acertar depois a minha conta daquele mês, ele não diria uma palavra. O menino que entrega o jornal vespertino fez a volta com a bicicleta e se mandou rapidamente antes que eu pudesse lhe pagar seus 30 centavos semanais, gritando para mim por cima do ombro que tudo bem, que eu podia pagar depois.

No meio da correspondência que chegou lá em casa na manhã seguinte, estava uma carta do tio da babysitter. Eu sabia que era do tio dela porque tinha uma foto dele no canto superior esquerdo do papel, com um sorriso largo no rosto e apontando para a legenda no alto da folha, que dizia: "SIM! Eu sou o cara que QUER te emprestar dinheiro! Os seus problemas FINANCEIROS chegaram ao FIM, e eu quis dizer ao fim de VERDADE!". Entre as nossas contas, que chegaram um ou dois dias depois, havia uma fatura da Fairchild's no valor de 99,99 dólares e a conta da companhia telefônica com um item no valor de 1,69 dólar pelo telegrama fonado da Fairchild's, feito a cobrar. Eu liguei para a companhia telefônica, fui atendida pela supervisora noturna e perguntei de onde raios aquela companhia tinha tirado a ideia de que podia me cobrar por um telegrama fonado passado pela Fairchild's, principalmente quando o telegrama havia sido passado sem o meu consentimento para a minha babysitter. A supervisora noturna concordou que não era muito justo esperar que eu pagasse por um telegrama tão ofensivo, mas disse que infelizmente não tinha autoridade para retirar aquele item da conta; eu precisaria escrever para o gerente de crédito, disse ela, e explicar isso a ele. Eu perguntei por que eu não posso ligar para ele? E ela falou que eles não tinham permissão para usar o telefone para discutir assuntos da companhia.

No mês seguinte, eu recebi outra carta de S. B. Fairchild, dizendo que eles vinham sendo pacientes fazia bastante tempo e que eu tinha que pagar a minha conta vencida havia muito (99,99 dólares) pelo correio imediatamente ou iria sofrer as consequências. Escrevi outra carta para Fairchild dizendo "Ver carta inclusa" e pus no mesmo envelope uma cópia da carta que eu tinha enviado ao gerente de crédito da companhia telefônica, na qual eu dizia me recusar a pagar a quantia de um 1,69 dólar referente a um telegrama a cobrar entregue de forma incorreta. No mês seguinte, recebi uma fatura da Fairchild's no valor de 99,99 dólares e uma carta dizendo que o meu crédito em toda parte ficaria permanentemente prejudicado enquanto eu não pagasse essa conta pendente, principalmente se a Fairchild's tivesse que botar uma agência de cobrança atrás de mim. Também recebi outra carta do tio da babysitter, com a convocação: "TRAGA SEUS PROBLEMAS para ALGUÉM que pode AJUDAR!".

No mês seguinte, a Fairchild's voltou ao início e começou tudo outra vez; nós recebemos o bilhetinho colado na fatura nos pedindo que, por favor, parássemos de ignorar a conta acima e, no mês seguinte, recebemos de novo o telegrama fonado a cobrar; desta vez, felizmente, fui eu que atendi e recusei o telegrama categoricamente, já que ainda estava trocando cartas com o gerente da companhia telefônica por conta da cobrança de 1,69 dólar pelo primeiro telegrama a cobrar. No mês seguinte, S. B. Fairchild nos enviou novamente a carta com o aviso sobre sofrer as consequências e no mês depois desse veio a carta com a menção à agência de cobranças.

Pelo nosso aniversário de dezesseis anos de casamento, eu comprei uma bonita carteira para o meu marido na segunda loja de departamentos. As crianças já tinham cansado de ouvir suas próprias vozes gravadas e estavam nos azucrinando para comprar um aparelho de televisão em cores. Uma semana, a Fairchild's pôs um anúncio no jornal de domingo oferecendo aparelhos de televisão em cores com quase trinta por cento de desconto. Nós dissemos para as crianças que elas tinham que ter paciência, que aparelhos de televisão em cores não davam em árvores.

Cerca de dois meses depois — estávamos outra vez no mês de sofrer as consequências — vi no jornal que a Fairchild's estava liquidando uma determinada linha de cadeiras de jardim que eu queria muito comprar. Escrevi para eles encomendando três cadeiras de jardim com assento xadrez, um jogo de cestas de lixo que cabiam umas dentro das outras e apareciam no mesmo anúncio, e uma bandeja de peltre decorada, que eu achei que daria um bom presente de aniversário para a minha sogra; alguns dias depois recebi uma carta de S. B. Fairchild. A Organização Fairchild inteira, ele me dizia, estava chocada, triste e revoltada com as minhas táticas dissimuladas e ardilosas. Será que depois de todo aquele tempo, eu ainda não sabia que tinha uma dívida pendente de 99,99 dólares com a Loja de Departamentos Fairchild's? Por acaso eu achava que poderia fechar desdenhosamente os olhos a essa obrigação, saqueando o nobre balcão da Loja de Departamentos Fairchild's de mercadorias que eu não tinha nenhuma intenção de pagar? Não, essa areia não seria lançada nos olhos de S. B. Fairchild. Ainda que fosse uma cliente antiga e valiosa, eu tinha ido longe demais. O meu pedido havia sido cancelado pelo próprio S. B. Fairchild; a minha conta estava fechada. Nenhum jogo de cestas de lixo, nenhuma bandeja de peltre e nenhuma cadeira de jardim com assento xadrez seria enviada da Fairchild's até que eu estivesse preparada para cumprir com as minhas obrigações naturais e remeter o valor integral (99,99 dólares) devido havia muito à Loja de Departamentos Fairchild's.

Li a carta duas vezes e, tomada de pura fúria, fui até o telefone e solicitei à telefonista uma chamada pessoal para o sr. S. B. Fairchild, da Loja de Departamentos Fairchild's. Apertei o fone com força e esperei, enquanto o telefone tocava na Fairchild's, depois numa série de transferências que levaram a minha ligação da mesa telefônica principal para a mesa telefônica do décimo primeiro andar, depois para a linha do setor de crédito, depois para o telefone da secretária do setor de crédito, depois para o escritório do sr. S. B. Fairchild, depois para a secretária do sr. S. B. Fairchild, depois para o assistente particular do sr. S. B. Fairchild, depois para a secretária particular do sr. S. B. Fairchild. Por um tempo, pareceu que eu e a telefonista tínhamos empacado de vez na secretária particular do sr. S. B. Fairchild, mas aí eu disse que, se não fosse atendida pessoalmente pelo sr. S. B. Fairchild na minha chamada de longa distância, eu repetiria a chamada de dez em dez minutos durante o dia inteiro e ocuparia todas as linhas telefônicas da Loja de Departamentos Fairchild's. Um minuto depois, uma voz impaciente de homem surgiu na linha e disse: "Pronto? Pronto?".

Eu informei a ele quem eu era e disse que estava ligando para falar da minha fatura.

"Se quer falar da sua fatura, a senhora tem que ligar para o setor de contas", disse o sr. Fairchild. "Eu sou um homem muito ocupado."

"Eu estou ligando porque o senhor me escreveu uma carta", falei.

"O setor comercial..."

"Eu encomendei uma bandeja de peltre, um jogo de cestas de lixo e três cadeiras de jardim com assento xadrez e o senhor disse..."

"Se quer fazer um pedido, a senhora tem que entrar em contato com o serviço de vendas por telefone", disse o sr. Fairchild. "Não se pode esperar que eu cuide pessoalmente de todos..."

"Eu quero a minha bandeja de peltre, minhas cestas de lixo e minhas cadeiras com assento xadrez."

“Ou então com o serviço de vendas personalizado lá embaixo, no andar principal.”

“Eu me recuso, eu me recuso terminantemente a pagar essa fatura.”

“Que tal se eu transferisse a sua ligação para o setor de reclamações?”, disse o sr. Fairchild num tom esperançoso. “Eu sou um homem muito ocupado.”

“Eu vi um anúncio de um gravador de fita e entrei em contato...”

“Todo esse material vai para o setor de publicidade. Esse assunto não é aqui, neste escritório.”

“Mas o gravador estava quebrado.”

“Então o que a senhora quer é o setor de consertos, no andar principal, perto da entrada da avenida.”

“Não. O gravador não tinha mais jeito. Eu não queria ficar com ele.”

“Então por que a senhora não o devolveu?”

“Mas eu devolvi. Eu devolvi o gravador quase dois anos...”

“Então é o setor de devoluções que a senhora quer, no nono andar. Eu não entendo por que todos esses probleminhas têm que ser empurrados para mim; eu já tenho muito o que fazer sem...”

“Eu escrevi dezenove cartas para o senhor e gastei no total, contando um kit para montar um relógio elétrico, quase 45 dólares para não ter um gravador de fita. O senhor acha que existe alguma mercadoria na sua loja que valha 45 dólares para não ter?”

“Artigos de escritório”, o sr. Fairchild sugeriu, confuso. “Oitavo andar.”

“Eu insisto em ter satisfação”, falei.

“Desculpe”, disse ele num tom digno, “a senhora tem certeza de que ligou para a loja certa?”

Desliguei e me sentei para escrever, mais uma vez, para o sr. Fairchild. Escrevi — já que era a última vez — um relato completo e detalhado da transação inteira do gravador de fita. Incluí no envelope uma cópia do recibo, reproduzido em escala, e um bilhete assinado pelo homem da loja de música declarando que o gravador de fita que eu havia levado para ele para consertar claramente havia sido enviado por engano. Encomendei de novo a bandeja de peltre, o jogo de cestas de lixo e as cadeiras de jardim com assento xadrez. Informei o nome e o endereço dos amigos que tinham levado o gravador para a Fairchild's e concluí com um parágrafo em que falava do desejo que eu e o meu marido tínhamos de, no futuro, nos sentarmos sossegados e ouvir as vozes dos nossos filhos. A minha carta ocupou três páginas, e, quando a selei, senti que não havia nada que precisasse ser acrescentado para o sr. Fairchild ter todo o cenário do que havia se passado com o gravador de fita. Levei a carta para o correio e disse que queria enviá-la como carta registrada, para garantir que ela seria entregue apenas ao sr. S. B. Fairchild, da Loja de Departamentos Fairchild. O funcionário do correio sugeriu que eu pedisse um recibo para a carta, que teria que ser assinado pelo destinatário e depois enviado de volta para mim, para eu ter certeza de que havia sido de fato o destinatário que recebera a carta. Paguei 77 centavos de tarifa postal.

Dois dias depois, recebi de volta o meu recibo postal. Na linha em que se lia "Assinatura do destinatário", alguém havia escrito "Loja de Departamentos Fairchild". Na linha de baixo, que o funcionário que me atendeu tinha riscado, estava a assinatura de uma tal Jane Kelly, secr. No alto do recibo, tinha sido carimbada a mensagem ENTREGAR APENAS AO DESTINATÁRIO e na parte de baixo do recibo tinha sido carimbada a mensagem ENTREGAR APENAS AO DESTINATÁRIO. Levei o recibo até correio e o mostrei ao agente. Ele ficou surpreso.

"Não é assim que se administra uma agência de correio", disse ele.

"O que eu faço?", perguntei.

"Bem..." Ele pensou por um momento. "Imagino que a gente não tenha como receber a carta de volta agora. Essa secretária, seja qual for o nome dela, a que assinou o recibo, ela está com a sua carta agora."

"E o sr. Fairchild não vai receber a carta?"

"Eu vou lhe dizer o que fazer", disse ele. "A senhora tem que fazer uma reclamação por escrito a respeito disso, entendeu? Então, a senhora escreve uma carta para mim, que sou o funcionário aqui, e aí eu repasso essa carta. Depois, a senhora escreve outra carta para esse tal de Fairchild, e aí eu acho que quando eles receberem a sua reclamação no departamento central do correio, bem, eles vão deixar que a senhora envie a segunda carta sem pagar nada."

Fui para casa e escrevi uma carta explicando o que havia acontecido e a enderecei ao responsável pela nossa agência local, depois a levei até o correio, botei um selo de 3 centavos nela e a entreguei ao agente pela janela; ele carimbou o selo, abriu a carta, leu, disse que estava boa e que ia enviá-la imediatamente.

Uma semana depois — quase dois anos de quando eu tinha encomendado o gravador, já que ainda faltava quase um mês para o nosso aniversário de dezessete anos de casamento, pelo qual eu ia dar uma bengala de estoque para o meu marido —, eu desci para pegar a correspondência.

Havia uma carta da Fairchild's, assinada por S. B. Fairchild, dizendo que o meu crédito em toda parte seria prejudicado se eles tivessem que encaminhar a minha conta para uma agência de cobrança. Havia uma carta do Departamento Postal dos Estados Unidos com três formulários inclusos, que eu devia preencher explicando o erro ocorrido na entrega de uma carta registrada. Havia uma carta do gerente da companhia telefônica dizendo que era contra a política da empresa tolerar por muito tempo contas em atraso e que, caso a tarifa de 1,69 dólar não fosse paga, o nosso serviço telefônico seria interrompido. Havia uma carta num envelope comum do tio da babysitter, perguntando: "Problemas financeiros estão botando VOCÊ para baixo? Porque eu estou ESPERANDO para AJUDAR!". E havia uma carta do setor de consertos da Loja de Departamentos Fairchild's. Eles lamentavam profundamente que o conserto do meu gravador de fita tivesse demorado um pouco mais do que eles previam de início. Tinha havido uma pequena demora na obtenção das peças. No entanto, o aparelho agora estava em ordem e à minha espera. Eu poderia, por favor, vir buscá-lo imediatamente? Porque depois de dez dias eles não se responsabilizariam mais.

Noite feliz

Eram oito horas da noite da véspera de Natal, e o sr. e a sra. Williams estavam enfeitando sua árvore natalina. Era a primeira árvore de Natal que eles tinham desde que haviam se casado, porque naquele ano a filhinha deles estava com 2 anos e a sra. Williams achou que era hora de eles começarem a celebrar o Natal direito para que a menina se lembrasse dos Natais da sua infância quando crescesse. A sra. Williams tinha comprado alguns enfeites numa loja de departamentos popular e vários brinquedinhos para pendurar na árvore, e o sr. Williams trouxera uma cadeira da cozinha e estava trepado nela, enfeitando os galhos mais altos. Todos os parentes e amigos da menina haviam mandado presentes maravilhosos, que a sra. Williams pretendia empilhar em profusão ao pé da árvore, e o sr. e a sra. Williams tinham comprado um urso de pelúcia imenso, mais de um palmo mais alto que a própria menina, que seria a primeira coisa que ela veria de manhã.

Quando a árvore ficou pronta, com os embrulhos e o urso de pelúcia embaixo, a sra. Williams tomou distância e olhou para ela, chegando a ficar sem ar de tanto prazer. "Bob", disse ela, "ficou linda. Como um *sonho* de Natal."

O sr. Williams desceu da cadeira com cuidado. “Está bonita, sim”, admitiu.

A sra. Williams se aproximou da árvore e trocou um enfeite de lugar, colocando-o num galho mais alto. “Ela vai vir correndo para a sala e vai estar tudo iluminado”, disse, feliz, “e vai se lembrar disso o ano inteiro.”

“Nós tivemos Natais ótimos quando eu era criança”, comentou o sr. Williams, “com a família toda reunida, com peru e tudo mais.”

A campainha tocou e a sra. Williams foi atender. “Eu só consegui comprar um ganso para amanhã”, disse ela para o marido, por cima do ombro. “Não teve muito peru este ano.” Quando abriu a porta, ela se deparou com duas menininhas paradas na varanda, com neve nos cabelos e nos ombros, ambas olhando para cima, na direção dela. A mais alta segurava uma folha de papel dobrada que entregou para a sra. Williams.

“A minha mãe falou pra eu dar isso pra senhora”, disse a menina para a sra. Williams.

Intrigada, a sra. Williams franziu o cenho e ficou olhando para as meninas, se perguntando se elas moravam na vizinhança. “Entrem, está muito frio aí fora”, disse, fechando a porta assim que elas entraram. As duas meninas ficaram paradas no hall, à espera, os olhos fixos na árvore de Natal, que estava logo além do arco da entrada da sala de estar. Ainda intrigada, a sra. Williams desdobrou a folha de papel e começou a ler em voz alta o que estava escrito.

“Cara vizinha”, leu, “essas são as minhas duas filhinhas. A mais velha tem 8 anos e a mais nova, 5...” De repente, a sra. Williams parou de ler em voz alta, apertou os lábios com força e continuou a ler em silêncio. “Se não quiser lhes dar nada, por favor, não se preocupe, mas, se quiser, a Jeanie calça tamanho 4 infantil e a Helen precisa de um agasalho para ir para a escola neste inverno. Mesmo que você não lhes dê nada, eu lhe desejo um Feliz Natal.” A sra. Williams terminou de ler e ficou olhando para as crianças por um momento. “Bob”, disse ela.

Quando o sr. Williams veio da sala, a sra. Williams entregou o bilhete a ele e se virou de novo para as meninas. “Sentem-se aqui um pouquinho”, disse ela, indicando o banco de couro do hall, “que eu vou trazer alguma coisa quentinha para vocês tomarem e se esquentarem, e aí nós vamos ver o que podemos fazer a respeito dessa carta da sua mãe." Ela se virou para a menina menor. "Você é a Jeanie?" A menininha fez que sim, séria. "Bom, eu vou só tirar o seu cachecol e botar você sentadinha aqui nesse banco e aí nós vamos tomar um chocolate quente bem gostoso..." Enquanto falava, a sra. Williams botou a menininha sentada no banco e tirou o casaco dela, e a mais velha, vendo a cena, acabou tirando o casaco também e se sentando ao lado da irmã. A sra. Williams se virou para o sr. Williams, que estava parado sem saber o que fazer, com a carta na mão. "Você distrai as crianças", disse ela, "enquanto eu vou fazer um chocolate quente."

Sentadas no banco, as meninas continuaram olhando para a árvore de Natal, e o sr. William se agachou perto delas e disse: "Bom, vocês são um pouco mais velhas que a minha filha, então eu não sei muito bem o que dizer a vocês...".

A sra. Williams foi para a cozinha e botou leite para esquentar, depois pôs numa bandeja um prato com biscoitos de aveia, duas xícaras e dois pires. Quando terminou de fazer o chocolate quente, pôs o bule na bandeja e a levou para o hall. A menina menor ria do sr. Williams, e a maior sorria para ele. O sr. Williams estava lhes contando uma história, e a sra. William ficou esperando enquanto ele terminava a história rapidamente e se levantava. Ela entregou uma xícara para cada menina e as encheu com chocolate quente, depois deu um biscoito para cada uma. "Isso vai deixar vocês bem quentinhas", disse.

"Acho que eu quero um pouco também", disse o sr. Williams.

A sra. Williams voltou para a cozinha para pegar mais duas xícaras, trouxe-as para o hall, encheu-as, então ela e o sr. Williams se sentaram no chão para tomar o chocolate quente. O sr. Williams ficou fazendo caretas que faziam a pequena Jeanie rir tanto que ela mal conseguia segurar sua xícara direito. Quando acabou de tomar seu chocolate, a sra. Williams foi até o andar de cima e pegou no armário um casaco velho dela própria, dois suéteres e um roupão grosso. Botou tudo numa mala velha para as crianças levarem, depois arrancou uma folha do bloco que ficava ao lado do telefone e escreveu: "Eu não tenho nada que sirva nas crianças, mas talvez você possa usar essas roupas ou, quem sabe, reformá-las". Botou o bilhete na mala junto com as roupas, desceu e voltou para perto das crianças, que agora conversavam com o sr. Williams.

"Na segunda série", dizia a mais velha timidamente.

"Puxa, que bacana", disse o sr. Williams. "Mas eu aposto que você é muito mais sabida do que a Helen", ele disse para a mais nova.

"*Eu* sou mais sabida do que *ela*", respondeu Helen.

A menina mais nova deu uma risadinha. "A Helen tem que ir pra escola todo dia", disse ela.

Quando a sra. Williams voltou para o hall, o sr. Williams se levantou e se virou de costas para as crianças. Então, tirou a carteira do bolso, pegou uma nota de 5 dólares e a mostrou para a sra. Williams, que fez que sim. O sr. Williams se virou de novo e botou a nota dentro da mão da menina mais velha. "Toma cuidado para não perder, está bem?", disse ele. "Fala para a sua mãe que é para comprar um presente de Natal para todas vocês."

"Será que elas vão conseguir carregar a mala?", perguntou a sra. Williams, preocupada. A menina maior desceu do banco e levantou a mala. *Mesmo com o casaco dentro, a mala não está muito pesada, e ela vai conseguir carregar sem grandes problemas*, pensou a sra. Williams. Então, ajudou a mais nova a descer do banco e começou a vestir o casaco nela de novo.

"Muito obrigada", a menina mais velha disse para o sr. Williams.

"Não precisa agradecer", respondeu o sr. Williams, "afinal de contas, é Natal, não é?" A menina mais velha sorriu e pegou a mala.

"Espera um instante", disse a sra. Williams. Foi correndo até a árvore de Natal, pegou dois pirulitos em forma de bengala e os deu para as crianças.

Elas aceitaram os pirulitos sem dizer nada, mas de repente Jeanie começou a chorar, pegando a mão da irmã e apontando.

A irmã mais velha olhou para os Williams, sem jeito. "É o urso de pelúcia", disse. "Ela acabou de ver o urso ali e ela sempre quis ter um desses." Tentou puxar a irmã em direção à porta da frente, mas a menininha não arredava pé e ficou ali parada, chorando.

"Coitadinha", disse o sr. Williams. A sra. Williams se ajoelhou ao lado da menininha.

"Jeanie, querida", disse ela, "me escuta um instantinho. O urso de pelúcia é bonito, mas é um presente para a *minha* filhinha", concluiu.

Jeanie parou de chorar e olhou para a sra. Williams. "Espera", disse a sra. Williams. Voltou para perto da árvore, enquanto Jeanie a observava com ansiedade, e pegou dois brinquedinhos dos galhos. Tirá-los estragou todo o equilíbrio da árvore, mas a sra. Williams pensou rapidamente que poderia ajeitar isso depois. Um dos brinquedos era uma bonequinha, e o outro, um pedaço de lençol dobrado com três bonequinhas minúsculas dentro. A sra. Williams deu as três bonequinhas minúsculas para Jeanie e a bonequinha maior para Helen. "Esses são para vocês", disse ela. Jeanie pegou o lençol com as três bonequinhas, olhando para o urso atrás da sra. Williams.

"Muito obrigada", disse Helen. "É melhor a gente ir." Ela hesitou e, por fim, disse para a sra. Williams: "A senhora poderia, por favor, me devolver o papel?".

A sra. Williams devolveu o papel para ela e Helen o guardou no bolso e pegou a mão de Jeanie.

"Feliz Natal", disse Helen. Pegou a mala com a mão que estava livre e foi andando com Jeanie até a porta, que o sr. Williams abriu para elas. Na varanda, Helen parou de novo e se virou. "A gente vai cantar uma canção de Natal pra vocês", disse, "eu aprendi na escola." Ela começou a cantar e, alguns instantes depois, Jeanie também cantou baixinho: "*Deck the hall with boughs of holly, tra la la la la...*".

O sr. e a sra. Williams ficaram na varanda, vendo as duas meninas atravessarem o caminho do jardim, cantando juntas com cuidado. Quando elas chegaram à rua, o sr. William voltou para dentro de casa. "Você não vem?", perguntou ele.

"Feliz Natal", a sra. Williams gritou para as crianças, mas, até para ela própria, sua voz soou inadequada.

.26

O senhor do castelo

Foi num dia escuro de inverno que vi meu pai ser enforcado. Com 15 anos de idade, mas orgulhoso demais para deixar o medo transparecer na frente dos aldeões aglomerados ao redor, eu me postei ali e vi o homem que eu adorava subir ao cadafalso e olhar pela última vez para o céu, para as árvores e para as montanhas que ele tanto amava.

Naquela aldeiazinha ignorante, a punição por bruxaria era a morte, e nem mesmo o senhor do castelo no alto da montanha era poderoso o bastante para fazer frente à lei da superstição e do pavor. E então meu pai se postou naquele dia diante do ódio que faiscava dos olhos dos aldeões e foi bravamente ao encontro da sua morte.

Sozinho ali, eu sentia os olhares furtivos que me seguiam e quase conseguia ouvir os sussurros — “Aquele é o filho dele”; “Aquele é o menino”; “Ali vai o herdeiro do saber do diabo” — e me roía de ódio de todos eles por sua ignorância e medo. E quando trouxeram o meu pai para que ele caminhasse até a sua morte, eu fui lá para a frente para me colocar ao lado dele antes que ele subisse no patíbulo. Olhei bem dentro dos seus olhos pretos, assombrados pela visão de coisas que nenhum mortal jamais havia visto diante de si, fiquei o mais ereto que pude e disse a ele com clareza: "Eu sei que o senhor foi acusado injustamente, pai, e aqueles que fizeram isso irão sofrer na minha mão".

Mas ele olhou para mim, sorriu e disse: "Não é certo pagar morte com morte, meu filho. Em vez disso, deseje que eu tenha um bom descanso e que eu te deixe em paz". Em seguida, pôs a mão na minha cabeça, tirou seu grande anel com sinete do dedo e o botou no meu. Então fiquei vendo-o subir os degraus até o alto do tablado e, quando um homem perto de mim gritou para o meu pai "Vai para o diabo, que é teu mestre!", eu bradei "Cala a boca!" e investi contra ele com o chicote que trazia comigo. A multidão recuou lentamente, resmungando com desagrado, enquanto eu permanecia sozinho perto do cadafalso. No entanto, não consegui desviar os olhos enquanto meu pai morria, pois preferia morrer a me mostrar covarde diante daquela multidão.

Depois, cavalguei sozinho colina acima até o castelo alto e escuro que agora me pertencia, meu lar e o lar da minha vingança. Aos 15 anos, eu era o senhor da colina e dono de uma riqueza tão vasta, em ouro, terras e tesouros antigos, que faria de mim um sucesso em qualquer capital do mundo que eu escolhesse frequentar. Não escolhi nenhuma, porém, pois o meu coração, a minha paixão e a longa e conturbada história do meu nome me prendiam à minha terra natal e à terra onde meu pai havia vivido e morrido. Eu não queria jamais perder de vista aquela longa linha preta que recortava o céu e que era o meu castelo no alto da colina e, além do mais, a minha promessa de vingar a morte do meu pai me prendia àquele lugar.

Passei muitos dias e noites sozinho ali, lendo os livros do meu pai e estudando os seus conhecimentos, tendo por perto apenas um velho mudo, que se movia silenciosamente (quem é mais silencioso do que aqueles que não podem falar?) pela escuridão, trazendo até mim aquilo que eu precisava e impedindo o mundo de passar da porta. Eu estudava uma forma de me vingar e, utilizando-me daquele mesmo saber do diabo que matara meu pai, eu precisava transformá-lo de modo a impor justiça aos seus assassinos. Logo quase um ano havia se passado, e eu ainda não sabia nada e não estava nem um pouco mais perto de realizar o desejo que tinha no coração.

Exatamente um ano depois, eu estava sentado no jardim, escondido aos pés da colina por um grosso muro de pedra, pensando que estava protegido de quem quer que tentasse me espionar. Eu estava lendo e nenhum ruído de passos havia atrapalhado a minha leitura, mas uma voz falou atrás de mim.

"Este jardim não é em parte meu?", perguntou a voz, e eu me levantei de um salto, deixando o livro cair. Nesse instante, vi diante de mim um rapaz alto e magro, com roupas rotas e ar cansado, mas com um quê de familiar nos olhos semicerrados.

"Quem é você?", perguntei ao estranho, e ele riu.

"Eu sou seu meio-irmão", disse ele.

Então eu ri, mas parei ao ver a expressão nos olhos dele, tão parecida com a do meu pai que eu fiquei com medo.

"O seu pai teve mais de um filho", revelou ele, tocando o anel de sinete na minha mão com a ponta do dedo. Quando a afastei, ele riu de novo.

Depois ficou sério outra vez, e os olhos com que me observava tinham um ar gentil. "O nosso pai", disse ele, "deu esse anel para você, porque infelizmente eu não tinha nenhum direito legal a ele... ainda."

Então eu entendi. "Você é filho de alguma pobre camponesa que o meu pai..." A boa educação me fez calar, mas ele riu mais ainda.

"Sim, eu sou", respondeu.

Senti crescer dentro de mim uma grande generosidade para com aquele pobre infeliz. "Eu lhe devo alguma coisa, então", falei, e ele fez que sim com a cabeça lentamente.

Eu lhe ofereci guarida no castelo por uns dias, até que conseguíssemos decidir o que eu deveria fazer por ele a título de reparação pelo triste legado que o meu pai lhe deixara. E juntos, quase de braços dados, caminhamos pelo jardim rumo ao palácio e pelos corredores escuros — eu, o senhor do castelo, e ele, o mendigo em busca de assistência — e atravessamos o longo salão de cujas paredes laterais grandes retratos escuros nos olhavam de cima, retratos daqueles que haviam nos gerado, nos estimado e nos dado a vida que compartilhávamos.

Então, na sala em que o velho Joseph havia acendido a lareira e posto o jantar, eu convidei meu companheiro a se sentar e comer comigo.

"Antes, me diga", falei. "Qual é o seu nome?"

Por um longo instante, seus olhos me fitaram por baixo das pálpebras, refletindo a luz do fogo. "Nicholas", respondeu ele.

"Muito bem", falei e fiz sinal para ele trazer sua cadeira mais para perto do fogo.

Enquanto jantávamos juntos pela primeira vez, ele me contou estranhas histórias de buscas e andanças, de terras longínquas e lugares que existiam, eu tinha certeza, apenas no mundo da sua mente inquieta. Falou de maravilhas que ele tinha visto, de príncipes que havia conhecido e de rainhas, e eu deixei que ele falasse, enquanto dividia a minha atenção entre escutar o que ele dizia e refletir sobre que papel aquele meu estranho meio-irmão poderia desempenhar nos planos que eu vinha tecendo. Pois eu precisava de ajuda, quanto a isso não havia dúvida, e talvez ele fosse o meu ajudante, enviado a mim, por assim dizer, pelo meu próprio falecido pai.

Então, quando finalmente o fogo morria e ele havia se fartado de falar, eu lhe perguntei: "Você sabe como o nosso pai morreu?".

"Ele foi enforcado."

"Você estava lá?"

"Eu vi." Enquanto falava, ele tinha os olhos fixos no fogo, como se visse a cena outra vez.

"Eu me comprometi a vingar os assassinos do meu pai", falei. "Prometi enquanto ele morria que eles iriam sofrer."

Nicholas olhou para mim de repente. "Mas ele ordenou que você esquecesse a morte dele para que ele pudesse te deixar em paz."

Sacudi a cabeça, olhando fixamente para o fogo. Que crenças secretas o fogo alimentou para nós naquela noite! "Com a morte do meu pai, o trabalho dele foi interrompido e destruído. Vingando-o, eu vou recriar esse trabalho e perseguir os sonhos mais caros do meu pai."

Nicholas franziu o cenho. "Mas você não vai contribuir com o trabalho do seu pai ferindo alguns aldeões cegos nem aniquilando a aldeia inteira."

"Eu poderia ter posto a aldeia em chamas e os aldeões debaixo da terra há um ano, se fosse isso que eu quisesse. Eles não mataram o meu pai. Foram as forças do mal, da escuridão e do medo que puseram o meu pai nas mãos dos aldeões e deram a eles um cadafalso onde o enforcar."

Então Nicholas jogou a cabeça para trás e deu a gargalhada mais longa e alta que já dera até aquele momento. "O que você quer, então, é destruir as forças do mal?"

Eu me levantei. "Eu *vou* destruir as forças do mal, e é para isso que eu preciso da sua ajuda."

"Você vai precisar da ajuda do próprio diabo", disse Nicholas.

E então Nicholas permaneceu no castelo comigo, e agora éramos dois andando pelos salões escuros e lendo livros velhos. Foi ele, porém, que me levou ao caminho da vingança que eu buscava.

"Você sabe do que os aldeões têm medo?", ele me perguntou um dia.

"Eles acreditam que um demônio assombra o castelo e deixa a terra escura e cheia de sangue e que, enquanto o senhor do castelo estiver sob as garras desse demônio, morte e destruição dominarão esta terra. Meu pai era bom e generoso, mas procurava esse demônio da colina com o intuito de o derrotar e foi ele próprio que foi derrotado."

"E você?"

"Quando eu encontrar e destruir esse demônio, o meu pai estará vingado."

"E qual é o seu plano?", perguntou Nicholas.

"Procurar e destruir."

"E quem vai vingar você?", perguntou ele. "Se você morrer, o demônio terá o controle e exercerá livremente o seu mal nesta terra, causando a desgraça que quiser."

"Então eu preciso me casar", respondi com firmeza, mas Nicholas riu.

"Você realmente está disposto a tudo para alcançar o seu objetivo", disse ele.

Então, pela primeira vez desde a morte do meu pai, eu cavalguei até a aldeia lá embaixo. Das janelas ensolaradas das casas, as mulheres me observavam passar a cavalo, e os homens nas ruas apertavam os olhos e cuspiam no meu caminho. Ao chegar às cercanias da aldeia, eu apeei, pois ali morava a família que havia causado a morte do meu pai. Naquela família tinha havido um homem, uma fera imensa e inerte, e foi ele que um dia parou diante do meu pai e desafiou o demônio da colina. Quando a espada do meu pai tirou a vida desse homem, os aldeões bradaram que ele vencera com ajuda de bruxaria; nem toda a força do braço do meu pai nem a potência da sua voz valeram de nada contra a gritaria deles. E, agora, ali estava a casa onde o homem vivera e ali o caminho onde ele ficara à espera do meu pai e a terra em que ele morrera. Fiquei ali parado, sem saber o que procurava, e então uma risada fria e cristalina chegou até mim, vinda do jardim da casa.

Era uma moça jovem e loura, que me observava de trás das roseiras.

"O senhor está contando seixos, parado aí tão quieto e concentrado?", ela gritou na minha direção.

Franzi o cenho. "Venha aqui", falei. Ela fez uma mesura insolente e, sem a menor pressa, saiu pelo portão do jardim e veio andando até mim.

"Quem é você?", perguntei.

"Elizabeth", respondeu ela, recatada.

"E por que você mora aqui?" Fiz um gesto na direção da casa do homem que havia matado meu pai.

"Por favor, senhor", disse ela, dando um sorriso que lhe fez covinhas no rosto, "aqui é a casa do meu pai e da minha mãe, e eu não tenho outro lugar para morar."

"Do seu pai?"

"Ele já morreu, senhor."

"Você é filha do homem que morreu diante do velho senhor da colina?"

"Sou sim, senhor."

"Você sabe quem eu sou?"

Ela olhou para mim por detrás dos cílios. "O senhor é o jovem senhor da colina", disse ela, "e um belo homem, ainda por cima", acrescentou e, rindo, virou-se e foi embora correndo.

Fiquei ali por um momento, vendo-a se afastar, depois montei no cavalo, atravessei novamente a aldeia e tornei a subir a colina. Lá, encontrei Nicholas e lhe falei de Elizabeth.

E acrescentei: "Traga-a para cá".

Nicholas riu.

"Eu realmente estou decidido a me casar", falei, e nós dois rimos.

E, então, Elizabeth veio para o castelo da colina. Eu nunca perguntei como Nicholas a trouxe, e ele tampouco me disse o que havia feito. Só sei que um dia a porta do enorme escritório se abriu e Elizabeth surgiu diante de mim, agora não mais risonha, mas orgulhosa, empedernida e encantadora.

"Você veio", falei, genuinamente satisfeito com o meu triunfo.

"Eu não tive muita escolha", disse ela.

"Você será um adorável acréscimo ao nosso círculo familiar", falei.

Então, enfurecida, ela bradou: "Eu só estou aqui porque as mãos do seu diabo me trouxeram, mas fique sabendo que eu não tenho medo de você. As mãos do seu diabo mataram o meu pai, mas ele não teve medo, e eu vi o seu pai ser enforcado e fiquei feliz, está ouvindo? O que eu mais queria era ver a sua linhagem inteira perecer, mas sou uma mulher pobre e jamais poderia me vingar de você e do seu sangue maligno. Mas agora... eu estou aqui e acho que vou vê-lo morrer por causa disso. E desafio você, o seu castelo e o seu diabo também!".

"Bem, as preces da moça devem ajudá-lo na sua tarefa", disse Nicholas, entrando silenciosamente no escritório, "porque, se eu conheço o seu diabo, nada é capaz de trazê-lo mais rápido do que o desafio de uma bela mulher."

Então, eu chamei Joseph e ordenei que ele mantivesse Elizabeth prisioneira numa torre alta do castelo até que ela decidisse ser mais gentil com o seu anfitrião.

Pouco tempo depois, Nicholas e eu nos vimos repentinamente tomados de entusiasmo e esperança em nossa busca, pois finalmente os livros que o meu pai seguira começavam a me parecer inteligíveis e eu conseguia ler com facilidade os segredos que eles guardavam. E, uma noite, decidi que era hora de enfrentar o diabo e a vontade dele. Eu havia mandado que Elizabeth fosse trazida para jantar conosco, mas ela só ficou lá sentada, calada e amuada, então ordenei que fosse levada de volta à sua prisão na torre, para esconder suas lágrimas lá.

Esse incidente me deixou de péssimo humor, e naquela noite eu me senti pronto a encarar o que quer que o diabo pudesse trazer consigo.

Quando terminamos de jantar, Nicholas e eu ficamos um tempo em silêncio, até que eu disse: "Nicholas, eu pretendo testar o diabo hoje".

Nicholas riu, como sempre. "Vá com cuidado", disse ele. "O fantasma do nosso pai vai estar assistindo."

"Você vai estar lá comigo?", perguntei.

Nicholas fez que não com a cabeça. "Às vezes, meio-irmão", disse ele, "é melhor fazer essas coisas sozinho. Vou aguardar notícias do seu sucesso."

E, então, eu me enfurnei sozinho no escritório que fora do meu pai, com um dos seus enormes livros abertos na mesa diante de mim, e desenhei os medonhos diagramas que os livros mandavam, preparei minhas poções secretas e falei as terríveis palavras que eram usadas para invocar o diabo.

"In nomino lutheris, sathanus et spiritus acherontis..."

Eram essas as palavras que o livro me mandava falar e, enquanto meus lábios formavam as sílabas profanas, o escritório começou a tremer. Um estrondoso ribombo veio das paredes e do teto, e de uma nuvem na frente do fogo, onde estavam as minhas poções mortíferas, saiu a mulher mais linda que eu já vi na vida.

Aturdido, deixei a mão cair de cima do livro e fiquei olhando para aquela imagem com assombro e êxtase. Elizabeth? Nem me lembrei dela, nem do meu pai, nem da minha vingança e do próprio diabo, pois eu havia encontrado uma forma de alcançar um júbilo maior do que a vingança e o amor eram capazes de trazer. Eu me senti impelido a me aproximar da figura ali postada, tão quieta, me observando, e dei meio passo na direção dela. Então, ela levantou a mão, num gesto de advertência.

"Cuidado", disse ela. "Não chegue muito perto de mim."

Inconsequente, corri até ela e peguei sua mão. "Há algum perigo em você que eu não abraçaria de bom grado?", indaguei e me aproximei ainda mais. Ao ouvir isso, no entanto, ela riu e inclinou a cabeça para trás para olhar para mim. "Você é corajoso de fato...", disse ela.

Mais não digo sobre a minha dama do fogo. Basta apenas acrescentar que durante muitas noites, enquanto Nicholas ria da minha ansiedade, eu me trancava no enorme escritório e, consultando os livros do meu pai, repetia o feitiço que a trouxera até mim da primeira vez. Não sei dizer como o amor de uma criatura como aquela afeta um homem; sei apenas que estava louco e, estando louco, tinha consciência da minha loucura e a buscava deliberadamente. Nenhuma palavra a respeito do meu pai foi trocada, naqueles dias, entre mim e Nicholas — tudo era esquecido diante dos sonhos da imagem que vinha do fogo até mim. Por mais ardentes que fossem as súplicas que eu fazia a ela para que não me deixasse, para que ficasse comigo ou me levasse consigo, ela sempre respondia, com um sorrisinho nos lábios: "Você vai estar comigo em breve, e nós nunca mais vamos nos separar".

Coisas assim, eu sei, levam um homem a ações desesperadas; no entanto, foi Elizabeth que, cansada da sua prisão, me levou à minha derradeira desgraça. Numa tarde dourada, quando eu estava reclinado no jardim sonhando com o meu amor, Nicholas veio até mim e falou rápido e em voz baixa: "Eu dei ordens, meio-irmão, para soltar Elizabeth da torre".

Furioso, ergui o tronco de imediato. "Quem é você para dar ordens na minha casa?", perguntei primeiro, e depois: "E Elizabeth? Ela se arrependeu?".

"Eu dei ordens porque também sou senhor aqui", disse Nicholas calmamente. "E Elizabeth... se arrependeu."

Não consegui falar diante do ar de zombaria nos olhos dele. O que tinha eu com Elizabeth, que não era nada em comparação à minha dama do fogo? E Nicholas... meio-irmão ou não, ele seria enxotado, e eu não teria nenhum rival dentro da minha casa.

Mas Nicholas disse: "Elizabeth se arrependeu, mas, não tendo mais esperanças de reconquistar o seu amor, ela voltou seu coração para outro... para alguém talvez não tão rico, mas de sangue igualmente nobre". E fez uma mesura galante.

Então eu me levantei, sentindo ódio dele e percebendo com que facilidade ele havia roubado a minha vida enquanto eu, sob a maldição dos meus feitiços, nada fazia. Quis pegar minha espada, mas ela estava no escritório, perto do fogo, onde eu a havia atirado e esquecido, para me ajoelhar aos pés da minha dama.

Depois, assustado, entendi que eu havia sido enganado e que, enquanto Nicholas roubava a minha vida, a minha bela dama tinha me mantido preso com bruxaria. Dei as costas para Nicholas, fui para o escritório e, pela última vez, falei as palavras que traziam a minha dama até mim. E então, quando ela veio, em vez de ir para junto dela, permaneci em segurança dentro do meu círculo encantado, sabendo agora que sair dali seria a morte, e olhei para ela, linda diante do fogo, e disse:

"Você me traiu, não é?"

Ela riu. "Você está com medo de chegar perto de mim para fazer essa pergunta?"

Quase fui até o fogo quando ela falou, pois o encantamento que havia em sua voz era suficiente para virar a cabeça de qualquer homem, a menos que ele tivesse, como eu, fresca na memória a lembrança de uma traição.

"Eu não quero chegar mais perto de você do que agora sei que é seguro chegar", respondi.

"Você vai estar comigo logo, logo."

"E você e o Nicholas...", falei. "O que me resta agora?"

Ela riu de novo. "Assim como traí o seu pai", disse ela.

Nesse instante eu me dei conta de que ainda podia me vingar.

"Ele mandou que você ficasse em paz", acrescentou ela, "e o deixasse sossegado no túmulo dele!"

Então me surgiu uma ideia e, falando alto para ela ouvir, fiz o sinal da cruz uma vez atrás da outra e a vi permanecer incólume diante de mim. "Você não tem mais contato com as forças do bem agora", disse ela. "Por que as invoca contra mim?"

Sem saída, eu me atirei de joelhos no chão e cobri a cabeça, e ela sussurrou: "Você vai estar comigo em breve, meu amor, pois eu vou estar aqui. Vou estar esperando que você venha". E, quando levantei a cabeça, ela havia desaparecido.

Saí de dentro do meu círculo encantado e investi como um louco contra as paredes e o fogo, procurando-a para destruí-la. Todas as maldições e invocações que pude extrair da memória, eu empreguei contra ela, e mesmo assim me vi investindo apenas contra pedras. Lembro que então bradei: "Se você vai estar aqui, eu vou te destruir, nem que tenha que destruir o mundo inteiro à sua volta!".

Corri para a escuridão da noite lá fora, consciente apenas de que tinha uma tocha acesa na mão; o castelo era velho e as árvores estavam secas, e a minha casa era feita mais de madeira do que de pedra...

Enquanto corria pela estrada gritando, com as chamas da colina nos meus calcanhares, pensei ouvir uma voz bradando da torre. Eu me lembrei de Elizabeth e quase voltei. Mas, vendo o castelo como estava, um monstro tomado de chamas, eu me atirei de joelhos no chão, pensei em Elizabeth, chamei seu nome e tentei me afastar das forças da escuridão e pedir a um Senhor mais generoso que me perdoasse. E foi ali que eles me encontraram, os aldeões, e me arrastaram de lá, enquanto trocavam exclamações de espanto sobre a minha loucura.

E, assim, eu vou morrer, como o meu pai, pelos crimes de bruxaria e assassinato, pois Elizabeth estava nas ruínas do castelo. Eu fiquei na minha cela por apenas um dia, vendo o cadafalso lá fora e refletindo longamente sobre a loucura que pode se apoderar de um homem.

E então, de manhã, quando eu estava (assim como o meu pai tanto tempo atrás; como o meu pai!) ao pé do cadafalso e ouvia a multidão bradar contra mim, um corredor se abriu no meio dela e Nicholas veio andando na minha direção.

"Ah, meio-irmão!", disse ele alegremente. "Você cumpriu uma bela vingança pelo seu pai!"

Perguntei-lhe apenas: "Como você escapou do fogo no castelo?".

"A minha mãe me tirou de lá em segurança", respondeu Nicholas.

"A sua mãe?"

"Sim", disse ele. "Aquela que você via toda noite no fogo. Aquela que traiu o seu pai, meio-irmão!"

Nesse instante, ele começou a se afastar, rindo, mas depois se virou e voltou para perto de mim, com um ar sério nos olhos profundos. "Meio-irmão", disse, "eu tenho mais uma coisa para te dar." Levantou a minha mão enquanto falava e a segurou com firmeza entre as suas. Uma esperança desvairada, desesperada cresceu dentro de mim, e eu bradei, achando que talvez ainda pudesse me salvar da morte: "Nicholas, me ajude agora! O que você vai me dar?".

"Ah, meio-irmão", disse Nicholas, dando um suspiro zombeteiro, "como você é afoito!" Ele levantou a minha mão impotente e tirou do meu dedo o meu anel, o anel do meu pai, o anel de sinete da nossa casa. "Eu te dou a sua liberdade, irmão da minha casa", disse ele, depois fez um gesto na direção da forca.

Então, ainda rindo, ele se virou de novo e atravessou a multidão, enquanto eu chamava por ele e puxava com fúria os meus grilhões para fugir e ir atrás dele, mas a multidão raivosa me fez recuar, e os carcereiros me forçaram a subir os degraus do cadafalso. E, lá de cima, eu vi uma coisa. Vi Nicholas, a caminho de casa, se virar e acenar para mim; e depois, vendo-o cavalgar sozinho pela longa estrada rumo aos restos em brasa da minha casa, enterrei o rosto nas mãos e tive a certeza cruel de que agora, de fato, o diabo era o dono da colina.

.27

Que ideia

O jantar tinha sido bom; sentada com o seu livro no colo, Margaret observava o marido fazer a digestão, uma operação à qual ele sempre dedicava muito tempo e atenção. Vendo-o pousar o charuto sem olhar e usar sua mão livre para virar a página do jornal, Margaret se pegou pensando com certo orgulho que, ao contrário de muitos homens de que ela já tinha ouvido falar, seu marido não ferrava no sono depois de um jantar particularmente bom.

Folheou seu livro distraidamente; ele não era interessante. Ela sabia que se pedisse ao marido para levá-la ao cinema, para dar uma volta de carro ou para jogar cartas, ele daria um sorriso e concordaria; estava sempre disposto a fazer coisas para agradá-la, mesmo depois de dez anos de casamento. Então, uma ideia estranha lhe passou pela cabeça: ela pegaria o pesado cinzeiro de vidro e bateria na cabeça do marido com ele.

"Quer ir ao cinema?", perguntou o marido.

"Acho que não, obrigada", disse Margaret. "Por quê?"

"Você parece meio entediada", disse o marido.

"Você estava me observando?", perguntou ela. "Eu pensei que você estivesse lendo."

"Eu só olhei para você um instante." Ele sorriu para ela, o sorriso de um homem que, depois de dez anos de casamento, ainda gosta muito da esposa.

A ideia de bater com o cinzeiro na cabeça do marido jamais havia ocorrido a Margaret, mas agora teimava em não lhe sair dos pensamentos. Inquieta, ela se remexeu na poltrona, pensando: *que ideia horrível, o que será que me fez pensar numa coisa dessas? Vai ver é um gesto de carinho distorcido.* E riu.

"Qual é a graça?", perguntou o marido.

"Nada, não", respondeu Margaret.

Ela se levantou e atravessou a sala, sem nenhuma razão. Estava muito aflita, e olhar para o marido não ajudava. A corda que atava as cortinas a fez pensar: estrangule-o. Disse a si mesma: *não é que eu não ame o meu marido, é só que estou mórbida hoje. Como se alguma coisa ruim fosse acontecer. Como a chegada de um telegrama trazendo más notícias ou a péssima surpresa de perceber que a geladeira pifou.* Afogue-o, sugeriu o aquário do peixinho dourado.

Escuta, Margaret disse a si mesma, parada um pouco além da porta do hall para que o marido não a visse se tirasse os olhos do jornal, *escuta, isso é absolutamente ridículo. A ideia de uma mulher adulta se angustiar com medos idiotas desse tipo... é como ter medo de fantasma ou coisa assim. Não vai acontecer nada com ele, Margaret*, ela disse quase em voz alta; *nada de mal vai acontecer com você, nem com o seu marido, nem com ninguém que você ama. Você está em perfeita segurança.*

"Margaret?", chamou o marido.

"Que foi?"

"Tem alguma coisa errada?"

"Não, querido", respondeu Margaret. "Eu só estou tomando um copo d'água."

Envenená-lo? Empurrá-lo na frente de um carro? De um trem?

Eu não quero matar o meu marido, Margaret disse a si mesma. *Nunca nem sonhei em matar o meu marido. Eu quero que ele viva. Para com isso, para com isso.*

Ela tomou um copo d'água, uma pequena cena que desempenhou para si mesma, porque dissera ao marido que ia fazer isso, depois voltou para a sala e se sentou. Ele levantou os olhos quando ela entrou.

"Você parece muito agitada hoje", disse ele.

"É o tempo, imagino", justificou Margaret. "O calor sempre me deixa incomodada."

"Tem certeza de que não quer ir ao cinema?", perguntou ele. "Ou a gente pode sair para dar uma volta de carro, espairecer um pouco."

"Não, obrigada", disse ela. "Acho melhor eu ir para a cama cedo."

"Boa ideia", disse ele.

O que é que eu iria fazer sem ele?, ela se perguntou. *Como eu iria viver, quem iria querer se casar comigo, para onde eu iria? O que eu iria fazer com os móveis todos, chorando quando visse a foto dele, queimando suas cartas velhas? Eu poderia doar os ternos dele, mas o que eu iria fazer com a casa? Quem cuidaria do imposto de renda? Eu amo o meu marido*, Margaret disse a si mesma enfaticamente; *tenho que parar de pensar nisso. Parece uma música chata tocando sem parar na minha cabeça.*

Ela se levantou de novo e ligou o rádio; a voz monocórdia do locutor a desagradou e ela se levantou novamente para desligá-lo, depois seguiu até a estante. Pegou um livro e depois outro, folheando-os sem ver as páginas e pensando: *como eu não tenho nenhum motivo, ninguém jamais iria suspeitar de mim. Por que eu mataria o meu marido?* Ela se imaginou falando, aos prantos, para um tenente de polícia imaginário: "Mas eu amava o meu marido. Não suporto a ideia de que ele tenha morrido!".

"Margaret", disse o marido. "Você está preocupada com alguma coisa?"

"Não, querido", respondeu ela. "Por quê?"

"Você realmente está parecendo muito incomodada. Você está com febre?"

"Não", disse ela. "Um resfriadinho, no máximo."

"Venha aqui para eu sentir a sua testa."

Obediente, ela foi e se abaixou para ele pôr a mão na testa dela. Ao sentir o toque levemente frio do marido, pensou: *Ah, que homem bom e generoso*. E sentiu vontade de chorar por causa do que vinha pensando.

"Tem razão", concordou ele. "A sua testa está fresca. Melhor você ir logo para a cama."

“Daqui a pouco eu vou”, disse ela. “Ainda não estou com sono.”

“Quer que eu prepare um drinque para você?”, perguntou ele. “Ou uma limonada ou coisa assim?”

“Muito obrigada, querido”, disse ela. “Mas eu não quero nada, não.”

Dizem que se você deixa um cigarro de molho na água durante a noite, na manhã seguinte a água vai estar quase nicotina pura e mortalmente venenosa. Misturando no café, não vai dar para sentir o gosto.

“Quer que eu faça um café para você?”, perguntou ela, surpreendendo a si mesma.

Ele levantou os olhos de novo, de cenho franzido. “Eu acabei de tomar duas xícaras no jantar”, disse ele. “Mas obrigado mesmo assim.”

Eu tenho coragem bastante para isso, Margaret pensou; *que importância isso vai ter daqui a cem anos? Eu também vou estar morta até lá, e quem se importa com móveis?*

Ela começou a pensar concretamente. Um ladrão. Primeiro ela ligaria para um médico, depois para a polícia, depois para o irmão do marido e para a sua própria irmã. Diria a mesma coisa a todos eles, com a voz entrecortada pelo choro. Não era preciso se preocupar com preparativos; quanto mais elaborados eram os planos para essas coisas, mais chance havia de se cometer um erro. Ela conseguiria se safar sem ser descoberta se pensasse naquilo de uma perspectiva ampla e não como uma questão de pequenos detalhes. Se começasse a se preocupar com coisas como impressões digitais, ela estava perdida. O detalhe com que você se preocupa é o que acaba fazendo você ser pega, toda vez.

“Você tem inimigos?”, ela perguntou ao marido, sem querer.

“Inimigos”, disse ele. Por um momento, ele a levou a sério, depois sorriu e disse: “Imagino que eu tenha centenas. Mas não conheço nenhum”.

“Eu não queria perguntar isso a você”, disse ela, surpreendendo a si mesma de novo.

“Por que eu teria inimigos?”, perguntou ele, subitamente sério de novo, e pousou o jornal. “O que faz você pensar que eu tenho inimigos, Margaret?”

“Bobagem minha”, disse ela. “Só uma ideia boba que me ocorreu.” Ela sorriu e, depois de alguns instantes, ele sorriu de novo.

“Imagino que o leiteiro me odeie”, disse ele. “Eu sempre esqueço de deixar as garrafas na porta.”

O leiteiro obviamente não ia servir; ele sabia disso e não iria ajudá-la. O olhar dela pousou no cinzeiro de vidro, colorido e cintilante sob a luz da luminária de leitura; ela havia lavado o cinzeiro naquela manhã, e ele não a tinha feito pensar em nada naquele momento. Mas agora ela pensou: *tem que ser o cinzeiro; a primeira ideia é sempre a melhor.*

Ela se levantou pela terceira vez e foi se apoiar no encosto da poltrona do marido; o cinzeiro estava na mesa à sua direita agora, e ela se abaixou e deu um beijo no alto da cabeça dele.

“Eu te amo mais do que nunca”, disse ela, e ele levantou o braço e, sem olhar, passou a mão carinhosamente no cabelo dela.

Com cuidado, ela tirou o charuto dele do cinzeiro e o pôs em cima da mesa. De início, ele não percebeu e, quando estendeu o braço para pegar o charuto, viu que ele estava em cima da mesa e o pegou rapidamente, passando a mão na mesa embaixo para ver se ela havia queimado. “Quer botar fogo na casa?”, disse num tom descontraído. Quando ele estava com os olhos fixos no jornal de novo, ela pegou o cinzeiro silenciosamente.

“Eu não queria fazer isso”, disse ela, batendo o cinzeiro na cabeça dele.

.28

Quando Barry tinha 7 anos

BARRY: Oitocentas e nove páginas. Esse é o maior livro que eu já tive.

SHIRLEY: Você deve levar um tempo pra ler isso.

BARRY: Mas eu só vou começar quando for pra cama. Porque eu não quero acabar rápido demais.

SHIRLEY: Olha, o sr. Untermeyer autografou o livro pra você.

BARRY: É, eu já vi. Agora *(num tom complacente)* eu tenho dois livros com o nome do autor escrito neles.

SHIRLEY: Dois?

BARRY: É. Esse e o *Louis Pasteur*. Porque na parte de fora do meu livro *Louis Pasteur* está escrito "Louis Pasteur" em letra de mão dourada, e não faz sentido botar o nome dele em letra de mão se não foi ele mesmo que escreveu. Não faz sentido. Porque, sabe, por que outra pessoa ia escrever o nome dele? Então agora eu tenho dois livros. O do sr. Untermeyer e o do Louis Pasteur.

SALLY: Eu tenho livros do Jay Williams com a assinatura dele.

BARRY: *(sensato)* Bom, você é mais velha que eu.

(mais tarte, Barry ainda carregando o livro para todo lado)

BARRY: Esse é o livro mais pesado que eu já tive.

SHIRLEY: Você já fez de tudo com esse livro menos ler. Para de carregar esse tijolo para tudo quanto é canto e vê o que tem dentro dele, santo Deus.

BARRY: Eu já li a história do Louis Pasteur.

SHIRLEY: *(nervosa)* E então? Você gostou? Ele sabe do que está falando?

BARRY: Sabe. Sabe muito bem. Ele conhece todos os fatos. Claro que eu não conheço todos os fatos sobre as outras pessoas de quem ele fala — *(pronunciando errado)* — Leon Tolstói ou Winston Churchill, mas sobre o Louis Pasteur eu acho que ele pegou todos os fatos.

SHIRLEY: Você vai escrever pra ele pra dizer que acha isso?

BARRY: *(pensativo)* Vou. Depois que eu tiver lido um pouco mais. Mas antes eu tenho que pesar.

SHIRLEY: Pesar? O livro?

BARRY: É. Esse é o livro mais pesado que eu já tive. Além disso, ele custa 6,95 dólares e isso é quase 7 dólares. Eu acho que o sr. Untermeyer ia gostar que eu descobrisse quanto ele pesa.

SHIRLEY: E quanto é que ele pesa?

BARRY: *(da balança do banheiro)* Cinco quilos e meio? Não, isso é com o meu pé. Um quilo e trezentos. É um livro bem pesado mesmo. Bem pesado pra um garoto como eu carregar.

SHIRLEY: Escuta, seu maluco, esse livro não foi feito pra você carregar, foi feito pra você ler.

BARRY: Tá bom. Eu vou ler o *Mark Twain.*

(mais tarde, Barry lendo numa cadeira de escritório enorme, de frente para Stanley, que também lê)

BARRY: Pai, o que é que você está lendo?

STANLEY: *Moby Dick.*

BARRY: Quantas páginas tem?

STANLEY: Ah, céus, umas quinhentas. Páginas demais.

BARRY: *(com enorme satisfação)* O meu livro é maior.

STANLEY: *(na defensiva)* Mas eu tenho que ler notas de rodapé e depois a correspondência do Melville e depois mais livros sobre...

BARRY: Quem escreveu o seu livro?

STANLEY: Herman Melville.

BARRY: *(num tom de superioridade)* Acho que ele não está no meu livro, não. Eu tenho um escritor chamado Leon Tolstói.

STANLEY: Bom, o Melville...

BARRY: Você pode ler o meu livro depois que eu terminar. Tem umas páginas sobre o Darwin que você pode ler. Acho que você vai gostar.

.29

Antes do outono

Ao longo de todo o verão, ela vinha notando uma agitação cada vez maior nas árvores, no capim e em torno das colinas; toda manhã na horta apareciam vagos rastros de lesmas, as árvores pareciam não poder contar tanto com os seus pássaros, e, de alguma forma, tinha a impressão de que eram mais barulhentas quando sopradas pelo vento. Ela estava convencida de que as tintas tinham algo a ver com isso; antes da súbita violência do verde na caixa de tintas, o capim se achatava, ganhava lâminas e empalidecia, e as colinas mergulhavam, enevoadas, diante de um roxo cuidadosamente composto de azul, vermelho, branco e, às vezes, ao fim da tarde, amarelo. Até mesmo Daniel foi ficando menos marido, menos uma certeza castanho-avermelhada, e mais uma cuidadosa mistura de ameixa e ocre, com pinceladas para simular tweeds... *Talvez*, ela pensou, *se eu pintar com mais cuidado... já que tudo menos Daniel parece ficar tanto tempo...*

Mas e quanto àquele novo e irresistível impulso de fechar as cortinas para as árvores, de ler à luz da luminária de manhã, de entrar cuidadosamente num cômodo e chegar perto de Daniel e dizer: "Meu querido, você podia tentar ficar menos corado, por mim...?". E aquela pergunta inacreditável durante o jantar à luz de velas, quando ele estava de boca aberta: "Daniel, você faz tudo do mesmo jeito como mastiga a sua comida?".

Com certeza também não era a chegada do outono, sempre assustadora, pois ainda era o mês de... ela parou e pensou... julho, o meio do mês, e os dias eram longos e quentes.

Restringindo-se, por fim, às cores que havia em seu quarto, ela decidiu trocar o amarelo-claro por lavanda e rosa, mas, cercada pelos tecidos das cortinas, ela descobriu que a sua caixa de tintas podia duplicar essas cores com exatidão (azul com um pinguinho de rosa e muito branco; vermelho diluído até virar rosa) e dobrou e encaixotou seus tecidos para esperar até setembro, quando ela já pretendia fazer a troca de qualquer forma. Depois, em resposta às perguntas afáveis de Daniel ("E se eu entrasse lá correndo e berrasse: 'Daniel, pelo amor de Deus, você pode ir matar alguma coisa...?'!"):

"Já preparou as cortinas, amor?"

"Já sim, Daniel, obrigada."

"Está gostando mais delas, agora que elas chegaram?"

"Muito mais, obrigada, Daniel."

"Por que me agradecer? Eu só paguei por elas."

E ele sorria para ela, porque isso era uma brincadeira.

Foi só com a vinda de Jimmie Wilson que ela começou a fazer algum esforço para escapar de Daniel. E Jimmie só tinha 15 anos e ainda era um pouco vago e borrado; *não usava tweed*, ela pensou, *nem era queimado de sol*. Jimmie se mudou para a casa ao lado, com muita facilidade, e jogava bola contra a cerca, zanzava pela casa dele e fez amizade com Daniel, e a mãe de Jimmie esperava que a visitassem. Jimmie, sentado na varanda da frente, pálido em contraste com as árvores, as colinas e o capim, foi quem deu a ela a ideia, e depois vieram os preparativos, tão cuidadosos e cautelosos:

"Jimmie, você devia aprender a pintar; devia tentar pintar as colinas e as árvores daqui em volta."

"Na verdade, senhora, eu não tenho muito tempo para coisas como pintura. Tem a escola e os escoteiros e depois eu tenho que fazer o dever de casa, sabe?"

"Você tem mãos de pintor, Jimmie."

Tardes longas, várias tardes, tão quentes. ("Jimmie, você pode me ajudar a cortar as rosas hoje? Os espinhos machucam tanto, e eu não tenho luvas..."; "Você tem um tempinho, Jimmie? Vem conversar um pouco comigo enquanto eu faço as unhas aqui no sol... não está quentinho?"; "Quando é que eu vou dar aquela aula de pintura para você, Jimmy?")

Nada óbvio, nada ousado. Foi visitar a mãe de Jimmy, ela aprendeu a usar o portão dos fundos e retribuiu a visita. ("Jimmie, passe essa xícara de chá para a sua mãe, como um bom menino.")

Preparativos muito cuidadosos, muito cautelosos, tranquilos e preguiçosos.

"Jimmy, o meu marido disse que vai ensinar você a atirar."

"Eu sei, ele me prometeu isso faz tempo. Mas a gente tem que esperar a temporada de cervos."

"Por que a temporada de cervos, Jimmie?"

"Ué, para matar alguma coisa."

"Sei. Vocês não vão matar um ao outro, então?" (Repentino demais? Ousado demais?)

"Não dá para matar ninguém com aquelas espingardas!"

"Fico muito contente em saber, Jimmie. Confesso que andava preocupada. Mas por que não dá para matar ninguém com aquelas espingardas?"

"Ah, você aprende a ser muito cuidadoso. Ninguém quer se machucar."

"Eu não iria querer que você se machucasse, Jimmie. Tenho certeza de que o meu marido é muito cuidadoso."

"Claro que é. Ele não ia poder ter uma arma se não fosse."

"Você quer uma espingarda, Jimmie? Eu compro uma para você, se você quiser."

"Ah, muito obrigado... Nossa..." (cedo demais; ele ficou surpreso) "Mas claro que a senhora não ia poder; seria demais, e a minha mãe..."

"Bom, vamos ver. Mas eu tenho certeza de que você vai precisar de uma espingarda."

"Eu vou ver o que a minha mãe diz."

"Você tem que ter sempre muito cuidado para não se machucar, Jimmie. Mas claro que ele é muito cuidadoso. Eu nem tenho palavras para descrever o quanto ele é cuidadoso."

Pronto, a coisa tinha sido iniciada; de agora em diante ela iria funcionar por conta própria. Jimmy sabia, ela tinha certeza, e era solidário e ia ajudar; ela tinha certeza porque conseguia pintá-lo muito bem. Ela estava no seu quarto, pintando, naquele mesmo dia em que conversou com Jimmie, quando Daniel chegou em casa.

"Pintando de novo, querida? E à luz da luminária?"

"O sol faz os meus olhos arderem, Daniel."

"Melhor ir a um oculista, então. Você precisa cuidar bem dos seus olhos."

"Eu vou, obrigada, Daniel."

"Não precisa me agradecer, querida, eu só pago por isso."

.30

A história que costumávamos contar

Esta é a história que Y e eu costumávamos contar, costumávamos contar no silêncio da noite, nas horas silenciosas da noite, quando o luar aparecia, vindo para a frente, vindo para perto; nós costumávamos sussurrar uma para a outra à noite...

E era eu, Y dizia, que tinha que começar. Com o luar produzindo padrões brancos no seu cabelo, ela sacudia a cabeça e falava: "Você tem que começar. Lembra? Nesta mesma casa. Aquela noite. Lembra? E o quadro e o luar e nós duas rindo".

Tínhamos nos sentado ao pé da cama, como fazíamos quando dividíamos um quarto na escola, e conversávamos e às vezes ríamos, apesar da tristeza que dominava o casarão de Y. Só havia se passado mais ou menos um mês desde o enterro do marido dela, eu lembro, mas o fato de estarmos juntas de novo, só nós duas, de alguma forma era o bastante para fazer Y sorrir às vezes e até, uma vez ou outra, rir novamente. Eu tive a sensatez de não comentar nada sobre o fato de Y ter fechado os cômodos da casa em que ela havia morado com o marido e se mudado para outra ala do velho casarão. Mas eu gostei do quartinho em que ela estava, silencioso e desguarnecido, sem lugar para livros e com apenas um quadro na parede.

"É uma pintura da casa...", Y me disse. "Olha, dá até para ver um pouquinho das janelas deste quarto aqui. É a casa como ela era antes da reforma que o avô do meu marido fez, por isso que a ala nova não está aí."

"É uma casa antiga linda", falei. "Acho que eu até preferia que ele não tivesse feito tantas modificações."

"Ele botou encanamento", disse Y. "Não há nada de errado com encanamento."

"É verdade", concordei, "mas fico feliz que você tenha reaberto a ala antiga... devia ser deslumbrante no tempo, sei lá, do avô do seu marido."

E ficamos olhando para a imagem da velha casa, que se erguia alta e escura contra o céu ao fundo, as janelas daquele mesmo quarto brilhando de leve por entre as árvores e a estrada íngreme e sinuosa que cruzava o portão e descia até a beira do quadro.

"Ainda bem que tem o vidro na frente", falei, rindo. "Eu ia detestar se tivesse um deslizamento de terra nessa montanha e desabasse tudo no nosso colo!"

"Na minha cama, você quer dizer", disse Y. "Eu não sei se vou conseguir dormir com a casa velha em cima da minha cabeça."

"Ainda mais porque o vovô provavelmente ainda está lá dentro", falei, "zanzando de gorro na cabeça pelo velho casarão, com uma vela na mão."

"Arquitetando melhorias", disse Y e cobriu a cabeça com as cobertas.

"Deus nos proteja de todos os reformadores", falei para ela e atravessei o corredor, rumo ao meu próprio quarto. Fechei as cortinas para o luar não entrar e fui para a cama.

E na manhã seguinte Y não estava mais lá.

Acordei tarde, tomei café da manhã no andar de baixo com um primeiro assistente de lacaio ou algo assim presidindo a refeição (mesmo Y, que fazia quatro anos tinha entrado para uma instituição doméstica em que ainda existia mordomo, jamais havia descoberto a quem se dirigir para pedir que lhe servissem chá à tarde e tinha acabado desistindo por completo e passado a tomar xerez, que ela mesma podia servir de um decantador que ficava no aparador) e me sentei para ler, acreditando que Y iria dormir até tarde e descer sem pressa quando bem entendesse.

Uma hora era um pouco tarde, porém, e quando a criadagem começou a anunciar que o almoço seria servido, fui atrás de Y.

Ela não estava em seu quarto, a cama estava desfeita como se Y tivesse dormido nela e nenhum dos criados sabia onde estava. Mais ainda, ninguém a tinha visto nem ouvido desde que eu saíra do quarto dela na noite anterior; todo mundo tinha pensado, como eu, que ainda estivesse dormindo.

No final da tarde, decidi telefonar para o advogado da família de Y, John, que morava numa propriedade adjacente, havia sido muito amigo do marido de Y e vinha sendo um conselheiro gentil para ela. E, quando anoiteceu, o advogado decidiu ligar para a polícia.

Passada uma semana, nós continuávamos sem nenhuma notícia de Y, e a polícia havia trocado sua teoria inicial de sequestro pela de suicídio. O advogado veio até mim numa dessas tardes com a ideia de fechar a casa.

"Eu lamento muitíssimo dizer isso, Katherine, mas..." Ele balançou a cabeça. "Acho que ela está morta."

"Como isso é possível?", lembro que eu não parava de gritar. "Eu juro para você que passei boa parte daquela noite com ela. Nós conversamos, e ela estava mais alegre do que vinha se sentindo fazia semanas, desde que o marido morreu..."

"É por isso que eu acho que ela está morta", disse John. "Ela estava inconsolável. Não tinha nada que a fizesse querer viver."

"Ela estava fazendo planos... ia vender esta casa e viajar! Pretendia morar no exterior por um tempo, conhecer gente, tentar começar uma vida nova... E eu ia com ela! Nós conversamos sobre isso naquela noite... e rimos falando da casa... ela disse que o quadro ia cair na cama dela!" Minha voz foi enfraquecendo. Tenho certeza de que era a primeira vez que eu pensava no quadro desde que tinha deixado Y no quarto dela, com o luar entrando pela janela e iluminando seu cabelo claro no travesseiro. E, então, eu comecei a pensar.

"Espere até amanhã", pedi a ele. "Não faça nada pelo menos por mais um ou dois dias. Quem sabe ela volta esta noite mesmo!"

Ele balançou a cabeça, sem esperança, foi embora e me deixou sozinha na casa. Eu chamei a criadagem e pedi que levassem as minhas coisas para o quarto de Y.

A lua cheia tinha se transformado numa criatura torta, mas ainda havia luar suficiente para encher o quarto de uma luz fantasmagórica quando me deitei na cama de Y e olhei para as janelas vazias na pintura da casa. Peguei no sono pensando com melancolia na convicção bem-humorada de Y de que o velho estava à solta dentro do quadro, arquitetando melhorias.

O luar ainda estava lá quando acordei, assim como a velha. Ela estava encostada na parte de dentro do vidro do quadro, tagarelando alguma coisa incompreensível na minha direção, e parecia ter uns seis metros de altura, parada na frente daquela pintura da casa. Eu me sentei na cama e recuei, me distanciando o máximo que podia do quadro, e atinei, no único momento de lucidez que tive antes de gelar de pavor daquela coisa, que a velha estava na parte de dentro do vidro e não tinha como sair.

De repente, ela chegou para o lado e eu vi a estrada que descia da casa lá em cima até a parte de baixo do quadro e, enquanto eu olhava, Y passou pelo portão, correndo e acenando desesperadamente para mim. Senti meus olhos ficarem cada vez mais arregalados e minha nuca cada vez mais gelada e, então, me dei conta de que eu tinha razão e de que Y havia sido vítima de alguma maldade da velha casa e comecei a chorar, grata por ter encontrado Y a tempo.

Peguei meu sapato, quebrei o vidro do quadro e estendi as mãos para Y, fazendo sinal para ela correr até mim. E então percebi que a velha, não mais encostada na parte de dentro do vidro, agora estava livre e no quarto comigo e que eu estava ouvindo a risada dela. Eu me joguei para trás na cama, numa tentativa desesperada de empurrar a velha de volta para dentro do quadro, vendo, enquanto fazia isso, Y abaixar as mãos num gesto de tristeza e impotência, depois dar meia-volta e começar lentamente a subir a estrada em direção à casa. Então, o quarto sumiu de baixo de mim e o vidro do quadro se fechou à minha volta.

"Eu estava fazendo sinal para você ir embora", Y repetia sem parar. "Você devia ter me deixado aqui e ido embora. Nós nunca vamos poder sair agora... nenhuma de nós. Você devia ter ido embora."

Abri os olhos e olhei ao redor. Eu estava na sala de jantar da casa, mas ela estava tão diferente e melancólica! Escura, sem nenhum móvel nem enfeite. Muito silenciosa e úmida.

"Também não tem encanamento", comentou Y, lacônica, notando a perplexidade no meu rosto. "O quadro foi pintado antes de as melhorias serem feitas."

"Mas...", falei.

"Rápido, se esconde!", sussurrou Y. Ela me empurrou para um canto, fora do alcance da luz da única vela que havia ali, no chão.

"Ah, meu Deus", falei e segurei as mãos de Y.

Pelo vão da porta, veio o velho, rindo e coçando a barba. Atrás dele veio a velha, agora calada, mas com um sorriso radiante, como que valsando.

"Moças!", chamou o velho com uma voz estridente e desafinada, vasculhando avidamente a sala com os olhos. Pegou a vela e começou a nos procurar pelos cantos com ela. "Moças", gritou, "apareçam! Vamos celebrar! Hoje vai ter baile!"

"Y!", falei enquanto ele vinha na nossa direção.

"Ah, aí estão vocês. Lindas moças, encabuladas com o primeiro baile! Venham para cá, moças!"

Y olhou para mim, depois começou lentamente a dar alguns passos à frente. O velho fez sinal para mim com a vela, chamando: "Venha, não seja tão acanhada que assim você não vai ter par para dançar, sabia?", e então eu fui andando atrás de Y para o meio da sala. Em seguida, o velho fez sinal para a velha, dizendo: "Avise aos músicos que eles podem começar", e o nosso primeiro baile teve início. A música não se materializou, mas o velho se pôs a dançar solenemente, primeiro com Y, depois comigo, enquanto a velha devaneava sentada num canto, balançando a vela no ritmo da dança.

Enquanto dançava com Y, o velho gritava de um jeito brincalhão quando eles passavam perto de mim: "Olha a outra tomando chá de cadeira!", e algo muito parecido com um sorriso se delineava no rosto de Y. E uma vez, quando ele estava dançando comigo e nós passamos por Y, sentada no chão num desânimo absoluto, ele gritou num tom severo: "Vamos, alegre-se! Apanham-se mais moscas com mel do que com fel, sabia?". E Y de fato começou a rir.

Ninguém poderia dizer que eu me diverti no meu primeiro baile. Mas, sabe, eu ainda achava que estava deitada na cama de Y, sonhando com o quadro. Mais tarde, quando o velho já tinha ido capengando para a cama, depois de beijar galantemente as nossas mãos, Y e eu ficamos conversando sobre isso, sentadas no chão da sala de jantar. Apesar de ainda sentirmos o toque gelado dos dedos do velho nas nossas mãos, apesar do frio que subia do chão de pedra e da lembrança da gargalhada da velha, nós ficamos ali no escuro, dizendo uma para outra que tudo não passava de um terrível pesadelo.

Y disse: "Eu estou aqui já faz um bom tempo. Não sei quanto. Mas tem tido baile toda noite".

Eu estremeci. "Ele é um ótimo dançarino", comentei.

"Isso ele é mesmo", concordou Y. "Eu sei quem ele é", disse ela, alguns minutos depois. "É o avô do meu marido. Ele morreu nesta casa, louco."

"Você podia ter me contado isso antes de eu vir te visitar", falei.

"Eu achava que ele fosse continuar morto", disse Y.

Ficamos ali sentadas, sem conversar, até que finalmente a sala começou a clarear e a luz do sol foi se infiltrando na casa sombria. Corri para a janela, mas Y riu. "Espera", disse ela, melancólica.

Olhei pela janela e vi as árvores que cercavam a casa velha e a estrada que levava ao portão. As árvores não me deixavam ver muita coisa adiante do portão, mas consegui divisar luz, cores e... os contornos da cama de Y.

Y veio até a janela e parou do meu lado. "Agora você entende por que eu fico dizendo que estou sonhando?", perguntou.

"Mas..." Eu me virei e olhei para ela. "Mas você não está", falei.

"Não", Y respondeu depois de alguns instantes. "Não estou."

Então nos aconchegamos uma à outra e ficamos olhando para as árvores, para o portão e, mais adiante, o que era ridículo e enlouquecedor, para o quarto que significaria a nossa liberdade.

"Y", falei, por fim, "isso não é verdade. Isso é...". Comecei a rir. "Isso é absurdo!", gritei. E ela começou a rir também.

E por um tempo Y e eu, escondidas no meio das árvores, planejamos uma fuga. "Nós não temos como sair daqui a menos que alguém entre no quarto", disse Y, "e não temos como sair daqui com esses dois velhos malucos à solta."

"Lembra que eu pensei que você estivesse acenando para me chamar porque o vidro não me deixava ouvir o que você estava dizendo", falei.

"Mas se a velha não estivesse lá..."

Olhamos uma para outra. "Por ela está aqui?", perguntei por fim. Y fez que não com a cabeça. "Na verdade, acho que ela não estava morta", comecei a dizer. Depois concluí baixinho: "Talvez...".

E naquela noite, enquanto o velho preparava a sala para o baile, Y lhe perguntou quem era a velha. "Uma das suas tias, minha querida", disse ele, dando uma risadinha e beliscando a bochecha de Y. "E, aliás, a moça mais bonita que eu já vi", acrescentou, balançando a cabeça com tristeza. "Mas ela envelheceu um bocado desde que estamos morando aqui. Não é mais tão bonita hoje em dia, não é, bruaca!", ele berrou de repente, correu até a velha e lhe deu um empurrão que a fez balançar para a frente e para trás, enquanto ria loucamente e fazia que sim com a cabeça.

"Ela está aqui há muito tempo?", Y perguntou timidamente, mas o velho saltitou para a frente e para trás e deu uma pirueta com uma graça exagerada. "Nada de perguntas, mocinhas, nada de perguntas! Cabeças bonitas devem ficar vazias, sabia?"

Foi isso que fez com que Y e eu nos decidíssemos. No dia seguinte, nossos planos estavam prontos, e tudo tinha que ser feito com rapidez. Eu não gosto de me lembrar do que fizemos, e Y agora jura que tudo aquilo se apagou da sua memória, mas ela sabe tão bem quanto eu que nós sufocamos o velho com um travesseiro enquanto ele dormia e o penduramos pelo pescoço numa árvore depois, num êxtase de ódio que se consumiu com ele e nos deixou com pouco ânimo para a velha. Mas nós terminamos o serviço e nunca mais voltamos a pôr os pés na floresta atrás do casarão, onde, pelo que sei, os dois corpos continuam pendurados. É como Y disse, então: "Nós não sabemos se conseguimos matar os dois, mas sabemos que, se não morreram, eles continuam amarrados...".

E então, enfraquecidas, felizes e rindo à toa, nós passamos o dia inteiro no sol perto do portão, esperando alguém entrar no quarto.

"Y, quanto tempo faz que estamos presas aqui?"

"Um ano, imagino..." A resposta veio abafada, pois Y estava com o rosto enterrado nos braços. "Ou talvez mais."

"Não, não deve fazer mais que uma semana", falei.

"Faz anos", disse Y.

E quanto tempo mais nós ficamos esperando? O quarto, que conseguíamos ver do portão, tinha sido esvaziado. Que arrependimento terrível sentimos do tempo que passamos sem olhar para o quarto, do tempo que perdemos enquanto alguém tirava os tapetes do chão, tirava as cobertas e o colchão da cama, tirava as cortinas da janela, tirava tudo do quarto, menos a poeira! Onde estávamos enquanto isso acontecia, e quem entraria num quarto agora vazio e abandonado? Mas foi Y, como sempre, quem pensou nisso primeiro.

"Por que eles não tiraram o quadro da parede, então?", perguntou ela. "Esvaziaram o quarto e deixaram o quadro pendurado!"

"Eles devem saber de alguma coisa! Devem desconfiar que o quadro tem algo a ver com a gente!"

"Eles devem desconfiar que o quarto é mal-assombrado, já que nós duas sumimos de lá...", começou Y.

"E ninguém nunca mais vai entrar no quarto pelo mesmo motivo", concluí.

Ficamos lá tempo suficiente para que a hera na fachada da casa crescesse mais de meio centímetro antes que alguém viesse nos resgatar.

Vivíamos conjecturando quem iria aparecer. Nós duas acreditávamos que seria um estranho, alguém que quisesse ver por si mesmo se havia como desvendar o segredo do quarto, mas, quando finalmente alguém apareceu, foi John. Eu o vi primeiro, enquanto Y dormia, e quando a acordei para contar que John estava lá, ela chorou pela primeira vez desde que tínhamos perdido as esperanças. Ficamos sentadas na grama em frente ao portão, esperando a lua subir para que John nos visse e nos tirasse dali.

Vimos John estender uma colcha na cama vazia e se deitar, bem de frente para o quadro. Na penumbra que significava que a lua estava começando a subir, vimos John lá deitado, à nossa procura. E enquanto a lua subia lentamente, vindo na direção do quadro, nós nos postamos perto do portão, abraçadas uma à outra, tremendo de emoção.

Antes mesmo de o luar brilhar em cheio sobre nós, já corríamos estrada abaixo na direção de John e do vidro que ele tinha que quebrar. Lembro que caí uma vez e me levantei às pressas para continuar correndo, com sangue no rosto e nas mãos, gritando para John, e agora acredito que tenha sido nesse minuto que perdi me levantando que percebi de fato, porque ouvi a voz de Y bradando: "Olha, John, olha, John, olha!". E me dei conta de que eu também estava berrando a plenos pulmões.

E John se sentou na cama e berrou também, depois levantou o pé, bateu no vidro e finalmente o quebrou.

E é assim que contamos a história, Y e eu, no silêncio da noite, nas horas silenciosas da noite, com o luar se aproximando, enquanto esperamos nas horas secretas da noite, e John corre sem parar pela casa, berrando e batendo nas paredes. Porque agora eu não tenho par à noitinha, e Y e John não gostam de dançar sozinhos.

.31

Meu tio no quintal

Eu sempre levo presentes quando vou visitar meu tio Oliver e meu tio Peter: um bolo de frutas, com certeza, uma dúzia de laranjas e brinquedos, um coelhinho de corda para o tio Oliver e um osso de borracha sabor chocolate para a gata do tio Peter. Pego a barca em São Francisco, paro no prédio das barcas para comprar duas caixas idênticas de cerejas cristalizadas, e corro em Sausalito para pegar o trem até San Rafael. Depois, carregando meus pacotes, minha mala e meu livro, tenho que subir devagar a longa estrada rural, no sol, na expectativa de que tio Peter me aviste ao longe ou de que tio Oliver levante os olhos na cadeira de vime da varanda e desça correndo ao meu encontro. O chalé deles fica no meio de uma pequena colina íngreme, e a estradinha rural que sobe a colina é margeada de flores dos dois lados, com pomares mais atrás; tio Oliver sempre fica esbaforido quando sobe a colina junto comigo e sempre olha para os meus pacotes e diz: "O Peter vai ficar feliz de ver o que você trouxe para ele". Tanto tio Oliver quanto eu sabemos que Peter vai ficar feliz de ver o que eu trouxe, mas que tio Oliver vai carregar todos os presentes, escondê-los cuidadosamente e depois dá-los aos poucos.

Quando chego ao chalé deles, tenho que parar por um momento na estrada, olhar para o telhado baixo o suficiente para ser alcançado do jardim, para as roseiras que trepam pelas paredes e formam um arco por cima da porta, para os dois degraus de pedra, para o pomar e para a horta que se acercam nas laterais da casa, não contentes em ocupar suas posições no fundo do quintal, enfim, tenho que ficar ali por um momento e então dizer: "Não mudou absolutamente nada desde o ano passado, tio Oliver; como você e o tio Peter conseguem continuar tão jovens e manter a casa tão bonita?".

E então tio Oliver, esfregando as mãos de prazer, fala, como sempre: "Eu não envelheço nunca; o Peter envelhece por nós dois e pela casa também". Depois disso eu posso entrar, para ser carinhosamente recebida por tio Peter.

Eu só os chamo de tios porque é muito difícil me dirigir aos dois como sr. Duff; uns cinquenta anos atrás, quando tio Oliver cortejava minha avó, dizem que ela declarou que eles só seriam aceitáveis como irmãos solteiros que levassem os futuros netos dela ao zoológico, e então assim fizeram tio Peter e tio Oliver e os filhos dela também e provavelmente assim farão um dia também os meus filhos. Tirando o único e inacreditável ano em que tio Oliver passou casado com uma mulher conhecida como sra. Duff, os dois sempre moraram juntos, primeiro num apartamentinho em São Francisco e depois naquele chalé coberto de rosas, que a semimítica sra. Duff planejou e montou como um refúgio campestre adequado para o marido. Nem tio Peter nem tio Oliver jamais tentaram trabalhar em coisa alguma; um parente presciente lhes deixou uma pequena renda conjunta, que, acrescida das laranjas e dos bolos de fruta que os dois recebem de presente das crianças que levaram ao zoológico, permite que eles vivam muito bem, com os seus vários gatos. Tio Peter é magro e está sempre cansado; cuida da casa, do jardim, de três ou quatro árvores do pomar e da única gata que é especificamente dele; tio Oliver é mais gorducho e mais preguiçoso; ele cozinha, cuida da horta e dos cinco outros gatos. A gata cinza de tio Peter, Sandra Williamson, é a única que tem nome; os outros, todos gatos brancos deixados na casa pela sra. Duff, operam como uma unidade e atendem pelo nome de Gatinho.

"Todos eles já tiveram nomes um dia", tio Oliver conta com tristeza. "A sra. Duff costumava chamá-los por nomes de coisas bonitas. Eu lembro que uma era Rosinha e todos os outros tinham nomes de coisas bonitas também."

"Um dia nós vamos dar nomes a todos eles de novo", acrescenta tio Peter. "E aí eu vou fazer coleiras de couro para eles, e cada um vai ter o seu próprio nome no pescoço numa coleirinha de couro."

Os gatos brancos sempre estão todos na varanda da frente quando eu chego, lambendo uns aos outros e brincando com os raios de sol. Tio Oliver para e faz carinho na cabeça de um ou dois deles; "Bonitinhos", diz ele. "Gatinho lindo." Não creio que os gatos brancos entendam tio Oliver como Sandra Williamson entende tio Peter; para onde quer que tio Peter vá, Sandra Williamson vai atrás, às vezes esquecendo a própria dignidade a ponto de tocar num cadarço pendente. E, quando eu chego, ela sempre está a postos ao lado de tio Peter na pequena sala de estar para me receber.

"Peter", diz tio Oliver alegremente, incluindo Sandra Williamson em seu gesto expansivo e afetuoso, "está aqui uma menina tão boa, tão boa, eu subi a ladeira com ela, e ela trouxe presentes para você."

E então tio Peter, que sempre lembra o meu nome e mais tarde vai levar tio Oliver para um canto para lhe dizer como eu me chamo, vem e me dá um beijo na testa, enquanto Sandra Williamson se esfrega nas minhas pernas; depois, tio Oliver puxa a manga da minha blusa e aponta para os pacotes, piscando o olho e rindo, e, com Peter de um lado, Oliver do outro e Sandra Williamson empoleirada no peitoril da janela acima do sofá, eu abro os pacotes.

"Laranjas", tio Peter anuncia com prazer, pega uma e a oferece solenemente a Sandra Williamson, que toca na laranja com a sua patinha cinza.

"Olha, Peter, o que a Sandra Williamson pode pegar para ela em vez das laranjas, que nós mesmos vamos comer, olha o que essa menina linda e querida trouxe para a Sandra Williamson", diz tio Oliver, segurando o osso de borracha. Tio Peter tem que entregar ele próprio o osso para Sandra, e então ela põe a patinha em cima do osso e fica ali, satisfeita, até que tio Peter vá para outro cômodo e ela tenha que ir atrás levando o osso.

Por fim, depois que todos já vimos o coelhinho de corda de tio Oliver zanzar pela sala, colidindo com os móveis e até saindo para a varanda, assustando os gatos brancos, tio Oliver junta todos os presentes, menos o osso de Sandra Williamson e uma laranja para ele e outra para tio Peter comerem no jantar, e os esconde no fundo do armário da cozinha, para serem tirados de lá em momentos menos animados. Em seguida, tio Oliver vai para o fogão preparar o jantar e tio Peter me mostra o jardim, enquanto Sandra Williamson segue atrás e os gatos brancos perambulam pelas sombras debaixo das árvores.

Eu não acho que exista a menor possibilidade de tio Peter, tio Oliver, os gatos e o chalé mudarem ou irem embora com o tempo. Todo ano, depois da chegada da primavera, penso em tio Oliver e tio Peter, e todo ano junto o bolo de frutas, as laranjas, os brinquedos e as cerejas cristalizadas e pego a barca para Sausalito. A probabilidade de eles não estarem lá é a mesma de San Rafael ter ido parar na Flórida.

Sempre, nos dois ou três dias que passo com tio Peter e tio Oliver, acontece alguma pequena crise doméstica, provocada principalmente pela tensão de terem companhia. Um ano, Sandra Williamson ficou doente por ter comido muita comida industrializada, outro ano, a tensão de fazer uma torta de galinha fez tio Oliver ficar histérico, e outro ainda, tio Peter e tio Oliver brigaram. Essa é a visita de que me lembro com mais clareza; a briga aconteceu à mesa do jantar na noite em que eu cheguei e foi motivada por tomates, ou melhor, pela falta deles.

"A gente não tem sempre tomate?", tio Oliver me perguntou, zangado, indicando a mesa com a carne seca com creme na torrada e a salada de alface simples. "A gente geralmente não serve tomate quando você vem aqui?"

"Eu acho que sim, se é que me lembro bem", respondi num tom apaziguador, "mas está tudo tão delicioso..."

"A gente sempre teve tomate, até este ano", insistiu tio Oliver. "E eram tomates da nossa própria horta, sempre. Cultivados por mim", ele acrescentou com rancor na direção de tio Peter.

"Vai ver deu algum bicho nos tomateiros este ano", falei. "É muito comum eles morrerem justo quando a gente imagina que eles estejam ótimos."

"Nós teríamos tomate para colher este ano", disse tio Oliver.

"Eu sempre achei que os tomates eram o que menos importava", tio Peter comentou de repente. "Eu particularmente prefiro os rabanetes e a abóbora."

"Eu reparei que nada aconteceu com as maçãs", disse tio Oliver, incisivo. Passaram-se longos instantes de silêncio, e então tio Peter pediu licença e se retirou da mesa. Sandra Williamson foi atrás dele e os dois saíram para o quintal.

"Acho que você magoou o tio Peter", falei para Oliver.

"A intenção era essa mesmo", respondeu ele, olhando fixamente para o seu prato. "Ele foi muito malvado, e os tomates eram meus por direito."

"Mas o que é que ele pode ter feito com os tomates?", perguntei, confusa. "Com certeza ele não é diretamente responsável se os tomateiros não deram tomate."

"Ah", disse tio Oliver. "Aí é que está. Só Deus sabe o que os tomateiros vão dar agora. Ele anda fazendo tratos com o diabo."

"Mas, tio Oliver", comecei a dizer, "certamente não tem como você afirmar isso só porque não deu tomate..."

"Ah", disse tio Oliver, "mas eu vejo o Peter no quintal à noite, dançando só de camisola. E com a Sandra Williamson dançando atrás dele. Os dois passam pelo meio das árvores e depois pela horta. Não é de espantar que os tomateiros se recusem a dar tomate!", ele bradou em desespero.

"É o que eu faria no lugar deles", concordei, reprimindo a imagem de tio Peter dançando de camisola.

"O diabo não tem nada que vir fazer aqui em San Rafael, não tem nada que tratar com o Peter e com a Sandra Williamson e com certeza não tem nada que se meter com os meus tomates! Será que você pode tentar botar um basta nisso?", ele me perguntou.

"O que faz você pensar que seja o diabo?"

Tio Oliver abanou as mãos. "O Peter o trouxe para almoçar aqui um dia. Ele sorriu para mim, com o nariz pontudo dele bem perto da minha cara, e disse: 'Você cozinha admiravelmente bem, Oliver Duff'. E aí eu disse: 'Eu não aceito elogios seus, senhor do mal', mas ele continuou sorrindo para mim assim mesmo."

"Não poderia ser um vizinho?"

"Não, não poderia", respondeu tio Oliver com convicção, "e eu ficaria grato se você não sugerisse isso."

"Eu vou falar com o tio Peter", prometi.

"Melhor falar com os meus tomateiros", disse tio Oliver de repente. Tio Peter estava entrando pela porta, seguido de Sandra Williamson. Foi até tio Oliver e disse: "Faz tanto tempo que a gente não briga. O que é que a gente diz um para o outro agora?". Os dois olharam para mim.

"Tio Oliver, você vai dizer que lamenta ter sido grosseiro por causa dos tomates", recomendei, "e, tio Peter, você vai dizer que vai fazer todo o esforço possível para consolar o tio Oliver pela perda dos tomates."

"Lamento grosseiro", tio Oliver resmungou para tio Peter.

"Todo o esforço possível", disse tio Peter. E sorriram um para o outro.

"Agora eu vou para o quintal com o tio Peter", falei.

Tio Peter manteve a porta dos fundos aberta para mim e nós saímos para o quintal escuro. As árvores frutíferas estavam silenciosas à noite, e a horta deitava suas ramas volumosas na cerca. Sandra Williamson foi andando na nossa frente por entre as árvores até o fundo do quintal, onde o capim alto se encostava na cerca.

"É aqui que ele aparece?", perguntei a tio Peter.

"Do outro lado da cerca", disse tio Peter. "Ele raramente vem aqui. Ele mora na mata que cobre a colina."

"Você tem certeza de que não é um vizinho?", perguntei.

"Absoluta", respondeu tio Peter, surpreso. "Eu tenho feito tratos com o diabo."

"Fala um pouco sobre ele."

"Ele desce do alto da colina e fica do outro lado da cerca. A primeira vez que ele veio foi algumas semanas atrás; a Sandra Williamson o viu e veio até aqui falar com ele, e aí eu vim também e nós conversamos com ele."

"E o que houve com os tomates?"

Tio Peter deu de ombros. "Ele me perguntou o que no quintal eu daria a ele como oferenda; ele disse que protegeria as árvores frutíferas e o resto das plantas se eu desse alguma coisa para ele, e aí eu disse que ele podia ficar com os tomateiros, porque tomate é o que o Oliver menos gosta, e ele disse que os tomateiros serviriam esplendidamente. Eu não sabia que o Oliver ia se importar."

"Talvez se você falar com ele e perguntar que outra coisa ele aceitaria..."

"Eu tinha pensado em oferecer a macieira para ele", disse Peter. "Ele vai vir hoje à noite, mais tarde, e eu estava pensando em perguntar quando ele vier."

"Espera", falei. Atravessei o quintal correndo e entrei na casa. Tio Oliver estava diante da pia, desconsolado, lavando louça.

"Se pudesse ter de volta os tomates, você se importaria de perder a macieira?", perguntei.

"As nossas maçãs tão bonitinhas?", disse tio Oliver, em choque. "O seu tio Peter adora maçã cozida com canela e só um pouquinho de açúcar."

Fiquei pensando. "E se eu prometer mandar outro bolo de frutas para vocês quando voltar para a cidade...", sugeri. Tio Oliver suspirou, secou as mãos e abriu o armário. Com cuidado, tirou o saco das laranjas, as duas caixas de cerejas cristalizadas, o coelho de corda e, por fim, o bolo de frutas.

Olhou para mim. "Você acha que uma laranja... ou talvez duas?"

"Eu acho melhor o bolo de frutas", respondi.

Ele suspirou de novo e me entregou o bolo. Enquanto ele guardava as outras coisas de volta no armário, eu corri lá para fora com o bolo e atravessei o quintal até onde estava tio Peter. "Toma", falei. "Tenta isso aqui." Tio Peter se animou.

"Você acha que vai funcionar?", perguntou ele. "Eu estava pensando na macieira... É que, sabe, o Oliver gosta de maçã e os gatos brancos também."

"Tenta o bolo de frutas primeiro", recomendei.

Tio Oliver e eu ficamos na sala de estar até bem tarde, vendo os gatos brancos se prepararem para dormir, e tio Peter ficou no quintal. Quando finalmente fui para a cama, olhei lá para fora pela minha janela e tive a impressão de ver, lá embaixo no meio das árvores, um vulto branco se mexendo e Sandra Williamson cabriolando atrás.

No dia seguinte, acordei bem cedo e fui para o quintal antes de ambos se levantarem. Não havia nenhum sinal do bolo de frutas perto da cerca, mas os gatos brancos zanzavam por ali, se espreguiçando no ar da manhã, sem aparentar estar com medo de nada. Quando entrei para tomar café, havia tomates em cima da mesa, vermelhos e maduros, num prato verde, e tio Oliver estava exultante com eles.

"Olha que lindos", disse ele. "Belos tomates. Um menininho os trouxe."

Peter apareceu no vão da porta, sorrindo. "Ele ficou felicíssimo com o bolo de frutas", revelou ele. "Será que na próxima vez que vier você pode trazer dois?"

Durante o café da manhã inteiro Peter e Oliver ficaram sorrindo um para o outro e fazendo pequenos gestos de amizade. Oliver fez questão de que eu comesse um tomate e perguntou se não era o melhor que eu já tinha provado, enquanto Peter observava, satisfeito, recostado em sua cadeira.

Por fim, depois de tirar a mesa, tio Oliver se sentou ao lado de Peter e eles sorriram de novo um para o outro. "Talvez a gente faça uma visita à cidade qualquer dia desses", Peter disse para mim. Nenhum dos dois tinha ido à cidade nem uma única vez desde que saíram de lá para ir morar em San Rafael e nenhum dos dois tinha a menor expectativa de ir; saber que podiam ir, se quisessem, já era o bastante. Junto da morte da sra. Duff, essa era a fantasia conjunta favorita dos dois, e a menção a ela significava que tudo estava em paz entre eles de novo.

Oliver entrou na conversa a partir daí:

"Eu me lembro com tanta clareza da manhã em que ela morreu", ele disse para mim. "A sra. Duff, aqui nesta casa, e era uma manhã bem agradável. E todos os gatos brancos, um atrás do outro, pularam a cerca e se foram."

"Só mais de uma semana depois foi que eles voltaram", tio Peter acrescentou, "e voltaram pulando a cerca, um atrás do outro, sem nenhuma explicação."

"Ela dava nomes bonitinhos para todos eles", disse tio Oliver.

"Eles todos deviam ter coleirinhas de couro com o nome. Você podia dar nomes para eles, Oliver, e aí eu faço uma coleirinha para cada um, com o nome de cada um escrito." Tio Peter acariciou a cabeça de Sandra Williamson. "Todos com coleirinhas de couro", disse.

Quando fui embora, eles caminharam até o sopé da colina comigo, depois ficaram ali me dando tchauzinho, com Sandra Williamson sentada atrás dos dois, enquanto eu seguia pela estrada de terra, carregando a minha mala.

E desde então, quando volto a cada primavera, eu levo laranjas, dois bolos de frutas, três brinquedos e três caixas de cerejas cristalizadas, e Oliver guarda tudo no fundo do armário, alguns para serem distribuídos entre ele próprio e Peter em tempos menos animados, outros para serem entregues aos poucos, em meticulosas parcelas, por cima da cerca no fundo do quintal.

Jardim Noturno

SEGUNDA PARTE

No. 2

C
a
b

.01

Por conta da casa

The New Yorker, 30 de outubro de 1943

Artie Watson estava sentado numa cadeira dobrável atrás do balcão da loja de bebidas, lendo jornal. O movimento andava fraco naquelas noites chuvosas, e Steve, seu sócio, tinha ido até a delicatéssen que ficava aberta a noite inteira para comprar sanduíches e leite. Soltando um suspiro, Artie pegou um lápis embaixo do balcão para fazer palavras cruzadas. *Talvez valesse mais fechar logo a loja*, pensou. *Se não entrar ninguém até o Steve voltar, eu vou falar para ele que é melhor a gente fechar mais cedo e ir para casa.*

Antes que Steve voltasse, um freguês entrou, um homem que, em vez de entrar rápido para fugir da chuva, passou pela porta devagar. Artie levou um minuto para perceber que o homem era cego e mais outro minuto para ver a mulher que entrava atrás dele.

"Boa noite", disse Artie.

"Boa noite", disse o homem cego, e a mulher ecoou: "Boa noite". Ela foi até as fileiras de garrafas junto à parede e examinou longamente as prateleiras, lendo os rótulos. "Que tal conhaque?", perguntou. "Dizem que é muito bom, não é?"

"Eu quero bourbon", disse o cego e se virou na direção de Artie. "Vocês têm algum bourbon?", perguntou.

Artie fez que sim com a cabeça, depois disse: "Temos alguns. Não tantos quanto costumávamos ter, claro. Está bem difícil conseguir bebida boa hoje em dia".

"É mesmo?", disse o cego. "O senhor pode me indicar um bom bourbon que não seja caro demais?"

A mulher foi até o balcão. "Eu acho que a gente devia comprar um conhaque", sugeriu ela, "mas ele diz que quer um bourbon."

"Se for para levar para uma festa ou coisa assim", disse Artie, "os senhores ficariam mais bem servidos com um bourbon."

A mulher deu uma risadinha. "Nós acabamos de nos casar", explicou ela. "É para isso que é."

"Ah, meus parabéns", disse Artie, afável. "Vão comemorar, então?"

"Não é todo dia que um homem se casa", disse o cego, depois riu e estendeu a mão à procura da mão da mulher, que imediatamente lhe deu a mão. "E eu acho que me saí muito bem, aliás."

Artie olhou para a mulher. Ela era pequena, tinha a pele escura e usava um pequeno buquê de gardênias preso ao vestido. Aparentava ser uns dez anos mais velha do que o homem cego. "Com certeza", concordou Artie. "E ela tem jeito de ser boa cozinheira, ainda por cima."

"Ela é ótima cozinheira", disse o cego. "Não é, Rosalie?"

"Eu cozinho direitinho, sim", disse a mulher, "mas e aquele conhaque?" Quando se dirigia ao cego, ela falava em voz baixa e macia, mas, olhando de novo para ela, Artie teve a impressão de que ela era capaz de elevar a voz, se quisesse. *E bem alto, aliás*, pensou.

"Os senhores ficariam mais bem servidos com o bourbon", disse Artie novamente.

"Qual é a diferença entre eles em termos de preço?", perguntou o homem.

"O conhaque é um pouco mais caro", respondeu Artie. "Eu tenho um bourbon muito bom aqui que está 4,62 dólares. Já o conhaque", ele apertou os olhos para enxergar as garrafas do outro lado da loja, "acho que o mais barato que eu tenho está saindo a quatro e noventa sete."

"Quatro dólares e sessenta e dois centavos?", perguntou o cego.

"Eu vou fazer o seguinte", disse Artie. "Como os senhores acabaram de se casar e tudo, eu faço qualquer um dos dois por, digamos, 4 dólares. Uma espécie de presente de casamento."

"É muita gentileza sua", disse a mulher.

"Vale mais a pena levar o conhaque, então", disse o cego. "Já que esse cavalheiro está deixando os dois pelo mesmo preço."

"Claro", disse Artie. Ele já estava arrependido de ter feito a oferta de baixar o preço, porque teria que contar para Steve o que tinha feito quando ele voltasse e que o cego havia decidido levar o conhaque porque o desconto era maior.

"Então nós vamos levar o conhaque", anunciou o cego, "e obrigado."

"Está bem", disse Artie. "Muitas felicidades."

Ele pegou a garrafa de conhaque que a mulher trouxe para ele e começou a embrulhá-la em papel pardo. "Os senhores vão gostar desse conhaque."

"O senhor disse 4 dólares?", perguntou o cego. Ele havia tirado a carteira do bolso e sentia com os dedos as notas de dinheiro. "Isso, 4 dólares", disse, estendendo as quatro notas.

Artie olhou para as notas e depois para a mulher, que de novo perambulava pela loja, observando as garrafas nas prateleiras. "Senhora", chamou Artie.

"Qual é o problema?", perguntou o cego. "Aqui está o dinheiro."

A mulher voltou para perto do balcão, parou ao lado do cego e olhou para Artie, fazendo que não com a cabeça. Artie olhou para a nota de 5 dólares e para as três notas de 1 dólar que o homem lhe estendia e disse: "Mas, olha, o senhor está...".

"Qual é o problema?", perguntou a mulher. "O senhor acha que ele não sabe reconhecer uma nota de 1 dólar? Ele sabe a diferença de uma nota para outra." Ela fez que não com a cabeça de novo para Artie.

O cego riu. "Não tente nenhuma gracinha comigo", disse ele. "Não funciona mais. Eu sei quanto dinheiro tenho aqui."

"Certo", disse Artie. Pegou a nota de cinco e as três de um, foi até a caixa e registrou 4 dólares. Guardou a nota de cinco na gaveta, tirou uma nota de um e trouxe de volta com as outras três notas de um. Antes que ele pudesse dizer alguma coisa, a mulher estendeu a mão aberta para ele com determinação. O cego havia pegado a garrafa no balcão e já se virava na direção da porta. Artie botou o dinheiro na mão da mulher, fez que sim com a cabeça de um jeito tranquilizador e disse: "Bom, espero que os senhores sejam muito felizes. E tenham uma ótima comemoração".

"Obrigado", disse o cego enquanto a mulher pegava no braço dele e o conduzia até a porta. "Boa noite."

"Boa noite", disse Artie, ainda chateado por ter lhes vendido o conhaque por aquele preço.

"Um sujeito cego desses não tem nada que beber", disse Steve quando Artie lhe contou o que havia acontecido. "Se ele toma umas doses a mais e perde o controle, quando der por si pode estar metido numa tremenda de uma enrascada."

"É provável que ele tenha tido que trabalhar um bocado para ganhar aquele dinheiro que tentou me dar", disse Artie. "Um cara assim não tem como ganhar muito, tem?"

"Sei lá", disse Steve. "Pode ser que ele seja um daqueles caras que fazem trabalhos de precisão e não precisam ver o que estão fazendo."

"O que será que faz uma mulher se casar com um homem cego? Eu detestaria ser..." Artie não chegou a concluir a frase, pois viu a porta se abrir e o cego entrar devagar, sendo seguido um minuto depois pela mulher.

"Olá de novo", disse Artie. "Vieram comprar mais conhaque?"

O cego foi andando até o balcão sem ajuda, tateou a superfície com a mão livre e depois pousou a garrafa de conhaque, ainda embrulhada, na frente de Artie. "Eu vim buscar o meu dinheiro", disse ele.

Artie arregalou os olhos. "Alguma coisa errada?", perguntou por fim. Steve se aproximou e parou ao lado de Artie.

"É", disse Steve, "alguma coisa errada?"

"Tem muita coisa errada", disse o cego. "Quando as pessoas roubam de um cara que não sabe o que está se passando, tem muita coisa errada, sim."

Artie olhou para a mulher, que estava parada no vão da porta. “O que houve com ele?”

“Escuta”, disse o cego, “o senhor tirou vantagem de mim porque eu não sabia, só isso. Eu achei que estava lhe dando quatro notas de um, e o senhor não disse uma palavra, só ficou aí parado e se aproveitou da situação.”

“O senhor se acha muito esperto”, disse a mulher. “Tirando vantagem de um cego.”

“Eu sei me virar sem a sua ajuda”, disse o cego, virando-se na direção da mulher. “Esse sujeito roubou o meu dinheiro, eu cuido disso.” Ele se virou de novo para Artie. “É melhor o senhor me devolver o meu dinheiro”, disse ele, “ou eu vou lhe causar sérios problemas.”

“Eu dei o dinheiro para a sua mulher”, explicou Artie, já sabendo que não ia adiantar nada.

A mulher riu. “Agora ele está querendo tirar vantagem de mim”, disse ela.

Artie olhou para Steve. Sabia que Steve estava pensando a mesma coisa que ele: um cego contando a policiais que tinha sido roubado. Steve deu de ombros.

Artie foi até a caixa registradora e abriu a gaveta. “Está bem”, disse, “então eu roubei o senhor. O senhor me deu três notas de um e uma de cinco e eu achei que fossem quatro notas de um.”

“Agora melhorou um pouco”, disse a mulher.

Artie pegou quatro notas de um da caixa registradora, foi para perto do cego e botou o dinheiro na mão dele.

“Aqui tem quatro notas de um?”, perguntou o cego.

“Quatro notas de um”, disse Artie.

“São quatro notas de um?”, perguntou o cego, virando-se para a mulher. Ela veio para perto dele e olhou para as notas.

“São sim”, disse ela.

“Sabe”, disse o cego, “eu cheguei lá na esquina e lembrei que eu tinha uma nota de cinco e três de um na carteira, não quatro de um. Acho que agora o senhor não vai tentar nada desse tipo de novo com alguém como eu.”

"Certo", disse Artie, observando a mulher se aproximar e pegar no braço do cego. Em seguida, o cego tateou o balcão, encontrou a garrafa de conhaque e a botou debaixo do outro braço.

Artie e Steve ficaram observando os dois saírem e, quando a porta se fechou, Artie foi até a caixa registradora e fechou a gaveta.

JARDIM NOTURNO

SHIRLEY JACKSON

.02

Velhinha necessitada

Mademoiselle, setembro de 1944

Já era fim de tarde, e, embora estivesse cansada depois de passar o dia inteiro fazendo compras, Kitty se forçava a dar corridinhas enquanto andava às pressas atrás da bisavó. A bisavó gostava de menininhas ativas, e ela própria estava tão cheia de energia agora quanto estivera de manhã, quando as duas saíram para comprar um casaco novo para Kitty. Se Kitty ficava para trás, a bisavó parava e, batendo com a bengala no chão com ar severo, dizia para Kitty: "Quem anda com lerdeza perde a esperteza". Com tanta gente na rua, sempre tinha alguém que se virava e sorria quando a bisavó falava coisas assim, então Kitty tratava de apertar o passo, às vezes se agarrando ao braço da bisavó, e outras, passando um pouco na frente dela para descansar um minutinho até que a bisavó a alcançasse.

"Eu acho que o casaco xadrez ficou muito bonito em você, Katharine", a bisavó disse pela milésima vez. "Acho que você fez muito bem em escolher o xadrez em vez do marrom."

"É, mas todo mundo usa casaco marrom", argumentou Kitty.

"Nunca tente ser igual a todo mundo, minha querida", disse a bisavó serenamente. "Não vale a pena ser igual a todo mundo. Eu já contei para você que eu fui a primeira mulher — quer dizer, a primeira lady — a fumar um cigarro em São Francisco?"

"Vovó! Olha que gracinha aquele cachorro!" Kitty saiu correndo na frente e parou para fazer carinho no cachorro, enquanto a senhora que o segurava pela coleira esperava pacientemente, sorrindo enquanto a bisavó andava devagar até elas. "Vovó", disse Kitty. "Eu queria ter um cachorro que nem esse, vovó."

"Nunca importune uma pessoa estranha", disse a bisavó, inclinando de leve a cabeça para cumprimentar a senhora que estava com o cachorro. "Nunca faça isso seja por que motivo for, Katharine."

Kitty jogou um beijo para o cachorro por trás das costas da bisavó e depois correu para alcançá-la. A bisavó disse: "Realmente é um belo animal, minha querida; sem dúvida de pedigree. Talvez nós devêssemos ter um cachorro, Katharine".

"Eu queria um branco, que nem aquele", disse Kitty. "A senhora já teve cachorro, vovó?"

"Nós tivemos um mastim quando eu era criança, lá na Inglaterra", contou a bisavó, depois riu. "E o seu bisavô me deu um cachorrinho de colo quando nós nos casamos."

"O que aconteceu com eles?"

A bisavó riu de novo. "Acho que nós demos o cachorrinho de colo", disse ela. "O mastim talvez tenha morrido. Isso foi bem antes de nós virmos para os Estados Unidos. Depois, em São Francisco, eu fui a primeira lady de verdade a fumar um cigarro em público."

"Eu posso usar o meu casaco xadrez para ir para a escola na semana que vem, vovó?"

"Se o tempo permitir, sim, minha querida."

"Eu acho que vai estar frio. Se tivesse um cachorrinho que nem aquele, eu ia fazer um casaquinho vermelho para ele usar quando fosse para a escola comigo. A gente pode jantar num restaurante hoje, vovó?"

A bisavó olhou para Kitty e hesitou. Depois se virou para o lado, foi até a entrada de um prédio e fez sinal para Kitty segui-la. Entregou à menina os pacotes que carregava e tirou a carteira da bolsa, dizendo: "Uma lady nunca examina a carteira nem conta quanto dinheiro tem em público, Katharine". A bisavó contou os trocados que tinha na mão, apertando os olhos velhos e fracos. "Um dólar e trinta e um centavos, Katharine. Quando chega o cheque da nossa pensão?"

"No sábado, vovó."

"Era o que eu temia." A bisavó soltou um suspiro. "É melhor comermos em casa até lá, minha querida. Vamos parar para comprar alguma coisa para o jantar no caminho para casa. O que você gostaria de comer, Katharine?"

"Se tivesse um cachorro eu ia ter que comprar um osso para ele", disse Kitty. "Eu gostaria de comer um peru assado bem grande no jantar."

"Vamos parar no açougueiro", disse a bisavó. "Espero que ele tenha alguma coisa macia. Carne nova para dentes velhos."

Na vitrine do açougue havia perus, frangos, presunto e salsicha. Kitty encostou o nariz no vidro e disse: "Vovó, tem mais coisas nessa vitrine do que na de todos os outros açougues que a gente viu hoje".

"Vamos entrar, minha querida", chamou a bisavó. "Uma lady não se expõe na rua."

Do lado de dentro, o balcão do açougue estava vazio. O açougueiro, um homem magro de rosto vermelho e avental sujo de sangue, observou Kitty e a bisavó entrarem.

"Não tenho muito a oferecer hoje, senhoras", disse ele.

"Tem peru?", perguntou Kitty, ávida.

"Bom, eu tenho um ou dois perus, aliás muito bons", respondeu o açougueiro.

"Deixe-me ver", disse a bisavó, com os dedos nos lábios, olhando para o balcão vazio. "Que tal filé?"

"Não tem filé", disse o açougueiro.

"Alcatra?", perguntou a bisavó, afável.

"Não tem carne para bife, senhora."

A bisavó olhou para ele. "Alguma coisa macia", disse ela.

"Eu tenho salsichas ótimas", disse o açougueiro. "Bons pedaços de frango para fritar. Alguns pedaços de presunto."

"Deixe-me ver", disse a bisavó". "Acho que prefiro filé."

"Não tem, senhora", disse o açougueiro, desesperado.

A bisavó sorriu. "Por que o senhor se recusa a me vender carne?", ela perguntou. "Será que eu vou ter que procurar outro açougue?"

"Senhora", disse o açougueiro, "está tendo escassez de alimentos. Se a gente não recebe carne, a gente não pode vender carne. Quando a senhora passou aqui mais cedo, eu podia ter lhe vendido uma boa peça de alcatra. Mas agora... não sobrou nada."

"Senhor." A bisavó chegou mais perto do balcão e fez sinal para o açougueiro se aproximar. "Eu sou uma senhora de idade. A minha bisneta aqui, não tenho dúvida, pode lhe dizer quantos anos exatamente eu tenho. Eu não fui criada, senhor, para lidar com comerciantes. Antes que eu e a minha bisneta ficássemos sozinhas no mundo, sempre havia outras pessoas para cuidar dos negócios para nós. Sendo assim, eu não sou capaz de discutir sobre negócios com o senhor e, da mesma forma, não tenho como ir de loja em loja para fazer compras."

"Senhora", disse o açougueiro com tristeza, "se eu lhe oferecesse setecentos gramas de alcatra, a senhora levaria?"

A bisavó pensou por um momento. "Levaria", respondeu, séria.

O açougueiro levantou o dedo e se virou para entrar no frigorífico. "Espera um instante", disse ele. Voltou um pouco depois trazendo um pedaço de alcatra, que botou em cima do balcão, na frente da bisavó. "É o meu próprio pedaço de carne, e a senhora não poderia querer uma peça melhor. A minha mulher me pediu para levar um pouquinho de carne para casa, e eu separei esse pedaço."

A bisavó se empertigou. "Eu não posso levar a sua comida, meu rapaz."

"Leve", disse o açougueiro. "Eu não quero que a senhora e a menina fiquem sem nada para comer no jantar. "A minha mulher... ela consegue fazer alguma coisa a partir de nada."

"Eu não posso aceitar isso como um presente, o senhor entende", disse a bisavó. "O senhor precisa me deixar lhe dar alguma coisa em troca dessa gentileza, pelo menos."

O açougueiro ficou surpreso. "Mas eu vou vender...", ele começou a dizer.

"Não", disse a bisavó. "Eu não posso permitir isso. Fui criada como uma lady, senhor, e uma lady não se permite aceitar favores de comerciantes.

O senhor tem que me deixar lhe dar alguma coisa além dos meus cupons de racionamento, mesmo que sejam apenas alguns centavos." Ela pegou a carteira da bolsa e a vasculhou. "Cinquenta centavos", disse, botando a moeda e o talão de racionamento em cima do balcão. "O senhor tem que aceitar. É o que eu pretendia pagar pelo nosso jantar hoje."

O açougueiro contou e destacou os cupons, pôs a carne dentro de um saco de papel e o entregou em silêncio para a bisavó. "Obrigada", disse ela. "O senhor é um homem generoso. Um cavalheiro." Ela foi andando em direção à porta. "Vamos, Katharine", disse.

"Eu adoro bife", comentou Kitty, animada.

"Setecentos gramas mal dão para duas pessoas", disse a bisavó. "Mesmo assim, ele fez o melhor que pôde."

"Ele foi gentil", disse Kitty.

A bisavó sorriu. "Foi no Hotel Mark Hopkins, eu acho, Katharine. Eu já falei para você? Talvez tenha sido em outro hotel. Talvez tenha sido num restaurante. Seja como for, eu tinha me acostumado a fumar na Inglaterra, onde todas as ladies haviam adquirido esse hábito. E o gerente, um homem tão educado, tão elegante, veio até mim e disse: 'Senhora, eu preciso lhe pedir que vá para a sala de fumantes, se a senhora pretende terminar o seu cigarro'. Claro que o seu bisavô jamais iria permitir isso; era uma sala só para fumantes homens. Depois, claro, as ladies americanas passaram a fumar. Mas eu fui a primeira em São Francisco."

"Aposto que a mulher do açougueiro vai ficar furiosa por ele não levar nenhuma carne para casa", disse Kitty.

"Vai nada", disse a bisavó. "Ele vai contar para ela o que houve e pronto. Vai dizer que uma criança e uma velhinha de bengala foram ao açougue e ele teve que vender a carne para nós."

"Aposto que a mulher dele vai ficar furiosa mesmo assim."

"Uma lady não se permite demonstrar raiva em público", disse a bisavó.

JARDIM NOTURNO
SHIRLEY JACKSON

.03

Quando as coisas ficarem sombrias

The New Yorker, 30 de dezembro de 1944

A sra. Garden estava sentada na poltrona do seu quarto mobiliado, fumando. Ela era uma mulher jovem, de não mais que 23 ou 24 anos. Era pequena e magra, usava um penhoar de veludo cotelê azul-claro e estava com bobes no cabelo. Eram onze da manhã. Ela terminava sua terceira xícara de café, servida do bule que estava em cima do fogareiro elétrico. Na mesinha ao lado dela havia uma carta. Quando pousou a xícara, ela pegou a folha de papel de carta pautado e a leu de novo. "Cara sra. Garden", dizia a carta. "Não consigo deixar de sentir que a senhora está precisando de uma amiga neste momento. A senhora parecia tão forte e corajosa quando eu a conheci, apesar da sua situação difícil, que tenho certeza de que o seu jovem coração será capaz de suportar qualquer fardo. Quando as coisas ficarem sombrias, lembre-se de que sempre há pessoas amigas pensando na senhora e desejando o seu bem." A carta estava assinada "A.H.". Alguns instantes depois, a sra. Garden botou a carta em cima da mesa e foi até a cômoda. Pegou sua bolsa lá de dentro e, revirando-a, encontrou uma carteirinha de fósforos. Na parte de dentro da carteirinha estava escrito: "Sra. Amelia Hope, Mortimer Street 111, Brooklyn Heights".

A sra. Garden ficou parada na frente da cômoda por um momento, olhando-se no espelho. *Não vai dar para notar nada por algum tempo*, pensou. *Ninguém vai saber a não ser que eu conte*. Virou-se de lado e levantou os braços para se ver de perfil. Um minuto depois foi até o outro lado do quarto, pegou a carta e a guardou na bolsa junto da carteirinha de fósforos. Foi até o guarda-roupa e tirou de lá um tailleur azul-escuro e uma blusa branca, pensando: *minhas roupas ainda cabem em mim; todas as coisas bonitas que eu comprei e não vou poder usar*. Vestiu-se com cuidado, prendendo o pequeno broche com a insígnia da infantaria na lapela, e pegou um chapéu azul-escuro do armário. Depois de arrumada, passou os olhos pelo quarto antes de sair e trancar a porta. Parecia discreta, digna e preocupada. No hall, guardou a chave na bolsa e desceu a escada.

Durante toda a viagem de metrô, a sra. Garden manteve sua bolsa pousada no colo, olhando pelas janelas para a escuridão do lado de fora. Quando chegou à estação em que o guarda do metrô havia lhe dito que ela devia saltar, levantou-se e saiu para a rua, foi até uma banca de jornal e perguntou ao jornaleiro como chegar ao endereço anotado na carteirinha de fósforos. Depois, ainda segurando a bolsa junto de si, seguiu até o número 111 da Mortimer Street. Era uma casa velha, obviamente um cortiço, de aparência feia e decadente. A sra. Garden subiu os degraus que levavam à porta da frente e tocou a campainha. Quando a senhoria abriu a porta, a sra. Garden disse: "Eu gostaria de falar com a sra. Amelia Hope, por favor".

A senhoria abriu caminho para ela e disse: "Segundo andar, nos fundos".

A sra. Garden subiu a escada larga, o tipo de escada que você encontrava numa bela casa antiga, até o hall do segundo andar, que tinha pé-direito alto e sancas ornamentadas. Havia uma porta nos fundos, no fim de um longo corredor, e a sra. Garden foi até lá e bateu à porta.

"Entre, por favor", disse uma voz de senhora idosa. A sra. Garden abriu a porta e parou no limiar do quarto. Por um momento, teve dificuldade de enxergar, pois estava de frente para uma janela alta e estreita, com longas cortinas marrons dos dois lados. Então, viu diante da janela uma pequena escrivaninha antiga, de pernas finas e torneadas, e avistou a sra. Hope sentada ali.

"Eu sou a sra. Garden. A senhora se lembra de mim?"

A sra. Hope se levantou e deu alguns passos à frente. "Sra. Garden?", disse.

A sra. Garden abriu a bolsa e pegou a carta. Estendeu-a para a sra. Hope e disse: "Eu queria lhe perguntar sobre isso".

A sra. Hope olhou para a carta e depois para a sra. Garden. "A senhora não quer se sentar?", perguntou, indicando uma pequena cadeira dourada ao lado da escrivaninha. "A senhora me pegou num momento de considerável desordem", disse ela. "Eu tenho a impressão de que estão arrumando o meu quarto cada dia mais tarde. Sabe", continuou, inclinando-se para tocar no joelho da sra. Garden, "eu pago uma pequena quantia extra toda semana para limparem meu quarto *bem* — limparem de verdade, sabe — e acho que vou ter que falar com eles sobre isso, porque o serviço está deixando muito a desejar."

A sra. Garden olhou em volta. No início, a cama estreita num canto do quarto lhe pareceu arrumada, mas depois ela percebeu que ela ainda não havia sido feita naquela manhã. Em cima da escrivaninha havia uma xícara com um saquinho de chá pousado no pires e, ao lado, um bloco de papel de carta pautado, exatamente como o papel em que fora escrita a carta que a sra. Garden havia recebido.

"Espero não ter interrompido a senhora em nada", disse a sra. Garden.

"Não interrompeu nada, não", disse a sra. Hope. Ela se levantou e a sra. Garden se deu conta de que ela era extremamente pequena. Usava um vestido preto simples com um cinto vermelho e tinha em volta do pescoço um longo cordão de contas de cedro aromático. "Aceita uma balinha?", perguntou. Foi até a mesa ao lado da cama e voltou trazendo uma tigelinha com balas, que botou em cima da escrivaninha, ao alcance da sra. Garden. "Eu só estava escrevendo as minhas cartas", disse ela.

"Engraçado", disse a sra. Garden, "eu nunca imaginei que fosse ver a senhora de novo."

"Eu tenho certeza de que a conheço", disse a sra. Hope, "mas não estou conseguindo me lembrar de onde exatamente." Ela estava inclinada para a frente, sorridente e atenta.

A sra. Garden levantou os olhos, surpresa. "Ué, foi num ônibus. A senhora foi muito gentil comigo."

A sra. Hope olhou de relance para a carta em cima da escrivaninha. "Ah, sim, agora me lembrei", disse. "Aquela jovem senhora com a criança."

"Não", disse a sra. Garden. "O meu marido tinha acabado de sair de casa, porque foi convocado para servir no exterior. Sra. Hope, eu estou precisando muito de um conselho."

"Pensando melhor, não era uma criança", disse a sra. Hope. "Era uma mãe doente. Nós, mulheres, somos terríveis quando ficamos doentes."

"Quando recebi a sua carta, eu achei que talvez...", disse a sra. Garden, constrangida, "achei que talvez pudesse vir aqui e conversar com a senhora. Nós não estamos casados há muito tempo, eu e o Jim, e agora quando ele voltar nós vamos ter um bebê para cuidar e, em vez de recomeçar a nossa vida a dois, sair para dançar e nos divertir juntos, vamos ter responsabilidades e tudo mais. E eu achei que talvez a senhora pudesse me dar uma sugestão do que fazer."

"Claro que achou", disse a sra. Hope. "Eu converso com muita gente", acrescentou, olhando para a escrivaninha. "Mas acho que nunca ninguém veio me procurar."

"As pessoas dizem 'às vezes se perde, às vezes se ganha'", disse a sra. Garden. "Mas eu não sei o que eu faria se alguma coisa acontecesse com o Jim."

"O amor é uma coisa muito importante", disse a sra. Hope.

"Eu nem contei para ele ainda", continuou a sra. Garden. "Toda vez que escrevo para ele, eu começo querendo contar sobre o bebê, mas aí eu penso em como ele vai se sentir péssimo e então eu desisto."

A sra. Hope se recostou na cadeira e ficou mexendo em seu cordão de contas. "Minha querida", disse ela, "a senhora ficaria espantada com a quantidade de problemas no mundo. Se eu conseguir fazer alguma coisa para desanuviar o espírito de alguma das pobres pessoas com quem converso, já vou ter cumprido o meu propósito na vida."

"Eu achei que a senhora poderia me dar algum conselho", disse a sra. Garden. "A senhora foi tão gentil naquele dia, e eu infelizmente não conheço mais ninguém. Não aqui em Nova York, sabe, e eu queria conversar com alguém."

"E o meu bilhetinho lhe confortou?", perguntou a sra. Hope e deu um sorriso esperançoso. "Essa é a primeira vez que tenho a oportunidade de ver que estou fazendo algo de bom. Eu falo com pessoas em toda parte, pergunto o nome e o endereço delas e então, quando sinto que elas estão precisando de uma palavra amiga, eu lhes mando um bilhetinho lhes desejando ânimo e coragem."

"Eu sei", disse a sra. Garden. "A senhora me contou naquele dia, no ônibus."

"No ônibus e em toda parte", disse a sra. Hope. "Aonde eu vou, eu conheço gente."

"Mas a senhora pode me ajudar, não pode?", perguntou a sra. Garden.

A sra. Hope sorriu e pousou a mão na da sra. Garden. "Deixe-me lhe mostrar", disse. Levantou-se de novo e foi até a mesa ao lado da cama. De uma gaveta da mesa, tirou um enorme livro de recortes. "Eu faço cópias de todas as minhas cartas", explicou, "para poder mandar outras para as mesmas pessoas se achar que elas precisam." Entregou o livrão à sra. Garden, depois pegou a cadeira da escrivaninha e a pôs ao lado da cadeira da sr. Garden. "Espere para ver", disse, botando metade do livro no colo dela. Na primeira página, estava colado um pedaço de papel com a frase: "Para bom entendedor, meia palavra basta", escrita na caligrafia cuidadosa da sra. Hope. "Essa aqui foi a minha primeira carta, que eu escrevi para um rapaz que queria mudar de emprego", disse ela. "Está vendo aqui? Eu falo para ele decidir com cuidado."

"Não acho que eu seja o tipo de pessoa que está sempre reclamando", disse a sra. Garden, virando-se para olhar para a sra. Hope. "Mas nós tínhamos tantos planos para a nossa vida a dois."

"Que estranho", disse a sra. Hope, virando a página. "A senhora tem que ver essa aqui. Eu a escrevi para uma moça na mesma situação que a senhora. Deixe-me ver o que eu disse para ela." Ela se inclinou para a frente para ler a carta.

"Eu escrevo para ele dia sim, dia não", disse a sra. Garden, "e tenho que escrever hoje. Mas quero tomar uma decisão antes."

"Claro que quer", disse a sra. Hope. "Essa eu escrevi para o sr. Adolf Hitler. Isso foi quando ele estava começando a matar e causar destruição.

Eu falei para ele examinar o próprio coração e encontrar amor." Ela pôs a mão em cima da carta colada na página. "Eu não escrevo desse jeito com muita frequência, mas algumas pessoas precisam demais de uma palavra de consideração."

Os lábios da sra. Garden tremeram e ela levou a mão à boca. "Imagino que às vezes todo mundo fique desesperado", disse.

"Todo mundo fica, minha querida." A sra. Hope esperou um momento, depois fechou o livro de recortes, foi até a mesa e o guardou cuidadosamente na gaveta. "A senhora não pegou nenhuma balinha", disse. Pegou a tigela e a estendeu na direção da sra. Garden, que fez que não com a cabeça. "Eu queria poder convidar a senhora para ficar para o almoço", disse a sra. Hope, "mas eu só tenho um sanduíche e uma xícara de chá aqui no meu quarto."

"Eu tomei café da manhã ainda há pouco", disse a sra. Garden. Então se levantou e pegou sua bolsa. "Foi um prazer", disse.

"Eu gostei muito de rever a senhora", disse a sra. Hope. "Quem sabe não nos encontramos de novo num ônibus qualquer dia desses?"

"Espero que sim", disse a sra. Garden, caminhando em direção à porta.

A sra. Hope a acompanhou. "Não tenho palavras para lhe dizer como foi gratificante saber o quanto as minhas cartinhas fazem bem."

A sra. Garden abriu a porta. "Tenho certeza que fazem", disse. "Bem, até logo."

"Espere um instante", disse a sra. Hope. Foi correndo até a escrivaninha, pegou a carta da sra. Garden e a trouxe para ela. "A senhora não vai querer esquecer isso", disse. "Guarde-a para ler quando as coisas ficarem sombrias. Até logo, minha querida." Ela se postou educadamente perto da porta até a sra. Garden fechá-la atrás de si.

Do outro lado, a sra. Garden ficou parada um momento, remexendo na bolsa à procura das luvas. Ouviu a sra. Hope atravessar o quarto, cantarolando baixinho, depois o barulho de uma cadeira se arrastando no chão. *Está arrumando o quarto*, pensou a sra. Garden, enquanto vestia distraidamente uma das luvas. Ouviu o estalido das contas de cedro esbarrando em alguma coisa, provavelmente na escrivaninha. Houve um minuto de silêncio e então a sra. Garden ouviu o leve roçar da caneta da sra. Hope no papel. Com apenas uma luva vestida e a bolsa balançando atrás de si, a sra. Garden se virou, desceu a escada correndo e saiu para o sol quente do meio-dia.

JARDIM NOTURNO

SHIRLEY JACKSON

.04

Vovó dedo-duro

The New Yorker, 5 de maio de 1945

A velhinha do trem obviamente estava com vontade de conversar. Ela havia embarcado em Albany e se sentado na cadeira do lado do corredor. Estava bem alinhada, com um casaco preto elegante e um chapéu de senhora, e observava a mulher sentada ao seu lado, que estava lendo um romance policial, sorria para as crianças que não paravam de correr para cima e para baixo pelo corredor do vagão lotado e olhava afetuosamente para os dois marinheiros sentados do outro lado do corredor.

Por fim, ela se virou para a mulher do seu lado e disse: "Desculpe interromper, mas quanto tempo falta para a gente chegar a Nova York?".

A mulher mais nova sorriu educadamente. "Acho que a gente vai chegar lá às seis."

"Obrigada", disse a velhinha. "Eu mal posso esperar. Tem quase quinze anos que eu não vou a Nova York."

"Deve ser empolgante."

"Eu vou ver o meu neto", disse a velhinha. "Ele veio para casa de licença."

A mulher mais nova hesitou, depois fechou o livro e se recostou. "É mesmo?", perguntou. "Onde ele estava?"

A velhinha abanou a mão, num gesto vago. "No Pacífico."

"Que maravilha", disse a mulher. "A senhora com certeza vai ficar feliz em ver o seu neto."

"Eu sou a única família que ele ainda tem."

"Imagino que ele vá ficar feliz em ver a senhora também", comentou a mulher mais nova.

"Eu vou lhe mostrar uma foto dele." A velhinha abriu a bolsa e tirou de lá um porta-retratos dobrável de papelão, com espaço para guardar duas fotos, uma de frente para a outra. De um lado estava a foto de um soldado parado na frente de um quartel; ele parecia muito jovem. Na foto do outro lado, estava o mesmo soldado, na frente do mesmo quartel, mas com o braço em volta de uma moça bonita, de vestido florido. "Ele é muito bonito", disse a mulher mais nova. "Essa é a mulher dele?"

O homem sentado na frente delas, que aparentava ser um próspero homem de negócios, entreouvia a conversa. Ele usava um terno cinza-claro e, nesse momento, abaixou o jornal que estava lendo. A velhinha se inclinou para a frente e tocou no ombro dele. O homem se virou para trás. "Deixe-me lhe mostrar uma foto do meu neto", disse ela. "Ele está vindo para casa de licença."

O homem pegou o porta-retrato e balançou a cabeça com ar solene. "Belo rapaz."

"É a primeira vez que ele vem para perto de casa em dois anos", disse a velhinha. "Como ele não podia ir para o norte do estado se encontrar comigo, eu estou indo para Nova York me encontrar com ele."

"Eu tenho dois filhos no exército", disse o homem. "Com certeza vou ficar feliz de ver aqueles moleques quando eles vierem para casa."

"Eles estão no Pacífico?", perguntou a velhinha.

"No Mississippi. Os dois estão juntos, até agora. Eles se alistaram juntos."

"O senhor deve ter ficado muito orgulhoso", disse ela.

A velhinha se virou para os dois marinheiros do outro lado do corredor. "Tem quinze anos que eu não vou a Nova York", disse, inclinando-se para a frente e elevando a voz. "E agora eu estou indo para lá para me encontrar com o meu neto. Ele está de licença do exército."

Quando ela estendeu o porta-retrato para eles, os dois marinheiros se levantaram e atravessaram o corredor para ver as fotos. "Vocês estão indo para casa?", perguntou a velhinha.

"Não, senhora", respondeu um dos marinheiros, "nós estamos voltando para o serviço."

"Foram animados esses últimos dias?", perguntou o homem de terno cinza.

Os dois marinheiros riram, e a velhinha disse mais que depressa: "Espero que o meu neto esteja alegre que nem vocês dois. Tem sido bem difícil para ele".

Todos ficaram em silêncio por um momento, e então o homem disse num tom reverente: "Imagino que todos eles estejam passando por momentos duros, esses meninos".

"Essa é a mulher do seu neto?", perguntou um dos marinheiros, devolvendo o porta-retrato à velhinha. "Ela é bonita à beça."

"Só podia ser um marinheiro para reparar numa coisa dessas", disse o homem, e os dois marinheiros riram de novo.

"É a mulher dele, sim", a velhinha respondeu com um quê de amargura na voz.

"Ela parece ser muito boa moça", disse a mulher mais nova.

"Muito boa moça", repetiu a velhinha ironicamente. Ela se inclinou e tocou no braço da mulher mais nova. "Do jeito como aquela garota anda agindo!" A voz dela tremeu de leve. "Ela não foi leal com o meu neto quando ele estava lutando no estrangeiro."

"Isso não se faz", disse um dos marinheiros.

"Ela foi lá me visitar, com o casaco de pele dela e aqueles sapatos indecentes que ela usa", disse a velhinha, "e ficou o tempo todo falando de como era morto lá onde eu moro."

"Onde ela mora?", perguntou o homem de terno cinza.

"Em Nova York. Meu neto agora tem que ficar lá quando volta."

"Talvez a senhora esteja enganada a respeito dela", disse a mulher mais nova. "É muito fácil a gente fazer uma ideia errada das pessoas."

"O que é verdade é verdade", disse a velhinha. "A mulher do meu neto passou um tempo comigo lá no norte do estado. E ela recebia cartas de homens."

A mulher mais nova fez menção de dizer alguma coisa, mas desistiu, e o homem perguntou: "Como é que a senhora sabe?".

"O senhor acha que eu não sei identificar quando uma letra é de homem?", perguntou a velhinha. "Eu sei que uma mulher como ela, com aquelas roupas e aquele jeito de falar, quando recebe cartas todo dia, são cartas de homens. Está na hora do meu neto saber."

"A senhora pretende contar isso para ele?", perguntou o homem. Os marinheiros olharam para a velhinha, e a mulher mais nova fixou os olhos no livro.

"A senhora não faria uma coisa dessas", disse um dos marinheiros.

A velhinha fez que sim com a cabeça enfaticamente. "Eu estou indo até Nova York para garantir que ela tenha o que merece."

"Talvez a senhora esteja sendo dura demais com ela", disse o homem. "Talvez ela possa explicar tudo."

"O que é verdade é verdade", repetiu a velhinha. "Eu não tenho que escutar nada que *ela* tenha a dizer."

"A mulher do seu neto vai se encontrar com a senhora na estação?", perguntou a mulher mais nova.

"Ela nem me convidou para ir lá ver o meu neto", disse a velhinha. "E, não, ela não sabe que eu estou indo para lá."

"Escuta", disse a mulher mais nova, "por que a senhora não se senta com ela e tem uma longa conversa sobre isso? Talvez a senhora possa esclarecer tudo sem falar nada para o seu neto."

"Eu não estou fazendo uma viagem longa feito essa para ouvir as histórias dela", disse a velhinha.

"A senhora tem que dar à moça uma chance de se explicar", disse o homem.

"Não é que a gente não ache que a senhora está fazendo o que é certo", argumentou um dos marinheiros. "É só que parece uma coisa meio cruel com todo mundo, considerando que ele está longe de casa há tanto tempo."

"Eu ficaria grata se nenhum de vocês se intrometesse", disse a velhinha. "Eu sou capaz de cuidar dos meus próprios problemas."

Alguns instantes depois os marinheiros voltaram em silêncio para os seus lugares e o homem voltou para o jornal dele. A mulher mais nova disse para a velhinha com voz suave: "Sabe, a senhora não está sendo muito caridosa".

"Eu pedi a ela que ficasse e morasse comigo na minha casa", disse a velhinha, "e ela disse não, bem na minha cara."

A mulher mais nova esperou um momento, depois voltou para o livro dela.

Quando o trem entrou no túnel rumo ao Grand Central Terminal, a velhinha juntou seus pacotes, pronta para saltar. A mulher mais nova saiu para o corredor para vestir o casaco e se viu entre os marinheiros e o homem de terno cinza. Quando se levantou, a velhinha deixou cair um dos seus pacotes e o homem o pegou e o entregou a ela. Ela pegou o pacote com cuidado e enfiou a mão por baixo do barbante que atava o embrulho. "São *donuts* caseiros", disse ela, sorrindo para eles de modo afável, "para o meu neto."

"Espero que a senhora tenha uma estadia agradável", disse a mulher mais nova quando o trem parou.

"Obrigada", disse a velhinha. "Vocês me dão licença, por favor?"

Quando deu um passo para trás, a mulher mais nova percebeu que, por um momento, ela, os marinheiros e o homem de terno cinza tinham se postado na frente da velhinha, como se tentassem bloquear o caminho dela.

A mulher desceu do trem atrás da velhinha e teve uma breve visão do seu velho e doce rosto de vovó quando ela se virou para olhar para as pessoas na plataforma. Então, a frágil figura de preto desapareceu no meio da multidão.

.05

Mágica da família

Woman's Home Companion, setembro de 1949

É lógico que eu me lembro do verão que Mallie passou com a gente. Foi quando eu virei capitão do time Crocodilo e nós ganhamos dos Nove Homens Prodígio, da Acacia Street. Isso foi só três verões atrás e nós tínhamos nos mudado para a cidade no dia 1º daquele ano, então ainda éramos bem novos ali. A mamãe estava quase ficando maluca tentando ajeitar a casa e fazer a mudança ser tranquila para mim e para a minha irmã. Quando o papai era vivo, nós tínhamos uma empregada, e acho que voltar a fazer as tarefas domésticas estava sendo demais para ela. E também a minha irmã, Dottie, não ajudava muito. Ela havia deixado uns quarenta ou cinquenta pretendentes lá na cidade onde a gente morava e, quando não estava escrevendo cartas para eles, estava no andar de cima vendo fotos deles, chorando, reclamando que eles não escreviam e deixando a mamãe preocupada. E eu ainda não tinha desenferrujado o meu braço de arremessador e os caras da rua ainda não sabiam nem se iam me deixar entrar para o time. Então a nossa situação era essa.

Aí, num sábado de manhã mais ou menos no meio de maio — faltava por volta de um mês para as férias de verão começarem, estava cedo demais para nadar e ainda não estava lá muito bom para pescar —, eu entrei em casa pela porta dos fundos, vindo do quintal, e tinha uma velhinha sentada na cozinha. Ela era gorducha, tinha um rosto rosado e sorriu para mim quando eu entrei.

Eu disse "Oi", só para ser educado.

Tinha uma fileira do que pareciam ser tortinhas de cereja em cima da mesa, alguma coisa no fogão estava cheirando muito bem e a mesa estava posta, então eu sorri para ela também e perguntei: "Quando é que sai o almoço?".

Descobri depois que o sorriso que eu achei que ela havia aberto só para mim era permanente — ela nunca parava de sorrir, até onde eu sabia. Ela disse: "Pode se sentar agora mesmo, filho. Você é o Jerry, não é?".

"Sou", respondi. Eu me sentei no meu lugar e ela se levantou, levou o meu prato até o fogão e o trouxe de volta cheio de um tipo de ensopado que tinha um gosto muito bom.

"Gostoso, isso", falei. "Aquilo ali é torta?"

"Torta de cereja", respondeu ela. "Quantas você consegue comer?"

"Duas", respondi. Bem nessa hora mamãe e Dottie entraram na cozinha. Mamãe parecia ainda mais preocupada que o normal, e Dottie estava com cara de que tinha andado chorando de novo.

"O que foi?", perguntei para Dottie, ainda sendo educado. "Não chegou carta do Dickie hoje de novo?"

"Como é que você *pode*?", disse Dottie. Naquela época, toda vez que falava comigo Dottie levantava os olhos e soltava um suspiro, como se não me aguentasse mais.

Mamãe olhou para mim e para a mulherzinha estranha e disse: "Dorothy, sente-se e almoce".

"A comida está ótima", falei. Quando trouxe o prato da minha mãe, a mulherzinha disse: "Olha, sra. Livingston, eu já estou com tudo organizado para hoje. Então depois do almoço a senhora vai para o centro da cidade e pega um cineminha ou então faz umas compras. Eu realmente gosto de ver um menino comer". E puxou o meu cabelo enquanto dava a volta na mesa para pegar o prato de Dottie.

"Eu não vou conseguir comer nada, muito obrigada", disse Dottie. Suspirou e ficou olhando pela janela. "Eu realmente não estou com nem um pingo de fome."

"Bobagem", disse a mulherzinha, o que era exatamente o que eu estava pensando. Ela fez o prato de Dottie e, um minuto depois, quando parecia que ninguém estava olhando, Dottie provou um pouquinho da comida. Logo depois ela já estava comendo tão bem quanto eu.

"Que tal uma tortinha agora, parceira?", falei para a mulherzinha, e mamãe disse "Francamente, Jerry!", como ela sempre diz, mas a mulherzinha protestou: "Você me chama de Mallie, filho, e trata de falar com educação, está ouvindo?". Ela riu e eu ri, e a torta estava deliciosa.

"O motivo por que eu quero que a senhora saia cedo esta tarde", Mallie disse para a minha mãe, "é que o Jerry tem uma partida de treino para jogar hoje."

"Do time de beisebol", expliquei.

"E a mocinha aqui", disse Mallie, fazendo um gesto na direção de Dottie, "vai receber uma visita."

"Eu?", disse Dottie levantando os olhos, com o garfo cheio de ensopado a meio caminho da boca. "Sinceramente, eu não consigo imaginar..."

Mallie piscou para mim. "Você acha que eu sou de entregar segredos? Se contar quem ele é, eu vou estragar a surpresa."

"Ele?", perguntou Dottie, pousando o garfo.

"Ele?", perguntei com voz esganiçada. "Você não quer ver garoto nenhum, Dottie. Vai com a mamãe para o cinema que a Mallie pode mandar o garoto de volta para casa quando ele vier."

Dottie começou a dobrar o guardanapo, mas Mallie disse: "Você tem bastante tempo ainda, mocinha. Ele não vai chegar aqui antes das três. Dá um pulo lá em cima e pega o seu vestido de linho azul que eu passo a ferro para você. E *você* se manda", ela disse para mim, depois me deu uma palmada rápida quando eu me estiquei para alcançar a minha luva de beisebol. Ela estava sendo bem atrevida, puxando o meu cabelo, me dando palmada e esse tipo de coisa, mas eu pensei comigo que aquela torta era gostosa para burro, dei uma cutucada nas costelas dela quando estava a caminho da porta e, enquanto atravessava o jardim correndo, ouvi Mallie rindo e minha mãe dizendo: "Jerry, francamente!".

• • •

Voltei para casa por volta das cinco. Dois dos caras do time vieram andando junto comigo e, quando chegamos à minha casa, Mallie botou a cabeça para fora da janela da cozinha e nos chamou. Falou para a gente se preparar para receber e começou a arremessar *donuts* quentinhos pela janela. Eu fiz uma recepção alta supimpa no primeiro arremesso e, quando estávamos sentados na cerca, comendo, os caras disseram que achavam que eu devia fazer parte do time, no início como reserva, claro, mas no time de qualquer forma.

Depois de um tempo, entrei em casa. Mamãe tinha acabado de chegar e Dottie estava subindo a escada atrás dela, dizendo: "É o maior baile do ano e eu não *posso* usar aquele vestido branco velho...".

"Escuta só o que ela está dizendo", falei para Mallie.

"Você fica de bico calado", ela disse para mim. "A única coisa que eu quero que *você* faça é dar um pulo correndo lá no quintal e pegar uma joaninha para mim."

"O quê?", perguntei, olhando para ela sem entender nada.

"Uma joaninha", repetiu Mallie. "Mexe esses pezões aí, vai até lá fora e pega uma joaninha para mim."

"Uma joaninha?", perguntei, e ela girou o braço para me dar um murro que teria me feito atravessar a parede se ela não tivesse desistido no meio do caminho. Fui correndo lá para fora, mas enfiei a cabeça por uma fresta na porta dos fundos e perguntei de novo "Uma joaninha?", e Mallie disse: "E alguns dentes-de-leão também, se você conseguir encontrar".

Achei que ela devia ser maluca, mas vasculhei o quintal até encontrar dois dentes-de-leão. Tinha uma joaninha em cima de um deles, então eu levei os dois para Mallie e ela disse: "Ótimo. Agora pega a caixa de maisena na despensa e vê se tem alguma cera lá e traz também".

A essa altura, eu não tinha mais nenhuma dúvida de que ela era maluca. Quando voltei com a maisena e um frasco de cera, Dottie e minha mãe estavam na cozinha, e Mallie estava dizendo: "Então a gente pode fazer um vestido de festa num instante".

"Mas como?", perguntou mamãe. Dottie ainda estava toda empetecada para a visita daquela tarde e dava uma risadinha toda vez que alguém olhava para ela.

"Eu vou no baile de primavera", ela me contou sorrindo de orelha a orelha. "O Robert Dennison veio aqui hoje à tarde e me convidou para ir com ele."

"Ele deve estar maluco", falei.

Eu me sentei diante da mesa da cozinha e fiquei só observando enquanto Mallie mandava Dottie ir até o andar de cima pegar um lençol, e mamãe, até o sótão desencavar as cortinas de tafetá azul da sala de estar da nossa casa antiga. Quando as duas se foram, eu perguntei para Mallie: "Você vai fazer um vestido para a Dottie?".

"Vou", respondeu ela. A maisena, a cera, a joaninha e os dentes-de-leão estavam em cima da mesa, perto de mim, e Mallie os observava atentamente.

"Com isso?", perguntei. "Como?"

"É como fazer uma torta", explicou ela. "Você pega todas as coisas de que ela é feita e depois junta tudo da maneira certa."

Dottie voltou trazendo o lençol, enquanto mamãe trazia as cortinas.

"*Muito* bem", disse Mallie. Em seguida, falou para Dottie tirar o vestido e ficar só de combinação. Depois, pegou o lençol e começou a pregueá-lo e prendê-lo em volta da cintura de Dottie, de modo que ele formou uma espécie de saia que ia até o chão. Mas não era *bem* como uma saia; parecia muito um lençol. Dottie ficou lá parada, olhando para a minha mãe como se não soubesse o que fazer. Mamãe também parecia preocupada e, por fim, disse: "É sério, Mallie, isso não é necessário. A gente deve ter dinheiro suficiente para comprar um vestido novo para a Dorothy".

"Parem de se preocupar, vocês todos", disse Mallie. "Nós não temos como comprar um vestido para a Dottie e ainda trocar as capas dos estofados da sala, e aqueles móveis estão um bocado surrados. Deixem isso comigo." Ela pegou as cortinas e começou a prendê-las em volta de Dottie, de modo que logo todas as peças, salvo uma, formavam uma segunda saia em cima do lençol; a peça que tinha sobrado, Mallie enrolou em torno dos ombros de Dottie para fazer o corpete do vestido. "Aí está", disse ela. Então chegou para trás e ficou olhando para Dottie, que, coitada, estava ridícula. Parecia fantasiada para o Halloween. Mas Dottie aguentou firme e ficou lá, levando tudo na esportiva do jeito que às vezes ela sabe fazer, enquanto mamãe e eu só observávamos.

Em seguida, Mallie pegou os dentes-de-leão e os prendeu no decote do vestido. Salpicou um pouco da cera de assoalho na saia e um pouco de maisena no lençol que servia de anágua. Por fim, botou a joaninha com cuidado no lençol. Chegou para trás de novo, sorriu e disse: "Você vai ficar linda com essa roupa".

Mamãe não conseguiu mais aguentar, disse "Ah, *Mallie*" e quase começou a chorar. Para ser sincero, achei maldade pegar uma menina que estava querendo um vestido novo, alfinetar cortinas nela toda e depois dizer que ela estava linda.

"Céus, a minha galinha no forno!", Mallie disse de repente e foi conferir o assado. "Graças a Deus", disse ela, tirando a galinha lá de dentro. "Mocinha, agora você tira tudo isso e se prepara para jantar."

Bom, a mamãe só lançou um olhar intenso para Dottie e para mim, o que queria dizer que não era para a gente falar nada, e Dottie se livrou das cortinas e do lençol o mais rápido que pôde e se sentou para jantar. Embora a galinha estivesse gostosa, não comemos muito; estávamos todos observando Mallie, que continuou fazendo as coisas dela, cantando baixinho, como se tivesse esquecido por completo o vestido de Dottie.

Mallie foi para casa depois do jantar sem dizer mais nada sobre o vestido. Quando nós três estávamos sentados na sala, mamãe disse para Dottie: "Minha querida, por favor, não fique chateada com a história do vestido. Acho que a Mallie realmente pensou que estava ajudando e fez uma brincadeira".

"De onde é que ela veio?", perguntei. "Eu entrei em casa na hora do almoço e ela simplesmente estava lá na cozinha."

"Foi mais ou menos assim que ela apareceu mesmo", disse minha mãe. "Eu estava encerando o piso da sala hoje de manhã e, quando me virei, me deparei com ela parada ali no vão da porta, me observando. Cheguei a ficar assustada por um momento, mas ela *realmente* parece inofensiva."

Pensei no rosto redondo e rosado de Mallie e ri.

"Enfim", disse mamãe, "ela não quis responder a nenhuma das minhas perguntas, mas disse que tinha vindo para ajudar. E aí ela tirou o esfregão de mim. Vocês já repararam que, quando a Mallie fala para você fazer alguma coisa, você faz e pronto, sem perguntar nada?"

"Caramba", falei, pensando na joaninha.

"*Sinceramente*", disse Dottie, "eu não conseguia nem me *mexer* para tirar aquilo tudo que ela foi botando em cima de mim. *Sinceramente*, eu estava *tremendo*."

"Mas ela cozinha bem", comentei.

"Ela parece ser uma pessoa muito boa e generosa", disse mamãe. "E está tão difícil arranjar alguém para ajudar com o serviço de casa hoje em dia que mesmo que ela seja um pouco excêntrica..."

"Eu tenho a impressão", falei, pensativo, "de que se a Mallie está decidida a continuar vindo aqui para ajudar, a gente não vai ter como fazer ela desistir. Quer dizer, não se ela tiver metido isso na cabeça."

"Fazer ela desistir?", disse Dottie. "Pouco provável."

"O que me intriga", mamãe disse devagar, "é como ela fez aquelas tortas que a gente comeu no almoço. Quando ela entrou aqui e me tirou o esfregão, eu fui lá em cima falar para a Dottie sobre ela, e mais ou menos uns quinze minutos depois ela já estava chamando a gente para descer para almoçar."

"E lá estavam as tortas", disse Dottie.

"Eu não estou preocupado em saber de onde elas vieram", falei, "desde que elas continuem vindo."

Bom, essa era a situação quando fomos dormir naquela noite. O dia seguinte era um domingo. Por volta das oito da manhã, a campainha tocou e eu fui atender. Era um entregador com uma caixa enorme para Dottie, então eu deixei a caixa na frente da porta do quarto dela e voltei para a cama. Mais ou menos uma hora depois, Dottie entrou no meu quarto e me acordou, e eu ouvi a minha mãe falando "Minha nossa" sem parar do lado de fora. Dottie tinha aberto a caixa e encontrado um vestido lá dentro. Eu quase caí para trás quando vi: era um vestido de tafetá azul, com pequenos botões dourados como dentes-de-leão em torno do decote e, debaixo da saia, uma anágua branca, franzida e engomada. E o que realmente me fez perder o ar foi que a anágua branca era toda estampada de joaninhas vermelhas.

Bom, Dottie experimentou o vestido e ficou bem legal, para um vestido, e nós três fomos em disparada para a cozinha. Dottie correu até Mallie e deu um beijo nela. Enquanto Dottie e mamãe falavam ao mesmo tempo e mexiam e remexiam no vestido, eu perguntei para Mallie: "Como foi que você fez isso?".

"Mágica", respondeu ela, piscando para mim.

Essa era a única resposta que ela dava, fosse qual fosse a pergunta que lhe fizéssemos a respeito do vestido. E foi a única resposta que conseguimos extrair dela *na vida*. Mas, se não podíamos contar com respostas esclarecedoras, podíamos sempre contar com a própria Mallie. Ela vinha todo dia, fazia *donuts* mais ou menos duas vezes por semana e tortas pelo menos uma vez por semana — às vezes de cereja, às vezes de limão com suspiro, às vezes de maçã. Dottie foi para o baile com o vestido novo e, quando voltou para casa, acordou todo mundo tentando subir a escada na ponta dos pés. E depois ainda atrapalhou o meu sono a noite inteira, conversando com a mamãe sentada aos pés da cama dela no quarto ao lado, as duas rindo feito bobalhonas.

Naquela mesma semana eu entrei para o time de beisebol, primeiro como reserva e depois, quando o Hammond se mudou para outra cidade, como um dos arremessadores oficiais. Depois de um tempo, Mallie começou a servir o café da manhã para a minha mãe na cama, e nos fins de semana a casa começou a ficar cheia de pretendentes de Dottie, que por duas vezes acabaram com todas as tortas.

Mallie fazia tudo tão rápido que dava a impressão de que ela era capaz de arrumar um cômodo só ficando parada no vão da porta, olhando em volta intensamente. E lavava a louça toda tão rápido que Dottie e eu nunca conseguíamos chegar a tempo de ajudar. Eu vivia perguntando como ela fazia isso, mesmo depois que mamãe e Dottie já tinham se cansado de fazer perguntas que nunca eram respondidas, mas Mallie só ria e dizia "Mágica".

Eu acho que *era* mágica mesmo. Às vezes eu levava o time para casa comigo — nós éramos uns quinze, contando os reservas — e nós pulávamos a cerca da forma mais silenciosa que podíamos, depois íamos andando na ponta dos pés até a varanda dos fundos e, quando chegávamos lá, Mallie já estava com uma jarra de limonada e um prato de biscoitos prontos para nós, mesmo que estivesse o tempo todo em algum lugar na parte da frente da casa e não pudesse ter nos visto.

Um dia, Dottie, que tinha virado uma menina doce e educada de uma hora para a outra, entrou na cozinha e disse: "Eu queria muito que você me ensinasse um pouco dessa mágica, Mallie".

Mallie estava fazendo uma salada, mas olhou para Dottie e disse: "Por que você precisa de mágica, mocinha? Você está se saindo muito bem sem ela".

"Ah, você sabe", disse Dottie, depois se sentou do meu lado à mesa, e Mallie continuou a fazer a salada com a gente ali mesmo. "Olha quanta coisa você consegue fazer: você faz vestidos, arruma a casa toda sem levantar um dedo e faz uma porção de outras coisas."

"Eu só arrumo a casa rápido para ter mais tempo de fazer outras coisas", disse Mallie. "Como, por exemplo, tentar preparar o jantar com duas crianças preguiçosas e imprestáveis sentadas bem em volta da minha salada. Eu sou muito ocupada, e pessoas ocupadas não têm tempo para tudo que elas querem fazer. Então eu arranjo tempo."

"É isso", disse Dottie. "Eu também sou muito ocupada. Por isso que eu quero aprender a fazer mágica."

Mallie riu. "Eu vou falar para você o que eu vou fazer, minha querida. Eu vou ensinar você a fazer torta. Essa é toda a mágica que *você* vai precisar fazer na vida."

E não é que ela ensinou Dottie a fazer torta bem naquela hora mesmo? Simplesmente empurrou a salada para o lado e pôs as mãos à obra. Eu poderia ter morrido de tanto gargalhar vendo Dottie. Acho que era a primeira vez na vida que ela cozinhava, e Mallie se plantou do lado dela e realmente a fez aprender. E acabou saindo uma torta muito boa, aliás — de maçã. Depois desse dia, Mallie ensinou Dottie a fazer várias outras coisas e toda vez ela dizia: "Essa é toda a mágica que *você* vai precisar fazer na vida".

• • •

Então, mais ou menos um mês depois, quando faltavam só uns dois dias para as férias de verão começarem e o tempo já estava quente, eu voltei para casa depois de ter ido nadar com os caras do time e encontrei mamãe na cozinha com um telegrama na mão. Ela dizia para Mallie, nervosa: "Simplesmente, tudo *tem* que estar perfeito. Se pelo menos a gente tivesse ficado sabendo a tempo...".

Parece que o telegrama tinha sido extraviado e chegado às mãos da minha mãe às cinco da tarde em vez de chegar de manhã, como deveria. Mas a verdade era que não teria adiantado muito saber mais cedo, porque era domingo e nós não estaríamos preparados de qualquer forma. O telegrama dizia que o tio Ralph e a tia Gertrude estavam vindo nos visitar aquela noite, iam chegar no trem das seis e ficar até segunda-feira. Eles eram tios do meu pai e todo mundo tentava ser gentil com eles, porque eles sempre eram gentis com todo mundo, embora fossem pessoas meio difíceis de agradar. Mamãe queria oferecer um jantar requintado para eles, mas, sendo domingo, todas as lojas estavam fechadas. Concentrada, Mallie refletia enquanto mamãe se desesperava: "Significa ter que preparar o jantar hoje, arrumar o quarto de hóspedes e sei lá mais o quê".

"Vai dar tudo certo", acalmou Mallie. "Não adianta nada se preocupar."

"Será que não tem nenhuma mercearia aberta?", perguntou mamãe. "Jerry, você pode dar um pulo na rua e comprar *alguma* coisa?"

"Tem a mercearia do Spencer", falei. "Dá para eu ir lá e voltar a tempo, mas ele não tem muita coisa."

"Só me deixem pensar um instante", disse Mallie. Mamãe e eu ficamos quietos enquanto Mallie matutava. "Vamos fazer o seguinte, eu só preciso que vocês me deem um pouco de tempo. Vocês devem levar uns bons quinze minutos para ir até a estação e uns outros quinze para voltar. Aí já tem meia hora. Depois vocês botam a sua tia e o seu tio sentados na sala e servem para cada um uma taça daquele xerez que tem na despensa. Isso deve ir até umas sete. Se eu não conseguir fazer nada até lá, melhor a gente desistir."

"Eu vou até a mercearia do Spencer...", sugeri de novo, mas ela só abanou a mão, rejeitando a minha sugestão.

"Eu me arranjo, filho, obrigada", disse ela. "Acabo de me lembrar daquele seu chapéu, sra. Livingston, aquele que tem pássaros. Eu não gosto de chapéus enfeitados com pássaros, mas imagino que dê para suportar, uma vez na vida. Traga esse chapéu aqui para baixo, sim? E, Jerry, você vai correndo lá em cima e pega para mim um punhado de penugem de dentro de um travesseiro e surrupia aquele vestido de algodão da sua irmã que é estampado de cerejas. Agora, corram."

Bom, eu afanei o vestido de dentro do armário de Dottie, rasguei um travesseiro e peguei um punhado do recheio de penas, depois voltei correndo para a cozinha com as duas coisas. Mamãe já tinha levado para lá o chapéu com os dois pássaros. Foi engraçado ver o chapéu em cima da mesa da cozinha junto do recheio de travesseiro e o vestido de Dottie.

"Agora me traz um pouco de cascalho", disse Mallie, e eu trouxe para ela um punhado do cascalho da pista da garagem. Então lá estavam as coisas que Mallie tinha pedido: o vestido, o chapéu, as penas e o cascalho. Olhei meio intrigado para ela e ela disse: "Vai já lá para cima e veste uma roupa decente. Ainda bem que você foi nadar hoje; pelo menos está limpo".

Dottie chegou bem quando eu e mamãe estávamos de saída para a estação, então nós três entramos num táxi e fomos buscar o tio Ralph e a tia Gertrude. Eu fiquei feliz por ter trocado de roupa, porque eles trouxeram uma bola de futebol americano para mim e umas coisas chiques de menina para Dottie, e a tia Gertrude tinha bordado um avental para a mamãe.

Nós nos sentamos na sala de estar e eles ficaram tomando xerez, até que Mallie avisou que o jantar estava pronto. Mamãe se sentou à cabeceira da mesa e tentou ficar séria enquanto estávamos comendo, mas volta e meia ela começava a rir e eu também, e isso deixou tudo bem animado. O motivo do riso era que nós estávamos comendo codorna assada com molho de cereja, e uma hora, quando pretendia me falar que eu estava ouvindo demais em vez de comer, mamãe se confundiu e disse: "Jerry, coma o seu chapéu". Isso me fez engasgar e aí eu não tive outro jeito senão passar a travessa de arroz selvagem para ela e perguntar, muito sério: "Quer um pouco de cascalho, mãe?".

Também comemos uma salada de alface e tomate. Quando Mallie passou a salada para mim, eu sussurrei para ela: "De onde você tirou *isso*?", e ela respondeu: "Eu peguei no quintal", o que me fez calar a boca.

E quando ela trouxe a sobremesa, por um instante pensei que fosse o recheio do travesseiro, mas eram ovos nevados. No fim do jantar, o tio Ralph se levantou, fez uma mesura para Mallie e disse que aquela tinha sido a melhor refeição que ele já tinha comido na vida.

Depois do jantar nós nos sentamos na sala de estar e ficamos conversando um pouco, então todos nós subimos com o tio Ralph e a tia Gertrude até o quarto de hóspedes. Mallie tinha feito um dos seus trabalhos mais rápidos naquele quarto, que estava mais limpo e arrumado do que qualquer quarto que eu já tivesse visto. Havia cortinas novas, que eram estranhamente parecidas com o véu do chapéu da minha mãe, e uma grande braçada de flores dentro de um jarro. Eu fui o único que notei como elas eram parecidas com as flores do papel de parede do meu quarto, embora a tia Gertrude tenha perguntado que tipo elas eram e ninguém tenha sabido responder. Eu comentei sobre isso com Mallie no dia seguinte e ela riu e tentou me dar um murro, do qual eu me esquivei, como sempre.

As coisas continuaram assim o verão inteiro. Dottie começou a usar um broche de uma associação de estudantes de uma universidade, mas o devolveu antes de as aulas na escola secundária começarem. Mamãe fez alguma coisa diferente no cabelo e comprou um monte de roupas novas. E, como falei, eu acabei virando capitão do time e um arremessador bem bom, afinal. E aí, um dia, quando estávamos almoçando juntos na cozinha, Mallie disse: "Sra. Livingston, eu vou ter que ir embora qualquer dia desses".

Todos nós tentamos fazê-la mudar de ideia, mas ninguém conseguiu convencê-la. Por fim, só o que consegui responder foi: "Mas você vai voltar para ver a gente de vez em quando, não vai?", e ela disse: "Só se vocês precisarem de mim para alguma coisa". Então ela piscou o olho como sempre fazia e disse: "Mas vocês vão ter notícias minhas mais cedo ou mais tarde".

Ela se recusou a dizer para onde ia ou por que, mas disse que estava ficando velha. Ela aparentava ter uns 60 anos na época, mas disse que era velha à beça.

"Ultimamente eu tenho reparado", ela disse para mamãe, "que em vez de subir e fazer as camas, eu fico sentada na cozinha, *desejando* que elas já estivessem arrumadas. E isso não é bom." Ela balançou a cabeça. "Eu preciso passar um tempo sozinha e pensar que estou mais nova."

"Você consegue *ficar mais nova*?", mamãe perguntou mais que depressa, mas Mallie só riu e disse: "Só se pensar que estou, sra. Livingston. Mas a *senhora* não iria ficar feliz mais nova do que é, não com dois filhos crescidos. E a senhora iria ficar surpresa se soubesse o que o futuro lhe reserva".

Mallie acrescentou que iria embora dali a uma semana e então Dottie, que, como eu disse, estava ficando mais educada, mas não mais inteligente, falou para mim: "Escuta, bobalhão, antes que a Mallie vá embora, por que você não pede para ela fazer alguma coisa por aquele seu time de futebol?".

"É de beisebol, sua besta", falei.

"Pede para ela dar um jeito no time para você", disse Dottie, "para vocês ganharem sempre."

Bom, aí estava uma ideia idiota. Só podia ser uma garota mesmo para pensar numa coisa dessas. "Escuta", falei bem devagar e claramente para ela entender, "comigo como arremessador, o time *não* precisa de mágica."

Mallie piscou para mim e puxou o meu cabelo. "Não dá para usar mágica em meninos, de qualquer forma", disse ela. "Eles são muito durões para deixar a mágica passar."

Bom, ela foi embora na semana seguinte, depois as aulas começaram de novo e o verão terminou. Passado um tempo, nós meio que paramos de pensar em Mallie, porque tinha muita coisa acontecendo o tempo todo. Eu pensava nela às vezes durante a temporada de beisebol ou quando comia uma torta de cereja que não tinha muito gosto, e de vez em quando a mamãe falava de como sentia falta da alegria que Mallie espalhava pela casa. Então, quando estava de mudança para a universidade, Dottie tirou do armário o vestido azul com os dentes-de-leão e o experimentou de novo antes de guardá-lo na mala.

"Esse sempre foi um dos meus vestidos favoritos", disse ela, pensativa. "Eu usei para ir no baile de primavera com aquele menino, lembra dele?", ela perguntou para mamãe, que fez que sim com a cabeça.

"Sabe de uma coisa", mamãe disse devagar, olhando para Dottie, "esse vestido parece tão novo agora quanto era quando chegou aqui. Eu tenho a impressão de que ele nunca vai ficar velho."

"É mágica", disse Dottie. "Eu usei esse vestido no baile de primavera, no baile do country club no verão passado, no baile de formatura e acho que mais umas dez vezes."

"Vocês se lembram do jantar com o tio Ralph e a tia Gertrude?", perguntei. "Lembram do cascalho?"

"E o meu chapéu!", disse mamãe. Nós três rimos.

"Eu nunca vou esquecer da Dottie parada lá, com aquelas cortinas penduradas no corpo dela", falei.

"E eu nunca vou esquecer da sua cara quando você viu o vestido", disse Dottie. "Todo mundo me pergunta onde eu comprei."

"Acho que a Mallie tem que ser um segredo de família", disse mamãe. "Imaginem como seria tentar contar para as pessoas que o seu vestido... e aquele jantar... e a arrumação da casa... e..."

"A Dottie aprender a cozinhar", falei.

"E o time do Jerry", disse Dottie.

"Não!", protestei, mas mamãe continuou mais que depressa: "Enfim, imaginem como seria tentar contar para quem quer que seja que tudo isso foi *mágica*".

"Bom", falei, "com mágica ou sem mágica, ela cozinhava bem pra caramba."

Mamãe e eu fomos com Dottie até a estação e a vimos partir no trem. Mamãe ficou meio chorosa depois, e era estranho até para mim Dottie não estar mais em casa. Mas o tempo continuou passando, Dottie veio passar o Natal em casa, e ela e mamãe reformaram o vestido azul para

Dottie poder ir com ele numa festa chique. Eu fiquei triste quando elas tiraram os dentes-de-leão; por alguma razão, eles me faziam lembrar de Mallie mais do que qualquer outra coisa.

Então, na primavera, mamãe surpreendeu todo mundo se casando de novo. Dottie veio para casa especialmente por causa do casamento, e as coisas ficaram bem agitadas por um tempo. Nós tivemos notícia de Mallie finalmente, na manhã do dia do casamento. Mamãe já estava toda empetecada e pronta para a cerimônia começar, e eu, Dottie e ela estávamos juntos no quarto, como que tendo uma última conversa em família, quando alguém levou até lá um pacote que havia acabado de chegar. Acho que nós três adivinhamos na mesma hora de quem era, só por causa do modo repentino como o pacote chegara. Mamãe puxou o cartão e leu: "Com amor, da Mallie". Depois, olhou para Dottie e para mim e disse: "Quem diria que ela fosse se lembrar de nós depois de tanto tempo!".

"Eu esperava que ela lembrasse", falei.

"Eu também", disse Dottie, o que me espantou um pouco.

Dentro do pacote havia um espelho com flores azuis pintadas em toda a borda e carinhas de cupido, engraçadas e antiquadas, nos cantos. Mamãe se apaixonou pelo espelho assim que o viu e o botou em cima da sua cômoda. E, quando se viu nele, pareceu ficar meio surpresa, depois sorriu e começou a ajeitar o cabelo, daquele jeito que as mulheres fazem. Chamou Dottie, que também se viu no espelho, e então *ela* começou a sorrir e a mexer no cabelo, e as duas ficaram rindo e brincando na frente do adorável objeto, enquanto eu continuava lá sentado, ficando cada vez mais nervoso, porque era eu que ia caminhar ao lado da minha mãe até o noivo e tinha certeza de que ia levar um tombo.

Alguém finalmente nos chamou lá de baixo e as duas desceram juntas, todas bonitas e empolgadas. Antes de ir atrás delas, eu também resolvi me olhar no espelho. Foi estranho; eu parecia diferente. Meu rosto estava mais fino, de alguma forma, e sem aquele tom rosado horrível que você tem quando é o que as pessoas chamam de um menino saudável.

E tinha uma sombra no meio do espelho, que dava a impressão de que eu tinha bigode, como se eu fosse um arremessador da liga principal, talvez, ou um desbravador. Eu parecia gente grande de verdade, então desci me sentindo totalmente preparado para o casamento.

Durante a festa, elas ficaram o tempo todo indo lá para cima — a mamãe, a Dottie e todas as outras mulheres que estavam lá. Davam uma olhadinha no espelho e depois desciam, todas sorridentes. Eu mesmo voltei lá umas duas vezes para dar uma espiada no espelho, quando não tinha ninguém por perto.

Depois do casamento, a mamãe botou o espelho no hall, para que todo mundo que entrasse ou saísse da casa pudesse se ver nele. É surpreendente como aquele espelho parece fazer as pessoas se sentirem bem consigo mesmas. Volta e meia fico pensando no que Mallie diria se eu perguntasse a ela por que o espelho faz as pessoas se sentirem tão mais bonitas e elegantes. Ela piscaria o olho para mim, como sempre, e diria: “Mágica”.

E acho que *foi* mágica, tudo aquilo, embora não possa afirmar com certeza. Quer dizer, tudo menos aquele jogo que o meu time ganhou dos Nove Homens Prodígio. *Eu* arremessei naquele jogo e eu *sei*.

.06

A moeda dos desejos

Good Housekeeping, setembro de 1949

Caminhando cabisbaixo pela rua, o sr. Howard J. Kenney notou o brilho de uma moeda na sarjeta e, por um momento, fitou-a com pessimismo e não quis pegá-la. Era uma moeda de 10 centavos, e J. Kenney achou, com certa razão, que 10 centavos fariam pouca diferença na sua vida naquele momento; fazia duas semanas que ele vinha procurando emprego, sem sucesso. O salário de duas semanas que ele recebera ao ser demitido estava reduzido a uma mixaria alarmante; sua mulher já nem tentava mais esconder, com um sorriso valente estampado no rosto, o quanto estava preocupada; o mundo inteiro — ou pelo menos era o que parecia ao sr. Kenney — encarava-os com olhos desconfiados que diziam "sem crédito". E então o destino ofereceu ao sr. Kenney uma moeda de 10 centavos, que cintilava ao sol do fim de tarde. Depois de alguns instantes, o sr. Kenney deu de ombros, se abaixou e pegou a moeda. Ela lhe pareceu leve em sua mão, e sólida, mas muito pequena de fato. O sr. Kenney estava prestes a botá-la no bolso quando uma frase lhe veio à cabeça de repente: *Dinheiro achado traz sorte quando é doado. E eu bem que estou precisando de sorte*, pensou. Ficou com a moeda na mão enquanto seguia a caminho de casa.

Havia duas menininhas à sua frente, cerca de meio quarteirão adiante. Elas eram as únicas pessoas na rua e brincavam, compenetradas. Deviam ter uns 8 anos, calculou o sr. Kenney enquanto se aproximava delas e pensou com tristeza em como devia ser bom ter 8 anos — não ter responsabilidades, não ter que pensar no futuro, não ter nenhuma preocupação além de aproveitar o sol e as brincadeiras. Quando ele chegou perto das meninas, as duas levantaram a cabeça e o observaram com um ar de interesse sério e desinibido. Uma delas estava de vestido rosa e a outra de blusa azul e saia amarela. Pareciam ser simpáticas e amáveis, e o sr. Kenney arriscou sorrir para elas.

"Oi", disse ele.

"Oi", disse a menininha de rosa.

"Aqui", disse o sr. Kenney. Então estendeu a mão em que segurava a moeda e pegou a mão da menininha de rosa. Botou a moeda na palma da mão dela, fechou seus dedos e sorriu de novo. "Para dar sorte", disse e foi embora rápido.

Por um momento, as meninas ficaram mudas de espanto; o sr. Kenney sentiu que elas o acompanhavam com o olhar enquanto ele se afastava. Depois de alguns instantes, uma delas — provavelmente a de rosa — gritou: "Obrigada. Muito obrigada pela moeda".

O sr. Kenney acenou sem olhar para trás e continuou andando a caminho de casa.

Atrás dele, as duas abaixaram a cabeça para examinar a moeda, que cintilava na mão da menininha de rosa.

"Por que será que ele deu essa moeda pra gente?", a menininha de rosa, que se chamava Nancy, perguntou à menininha de azul e amarelo, que se chamava Jill.

"Sei lá", disse Jill. "Ele só deu e pronto."

"Mas ele disse que era pra dar sorte."

"Por que ele não ficou com ela então, se ela dá sorte?", perguntou Jill. Depois, deu um giro completo para olhar para o sr. Kenney, que agora já estava bem distante. "Dez centavos", disse. "Isso é muito dinheiro."

"O que é que a gente vai fazer com ele?", perguntou Nancy.

"Dá pra comprar dois picolés com 10 centavos", disse Jill.

"Ou dois chocolates."

"Ou sorvete."

Nancy olhou atentamente para a moeda. "Não parece uma moeda de 10 centavos normal, por algum motivo", disse. "Não sei por quê, mas ela não parece *nada* com uma moeda de 10 centavos normal."

Jill se inclinou e olhou para a moeda. "É diferente, sim", disse. "Não sei *como*, mas ela com certeza é diferente das moedas de 10 centavos normais."

"Eu acho que uma moeda de 10 centavos normal é mais fina", disse Nancy. Ela abaixou bem a cabeça, quase a encostando na de Jill, e as duas examinaram a moeda de perto por um bom tempo.

"Acho que ela é mais prateada", disse Jill. "De qualquer jeito, com toda a certeza não é uma moeda de 10 centavos *normal*."

Elas levantaram a cabeça de repente e olharam uma para a outra por um momento, com uma hipótese crédula e maravilhosa em mente. Então Jill disse baixinho: "Nancy, você acha que é possível...".

"Eu tenho quase *certeza* que é", Nancy disse com convicção. "É uma moeda *mágica*."

"Uma moeda dos desejos", acrescentou Jill. "Pra realizar desejos."

"Foi por *isso* que ele falou 'Pra dar sorte'", disse Nancy.

"Três desejos", disse Jill.

Nancy fechou a mão e apertou a moeda com força. "Jill", disse, "a gente tem que ter muito, muito cuidado com essa moeda dos desejos. A gente tem que ter *muito* cuidado mesmo."

"Não é como desejar do jeito normal", concordou Jill, "como quando você sai desejando uma coisa atrás da outra e sabe que nada vai acontecer porque você não tem um troço mágico que nem uma moeda dos desejos." Ela parou para tomar fôlego e então acrescentou: "Isso é muito, muito diferente".

"A gente não pode simplesmente sair desejando qualquer coisa", disse Nancy.

Pensativa, Jill se sentou na calçada, apoiou o queixo nas mãos e contraiu a boca pequenina. "A gente podia desejar um milhão de dólares."

"A gente não precisa de mais dinheiro", retrucou Nancy. "A gente já tem 10 centavos."

"Um pônei?"

"Onde é que a gente ia botar um pônei?", perguntou Nancy. "Na sua casa não tem espaço, e eu já pedi pra mamãe pra ter um irmãozinho e tenho certeza que ela não ia me deixar ter um pônei *também*."

"A gente podia desejar todos os doces do mundo", disse Jill, "mas aí a gente ia ficar com dor de barriga."

Durante alguns minutos, as duas ficaram pensando seriamente, sentadas perto uma da outra na calçada, Nancy segurando a moeda com cuidado dentro da mão fechada.

"Natal?", sugeriu Jill, mas Nancy fez que não com a cabeça. "Vai chegar de qualquer maneira", respondeu sucintamente.

"Quer saber?", Jill disse. "O que a gente tem que fazer é pedir pra *outra* pessoa fazer o primeiro pedido, pra gente ver como funciona."

"Nós temos três pedidos", concordou Nancy, "e não vamos precisar de mais do que um pra nós duas. *Se* conseguirmos pensar num desejo."

"Além do mais", emendou Jill, "pode ser que tenha alguém por aqui que esteja procurando uma moeda da sorte há um *tempão*, porque tem um pedido muito, muito importante pra fazer."

"É melhor a gente entrar, então", disse Nancy. "Talvez tenha alguém na sua família ou na minha que tenha algum pedido pra fazer."

Elas se levantaram e sacudiram a poeira de suas saias cuidadosamente. Depois, andando às pressas uma ao lado da outra, entraram na casa em que Jill morava com a mãe, o pai e dois irmãos mais velhos.

"Eu não sei quem seria a melhor pessoa pra gente pedir na minha casa", disse Jill, em dúvida. "O meu irmão George está lá nos fundos pintando os degraus da escada, mas ele anda muito chato ultimamente."

Nancy olhou para a casa ao lado, onde ela morava com a mãe, o pai e a irmã. "A Sally está na varanda da frente", disse. "Você acha que a gente pode pedir pra *ela*?"

"Será que ela vai querer?", perguntou Jill.

"Às vezes ela é meio estranha", disse Nancy. "Mas a gente pode pedir pra ela."

Elas foram até o portão da casa de Nancy e depois até a escada da varanda. Sally, a irmã mais velha de Nancy, se balançava de leve no balanço da varanda, com um livro na mão; mas, quando Nancy e Jill chegaram, Sally estava com os olhos fixos na casa ao lado, a casa de Jill.

"Sally", disse Nancy, e Sally deu um pulo.

"Você quer me matar de susto?", reclamou. Lançou um olhar rápido e nervoso na direção da casa de Jill e depois disse mais que depressa: "Eu só estava distraída pensando quando é que a mamãe vai voltar pra casa".

"Ela não está na minha casa", contou Jill.

"Eu não estava olhando pra *sua* casa", disse Sally. "Eu estava olhando pra rua pra ver se a minha mãe estava chegando."

Tanto Jill quando Nancy achavam que Sally era a menina mais bonita que elas já tinham visto na vida. Sally tinha 17 anos, estava na escola secundária e tinha um cabelo cacheado que lhe caía nos ombros em lindos caracóis. Seus olhos eram castanhos e ela franzia o nariz sempre que sorria. Agora, porém, ela franzia a testa e entortava a boca bonita, como se estivesse contrariada.

"Quando será que a mamãe vai chegar?", perguntou sem esperar resposta. "Não tem nada pra fazer por aqui."

"Por que você não vai conversar com o meu irmão George?", sugeriu Jill. "Ele está lá nos fundos, pintando a escada da varanda."

"Eu não estou com a menor vontade de conversar com o George, obrigada", disse Sally, depois levantou um pouco o queixo e encolheu os ombros. "Não estou nem um pouco interessada em nada que o George tem pra dizer."

"A mamãe falou que ele ia ter que pintar a escada porque ficou rabugento demais o dia inteiro."

"Não me surpreende", disse Sally. "Não me surpreende *nada* que a sua mãe ache o George rabugento. Ele é uma das pessoas mais rabugentas..."

"Escuta, Sally", disse Nancy. "Você quer fazer um pedido pra nós com a nossa moeda mágica?"

"Ele é absolutamente *insuportável*", disse Sally. "Como assim, uma moeda mágica?"

Nancy mostrou a moeda para Sally, e ela e Jill explicaram que a moeda dava direito a três pedidos, que ela tinha sido dada a elas para dar sorte e que elas queriam que Sally fizesse o primeiro pedido.

"Céus", disse Sally. "O que é que eu poderia pedir?" Como no fundo era uma menina muito gentil e amável, ela sorriu para Jill e Nancy e disse, interessada: "Não está vindo nada na minha cabeça que eu possa pedir".

"A gente também não soube direito o que pedir", disse Nancy com tristeza.

"Bom, deixe-me pensar", disse Sally. Ela ficou olhando para o vazio, tamborilando os dedos na lombada do livro.

"Você pode pedir que o George termine de pintar a escada e venha aqui te ver", sugeriu Jill.

"Ah, *francamente*", disse Sally. O sorriso desapareceu do seu rosto, e ela de novo ficou parecendo um bocado arrogante. "Se vocês acham que eu iria desperdiçar um pedido com uma coisa *dessas*..."

"Talvez seja melhor a gente pedir pra outra pessoa", disse Nancy.

"Bom", disse Sally com certa hesitação, "se vocês realmente querem que eu faça um pedido, eu faço. Mas o que é que eu tenho que fazer?"

"Acho...", falou Nancy, "eu *acho* que você só precisa segurar a moeda na mão."

"E contar até dez", disse Jill.

"E fazer o meu pedido", completou Sally, sorrindo de novo. "Eu preciso dizer o meu pedido em voz alta?"

Jill e Nancy consultaram uma à outra com os olhos. "Acho que você pode pensar, se quiser", respondeu Nancy.

"Então está bom", disse Sally. Ela estendeu a mão, e Nancy botou a moeda na palma da mão dela.

• • •

"Um, dois, três, quatro", Sally contou enquanto Jill e Nancy a observavam sem nem respirar, de tanta expectativa. "Cinco, seis, sete, oito, nove, dez." Depois, com os olhos fechados e um sorrisinho, ela fez o pedido mentalmente. "Pronto", disse e devolveu a moeda para Nancy.

"Aconteceu alguma coisa?", perguntou Jill, curiosa.

"O meu pedido ainda não se realizou, se é isso que você está perguntando", disse Sally. Ela olhou de relance de novo, como que sem querer, para a casa de Jill. "A gente precisa dar um tempo pra coisa acontecer."

"Você vai contar o seu pedido pra gente?", perguntou Nancy.

Sally se recostou nas almofadas do balanço e suspirou fundo. "Um dia", respondeu. "Se ele se realizar."

"Ele vai se realizar", disse Nancy, confiante. "É uma moeda mágica, não é?"

"A gente tem que encontrar outra pessoa", disse Jill. "Ainda faltam dois pedidos, e a gente tem que ter cuidado com eles."

Quando as duas menininhas começaram a descer a escada da varanda, Sally suspirou fundo de novo. "Pra quem vocês vão pedir agora?", perguntou.

"Não sei", respondeu Nancy. "Pro George, eu acho."

"Logo quem!", disse Sally. "Só Deus sabe que pedido o *George* é capaz de fazer." Suspirou novamente e apoiou a cabeça de lado na mão.

"Vamos pedir pra ele mesmo assim", Jill disse para Nancy enquanto elas caminhavam em direção ao portão. "Ele pode *querer* fazer um pedido."

George estava nos fundos da casa de Jill. A lata de tinta que ele usava estava apoiada no degrau mais alto, que só tinha sido pintado até a metade. George estava sentado no degrau mais baixo, que ainda não havia sido pintado, segurando com os dedos o pincel ocioso, a boca bonita comprimida numa linha reta.

"Oi", disse ele, desanimado, quando as duas menininhas chegaram aos fundos da casa.

"Parece que ele está pior do que a Sally", Jill disse em tom de crítica. "Não parece, Nancy?"

"A Sally parecia mal à beça", disse Nancy. "Mas o George também parece."

"Vocês são a dupla perfeita pra alegrar uma tarde triste", disse George. "Vieram aqui só pra me animar?"

"A gente quer que você faça um pedido", disse Jill. "A Sally fez."

"Eu estou pouco ligando pro que a Sally..." George começou a dizer, mas Jill o interrompeu.

"Nós ganhamos uma moeda mágica de um homem que estava passando aqui na rua", disse ela. "Ele nos deu a moeda pra dar sorte, e a Sally já fez um pedido e a gente quer que você faça um também."

"O que a Sally pediu?", George perguntou, como se não tivesse conseguido se conter a tempo.

"Ela pediu que você fosse lá falar com ela", Jill respondeu de pronto.

"Hoje mesmo, agora à tarde", acrescentou Nancy.

"Então a gente quer que você faça um pedido também", disse Jill.

"Pedido?", disse George, olhando para elas de um jeito vago. Então se levantou e pousou o pincel. "Pedido?", repetiu.

"É", Jill respondeu pacientemente. "Como a Sally fez. A gente quer que você faça um pedido."

"Façam vocês por mim", disse George. De repente, sem mais nem menos, ele começou a correr. Deu um salto, passou por cima da sebe baixa que separava o quintal de Jill do quintal de Nancy, e depois as duas meninas o viram correr na direção da varanda da frente, onde Sally estava.

"Esses dois são muito esquisitos", disse Jill.

"Agora a gente vai ter que arranjar outra pessoa", disse Nancy.

Elas esquadrinharam a casa de Jill, mas não havia ninguém lá. Depois, voltaram para o lado de fora, se sentaram e esperaram aparecer alguém.

"É maravilhoso ter uma moeda mágica", disse Jill.

"E poder pedir qualquer coisa que você quiser", disse Nancy. "Se a gente quisesse ter um carro de bombeiro só nosso, nós poderíamos pedir um."

"Sorte que nós *não* queremos, porque não íamos poder dirigir um carro de bombeiro", ressaltou Jill.

"Ia ser a mesma coisa se a gente quisesse, por exemplo, uma boneca do nosso tamanho", disse Nancy. "A gente não ia poder brincar com ela, porque ela ia ser grande e pesada demais pra gente carregar."

"Ou se a gente quisesse ir pro cinema toda noite", disse Jill.

Elas ficaram um tempo em silêncio, sentadas confortavelmente uma do lado da outra, com a moeda ainda na mão de Nancy. Então, a mãe de Nancy apareceu na esquina. Ela vinha do ponto de ônibus e caminhava na direção delas. Carregada de pacotes, ela andava devagar.

Nancy e Jill se levantaram e foram correndo até lá. Ao chegar perto da mãe, Nancy a abraçou efusivamente. A sra. Waite chegou para trás e disse, irritada: "Nancy, *por favor*, preste atenção no que está fazendo, querida. Desse jeito, as compras vão cair todas no chão".

Nancy e Jill começaram a contar para ela sobre a moeda mágica, sobre o homem que havia lhes dado a moeda para dar sorte, sobre Sally ter feito um pedido, e George, não.

"De onde vocês *tiram* essas coisas, crianças?", disse a sra. Waite.

Quando elas chegaram à varanda da casa de Nancy, não havia mais nem sinal de Sally no balanço, a não ser pelo livro caído no chão. A sra. Waite foi lá para dentro, seguida de perto por Nancy e Jill, que não paravam de falar, e pousou os pacotes em cima da mesa do hall. "Ufa! Que alívio me livrar *disso*." Ela alongou os braços, cansada.

Antes mesmo que a mãe tirasse o chapéu, Nancy já tentava botar a moeda na mão dela. "Por favor, faz um pedido logo", disse Nancy. Ela prendeu o ar e Jill também. "Esse vai ser o segundo", disse Nancy.

"Ai, Deus", disse a sra. Waite, franzindo o cenho. "Sabe, eu gostaria muito que vocês, meninas, guardassem as suas brincadeiras para uma hora em que eu não estivesse tão ocupada nem tão cansada." Ela tentou falar num tom gentil, mas sua voz saiu ríspida, mesmo sem querer. "Eu passei a tarde inteira fazendo compras", disse. "Realmente estou *muito* cansada, meninas, e tenho uma porção de coisas para fazer. Isso não pode ficar para mais tarde?"

Quando viu a decepção de Nancy e Jill, a sra. Waite soltou um suspiro impaciente e disse num tom resignado: "Está bom, está bom. O que vocês querem que eu deseje?".

"Qualquer coisa", respondeu Nancy, ávida. "É isso que a moeda faz. Ela realiza o desejo que você quiser."

"Eu poderia desejar que o jantar já estivesse pronto", disse a sra. Waite.

"Não dá pra desejar que o jantar já esteja pronto", disse Jill, sensata. "A moeda não ia saber o que cozinhar, pra começar. E, além do mais, ainda está muito cedo."

"Imagino que sim", disse a sra. Waite. Ela ficou pensando, de cenho franzido, enquanto mexia distraidamente nos pacotes em cima da mesa. "Já sei", disse ela. "Como é que eu faço?"

"Segura a moeda na mão", Nancy explicou cuidadosamente. "Conta até dez e aí faz o seu pedido."

"Está bem", disse a sra. Waite. Ela estendeu a mão, e Nancy botou a moeda na palma da mão dela. Lentamente, a sra. Waite contou até dez e então disse: "Eu desejo que a louça que eu deixei na pia quando saí de casa hoje à tarde esteja toda lavada, seca e guardada".

"Você acha que isso serve como um desejo de verdade?", Nancy perguntou para Jill, nervosa.

"Agora já era", disse Jill. "Ela já fez o pedido."

"Foi o melhor que eu pude fazer", disse a sra. Waite, virando-se de novo para os seus pacotes. "Espero que essa moeda mágica de vocês funcione mesmo, porque não tem nada que eu deseje mais do que não ter que lavar aquela louça." Ela tirou o chapéu e o casaco e, selecionando os pacotes que iam para a cozinha, atravessou o hall e abriu a porta vai e vem da cozinha, enquanto Nancy e Jill, que sentiam uma compreensível ansiedade em relação aos poderes da sua moeda dos desejos, iam atrás dela.

Quando a sra. Waite empurrou a porta, uma explosão de risos irrompeu lá de dentro. Sally e George, ambos de avental, corriam em volta da mesa da cozinha, George golpeando de leve os pés de Sally com um pano de prato. A louça tinha sido lavada e a maior parte dela estava seca e empilhada em cima da mesa.

"Folga comigo, folga!", gritava George.

Coberta de louças, a mesa da cozinha balançava perigosamente enquanto George e Sally brincavam ao redor dela. Ao ver a mãe, Sally deu um berro e correu para trás dela para se proteger. Sem conseguir parar de correr a tempo, George se chocou com a sra. Waite e fez com que ela,

Sally, Nancy e Jill, uma atrás da outra, caíssem estateladas no chão do hall, enquanto a porta vai e vem se abria e se fechava de novo, batendo de leve na cara de George.

Por um momento, a sra. Waite ficou ali mesmo no chão, no lugar onde havia caído. "Uma moeda mágica", disse consigo. "E eu ainda com os meus sapatos de sair." Ela olhou para cima, na direção de Nancy e Jill, que, com Sally, pairavam sobre ela, solícitas. "Parece que a moeda de vocês fez a minha louça ser lavada", disse a sra. Waite, num tom irônico.

"Eu *falei* pra senhora", disse Nancy. "É uma moeda mágica de verdade."

"Sra. Waite", George disse debilmente, espiando, com a cara vermelha, por cima da porta vai e vem. "Sra. Waite, eu peço mil desculpas..."

"Não se preocupe, George", disse a sra. Waite, aceitando a mão que Sally lhe estendia para ajudá-la a se levantar. "Fui eu que fiz o pedido, afinal."

"Ele estava correndo atrás de mim, mãe", disse Sally, prestimosa.

"Esses dois não são *muito* esquisitos?", Nancy perguntou para Jill.

"Correndo um atrás do outro, vê se pode", comentou Jill em tom de reprovação.

"Sra. Waite", disse George, "eu nem sei dizer o quanto eu lamento..."

"Nós estávamos lavando a louça pra senhora", disse Sally, ansiosa. Ela e George evitavam olhar um para o outro, mas, nesse instante, Sally olhou para ele sem querer e os dois começaram a rir, ao mesmo tempo em que tentavam prender o riso.

"Nós pensamos em lavar a louça pra senhora", explicou George, e então ele e Sally começaram a rir de novo. "A gente estava lavando a louça", ele continuou sem muita convicção, "daí eu comecei a correr... a gente começou a brincar... e eu acho que trombei com a senhora."

Ainda segurando com cuidado a moeda, a sra. Waite olhou para Nancy e para Jill, para Sally e para George, ambos de cara vermelha, e caiu na gargalhada.

"Ela desejou que a louça estivesse lavada", Nancy explicou para Sally.

"O *meu* desejo se realizou", disse Sally, surpresa. "Só agora eu me dei conta."

"A gente deduziu que ele tinha se realizado", disse Jill. "Não foi, Nancy?"

Nancy fez que sim com a cabeça. "Ainda falta um", disse. Então, puxou Jill para um canto e cochichou no ouvido dela.

Fazendo que sim com a cabeça, Jill disse: "Isso mesmo. Eu também acho".

Sally e a sra. Waite começaram a guardar a louça, e George se enfiou cuidadosamente num canto, pedindo copiosas desculpas sempre que calhava de atrapalhar o caminho da sra. Waite.

Por fim, Nancy foi para perto da mãe e disse: "Gente, isso agora é muito, muito importante. Nós vamos fazer o nosso último pedido".

A sra. Waite parou, cheia de talheres nas mãos, para olhar com desconfiança para a filha mais nova. Sally e George ficaram observando, cheios de curiosidade, enquanto Nancy e Jill, de modo muito solene, juntavam as mãos com a moeda no meio.

"Esse é o último desejo que tem nessa moeda", revelou Nancy, virando-se para explicar para a mãe com mais clareza. "Como essa moeda mágica é nossa, eu e a Jill vamos fazer o último pedido. Todos vocês fizeram um pedido pra ela, e agora é a nossa vez."

"E nós vamos fazer o nosso pedido *agora*", disse Jill.

"Um, dois, três, quatro, cinco", contou Nancy, com grande ênfase dramática.

"Seis, sete, oito, nove, dez", contou Jill.

"Com essa moeda mágica, nós desejamos dois picolés."

Mais tarde, quando chupavam seus picolés — o de Jill era de laranja e o de Nancy de cereja —, Nancy disse: "A melhor coisa de moedas da sorte é que elas têm a ver com algo especial".

"Imagina se a gente ganhasse uma dessas todo dia", disse Jill. "Elas não iam ter nem a *metade* da graça."

"Não tem tanta coisa assim que você possa desejar", Nancy comentou sabiamente.

"A melhor coisa de moedas da sorte", disse Jill, "é que, depois que você termina de fazer todos os pedidos, você pode comprar coisas com elas."

E quanto ao sr. Howard J. Kenney, que dera a moeda para dar sorte? O sr. Kenney chegou em casa uns quinze minutos depois de ter dado a moeda e foi recebido na porta pela esposa, que estava esfuziante, e por alguns vizinhos, que não paravam de falar. A mulher do sr. Kenney, com grande presença de espírito, havia se lembrado do nome correto de uma canção que o homem de uma estação de rádio botou para ela ouvir quando telefonou para ela; naquele momento, ela aguardava a entrega de um carro novo, uma geladeira nova, uma quantia astronômica de dinheiro, um casaco de pele e todo um guarda-roupa novo.

.07

Sobre duas pessoas gentis

Ladies' Home Journal, julho de 1951

Uma questão de certa importância hoje em dia com certeza é o problema da raiva. Quando metade do mundo está com raiva da outra, ou metade de uma nação está com raiva do resto ou um lado da cidade está em rixa com o outro lado, não é de surpreender que tantas pessoas se enfureçam com outras tantas. Mesmo quando, como nesse caso, são duas pessoas que normalmente não são furiosas, levam vidas discretas, são emocionalmente estáveis e portam sorrisos amáveis e vozes muito mais alegres do que exaltadas. Em outras palavras, duas pessoas que certamente prefeririam ser amigas, mas que, por alguma razão, talvez de ordem química, social ou circunstancial, criam uma antipatia mútua tão forte que somente uma medida muito drástica seria capaz de superá-la.

Considere estas duas pessoas:

Ellen Webster era o que suas amigas costumavam chamar de menina "doce". Tinha um cabelo bonito e sedoso, olhos escuros e meigos, usava roupas de cores suaves e, com frequência, um belo broche antigo, que pertencera à sua avó. Ellen se considerava uma pessoa muito feliz e de muita sorte, porque tinha um bom emprego e podia comprar um número considerável de vestidos, saias, suéteres, casacos e chapéus de cores delicadas; havia conseguido, trabalhando duro para isso à noite, transformar seu apartamento conjugado, antes um lugar simples e desguarnecido, num refugiozinho delicioso, com o seu cesto de costura em cima da mesa e um canário na janela; tinha uma razoável convicção de que um dia, talvez em breve, se apaixonaria por um bom rapaz, os dois se casariam e ela se dedicaria de coração a cuidar dos filhos, fazer bolos e cerzir meias. Essa situação não muito incomum, com o seu estado de espírito absolutamente comum, era uma fonte de grande alegria para Ellen. Em suma, ela não era de forma alguma uma daquelas pessoas que se revoltam em face do seu destino e vivem emburradas, com ódio do mundo. Ela era — suas amigas tinham razão — uma menina "doce".

Por outro lado, mesmo que "doce" pudesse não ser a palavra que você usaria para descrever Walter Nesmith, você chegaria muito rapidamente à conclusão de que ele era um "cara legal", uma pessoa "agradável" ou até — se por acaso você fosse uma velhinha de cabelos brancos — um "bom menino". Havia uma semelhança sutil entre Ellen Webster e Walter Nesmith. Ambos eram a primeira pessoa a quem seus amigos recorriam quando estavam com problemas, por exemplo. As ambições de Walter, que abarcavam o resto da sua vida, eram reconfortantemente parecidas com as de Ellen: ele achava que um dia acabaria conhecendo uma menina doce e, então, se dedicaria de coração a voltar para casa à noitinha para ler o jornal e, talvez, a cuidar do jardim aos domingos.

Walter achava que gostaria de ter dois filhos, um menino e uma menina. Ellen achava que gostaria de ter três, um menino e duas meninas. Walter gostava muito de torta de cereja, Ellen preferia bolo recheado à moda de Boston. Ellen gostava de filmes românticos. Já Walter preferia faroestes. Os dois liam quase exatamente os mesmos livros.

No curso normal dos acontecimentos, os atritos entre Ellen e Walter teriam sido mínimos. Mas — e o que poderia causar uma coisa dessas? — o curso normal dos acontecimentos foi desvirtuado por algo tão corriqueiro quanto uma ligação telefônica.

O número do telefone de Ellen era 3-4126. O número do telefone de Walter era 3-4216. Ellen morava no apartamento 3-A e Walter no apartamento 3-B; esses apartamentos ficavam em lados opostos do hall, um de frente para o outro, e, com muita frequência, ao abrir a sua porta exatamente às quinze para as nove da manhã e seguir para o elevador, Ellen se encontrava com Walter, que também abria a porta *dele* exatamente às quinze para as nove da manhã e seguia para o elevador. Nessas ocasiões, Ellen costumava dizer: "Bom dia" e olhava resolutamente para o outro lado. Walter costumava responder: "Bom dia" e evitava olhar na direção dela. Ellen achava que uma moça que se permitia ser informal com estranhos passava uma má impressão, e Walter achava que um homem que tirava proveito do fato de morar no mesmo prédio para travar amizade com uma moça era um homem de poucos princípios. Numa manhã particularmente bonita, Walter disse para Ellen no elevador: "Que dia lindo está fazendo hoje", e ela respondeu: "É, está mesmo, não é?", e ambos se sentiram bem audazes por causa disso. Como esse respeito mútuo pela dignidade um do outro pode ter degenerado a ponto de se transformar em fúria é um mistério que não é muito fácil de entender.

Aconteceu que certa noite — e, justiça seja feita, Ellen tinha tido um dia difícil: estava ficando resfriada, fazia uma semana que chovia sem parar, suas meias finas estavam sujas, e ela havia quebrado uma unha da mão — o telefone de número 3-4126 tocou. Ellen, que abria uma lata de sopa de galinha na quitinete e, portanto, estava com as mãos ocupadas, disse: "Droga" e derrubou uma xícara que se quebrou na pressa de atender o telefone.

"Alô?", falou, pensando: *Só pode ser uma coisa boa.*

"Alô, o Walter está?"

"Walter?"

"Walter Nesmith. Eu queria falar com o Walter, por favor."

"Foi engano. Não tem ninguém aqui com esse nome", disse Ellen, enquanto pensava, com aquela autopiedade que acompanha os primeiros estágios de uma gripe, que *ninguém nunca* ligava para *ela*.

"Aí é três-quatro dois um seis?"

"Não, aqui é três-quatro um dois seis", disse Ellen e desligou.

Naquela época, embora soubesse que a pessoa que morava no apartamento do outro lado do hall se chamava Walter Nesmith, Ellen não teria sido capaz de dizer qual era a cor do cabelo dele nem mesmo da porta do apartamento dele. Ela voltou para a sopa e estava com um fósforo na mão para acender a boca do fogão quando o telefone tocou de novo.

"Alô?", disse Ellen, desanimada; *isso bem que* podia *ser alguma coisa boa*, pensou.

"Alô, o Walter está?"

"Foi engano de novo", disse Ellen. Se não fosse uma moça tão doce, ela poderia ter deixado a voz transparecer mais irritação.

"Eu *quero falar* com Walter Nesmith, *por favor*."

"Aqui é três-quatro um dois seis de novo", disse Ellen pacientemente. "O número que você quer é três-quatro dois um seis."

"O quê?", disse a voz.

"O número daqui é três-quatro um dois seis", repetiu Ellen. "O número que você quer é três-quatro dois um seis." Como qualquer pessoa que já tentou falar uma série de números mais de uma vez, Ellen ficou com raiva. *Com certeza, qualquer pessoa de inteligência* normal *deveria ser capaz de discar um número de telefone. Alguém que não consegue nem discar um número de telefone deveria ser* proibido *de usar um telefone.*

Ela já tinha retornado e estava prestes a pegar a lata de sopa quando o telefone tocou novamente. Desta vez, quando atendeu, ela disse: "Alô?", num tom bastante ríspido para os seus modos e sem nenhuma ilusão a respeito de quem seria.

"Alô, por favor, eu poderia falar com o Walter?"

Foi nesse momento que começou. Ellen estava com dor de cabeça, ainda continuava chovendo, ela estava cansada e, pelo visto, não ia conseguir tomar sopa de galinha nenhuma até pôr um ponto-final naquela amolação.

"Só um instante", ela disse ao telefone.

Pousou o fone na mesa com compreensível força e, sem parar para pensar, saiu do apartamento e foi até a porta do outro lado do hall. "Walter Nesmith", dizia um cartãozinho preso à campainha. Ellen tocou a campainha com o que, para ela, era um apertão violento. Quando a porta se abriu, disse imediatamente, sem olhar para ele:

"O senhor é Walter Nesmith?"

Ora, Walter também tinha tido um dia difícil, também estava ficando resfriado e tentava, sem sucesso, preparar uma xícara de chá quente, na qual pretendia botar uma colherada de mel para aliviar a dor de garganta, remédio esse que sua tia sempre havia lhe recomendado tomar aos primeiros sinais de uma gripe. Se Ellen tivesse falado num tom um pouquinho menos irritado ou se Walter não tivesse tirado os sapatos quando chegou em casa naquela noite, é bem provável que essa interação tivesse sido uma forma agradável de os dois se conhecerem, com Walter e Ellen jantando juntos a sopa de galinha e o chá quente e talvez até dividindo um frasco de xarope para tosse. Mas, quando abriu a porta e ouviu a voz de Ellen, Walter não conseguiu lhe responder de modo cordial e, então, disse sucintamente:

"Sou. Por quê?"

"O senhor pode, por favor, vir comigo e atender o meu telefone?", disse Ellen, exasperada demais para se dar conta de que esse pedido talvez deixasse Walter confuso.

"Atender o seu telefone?", perguntou Walter, aturdido.

"Atender o meu telefone", respondeu Ellen com firmeza. Então se virou e atravessou o hall, enquanto Walter continuava parado no vão da sua porta, de meia, observando-a com um ar atordoado. "Vem *logo*", ela disse num tom enérgico enquanto entrava no próprio apartamento, e Walter, perguntando-se se permitiam que lunáticos inofensivos morassem sozinhos como se eles fossem como qualquer outra pessoa, hesitou um instante e depois a seguiu, acreditando que seria mais prudente fazer o que ela mandava, já que ela parecia muito enfezada. Durante o percurso, tentou se acalmar e até pensou em deixar a porta aberta e gritar por socorro, se fosse necessário. Pisando firme, Ellen entrou em seu apartamento e apontou para o telefone em cima da mesa. "Ali. Pode atender."

Walter olhou para ela de soslaio, andou devagar até o telefone e pegou o fone. "Alô", disse, nervoso. Depois: "Alô? Alô?". Fitando Ellen por cima do fone, perguntou: "O que a senhora quer que eu faça agora?".

"O senhor quer dizer", disse Ellen num tom soturno, "que aquela pessoa abominável desligou?"

"Imagino que sim", disse Walter e voltou correndo para o próprio apartamento.

A porta havia acabado de se fechar atrás dele quando o telefone tocou de novo. Ellen atendeu e ouviu: "Posso falar com o Walter, por favor?".

Não chegou a ser nenhum incidente muito grave, claro. Mas no dia seguinte Walter fez questão de evitar descer de elevador com Ellen, e em algum momento daquele dia o entregador deixou um pacote endereçado a Ellen na porta de Walter.

Quando encontrou o pacote, Walter o botou com bravura debaixo do braço, atravessou o hall corajosamente e tocou a campainha de Ellen. Quando abriu a porta, a princípio Ellen pensou — e talvez compreensivelmente — que Walter tinha vindo se desculpar pela ligação telefônica da noite anterior e imaginou até que o pacote que ele segurava debaixo do braço pudesse conter algo agradavelmente inesperado, como uma caixa de bombons, por exemplo. Os dois perderam outra chance ali; se Walter não tivesse estendido o pacote e dito: "Para a senhora", Ellen não teria continuado pensando que ele estava tentando se desculpar ao seu modo tímido e certamente não teria dado um sorriso caloroso e dito: "Ah, não *precisava* ter se incomodado".

Walter, que considerava um incômodo relativamente pequeno transportar um volume extraviado até o outro lado do hall, disse, intrigado: "Incômodo nenhum", e Ellen, ainda iludida, disse: "Mas, de verdade, não era *tão* importante assim".

Walter voltou para o próprio apartamento convencido de que aquela era de fato uma moça muito esquisita, e Ellen, ao descobrir que o pacote estava endereçado a ela e continha um cachecol de lã tricotado por uma prima, ficou igualmente envergonhada e com raiva, porque, quando se imagina que se vai receber um pedido de desculpas, é muito irritante acabar não recebendo nenhum pedido de desculpas, no fim das contas, e mais irritante ainda receber um cachecol de lã em vez de uma caixa de bombons.

Como essa situação se deteriorou a ponto de se transformar na fúria ensandecida que brotou entre esses dois é um enigma, salvo pelo fato fundamental de que, uma vez que uma série de mal-entendidos tem início na relação entre duas pessoas, tudo tende a contribuir para agravar esse desentendimento. Assim, Ellen abriu uma carta de Walter por engano, e Walter deixou uma garrafa de leite cair — ele ainda tentava se curar da gripe e achou que um leite morno poderia ajudar — bem na frente da porta de Ellen e, mesmo depois de ele fazer várias tentativas nervosas de deixar tudo bem limpo, o chão continuou cheio de minúsculos cacos de vidro e melado de leite.

Então Ellen — que àquela altura acreditava que Walter tinha atirado a garrafa de leite na porta dela — se permitiu ficar tão confusa com essa sucessão de pequenos aborrecimentos que chegou a escrever e enviar pelo correio uma carta para Walter, pedindo educadamente que ele tentasse diminuir um pouco o volume do rádio dele tarde da noite. Walter respondeu com uma carta gélida, dizendo que, se soubesse que o rádio dele a estava incomodando, certamente jamais teria cogitado...

Naquela noite, talvez por acidente, o rádio de Walter começou a tocar tão alto que o canário de Ellen acordou e começou a piar histericamente, e Ellen, andando de um lado para o outro em seu apartamento numa fúria incoerente, talvez pudesse ter sido ouvida — se houvesse alguém para ouvi-la e se o rádio de Walter não estivesse tão alto —, dizendo: "Eu vou me vingar dele!". Uma frase, é preciso que se diga, que Ellen jamais havia falado na vida.

Ellen cuidou dos preparativos com uma espécie de dedicação afetuosa que bem poderia ter sido voltada para algum objetivo mais digno. Quando o despertador tocou, ela se virou, sonolenta, e sorriu antes mesmo de despertar de verdade; e, quando acordou e desligou o despertador, quase riu alto. De camisola e chinelo, com o despertador na mão, ela atravessou seu pequeno apartamento em direção ao telefone; o número a discar era um número que com certeza ela não iria esquecer tão cedo. O sinal de discar lhe pareceu absurdamente alto e, por um momento, o susto que ele lhe deu quase a fez perder a determinação. Depois, trincando os dentes, ela discou o número, sem nem tremer a mão. Passado um interminável segundo de espera, o sinal de chamada começou a tocar. O telefone do outro lado da linha tocou três, quatro vezes, com o que pareciam infindáveis intervalos entre um toque e outro, como se até o sistema telefônico automático hesitasse em levar a cabo aquele ato. Por fim, ela ouviu um estampido exasperado do outro lado da linha, e uma voz disse:

"Hã?"

"Bom *dia*", disse Ellen num tom alegre. "Lamento incomodá-lo a essa hora."

"Hã?"

"Aqui é Ellen Webster", continuou ela, ainda num tom alegre. "Eu estou ligando para dizer que o meu relógio parou..."

"Hã?"

"... e eu queria saber se o senhor poderia me dizer que horas são."

Houve um breve silêncio do outro lado da linha. Um minuto depois, a voz dele disse: "Qua e vim".

"Desculpe, eu não entendi, pode repetir?"

Houve outro breve silêncio do outro lado da linha, como quando alguém arregala os olhos em choque. "Quatro e vinte", disse ele. "*Quatro e vinte.*"

"O motivo por que eu pensei em lhe perguntar", disse Ellen com voz doce, "é que o senhor foi *tão* atencioso antes. Em relação ao rádio, eu quis dizer."

"... ligar para uma pessoa às..."

"Muito obrigada", disse Ellen. "Tchau."

Ela estava quase certa de que ele não ligaria de volta para ela, mas se sentou na cama e riu um pouco antes de voltar a dormir.

A resposta de Walter a isso foi miseravelmente fraca: ele entrou em contato com uma delicatéssen do bairro uns dias depois e mandou entregar um sortimento de queijos fedorentos no apartamento de Ellen numa hora em que ela não estava em casa. Isso, que exigiu que o zelador fosse convencido a abrir o apartamento dela para que o pacote pudesse ser deixado lá dentro, foi uma vingança medíocre, mas um exercício de imaginação monstruoso da parte de Walter, de forma que, num certo sentido, Ellen já estava despertando nele qualidades que ele nunca soube que tinha. E os queijos, afinal, mais que igualaram o placar: o apartamento era pequeno, o dia estava quente, e Ellen só chegou em casa tarde, bem depois que a maioria dos moradores daquele andar já tinha procurado o zelador para reclamar que havia algum bicho morto no forro de madeira.

Já que invasão de domicílio havia, portanto, passado a fazer parte das regras do jogo deles, Ellen se sentiu privilegiada por poder pagar Walter na mesma moeda. E foi com enorme alegria que ela, sentada em seu malcheiroso apartamento algumas noites depois, ouviu Walter dar um berro de puro horror quando enfiou os pés nos chinelos e encontrou um ovo cru em cada um.

Walter, no entanto, dispunha de outra arma, que até então ele havia relutado em usar; era uma arma tão potente que Walter acreditava que seu uso encerraria a guerra por completo. Depois dos ovos crus, ele não tinha mais nenhum escrúpulo em recorrer à sua artilharia pesada.

No início, Ellen teve a impressão de que a paz havia sido declarada. Durante quase uma semana, as coisas transcorreram tranquilamente; Walter vinha mantendo seu rádio num volume bem baixo, quase inaudível, de modo que Ellen passou a dormir muito melhor. Ela havia se livrado da gripe, o sol tinha reaparecido, e no sábado de manhã ela passou três horas fazendo compras e encontrou exatamente o vestido que queria e por um preço mais baixo do que esperava.

Nesse sábado, por volta do meio-dia, ela saiu do elevador no seu andar, com os pacotes debaixo do braço, e foi andando rápido pelo hall em direção ao seu apartamento, fazendo, como sempre, um largo semicírculo em seu trajeto para evitar ter contato com a área em torno da porta de Walter.

Para a sua surpresa, a porta do apartamento dela estava aberta, e, antes que tivesse tempo de se perguntar qualquer coisa, ela entrou e se deparou com uma senhora que — para ir direto ao ponto — era tia de Walter Nesmith, uma velhinha astuta ao seu próprio modo, que não tinha nem um pingo da timidez nem do tato de Walter.

"Quem...?", disse Ellen debilmente, parada no vão da porta.

"Entre e feche a porta", disse a velha senhora num tom soturno. "Não creio que você vá querer que os seus vizinhos escutem o que eu tenho a dizer. Eu", continuou ela enquanto Ellen obedecia mecanicamente, "sou a sra. Harold Vongarten Nesmith. Walter Nesmith, senhorita, é meu sobrinho."

"Então a senhora está no apartamento errado", disse Ellen de modo bastante educado, considerando a reação que o nome Walter Nesmith começava a provocar nela àquela altura. "Ele mora no apartamento 3-B, do outro lado do hall."

"Eu *não* estou no apartamento errado", disse a velha senhora com firmeza. "Eu vim aqui para conhecer a moça ardilosa que anda perseguindo desavergonhadamente o meu sobrinho e para avisá-la", sacudiu as luvas de um jeito ameaçador, "para avisá-la que, se ela vier a se casar com Walter Nesmith, ela não vai receber *nem um único centavo* de mim."

"Casar?", disse Ellen, com a cabeça cheia de pensamentos grandes demais para caberem em palavras.

"Já faz algum tempo que me parece que uma certa mocinha anda correndo atrás de Walter Nesmith porque está de olho no dinheiro dele", disse a tia de Walter, satisfeita.

"Acredite", disse Ellen, com convicção, "não há dinheiro suficiente no mundo para isso."

"Você nega?" A velha senhora se recostou e deu um sorriso triunfante. "Eu já esperava por algo assim. Walter", ela chamou de repente e depois, inclinando a cabeça para trás, berrou: "Waaaaalter".

"Shhh", fez Ellen, receosa. "O prédio inteiro vai ouvir."

"Eu espero que ouça", disse a velha. "Waaaaal... ah, aí está você."

Ellen se virou e viu Walter Nesmith, com um ar de vitória nos olhos, espiando por trás da porta entreaberta. "Funcionou?", perguntou ele.

"Ela nega tudo", disse a tia.

"Sobre os ovos?", disse Walter, confuso. "A senhora quer dizer que ela negou ter algo a ver com os ovos e com o telefonema e..."

"Escuta", Ellen disse para Walter, atravessando o apartamento para olhar bem nos olhos dele, "de todas as pessoas insuportáveis, convencidas, grosseiras, cheias de si..."

"O quê?", disse Walter.

"Eu não iria querer me casar com você", disse Ellen, "nem que... nem que..." Ela parou para encontrar as palavras, aflita.

"Nem que ele fosse o último homem na face da terra", completou a tia de Walter, prestativa. "Acho que ela só está mesmo atrás do seu *dinheiro*, Walter."

Walter cravou os olhos na tia. "Eu não falei para a senhora falar para ela...", ele começou a dizer. Suspirou e tentou de novo. "Quer dizer, eu nunca pensei..." Ele apelou para Ellen. "Eu também não quero me casar com você", disse, depois suspirou de novo e falou: "Quer dizer, eu pedi para a minha tia vir aqui e falar para você...".

"Se isso é um pedido de casamento", Ellen falou com frieza, "eu recuso."

"Eu só queria que ela te desse um susto", disse Walter.

"É um jeito eficiente", disse a tia, complacente. "Foi o único jeito que deu certo com o seu tio Charles e uma aventureira húngara."

"Quer dizer", Walter disse para Ellen, desesperado, "ela é a dona deste prédio. Quer dizer, eu queria que ela falasse para você que se você não parasse... quer dizer, eu queria que ela te assustasse..."

"Está quase impossível encontrar apartamento hoje em dia", afirmou a tia. "Isso teria sido cruel *demais*."

"Eu só consegui o meu apartamento por causa disso, sabe?", Walter disse para Ellen, ainda com a impressão de explicar algo que Ellen queria entender.

"Já que você *tem* um apartamento", Ellen disse num tom contido, "eu posso sugerir que você leve a sua tia e que vocês dois..."

O telefone tocou.

"Com licença", Ellen disse mecanicamente e foi atender. "Alô?"

"Alô, eu posso falar com o Walter, por favor?"

Ellen sorriu, mais ou menos como Lady Macbeth poderia ter sorrido se encontrasse um fio puxado em sua meia fina.

"É para você", disse ela, estendendo o fone na direção de Walter.

"Para mim?", perguntou ele, surpreso. "Quem é?"

"Eu realmente não saberia dizer", Ellen respondeu com voz doce. "Já que você tem tantos amigos que um telefone só não basta para receber todas as ligações deles..."

Como Walter não fez movimento algum para pegar o fone, ela o botou delicadamente de volta no gancho.

"Vão ligar de novo", garantiu ela, ainda sorrindo daquele jeito terrível.

"Eu devia era despejar vocês dois", disse a tia de Walter. Depois, virou-se para Ellen e disse: "Mocinha, você nega que todo aquele despautério com ovos e ligações telefônicas fosse uma tentativa de enredar o meu sobrinho para levá-lo ao matrimônio?".

"Certamente que não", disse Ellen. "Quer dizer, sim, eu nego *sim*."

"Walter Nesmith", disse a tia, "você admite que todas aquelas suas artimanhas com queijos e rádios eram uma tentativa de se aproximar dessa moça?"

"Certamente", disse Walter. "Quer dizer, não, eu *não* admito."

"Ótimo", disse a tia de Walter. "Vocês são exatamente o par de idiotas que eu teria escolhido um para o outro." Ela se levantou com muita dignidade, fez sinal para Walter se afastar e começou a andar a caminho da porta. "Lembre-se", disse, sacudindo as luvas de novo na direção de Ellen. "Nem um centavo."

Então abriu a porta e seguiu pelo hall, secando os olhos com o lenço e — algo surpreendente para uma senhora de idade como ela — gargalhando, até precisar parar e se apoiar na parede perto do elevador.

"Eu sinto muito", Walter disse para Ellen, quase balbuciando. "Eu *realmente* sinto muito desta vez... por favor, acredite em mim, eu não tinha a *mínima* ideia... eu não teria de jeito nenhum... nada senão o mais profundo respeito... uma brincadeira, sabe... espero que você não tenha realmente achado..."

"Eu entendo perfeitamente", disse Ellen num tom gélido. "Está tudo muito claro. Isso só mostra aquilo que eu sempre soube a respeito de rapazes que acham que só o que eles têm que fazer é..."

O telefone tocou.

Ellen esperou alguns instantes antes de falar. Então disse: "É melhor você atender".

"Eu sinto muito, de *verdade*", pediu Walter, sem dar um único passo em direção ao telefone. "Quer dizer, eu sinto muito, de *verdade*", repetiu, agitando as mãos no ar. "Pelo que a minha tia disse sobre o que ela achava que você queria que eu fizesse..." Sua voz fraquejou miseravelmente.

De repente, Ellen começou a rir.

A raiva certamente é um problema que requer muita análise. Não surpreende que uma pessoa possa ficar com raiva de outra, principalmente se são duas pessoas gentis que raramente se exasperam, cujas emoções tendem a ser brandas e que preferem ser amigas de todo mundo a inimigas de quem quer que seja. Uma raiva dessas aponta para uma situação tão aguda que só uma drástica revisão de comportamento é capaz de remediá-la.

Um dos dois, Walter Nesmith ou Ellen Webster, poderia ter se mudado, claro. Mas, como observou a tia de Walter, não estava nada fácil encontrar apartamento, e os motivos e os números de telefone dos dois já estavam tão inextricavelmente misturados àquela altura que, no cômputo geral, parecia mais sensato deixar para lá.

Além disso, a tia de Walter, que ainda dá risadinhas quando o nome do sobrinho é mencionado, não os manteve em suspense por muito tempo. Não foi generosíssima, obviamente, mas lhes enviou uma carta, que ambos acharam deveras confusa, e um cheque de um valor suficiente para dar entrada na compra de uma casa extremamente modesta no campo, escolhida pelos dois de comum acordo. Eles até negociaram uma solução conciliatória e tiveram quatro filhos: dois meninos e duas meninas.

.08

A sra. Melville faz uma compra

Charm, outubro de 1951

A sra. Randolph Henry Melville não estava acostumada a ter de esperar vendedoras virem atendê-la. A sra. Melville acreditava que vendedoras que não a atendiam num determinado momento só podiam estar do outro lado do balcão cochichando com outras vendedoras sobre a vida pessoal do supervisor do andar ou fazendo transações secretas com outros fregueses, sem dúvida envolvendo mercadorias especiais ou excepcionalmente difíceis de obter. Normalmente, bastava a sra. Melville bater com força no balcão e dizer: "Moça!". Outras vezes, porém, era necessário a sra. Melville ir até a vendedora e interromper sua conversa particular com algum comentário cortante como: "Quanto tempo eu tenho que ficar aqui esperando até que alguém venha me servir?", enfatizando a palavrar *servir* para que a vendedora entendesse claramente, se não tivesse entendido ainda, que ela estava ali para servir a sra. Melville, para obedecê-la, para cumprir servilmente as ordens dela, e não para ficar lá, cochichando.

Desta vez — e é motivo de louvor que ela não tenha ficado ainda mais furiosa do que ficou —, a sra. Melville tinha batido no balcão e dito: "Moça!"; tinha andado até a outra ponta do balcão e dito, carregando na ênfase: "Quanto tempo eu tenho que ficar aqui esperando até que alguém venha me *servir*?"; tinha ficado parada com o peso do corpo em cima de um pé e depois em cima do outro; tinha soltado um suspiro, tamborilado as unhas no balcão e olhado ao redor, irritada; tinha feito uma grande exibição de impaciência, em proveito de ninguém, remexendo em blusas e as atirando para o lado; e, por fim, com extrema veemência, exclamado alto para a loja inteira ouvir: "Ora, *francamente*!". E durante todo esse tempo, todo o maldito tempo em que a sra. Melville ficou ali esperando, a vendedora estava do outro lado do balcão, cochichando, sorrindo e, ao que parecia, não vendendo blusa alguma para a mulher tímida de casaco cinza que não conseguia se decidir.

Quando a sra. Melville disse: "Moça!", a vendedora tinha se virado, sorrido para ela e feito que sim com a cabeça; quando a sra. Melville perguntou quanto tempo ela ia ter de esperar, a vendedora havia respondido educadamente que já ia atendê-la; quando a sra. Melville exclamou: "Ora, *francamente*!", a vendedora tinha dito num tom de voz quase tão ríspido quanto o da sra. Melville: "Senhora, eu só posso atendê-la quando tiver terminado de atender a freguesa que está comigo". A sra. Melville já fizera queixa contra funcionários — e provavelmente incitado para que fossem demitidos — por muito menos do que isso. Já teria, no mínimo, procurado o supervisor do andar para falar da insolência da vendedora, se não quisesse tanto aquela blusa. Era o estilo de blusa perfeito para usar com o seu tailleur de seda preto, para começar. Tinha aquele decote raro que ela quase já perdera a esperança de encontrar, as meias-mangas, o abotoamento nas costas, a gola arredondada. Nenhuma outra loja da cidade — e a sra. Melville estava convicta de que fora a todas — tinha uma blusa como aquela. Era a blusa para a sra. Melville, se — e ela tentava não pensar nisso — houvesse alguma no tamanho dela.

Dava para ver as blusas empilhadas com esmero nas prateleiras atrás do balcão. Uma preciosa pilha teria de conter a *sua* blusa. Ela não conseguia ver os tamanhos, mas as cores eram rosa-choque, uma cor que a sra. Melville secretamente adorava e a deixava muito tentada; verde-limão, que ela achava que seria sua segunda opção; uma espécie de azul-claro, que ela estava convencida de que fazia sua pele parecer amarelada; branco, que era impraticável na sua opinião; preto, que ficaria estranho com um tailleur preto; e vários tipos de xadrez, que a sra. Melville infelizmente tivera que abandonar quando entrou da noite para o dia na casa dos 40 e o seu tamanho passou de modo quase imperceptível de quarenta a um número ainda mais alto que o da sua idade. Se tivesse uma blusa do seu tamanho em rosa-choque... ou em verde-limão...

"Pois não?"

A sra. Melville deu um pulo; estava perdida em devaneios, imaginando-se com o tailleur de seda preto e a blusa rosa-choque (ou a verde-limão?). ("Eu procurei pela cidade inteira", contava a alguma amiga com quem almoçava num restaurante para lá de elegante, "e simplesmente não conseguia encontrar a blusa que eu queria. Até que um dia — eu nem sei por que fui lá, foi totalmente por acaso, eu não estava nem *pensando* em procurar blusas — enfim, eu falei para mim mesma que não custava nada entrar lá e...") "Eu estou plantada aqui há meia hora", disse a sra. Melville. "Tem alguma *razão* para eu ter tido que esperar meia hora para ser servida?"

"Sinto muito", disse a vendedora, obviamente se segurando para não falar para a sra. Melville que ela só estava ali fazia no máximo uns quatro minutos. "Eu estava atendendo outra freguesa."

"E só tem você aqui? Não tem mais nenhuma outra vendedora?"

"A outra vendedora saiu para almoçar, senhora. O que gostaria de ver?"

"Almoçar?", disse a sra. Melville, contrariada.

A vendedora soltou um suspiro, hesitou e disse: "Posso lhe mostrar alguma coisa?".

A sra. Melville decidiu garantir a sua blusa primeiro e se zangar depois. "Bom", disse com relutância, "eu gostaria de dar uma olhada na blusa que está nesse manequim."

"De que tamanho, por favor?"

A sra. Melville lançou um olhar nervoso para a vendedora. "Razoavelmente grande, eu acho", disse ela. "Eu gosto de blusa que fique larga no corpo." A vendedora esperou. "Quarenta e oito", a sra. Melville disse em voz baixa.

"Quarenta e oito", repetiu a vendedora em voz alta. "De que cor?"

"Rosa", disse a sra. Melville, "ou verde."

"Eu não sei se vou ter no seu tamanho, senhora", disse a vendedora, numa voz que ainda parecia alta demais para aquelas circunstâncias. Ela se virou, desanimada, e começou a remexer nas pilhas de blusas. "Quarenta", disse. "Quarenta e dois. Acho que não fazem tamanho quarenta e oito em *nenhuma* dessas duas cores."

"Nem em rosa?", perguntou a sra. Melville. "Você tem certeza de que está procurando no lugar certo?"

"Eu tenho em preto", disse a vendedora. "A maioria das pessoas de físico grande preferem o preto."

"Mocinha", disse a sra. Melville, "eu estou comprando uma *blusa*, não as suas *opiniões*."

A vendedora olhou para a sra. Melville por cima do ombro. "Eu não posso dar à senhora o que eu não tenho", disse.

"E em verde?", perguntou a sra. Melville. "Aquela ali não é uma verde?"

A moça puxou a blusa da pilha de um jeito brusco. "Essa blusa parece tamanho quarenta e oito?", perguntou.

"Quarenta e seis", disse a sra. Melville, consultando a etiqueta. "Eu *posso* usar tamanho quarenta e seis", falou com convicção para a moça. "Só que eu prefiro blusas largas."

A vendedora deu de ombros. "Nesse número eu tenho em verde *e* em rosa", disse. "Quer dizer, se a senhora acha que pode usar tamanho quarenta e seis. Essa blusa custa 12,95 dólares."

"Está muito cara", a sra. Melville afirmou na mesma hora.

"É o que diz na etiqueta", disse a moça. "Não sou eu que decido os preços."

"Estou muito em dúvida sobre esse rosa", disse a sra. Melville.

"Eu tenho essa blusa em rosa, verde, azul, preto e branco", disse a moça num tom de enfado.

"Bom", disse a sra. Melville, "eu não *posso* levar a preta, branco simplesmente não fica bem em mim. Eu preciso de alguma cor perto do meu rosto."

A moça levantou os olhos para olhar para a sra. Melville e disse, apática: "Tem dela em preto, branco, azul, rosa e verde".

"A rosa é muito bonita", comentou a sra. Melville, ponderando. Botou a blusa rosa na frente do corpo e se olhou no espelho em cima do balcão. Depois a pousou e fez o mesmo com a verde. "Eu realmente acho que a rosa me favorece mais", disse.

A vendedora bocejou, cobrindo educadamente a boca, e disse: "As duas cores vendem muito bem".

"Mas, por outro lado", disse a sra. Melville, "a verde... não sei bem por que, parece mais elegante. Você não acha?"

"A verde vende muito bem", disse a moça. "E a rosa também."

"Qual das duas *você* acha melhor?", perguntou a sra. Melville.

"Eu realmente não sei dizer", respondeu a vendedora.

A sra. Melville olhou para ela de modo hostil; aquela moça estava sendo realmente muito irritante. "Eu vou levar *essa*", disse a sra. Melville de repente. Desinteressada, a moça fez que sim, sem olhar para a blusa que a sra. Melville lhe estendeu. Pegou a blusa com indiferença, depois o dinheiro da sra. Melville e se foi. A sra. Melville teve que esperar de novo.

Quando a vendedora finalmente voltou com a blusa dentro de um saquinho e o troco, a sra. Melville já estava com raiva de novo. "Antes que eu vá embora", ela disse para a moça num tom de voz que sugeria que a qualidade do atendimento que lhe fora dispensado naquela loja havia deixado muito a desejar, "você pode me informar o seu nome e o seu número, por favor?".

"Está na nota da compra", explicou a moça. "Aí dentro, no pacote."

"É bom que você saiba", disse a sra. Melville, "que eu pretendo registrar uma queixa contra você por insolência. Acho que a sua atitude em relação a essa compra foi absolutamente horrorosa e vou fazer todo o possível para..."

"Com licença", disse a moça. "Eu preciso ir ali atender outra freguesa."

Ela estava sorrindo quando se afastou, mas depois se virou e voltou. "O setor de reclamações", disse. "Faça a sua queixa no setor de reclamações. No nono andar, perto do elevador."

A sra. Melville deu as costas com raiva e foi embora, pisando firme.

Ela estava no segundo andar. Sabia por experiência própria que não adiantaria nada se queixar da vendedora insolente com o supervisor do andar nem com o ascensorista. Com os dentes trincados e o seu pacote debaixo do braço, a sra. Melville se dirigiu à escada rolante e ao nono andar, pensando, enquanto andava, que em qualquer loja bem administrada o setor de reclamações seria mais acessível. Quando chegou à escada rolante, subiu nela como quem vai cumprir um dever não de todo desagradável.

O terceiro andar pareceu à sra. Melville não passar de uma breve exposição de roupas de banho, todas obviamente tamanho trinta e oito e, ela pensou com recato, todas chocantes demais para serem usadas em praias públicas. O quarto andar era onde ficavam os tailleurs, que tinham cortes extravagantes e enfeites em excesso e, ao que parecia, não eram confeccionados em tamanhos grandes, chegando no máximo ao número quarenta e quatro. O quinto andar era dedicado a utensílios de porcelana, cerâmica e vidro, e a sra. Melville pensou, ao passar por ali, que a loja devia perder muita mercadoria, porque eles botavam as louças em exposição em mesas tão próximas umas das outras que só pessoas muito magras poderiam passar entre elas sem risco de derrubar alguma coisa.

No sexto andar ficava o restaurante, que tinha o nome de A Velha Taberna e uma decoração pesada, num tom escuro de vermelho e com móveis de carvalho envelhecido. Nas paredes revestidas de lambris havia tapeçarias e janelinhas quadriculadas, que davam para a seção de tapetes e para o setor de crédito de um lado e para uma parede branca de outro.

A sra. Melville era incapaz de passar por um restaurante sem entrar. *Restaurante*, seu cérebro dizia, *comida, cadeira, cardápio, comer. O setor de reclamações,* pensou, *ainda estará lá daqui a uma hora*. Mantida em suspense por mais esse tempo, a vendedora provavelmente aprenderia uma lição mais dura. Sem mais resistências além de uma olhadela na direção da escada rolante, a sra. Melville passou pelo portal ornamental de madeira e entrou na Velha Taberna. Escolheu uma mesa confortavelmente próxima do fundo do restaurante e esticou as pernas, com um suspiro.

Uma garçonete, que usava uma saia amarela rodada e engomada, veio atendê-la. Quando examinou o cardápio, a sra. Melville ficou para lá de contente por ter decidido entrar ali. Por um extraordinário golpe de sorte, ela havia chegado justo na hora em que o Almoço do Comprador cedia lugar ao Chá do Comprador, de modo que, se quisesse, ela poderia escolher iguarias dos dois cardápios. Seu olhar foi atraído pela salada de atum do Almoço do Comprador e pela torrada com canela do Chá do Comprador. *Sanduíche quente de rosbife?* A sra. Melville — que havia almoçado duas horas antes e comido croquetes de galinha com batata frita e torta de chocolate com creme — ficou se perguntando se o rosbife estaria gorduroso. Ou chá com sanduichinhos sortidos? Ela ficou pensando com carinho nesses delicados e pequeninos petiscos, feitos com fatias de pão sem casca e talvez recheados de cream cheese e geleia, salmão defumado ou manteiga de amendoim e bacon, e suspirou de novo. Leu as Sugestões Geladas, as listas de bebidas e sobremesas e hesitou um bom tempo pensando no sundae de caramelo com castanhas. *Talvez um ovo recheado picante? Um* muffin *inglês?* A sra. Melville bateu com o cardápio na bochecha, num longo momento de indecisão.

Por fim, com a garçonete parada impaciente ao seu lado, a sra. Melville hesitou uma última vez e escolheu a salada de atum. Dando outro suspiro, desta vez de pura satisfação, a sra. Melville pousou seu pacote com cuidado na cadeira ao lado e deixou o casaco escorregar pelos ombros. Relaxou os pés cansados debaixo da mesa, se recostou e fechou os olhos por alguns instantes. Fazer compras era cansativo, principalmente com tudo tão difícil de achar, com vendedoras tão petulantes e com o setor de reclamações num lugar tão distante.

Quando a salada de atum chegou, a sra. Melville percebeu que não era bem aquilo tudo que ela imaginava. Tinha atum e maionese de menos e aipo demais, a alface estava murcha, e a garçonete, por alguma razão, tinha decidido servir bolachas integrais de centeio para a sra. Melville em vez dos bolinhos de milho quentes que o cardápio prometia. Ela levantou o dedo e chamou a garçonete.

"Eu achei que a salada viesse acompanhada de bolinhos de milho quentes."

"Sinto muito", disse a garçonete. "Os bolinhos acabaram."

"E pãezinhos?"

"Também acabaram."

"Pão de fôrma?", disse a sra. Melville, elevando levemente a voz.

A garçonete indicou as bolachas. "Só sobrou isso", disse, sucinta.

"Aquela mulher ali recebeu bolinhos", observou a sra. Melville.

"Ela chegou antes da senhora."

"Isso é absurdo", resmungou a sra. Melville. "Eu *jamais* teria pedido a salada se soubesse que não tinha mais bolinho de milho. Vocês não *avisam* essas coisas aos fregueses, não?"

Sem responder, a garçonete se afastou lentamente em direção à outra mesa. "Moça!", chamou a sra. Melville, ríspida. A garçonete se virou. "Traga mais maionese", ordenou ela, "outra porção de manteiga e café sem açúcar e sem creme, rápido."

A garçonete olhou brevemente para a sra. Melville e saiu andando de novo. A sra. Melville começou a comer sua salada. Ela ia registrar queixa contra a vendedora do departamento de blusas e ficar lá até que lhe garantissem que a moça seria demitida. Ia denunciar a vendedora e exigir um pedido de desculpas formal.

Uma pessoa se sentou na cadeira em frente à dela, do outro lado da mesa.

Ora, a sra. Melville odiava ser observada enquanto comia e detestava ter de pedir mais manteiga na frente de uma pessoa desconhecida, principalmente quando, como parecia ser o caso, a outra pessoa era magra, ágil e mulher. Para demonstrar seu extremo desagrado, a sra. Melville não dirigiu os olhos para a mulher nem uma única vez, mas viu por trás dos cílios que a mulher usava um tailleur ou um casaco escuro e com certeza era bem magra, pois tinha conseguido se sentar na cadeira apertada entre a parede e a mesa sem se espremer, sem balançar a mesa, nem pedir para a sra. Melville chegar para trás. Quando a garçonete veio, a outra mulher falou brevemente: "Chá com limão", o que enfureceu ainda mais a sra. Melville. Qualquer pessoa que entrava num restaurante — um lugar onde servir comida e comer era uma obrigação — e pedia só uma xícara de chá com limão virava automaticamente alvo da antipatia da sra. Melville. Mais irritada do que em qualquer outro momento daquele dia, a sra. Melville abandonou os vestígios de sua salada e falou para a garçonete: "A conta, por favor".

Sem dizer nada, a garçonete fechou a conta e a entregou para a sra. Melville. Com esforço, a sra. Melville começou a enfiar de volta os braços dentro do casaco, tomando cuidado para não olhar para a mulher do outro lado da mesa; ela não gostava de ser observada enquanto vestia o casaco. A Velha Taberna estava começando a se encher de gente que queria tomar o Chá dos Compradores, e o vai e vem de pessoas atrás da cadeira da sra. Melville fez com que o seu esforço para vestir o casaco se tornasse mais violento; quando ela dava um último puxão nas lapelas para juntá-las à frente do peito, a garçonete voltou, pousou uma xícara de chá diante da mulher do outro lado da mesa e um copinho de papel minúsculo na frente da sra. Melville. "A sua maionese", disse a garçonete e sorriu.

Indignada, a sra. Melville se recusou a deixar sequer um mísero centavo de gorjeta, levantou-se e dirigiu-se à caixa.

"Eu quero registrar queixa contra aquela garçonete impertinente", disse. "Aquela ali, de saia amarela."

"O que foi que ela fez?", perguntou a caixa, num tom indiferente.

"Ela se recusou a trazer o que eu pedi", disse a sra. Melville. "Falou de maneira grosseira e, quando eu pedi mais..."

"Setor de reclamações", disse a caixa sem entusiasmo. "Eu não posso fazer nada a respeito disso aqui, senhora."

Levantando os olhos sem interesse na direção da sra. Melville, a caixa repetiu "setor de reclamações" num tom de enfado, enquanto pegava o dinheiro da sra. Melville. "Nono andar", acrescentou. "*Eu acho*."

Lançando um último olhar furioso para a garçonete, a sra. Melville pegou seu troco com um gesto brusco e saiu andando com determinação rumo à escada rolante. A vendedora, a garçonete, a caixa — que tipo de loja era aquela? Botando os ombros para trás com firmeza enquanto subia de escada rolante, a sra. Melville pensou com satisfação que ninguém que ela conhecia fazia compras naquela loja, felizmente; como era possível comprar o que quer que fosse numa loja em que as vendedoras criticavam o seu físico, as garçonetes se apossavam dos seus bolinhos e as caixas não se sensibilizavam com os sentimentos dos fregueses?

Ela desceu da escada rolante no oitavo andar, seguiu em direção ao último lance de escada que precisaria subir e estacou de repente. Seu pacote. O pacote em que estava a sua preciosa blusa tinha ficado lá embaixo, no restaurante.

"Ah, por que será que ninguém me *lembrou* do pacote?", a sra. Melville perguntou em voz alta, o que fez com que uma mulher que passava por ela a caminho da escada rolante seguinte lhe dirigisse um olhar torto. Irritada a ponto de perder a fala, a sra. Melville deu meia-volta silenciosamente e seguiu na direção da escada rolante que descia. Lá foi ela de volta, descendo todos os andares que havia subido e atravessando de novo o portal de madeira da Velha Taberna. Havia pessoas na mesa que ela ocupara. Na verdade, quase todas as mesas estavam cheias agora. Duas mulheres jovens, obviamente casadas, distintas e donas de belas casas nos subúrbios, com chapéus e casacos de bom gosto, estavam sentadas nos lugares em que a sra. Melville e a mulher desconhecida haviam se sentado havia pouco. Embora uma delas usasse um casaco verde-escuro com gola de vison e um chapéu de palha verde, e a outra, um tailleur de lã marrom com uma estola de pele e um chapéu de palha castanho, as duas eram, de alguma forma estranha e sutil, incrivelmente parecidas, e ambas dirigiram um olhar calmo e seguro para a sra. Melville quando ela se aproximou da mesa e disse, contendo a voz:

"Me desculpem, mas eu esqueci um pacote aqui, nesta cadeira." Ela indicou a cadeira em que a mulher de verde-escuro estava sentada. "As senhoras viram?"

As duas mulheres olharam uma para outra. "Por acaso era um saquinho?", perguntou a de marrom; a sra. Melville notou que ela tomava chá e comia a torrada com canela. "Um saquinho desta loja aqui?"

"Sim, claro", disse a sra. Melville, ficando impaciente de novo. "Onde ele está?"

"Minha nossa!", a mulher de verde exclamou para a de marrom. Ela comia um sanduíche de queijo e presunto no pão integral; *uma boa escolha*, pensou a sra. Melville.

"Pois é", disse a de marrom, fazendo que sim com a cabeça. Ela se virou para a sra. Melville. "Acho que nós cometemos um equívoco *terrível*", admitiu ela. "Tinha uma mulher tomando chá aqui quando nós chegamos, mas ela logo foi embora, então nós encontramos o pacote na cadeira, eu a chamei e dei o pacote para ela."

"Deu o *meu* pacote para ela?", disse a sra. Melville, perplexa.

"Nós achamos que fosse dela", explicou a de verde. "Estava aqui na cadeira, sabe? Pensando agora", ela disse para a de marrom, "ela teve realmente uma reação meio estranha."

"Foi meio estranha mesmo", concordou a de marrom. "Foi *muito* estranha. Quando eu dei o pacote para ela, ela ficou *olhando* para mim."

"É", concordou a de verde. "Por que a senhora não pergunta nos Achados e Perdidos?", ela sugeriu alegremente à sra. Melville.

"Como ela era, essa mulher?", perguntou a sra. Melville.

"Bom", disse a de verde, "ela era magra e tinha a pele escura. E era meio estranha."

"*Eu* achei aquela mulher *muito* estranha", disse a de marrom, categórica. "Tinha a pele escura e era magra."

A sra. Melville deu as costas de repente, sem agradecer, e viu a garçonete que tinha sido grosseira com ela. Andando com determinação até a moça, a sra. Melville perguntou: "Você viu aquela mulher que sentou na minha mesa?".

A garçonete lhe lançou um olhar vazio. "Não", respondeu a moça. A sra. Melville lembrou que não tinha deixado gorjeta. Como a moça continuou a olhar para ela sem nenhuma expressão no rosto, a sra. Melville disse, num tom persuasivo: "Ela roubou um pacote que me pertencia. Eu quero o meu pacote de volta".

"O que tinha no pacote?", perguntou a garçonete.

"Uma blusa", respondeu a sra. Melville, tensa. "Você viu a mulher?"

A garçonete olhou para a sra. Melville com uma expressão doce. "Tente o setor de reclamações", disse. "É lá em cima, no nono andar."

A sra. Melville apertou os lábios, depois achou melhor não discutir com aquela moça mal-educada; foi às pressas até a moça da caixa, que virou a cabeça loura e olhou para ela com ar de enfado. "Você viu uma mulher magra e de pele escura sair daqui com um pacote?"

"Vi milhões delas", disse a caixa.

"Essa só tomou uma xícara de chá e mais nada", disse a sra. Melville.

"Milhares delas só tomaram uma xícara de chá", disse a caixa. "A senhora já veio aqui antes."

"Eu perdi um pacote", disse a sra. Melville. "Ela roubou."

A caixa fez que não com a cabeça. "Eu não vi nada", disse.

Exasperada, a sra. Melville saiu da Velha Taberna pisando firme. Perto da escada rolante que subia para o sétimo andar e depois dela, a caminho do nono andar, ela parou de novo. Sua blusa tinha sido roubada, certamente, mas por uma mulher muito magra. Ora, a sra. Melville tinha plena consciência de que a blusa que ela havia comprado era tamanho quarenta e seis e, mesmo não sabendo quase nada sobre a mulher magra que a tinha roubado, a sra. Melville sabia que a mulher magra com certeza não vestiria manequim quarenta e seis; afinal, a mulher tinha se espremido sem reclamar para passar no espaço exíguo entre a mesa e a parede e havia pedido apenas uma espartana xícara de chá. Além disso, qualquer pessoa que se apossasse ilegalmente de uma blusa comprada ali mesmo naquela loja ficaria em pânico se fosse descoberta. Pois bem, raciocinou a sra. Melville, se *ela* (nem é bom pensar!) tivesse roubado um pacote e, ao ir com ele para o toalete feminino mais próximo, tivesse descoberto que ele continha uma blusa com uma numeração muito maior que a dela *e* a nota de compra, o que ela faria? Ora, a sra. Melville disse a si mesma, triunfante, ela iria correndo para o departamento em que a blusa tinha sido comprada, inventaria uma história e tentaria trocá-la por um número menor antes que houvesse algum alvoroço por causa do sumiço do pacote. Obviamente, deduziu a sra. Melville, a mulher que havia roubado a blusa podia estar tentando trocá-la naquele instante.

Obstinada, a sra. Melville tornou a pegar a escada rolante, desta vez para descer. Fez o mais rápido que pôde o caminho de volta até o departamento de blusas, olhando ao redor durante o caminho todo, à cata de alguma mulher magra, de pele escura e suspeita, provavelmente manequim trinta e oito.

O departamento de blusas estava deserto. A vendedora de quem a sra. Melville ainda pretendia se queixar estava debruçada no balcão. A sra. Melville andou em direção a ela.

"Moça", ela disse alto, antes mesmo de chegar ao balcão. "Você lembra que eu comprei uma blusa aqui?"

A moça fez que sim. Ela lembrava.

A sra. Melville falou num tom enfático: "Alguém *roubou* aquela blusa".

A vendedora respirou fundo. "O que a senhora quer que *eu* faça?", perguntou. "Dê outra para a senhora?"

"Olha, escuta aqui", a sra. Melville começou a dizer, mas depois se conteve e falou: "O que eu quero é saber se alguém veio aqui trocar aquela blusa por outra de outro tamanho".

"Deixe-me pensar", disse a moça. "Aquela blusa era número quarenta e seis, não era? Ou era quarenta e oito?"

"Quarenta e seis", disse a sra. Melville.

"Bom", disse a moça, "não são muitas pessoas que usam blusas *tão grandes*. Então, se alguém tivesse vindo trocar uma blusa *desse tamanho*, com certeza eu teria notado."

A sra. Melville apertou a bolsa com força. "Alguém nesta loja roubou aquela blusa", disse.

"A senhora pode pedir ajuda no setor de reclamações", disse a moça, com ar inocente.

Quando a sra. Melville estava abrindo a boca para responder, uma mulher veio até o balcão e parou do lado dela. "Moça?", disse a mulher com voz suave.

A sra. Melville se virou devagar. A mulher era magra e usava um casaco e um chapéu escuros. Além disso, segurava um pacote duvidosamente semelhante ao da sra. Melville e dizia para a vendedora:

"Hoje mais cedo eu comprei uma blusa aqui. Acho que foi outra vendedora que me atendeu, porque tenho quase certeza que não foi *você* que me vendeu a blusa." Ela riu, constrangida. "Enfim", continuou, "quando eu comprei a blusa, eu falei para a vendedora que queria levar a blusa lá para cima e experimentar com um tailleur e que talvez eu voltasse para trocar por outra cor, se não combinasse com o tailleur...” Ela parou de falar quando viu a vendedora fazer que sim com a cabeça educadamente.

“Cor errada?”, disse a vendedora num tom profissional, começando a abrir o pacote.

“Ah, *não*”, disse a mulher. “Quer dizer, a cor é perfeita. Eu adorei. Não, na verdade é o tamanho que está errado. Ela deve ter feito alguma confusão.”

A vendedora tirou a blusa de dentro do saco e a estendeu em cima do balcão. A sra. Melville olhou para a blusa e começou a respirar mais rápido; uma felicidade profunda a invadiu.

“É exatamente o tom de rosa que eu gosto”, a mulher magra disse timidamente. “Mas é número quarenta e seis. A vendedora deve ter me dado essa por engano.” A mulher magra riu. “Basta olhar para mim para você *ver* que eu não sou manequim quarenta e seis”, disse.

Foi a risada que fez a sra. Melville decidir como iria agir. Ela olhou brevemente para a vendedora — que olhou para ela também com um rosto sem expressão — e depois se afastou um pouco. A mulher magra olhou para a sra. Melville de um jeito nervoso. “Eu não pretendia passar na sua frente”, disse a mulher magra, sorrindo timidamente. “É só que eu fiquei tão chateada, quer dizer, eu estou com tanta pressa...”

“Não tem problema nenhum”, disse a sra. Melville. “Fique à vontade.” Ela nunca havia dito isso.

“Bom”, disse a mulher magra para a vendedora, “como você pode ver, deve ter sido algum engano. Eu queria uma blusa rosa tamanho trinta e oito, e de alguma forma ela pegou uma blusa rosa número quarenta e seis e embrulhou por engano. Quer dizer, só pode ter sido algum engano.”

“Número trinta e oito?”, confirmou a vendedora, virando-se para as pilhas de blusas nas prateleiras atrás dela. “Aqui, rosa, tamanho trinta e oito.” Sem olhar para a sra. Melville, ela disse com voz clara: “Para mim não é problema receber a quarenta e seis de volta. Hoje de manhã mesmo eu tive um pedido de uma blusa tamanho quarenta e seis”.

“É mesmo?”, disse a mulher magra. “Eu nunca imaginaria que alguém tão grande iria querer usar esse rosa.”

"É um espanto o que as pessoas acham que podem usar", disse a vendedora, sem olhar para a sra. Melville. "Eu atendi uma senhora hoje de manhã que pediu essa blusa rosa tamanho quarenta e seis."

A mulher magra estremeceu. "Eu nem sabia que fabricavam nada tão grande em outras cores além de preto ou marrom", disse ela.

"Ah, sim", disse a vendedora, enquanto dobrava a blusa para botá-la no saco. "Eu acho que algumas dessas mulheres nem pensam se as roupas vão cair bem nelas ou não. Devem achar que vão ficar tão bem com essa blusa quanto qualquer outra pessoa."

A mulher magra pegou o pacote. "*Muito* obrigada", disse ela. "Você foi muito gentil se dando a todo esse trabalho."

"Trabalho nenhum", disse a vendedora.

A mulher magra sorriu de novo para a sra. Melville. "Espero não ter atrasado a senhora."

"De forma alguma", disse a sra. Melville.

A mulher magra saiu andando rapidamente e a sra. Melville, lançando um último olhar ameaçador para a vendedora, foi atrás dela.

A mulher magra carregava vários pacotes, mas o saco contendo a blusa era o que a sra. Melville vigiava; ele estava debaixo de um dos braços finos cobertos de preto e, enquanto a mulher andava às pressas em direção à escada rolante que descia, a sra. Melville conseguiu ver seu chapéu escuro e o pacote debaixo do seu braço.

Como a loja não estava cheia, não era difícil para a sra. Melville seguir a mulher com os olhos sem precisar chegar muito perto e, então, ela deixou que a mulher tomasse a escada rolante e descesse até quase o meio do caminho para só aí tomar a escada ela própria. Quando chegou ao térreo, a mulher virou à direita e seguiu na direção da saída que desembocava numa grande avenida. Então a sra. Melville se deu conta de que precisava correr, pois a mulher planejava sair da loja e, depois que fosse para a rua, seria praticamente impossível pegá-la. Enquanto se aproximava da sua presa, a sra. Melville debatia mentalmente suas possibilidades: seria melhor encurralar e acusar a mulher na seção de lenços e meias? Dar um bote nela na seção de cosméticos? Interpelá-la diante de outros compradores perto do balcão de luvas? Forçá-la a devolver a blusa sob o olhar do atendente do balcão de informações?

Então, misericordiosamente, a mulher magra hesitou, olhou para o relógio na parede, para um balcão, para o relógio de novo, depois parou e foi até o balcão. A sra. Melville foi atrás dela com determinação e viu que ela remexia às pressas numa pilha de suéteres pousada em cima do balcão, sobre a qual havia uma placa que dizia "Promoção — 1,98 dólar". Indo mais para perto da mulher, a sra. Melville começou também a remexer nos suéteres. *Que horríveis*, pensou; *nenhuma garota com mais de 10 anos ficaria bem numa coisinha minúscula e colorida dessas*. Ao lado dela, a mulher magra puxou um suéter da pilha, passando todos os seus pacotes para um braço para usar a outra mão para estender o suéter.

"Moça", ela disse timidamente para a vendedora, "quanto custa esse aqui?"

A sra. Melville chegou ainda mais perto.

"Todos estão por um e noventa e oito", respondeu a vendedora. "Todos o mesmo preço."

A mulher magra olhou para o suéter. "Será que é do meu tamanho?", ela perguntou à vendedora. "Eu não estou conseguindo encontrar nenhuma etiqueta."

Contrariada, a vendedora olhou para o suéter. "As pessoas arrancam a etiqueta de tudo só porque está na liquidação", disse. "Deve ser tamanho trinta e oito ou por aí."

A mulher fez que sim com a cabeça rapidamente e pousou seus pacotes no balcão, ao lado da sra. Melville, para levantar o suéter e colocá-lo na frente do corpo. "A cor é bonita", disse para a vendedora. "Bem mais bonita que a de uma blusa que eu acabei de comprar lá em cima e paguei..."

• • •

Mas a sra. Melville não ficou para ouvir quanto a mulher magra havia pagado pela blusa; ela já sabia, de qualquer forma, e andava às pressas em direção à escada rolante, apertando junto ao peito o pacote que continha a blusa cara. Tentou se esconder no meio das chusmas de compradores e se dirigiu à escada rolante junto a um grupo de pessoas, passando na frente delas sem pedir desculpas. Na escada rolante, subiu rápido, quase correndo pelos degraus em movimento, e depois, no segundo andar, foi andando numa ligeireza com que nunca havia andado na vida rumo ao departamento de blusas. A mesma vendedora, tão entediada e alheia quanto antes, estava atrás do balcão. A sra. Melville pousou o pacote com força em cima do balcão e disse alto: "Aqui".

A vendedora a reconheceu; àquela altura o rosto da sra. Melville devia lhe parecer tão familiar quanto o da sua própria mãe ou o do supervisor do andar, porque, ao olhar para a sra. Melville, ela fechou brevemente os olhos e disse: "Sim?".

"Devolve a minha blusa", disse a sra. Melville, fazendo um esforço tão grande para respirar devagar que não conseguia falar muito. "Eu quero que você dê a minha blusa de volta."

A vendedora abriu o pacote e tirou de lá a blusa rosa tamanho trinta e oito. "A senhora quer", ela disse pausadamente, "trocar essa blusa por outra de outro tamanho?"

"Quero", respondeu a sra. Melville. "Você sabe perfeitamente o que eu quero."

"E qual é o tamanho que a senhora quer?"

"Devolve a minha blusa", disse a sra. Melville, entre dentes. "Você sabe qual é. Devolve a minha blusa."

A vendedora deu de ombros, se virou e pegou uma blusa rosa da pilha, depois deu uma olhada na etiqueta, disse "Número quarenta e seis" em voz alta e a botou dentro do saco.

"Na próxima vez...", a sra. Melville começou a dizer, mas, por mais que tentasse, não conseguia cogitar uma próxima vez; não havia palavras que fossem esmagadoras o bastante. "Na próxima vez...", repetiu a sra. Melville inutilmente. Então deu as costas e saiu, pisando firme.

"Setor de reclamações, nono andar!", a vendedora gritou na direção dela e deu uma risadinha.

Segurando a blusa com firmeza debaixo do braço — embora não acreditasse de fato que a mulher magra fosse atrás *dela* —, a sra. Melville seguiu seu caminho, absorta em pensamentos. Ela havia triunfado sobre aquela loja de atendentes mal-educados e preguiçosos, pensou, aquela loja em que se permitia que pessoas roubassem pobres fregueses. Onde estaria aquela loja, perguntou-se indignada a sra. Melville, se pessoas como ela não comprassem ali? Ela só tinha entrado naquela loja por puro acaso, e eles achavam mesmo que o modo como havia sido tratada a encorajaria a *voltar*? A sra. Melville se lembrava muito bem da irritação que tinha sentido logo de início, quando comprou a blusa. A resposta grosseira da vendedora sobre o rosa-choque e o verde-limão...

A sra. Melville estacou no meio do departamento de sapatos.

Lembrou o que havia pensado quando estava comprando a blusa, que tinha ficado em dúvida em relação à cor, que tinha concluído que a verde era mais elegante e — atinou de modo súbito e irresistível — que tinha escolhido a blusa *verde*. Definitivamente ela havia cogitado em levar a rosa, remoído a ideia e depois chegado à conclusão de que a verde era mais elegante, foi exatamente isso que ela disse a si mesma, exatamente essa a palavra que ela usou. Tinha, sem dúvida nenhuma, decidido levar a blusa verde naquela primeira vez. E a blusa que agora estava dentro do pacote, debaixo do seu braço, era rosa-choque.

A hesitação não era um dos defeitos da sra. Melville. Depois de ficar parada por um momento no meio do departamento de sapatos, ela ajeitou o pacote debaixo do braço para segurá-lo com mais firmeza, botou os ombros para trás e, com boa vontade para com o mundo, foi andando vigorosamente até a placa que indicava o caminho onde estavam os tailleurs minúsculos, as louças, A Velha Taberna e — a sra. Melville sabia que chegaria lá desta vez — o setor de reclamações.

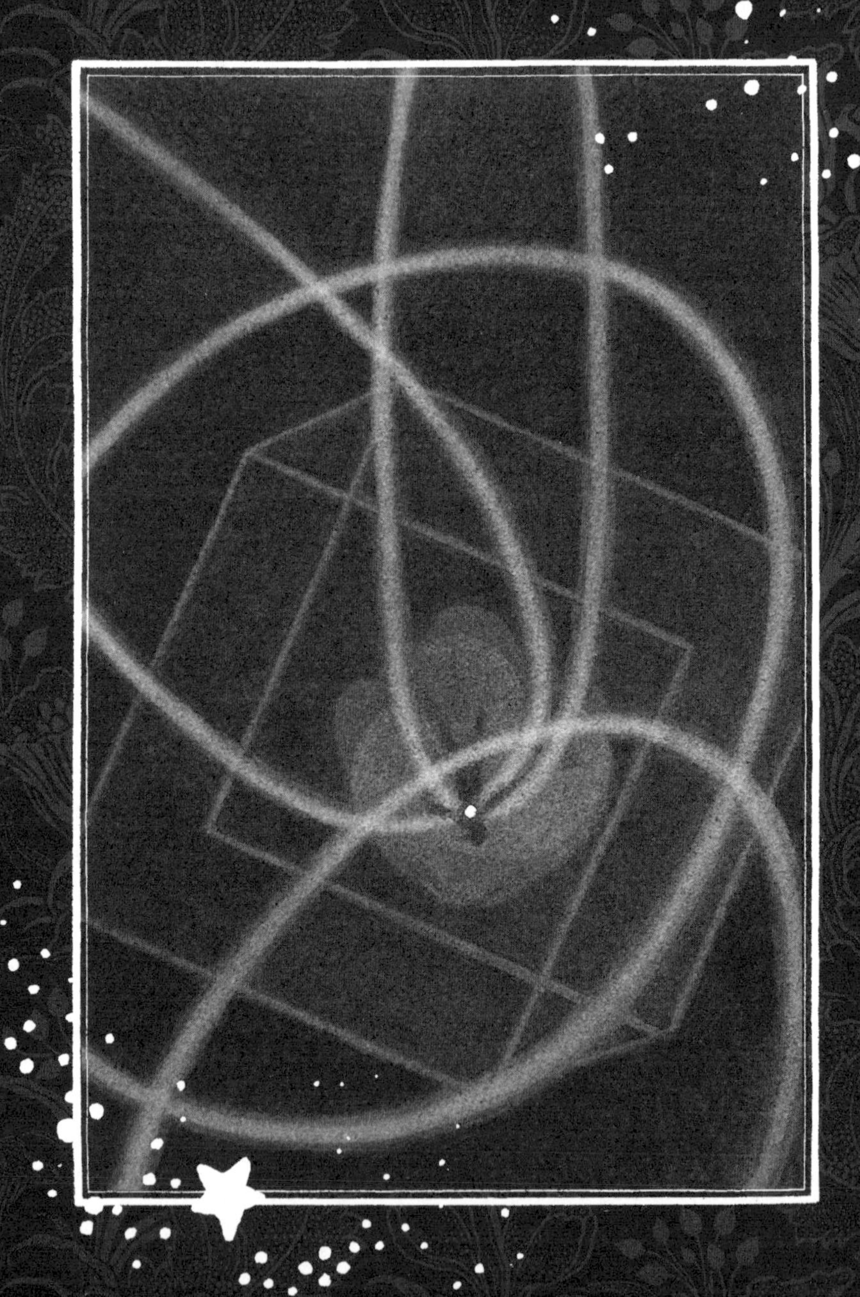

.09

Viagem com uma mulher

Harper's, julho de 1952

"Querido", disse a sra. Wilson, aflita, "você tem *certeza* de que vai ficar *bem*?" "Tenho, claro", respondeu Joseph. Ele recuou depressa quando ela se abaixou para beijá-lo de novo. "*Mãe*", disse ele. "Está todo mundo *olhando*."

"Eu ainda não sei se não era melhor alguém ir com ele", disse a mãe de Joseph. "Você tem *certeza* de que ele vai ficar bem?", ela perguntou ao marido.

"Quem, o Joe?", disse o sr. Wilson. "Claro que vai, não vai, filho?"

"Claro", disse Joseph.

"Um menino de 9 anos é perfeitamente capaz de viajar sozinho", disse o sr. Wilson no tom paciente de quem há dias vem repetindo sem parar essas mesmas palavras para uma mãe nervosa.

A sra. Wilson olhou para o trem como quem tenta avaliar a força de um inimigo. "Mas e se *acontecer* alguma coisa?", perguntou.

"Escuta, Helen", disse o marido, "o trem vai partir daqui a uns quatro minutos. A mala do Joe já está dentro do trem. Está perto do banco em que ele vai ficar sentado até chegar a Merrytown. Eu falei com o cabineiro, dei 2 dólares para ele e ele me prometeu que vai ficar de olho no

Joe e garantir que o menino desça do trem com a mala dele quando o trem parar em Merrytown. Ele tem 9 anos, Helen, e ele sabe o próprio nome, sabe para onde está indo e sabe onde tem que saltar, e o avô dele vai pegá-lo na estação e vai telefonar para você assim que eles chegarem à casa dele, e o cabineiro..."

"Eu sei", disse a sra. Wilson, "mas você tem certeza de que ele vai ficar *bem*?"

O sr. Wilson e Joseph olharam brevemente um para o outro, depois desviaram o olhar.

A sra. Wilson se aproveitou daquele momento de desatenção de Joseph para botar o braço em volta dos ombros dele e beijá-lo de novo, muito embora ele tenha se esquivado, o que a fez beijar só o alto da cabeça dele. "*Mãe*", disse Joseph, zangado.

"Eu não quero que nada aconteça com o meu menininho", disse a sra. Wilson com um sorriso valente.

"Mãe, pelo amor de *Deus*", disse Joseph. "É melhor eu entrar no trem", ele disse para o pai.

"Boa ideia", disse o pai.

"Tchau, mãe", disse Joseph, recuando em direção à porta do trem; olhou rápido para um lado e para o outro da plataforma, depois se aproximou da mãe e lhe deu um velocíssimo beijo na bochecha. "Se cuida", disse ele.

"Não se esqueça de telefonar assim que chegar lá", avisou a mãe. "Nem de me escrever todo dia e de dizer para a sua avó que você tem que escovar os dentes toda noite e que se o tempo esfriar..."

"Tá bom", disse Joseph. "Tá bom, mãe."

"Até breve, filho", disse o pai.

"Até breve, pai", disse Joseph. Os dois trocaram um solene aperto de mão. "Se cuida", disse Joseph.

"Divirta-se", disse o pai.

Enquanto subia os degraus para entrar no trem, Joseph ouvia a mãe dizer: "E ligue para a gente quando chegar lá e tome cuidado...".

"Tchau, tchau", disse ele, entrando no trem. Seu pai havia escolhido para ele um assento duplo no final do vagão e, depois que se acomodou, Joseph olhou pela janela por uma questão de dever. O pai, com um ar de preocupação nada másculo, acenou para ele e fez que sim com a cabeça vigorosamente, como que para indicar que ia ficar tudo bem e que eles tinham conquistado uma bela vitória, mas a mãe, retorcendo as mãos de nervoso, veio para perto da janela do trem e — felizmente sem ser ouvida por quem estava do lado de dentro, mas provavelmente sendo ouvida com muita clareza num raio de quilômetros por quem estava do lado de fora — lhe fez o que pareceu ser um extenso relato de como ela havia mudado de ideia e achava melhor ir com ele, afinal. Joseph fez que sim, sorriu, acenou e encolheu os ombros para sinalizar que não estava ouvindo nada, mas a mãe continuou a falar, volta e meia olhando aflita para a frente do trem, como se temesse que a locomotiva pudesse arrancar e levar Joseph embora antes que ela tivesse conseguido ter absoluta certeza de que ele ia ficar bem. Joseph, que acreditava com certa razão que nos últimos dias a mãe havia lhe falado de todos os fatos pertinentes concebíveis a respeito da viagem que ele faria sozinho para a casa dos avós e dos temores que ela sentia em relação a essa viagem, conseguiu discernir frases como "Tenha cuidado", "Ligue para nós assim que chegar lá" e "Não se esqueça de escrever". Então, o trem avançou, hesitou e tornou a avançar ligeiramente, e Joseph se afastou da janela, ainda acenando e sorrindo. Ele não tinha dúvida de que o que a mãe estava dizendo enquanto o trem partia era: "Você tem *certeza* de que vai ficar bem?". Ela jogou um beijo para ele enquanto o trem se afastava, e ele se esquivou.

Analisando suas perspectivas enquanto o trem o levava lentamente para longe de seus pais, Joseph se sentiu satisfeito. A viagem duraria apenas pouco mais de três horas, ele sabia o nome da estação e o seu bilhete estava guardado em segurança dentro do bolso do paletó; embora tivesse relutado em sucumbir da forma que fosse aos temores da mãe, ele havia conferido várias vezes, furtivamente, se o bilhete continuava lá. Estava levando meia dúzia de revistas em quadrinhos — um luxo que normalmente não lhe era concedido — e uma barra de chocolate; estava com a sua mala e o seu boné e tinha se encarregado pessoalmente de guardar na mala a sua luva de homem da primeira base. Tinha 1 dólar dentro do bolso da calça, porque a mãe achou que ele devia levar algum dinheiro por precaução, caso — possibilidades que haviam lhe passado concretamente pela cabeça — o trem sofresse algum acidente (embora o pai tenha ressaltado que, em caso de grandes desastres, não se esperava que as vítimas pagassem as próprias despesas, pelo menos não antes que as famílias fossem notificadas) ou talvez para o caso de ele precisar gastar com algo importante que a renda do avô não pudesse cobrir. O pai havia achado que Joe devia levar algum dinheirinho caso quisesse comprar alguma coisa e porque um homem não devia viajar sem dinheiro no bolso. "Ele pode conhecer alguma garota no trem e querer pagar um lanche para ela", disse o pai num tom bem-humorado, e a mãe, olhando para o marido com ar pensativo, comentou: "Tomara que o *Joseph* não faça esse tipo de coisa", e então Joe e o pai piscaram um para o outro. Assim, considerando suas revistas em quadrinhos, sua mala, seu bilhete e sua barra de chocolate e sentindo a presença imperceptível, mas enfática da nota de 1 dólar no bolso, Joe se recostou na poltrona macia, olhou brevemente pela janela para as casas que agora iam ficando para trás numa velocidade constante e disse consigo: "Rapaz, isso é que é vida".

Antes de desfrutar das maravilhas das histórias em quadrinhos e do chocolate, ele passou um tempo observando as casas da sua cidade desaparecerem ao longe; à sua frente, na fazenda do seu avô, esperava-o um verão com vacas, cavalos e prováveis lutas na grama; atrás dele ficavam a escola e suas infinitas amolações, sua mãe e seu pai. Ficou se perguntando por um momento se sua mãe ainda estaria olhando para o trem lá da estação e falando para ele escrever, depois praticamente se esqueceu dela. Soltando um suspiro de puro prazer, acomodou-se e escolheu uma revista em quadrinhos para ler, que narrava aventuras totalmente realistas de um mágico poderoso entre povos africanos hostis. *Rapaz,* isso *é que vida,* repetiu consigo, olhou de novo pela janela e viu um menino da sua idade sentado em cima de uma cerca, vendo o trem passar. Por um momento, Joseph pensou em acenar para o menino, mas concluiu que isso não era um comportamento digno de um viajante; além do mais, o menino da cerca usava um suéter de malha sujo, o que fez Joe se remexer, inquieto, sob o seu colarinho duro e o seu paletó, e pensar com nostalgia em seu suéter velho e confortável com o emblema do "Brooklyn Dodger" que estava dentro da mala. Então, justo quando lhe ocorreu a ideia traiçoeira de trocar de roupa no trem, e a ideia de chegar na casa do avô vestindo outra coisa que não o seu terno se tornou uma possibilidade, todos os pensamentos sensatos foram expulsos da sua cabeça por um golpe cruel e desnecessário. Alguém se sentou do lado dele, respirando ruidosamente, e pelo rápido sopro de perfume e o farfalhar de tecidos que só podiam ser de um vestido, Joe concluiu, com um forte sentimento de injustiça, que o seu paraíso tinha sido invadido por uma mulher.

"Esse lugar não está ocupado, está?", perguntou ela.

Joe se recusou a reconhecer a existência da mulher, e, quando virou a cabeça para olhar para ela, respondeu, mal-humorado: "Não, não está". *Ora bolas*, ele pensou, *então por que ela acha que* eu *estou sentado aqui? Será possível que não tem outro lugar no trem para ela sentar sem pegar o meu?*

Ele pareceu absorto contemplando a paisagem diante da janela do trem, mas intimamente desejava com todas as forças que a mulher lembrasse de repente que tinha esquecido de trazer a mala ou o bilhete ou que tinha deixado a torneira da banheira aberta em casa — qualquer coisa que a fizesse descer do trem na estação seguinte e a tirasse do caminho dele.

"Você vai para longe?"

Ah, claro, ela vai falar também, pensou Joe; *não satisfeita em pegar o meu lugar, ela agora vai ficar tagarelando no meu ouvido, a desgraçada.* "Vou", disse ele. "Merrytown."

"Como você se chama?"

Pela sua longa experiência, Joe poderia ter respondido a todas as perguntas dela de uma vez, tão acostumado estava com aquele tipo de interrogatório — "eu tenho 9 anos", ele poderia ter dito, "estou no quinto ano e, não, eu não gosto da escola e, se você quer saber o que eu aprendo lá, é nada, porque eu não gosto da escola e, sim, eu gosto de ir ao cinema e estou indo para a casa do meu avô e, mais do que tudo, eu detesto mulheres que chegam e sentam do meu lado e me fazem perguntas idiotas, e, se a minha mãe não ficasse o tempo todo me torrando a paciência com esse negócio de ser educado, provavelmente eu pegaria as minhas coisas e me sentaria em outro lugar, e se você não parar de me fazer perguntas..."

"Como você se chama, menininho?"

Menininho, Joe disse consigo, indignado; *além de tudo, ela ainda por cima me chama de menininho.*

"Joe", disse ele.

"Quantos anos você tem?"

Ele levantou os olhos, enfadado, e os fixou no cobrador, que entrava no vagão; *querer que essa chata tenha esquecido o bilhete com certeza é pedir demais, mas será que não dava para ela ter pegado o trem errado?*

"Está com o seu bilhete aí, Joe?", perguntou a mulher.

"Estou", disse Joe. "E você?"

Ela riu e disse — aparentemente se dirigindo ao cobrador, já que a voz dela naquele momento não era a voz que as mulheres usam para falar com menininhos, mas a voz que elas usam quando se dirigem a cobradores, motoristas de táxi e vendedores — "Infelizmente, eu estou sem bilhete. Não tive tempo de comprar".

"Para onde a senhora vai?", perguntou o cobrador.

Será que vão botá-la para fora do trem? Pela primeira vez, Joe se virou e olhou para ela, ávido e cheio de esperança. *Será que por acaso, por favor, pelo amor de Deus, vão botá-la para fora do trem?* "Eu vou para Merrytown", respondeu ela, e todas as convicções de Joe sobre as atitudes geralmente imbecis do mundo adulto se confirmaram: o cobrador arrancou uma tira de papel de um bloco, fez um furo nela e falou para a mulher: "Dois e setenta e três". Enquanto a mulher procurava o dinheiro na bolsa — *se já sabia que teria que comprar um bilhete*, Joe pensou com irritação, *por que ela não separou o dinheiro antes?* —, o cobrador pegou o bilhete de Joe e sorriu para ele. "O seu menino está com o bilhete *dele* na mão", comentou.

A mulher sorriu. "É que ele chegou à estação antes de mim", disse ela.

O cobrador lhe entregou o troco e seguiu adiante. "Isso foi engraçado, ele achar que você era o meu menininho", disse a mulher.

"É", disse Joe.

"O que é que você está lendo?"

Aborrecido, Joe pousou sua revista.

"Uma história em quadrinhos."

"É interessante?"

"É", disse Joe.

"Olha, um policial", disse a mulher.

Joe olhou para onde ela apontava e viu — ele não teria acreditado se lhe contassem, já que sabia perfeitamente que a maioria das mulheres não conseguia diferenciar um policial de um carteiro — que era inegavelmente um policial e que ele olhava para os ocupantes do vagão de um jeito muito parecido com o que olharia se desconfiasse que havia um assassino ou um ladrão de joias internacional viajando tranquilamente naquele trem. Depois de passar alguns instantes esquadrinhando o vagão com os olhos, o policial foi andando na direção das últimas cadeiras, onde Joe e a mulher estavam sentados.

"Nome?", ele perguntou à mulher num tom severo.

"Sra. John Aldridge, oficial", a mulher respondeu de pronto. "E esse é o meu menininho, Joseph."

"Oi, Joe", disse o policial.

Emudecido, Joe olhou para o policial e fez um débil aceno com a cabeça.

"Onde vocês embarcaram?", o policial perguntou à mulher.

"Em Ashville", disse ela.

"Viu alguma mulher mais ou menos da sua altura e tipo físico, com um casaco de pele, entrando no trem em Ashville?"

"Acho que não", disse a mulher. "Por quê?"

"Ela é procurada", respondeu o policial, secamente.

"Fique de olho", ele disse para Joe. "Você pode ganhar uma recompensa."

Ele continuou andando pelo vagão, parando de vez em quando para falar com mulheres que pareciam estar sozinhas. Então a porta na outra ponta do vagão se fechou atrás dele e Joe se virou e olhou bem para a mulher sentada ao seu lado. "O que foi que você fez?", perguntou.

"Roubei uma quantia em dinheiro", respondeu a mulher e deu um sorriso largo.

Joe retribuiu o sorriso. Se fosse duramente pressionado, ele poderia, levando em conta toda a sua experiência até então, ter identificado apenas a mãe como uma mulher ao mesmo tempo bonita e agradável; naquele caso, porém — e talvez isso tenha sido intensificado por uma espécie de aura criminosa —, ele achou a mulher sentada ao seu lado muito mais atraente do que havia lhe parecido de início. Ela era bonita, tinha cabelo sedoso, um sorriso simpático e não estava com muito batom nem coisas na cara; seu casaco de pele, que às vezes roçava na mão de Joe, era bem macio e gostoso. Além disso, desde que ela havia sorrido para ele, Joe tinha certeza de que não ia mais haver perguntas sobre coisas idiotas como quantos anos ele tinha e se ele gostava da escola, e ele se pegou sorrindo de volta para ela de um jeito bastante amigável.

"Eles vão te prender?", perguntou ele.

"Com certeza", disse a mulher. "E não vai demorar muito. Mas valeu a pena."

"Por quê?", perguntou Joe; o crime, ele bem sabia, não compensava.

"Bom", disse a mulher, "eu queria muito passar umas duas semanas me divertindo lá em Ashville. Queria este casaco aqui, sabe? E queria comprar uma porção de roupas e outras coisas."

"E aí?", disse Joe.

"E aí que eu peguei o dinheiro do velho pão-duro para quem eu trabalhava, me mandei para Ashville e comprei roupas, fui muito ao cinema e outros lugares assim e me diverti à beça."

"Como umas férias", disse Joe.

"Exato", concordou a mulher. "Eu sabia o tempo todo que iam me pegar, claro, porque eu sempre soube que ia ter que voltar para casa alguma hora. Mas, olha, valeu a pena!"

"Quanto você roubou?", perguntou Joe.

"Dois mil dólares", respondeu a mulher.

"Caramba!", disse Joe.

Eles se recostaram confortavelmente. Joe, quase sem pensar, ofereceu à mulher sua revista em quadrinhos sobre os caçadores de cabeça africanos, e quando o policial voltou e veio andando pelo vagão, observando-os atentamente, os dois estavam recostados lado a lado, a mulher aparentemente imersa na aventura africana, Joe absorto nas aventuras de um repórter voador que solucionava horrendos assassinatos praticados por gangues.

"Está gostando da sua revista, mãe?", Joe perguntou alto quando o policial passou, e a mulher riu e disse: "Estou sim, estou sim".

Quando a porta se fechou, a mulher disse baixinho: "Sabe de uma coisa, eu quero ver até quando consigo fugir deles".

"Não dá para fugir para sempre", observou Joe.

"Não", disse a mulher, "mas eu gostaria de voltar por conta própria e devolver o que sobrou do dinheiro. Eu já tive as minhas duas semanas de diversão."

"Eu acho", disse Joe, "que se é a primeira vez que você fez esse tipo de coisa, talvez eles não vão te punir tanto assim."

"E eu nunca mais vou fazer isso de novo", disse a mulher. "Quer dizer, você meio que planeja a sua vida inteira para ter um momento bom de verdade como esse, e aí você consegue suportar a sua punição sem se importar tanto."

"Eu não sei", disse Joe, relutante, enquanto vários pequenos pecados seus envolvendo fósforos, os charutos do pai e as lancheiras de outras pessoas lhe passavam pela cabeça; "eu tenho a impressão que, mesmo que você ache *agora* que nunca mais vai fazer de novo, às vezes... bom, às vezes você acaba fazendo de novo mesmo assim." Ele pensou um momento. "Mas eu sempre *digo* que nunca mais vou fazer."

"Bom, se fizer de novo, você vai receber uma punição duas vezes pior na vez seguinte", observou a mulher.

Joe sorriu. "Uma vez eu peguei uma moeda de 10 centavos da bolsa da minha mãe", disse. "Mas *isso* eu nunca mais vou fazer."

"Foi a mesma coisa que eu fiz", disse a mulher.

Joe balançou a cabeça. "Se os policiais estão planejando bater em você como o meu pai bateu em mim...", disse ele.

• • •

Os dois ficaram calados por um tempo, como bons companheiros, e então a mulher disse: "Escuta, Joe, você está com fome? Vamos até o vagão-restaurante?".

"Eu não tenho permissão para sair daqui", disse Joe.

"Mas eu não posso ir sem você", disse a mulher. "Eles só não suspeitam de mim porque a mulher que eles querem não iria estar viajando com o menininho dela."

"Para de me chamar de seu menininho", disse Joe.

"Por quê?"

"Me chama de filho ou algo assim", disse Joe. "Chega desse negócio de menininho."

"Está bem", disse a mulher. "Enfim, eu tenho certeza de que a sua mãe não iria se importar que você fosse ao vagão-restaurante *comigo*."

"Até parece", comentou Joe, mas se levantou e foi andando atrás da mulher, em direção ao vagão seguinte. As pessoas os olhavam quando eles passavam e depois desviavam o olhar, e Joe pensou, exultante, que elas olhariam mais ainda se soubessem que os dois, uma dupla aparentemente inocente composta por mãe e filho, estavam passando a perna nos policiais a cada passo que davam.

Eles encontraram uma mesa no vagão-restaurante e se sentaram. A mulher pegou o cardápio e disse: "O que você vai querer, Joe?".

Felicíssimo, Joe olhava para a mulher, para os garçons que andavam rápido de um lado para o outro, para os talheres reluzentes, para a toalha e os guardanapos brancos. "Difícil dizer logo de cara", disse ele.

"Hambúrguer?", sugeriu a mulher. "Espaguete? Ou você prefere pedir só duas ou três sobremesas?"

Joe arregalou os olhos. "Você quer dizer, por exemplo, só uma torta de morango com sorvete e um sundae com calda quente de chocolate?", perguntou. "Algo assim?"

"Isso", disse a mulher. "Melhor a gente comemorar enquanto pode."

"Quando eu peguei aquela moeda de 10 centavos da bolsa da minha mãe", contou Joe, "eu gastei cinco com chiclete e cinco com chocolate."

"Mas me diga uma coisa", disse a mulher, inclinando-se para a frente com ar sério, "quando você comeu o chocolate e o chiclete... foi bom? Quer dizer, foi tão bom quanto costuma ser?"

Joe fez que não. “Eu estava com tanto medo que alguém me visse que comi o chocolate todo com duas dentadas e em pé na rua e não tive coragem nem de abrir o chiclete.”

A mulher fez que sim. “Acho que é por isso que eu estou voltando tão rápido”, disse ela, soltando um suspiro.

“Bom”, disse Joe, com senso prático, “melhor comer uma torta de morango antes, pelo menos.”

Eles tomaram o lanche tranquilamente. Conversaram sobre beisebol e televisão e o que Joe queria ser quando crescesse; o policial passou pelo vagão-restaurante uma vez e cumprimentou os dois alegremente, fazendo um aceno com a cabeça, e o garçom arregalou os olhos e riu quando Joe decidiu arrematar seu lanche com um pedaço de melancia. Quando terminaram de comer e a mulher pagou a conta, eles descobriram que o trem chegaria a Merrytown dali a quinze minutos e voltaram correndo para os seus lugares para pegar as revistas em quadrinhos e a mala de Joe.

“Muito obrigado pelo lanche”, Joe disse para a mulher quando eles se sentaram de novo e se parabenizou por ter se lembrado de agradecer.

“De nada”, disse a mulher. “Você não é meu menininho, afinal?”

“Olha esse negócio de menininho”, advertiu Joe, e ela disse: “Quer dizer, você não é meu filho?”.

O cabineiro encarregado de ficar de olho em Joe abriu a porta do vagão e botou a cabeça do lado de dentro. Deu um sorriso tranquilizador para Joe e disse: “Daqui a cinco minutos a gente chega à sua estação, garoto”.

“Obrigado”, disse Joe e se virou para a mulher. “Talvez”, disse, ansioso, “se você disser para eles que está arrependida *de verdade*...”

“Não vai dar”, disse a mulher. “Eu realmente me diverti à beça.”

“Imagino que sim”, disse Joe. “Mas você não vai fazer isso de novo.”

“Bom, eu sabia desde o início que seria punida mais cedo ou mais tarde”, admitiu a mulher.

“É”, disse Joe. “Agora não tem como escapar.”

O trem foi diminuindo a velocidade lentamente até parar, e Joe se inclinou na direção da janela para ver se o avô o esperava.

“É melhor nós descermos separados”, disse a mulher; “o seu avô pode ficar preocupado se vir você com uma estranha.”

"É, acho que sim", concordou Joe. Ele se levantou e pegou sua mala. "Tchau, então", disse com relutância.

"Tchau, Joe", disse a mulher. "Obrigada."

"De nada", disse Joe e, quando o trem parou, ele abriu a porta e foi para perto dos degraus. O cabineiro o ajudou a descer com a mala e, quando se virou, Joe viu o avô vindo pela plataforma em sua direção.

"Olá, rapaz", disse o avô. "Então você conseguiu."

"Claro", disse Joe. "Não tem nenhum mistério."

"Eu nunca achei que você não fosse conseguir", disse o avô. "A sua mãe quer que você..."

"Telefone assim que chegar", completou Joe. "Eu sei."

"Vamos lá, então", disse o avô. "A sua avó está esperando em casa."

Ele conduziu Joe até o estacionamento, botou a mala dele no carro e abriu a porta para ele entrar. Enquanto o avô se acomodava no banco da frente ao lado dele, Joe olhou para trás, na direção do trem, e viu a mulher andando na plataforma com um policial a segurando pelo braço. Joe pôs a cabeça para fora do carro e acenou vigorosamente. "Tchau", gritou.

"Tchau, Joe!", a mulher gritou de volta, acenando.

"Que pena que ela acabou sendo pega pela polícia", Joe comentou com o avô.

O avô riu. "Você anda lendo história em quadrinhos demais, rapaz", disse ele. "Nem toda pessoa acompanhada de um policial está sendo presa. É provável que ele seja irmão dela ou coisa assim."

"É", disse Joe.

"Fez boa viagem?", perguntou o avô. "Aconteceu alguma coisa?"

Joe pensou. "Eu vi um menino sentado em cima de uma cerca", disse. "Mas não acenei para ele, não."

.10

A coisa mais maravilhosa

Good Housekeeping, junho de 1952

A jovem sra. Hartley, que ainda se lembrava com muita clareza da dor, do ressentimento e da sensação de injustiça que havia experimentado fazia tão pouco tempo, estava deitada no leito do hospital, tentando contar até mil de sete em sete ou recitar de memória o máximo de receitas que pudesse. Quando uma enfermeira (a jovem Rose, que andava pelos corredores cantando) olhou rapidamente pelo vão da porta, a sra. Hartley sorriu e levantou a mão para acenar para ela, e a enfermeira sorriu de volta e seguiu em frente. *Eles têm tanta certeza de que eu estou bem*, pensou a sra. Hartley. Quando perdia a conta por volta de quatrocentos e vinte ou não conseguia se lembrar de meia colher de chá de alecrim, a sra. Hartley levantava o tronco e se apoiava num cotovelo para tomar um pouco de água pelo canudo ou contava os quadrados no teto — quadrados tão limpos e perfeitos, tão asseados e bem-arrumados, como os leitos, a comida e até a própria sra. Hartley — ou fazia palavras cruzadas, tentando se lembrar, irritadiça, de alguma palavra de onze letras que quisesse dizer "irremediável". Naquele dia, com o lápis bem ao seu alcance na mesa de leito, ela resolveu, em vez disso, pegar seu relógio de pulso. Havia acabado de dar três horas: faltava uma hora e meia para a hora de se lavar para jantar, seis horas para a hora de dormir, quinze horas para a hora de acordar na manhã seguinte. Ela olhou para a pilha de romances policiais em cima da mesa, convenientemente próxima da cama, e suspirou. *Só uma hora e meia para a hora de se lavar para jantar*, disse a si mesma como uma espécie de encantamento, *só seis horas para...*

"Com licença", disse Mac, e a sra. Hartley falou sem se virar: "Eu estou *bem*, Mac". Mac era a enfermeira que cuidava da sra. Hartley e só Deus sabe de quantas pessoas mais; que provavelmente não era chamada de srta. MacIntyre desde a primeira vez em que sacudiu um termômetro; que se orgulhava de seu talento natural para lidar com bolsas de enema e agulhas hipodérmicas; que trazia boletins diários sobre o clima lá fora. "Com licença", disse Mac.

A sra. Hartley se virou e franziu o cenho. "Mac", começou a dizer, "eu já falei..." Ela se interrompeu para observar a movimentação. "Escuta", continuou depois de alguns instantes, "este é um quarto particular, Mac. Eu estou *pagando* por um quarto particular."

"E?", disse Mac num tom amistoso. "Sou *eu* que vou ficar em maus lençóis por causa disso, imagino. Mas fique quieta, por favor, que a moça aqui está dormindo."

"Mas ela não pode vir para cá", disse a sra. Hartley. "Isso está *errado*, Mac."

Mac abriu um largo sorriso e a sra. Hartley teve de sorrir também, embora Mac continuasse a manobrar a maca para passar com ela no espaço entre o leito da sra. Hartley e a parede, em direção ao outro leito do quarto.

"Você está tendo esse trabalho à toa, porque logo, logo vai ter que tirá-la daqui de novo", disse a sra. Hartley.

Mac saiu da frente da maca, foi para perto da cama da sra. Hartley e sacudiu o dedo na frente do nariz dela, num gesto de advertência. "Quer gritar, grita", disse ela. "Chama todo mundo aqui e fala que eu trouxe uma mulher doente para um quarto de hospital. Mas, a menos que pretenda mesmo gritar, a senhora vai ficar quieta e me deixar botar a moça na cama."

"O que é que ela tem?", perguntou a sra. Hartley, desconfiada.

Mac fez uma careta, depois riu. "Ela tem um bebê que não tinha antes", disse Mac. "O que mais ela poderia ter?"

Calada e apoiada num cotovelo, a sra. Hartley ficou observando enquanto Mac e outra enfermeira levantavam a moça franzina da maca e a botavam na outra cama, que estava desocupada fazia um bom tempo porque a sra. Hartley tinha feito questão de ficar sozinha no quarto. A cabeça loura da moça se manteve imóvel no travesseiro e ela mal parecia respirar, mas, no silêncio, volta e meia era possível ouvi-la se mexer de leve e murmurar.

"Ela vai acordar daqui a pouco", disse Mac. "Quando ela acordar, me avisa, está bem?" Ela beliscou o dedão do pé da sra. Hartley por cima das cobertas e saiu do quarto, empurrando a maca.

"Mac, escuta", a sra. Hartley começou a dizer, mas se calou quando a moça na outra cama se mexeu. *E se ela tentar se levantar?*, pensou a sra. Hartley, nervosa. *O que é que eu vou poder fazer? Não é justo a Mac fazer isso; eu podia até dar queixa dela.* Determinada, a sra. Hartley pegou o pequeno botão que acendia uma luz fora do quarto e servia para chamar Mac, e então, pronta, disse a si mesma com firmeza que no dia seguinte, logo de manhã, aquela moça iria sair do seu quarto particular. *Será que a respiração dela ficou mais fraca?* Com o dedo pairando em cima do botão que acendia a luz, a sra. Hartley ficou observando, olhando ora para a porta, ora para a outra cama.

"Jimmie?", disse com clareza a moça na outra cama. "Jimmie?"

A sra. Hartley ficou olhando para ela por um momento, mas, quando a moça repetiu insistentemente "Jimmie?", disse a sra. Hartley: "Ele já vem".

"Mãe?"

A sra. Hartley pigarreou, nervosa. "Estou aqui, querida", disse.

"Jimmie?", repetiu a moça e, em seguida, virou a cabeça. Apavorada, a sra. Hartley viu que os olhos dela estavam abertos.

"O que aconteceu?", perguntou a moça. Subitamente sua voz ficou diferente, consciente em vez de abstraída, firme em vez de trêmula. "Onde eu estou?"

"No hospital. Está tudo bem."

A moça franziu o cenho. "Eu não entendo", disse, agitada. "Primeiro eu estou num ônibus e está tudo bem, depois eu estou num hospital e está tudo bem, mas o que aconteceu? Quer dizer, por que eu estou aqui?" Ela se virou e olhou com um ar acusador para a sra. Hartley. "Quem é *você*?"

"Meu nome é Beth Hartley. Você não deveria se levantar." A moça na outra cama tentava se sentar, e a sra. Hartley apertou com força o botão para chamar a enfermeira. "Por favor, fique deitada", disse.

"Eu quero sair daqui", retrucou a moça.

"Eu também", disse a sra. Hartley, irônica. *E quero que* você *saia daqui também*, pensou; *você não pode estar mais ansiosa para ir embora do que eu estou para você ir.* "Olha, é melhor você ficar deitada", sugeriu num tom mais gentil por causa do que tinha acabado de pensar.

Com passos enérgicos, Mac adentrou o quarto. "Ora, ora", disse. "Nós já acordamos? Tão rápido?" Lançou um olhar profissional para a sra. Hartley. "Algum problema?"

"Não sou *eu* que sou a enfermeira", retrucou a sra. Hartley, mal-humorada.

"Por que é que eu estou aqui?", questionou a moça, elevando a voz. "De repente eu acordo e descubro que estou num quarto estranho, com uma mulher estranha, e ninguém faz o mínimo de esforço para me explicar..."

"Essa aqui é a sra. Hartley", disse Mac. "E a senhora está aqui porque menos de cinco minutos atrás eu a trouxe para cá numa maca. O meu nome é Mac." Ela deu um sorriso simpático, depois se virou para a sra. Hartley. "Essa é a sra. Williams", disse, "sra. Molly Williams. E agora todas nós já fomos apresentadas."

A moça voltou seus olhos azuis para a sra. Hartley, depois desviou o olhar de novo. "O que é que eu digo?", perguntou a moça. "Muito prazer?"

A sra. Hartley tentou sorrir, mas só conseguiu arreganhar os dentes, desanimada. "É um prazer tê-la aqui comigo", disse, cravando os olhos em Mac.

"Quanto tempo vou ter que ficar aqui?", perguntou a moça.

"O tempo que for necessário para a senhora voltar a se sentir bem", disse Mac e foi andando em direção à porta. "Logo, logo o jantar será servido", acrescentou e beliscou o dedão do pé da sra. Hartley antes de sair.

"Eu sinto muito que a senhora não goste daqui", disse a sra. Hartley alguns instantes depois.

"Por que eles não me deixam quieta no meu canto?", disse a moça.

A sra. Hartley riu. "Eles não podem fazer isso", explicou ela. "A senhora está doente."

"Estou nada", disse a moça. Irritada, ela se agitou de novo e se remexeu debaixo das cobertas. Apreensiva, a sra. Hartley apertou novamente o botão para chamar uma enfermeira, mas a moça se limitou a perguntar: "A senhora também está doente?".

"Estou", respondeu sucintamente a sra. Hartley, na esperança de desencorajar outras perguntas.

A moça continuou a conversa. "O que a senhora tem? A senhora me parece bem."

"Eu já estou quase boa", disse a sra. Hartley, evasiva. "Devo voltar para casa em poucos dias."

"Eu também", disse a moça. "Eles não vão me segurar aqui."

"Como foi que a senhora veio parar aqui? Quer dizer", continuou a sra. Hartley, constrangida, "o que fez a senhora escolher este hospital se não gosta dele?"

"Bem que eu queria saber", disse a moça, enfaticamente. "Deve ter sido aquela intrometida no ônibus. Eu não estava me sentindo muito bem e ela esfregou as minhas mãos; aí o ônibus parou e ela me ajudou a descer. Ela ia comprar um café para mim e aí... bom, imagino que alguém tenha me trazido para cá, porque eu não lembro de mais nada."

Ela nem sequer perguntou *pelo bebê*, pensou de repente a sra. Hartley, chocada; *como uma pessoa pode ser tão insensível?* "O que a senhora estava fazendo dentro de um ônibus, santo Deus?", perguntou ela, depois acrescentou num tom gentil, "no seu estado?"

"Meu estado?!", disse a moça e riu. "Quem estava ligando para o meu estado? Ou para mim?" Pensou por um momento. "Talvez aquela mulher no ônibus", reconheceu. "Eu estava indo para casa, sabe? O meu pai mora no norte daqui e eu estava indo para lá, só que ele não sabia que eu estava indo."

A sra. Hartley hesitou, refletiu, fez menção de falar, então hesitou de novo. *O que é que eu tenho com isso?*, pensou; *não é problema* meu. Por fim, perguntou: "Não tem mais ninguém que possa se importar?".

"Não", respondeu a moça.

A sra. Hartley resolveu arriscar. "E o seu marido?"

Houve um breve silêncio, então a moça disse, como se reconhecesse claramente a hesitação da sra. Hartley e quisesse que aquele assunto acabasse logo: "Ele está no exército, no exterior. Sei lá onde". Ela levantou as mãos e as deixou cair, num gesto de impotência, e elevou a voz quando a sra. Hartley fez menção de interrompê-la. "Nós nunca quisemos ter filhos", disse. "Nenhum de nós dois *gosta* de criança, e certamente ele não estava planejando voltar e encontrar toda uma família à espera dele..." Ela se calou, amargurada, e a sra. Hartley não conseguiu pensar em nada para dizer. "Ele ficaria melhor se nunca mais nos visse", disse a moça, categórica.

"Sra. Williams", disse a sra. Hartley, depois parou. *Eu não sou nenhuma instituição de caridade*, pensou; *que me importa se essa moça desagradável e o marido dela nunca mais se vejam? Eu lamento pelo bebê, é uma lástima para o bebê, mas o que é que eu tenho a ver com isso? Ninguém se preocupa* comigo. "Não é da minha conta", a sra. Hartley começou a dizer de novo, "mas..."

"Tem razão", disse a moça. "Não é da sua conta."

Elas estavam em silêncio, separadas por um espaço de pouco mais de um metro e por um mundo de animosidade, quando os passos de Mac, mais pesados porque ela carregava uma tigela de água morna em cada mão, forçou-as a se virar e a dar um leve sorriso. *Eu vou pegar a Mac de jeito quando a moça dormir*, a sra. Hartley disse a si mesma; *ela* tem *que tirar essa moça daqui amanhã*. Um forte sentimento de autopiedade se apossou da sra. Hartley; parecia simplesmente demais que, depois de tudo que tinha lhe acontecido e dos longos dias que havia passado sozinha naquele quarto, ela agora fosse forçada a aguentar aquela companhia mofina e insolente. *Eu estou muito, muito chateada com a Mac*, pensou a sra. Hartley.

"Hora de se lavar para jantar, meninas", disse Mac num tom animado. "Só pode jantar quem estiver com as mãos limpas."

"E se eu não quiser jantar?", perguntou a moça, de um jeito azedo.

"Se não quiser, não janta, mas vai estar com as mãos limpas de qualquer forma."

A sra. Hartley, que agora podia ter a cabeceira do leito levemente elevada, já havia se acostumado a lavar o rosto de forma inadequada com uma toalha úmida e a lavar as mãos quase sem conseguir vê-las; a mesa de leito ficava suficientemente acima da altura dos olhos para tornar gestos normais impossíveis. Sua brincadeira favorita com Mac consistia em relembrar uma noite em que o jantar foi espaguete e a sra. Hartley tentou comer deitada. Naquele momento, ela olhou de relance para a cama ao lado, onde a sra. Williams, deitada, penava para conseguir lavar as mãos. "Cuidado para não virar a tigela", disse a sra. Hartley.

"Como eles esperam que alguém..."

"Espera para ver quando a senhora for tentar comer", disse a sra. Hartley. "Sabe, na minha primeira noite aqui, elas serviram espaguete e..."

"Aposto que a comida é horrível", disse a sra. Williams. Deu um empurrãozinho de indignação em sua mesa e a água dentro da tigela espirrou um pouco. "Eu odeio esse lugar."

"Eles sempre trazem o jantar", informou Mac, atravessando o quarto impetuosamente e recolhendo as tigelas, "antes que as minhas meninas tenham se lavado. Sempre, sempre, sempre... a senhora se lavou?", ela perguntou à sra. Williams com ar severo enquanto ia às pressas buscar as bandejas do lado de fora.

"Eu não quero comer", disse a sra. Williams.

"Que pena", disse Mac, reaparecendo. "Hoje o jantar é canja, costeleta de vitela, purê de batata, aspargo e pudim de chocolate."

"Eu não quero nada", disse a sra. Williams, emburrada. "Eu odeio esse lugar."

"Eu vou só pôr a bandeja aqui", disse Mac. "Não tenho outro lugar para botar." Ela pousou a bandeja na mesa em frente à sra. Williams e foi para perto da cama da sra. Hartley. "Como está tudo hoje?", perguntou baixinho. "A senhora está melhor?"

"Tudo bem", disse a sra. Hartley, evitando olhar para Mac. "Eu estou formidável."

"É uma pena", disse Mac. "Se pelo menos eles conseguissem fazer a gente parar de pensar..."

A sra. Hartley riu. "Eu não acredito que você tenha tempo para pensar", disse.

Mac olhou com cuidado para a sra. Williams, que agora devorava o pudim de chocolate. "Às vezes eu consigo ter uma ideia ou outra", disse Mac.

Depois que as bandejas do jantar foram recolhidas, a sra. Williams perguntou de repente: "Há quanto tempo a senhora está aqui?".

"Seis dias."

"Por que tanto tempo?"

A sra. Hartley soltou um suspiro. "Eu vou embora logo", disse ela. "Talvez amanhã ou depois eu já comece a andar por aí."

"Em quanto tempo a senhora acha que eles vão me liberar? Daqui a uns dois dias, talvez?"

"Isso depende do médico."

"*Eu* vou me levantar logo", disse a sra. Williams com convicção.

"Pronta para receber a sua bebê?", perguntou Mac, botando a cabeça para dentro do quarto.

"Eu?", disse a sra. Williams, depois se virou para a sra. Hartley. "Ela está falando comigo?"

"Claro que estou", disse Mac. "Aí vem ela."

Mac chegou para o lado e outra enfermeira, que parecia, se é que era possível, ainda mais asseada e engomada do que ela, entrou no quarto, sorriu para a sra. Hartley e disse: "Sra. Williams? Aqui está a sua bebê".

"Eu não quero", disse a sra. Williams. "Tira essa criança daqui."

A enfermeira hesitou e olhou para Mac, que encolheu os ombros. "Bom, alguém precisa dar essa mamadeira para ela", disse a enfermeira.

"Depois a senhora pode deixá-la na frente da porta de alguém", disse Mac.

"Eu não quero essa criança", disse a sra. Williams, com a voz abafada pelo travesseiro.

"A senhora dá a mamadeira para ela?", Mac perguntou para a sra. Hartley. "Só dessa vez?"

A sra. Hartley ficou olhando para Mac, com a intenção de fazer um gesto de rejeição à bebê, mas, em vez disso, se pegou estendendo os braços para ela. Mac beliscou o dedão do pé da sra. Hartley por cima das cobertas. "Boa menina", disse.

Olhando para o rostinho incônscio, para as mãozinhas fechadas, para a cabecinha minúscula da bebê, a sra. Hartley pensou: eu *comecei assim*. E deu um leve sorriso. "É uma bebê bonita", disse, hesitante.

"Limpe as mãos na gaze", orientou a enfermeira, de um jeito mecânico. "E não se esqueça de segurar a cabeça dela."

Fazendo sinal para Mac ir na frente, a enfermeira saiu do quarto, deixando a sra. Hartley sozinha com a sra. Williams e a bebê. "É uma bebê bonita", repetiu a sra. Hartley, subitamente espantada com o intenso desejo daquela criaturinha de se alimentar. Tudo nela — as mãos, o pescoço e até mesmo os dedos dos pés, que a sra. Hartley sentia se enroscarem sob a manta — parecia voltado unicamente à tarefa de se nutrir. "Mãos tão pequenininhas", disse a sra. Hartley inadequadamente.

"Quem se importa?", perguntou a voz abafada, na outra cama.

Talvez eu consiga fazer isso direito, pensou a sra. Hartley e disse com cuidado: "O meu bebê morreu, sabe?".

"O quê?"

Talvez, pensou a sra. Hartley, *seja melhor eu aprender logo a falar sobre isso sem pensar demais*. "Era para ser uma menina", disse. "É por isso que eu estou aqui há tanto tempo." *Não fale* demais *sobre isso*, pensou; *todo mundo tem problemas.*

Houve um movimento repentino na outra cama, e então a cabeça loura se virou na direção da sra. Hartley. "Puxa, que pena", disse a sra. Williams.

"Não é como se nós não soubéssemos", disse a sra. Hartley com cuidado. "Quer dizer, se você já sabe antes que as coisas não estão indo bem, o choque não chega a ser tão grande quando... Eu ia dar a ela o nome de Elizabeth. É o meu nome, embora todo mundo me chame de Beth. Eu tenho dois meninos, sabe?", acrescentou, sabendo que estava falando demais, mas pensando: *É a primeira pessoa com quem eu falo sobre isso, nem a Mac quer me ouvir, e eu tenho que dizer tudo antes que ela me faça mais perguntas; e de qualquer forma ela ia ter que saber depois*. Ela continuou: "Sabe, eu vou tentar de novo. Eu tenho dois meninos maravilhosos, mas desta vez ia ser uma menina. Nós íamos dar a ela o nome de Elizabeth, o meu nome".

Houve uma breve pausa, então a sra. Williams disse: "É engraçado, a senhora queria a sua bebê e tudo, enquanto eu...".

"A senhora ganhou uma bebê linda", disse a sra. Hartley, olhando para a bebê de novo. "Ela está quase acabando de mamar."

"A maioria das pessoas", disse Mac, botando a cabeça para dentro do quarto, "fica debruçada sobre os seus bebês dizendo coisas como 'Nenê quer mamar?' ou 'Quem é a coisinha mais fofa do mundo?', já as senhoras ficam com um bebê e conversam uma com a outra. Isso não é normal, não mesmo." Ela entrou e parou ao lado da sra. Hartley e da bebê. "Gracinha de bebê", disse. "Que nome a senhora vai dar para ela?"

"Eu?", perguntou a sra. Williams.

"Bom", disse Mac, pensativa, "a coitadinha vai passar maus pedaços se não tiver um nome. Imagina se ela chega aos 6, 7 anos, vai para a escola e as pessoas continuam a chamá-la de 'Ei, você!' ou 'Psiu'."

"Eu quero que ela se chame Elizabeth", disse a sra. Williams.

Mac olhou rapidamente para a sra. Hartley, depois desviou o olhar. "Lindo nome", disse. "A senhora pode chamá-la de Betty, Lizzie ou Betsy."

"Eu quero chamá-la só de Elizabeth", afirmou a sra. Williams. Depois levantou a cabeça e sorriu pela primeira vez, diretamente para a sra. Hartley. "Elizabeth", repetiu.

A sra. Hartley retribuiu o sorriso. "Bom, *eu* sempre gostei desse nome", disse.

"Será que eu poderia segurá-la um pouco no colo antes que você a leve de volta?", a sra. Williams perguntou a Mac.

Mais tarde, depois de Mac ajeitar as camas, tirar as flores da sra. Hartley do quarto e abrir a janela, e depois de a sra. Hartley e a sra. Williams fazerem reclamações indignadas — e inúteis — contra os copinhos de leite de magnésia que tinham que tomar, a sra. Williams, que estava deitada de barriga para cima, olhando para o teto, perguntou de repente: "Você tem algum papel que eu possa usar para escrever?".

"Tenho sim, está aqui em algum lugar." A sra. Hartley pousou seu romance policial e procurou em sua mesa. "Está numa caixa; eu vou jogar para você. Tem caneta dentro."

"Obrigada", disse a sra. Williams.

A sra. Hartley tornou a encostar a cabeça no travesseiro e pensou: *Nove horas para a hora de acordar amanhã. Quem sabe eu volto para cá daqui a um ano? Se voltar, já vou conhecer toda a rotina. Não há nada de errado* comigo*; se ela consegue, eu também consigo... Nove horas para a hora de acordar amanhã, talvez em dez meses eu esteja de volta.* Ela olhou para a outra cama e viu que a sra. Williams a observava.

"Cansada?", perguntou a sra. Hartley.

"Um pouco", disse a sra. Williams. "Tudo bem se eu ficar com as suas coisas e terminar de escrever a minha carta amanhã?"

"Claro", disse a sra. Hartley. "É melhor mesmo você dormir. Seis e pouco da manhã elas já vão trazer a sua bebê de volta."

"Céus", disse a sra. Williams. "Imagino que ela vá me manter bem ocupada."

Depois de alguns instantes de silêncio, a sra. Williams disse com uma voz suave: "Boa noite, Elizabeth".

"Boa noite, Molly", respondeu a sra. Hartley.

A sra. Hartley ficou um bom tempo acordada, observando a sra. Williams, contando as horas. Então, quando estava quase pegando no sono, a porta se abriu de mansinho e Mac entrou. Ela parou perto da outra cama, ficou olhando para a sra. Williams, e a sra. Hartley pensou: *Ela acha que eu também estou dormindo.* E depois: *Como Mac parece cansada; ela não está sorrindo agora que ninguém a está vendo.* Ver Mac sem um sorriso no rosto era demais, e a sra. Hartley disse baixinho: "Boa noite, Mac".

Mac se virou rápido e já estava sorrindo de novo. "Ainda acordada?", perguntou. "Olha isso." Ela foi para perto da cama da sra. Hartley e lhe estendeu uma folha de papel.

A sra. Hartley se deu conta de que era a carta que a sra. Williams estava escrevendo antes de pegar no sono. "Você quer que eu leia essa carta?", perguntou.

"Quero", respondeu Mac. "Não está endereçada à senhora nem a mim, mas eu acho que, de certa forma, ela é para nós também."

A sra. Hartley olhou para Mac, depois para a outra cama, em seguida pegou a carta e a leu sob a luz suave de seu abajur.

"Querido Jimmie", começava a carta. "Aconteceu a coisa mais maravilhosa do mundo! A pequena Elizabeth..."

.11

As amigas

Charm, novembro de 1953

Ellen Lansdowne certamente nunca havia se considerado uma mulher cruel, tampouco insensível ou maldosa. Ainda sentia uma pontinha de vergonha quando se lembrava das injustiças cometidas nos tempos de escola (aquela pobre menininha, tanto tempo atrás, que tinha uma mãe pavorosa) e, sempre que possível, Ellen Lansdowne se esforçava para se mostrar bondosa e prestativa. Quando literalmente ninguém se oferecia para organizar os concertos comunitários do ano, ou *alguém* tinha que recolher as doações para o bazar de caridade, ou quando os coitadinhos dos filhos da lavadeira precisavam ter um Natal decente, sempre era possível contar com a querida sra. Lansdowne, constantemente alegre, obsequiosa e solidária.

"Eu tenho *tanto*", ela dizia a si mesma com frequência. "Tive *tanta* sorte." Seu casaco de pele exuberante, costumava lembrar com serena felicidade, a boa saúde, a inteligência dos seus jovens filhos, sua casa confortável, a expectativa de ganhar um presente de aniversário cintilante de Arthur... Ellen Lansdowne podia apontar um mundo de tesouros para mostrar que tinha sido, de fato, tremendamente favorecida pelo destino.

Muito mais, na verdade, do que a maioria das suas amigas; sem dúvida nenhuma, muito mais do que a sua querida amiga Marjorie, que havia estudado com ela na escola e ido com ela a almoços, à igreja para se casar e a concertos. Marjorie sempre tinha sido fraca, Ellen às vezes pensava quando enumerava as coisas boas que a vida lhe dera; Marjorie nunca tinha o bastante de nada ou, quando tinha, não era o melhor que poderia ter. Era uma fonte de profunda satisfação para Ellen que a querida Marjorie também tivesse um casaco de pele — não de uma pele tão cara, obviamente, quanto a do casaco de Ellen — e um marido afetuoso e filhos — só a pequena Joan, claro — e uma boa casa. Talvez Arthur tratasse os Acton com um pouco de condescendência, compreensivelmente, porque Charles Acton *de fato* era meio arrogante e não tinha se saído nem de longe tão bem quanto poderia, e Marjorie *de fato* choramingava um pouco a respeito de quase tudo — *bom*, pensava Ellen, com um suspiro, *eu tenho tido mesmo* muita *sorte. Arthur, os meninos e tudo que eu sempre quis. Coitada da Marjorie*, ela pensava constante e involuntariamente, *coitada da encantadora Marjorie, sempre tão mais bonita do que o resto de nós, coitadinha.* E, de reflexões assim, Ellen Lansdowne geralmente saía cheia de energia para fazer alguma boa ação — convidar a tia de alguém para almoçar, talvez, ou se oferecer para levar a torcida da escola secundária de carro ao jogo de basquete.

Coitada da Marjorie, Ellen sempre pensava, *coitada da Marjorie* — até a noite do baile do country club em que, ao ir correndo até o andar de cima para pegar seu casaco de pele, ela abriu distraidamente a porta do vestiário e, em seguida, atordoada, voltou para o corredor, com as mãos trêmulas e uma voz ecoando dentro da sua cabeça: *Minha nossa, aquela era a Marjorie, a Marjorie e o John Forrest. A* Marjorie. Por um momento, ela ficou ali parada, perplexa, a mão ainda tremendo sobre a maçaneta, depois se virou e voltou correndo lá para baixo, preocupada apenas em sair dali. Alguns casais ainda estavam dançando, e Arthur atravessou a pista de dança e foi até ela, surpreso. "Eu pensei que você tivesse ido pegar o seu casaco", disse ele. "Mudou de ideia?"

Não, não, Ellen teve vontade de dizer, *eu só não consegui entrar lá com a Marjorie e o John... o John e a Marjorie... não dava para eu simplesmente entrar lá e dizer...* "Não, é que eu parei para falar com uma pessoa", disse ela, surpresa com o tom calmo da própria voz. "Vou pegar agora."

Que ridículo, pensou, *fazer duas viagens para pegar o meu casaco*; *eles deviam ter mais bom senso.* Então levantou a saia do vestido longo enquanto subia novamente a escada. A porta do vestiário estava aberta e, do lado de dentro, Marjorie retocava o batom diante do espelho. Através do reflexo, Ellen se recusou a olhar nos olhos de Marjorie. Cruzou o vestiário às pressas em direção ao cabideiro em que o seu casaco estava pendurado, torcendo para não ruborizar. "Quase todo mundo está indo embora", disse, dirigindo-se ao seu casaco.

"Você viu a gente?", perguntou Marjorie.

"O Arthur está me esperando", disse Ellen e fugiu. *Claro que eu vi vocês, sua maluca, sua idiota*, ela pensou, *claro*. "Pronto?", perguntou ela, sorrindo para o marido. *Isso já deve estar acontecendo faz tempo*, pensou, lembrando-se de comportamentos ligeiramente estranhos, olhares súbitos, sumiços que passaram quase despercebidos em bailes e festas; *será que mais alguém sabe? Não o marido* dela, *com certeza; nem o meu. Nem a mulher do John.*

"A festa foi boa, não foi?", perguntou Arthur, e, depois de alguns instantes, ela respondeu: "Foi ótima. Mas eu estou bem cansada".

"Coitadinha da minha Ellen", disse ele. "Você trabalhou tanto organizando tudo."

Eu queria, ela pensou com a grande clareza do cansaço, *era organizar o bota-fora de Marjorie Acton desta cidade.* E depois pensou: *que* canalhice *a dela, que sujeira.*

Meia dúzia de vezes, durante o caminho até a casa deles e depois que Arthur voltou de levar a babysitter para a casa dela, enquanto os dois tomavam um copo de leite juntos na cozinha fria e depois quando se arrumavam para ir para a cama, Ellen esteve perto de falar, sem nenhum rodeio: "Querido, a Marjorie e o John Forrest — eu só *soube* de verdade hoje, mas acho que já desconfiava há muito tempo — a Marjorie e o John Forrest...". Todas as vezes, ela se impediu de falar, pensando que tinha que ser leal a Marjorie, que Marjorie era sua amiga, que não havia nenhuma palavra que ela tivesse coragem de usar que pudesse descrever para o marido o que ela achava de Marjorie.

Ela só foi se dar conta de que sabia de toda a verdade na manhã seguinte, quando encontrou Marjorie no mercado e, ao dizer: "Bom dia, Marjorie" e ouvir Marjorie responder: "Oi, Ellen", ela se pegou querendo muito não lembrar e então percebeu que o medo indagador que vira nos olhos de Marjorie na noite anterior ainda continuava lá.

"Como você está hoje?", perguntou Marjorie, e essas palavras tiveram um peso diferente, como se precisassem ser traduzidas ("Imagino que você tenha contado para o Arthur?") para ser totalmente compreendidas.

"Muito bem. E você?" ("Não, claro que não; como é que eu poderia contar para alguém?")

"Até mais", disse Marjorie quando elas se separaram.

Só depois de alguns dias, no entanto, Ellen teve noção do potencial destrutivo de sua descoberta. Lá estávamos nós, ela percebeu de repente, sentada uma manhã diante da mesa de sua cozinha com a cafeteira e o jornal matutino à sua espera, lá estávamos nós, um pequeno grupo de amigos, jogando bridge, dançando, jantando, nadando juntos, quando dois de nós dão um passo em falso e introduzem um novo padrão, chocante e assustador, em nossa vida já assentada. *Santo Deus*, pensou Ellen. *Eu conheço a Marjorie há vinte e dois anos. Sempre tão mais bonita do que o resto de nós, nós achávamos que ela fosse se sair tão bem na vida, mas fui* eu *que me casei com o Arthur. Eu* tenho *tido sorte.* Sentada tranquilamente em sua cozinha à luz do sol da manhã, de repente ela pensou: *mas será que eu estou enganada? Será que sou eu que* fujo *da regra? Será que todo mundo é como a Marjorie, como o John, será que todo mundo está rindo de mim, a inocente da Ellen? Será que o Arthur...?* "Não, *não*", ela disse em voz alta, empurrando com violência sua xícara de café, "essa história está me deixando completamente atordoada".

• • •

Embora tenha evitado se encontrar com Marjorie e praticamente conseguido esquecer — pelo menos era isso que ela achava — que tivesse havido uma ruptura perceptível nas bases mais profundas da vida de todos eles, Ellen descobriu que havia se tornado uma observadora involuntária; era quase como se Marjorie e John, tendo se conformado com o fato de que Ellen sabia, sentissem uma espécie de alívio por existir alguém que eles não precisavam se preocupar em enganar. Certa noite, não mais que uma semana depois do baile no country club, quando estava num coquetel e se virou para acender um cigarro, Ellen viu John Forrest se levantar e ir casualmente para a varanda; um minuto depois, Marjorie, olhando nos olhos de Ellen e até sorrindo de leve, foi atrás dele discretamente, sem que ninguém mais notasse. "Eu gostei muito mais da primeira peça dele", disse Ellen tranquilamente, sem se desligar mais do que um segundo da conversa de que participava. "Acho que essa de agora é meio... pretensiosa."

"E você viu...", alguém continuou enquanto Ellen pensava: *é como se fosse* eu *que estivesse fazendo isso*; eu *me sinto culpada. Eles precisam ser punidos*.

Depois houve um momento em que, sentada em silêncio diante de uma mesa de bridge com o marido à sua frente, Charles Acton à sua esquerda e Marjorie à sua direita, na segurança da sua própria casa, Ellen se virou educadamente para Charles, esperando que ele fizesse seu lance, e ele disse, enquanto arrumava as cartas: "O almoço de vocês hoje foi bom, meninas?".

"Almoço?", disse Ellen, com raiva, compreendendo quase de imediato; ela havia almoçado sozinha em casa e tomado uma sopa de legumes sem graça. O rei de copas piscou para ela de sua mão; sem conseguir se reprimir, Ellen imaginou um restaurante pequeno e intimista, onde o garçom era silencioso e reservado e talvez reconhecesse os dois (o casal jovem e bonito que vinha toda semana), Marjorie falando com voz suave e se inclinando para a frente, talvez uma música ao fundo, e a conversa romântica, com promessas de devoção eterna. "Claro", ela disse em parte para si mesma, enquanto Marjorie se intrometia rapidamente, dirigindo-se ostensivamente a Arthur: "Eu e a Ellen fomos almoçar juntas na cidade hoje. Como se fôssemos um par de debutantes".

"Duas espadas", disse Charles.

"Como se não tivéssemos nenhuma responsabilidade", disse Ellen, olhando para Marjorie.

"Boa ideia", disse Arthur, fazendo que sim com a cabeça. "A Ellen precisa mesmo se distrair mais. Ela está sempre fazendo coisas para outras pessoas", comentou com Charles. "Sempre organizando bazares, concertos e sei lá mais o quê."

"A Marjorie também", Charles disse de um jeito vago. "O meu lance é duas espadas."

"Ellen", disse Marjorie com toda a aparência de sinceridade, "você está *tão* bonita hoje."

Não, não, ah, não, pensou Ellen, *ela não vai pagar o meu silêncio assim, não.* E, quase sem pensar no que estava dizendo, falou para o marido: "A Marjorie se ofereceu para ficar com os meninos nesse fim de semana para a gente poder ir esquiar. Eu estava pensando que a gente podia ir de novo àquele lugar bonito perto do lago".

"Mas eu...", Marjorie começou a dizer, mas Ellen a interrompeu calmamente. "Eu vi o John Forrest hoje no banco rapidamente", ela disse para Arthur. "Foi isso que me fez pensar em esquiar, na verdade. Ele estava falando sobre isso. E aí, quando a Marjorie se ofereceu para ficar com os meninos..." Ela sorriu afetuosamente para Marjorie.

"Duas sem trunfo", disse Marjorie num tom mal-humorado, e Charles olhou para ela com ar de reprovação e disse: "Não é a sua vez de fazer um lance, querida".

A viagem para o lago foi maravilhosa, e Ellen, que tinha decidido no último minuto pegar emprestado o macacão de esquiar vermelho de Marjorie, nunca havia se divertido tanto; durante dois dias, ela conseguiu esquecer por completo a precária capacidade de defesa de que ela e Marjorie dispunham contra a catástrofe. Voltando do lago para casa de carro, sentindo um cansaço e um calor deliciosos envolta em seu casaco de pele, ela recostou a cabeça no banco e pensou: *eu tenho levado isso a sério demais.* E perguntou: "Arthur, você já se apaixonou por alguém além de mim?".

"Milhões de mulheres", disse ele, obsequioso. "Estrelas de cinema, princesas orientais, lindas espiãs internacionais e..."

"O que você faria se eu me apaixonasse loucamente por outro homem?"

"Eu faria o sujeito pagar pelo seu presente de aniversário", respondeu Arthur sem hesitar. "Por quê, você recebeu alguma oferta?"

Ellen riu, feliz, depois pegou no sono.

Os meninos os receberam com entusiasmo, e Ellen, ao agradecer Marjorie, se pegou falando e rindo quase com o antigo sentimento de amizade. "Foi *maravilhoso*", disse. "Vocês simplesmente têm que..."

"Eu quero que você me conte tudo", disse Marjorie, "no nosso almoço amanhã." Ela olhou rapidamente para Charles, que estava atrás de Ellen, depois para Ellen de novo.

Segurando os dois filhos pela mão, Ellen se virou na mesma hora em direção à porta e disse com frieza: "Claro, a gente se vê amanhã".

Ela se sentiu impotente e com raiva, vendo como aquela pequena história lhe havia sido sutilmente imposta; ela e Marjorie agora almoçavam juntas na cidade regularmente, porque a coitadinha da Ellen precisava se distrair mais, e ela reconhecia que seu almoço solitário em casa fazia com que se sentisse mais desconfortável com a impostura e a culpa do que o encontro clandestino de Marjorie. *Ela está exigindo demais da minha lealdade*, Ellen pensou; *está seguindo por um caminho tortuoso e querendo me levar junto, acha que pode me manobrar fácil.* "Marjorie", ela disse pelo telefone na manhã seguinte, "acho que você pode organizar a exposição de flores este ano. Eu já faço isso há três anos e me cansei."

"Mas eu não consigo administrar *nada*, você sabe que eu não sou..."

"Claro que consegue", disse Ellen com leveza. "A menos que atrapalhe os seus muitos compromissos sociais..."

"Ellen, escuta..."

"Vamos discutir isso no nosso almoço hoje?", disse Ellen e desligou o telefone. A exposição de flores seria um desastre sob a administração de Marjorie, mas a verdade, ela pensou com sarcasmo, é que Marjorie administrava *tudo* muito mal.

Foi mais difícil convencer Marjorie a abrir mão de levar a pequena Joan à aula de dança para levar os filhos de Ellen a uma matinê na cidade, mas Ellen, que não gostava de palavras desagradáveis e evitava cenas constrangedoras, descobriu que, àquela altura, ela e Marjorie já tinham criado uma linguagem particular na qual palavras comparativamente inofensivas substituíam as desagradáveis que o resto do mundo era obrigado a usar. "Vestiário", por exemplo, era uma palavra de significado tão ameaçador para Marjorie que poderia facilmente querer dizer "desmascaramento" ou "escândalo", e até uma combinação de palavras tão banal como "almoço na cidade" havia passado a significar algo próximo de "mentirosa" ou "hipócrita". E, no entanto, embora fosse o mundo de Marjorie que estivesse em perigo, era Ellen que parecia sofrer por isso; quando Marjorie e John, indo juntos de carro para o restaurante do clube de golfe, chegaram meia hora atrasados, só Ellen foi, preocupada, encontrá-los à porta. "Vocês se perderam?", perguntou. "Não vão me dizer que vocês dois se perderam no caminho?"

"Nós tivemos que parar para abastecer", John respondeu com tranquilidade, já seguindo em direção ao grupo no salão do restaurante.

"Por falar nisso", Ellen disse para Marjorie, "eu quero que você me leve para aquele leilão amanhã em East Sundale."

"Mas amanhã...", Marjorie começou a dizer, olhando na direção de John.

"Você já tem compromisso amanhã? Algo que você não possa desmarcar?"

"Não, claro que não", disse Marjorie e se virou para ir atrás de John, desvencilhando-se da mão com que Ellen segurava seu braço.

Ellen chegou com os dois à mesa comprida, dizendo em voz alta: "Bom, aqui estão eles, pessoal; finalmente chegaram".

Ela se sentou na sua cadeira ao lado de Charles Acton e disse: "Sinceramente, como eles podem ter conseguido se *perder* por aqui?". E sorriu para Marjorie, na outra ponta da mesa.

Nem sempre era difícil para Ellen. "Eu vou ao teatro, na cidade", ela disse para Marjorie uma manhã, pelo telefone. "Com o meu *próprio* marido, claro. E queria pegar emprestado aquele colar de pérolas que o Charles deu para você no Natal; você pode dar uma passada aqui mais tarde e trazer para mim?" Ou, com leveza, em frente ao balcão do açougue, de manhã: "Marjorie, eu estou com tanta dor de cabeça hoje; será que *você* pode fazer os bolos para o almoço do clube?". E, se Marjorie reclamava, se recusava ou fazia cara feia, Ellen sempre podia dizer com afetuosa consideração: "Coitadinha, você *realmente* parece esgotada, Marjorie. Eu fico muito tentada a conversar com o Charlie sobre você, sabe, porque você anda fazendo coisas demais. Vou falar para aquele seu marido que ele precisa ficar mais de olho em você". E, rindo suavemente, sugeria: "Por que você não dá um pulo na florista para mim hoje à tarde? Para pegar as flores para a escola, sabe? Eu tenho tantas coisas para fazer... a menos que *você* esteja ocupada demais...".

Por fim, foi com uma espécie de curiosidade bem-humorada que Ellen percebeu que Marjorie tinha resolvido desistir daquele caso humilhante. *É uma pena*, pensou ela, fitando Marjorie com um ar amável enquanto as duas tomavam chá, *ela sempre se acovarda*; *coitada da Marjorie, sempre tão mais bonita do que o resto de nós.* "Você *realmente* anda parecendo exausta de uns tempos pra cá", disse Ellen, pousando sua xícara.

Marjorie levantou os olhos para encará-la, depois tornou a baixá-los. *Ela tem medo de mim*, pensou Ellen, recostando-se confortavelmente, *e nós somos amigas há vinte e dois anos*. Elas estavam na sala de estar da casa de Marjorie, a sós, para um chá íntimo no meio da tarde. Ocorreu a Ellen, com desprazer, que John Forrest devia ir ali com frequência, às escondidas, com medo dos vizinhos, e ela então fez uma leve cara de asco e endireitou as costas, afastando-se do encosto e dos braços da poltrona. "Como você é canalha", disse ela, sendo essa a primeira menção direta, desde a sua descoberta, que ela fazia diante do que sabia.

Marjorie levantou os olhos de novo e desta vez encarou Ellen com firmeza. "Eu acho que você está com ciúmes de mim", disse.

"Santo *Deus*." Ellen riu, uma risada curta e chocada. "Nem vem", disse ela, fazendo um gesto de distanciamento, "nem pense em me arrastar para a lama com você."

"É o que o John diz. Ele acha que você só está com ciúmes."

Um leve arrepio de fúria subiu pelas costas de Ellen quando ela ouviu aquela menção fácil e íntima a John. "Acho que realmente prefiro não falar sobre isso", disse.

"Tudo bem. Era só uma coisa que você precisava saber", disse Marjorie. "Não vai haver mais nada. Acabou tudo. Terminou."

"Marjorie, minha querida." Ellen se levantou e atravessou a sala para se sentar ao lado da amiga. "Que bom! Você não faz ideia da *aflição* que isso vinha me causando."

"Então eu mesma vou contar para o Charles", disse Marjorie. "Você não precisa se incomodar."

Ellen arfou de espanto. "Marjorie!", exclamou, quase chorosa. "Você achou que eu ia contar para o *Charles*? *Eu*? Poxa, eu sou sua amiga mais antiga e eu..."

"Que sorte a minha que foi minha amiga mais antiga que descobriu", Marjorie comentou num tom sereno, sorrindo para Ellen, "e não uma das minhas inimigas."

"Margie, não fique tão magoada", Ellen disse com voz macia. "Olha, pensa da seguinte maneira: você se deixou levar por uma espécie de sonho romântico adolescente e foi só quando começou a ver a coisa pelo meu ponto de vista que se deu conta de que isso não era nenhum grande amor cor-de-rosa, mas simplesmente uma coisa meio sórdida e vulgar. Afinal", acrescentou, passando um dedo delicadamente na bochecha de Marjorie, "nós sempre fomos bem honestas, você e eu."

"Mais chá?", perguntou Marjorie, afastando-se de Ellen e levantando o bule.

"Não, obrigada", disse Ellen, acrescentando depois de alguns instantes: "Eu preciso correr. Tenho um milhão de coisas para fazer".

"Por falar nisso", disse Marjorie, se levantando. "Eu não vou poder passar no mercado para você hoje à tarde. Vou estar ocupada."

Como é covarde, pensou Ellen, pisando firme no chão coberto de neve a caminho de casa; eu *teria lutado com unhas e dentes.* E riu, andando sozinha na rua, ao pensar na coitada da Marjorie arranhando e mordendo. *Ah,* coitadinha *da Marjorie*, pensou, *e o John achando que eu estou com ciúmes.*

• • •

De alguma forma, era como sentir uma espécie de liberdade inteiramente nova, saber que ela não precisava mais ficar de olho em Marjorie. O sol no dia seguinte brilhava forte, refletindo na neve, e a ideia de que a inevitável chegada da primavera estava próxima era empolgante.

"John", disse ela, sentada na sala de gerente de banco de John Forrest, levantando os olhos com graça em direção a ele, "eu fiz uma coisa *horrível*", e então não conseguiu conter o riso quando viu o pânico que surgiu de imediato nos olhos dele. "Não, não", disse ela, rindo, "não foi nada de *tão* horrível assim." *A consciência dele está pesada*, pensou. Em frente à ampla janela do banco, a neve parecia mais limpa ao sol, e Ellen sabia que as pessoas que passavam na rua podiam olhar lá para dentro e vê-la ali, uma mulher bonita, conversando e rindo com o sr. Forrest na sala particular dele, com o seu casaco de pele pendurado nas costas da cadeira em que ela estava sentada, a cabeça se inclinando charmosamente para a frente para aceitar que ele lhe acendesse o cigarro. "Se você vai pular a cada palavra que eu disser...", comentou ela, balançando a cabeça com tristeza. "Só o que eu fiz *de fato* foi gastar mais do que tenho na conta."

Ele sorriu, aliviado. "Comprou um vestido novo?"

"Que nada. Eu não sou tão má quanto você *acha* que eu sou. Não, foram umas coisas que eu comprei para os meus filhos — roupas e uma bicicleta para o Jimmie — e simplesmente não me dei conta de quanto tudo somado ia dar. E aí quando eu fui ver..." Ela parou de falar e fez uma careta. "O problema é que eu não tenho coragem de contar para o Arthur", disse. "Você sabe que todas as esposas escondem *algumas coisinhas* dos maridos."

"Quanto ficou faltando?", perguntou John.

Ellen pensou um momento. "Não mais do que uns 40 dólares, com *certeza*. Provavelmente até menos que isso. Mas digamos que seria uns cinquenta, por precaução."

"Sei", disse John.

"Se você pudesse..." Ela ficou constrangida, mas foi em frente bravamente. "Bom... *cobrir* essa quantia para mim, eu poderia lhe pagar de volta no dia 1º do mês que vem."

"Sim", disse John, sem nenhuma expressão no rosto. "Claro."

"Eu não costumo pedir dinheiro emprestado a homens", disse Ellen, rindo, "mas claro que com *você* é diferente. Quer dizer, eu não me incomodo de pedir dinheiro emprestado a um gerente de banco."

"Faz parte dos serviços de um banco", disse John, "emprestar dinheiro."

"Faz parte dos serviços de um gerente de banco", perguntou ela, quase flertando, "levar clientes para almoçar? Eu venho esperando que você me convide."

Ele olhou para ela, perplexo, e ela continuou em tom de brincadeira: "Eu não quero forçar você a nada; talvez você...".

"Não, de forma alguma", disse John. "Eu venho esperando que *você me* convide."

Os dois riram então, e ela disse: "Mas eu quero que você calcule direitinho os juros do meu empréstimo. Essa é uma transação de negócios honesta".

"Claro", disse John, ainda rindo.

"E", continuou ela, se levantando e pegando suas luvas e seu casaco de pele, "com certeza vou lhe pagar de volta no dia 1º do mês que vem. Ou, no *máximo*, no mês seguinte." Depois, ciente de que era uma mulher bonita e de que seu meio-sorriso a deixava mais bonita ainda, ela se virou na direção da porta e esperou que John a abrisse para ela.

.12

Sozinha numa toca de lobinhos

Woman's Day, dezembro de 1953

Embora saiba perfeitamente que sou por natureza confiável, leal, prestativa, afável, educada, gentil, obediente, alegre, econômica, corajosa, limpa e respeitosa, eu não tenho a pretensão de ser, portanto, perfeitamente talhada para a função de mãe de alcateia de escoteiros lobinhos. Até o momento em que Laurie, meu filho mais velho, se tornou um lobinho, a imagem que eu tinha de uma mãe de alcateia era a de uma mulher de ferro, com muita perspicácia e um braço direito forte, e eu ainda tenho, ainda tenho.

No entanto, embora a Toca Quatro não tivesse mapas de relevo, quadros com amostras de nós, maquetes de aldeias, *fudge* caseiro nem aparelhos de radioamador para mostrar na reunião anual dos lobinhos, eu secretamente me orgulho de ter introduzido no movimento uma técnica disciplinar revolucionária, que teve um efeito marcante nos seis lobinhos com que tive contato e pode de fato vir a influenciar toda a história futura da população masculina norte-americana.

Quando Laurie me perguntou se eu podia ser a mãe da alcateia de lobinhos a que ele pertencia, não precisei parar para refletir antes de dizer não. "Eu estou muito ocupada", falei para ele. "Ocupada demais."

"Com o quê?", Laurie quis saber.

"Com uma porção de coisas", respondi com firmeza. "Estou aprendendo a arremessar ferradura com o seu pai e fazendo um monte de outras coisas."

"Você nunca vai aprender a arremessar ferradura", disse Laurie. "Não enquanto continuar arremessando com as duas mãos. Então por que..."

"Por que vocês não pedem para a sra. Oliver?", sugeri, magnânima. "Ou para a sra. Roberts? Ou para a sra. Stuart? Eu tenho certeza de que elas aceitariam com prazer. Mas eu estou muito ocupada."

"Elas todas também estão muito ocupadas", disse Laurie. "Se tivesse alguma outra pessoa a quem pedir, a gente não ia pedir para você, Deus do céu."

"Ou para a sra. Williams", falei com entusiasmo. "Eu tenho certeza de que a sra. Williams iria adorar ser a mãe da alcateia de vocês."

"Você acha que a gente já não pediu para ela?", disse Laurie e olhou para mim com ar de enfado. "Ela falou que não podia. Só sobrou você."

"Mas eu *também* estou muito ocupada", insisti.

"Com o quê?"

E então eu me tornei a mãe de alcateia oficial da Toca Quatro. Como não tenho ilusões quanto à minha própria habilidade de subir num pau de sebo, abrir uma trilha ao longo de quinze quilômetros de terreno acidentado ou dar um nó boca de lobo, eu me vi forçada a analisar os poucos talentos que de fato possuo. Sei jogar bridge bastante bem, mas me parece que essa habilidade não seria adequada para lobinhos, embora também me pareça — como acredito que pareça a todo jogador de bridge num momento ou outro — que os jovens realmente deveriam aprender a jogar decentemente agora, em vez de deixarem para aprender quando já estão sentados diante de uma mesa comigo.

De todo modo, bridge não iria funcionar, como tampouco iria funcionar compor poemas do tipo *limericks*, outro talento de que me orgulho e uma proposta de atividade para o período do outono da Toca Quatro da qual relutantemente desisti; afinal, essa forma de arte realmente é difícil demais para ser captada pela mente de jovens meninos.

O que acabou dando o tom de todo o meu mandato de mãe de alcateia foi uma inspiração fortuita e, depois que a minha técnica disciplinar foi implementada, as nossas reuniões transcorreram tranquilamente:

eu fornecia duas garrafas de refrigerante e quatro *donuts* para cada lobinho a cada reunião, nós tínhamos uma breve discussão e então cada qual fazia o que tinha que fazer sossegado. Os meninos davam nós em cordas e pintavam as paredes do sótão — por vontade deles próprios e com enorme energia — enquanto eu descascava batatas para o jantar e cantava baixinho velhas canções de acampamento. E, toda semana, todos os lobinhos iam a todas as reuniões.

Confesso que fiquei um pouco nervosa na nossa primeira reunião. Fui buscar meus seis lobinhos da Toca Quatro na escola numa tarde de quarta-feira. Eu conhecia ligeiramente a maioria deles e, ao que parecia, todos eles me conheciam, já que a conversa dentro do carro consistiu exclusivamente em especulações a respeito de que tipo de mãe de alcateia a velha do Laurie seria. Eu temia ter alguma dificuldade caso o meu filho se sentisse superior e bancasse o arrogante porque a mãe dele era a mãe da alcateia e as reuniões seriam na casa dele, mas, ao final, meus temores não eram nada comparados aos dele.

Quando saímos do carro, ele me puxou para um canto e disse, nervoso: "Ó, não tente nada que você não vá conseguir *terminar*".

"Bobagem", eu disse para ele. "A gente vai se divertir muito."

"E você se lembrou de comprar comida?", perguntou ele.

Às três e dez, quando todos os *donuts* já tinham sido consumidos e todas as garrafas de refrigerante, colocadas ordeiramente de volta no engradado, os meus seis lobinhos entrelaçaram as mãos, sentaram-se numa fila bem-comportada no chão do quarto de brincar e se voltaram com expectativa — e, num caso, com descrença — para mim. "Então?", disse o meu filho.

"Meninos", falei, animada, "acho que a gente tem que eleger oficiais." Houve um longo silêncio. "Como um presidente da alcateia", continuei num tom vacilante, "e um tesoureiro." Olhei para os rostos silenciosos ao meu redor. "Para arrecadar taxas, sabe?", falei, lembrando com tristeza que a Eleição de Oficiais, de acordo com o meu tosco cronograma, deveria nos deixar ocupados até as quatro horas e ser uma atividade competitiva entusiástica, porém civilizada, parecida com filmes que eu tinha visto sobre a Câmara dos Comuns britânica. "Oficiais", concluí, sorrindo para os rostos sem expressão.

"Ela quer dizer um presidente e esse tipo de coisa", disse Laurie, aflito.

"Na verdade, não é bem isso não", falei, movida por aquela súbita inspiração. "Eu quero dizer, por exemplo, um Choramingas Oficial, que ficaria encarregado de choramingar por toda e qualquer coisa." Olhei para o meu filho. "Assim, toda a choramingação poderia ser feita por uma pessoa só e o resto de vocês não ia precisar se dar a esse trabalho."

"Ei", disse um dos meninos, interessado, "aposto que o Harry ia fazer isso muito bem." Ele deu um empurrão violento no menino que estava ao lado dele, e os outros lobinhos disseram: "Para com isso", "Cala a boca" e "Quer parar?".

"Eu indico o George", disse o lobinho que tinha sido empurrado. "George para Choramingas Oficial."

"Ah, claro", disse alguém que deduzi ser George. Ele parecia lisonjeado. "E eu aposto que o Billy pode ser o Risonho e rir por todos nós."

"E que tal se a gente nomeasse o Artie o Sabichão Oficial?"

Flagrei meu filho olhando para mim com respeito e me recostei na cadeira, sorrindo, toda prosa. As eleições prosseguiram até a hora em que tive que conduzir os meninos até o carro para levar cada um para a sua casa. Nós elegemos Laurie o Fanfarrão, Artie acabou virando o Especialista Geral que Sabe a Melhor Maneira de Fazer Tudo, e Michael, que sabe imitar direitinho o canto de um galo, ficou com o posto de Cocoricador, mas foi limitado por regulamento a só cocoricar uma vez por reunião. (Na época eu não sabia, mas agora eu sei, por que os outros lobinhos fizeram questão de botar no regulamento que só era permitido cocoricar uma vez a cada reunião; eles foram, claro, mais previdentes do que eu.) Por unanimidade, Peter foi eleito o Cara que Sempre Diz que Não Vai à Reunião dos Lobinhos, mas Sempre Acaba Indo, enquanto eu ganhei um cargo honorário: Compradora de Mantimentos. Toby, o nosso cachorro, foi eleito Presidente, e Barry, o irmão de 1 ano de Laurie, foi nomeado Sentinela, com um salário de um *donut* por reunião.

Descobri também que algo que eu acreditava ser uma peculiaridade de Laurie na verdade é típico de meninos de 10 anos: eles são extremamente sentimentais com bebês, gatinhos e menininhas de menos de 4 anos. Jannie, a nossa filha de 7 anos, já era velha o bastante para ser considerada uma intrusa. Ela queria participar como membro pleno, mas recebeu a seguinte resposta: "Cai fora. A gente não quer nenhuma *menina* aqui". Já Barry e Sally — que acabou de completar 4 anos — foram encarados de imediato como protegidos da alcateia, e Sally ainda foi eleita Bat Girl e Mascote. Quando protestei que não era justo deixar Jannie de fora, ela foi eleita Garçonete, para distribuir os refrigerantes nas reuniões, com um voto contrário: o do próprio irmão mais velho.

A minha contribuição para o mundo da disciplina veio à luz durante a votação para Cocoricador, quando o silêncio se tornou fundamental. Eu tinha pensado em usar o método para exigir silêncio que sempre havia sido o mais prático de usar com os meus quatro filhos quando um tumulto generalizado se instala; geralmente eu berro *Silêncio!* com toda a força dos pulmões e, como consigo berrar mais alto do que quatro crianças, das quais duas ainda são bem pequenas, com frequência eu obtenho silêncio. Se a potência da minha voz não é suficiente, eu sempre posso pedir ao pai das crianças que venha e berre junto comigo. Não creio que esse seja o método ideal para silenciar crianças que estão se estapeando, batendo os pés no chão, empurrando umas às outras, gritando e berrando, mas foi o único método que consegui descobrir que funciona e, então, eu supus que também fosse funcionar com seis lobinhos.

Na primeira vez que berrei *Silêncio!* para os meus lobinhos, eles ficaram tão chocados que se calaram imediatamente. Na segunda vez que berrei *Silêncio!* ninguém me ouviu. Depois de ter berrado *Silêncio!* umas seis vezes sem obter resultado, eu enfiei a mão na caixa de compras de mercado, que estava no chão atrás de mim e na qual eu esperava encontrar uma caixa de *donuts*, um cacho de bananas ou coisa parecida, e encontrei um ovo.

Não precisei pensar muito, só mirar direitinho. Refletindo que o meu filho era o alvo mais sensato, já que seria eu que teria que lavar as roupas dele, eu atirei. O silêncio foi profundo e imediato. Cinco galos em potencial, paralisados no meio de um cocoricó, cravaram os olhos em Laurie, que pingava gema, clara e casca de ovo, e, quando eu comentei que assim era melhor e pousei a caixa de ovos de modo significativo no chão ao meu lado, a nossa reunião prosseguiu de uma maneira quase serena.

Mais para o fim daquele ano, quando o preço dos ovos subiu horrores, eu passei a usar *marshmallows* como munição; estes tinham a vantagem adicional de serem comestíveis (quer dizer, comestíveis por lobinhos) e, embora não tivessem o mesmo impacto de um ovo cru, descobri que, àquela altura, só o que eu precisava fazer para obter um silêncio sepulcral era levantar o meu braço direito.

Exceto o aperfeiçoamento da pontaria do meu braço arremessador, uma nova técnica disciplinar, e a pintura das paredes do nosso sótão, nós não tínhamos, como falei, nada para apresentar como mostra do nosso trabalho na reunião anual dos lobinhos. Tínhamos trabalhado arduamente na montagem de um esquete caótico e engraçadíssimo, embora no último minuto Michael tenha pegado catapora e Jannie tenha tido que substituí-lo no papel de Árvore. De repente, quando eu estava lá sentada de olhos fechados e dentes trincados, torcendo desesperadamente para que o Leão não esquecesse suas falas e o Bolo não tropeçasse de novo no rabo do Crocodilo, um pensamento perturbador e apavorante me passou pela cabeça. Um dia — e não falta muito — Laurie vai ser escoteiro, Jannie vai ser escoteira, Sally vai ser fadinha e Barry vai ser lobinho. Tudo ao mesmo tempo. E só espero que até lá o preço dos ovos caia de novo.

.13

A ordem da partida de Charlotte

Charm, julho de 1954

Eu costumava adorar o mês de junho, as rosas e o calor; ficava sentada à mesa do café da manhã, sentindo o ar quentinho e perfumado que vinha do jardim, e tomava o meu café devagar, só porque isso parecia tornar os dias mais longos de alguma forma, e tudo, o dia inteiro, era mais fácil quando o tempo estava quente. Lembro que Charlotte sentia a mesma coisa; às vezes, durante o café da manhã, flagrávamos uma à outra sorrindo. "Queria poder dormir o inverno inteiro", falei uma vez, "e só acordar em junho."

"Você querendo que a sua vida evapore", disse Charlotte.

Isso deve ter sido no início do verão em que Charlotte morreu; não consigo me lembrar de nenhum momento durante o período em que ela esteve doente em que esse comentário não estivesse no fundo da minha mente. *Querendo que a minha vida evapore*, eu pensava, com a janela repleta de rosas do meu lado, e Charlotte só levemente mais pálida que na manhã anterior. "Você parece bem hoje", eu dizia.

Charlote olhava para mim, sorria e falava: "Muito obrigada, minha querida. E, por favor, ou pare de dizer isso ou faça com que soe sincero". Então, nós duas ríamos, porque nenhuma de nós levava muito a sério a ideia de que Charlotte poderia morrer; ninguém, acho que nós duas acreditávamos, poderia simplesmente *morrer*, não em junho, com as roseiras em flor. Tentávamos brincar a respeito — só no início, claro. "Mais café?", eu perguntava, empurrando de leve a cafeteira na direção dela. "Pode ser a sua última xícara, como você sabe." Ou ela comentava, olhando para os bolinhos: "Acho que tenho o direito de ficar com o maior, já que devo ser privada de prazeres terrenos daqui a tão pouco tempo". Na época eu achava que, se em algum momento, Charlotte chegava mesmo a acreditar que ia morrer, ela até gostava da ideia — era praticamente indolor, a princípio, e se parecia mais com um sonho de uma colegial com a dama das camélias do que com qualquer outra coisa, sabe; ela se sentia razoavelmente bem, algumas vezes muito bem, outras nem tanto, mas só sabia que estava morrendo porque o dr. West e o dr. Nathan tinham dito isso, e parecia bem ridículo, afinal, deixar que *eles* decidissem.

Na verdade, ela desfrutou de todos os prazeres de morrer durante aquele verão inteiro. Todo mundo sabia da sua situação e dava o melhor de tudo para ela. Sempre alguém encontrava uma cadeira para ela se sentar nas festas ao ar livre, sempre havia alguém a postos para ir pegar uma bebida para a coitadinha da Charlotte, para conversar com a coitadinha da Charlotte e para louvar as valentes tentativas da coitadinha da Charlotte de minimizar seu drama; ela costumava piscar para mim do outro lado da sala, e eu às vezes ia até lá e dizia num tom amável: "Então, Charlotte, querida, você já está morta?", e todo mundo arfava, chocado, e falava "Shhh" e "Meu *Deus*", e Charlotte não conseguia segurar o riso, e claro que *isso* fazia todo mundo comentar com todo mundo o quanto a coitadinha da Charlotte era corajosa e como era incrível que ela lidasse tão bem com a situação, quando o tempo todo, claro, ela simplesmente se divertia horrores, mais do que jamais se divertira antes de lhe dizerem que ela estava morrendo.

Charlotte era alguns anos mais velha do que eu; ela era a minha prima mais velha, e era eu que sempre ficava de fora quando ela e as minhas irmãs se juntavam nas festas e ficavam cochichando e rindo, mas depois, afinal, a vida terminou por fazer Charlotte e eu ficarmos juntas.

Lá estava eu, sem dinheiro e sem ter para onde ir, recém-saída da faculdade e meio apavorada, e lá estava Charlotte, com todo o dinheiro da família e cansada de acompanhantes pagas e de ficar sozinha, e um dia nós nos esbarramos na cidade, almoçamos juntas e decidimos tentar tolerar a companhia uma da outra por um tempo, estipulando, claro, que poderíamos desistir a qualquer momento se não conseguíssemos nos suportar. Bom, isso aconteceu há catorze anos, e nós enfrentamos bravamente a maioria das dificuldades, passando nossos invernos brigando uma com a outra na cidade e nossos verões brigando uma com a outra na casa de campo, ambas mais felizes e cheias de vida do que teríamos ficado em qualquer outra circunstância. Charlotte sempre quis morrer na casa de campo, de qualquer forma, então nós fomos para lá cedo naquele ano, depois que ela foi ver o dr. Nathan, na cidade, e ele falou do coração e da pressão dela, e todo mundo olhou sério para todo mundo, e Nathan disse para mim: "Cuide muito bem dela, srta. Baxter; ela sempre cuidou muito bem da *senhorita*". Charlotte obviamente começou a rir quando ele disse isso, o que fez com que o coitado do Nathan fosse a primeira pessoa a dar tapinhas no ombro dela e dizer que ela estava sendo muito corajosa. Então nós fomos para a casa de campo cedo naquele verão, e eu comecei a querer que a minha vida evaporasse, e depois, em meados de junho, Charlotte recebeu a primeira comunicação. Nós começamos de imediato a chamá-las de comunicação, logo depois que essa primeira chegou, porque não havia muitas outras maneiras de chamá-las sem que acabássemos levando-as a sério demais.

A primeira veio na correspondência da manhã e estava endereçada a Charlotte, claro. Eu costumava ficar satisfeita com o fato de que toda correspondência que eu recebia significava alguma coisa; era Charlotte quem recebia todas as contas, todos os folhetos de propaganda e todos os pedidos de doação, enquanto eu só recebia cartas de pessoas que me conheciam ou convites. De todo modo, essa primeira comunicação fez Charlotte rir. "Olha só isso", disse ela, atirando a missiva para mim do outro lado da mesa, "alguém se confundiu feio".

Era um cartão de felicitações comum, mais que comum até — a palavra que *eu* usaria para descrevê-lo seria, na verdade, chinfrim. Todo pintado com rosas cor-de-rosa, cupidos e cheio de lantejoulas grudentas, ele trazia a seguinte mensagem, em letras cor-de-rosa e um laço de cetim branco: "Parabéns aos noivos prestes a atar os laços".

"Cruzes", falei. "Será que isso foi enviado para a Martha?"

"Se a Martha vai casar, eu quero saber", disse Charlotte, contrariada, depois inclinou a cabeça para trás e berrou: "Martha!".

"Para com isso, chuchu", falei. "Esqueceu que você é praticamente uma inválida? Deixa que eu berro, se não quer esperar que eu vá até lá chamá-la."

"Martha?", disse Charlotte, olhando para algum ponto atrás de mim. "Você vai casar?"

"Eu?" Martha era uma mulher do campo de respeito e a maior bênção da nossa vida de verão. Pensando bem, Martha — que, aliás, já havia tentado duas vezes — era tão capaz de se casar de novo quanto de botar tomate numa sopa de marisco. "A senhora acha que eu estou maluca?", perguntou ela.

"Olha", disse Charlotte, estendendo o cartão. "*Eu* não vou casar nem a Anne."

"E eu também não", disse Martha. "Então, acho que nenhuma de nós vai." Ela olhou para o cartão com desdém, segurando-o longe dos olhos para conseguir ler. "Olha para esse cartão", disse e o entregou de volta delicadamente. "Credo", falou, fazendo uma careta. "Dava para enfeitar um bolo com isso", acrescentou.

"Acho que vou botá-lo no console da lareira", disse Charlotte.

"Eu boto", falei enquanto Charlotte fazia menção de se levantar, e Martha piscou para mim. "Melhor deixar que ela mesma bote", disse Martha. "Nenhuma de nós pode impedi-la de fazer *alguma coisa*."

"Acontece que o dr. Nathan disse que ela está doente e que eu tenho que cuidar dela", argumentei.

"Sei", disse Martha. "Que tal um bolo de coco para o almoço? Esse cartão me fez pensar em bolo de coco."

"Ótimo", respondi. "Com bastante cobertura."

O cartão ficou lá no console mais ou menos uma semana, mas não creio que Charlotte tenha continuado a achá-lo tão engraçado quanto pensou que fosse achar. Em primeiro lugar, porque todas as piadas que você podia pensar em fazer para uma mulher solteira de 48 anos sobre o fato de ela ter recebido felicitações pelo noivado ou já tinham sido feitas nas primeiras vinte e quatro horas ou eram indelicadas demais para se fazer. E, em segundo lugar, porque Charlotte e eu já tínhamos nos acostumado a ser solteironas e nunca pensávamos muito nisso, embora às vezes até conversássemos sobre o assunto, entre nós, mas aquele cartão em cima do console fazia com que isso nos viesse mais à cabeça, induzindo até as pessoas a achar que nós dispensávamos mais tempo para pensar, sim, sobre esse tema. Fosse como fosse, Charlotte tirou o cartão de lá e imagino que o tenha queimado, porque ele não estava mais lá quando o segundo chegou.

"Isso não tem graça", disse Charlotte, passando-o para mim, do outro lado da mesa do café da manhã. "Você acha isso engraçado?"

Como o primeiro, esse também era cheio de lantejoulas, cupidos e rosas, só que tinha um coração de cetim branco no meio e a mensagem: "Muitas felicidades ao novo casal". Mas era como o primeiro também no fato de não estar assinado. Desta vez, nós duas examinamos o envelope e ficamos nos perguntando de onde teria vindo aquilo. "Sendo dois, não pode ter sido um acidente", disse Charlotte. "Alguém está fazendo isso de propósito."

"Querendo pregar uma peça de mau gosto", falei.

"Tentando me animar nos meus últimos dias?", perguntou Charlotte. "Não é bem o jeito certo de fazer isso, acho *eu*."

"E foi postado no correio daqui", falei. "Apaga esse cigarro. Você já fumou um hoje", acrescentei. "E não pode fumar *nenhum*."

"Não vale a pena", disse Charlotte. "Prefiro até viver."

"Agora é tarde", falei. "Todos os preparativos já foram feitos. A sra. Austin está planejando um almoço para depois do funeral."

"Você acha que a sra. Austin...?", perguntou Charlotte, olhando para o envelope.

"Por que raios ela faria isso? É coisa de algum engraçadinho que foi pego fazendo uma brincadeira de mau gosto e agora jamais vai admitir."

O terceiro cartão era decorado com fitas cor-de-rosa e dizia: "Boas--vindas à recém-chegada". Ninguém achou muita graça. Nós chegamos à conclusão de que os envelopes tinham sido escritos com a mão esquerda e começamos a pedir a todo mundo que conhecíamos que tentasse escrever o nome de Charlotte com a mão esquerda, embora àquela altura já tivéssemos certeza de que jamais descobriríamos quem havia enviado os cartões, porque qualquer pessoa que achasse que eles eram engraçados já teria se revelado, e de todo modo é muito fácil fazer tentativas enganosas de escrever com a mão esquerda. O cartão seguinte, que me pareceu a escolha menos feliz de todas, era amarelo-vivo, tinha uma imagem de cachorrinhos olhando com carinhas tristes uns para os outros e, na frente, a mensagem: "Que pena que você está dodói"; do lado de dentro havia um versinho em que a pessoa dizia lamentar que ela estivesse doente e torcia para que ela ficasse boa logo e pudesse voltar a brincar com as outras crianças. "Eu não estou gostando *nada* disso", disse Charlotte, entregando-me o último cartão. "Esse negócio está começando a me deixar assustada."

"E se eu passasse a abrir a correspondência?", sugeri. "Eu já conheço essa letra e posso jogar fora qualquer coisa desse tipo que chegar."

Charlotte encolheu os ombros e deu uma risadinha. "O problema é que eu fico curiosa", disse. "Quero saber qual vai ser a próxima coisa que vão inventar."

Bom, então, claro que a comunicação seguinte foi um horror. Nós duas reconhecemos a letra no envelope, eu fui até o outro lado da mesa para ver Charlotte abri-lo e, quando ela arrancou a aba, duas aranhas vivas saíram lá de dentro e uma delas pulou na mão de Charlotte e começou a escalar o braço dela. Eu pensei que ela fosse empacotar naquele instante — acho que foi a primeira vez que levei a sério o que o médico dissera —, porque ela soltou um berro, se levantou de um salto, derrubou a cadeira, começou a estapear o próprio braço, dizendo: "Tira isso de cima de mim, tira isso de cima de *mim*". Eu pisei em uma das aranhas, tirei a segunda do braço dela e a esmaguei entre os dedos; nunca tinha feito uma coisa dessas na vida, mas, por alguma razão, aquela aranha específica me enojou.

Tive que chamar o dr. West lá da aldeia, e ele pôs Charlotte na cama; eu contei a ele sobre os cartões e as aranhas, e ele pareceu ficar tão enojado quanto eu e disse: "Só posso imaginar que alguém ache isso engraçado, mas é uma coisa horrível de se fazer".

"Provavelmente essa pessoa não sabia o quanto a Charlotte odeia insetos", falei. "Ela tem pavor deles."

Ele fez que sim com a cabeça. "Mas ela precisa se poupar muito mais do que tem feito, srta. Baxter", disse. "É o seguinte: eu não sei que recomendações o seu médico lá da cidade achou por bem lhe fazer, mas eu não vou tentar confundi-la nem fazer a senhorita se sentir melhor mascarando a situação com uma porção de termos médicos; o estado de saúde da srta. Allison é muito delicado, e não vai ser preciso muito..." Ele teve de parar porque Charlotte estava me chamando, mas mesmo assim segurou o meu braço por tempo suficiente para acrescentar: "Cuidado com os quitutes da Martha; aqueles bolos cheios de creme e aquela galinha frita não fazem nada bem para a srta. Allison. E, claro, não deixe que ela receba mais nenhuma aranha pelo correio".

"Eu vou abrir tudo", falei para ele. "Nem que seja um tigre comedor de gente dentro de um envelope."

"Boa menina", disse ele.

Bom, claro que Martha achou que a única coisa que ela podia fazer para mostrar o quanto estava furiosa com quem quer que tivesse enviado aquelas aranhas era arregaçar as mangas e fazer uma torta de açúcar mascavo e uma travessa de arroz com camarão para o almoço, e, quando me sentei lá com o meu prato cheio e vi a bandeja de Charlotte com uma tigela de sopa de legumes e um copo de leite desnatado, o que é que eu podia fazer?

"*Só* dessa vez", falei, passando o meu prato de arroz com camarão para ela. "Eu não vou contar para o doutor, mas de agora em diante vai ser pão integral e folhas de beterraba."

"Com certeza", concordou ela, começando a devorar o camarão.

"E nada de cigarro."

"Eu não fumo", disse ela com candura. "Ordens médicas."

Falei para Martha não botar mais a geleia de morango caseira que ela fazia na mesa do café da manhã, usar só um pouquinho de manteiga em cada torrada e nunca servir mais do que quatro. Passei a comprar um café sem cafeína, mas Charlotte reclamou tanto que tive que voltar para a nossa marca antiga, sendo que fiz Martha passar a servir só água quente com suco de limão no jantar. Parti o coração de Martha proibindo terminantemente qualquer tipo de torta ou bolo, fritura e tempero picante, o que, como eliminava galinha frita, torta de mirtilo e ensopado de cordeiro, reduziu as opções culinárias dela a um tipo básico de bacalhau cozido e, de vez em quando, uma costeleta de cordeiro para variar. Charlotte começou a perder peso, e eu comecei a dar escapulidas até a cozinha depois do jantar para pegar um pouco do que quer que Martha tivesse preparado para si própria. "Se não soubesse que isso está fazendo bem para ela", comentei com Martha, com a boca cheia de guisado de rim, "eu desistiria agora mesmo. É um sofrimento para ela."

"Não é certo uma pessoa não poder comer", disse Martha.

"Meu Deus", falei, "*eu* não consigo viver só daquilo."

"A senhora não está doente", comentou Martha, sensata. "Depois que ela se for, a *senhora* vai poder comer bem, afinal."

"Não parece justo, parece? Você e eu comendo guisado de rim, enquanto a Charlotte..." Olhei para Martha e ela olhou para mim. "Por que não?", falei.

"A senhora não devia", disse Martha.

"Dane-se." Preparei uma bandeja com uma porção generosa de guisado de rim, dois pãezinhos recém-assados e uma xícara de café com bastante creme e açúcar. Então mostrei a língua para Martha e levei a bandeja lá para cima.

Depois disso, sempre que Martha fazia alguma coisa particularmente gostosa, eu levava uma bandeja para Charlotte; isso sempre era feito como se fosse um mimo especial, Martha e eu sempre fingíamos que era algo incomum na rotina de Charlotte, e eu e Charlotte sempre fingíamos passar a perna em Martha; então, depois de algum tempo, isso tudo começou a parecer ridículo, Martha voltou a preparar refeições normais, e Charlotte e eu voltamos a ter geleia de morango na mesa do café da manhã.

Os cartões pararam de chegar, mas Charlotte começou a encontrar caixinhas de guloseimas por todo lado. Pois bem, guloseimas, e em especial bombons e chocolates, era algo que ela absolutamente *não* deveria comer, e deixar guloseimas espalhadas pela casa provavelmente era a peça mais cruel que alguém poderia pregar contra ela, porque Charlotte era uma daquelas pessoas que simplesmente não conseguiam resistir a uma guloseima. Ela não comia guloseimas como você e eu comemos, sabe; se havia um pote de bombons em cima da mesa, Charlotte não sossegava enquanto não o esvaziasse. Ela simplesmente voltava toda hora para lá para pegar mais, sabendo o tempo todo que não deveria fazer isso. Eu gosto bastante de guloseimas e costumava esconder algumas no meu quarto, até que Charlotte descobriu e me fez dar tudo para ela, mas, no que dizia respeito à casa de modo geral, eu a mantinha livre de doces. Tínhamos chocolate de culinária na despensa, algo que nem mesmo Charlotte conseguia comer, mas nenhum tipo de doce à vista nem em lugares acessíveis a qualquer um. Charlotte também não tinha a desfaçatez de se servir de açúcar do açucareiro, então nós estávamos indo bem até que o tal engraçadinho começou a dar caixinhas de guloseimas para Charlotte. A primeira chegou pelo correio, uma caixinha de bombons sortidos, e claro que não tive como impedir que Charlotte começasse a devorá-los, mesmo no meio do café da manhã. Então um dia eu encontrei uma caixa de chocolates na mesa da sala de estar; eu sabia que Martha não a tinha posto lá e não tive coragem de perguntar para Charlotte, então dei a caixa para Martha levar para casa, mas Charlotte entrou na cozinha justo nessa hora e viu os chocolates. Depois foi piorando. Pequenos pacotinhos de papel encerado, uns dois ou três deles, apareciam na cômoda dela, geralmente contendo *fudge* caseiro, caramelos, bombons de laranja ou chocolate meio amargo. Às vezes eu os encontrava e claro que outras vezes não. Lembro que uma vez encontrei um desses pacotinhos no bolso do penhoar dela e outro na gaveta de sua escrivaninha, ao lado do talão de cheques. Sabia que não encontrava todos, porque volta e meia ela pedia para Martha um copo de refrigerante para azia ou indigestão, o que obviamente também não fazia nada bem para ela. Então, um dia, eu entrei no quarto dela sem bater, só para pegá-la no pulo, e lá estava ela comendo guloseimas com um cigarro na mão, e claro que eu tive um ataque daqueles. Joguei as guloseimas no lixo, peguei o cigarro dela — inclusive o maço que estava dentro do bolso — e disse: "Escuta, chuchu, isso realmente está saindo do controle. Que *diabos* você acha que está *fazendo*?".

Foi a primeira vez que ela ficou magoada comigo. Como eu disse, nós brigávamos um bocado, mas eram sempre brigas de igual para igual, na base do bateu, levou, e agora lá estava ela, agindo feito uma criança que foi pega roubando dinheiro da carteira da mãe, e eu me senti péssima. "Eu tenho o direito de fazer o que eu bem entender", respondeu ela.

"Não se estiver se prejudicando de propósito. Você *sabe* que isso tudo faz mal para você. Fumar e comer doce escondido."

"Ah, que se dane", disse ela. "Eu tenho o direito de aproveitar a vida como eu quiser."

"Não seja boba", falei, então uma coisa me veio à cabeça, porque aquilo não parecia nem um pouco algo que Charlotte diria, e fui até lá, botei a mão dentro do bolso do penhoar dela e encontrei um bilhete, escrito do mesmo modo como os cartões costumavam ser endereçados — com a mão esquerda e com tinta roxa —, e ele dizia: "Você tem o direito de aproveitar a vida como quiser".

"De onde veio *isso*?", perguntei, indignada.

"Estava com os cigarros", disse ela, depois olhou para mim e sorriu, como a minha Charlotte de sempre. "Eu não tenho esse direito?", ela quis saber.

"Escuta", falei, "o que eu quero é que você ainda esteja aproveitando a vida daqui a um ano. Você botou na cabeça que me enganar é aproveitar a vida. Pode me enganar o quanto quiser — me mande aranhas pelo correio se isso te dá prazer —, mas, por favor, fique longe do cigarro, dos doces e dessas porcarias todas."

Eu não devia ter lhe lembrado das aranhas; ela amarrou a cara de novo, deu as costas para mim e não quis mais saber de conversa. Suponho que os doces e tudo mais tenham continuado a chegar, porque ela continuou reclamando de indigestão e começou a parecer assustada, como se não conseguisse mais se conter, mesmo sabendo que estava piorando. Nós não fazíamos mais aquelas nossas brincadeiras; por alguma razão, as pessoas tinham parado de achar Charlotte tão corajosa, imagino que porque agora ela estava com uma aparência péssima e tinha começado a fazer comentários sobre por quanto tempo ela ainda iria resistir e que destino ia dar ao dinheiro dela. Eu tinha quase certeza de que ela ia deixar o dinheiro dela para mim, mas estava cada vez mais preocupada com a saúde dela e por quanto tempo ela ainda iria resistir, então fui até a aldeia conversar com o dr. West sobre as guloseimas e os cigarros clandestinos.

"Está sendo impossível controlar a Charlotte", falei para ele, e ele balançou a cabeça.

"Eu nunca vi tamanha crueldade", disse ele. "Seria até melhor dar logo uma dose de arsênico para ela e acabar com isso de uma vez. Desse jeito, ela não só está cavando a própria sepultura, como está se sentindo culpada por isso ainda por cima. Não tem nada que *eu* possa fazer além de alertá-la."

"E eu nem isso posso fazer", falei. "Ela não me ouve mais e, se eu fico no pé dela, ela simplesmente ri de mim."

"Fique no pé dela o máximo que puder", disse ele. "É a única coisa que você *pode* fazer."

Bom, as roseiras se encheram de botões, os botões desabrocharam, outros botões brotaram e as roseiras foram ficando cada vez mais carregadas e floridas à medida que o verão avançava; por volta do fim de agosto, nosso jardim estava tão lindo que até eu teria gostado de morrer ali. Charlotte vivia cansada e letárgica; descia de manhã, passava por volta de uma hora lá embaixo, mas ficava a maior parte do tempo dentro do quarto, vendo as rosas de sua janela e, imagino, se empanturrando dos copiosos presentes do seu amigo desconhecido. Só o que eu conseguia, quando muito, era convencê-la a sair uns minutinhos para tomar um pouco de ar lá fora, e, claro, foi isso que acabou sendo fatal, no fim das contas.

Nós tínhamos tomado café da manhã juntas e comido panqueca de trigo-sarraceno, linguiça artesanal, torrada e a geleia de morango de Martha. A correspondência daquele dia tinha sido boa — um convite para mim, para um baile; uma renovação de assinatura e um cheque de dividendos para Charlotte —, e eu lhe perguntei se ela não gostaria de passar meia horinha no jardim, depois de ficar tanto tempo enfurnada em casa.

"Acho que não", disse Charlotte, balançando a cabeça. "Acho que vou voltar para a cama mesmo."

"Você não viu o jardim de pedras. Não dá para ver lá da sua janela. E você não está tão doente assim para ficar o tempo todo na cama, de preguiça. Você *precisa* sair mais de dentro de casa."

Charlotte soltou um suspiro. "Eu estou tão cansada", disse. "Detesto andar ou ficar em pé."

"Só meia hora, vai?", pedi.

Ela deu de ombros. "Ultimamente", disse com enfado, "tem sido mais fácil ceder do que resistir. Dez minutos."

Eu a segurei pelo braço, porque ela estava com dificuldade de andar, e fomos juntas para o jardim, para o meio das rosas. Vi que eu tinha feito bem em insistir quando ela parou logo depois e acariciou uma rosa com a ponta do dedo. "Elas estão lindas este ano", comentou.

"E ficam mais lindas a cada verão que passa. É um daqueles mistérios das roseiras."

Ela riu. "Você acha que no verão que vem elas vão ficar tão lindas quanto estão agora, se eu não estiver mais aqui?"

"Eu vou plantar algumas na sua sepultura", falei num tom amável. "Vem ver o jardim de pedras."

Fomos andando devagar pelo caminho ao lado do chalé, por entre as fileiras de roseiras, e, quando passamos pela janela da cozinha, Martha pôs a cabeça para fora e disse: "Que bom finalmente ver a *senhora* aí fora". Depois deixamos a casa para trás e seguimos em direção aos fundos, até o jardim de pedras que Charlotte e eu tínhamos construído juntas e do qual eu havia cuidado sozinha naquele verão. "Você anda passando tempo demais *comigo*", disse Charlotte em tom de crítica. "Olha esses tufos de mato."

"Eu ando mais preocupada com você", falei, dando um rápido abraço nela. "No ano que vem..."

"Anne", chamou ela, como se não tivesse planejado dizer nada e estivesse um pouco surpresa, chocada até, de ouvir sua própria voz dizendo aquilo. "Anne, você sabe que eu deixei tudo para você, não sabe?"

"Deixou, Charlotte?"

"A casa, o dinheiro, tudo. Eu pensei que você soubesse."

"Eu só acho bobagem falar sobre isso."

"Imagino que seja. Eu tenho andado pensando se é possível que eles não estejam enganados, o Nathan e aquele outro médico. Se eu não vou..."

"Cuidado!", berrei. "Uma *cobra*, Charlotte, *cuidado*!" Dei um pulo para longe dela, berrando: "Martha, Martha, socorro, uma *cobra*!".

Martha veio correndo lá de dentro, esbaforida, e matou a cobra com uma pá. Depois, o dr. West me falou que obviamente não era uma cascavel, mas apenas uma falsa-coral.

"Eu estou me sentindo péssima", falei para ele. "Não paro de pensar que nós estávamos paradas ali, conversando tranquilamente, e que, se eu tivesse simplesmente mantido a cabeça fria..."

"A senhorita não tinha como saber, é claro", disse ele.

"Acho que eu tenho tanto medo de cobra quanto Charlotte tinha de aranha. Mas mesmo assim... era minha obrigação cuidar *dela*. Se pelo menos eu tivesse raciocinado a tempo..."

"Estava fadado a acontecer em algum momento", disse o dr. West.

Uma das piores tarefas que eu e Martha tivemos que fazer foi revistar as roupas de Charlotte. Ainda havia chocolate em alguns bolsos, e num bolso do casaco que ela usava naquela manhã, eu encontrei outro bilhete, que dizia: "Eles só estão tentando deixar você de fora. Melhor você tratar de mostrar para eles que ainda é capaz de estar no centro dos acontecimentos". Foi a única daquelas coisas que eu não escrevi com a mão esquerda, e eu a queimei.

.14

Um dia normal, com amendoim

Fantasy and Science Fiction, janeiro de 1955

O sr. John Philip Johnson fechou a porta da frente ao passar e começou a descer a escada do prédio naquela manhã luminosa com uma sensação de que tudo estava bem no mundo naquele dia magnífico, pois não era verdade que o sol estava quentinho e gostoso, que os seus sapatos tinham ficado muito confortáveis com a sola nova, que ele sabia que tinha escolhido sem dúvida nenhuma a gravata exata que melhor combinava com o dia e o sol e o conforto que ele sentia nos pés e, afinal de contas, o mundo não era simplesmente um lugar maravilhoso? Apesar de ser um homem pequeno e de sua gravata ser talvez um pouco chamativa, o sr. Johnson irradiava bem-estar enquanto descia a escada e depois seguia pela calçada suja, sorrindo para as pessoas que passavam, algumas delas retribuindo-lhe o sorriso. Parou na banca de jornal da esquina, comprou seu jornal e disse "Bom dia" com genuína convicção para o jornaleiro e para as duas ou três pessoas que tiveram a sorte de estarem lá, comprando jornal, quando o sr. Johnson chegou, saltitante. Lembrou-se de encher os bolsos de balas e amendoins, depois seguiu seu caminho rumo ao norte da cidade. Parou numa loja de flores e comprou um cravo para pôr na lapela. Voltou a parar logo depois para dar o cravo para uma criancinha dentro de um carrinho, que olhou para ele confusa e depois sorriu, e o sr. Johnson também sorriu, e a mãe da criança o observou por um momento e sorriu também.

Após andar alguns quarteirões em direção ao norte, o sr. Johnson atravessou a avenida e entrou numa rua transversal, escolhida a esmo; não fazia sempre o mesmo caminho, preferindo ir em busca de coisas interessantes por rotas sinuosas, mais como um cachorrinho do que como um homem empenhado em ganhar a vida. Aconteceu que, naquela manhã, havia um caminhão de mudanças estacionado no meio daquele quarteirão, e os móveis de um apartamento do prédio estavam metade na calçada, metade na escada da frente do prédio, enquanto um grupo de curiosos observava a operação, examinando os arranhões nas mesas e as partes puídas nos estofados, e uma mulher aflita, que tentava ficar de olho numa criança pequena, nos carregadores e nos móveis, parecia se esforçar enormemente para proteger sua vida privada das pessoas que perscrutavam os seus pertences. O sr. Johnson parou e, por um momento, se juntou ao grupo de curiosos, depois se aproximou da mulher e, levando a mão ao chapéu educadamente, perguntou:

"Quer que eu fique de olho no seu menininho para a senhora?"

A mulher se virou e cravou os olhos nele com desconfiança, e o sr. Johnson acrescentou mais que depressa: "Nós vamos ficar sentados bem aqui, na escada". Fazendo um gesto com a mão, ele chamou o garotinho, que hesitou, mas depois reagiu afavelmente ao seu sorriso simpático. O sr. Johnson pegou um punhado de amendoins do bolso e se sentou na escada com o menino, que a princípio recusou os amendoins, dizendo que a mãe não deixava que ele aceitasse comida de estranhos; o sr. Johnson disse que a mãe do menino provavelmente não tinha tido a intenção de incluir amendoins quando falou de comida, já que até elefantes de circo comiam amendoim, e o menino refletiu por um momento e então concordou com um ar sério. Eles ficaram sentados na escada comendo amendoim como bons companheiros, até que o sr. Johnson perguntou:

"Então vocês estão se mudando daqui?"

"Estamos", respondeu o menino.

"Para onde vão?"

"Vermont."

"Lugar bacana. Tem muita neve lá. Açúcar de bordo também. Você gosta de açúcar de bordo?"

"Gosto."

"Tem muito açúcar de bordo em Vermont. Vocês vão morar numa fazenda?"

"A gente vai morar com o vovô."

"O seu avô gosta de amendoim?"

"Gosta."

"Então leva um pouco para ele", disse o sr. Johnson, enfiando a mão no bolso. "É só você e a sua mãe que vão?"

"É."

"Vamos fazer o seguinte", disse o sr. Johnson. "Leva esses amendoins aqui para comer no trem."

Depois de olhar de relance para os dois várias vezes, a mãe do menino chegou à conclusão de que o sr. Johnson era confiável, de modo que passou a se dedicar totalmente à tarefa de cuidar para que os carregadores não quebrassem uma perna da sua mesa boa nem botassem uma cadeira da cozinha em cima de um lustre — coisas que carregadores raramente fazem, mas toda dona de casa acha que eles vão fazer. A maior parte dos móveis já estava dentro do caminhão, e a mulher havia mergulhado fundo naquele estágio nervoso em que sabia que estava esquecendo alguma coisa — escondida no fundo de um armário, deixada na casa de um vizinho ou pendurada no varal — e tentava lembrar o que era.

"Isso é tudo, senhora?", perguntou o carregador-chefe, aumentando a angústia da mulher.

Sem convicção, ela fez que sim.

"Quer ir no caminhão junto com os móveis, garoto?", o carregador perguntou ao menino e riu. O menino riu também e falou para o sr. Johnson: "Acho que vai ser bom lá em Vermont".

"Vai ser ótimo", disse o sr. Johnson. "Come mais um amendoim antes de ir."

A mãe do menino disse para o sr. Johnson: "Muito obrigada. O senhor me ajudou muito".

"Não há de quê", respondeu o sr. Johnson, gentil. "Para que parte de Vermont vocês vão?"

A mãe olhou para o menininho com ar de reprovação, como se ele tivesse revelado um segredo de certa importância, e disse, contrariada: "Para Greenwich".

"É uma cidadezinha linda", disse o sr. Johnson. Tirou um cartão do bolso e escreveu um nome no verso. "Um grande amigo meu mora lá", disse ele. "Se precisarem de alguma coisa, é só ligar para ele. A mulher dele faz os melhores *donuts* da cidade", acrescentou, sério, dirigindo-se ao menino.

"Legal", disse o menininho.

"Tchau", falou o sr. Johnson.

Ele seguiu em frente, andando prazerosamente com os seus sapatos de sola nova, sentindo o sol quentinho nas costas e no alto da cabeça. Mais adiante, encontrou um cachorro sem dono e deu um amendoim para ele.

Na esquina, ao se deparar com outra grande avenida, o sr. Johnson decidiu seguir rumo ao norte de novo. Andando com relativo vagar, ele era ultrapassado dos dois lados por pessoas apressadas, de cenho franzido, e volta e meia levava esbarrões de quem seguia às pressas no sentido oposto, na correria para chegar rápido a algum lugar. O sr. Johnson parava em toda esquina e esperava pacientemente que o sinal abrisse para ele; também procurava sair do caminho de qualquer pessoa que parecesse particularmente apressada, mas uma moça veio andando rápido demais e colidiu violentamente com ele bem quando ele se abaixou para acariciar um gatinho que tinha saído de uma casa para o meio da calçada e agora, cercado de uma multidão de pés em frenético movimento, não conseguia voltar.

"Desculpe", disse a moça, tentando levantar o sr. Johnson do chão e andar rapidamente ao mesmo tempo. "Eu sinto muitíssimo."

Agora indiferente ao perigo, o gatinho foi correndo de volta para casa. "Não tem problema, está tudo bem", garantiu o sr. Johnson, ajeitando-se cuidadosamente. "A senhorita parece estar com pressa."

"Claro que eu estou com pressa", disse a moça. "Estou atrasada."

Ela estava extremamente contrariada, e os vincos entre os seus olhos pareciam profundos como se fossem ficar ali para sempre. Obviamente tinha acordado tarde, porque tudo indicava que ela não havia gastado nenhum minuto extra se embelezando; seu vestido era simples, sem gola nem broche que o adornassem, e seu batom estava perceptivelmente borrado. Ela tentou se desviar do sr. Johnson, mas, arriscando-se a ser alvo do desagrado desconfiado da moça, ele a segurou pelo braço e disse: "Espera, por favor".

"Olha", ela disse num tom soturno, "eu derrubei o senhor, e o seu advogado pode entrar em contato com o meu, e eu vou pagar de bom grado por todos os danos e inconveniências que isso tenha lhe causado, mas, por favor, agora me deixe ir, porque *eu estou atrasada.*"

"Atrasada para quê?", perguntou o sr. Johnson. Ele testou seu sorriso cativante com ela, mas só o que conseguiu foi evitar que ela o derrubasse de novo no chão.

"Para ir trabalhar", ela respondeu entre dentes. "Atrasada para o meu trabalho. Eu tenho um emprego e, se chegar atrasada, eles descontam meus minutos de atraso do que eu recebo por hora, e eu não estou em condições de pagar o que a sua conversa agradável está me custando, por *mais* agradável que ela possa ser."

"Eu pago", disse o sr. Johnson. Ora, essas eram palavras mágicas, não necessariamente porque fossem verdade ou porque a moça realmente esperasse que o sr. Johnson pagasse alguma coisa, mas porque a declaração categórica, claramente isenta de ironia, não poderia ser, vinda do sr. Johnson, outra coisa senão a declaração de um homem responsável, confiável e respeitável.

"Como assim?", perguntou ela.

"Eu quis dizer que, já que obviamente sou responsável pelo seu atraso, com certeza eu tenho que pagar por ele."

"Que bobagem", disse ela, e pela primeira vez os vincos entre os seus olhos desapareceram. "O senhor não precisa me pagar nada. Alguns minutos atrás era *eu* que estava me oferecendo para pagar ao *senhor.* Além do mais", acrescentou ela, quase sorrindo, "a culpa foi *minha.*"

"O que acontece se a senhorita não for trabalhar?"

Ela olhou nos olhos dele. "Eu não recebo."

"Exato", disse o sr. Johnson.

"Como assim, exato? Se eu não aparecer no escritório exatamente vinte minutos atrás, eu perco 1,20 dólar por hora ou 2 centavos por minuto ou", ela parou para pensar, "quase 10 centavos pelo tempo que eu passei conversando com o senhor."

O sr. Johnson riu, e finalmente ela riu também. "A senhorita já está atrasada", salientou ele. "Que tal me dar mais 4 centavos do seu tempo?"

"Eu só não entendo por quê."

"A senhorita vai ver", prometeu o sr. Johnson. Ele a levou para perto de um prédio, pediu para que ela esperasse ali e voltou para o meio da calçada, onde pessoas não paravam de passar de um lado para o outro. Selecionando e ponderando, como quem tem que fazer uma escolha capaz de afetar, talvez, anos inteiros de vidas, ele avaliou as pessoas que passavam. Uma vez quase saiu andando, mas no último minuto pensou melhor e recuou. Por fim, a uma distância de meio quarteirão, ele viu o que queria e foi até o meio da rua para interceptar um rapaz que andava rapidamente, vestido como se tivesse acordado tarde e de cenho franzido.

"Ui", disse o rapaz, porque o sr. Johnson não tinha conseguido pensar em nenhuma maneira melhor de interceptar alguém do que a que a moça havia usado com ele. "Onde o senhor pensa que vai?", quis saber o rapaz, caído na calçada.

"Eu quero falar com você", disse o sr. Johnson num tom sombrio.

Nervoso, o rapaz se levantou e, sacudindo a poeira da roupa, fitou o sr. Johnson. "Sobre o quê?", perguntou. "O que foi que *eu* fiz?"

"Isso é o que mais me incomoda nas pessoas hoje em dia", reclamou o sr. Johnson, dirigindo-se às pessoas que passavam. "Não importa se tenham ou não feito alguma coisa, elas sempre acham que tem alguém atrás delas. Sobre o que você vai fazer", ele respondeu ao rapaz.

"Olha", disse o rapaz, tentando se desviar dele, "eu estou atrasado e não tenho tempo para ouvir nada. Toma aqui 10 centavos. Agora se manda."

"Obrigado", disse o sr. Johnson, botando a moeda no bolso. "Escuta, o que acontece se você parar de correr?"

“Eu estou atrasado”, disse o rapaz, ainda tentando passar pelo sr. Johnson, que estava sendo inesperadamente insistente.

“Quanto você ganha por hora?”, perguntou o sr. Johnson.

“O senhor é comunista, por acaso?”, disse o rapaz. “Quer, por favor, me deixar...”

“Não”, disse o sr. Johnson, firme. “*Quanto*?”

“Um dólar e cinquenta centavos”, respondeu o rapaz. “Agora quer me deixar...”

“Você gosta de aventuras?”

O rapaz o encarou e foi capturado pelo sorriso cativante do sr. Johnson; quase sorriu para ele também, mas depois reprimiu o sorriso e fez um esforço para se desvencilhar. “Eu preciso *correr*”, disse.

“Mistérios? Você gosta de surpresas? Acontecimentos incomuns e empolgantes?”

“O senhor está querendo me vender alguma coisa?”

“Claro”, disse o sr. Johnson. “Quer tentar a sorte?”

O rapaz hesitou, olhando ansioso para algum ponto distante na avenida onde talvez ficasse o seu destino, e depois, quando o sr. Johnson disse “Eu pago o seu tempo” com aquela veemência convincente e peculiar, ele se virou e disse: “Bom, está bem. Mas eu tenho que *ver* primeiro o que eu estou comprando”.

Respirando fundo, o sr. Johnson levou o rapaz até o lugar onde a moça estava; ela assistia com interesse à captura do rapaz efetuada pelo sr. Johnson e, sorrindo timidamente, olhou para o sr. Johnson como que preparada para não se surpreender com nada.

O sr. Johnson enfiou a mão no bolso e puxou a carteira. “Toma aqui”, disse, entregando uma nota de dinheiro para a moça. “Isso equivale mais ou menos ao que você ganha por dia.”

“Ah, não”, disse ela, surpresa. “Quer dizer, eu não *posso* aceitar.”

“Por favor, não me interrompa”, disse o sr. Johnson para a moça. “E toma aqui”, ele disse para o rapaz, “isso vai compensar *você*.” Perplexo, o rapaz aceitou a nota, mas falou pelo canto da boca para a moça: “Deve ser falsa”. “Pois bem”, continuou o sr. Johnson, ignorando o rapaz, “qual é o seu nome, senhorita?”

"Kent", respondeu ela, impotente. "Mildred Kent."

"Certo", disse o sr. Johnson. "E o seu, senhor?"

"Arthur Adams", respondeu o rapaz com frieza.

"Perfeito", disse o sr. Johnson. "Agora, srta. Kent, eu gostaria de lhe apresentar o sr. Adams. Sr. Adams, essa é a srta. Kent."

A srta. Kent arregalou os olhos, umedeceu os lábios nervosamente, fez um gesto como se fosse fugir e disse: "Muito prazer".

O sr. Adams endireitou os ombros, olhou carrancudo para o sr. Johnson, fez um gesto como se fosse fugir também e disse: "Muito prazer".

"Agora, *isso*", disse o sr. Johnson, tirando algumas notas da carteira, "deve ser suficiente para vocês dois passarem o dia. Eu sugeriria, talvez, Coney Island, embora eu particularmente não goste muito de lá, ou talvez um bom almoço em algum lugar, depois ir dançar ou ir a uma matinê no teatro ou até mesmo ao cinema, mas é preciso ter cuidado para escolher um filme realmente *bom*, porque tem *muito* filme ruim hoje em dia. Ah, vocês poderiam também", acrescentou, tendo uma inspiração, "ir ao zoológico do Bronx ou ao planetário. A qualquer lugar, na verdade, que vocês tenham vontade de ir", concluiu. "Divirtam-se."

Quando o sr. Johnson começou a se afastar, Arthur Adams, despertando do seu atordoamento, disse: "Mas, escuta aqui, o senhor não *pode* fazer isso. Afinal, como é que o senhor sabe — quer dizer, nem mesmo *nós* sabemos — quer dizer, como é que o senhor sabe que nós não vamos simplesmente pegar o dinheiro e não fazer nada do que o senhor disse?".

"Vocês aceitaram o dinheiro", disse o sr. Johnson. "Não precisam aceitar nenhuma das minhas sugestões. Pode ser que vocês prefiram fazer outra coisa. Talvez ir a um museu ou coisa assim."

"Mas e se eu simplesmente fugir com o dinheiro e deixar a moça aqui?"

"Eu sei que o senhor não vai fazer isso", disse o sr. Johnson num tom gentil, "porque o senhor se lembrou de perguntar isso para *mim*. Tchau", acrescentou e se foi.

Enquanto seguia pela rua, consciente do sol batendo em sua cabeça e de seus sapatos confortáveis, ele ouviu de algum lugar atrás de si o rapaz dizer: "Olha, a senhorita sabe que não *tem* que fazer nada, se não quiser", e a moça responder: "Mas a menos que o *senhor* não queira...".

O sr. Johnson sorriu consigo mesmo e depois achou que era melhor apertar o passo; quando queria, ele conseguia andar muito rápido e, antes que a moça tivesse respondido: "Bom, *eu* vou se o *senhor* for", ele já estava alguns quarteirões adiante e já tinha parado duas vezes, uma vez para ajudar uma senhora a botar vários embrulhos volumosos dentro de um táxi, e outra para dar um amendoim para uma gaivota. A essa altura, ele havia chegado numa região muito movimentada, repleta de grandes lojas. As pessoas se esbarravam entre si, apressadas, irritadas e emburradas. Uma vez ele ofereceu amendoim a um homem que lhe pediu um trocado e outra vez ele ofereceu amendoim a um motorista que tinha parado o ônibus num cruzamento, aberto a janela e botado a cabeça para fora como se ansiasse por um pouco de ar fresco e pelo relativo silêncio do trânsito. O homem que queria um trocado aceitou o amendoim porque o sr. Johnson tinha enrolado uma nota de 1 dólar em volta dele, mas o motorista do ônibus aceitou o amendoim e perguntou com ironia: "Está querendo um bilhete de baldeação, meu chapa?".

Numa esquina movimentada, o sr. Johnson encontrou dois jovens — por um momento, ele chegou a pensar que pudessem ser Mildred Kent e Arthur Adams — que esquadrinhavam um jornal avidamente, encostados na frente de uma loja para evitar as pessoas que passavam, a cabeça dos dois perto uma da outra. O sr. Johnson, cuja curiosidade era insaciável, se encostou na frente da loja ao lado deles e espiou por cima do ombro do homem; eles examinavam as colunas de apartamentos para alugar.

O sr. Johnson se lembrou da rua em que a mulher e o filhinho dela estavam de mudança para Vermont, bateu de leve no ombro do homem e disse: "Tentem na rua 17 oeste. Mais ou menos no meio do quarteirão. As pessoas se mudaram de lá hoje de manhã".

"Ei, o que é que...", disse o homem, mas depois, vendo o sr. Johnson melhor, falou: "Bom, obrigado. Onde mesmo o senhor falou?".

"Rua 17 oeste", respondeu o sr. Johnson. "Mais ou menos no meio do quarteirão." Ele sorriu de novo e disse: "Boa sorte".

"Obrigado", disse o homem.

"Obrigada", disse a moça, enquanto os dois saíam andando.

"Tchau", disse o sr. Johnson.

Ele almoçou sozinho num restaurante agradável, onde a comida era gostosa, mas pesada, e só a excelente digestão do sr. Johnson poderia dar conta dos dois doces de massa folhada repletos de creme chantilly, chocolate e rum que eram servidos lá como sobremesa. Tomou três xícaras de café, deixou uma gorjeta generosa para o garçom e voltou para a rua e para aquele sol maravilhoso, os sapatos ainda confortáveis e frescos nos pés. Do lado de fora, viu um mendigo com os olhos fixos na vitrine do restaurante de onde ele havia acabado de sair e, contando cuidadosamente o dinheiro que tinha no bolso, foi até ele e botou duas notas e algumas moedas em sua mão. "É o preço do prato de costeleta de vitela mais a gorjeta", disse. "Tchau."

Depois do almoço, o sr. Johnson descansou; caminhou até o parque mais próximo e deu amendoim para os pombos. Era fim de tarde quando achou que estava na hora de começar a fazer o caminho de volta para o sul da cidade, sendo que nesse meio-tempo ele havia arbitrado duas partidas de jogo de damas e tomado conta de um menininho e uma menininha cuja mãe tinha pegado no sono e depois acordado assustada, e o medo havia se transformado em alegria quando ela viu o sr. Johnson. Ele já tinha distribuído quase todas as suas balas, dado todo o resto dos seus amendoins para os pombos e estava na hora de ir para casa. Embora o sol do fim da tarde estivesse agradável e seus sapatos continuassem lhe parecendo muito confortáveis, ele decidiu pegar um táxi para voltar.

Teve certa dificuldade para pegar um, porque cedeu os três ou quatro primeiros carros vazios que passaram para pessoas que pareciam precisar mais do que ele; por fim, no entanto, ficou sozinho na esquina e pôs-se a fazer sinal desesperadamente — como se tentasse apanhar um peixe saltador com uma rede — até conseguir parar um táxi que seguia às pressas para o norte e pareceu embicar em direção à calçada quase contra a própria vontade.

"Olha, sinceramente", disse o motorista quando o sr. Johnson entrou, "eu só parei porque achei que o senhor devia ser uma espécie de sinal do destino, sabe? Eu não tinha a menor intenção de parar para pegar o senhor."

"É muita gentileza sua", disse o sr. Johnson de maneira ambígua.

"Se eu não paro para o senhor, isso ia me custar dez pratas", argumentou o motorista.

"É mesmo?", disse o sr. Johnson.

"É", respondeu o motorista. "O sujeito que acabou de descer do táxi se virou para mim, botou dez pratas na minha mão e disse que era para eu apostar correndo num cavalo chamado Vulcano, mas que eu tinha que ir logo."

"Vulcano?", perguntou o sr. Johnson, horrorizado. "Um sinal de fogo numa quarta-feira?"

"O quê?", retrucou o motorista. "Bom, eu disse comigo que, se ninguém fizesse sinal para mim daqui até lá, eu ia apostar os 10 dólares, mas, se visse alguém que parecesse precisar de um táxi, eu ia tomar isso como um sinal e levar os 10 dólares para a minha mulher."

"Fez muito bem", disse o sr. Johnson calorosamente. "Hoje é quarta-feira, o senhor teria perdido o seu dinheiro. Se fosse segunda, sim, ou até sábado. Mas nunca, nunca, nunca um sinal de fogo numa quarta-feira. Já domingo teria sido bom também."

"O Vulcano não corre no domingo", disse o motorista.

"Então o senhor espera outro dia", replicou o sr. Johnson. "Entra nessa rua aqui, por favor, motorista. Eu vou descer na próxima esquina."

"Mas ele me *falou* para apostar no Vulcano", lembrou o motorista.

"Faz o seguinte", disse o sr. Johnson, hesitando com a porta do táxi entreaberta. "O senhor pega esses 10 dólares e mais esses 10 que eu vou lhe dar, vai lá e aposta esse dinheiro numa quinta-feira qualquer em qualquer cavalo que tenha um nome relacionado a... deixe-me ver... quinta-feira... bom, a algum cereal. Ou a qualquer alimento cultivável."

"Cereal?", perguntou o motorista. "O senhor quer dizer um cavalo que tenha um nome como Trigo ou coisa assim?"

"Exato", disse o sr. Johnson. "Ou melhor, para ficar mais fácil ainda, qualquer cavalo cujo nome inclua as letras M, L, T. Bem simples."

"Milho Alto?", perguntou o motorista, com um brilho nos olhos. "O senhor quer dizer um cavalo chamado, digamos, Milho Alto?"

"Isso mesmo", disse o sr. Johnson. "Aqui está o seu dinheiro."

"Milho Alto", disse o motorista. "Muito obrigado, senhor."

"Tchau", disse o sr. Johnson.

Ele estava na esquina de casa e subiu direto para o seu apartamento. Abriu a porta, entrou e disse "Olá?", e a sra. Johnson respondeu da cozinha: "Olá, querido, chegou mais cedo?".

"Peguei um táxi para voltar", respondeu o sr. Johnson. "E me lembrei da torta também. Qual é o jantar hoje?"

A sra. Johnson veio da cozinha e deu um beijo nele; ela era uma mulher afável e sorriu quando o sr. Johnson sorriu. "Dia difícil?", ela perguntou.

"Não muito", disse o sr. Johnson, pendurando o casaco no armário. "E o seu?"

"Mais ou menos", disse ela, encostando-se no batente da porta da cozinha, enquanto o sr. Johnson se sentava na poltrona dele, tirava seus sapatos bons e pegava o jornal que havia comprado naquela manhã. "Teve altos e baixos", ela acrescentou.

"Eu até que não me saí tão mal", disse ele. "Dei uma mãozinha a alguns jovens."

"Que bom", disse ela. "Eu tirei uma soneca de tarde, descansei a maior parte do dia. Fui a uma loja de departamentos de manhã, acusei a mulher do meu lado de furtar mercadorias e fiz o segurança da loja prendê-la. Fiz três cachorros serem recolhidos pela carrocinha... você sabe, o de sempre. Ah, e escuta só", acrescentou, lembrando-se de alguma coisa.

"O quê?", perguntou o sr. Johnson.

"Bom, eu peguei um ônibus, pedi um bilhete de baldeação para o motorista, e aí, quando ele atendeu outra pessoa primeiro, eu disse que ele era insolente e discuti com ele. Perguntei por que ele não estava no exército, bem alto para todo mundo ouvir, depois peguei o número dele e fiz uma queixa. Provavelmente fiz com que ele fosse despedido."

"Que bom", disse o sr. Johnson. "Mas você parece cansada. Quer trocar amanhã?"

"Quero, sim", disse ela. "Uma mudança me faria bem."

"Combinado", disse o sr. Johnson. "Qual é o jantar hoje?"

"Costeleta de vitela."

"Eu já comi isso no almoço", disse o sr. Johnson.

.15

A menina desaparecida

Fantasy and Science Fiction, dezembro de 1957

Desafinada, ela cantarolava sem parar enquanto zanzava pelo quarto e remexia de leve em uma coisa ou outra. Debruçada na escrivaninha, Betsy contraiu os ombros e enfiou a cara no livro que estava lendo, na esperança de que sua aparente concentração comunicasse de alguma forma um desejo de silêncio, mas a menina continuou cantarolando. Cogitando se fazia um gesto dramático, como atirar o livro com violência no chão ou berrar, irritada, Betsy pensou, como já havia feito várias outras vezes: *mas você* não pode *se desentender com ela, simplesmente* não pode. E se encurvou mais ainda sobre o livro.

"Betsy?"

"Hã?" Ainda tentando dar a impressão de que estava estudando, Betsy se deu conta de que poderia descrever cada movimento que havia acontecido no quarto até ali.

"Escuta, eu vou sair."

"Sair para onde? A essa hora da noite?"

"Eu vou sair mesmo assim. Tenho uma coisa para fazer."

"Tá bom", disse Betsy; só porque não podia se desentender com uma pessoa, você não precisava necessariamente se importar com ela.

"Até mais."

A porta bateu e Betsy, com uma sensação de alívio e frescor, voltou para o seu livro.

Foi só na noite seguinte, na verdade, que alguém perguntou a Betsy pela sua colega de quarto. E, mesmo então, foi uma pergunta casual, que mal fez com que ela parasse para pensar. "Você está sozinha hoje?", a pessoa perguntou. "Ela saiu?"

"Não vi nem sinal dela o dia inteiro", disse Betsy.

Na manhã seguinte, Betsy começou a estranhar um pouco, principalmente porque a outra cama do quarto continuava intacta, como se ninguém tivesse dormido nela. A ideia monstruosa de avisar à diretora da colônia de férias lhe passou pela cabeça ("Você soube o que a Betsy *fez*? Foi correndo contar para a velha coroca da tia Jane que a colega de quarto dela tinha sumido, e o tempo todo a coitada da menina estava...") e ela falou com algumas pessoas, como se estivesse intrigada e curiosa, sempre formulando a pergunta de maneira casual; e, no final, ninguém tinha visto a colega de quarto dela desde segunda-feira à noite, quando ela dissera "Até mais" para Betsy e saído.

"Você acha que eu devia avisar para a velha Jane?", Betsy perguntou a alguém no terceiro dia.

"Bom...", disse a pessoa, pensando. "Pode acabar dando problema para *você* se ela realmente tiver desaparecido."

A diretora da colônia de férias, uma mulher afável, tolerante e bem-humorada, velha o bastante para ser mãe de qualquer uma das instrutoras e inteligente o bastante para passar a forte impressão de ter muita experiência, ouviu com atenção e perguntou:

"Você disse que ela está sumida desde segunda-feira à noite? E só hoje, quinta-feira, é que você me fala?"

"Eu não sabia o que fazer", disse Betsy com franqueza. "Ela podia ter ido para casa ou..."

"Ou...?", perguntou a diretora.

"Ela disse que tinha uma coisa para fazer", disse Betsy.

A velha Jane puxou o telefone para perto de si e perguntou: "Qual é mesmo o nome dela? Albert?"

"Alexander. Martha Alexander."

"Liga para a casa de Martha Alexander para mim", disse a velha Jane ao telefone, e da sala em frente, na bela casa revestida de madeira onde, de um lado, ficava a secretaria da colônia e, do outro, a cozinha, o refeitório e a sala de recreação, Betsy e a velha Jane ouviram a srta. Mills, a secretária de Jane, dizendo com irritação "Alexander, Alexander", enquanto virava páginas e abria gavetas de arquivo. "Jane?", ela chamou de repente, "Martha Alexander de onde?"

"De Nova York", disse Betsy. "Eu *acho*."

"Nova York", repetiu a velha Jane ao telefone.

"Certo", disse da outra sala a srta. Mill.

"Desaparecida desde segunda-feira", disse a velha Jane, lembrando a si mesma, enquanto consultava as anotações que fizera no bloco em cima da sua mesa. "Disse que tinha alguma coisa para fazer. Alguma foto?"

"Acho que não", respondeu Betsy, em dúvida. "Pode ser que eu tenha um instantâneo em algum lugar."

"Turma?" "Fadas do bosque, eu *acho*", respondeu Betsy. "Quer dizer, eu sou uma fada do bosque, e nos quartos normalmente botam fadas junto de outras fadas, duendes junto de outros duendes, caçadoras junto de..." Ela parou de falar quando o telefone da velha Jane tocou e Jane atendeu e disse, enérgica: "Alô? Sra. Alexander? Aqui é a srta. Nicholas da Colônia de Férias Educativa Phillips para Meninas de Doze a Dezesseis Anos. Sim, isso mesmo... Eu vou bem, sra. Alexander, e a *senhora*? Fico feliz em saber. Sra. Alexander, eu estou ligando para saber da sua filha... Da sua *filha*, Martha... Isso, da Martha". Ela levantou as sobrancelhas, olhou para Betsy, depois continuou: "Nós só estamos querendo ter certeza de que ela foi para casa e de que a senhora sabe onde ela está... sim, onde ela está. Ela saiu da colônia de maneira muito repentina na segunda-feira à noite e se esqueceu de registrar a saída no balcão principal, e claro que a nossa responsabilidade para com as nossas meninas requer que, mesmo que elas tenham apenas voltado para casa, nós...". Então parou de falar e seus olhos se fixaram de repente na parede do outro lado da sala. "Ela não está?", perguntou a velha Jane. "Mas a senhora sabe onde ela está, então?... E os amigos dela?... Tem alguém que possa saber?"

A enfermeira da colônia, cujo nome era Hilda Scarlett, mas era conhecida como Will, não encontrou nenhum registro de Martha Alexander nos arquivos da enfermaria. Sentada do outro lado da mesa da velha Jane, retorcendo as mãos de nervoso, ela garantiu que as únicas meninas na enfermaria naquele momento eram uma duende com uma queimadura causada por um arbusto venenoso e uma fada do bosque com ataque histérico. "Imagino que você *saiba*", ela disse para Betsy, elevando a voz, "que se tivesse nos avisado *assim* que ela saiu..."

"Mas eu não *sabia*", disse Betsy num tom de desamparo. "Eu não sabia que ela ia embora."

"Lamento dizer", disse a velha Jane de um jeito grave, virando-se para olhar para Betsy com o ar de alguém em cujos ombros um fardo cruel e desnecessário havia sido depositado. "Lamento muito mesmo, mas acho que temos que comunicar à polícia."

Era a primeira vez que o chefe de polícia, um simpático homem de família chamado Hook, precisava visitar uma colônia de férias para meninas; suas filhas nunca tinham se interessado muito por esse tipo de coisa, e a sra. Hook temia o ar noturno; era também a primeira vez que o chefe Hook precisava apurar fatos. Ele havia conseguido se manter no cargo até então porque sua família era popular na cidade e a rapaziada que frequentava o bar local gostava dele e também porque seu histórico no decorrer de vinte anos, de bêbados levados para o xadrez e de ladrõezinhos baratos apreendidos após confissão, era imaculado. Numa cidade pequena como a que ficava perto da Colônia de Férias Educativa Phillips para Meninas de Doze a Dezesseis Anos, o crime tende a tomar a forma do caráter dos moradores, e um cachorro roubado ou um nariz quebrado é o ponto máximo a que normalmente se chega no âmbito do sensacionalismo. Ninguém duvidava que o chefe Hook era totalmente incapaz de lidar com o desaparecimento de uma menina da colônia de férias.

"Você disse que ela ia a algum lugar?", ele perguntou a Betsy, depois de apagar seu charuto em consideração à enfermeira da colônia e visivelmente receoso de que a velha Jane achasse suas perguntas idiotas; como o chefe Hook estava acostumado a falar com um charuto na boca, sem ele sua voz ficava distorcida, quase trêmula.

"Ela disse que tinha uma coisa para fazer", respondeu Betsy.

"Como ela disse isso? Como se estivesse falando sério mesmo? Ou você acha que ela estava mentindo?"

"Ela só *disse*", respondeu Betsy, cuja irritação já havia atingido aquele ponto em que vira birra, como acontece com a maioria das meninas de 13 anos quando os adultos parecem fazer mistério sem necessidade. "Eu já *falei* isso umas oito vezes."

O chefe Hook piscou e pigarreou. "Ela parecia feliz?", perguntou.

"Muito feliz", disse Betsy. "Ficou o tempo inteiro cantando enquanto eu tentava fazer o dever no meu Livro da Natureza, é o que eu me lembro daquela noite."

"Cantando?", disse o chefe Hook; para ele, não era possível que uma menina prestes a desaparecer tivesse algum motivo para cantar.

"Cantando?", disse a velha Jane.

"Cantando?", repetiu Will Scarlett. "Você não tinha contado isso para *nós*."

"Só cantarolando de boca fechada, na verdade", disse Betsy.

"Que música era?", perguntou o chefe Hook.

"Sei lá, ela só estava cantarolando de *boca fechada*", repetiu Betsy. "Eu já *falei*, ela estava só cantarolando de *boca fechada*. Eu quase fiquei maluca tentando fazer o meu dever no Livro da Natureza."

"Alguma ideia de para onde ela ia?"

"Não."

Uma ideia ocorreu ao chefe Hook. "Quais eram os interesses dela?", ele perguntou de repente. "Por exemplo, ela tinha interesse por esportes, meninos ou alguma coisa assim?"

"Não há meninos na Colônia de Férias Educativa Phillips para Meninas", disse a velha Jane num tom severo.

"Mas ela podia ter *interesse* por meninos mesmo assim", disse o chefe Hook. "Ou por... sei lá, livros? Ela podia gostar de ler... Ou de beisebol, quem sabe?"

"Nós não conseguimos encontrar a Tabela de Atividades dela", disse a enfermeira da colônia. "Betsy, em que grupo de atividades recreativas ela estava?"

"Hum..." Betsy pensou, pensou, depois disse: "Teatro? Eu acho que ela fazia teatro".

"E em que grupo de estudos da natureza? João Pequeno? Eeyore?"

"João Pequeno", respondeu Betsy, incerta. "Eu *acho*. Tenho quase certeza que ela fazia teatro porque acho que me lembro dela falar sobre *Six Who Pass While the Lentils Boil.*"*

"Isso é do grupo de teatro", garantiu a velha Jane. "Com certeza."

O chefe Hook, que tinha começado a achar isso tudo desnecessariamente confuso, perguntou: "E quanto à música?".

"Tem música em *Six Who Pass While the Lentils Boil*", disse Will Scarlett.

"E quanto aos meninos?", perguntou o chefe Hook.

Betsy pensou de novo, esforçando-se ao máximo para se lembrar da figura adormecida na cama ao lado, das roupas sujas espalhadas pelo chão, da mala aberta, das latas de biscoito, das toalhas, das esponjas de banho, dos sabonetes, dos lápis... "Ela tinha o seu próprio despertador", disse Betsy.

"Há quanto tempo vocês dividiam o mesmo quarto?", perguntou a velha Jane num tom levemente sarcástico, como se, por conta da presença do chefe Hook, tivesse sido forçada a censurar a metade mais ácida do seu comentário.

"Nós ficamos no mesmo quarto no ano passado e neste ano", disse Betsy. "Quer dizer, nós duas pedimos quartos ao mesmo tempo e então nos botaram juntas. É que a maioria das minhas amigas são caçadoras, e claro que eu não posso dividir o quarto com nenhuma delas porque só botam caçadoras com..."

"Nós sabemos." A voz da velha Jane começava a soar estridente. "Ela recebeu alguma correspondência?"

* Peça infantil de Stuart Walker encenada pela primeira vez em 1915, em Nova York.

"Isso eu não sei", respondeu Betsy. "Eu sempre lia a minha própria correspondência."

"Que roupa ela estava usando?", perguntou o chefe Hook.

"Não sei. Eu não virei para olhar para ela quando ela saiu." Betsy olhou com uma pontinha de impaciência para o chefe Hook, depois para Will Scarlett, depois para a velha Jane. "Eu estava fazendo o dever no meu Livro da *Natureza*."

Uma revista no quarto, da qual Betsy preferiu não participar e que foi realizada com entusiasmo pela velha Jane e por Will Scarlett e com certo constrangimento pelo chefe Hook, revelou que, uma vez subtraídos da bagunça os pertences de Betsy, o que sobrava era espantosamente pouco. Havia uma cópia datilografada do roteiro de *Six Who Pass While the Lentils Boil* e uma pintura tosca do lago Echo, que fazia parte do terreno da colônia. Havia um caderno, etiquetado, como o de Betsy, com o título "Livro da Natureza", mas ele não havia sido usado e não continha ainda nenhuma flor do campo prensada nem penas de gaio-azul; havia um exemplar de *As Viagens de Gulliver* tomado de empréstimo da biblioteca da colônia, o que a velha Jane achou que poderia ser significativo. Ninguém conseguiu dizer ao certo como ela estava vestida, porque a maioria das roupas que estavam no armário eram de Betsy ou eram casacos e galochas esquecidos no quarto por amigas de Betsy. Nas gavetas da segunda cômoda havia algumas peças íntimas surradas, um par de meias grossas e um suéter vermelho que Betsy tinha quase certeza de que pertencia a uma fada do bosque alojada do outro lado da colônia.

Uma vistoria cuidadosa feita nas listas de Atividades Recreativas mostrou que, embora a menina estivesse inscrita nas turmas de teatro, estudos da natureza e natação, sua frequência em qualquer dessas atividades era incerta; a maioria das instrutoras não se preocupava em manter registros de presença cuidadosos e nenhuma delas conseguia se lembrar se alguma menina assim havia participado das atividades em qualquer dia que fosse.

"Mas eu tenho quase certeza de que me lembro *dela*", disse ao chefe Hook a João Pequeno, uma moça animada de 27 anos, que usava óculos de aro de chifre e volta e meia tirava o cabelo da frente dos olhos com um gesto bonito que parecia indicar que ela costumava usar o cabelo devidamente preso durante o inverno. "Eu tenho ótima memória para rostos e acho que me lembro dela como um dos amigos e parentes do Coelho. Sim, eu tenho certeza de que me lembro dela, tenho boa memória para rostos."

"Ah", disse a bibliotecária, que era chamada de srta. Mills quando trabalhava como secretária da velha Jane e de Snark quando estava na biblioteca. "As meninas são muito parecidas umas com as outras nessa idade. Seus cérebros em formação, seus corpos em formação, seus errinhos; nós também já fomos jovens um dia, capitão Hook."

"Céus", disse a jovem musculosa que era conhecida como Tarzan porque dava aula de natação. "O senhor algum dia já viu cinquenta meninas juntas, todas de touca branca?"

"A Olmo?", perguntou a instrutora de estudos da natureza, que era conhecida como Pássaro Azul. "Quer dizer, ela não era uma menina olmo? Aquela que fez um ótimo trabalho sobre pulgão? Ou será que foi a outra menina, a Michaels? Enfim, qualquer delas que tenha feito, foi um belo trabalho. Fora do comum para *nós*, sabe; por isso que eu me lembro tão bem dele. Não notei nada em nenhuma das duas de que possa falar, mas, se saiu mesmo daqui, ela pode estar lá na trilha Fumacenta procurando samambaias; eu quero que as meninas façam um estudo especial com samambaias e cogumelos." Ela parou de falar e piscou algumas vezes, talvez absorvendo uma nova dose de clorofila. "Samambaia", disse. "Vale muito a pena estudar as samambaias a fundo."

"Poucas delas têm um mínimo de talento, de qualquer forma", revelou a instrutora de pintura. "Em todas as escolas progressistas, *esse* tipo de coisa..." Com ar de cansaço, ela fez um gesto na direção das telas apoiadas em tocos de árvore ou empilhadas em cima de uma pedra e mexeu os ombros nervosamente sob a camisa xadrez azul e amarela nova em folha. "Teria interesse *psicológico*, claro", acrescentou rapidamente. "Se me lembro bem dessa menina, ela fazia umas coisas meio vagas, quase a *contragosto*. Tinha quase uma rejeição... se eu encontrar um quadro dela, o senhor vai entender na hora o que eu quero dizer." Desanimada, remexeu nas telas empilhadas em cima da pedra, recolheu a mão e disse: "Por que raios eu...", enquanto limpava a tinta molhada da mão na calça jeans. "Engraçado", disse, "eu podia jurar que tinha uma tela dela por aqui em algum lugar. Mas era uma coisa vaga, uma pintura de quem não tem senso de proporção, não tem olho."

"Em algum momento, *qualquer* momento, ela mencionou algum lugar para onde ela tivesse vontade de ir?", o chefe Hook perguntou a Betsy. "Algum país, talvez?"

"Os pais dela chegam amanhã", disse a velha Jane num tom de voz estranho.

O chefe Hook passou a mão na testa, nervoso. "Nós perdemos um caçador no outono passado na montanha Ruim", comentou.

Ficou decidido que seria feita uma busca na montanha Ruim, e então, inesperadamente, entrevistas feitas de porta em porta com moradores da estrada que levava a essa montanha revelaram uma pista satisfatória. Uma dona de casa, que espiava pela janela para ver se o marido estava voltando para casa depois de uma noitada de pôquer, achava que tinha visto uma menina andando pela estrada, iluminada de vez em quando pelos faróis dos carros que passavam.

"Mas, olha, eu não posso *jurar* que fosse uma menina", ressaltou a dona de casa, nervosa. "Quer dizer, nas noites em que o Jim sai para jogar, eu sempre vou para a cama, mas nessa noite eu estava acordada porque a gente tinha comido mexilhão frito no jantar, e eu gosto de mexilhão, mas mexilhão não..."

"Como ela estava vestida?", perguntou o chefe Hook.

A mulher ficou pensando. "Bom, o que me fez pensar que podia ser uma daquelas meninas da colônia de férias foi que ela estava usando calça. Mas aí também podia ser um homem, sabe, ou um menino. Só que por algum motivo eu achei que parecia uma menina."

"Ela estava usando casaco? Chapéu?"

"Casaco, eu acho", disse a mulher. "No mínimo, uma daquelas jaquetas curtas. E estava andando na direção do passo Jones."

O passo Jones levava à montanha Ruim. Não tinha sido possível formar uma imagem da menina; a foto da sua ficha de inscrição na colônia de férias estava tão borrada que poderia ser de uma centena de outras meninas da colônia; com base nessa foto, porém, chegou-se à conclusão de que a jovem tinha cabelo escuro. Descobriu-se que um homem havia dado carona a uma menina na estrada para o passo Jones; a garota tinha cabelo escuro e usava calça jeans e uma jaqueta de couro curta.

"Mas eu não acho que ela era uma menina da colônia, não", acrescentou o homem, sério. "Pelo jeito de falar, ela não parecia nem um pouco uma menina da Colônia Phillips, não mesmo", disse ele e olhou para o chefe Hook. "Bill, você lembra daquela menina mais nova que foi lá na casa do Ben Hart?"

O chefe Hook soltou um suspiro e perguntou: "Você viu mais alguém passando de carro na estrada?". O homem fez que não enfaticamente.

Uma das instrutoras mais novas da colônia, que atendia pelo nome de Leitão, voltava de carro da cidade para casa já tarde naquela noite e, num determinado ponto da estrada perto do passo Jones, tivera a nítida impressão de ver alguém se esconder atrás de uma árvore. Ela não tinha como dizer se era ou não uma menina, nem mesmo se era uma pessoa, mas o chefe Hook a interrogou sem piedade.

"Você vai conseguir olhar para os pais dessa menina e admitir com toda a honestidade que não levantou um dedo para salvar a filha deles?", ele perguntou a Leitão. "Aquela menina inocente?"

Will Scarlett havia se trancado na enfermaria e se recusado a abrir mão do fenobarbital; haviam recomendado que ela não fosse incomodada. O agente de publicidade da colônia atendia todas as ligações e gerenciava a busca geral. Repórteres de jornal eram encorajados a acompanhar o caso, embora o filho de 17 anos do dono do jornal local tivesse a prerrogativa de ser o primeiro a saber de todos os novos desdobramentos; esse rapaz achou por bem insistir que fosse feita uma busca de helicóptero sobre a montanha Ruim, e a colônia teve um gasto tremendo para importar o veículo, mas o tour de seis dias que o helicóptero fez pelas montanhas não deu em nada; pouco depois, o filho do dono do jornal informou ao pai que preferia ter um avião a herdar o jornal, que foi legado a um primo distante. Falou-se que a menina teria aparecido numa cidade a 120 quilômetros dali, completamente bêbada, tentando arrumar um emprego numa loja de sapatos, mas o proprietário da loja não conseguiu identificá-la pela foto e mais tarde ficou provado que a menina em questão era, na verdade, a filha do prefeito daquela cidade. A mãe viúva da menina desaparecida estava prostada de tristeza e sob os cuidados de um médico, mas o tio foi até a colônia de férias e assumiu pessoalmente o comando das buscas. As meninas da colônia, guiadas pela instrutora de estudos da natureza e pelas caçadoras seniores, já haviam esquadrinhado a montanha, à procura de galhos quebrados e marcas nas pedras, mas sem sucesso, embora tivessem recebido o auxílio de seletos escoteiros e escoteiras da cidade. Comentou-se depois que a velha Jane, infatigável com perneiras de couro, um lenço listrado na cabeça e conhecida por ser extraordinariamente suscetível ao frio, havia caído de bêbada na frente do chefe Hook e teve que ser carregada até a sua casa numa maca improvisada às pressas pelos escoteiros, o que levou muita gente a acreditar que o corpo da menina havia sido encontrado.

Na cidadezinha, acreditava-se que a menina tinha sido assassinada e "*Você* sabe", seu corpo enterrado numa cova rasa em algum lugar a leste do passo Jones, onde a floresta era mais densa, estendia-se encosta abaixo e por quilômetros ao longo do rio Lamacento; gente da comunidade local que sabia das coisas e já tinha caçado no passo e na montanha Ruim havia declarado que não tinha coisa mais fácil do que não ver um corpo embrenhado naquele matagal todo lá; era só se afastar uns três metros da trilha que você já ficava perdido e com lama até *aqui*, ainda por cima; a opinião geral na cidadezinha era que a menina devia ter sido seguida no escuro por algum instrutor da colônia, provavelmente alguém do tipo quieto, até sair do alcance das vistas e dos ouvidos de quem quer que pudesse socorrê-la. A população local se lembrava de ouvir seus avós contarem que sabiam de gente que tinha levado chá de sumiço exatamente dessa maneira, e ninguém nunca havia ficado sabendo de nada também.

Na colônia de férias, acreditava-se que algum dos degenerados daquela cidadezinha — e era difícil encontrar quem se equiparasse a eles em vulgaridade e insolência ou descendesse de tantas gerações endogâmicas, que haviam resultado em deficiências mentais severas em metade das famílias e em pura e simples depravação no restante — havia engambelado a menina, marcado um encontro com ela na montanha e lá a violentado e matado, depois enterrado o corpo. As pessoas da colônia acreditavam que fosse possível se livrar de um corpo cobrindo-o de cal — e claro que esse pessoal do campo tinha cal suficiente no celeiro para se livrar de uma dúzia de corpos — e que, quando as buscas enfim começaram, já não restava muito mais do corpo para ser encontrado. Achavam também que isso não era nada além do que se poderia esperar de uma aldeia atrasada, escondida num canto isolado do mundo, e que só procurando muito você encontraria uma gente mais tosca e burra do que aquela; prova disso, diziam com triunfo, tinha sido a falta de sucesso incomum do Show de Talentos da colônia no início do verão, para o qual a população local fora convidada.

No décimo primeiro dia de buscas, o chefe Hook, que estava percebendo claramente que poderia muito bem perder o emprego, sentou-se para trocar ideias com o tio da menina, a velha Jane e Will Scarlett, que havia saído da enfermaria no nono dia para anunciar que fora por muito tempo uma vidente e necromante amadora de renome e que teria prazer em contribuir com os seus serviços de qualquer maneira paranormal possível.

"Eu acho", disse o chefe Hook, desanimado, "que talvez tenha chegado a hora de nós desistirmos. Os escoteiros desistiram já faz uma semana e hoje as escoteiras também se foram."

O tio da menina fez que sim com a cabeça. Ele havia engordado comendo a comida da sra. Hook e passado a usar o cinto tão frouxo quanto o do chefe Hook. "Certamente nós não temos feito muito progresso", admitiu.

"Eu falei para vocês procurarem debaixo da quarta ponte coberta depois do carvalho fulminado por um raio", disse Will Scarlet, emburrada. "Eu *falei* para vocês."

"Srta. Scarlett, nós não conseguimos encontrar nenhum carvalho fulminado por um raio e nós procuramos feito loucos", disse o chefe Hook. "Não tem carvalho nenhum nesta região", ele falou para o tio da menina.

"Bom, eu falei para vocês continuarem procurando", disse a vidente. "E eu falei para vocês procurarem também do lado esquerdo da estrada para Exeter."

"Nós também procuramos lá", garantiu o chefe Hook. "Não tinha nada."

"Sabe", disse o tio da menina como se isso fosse uma frase completa. Passou a mão na testa de um jeito cansado e fitou longa e seriamente o chefe Hook, depois longa e seriamente a velha Jane, que estava sentada em silêncio atrás da sua mesa, segurando alguns papéis. "Sabe", repetiu ele. Então, dirigindo-se à velha Jane e falando rapidamente, continuou: "A minha irmã me escreveu hoje e, como era de se esperar, ela está muito triste", acrescentou, olhando ao redor, para a velha Jane, depois para Will Scarlett, depois para o chefe Hook, que fizeram que sim com a cabeça com um ar compreensivo, "mas escutem", ele continuou, "ela disse que é claro que ela ama a Martha e tudo mais, e é claro que *ninguém* iria querer falar nada sobre uma menina que está desaparecida e que provavelmente ela foi vítima de alguma coisa horrível...". Olhou ao redor de novo, e de novo todo mundo fez que sim. "Mas ela disse", continuou ele, "que apesar de tudo isso... bem... ela tem quase certeza, quer dizer, de que decidiu não fazer a matrícula na Colônia de Férias Educativa Phillips para Meninas. O que eu quero *dizer*", disse ele, olhando em volta outra vez, "é que a minha irmã tem três filhas e um filho, e claro que nós dois lamentamos *muitíssimo* e claro que ainda vamos arcar com a nossa parte da recompensa e tudo, mas o que eu quero *dizer* é que...". Passou a mão na testa de novo. "... O que eu quero dizer é o seguinte: a filha mais velha, a Helen, é casada e mora em São Francisco, então essa é a Helen. E — eu vou mostrar para vocês a carta da minha irmã — a segunda filha, a Jane, bom, ela *também* é casada, mora em algum lugar do Texas e tem um filhinho de uns 2 anos de idade. E a terceira filha... bom, o nome dela é Mabel e ela está em casa com a mãe, mora lá e tudo. Bem... vocês estão entendendo o que eu quero dizer?"

Ninguém fez que sim desta vez, e o tio da menina, nervoso, continuou falando. "O filho está em Denver e o nome dele é..."

"Deixa para lá", disse o chefe Hook. Com ar de cansaço, ele se levantou e pegou um charuto de dentro do bolso. "Está quase na hora do jantar", disse, para ninguém em particular.

A velha Jane fez que sim com a cabeça e folheou os papéis que tinha nas mãos. "Eu estou com todos os formulários aqui", disse. "Embora uma menina chamada Martha Alexander tenha se inscrito para participar da Colônia de Férias Educativa Phillips para Meninas de Doze a Dezesseis Anos, a inscrição dela foi posta na pasta identificada com a etiqueta 'possivelmente indesejáveis' e não há nenhum registro de que ela de fato tenha vindo para a colônia. Apesar de o nome dela ter sido incluído nas listas de várias turmas, não há nenhuma anotação que indique que ela tenha participado pessoalmente de qualquer atividade; ela não usou, até onde nós sabemos, nenhum dos seus bilhetes para entrar na sala de jantar nem para usar os serviços de lavanderia e de ônibus, muito menos para ir a um baile. Não usou o campo de golfe nem as quadras de tênis e também não fez nenhum passeio a cavalo. Pelo que sabemos, e os nossos registros são bastante completos, senhor, ela nunca foi a nenhuma igreja local..."

"Ela não fez uso da enfermaria", disse Will Scarlett, "nem dos serviços psiquiátricos."

"Viu?", disse o tio da menina para o chefe Hook.

"Tampouco foi vacinada ou testada para nenhuma deficiência vitamínica", concluiu a velha Jane em voz baixa.

Um corpo que poderia ser o de Martha Alexander acabou sendo encontrado, claro, pouco mais de um ano depois, perto do fim do outono, quando caía uma neve suave, a primeira da estação. O corpo havia ficado escondido entre alguns arbustos espinhosos, que nenhuma das pessoas que participaram das buscas havia se disposto a esquadrinhar, até que dois menininhos que procuravam um esconderijo de caubói se enfiaram no meio deles, serpenteando por entre os espinhos. Era impossível dizer, claro, como a menina havia sido morta — ou pelo menos o chefe Hook, que ainda conservava seu emprego, achava impossível dizer —, mas averiguou-se que ela usava uma saia de veludo preta, uma capa de chuva reversível e um cachecol azul.

Ela foi enterrada discretamente no cemitério local; Betsy, que se tornara caçadora sênior no verão anterior, quando ocupara um quarto sozinha, postou-se por um momento diante do túmulo, mas não foi capaz de reconhecer nenhuma característica das roupas nem do corpo. A velha Jane compareceu ao funeral, como competia à diretora da colônia de férias, e ela e Betsy ficaram sozinhas junto ao túmulo no cemitério. Embora não tenha chorado pela menina desaparecida, a velha Jane secou os olhos algumas vezes com um lenço branco, já que tinha vindo de Nova York especialmente para o enterro.

.16

O sinal

Fantasy and Science Fiction, março de 1958

Seria exagero dizer que a vovó Williams era a melhor pessoa do mundo com quem se poderia morar. Como a filha dela às vezes dizia, não sem antes fazer as mais rasgadas declarações de lealdade: "Ela é simplesmente a velhinha mais *doce* do mundo, claro, mas também pode ser *muito* difícil de vez em quando". E o genro, cuja paciência era imensa e a gentileza inabalável, certa vez dissera à esposa com um sorriso afetuoso no rosto: "A vovó parece estar envelhecendo rápido ultimamente". Até os netos, que eram dois, às vezes se pegavam irritados com ela e diziam coisas como "Ah, *vó*" ou "*Caramba*", naquele tom de voz que as crianças usam quando lhes faltam palavras.

Normalmente, no entanto, todo mundo amava a vovó Williams quase tanto quanto ela amava todo mundo, e todos comiam as sobremesas que ela preparava com tanto carinho, toleravam as pequenas surpresas que ela inventava para eles, presenteavam-na com luvas e cachecóis quentinhos no Natal e cartões artesanais no Dia de São Valentim e gardênias no Dia das Mães, levavam-na para jantar fora e para o teatro no dia do aniversário dela, procuravam os óculos dela quando ela os perdia, traziam livros da biblioteca para ela ler e se lembravam de lhe dar um beijo de boa-noite ao deitar e de serem gentis com as duas ou três velhas amigas que ainda lhe restavam e de vez em quando vinham visitá-la. E quando um dia a vovó anunciou alegremente no café da manhã que ia sair para fazer compras, ninguém a criticou, mas também não sorriu.

"Será que eu não poderia fazer isso pela senhora, mãe?", perguntou a filha, olhando para dentro da cafeteira. "Eu vou dar um pulo na cidade hoje e posso comprar de bom grado o que a senhora quiser."

"Eu também ficaria feliz de trazer o que quer que a senhora queira", disse o genro. "Não me custa nada parar em algum lugar no caminho de volta para casa."

A vovó fez que não com a cabeça com veemência. "São compras importantes", disse ela. "Eu mesma que tenho que fazê-las."

"Eu posso ir com a senhora?", perguntou a neta mais nova, que tinha 8 anos, se chamava Ellen e supostamente era parecida com a avó quando criança.

"Não, não pode", respondeu a avó. "É para ser surpresa."

Se um leve suspiro percorreu a mesa do café da manhã, a vovó não percebeu. "Uma surpresa para todo mundo", disse ela. "Vocês se lembram de ontem?"

Todo mundo se lembrava. Ontem a vovó havia recebido pelo correio um cheque de 13,74 dólares e uma carta. O remetente dizia que tinha uma dívida antiga com o marido dela, guardada por quase cinquenta anos, e que estava pagando a dívida à viúva dele, com juros. O genro havia calculado os juros para a vovó e dito que estava tudo certo. A vovó, hoje, estava rica. "Uma surpresa para todo mundo", repetiu ela, feliz da vida, "com o dinheiro que eu ganhei."

A filha abriu a boca para argumentar, mas depois se conteve. Nada que fosse possível fazer com 13,74 dólares daria mais prazer à vovó do que comprar surpresas para todo mundo. "Eu acho *maravilhoso*", disse a filha, lançando olhares para a família em torno da mesa.

"É muita generosidade sua", disse o genro.

"Eu quero...", Ellen começou a dizer.

"Querida", disse a mãe, "é para ser surpresa."

“Mas eu quero *saber*”, disse a vovó. “Robert, você pode pegar lápis e papel para mim?” O neto mais velho, que tinha 10 anos, saiu da mesa e voltou correndo, em parte porque havia sido cuidadosamente ensinado a tratar a avó com gentileza e em parte porque não era todo dia que você era brindado com uma surpresa.

“Pois bem”, disse a vovó, segurando o lápis sobre o papel. “Margaret?”

“A senhora quer saber o que eu quero?”, perguntou a filha e ficou pensando. “Eu não sei, na verdade”, disse devagar. “Um lenço, talvez? Ou uma caixa de bombom?”

“Se eu quisesse lhe dar um perfume”, disse a vovó com astúcia, “qual seria o tipo de que você mais gostaria?”

A filha pensou de novo. “Bom”, disse, “eu costumo usar um chamado Cravo.”

“*Cravo*”, disse a vovó, anotando no papel. Depois, olhou para o genro com ar indagador. “John”, disse. “E você?”

Ele franziu o cenho, sério. “Deixe-me ver”, disse. “Acho que o que eu mais estou precisando é de uns bons charutos. El Cartel, é o nome do que eu costumo fumar.”

“Charuto”, disse a vovó, satisfeita. “Cai muito bem num homem. O avô de vocês costumava dizer que cigarros eram para mulheres e crianças. Que nome você disse?”

“El Cartel”, respondeu o genro.

“Eu não tenho como escrever um nome esquisito desses”, disse a vovó. “Como é na nossa língua?”

“O cartaz”, respondeu ele, sem olhar para a esposa.

“*O cartaz*”, disse a vovó enquanto escrevia. “Eu sempre posso perguntar ao vendedor o que isso quer dizer, quando se trata de charutos, sabe?”, explicou.

“Agora eu?”, perguntou Ellen.

“Agora você, minha netinha.”

“Uma casa de boneca com vidro de verdade nas janelas”, Ellen respondeu na mesma hora, “e uma boneca vestida de noiva e um gatinho de verdade e...”

“Nada de gatinho de verdade”, disse a mãe mais que depressa.

"Um gatinho de pelúcia, então?", perguntou Ellen, de olhos arregalados. "Um gatinho de pelúcia azul?"

"Esplêndido", disse a avó. "*Gato azul*", disse e anotou. "Robert?"

"Patins", disse Robert. "Walkie-talkie."

"O quê?", perguntou a avó.

"Walkie-talkie", repetiu Robert. "É um tipo de telefone."

A vovó olhou para o genro, que sorriu e deu de ombros. "*Telefone*", disse a vovó e anotou. Então, ela se recostou na cadeira e, segurando sua lista a uma boa distância dos olhos, leu: "*Cravo. O cartaz. Gato azul. Telefone*". Sorriu para a família em torno da mesa. "Agora eu", disse. "Eu quero um anel."

"Um anel?", perguntou a filha. "Mas, vovó, a senhora *tem* anéis. Tem o seu anel de diamante, tem aquele que tem um pequeno camafeu, tem o anel de selo de prata que era do papai, tem..."

"Eu não quero nenhum desses", disse a vovó, fazendo que não com a cabeça vigorosamente. "Quero um anelzinho que vi outro dia naquela loja de departamentos popular, sabe? Custava 25 centavos e era folheado a prata e tinha dois corações encaixados um do lado do outro. Eu *gostei* daquele anel."

A filha e o genro trocaram olhares. "Se esperar até o seu aniversário", disse a filha, "talvez a senhora possa ganhar um anel igual, só que de prata de verdade; se é uma coisa que a senhora gosta, nós poderíamos facilmente mandar fazer."

"Não, eu quero aquele", disse a vovó e, então, se levantou da mesa, pegou sua lista e a guardou com cuidado no bolso. "Agora", disse, "vou às compras."

Quando ela foi até o quarto pegar seu casaco e seu chapéu, a filha perguntou ao genro, nervosa: "Você acha que ela vai ficar bem sozinha? Eu posso insistir para ir com ela".

"Ela está tão empolgada com essa história", disse o genro. "Seria uma pena estragar o prazer dela. É claro que ela vai ficar bem."

"De qualquer forma, todo mundo sempre se dispõe a ajudar uma velhinha", disse a filha. "Quer dizer, se ela tiver alguma dificuldade."

Elegante com o seu casaco preto e um arrojado chapeuzinho enfeitado com violetas, a vovó saiu de casa às dez horas em ponto, uma hora depois de o genro ir para o trabalho e uma hora e dez minutos depois de os netos subirem ruidosamente no ônibus escolar. A filha ficou parada na porta e lhe deu tchauzinho enquanto ela ia andando pela rua; a vovó tinha feito de questão de ir para a cidade de ônibus, em vez de pegar um táxi, e a filha permaneceu na porta até ver a vovó chegar à esquina, fazer sinal para o ônibus com muita eficiência com o seu guarda-chuva e subir, ajudada, como sempre acabava acontecendo de alguma forma, pelo motorista e por dois passageiros prestativos. *As pessoas vão cuidar desse jeito da vovó o dia todo*, pensou a filha e, com um sorriso de admiração, voltou para dentro de casa para terminar de lavar a louça do café da manhã. *Mais tarde eu me arrumo e vou até a cidade também*, pensou. *Talvez a encontre em algum lugar e a gente volte para casa junto.*

Sentada no ônibus, a vovó se sentia orgulhosa, perfeitamente ciente da atenção que estava atraindo. O genro havia descontado o cheque para ela, que agora tinha 13,74 dólares em dinheiro vivo na carteira. Sua lista, ela pensava, estava guardadinha dentro do seu bolso, mas, na verdade, o papel havia escapulido de lá e ficado em cima do banco, despercebido, quando ela saltou do ônibus no centro da cidade, ajudada pelo motorista, um verdadeiro cavalheiro, e duas colegiais.

Nem todo mundo havia tido dois dias tão agradáveis quanto a vovó. A srta. Edith Webster, por exemplo, tinha passado quarenta e oito horas (e isso na sua primeira semana de férias!) enredada numa discussão desagradável e inútil. Edith amava tanto a própria mãe quanto a filha da vovó Williams amava a mãe dela, mas a mãe de Edith talvez fosse um tantinho mais egoísta do que a vovó — pelo menos a vovó, como Edith poderia ter salientado se soubesse da existência dela, havia deixado a filha se casar. A mãe de Edith era explícita em relação a esse ponto.

"Se você se casar com esse tal de Jerry", ela disse para Edith, como costumava repetir fazia três anos, "vai deixar a sua pobre e velha mãe completamente sozinha, não que eu ache que você se *importe* comigo

— não, a essa altura eu já não tenho mais a ingenuidade de achar que a minha única filha se *importe* com o que possa acontecer com a sua pobre e velha mãe —, mas você teria para sempre esse peso na consciência, espero, de que deixou a sua pobre e velha mãe morrer de inanição."

"A senhora não iria morrer de inanição", Edith não parava de dizer fazia três anos, embora àquela altura as palavras já tivessem perdido o sentido, de tanto que eram repetidas. "Faz tempo que a tia Martha quer que a senhora vá morar com ela, e eu e o Jerry sempre lhe daríamos dinheiro o bastante para a senhora se manter."

"A tia Martha? Por que é que eu iria querer morar com a tia Martha? Com certeza você não pode ter muito apreço pelo meu *conforto* se quer me fazer ir morar com a tia *Martha*."

Na manhã em que a vovó saiu tão contente para fazer compras, Edith tinha finalmente dito com mais raiva do que de costume: "Eu tenho todo o direito do mundo de me casar e construir a minha própria família, e não é justo a senhora tentar me impedir".

"Você é minha filha", retrucou a mãe, "e deve a mim toda a sua educação e toda a atenção e amor que eu lhe dei ao longo de todos esses anos. E eu não vou permitir que você jogue a sua vida fora por causa de um imprestável qualquer e deixe a sua pobre e velha mãe morrer de inanição."

Nesse momento, Edith pegou seu chapéu e saiu de casa, deixando a mãe ainda a matraquear, descrevendo longa e detalhadamente os sintomas da inanição e imaginando que Edith um dia poderia se lembrar de lhe fazer uma visita no seu leito de morte — não, porém, para ser perdoada.

Andando pela rua, Edith, que na verdade era uma moça meiga e afável e não gostava de brigar, disse a si mesma com firmeza que era preciso tomar uma decisão e já. A mãe não dava nenhum sinal de que algum dia fosse mudar de ideia e, não importava o quanto Edith se esforçasse para ignorar esse fato gritante, Jerry, que esperava pacientemente fazia três anos, estava começando a ficar indócil e a comentar que todos os amigos dele já estavam casados, que era normal um homem querer se assentar antes dos trinta, que ele pessoalmente achava que a mãe de Edith nunca iria mudar de ideia e que *ele* achava que o melhor a fazer era se casar de uma vez e deixar que a velha desse o seu consentimento depois. Quando procurava analisar as coisas com imparcialidade, Edith achava que ele tinha razão, mas, mesmo assim, não tinha coragem de contrariar a mãe.

Seguindo pela rua (e neste momento ela estava a cerca de três quilômetros de distância da vovó Williams, que nessa hora caminhava intrepidamente pela sua própria rua a caminho do ponto de ônibus) Edith, com o seu elegante casaco azul-escuro e chapéu vermelho (diferentemente da vovó, que usava um casaco preto e um chapéu com violetas), suspirou fundo e pensou: *Se ao menos eu tivesse uma ideia do que fazer; se ao menos alguém ou alguma coisa me indicasse o caminho, tomasse uma decisão por mim, me desse um sinal...*

O que, claro, é uma maneira de pensar extremamente perigosa.

Em seu próprio ônibus, Edith chegou ao centro da cidade quase ao mesmo tempo que a vovó e, por uma estranha coincidência, até passou pela vovó na rua sem reparar nela, assim como a vovó também não reparou em Edith. Talvez, na verdade, Edith tenha pensado rapidamente: *olha que velhinha simpática com flores no chapéu*; e talvez tenha passado pela cabeça da vovó: *olha que moça bonita com uma cara tão triste*. Coisas assim acontecem todo dia, com as milhares de pessoas que passam umas pelas outras nas ruas. Seja como for, Edith, que ia para a casa de uma amiga do outro lado da cidade (alguém com quem podia desabafar sobre os seus problemas e que, se não podia lhe dar nenhum tipo de ajuda, podia lhe dar apoio e compreensão), acabou pegando o ônibus errado. Tinha muita gente esperando no ponto de ônibus, e Edith estava preocupada, com a cabeça em outro lugar, e não levantou os olhos a tempo de ver a placa na frente do ônibus, e um homem que estava perto dela no meio da aglomeração disse alto: "É o ônibus da Long Avenue", que era o ônibus que Edith queria, então ela entrou, pagou a passagem e se sentou no primeiro lugar que encontrou, que era o banco que a vovó tinha vagado havia pouco. É claro que a lista da vovó estava ali, esperando em cima do assento para se tornar um sinal para Edith. Edith pegou o papel e o botou dentro do bolso, achando que fosse algo que ela própria havia deixado cair, como um bilhete de baldeação ou um pedaço de envelope com um endereço escrito. Mas o fato é que ela nem sequer olhou para o papel antes de enfiá-lo no bolso.

Edith não era o tipo de pessoa que, quando percebe que está no ônibus errado, imediatamente se levanta, grita, culpa o motorista por tê-la levado na direção errada e faz questão de que ele a deixe descer na esquina de uma rua estranha na mesma hora. Ela ficou chateada consigo mesma pelo equívoco, mas não se sentiu inclinada a pensar que a empresa de ônibus a tivesse enganado. Não era de suma importância, afinal, que ela chegasse à casa da amiga antes do almoço; estava numa parte desconhecida da cidade e sabia que poderia tranquilamente descer do ônibus, almoçar no primeiro restaurante que encontrasse e depois seguir seu caminho sem pressa. Então, no ponto seguinte, ela saltou e olhou ao redor, enquanto o ônibus se afastava ruidosamente.

Ora, nesse ponto teve início uma série de acontecimentos que poderia facilmente ter sido um sonho de Edith, salvo pelo desfecho. Pois, enquanto estava parada na esquina, ela se deu conta, primeiro, de que estava numa parte da cidade que nunca tinha visto na vida e, segundo, de que não havia nenhum ponto de referência à vista, nem mesmo uma placa que dissesse RESTAURANTE OU CAFÉ OU LANCHONETE OU BAR OU SORVETERIA; em outras palavras, não havia nenhum lugar em que uma moça sozinha pudesse pedir informações sobre onde estava sem parecer idiota. Depois, com aquela agradável sensação de anonimato que vem quando você está meio perdida, mas tem bastante dinheiro no bolso e uma tábua de salvação secreta, como a certeza de poder pegar um táxi para voltar para casa se fosse preciso, Edith refletiu que, pelo menos por um tempinho, ela havia se livrado do problema da mãe e de Jerry, pela simples razão de que nenhum dos dois teria como encontrá-la naquele momento para lembrá-la do problema. O acontecimento seguinte foi a chocante descoberta de que ela não tinha dinheiro nenhum, afinal. O porta-moedas que ela havia enfiado no bolso, em vez de conter várias notas de 1 dólar e uma de 5 — que agora ela lembrou que havia gastado comprando o chapéu que estava na cabeça —, continha apenas quatro moedas de 5 centavos e aproximadamente sete de 1. E, assim, lá se foi a tábua de salvação de Edith.

Pareceu-lhe sensato, a princípio, ir para algum lugar resguardado para pensar no que fazer. *Pegar um ônibus de volta para o centro da cidade? Mas onde está o ponto de ônibus?* Edith esticou o pescoço, mas não conseguiu encontrar nenhuma placa familiar. Vasculhou os bolsos e, então, encontrou a lista da vovó. Olhando para o papel sem entender nada, tendo pensado por um momento que poderia ser uma nota de 1 dólar esquecida ali, Edith leu: "*Cravo. O cartaz. Gato azul. Telefone. Anel*".

"Que diabos é isso?", disse Edith em voz alta, e uma criança que estava passando parou, fitou-a e disse:

"Hã?"

"Nada", Edith respondeu mais que depressa. "É só um sinal."

A criança fitou-a mais algum tempo, depois saiu andando, mas continuou olhando para Edith.

Edith era inteligente o bastante para saber que, se uma pessoa pedia um sinal do destino e o recebia, o mínimo que podia fazer era obedecê-lo. Leu de novo o bilhete — desta vez parou para admirar a caligrafia estranha e antiquada, que parecia a voz de um passado mais doce e simples — e lhe ocorreu que, como o seu sinal dizia "*cravo*", obviamente era recomendável encontrar um cravo. Sorrindo consigo mesma, embora não com tanta satisfação quanto poderia ter sentido se esse sinal não tivesse chegado bem naquela hora, ela começou a andar na direção aproximada do centro da cidade, à procura de um cravo. Nesse momento, ela fez sua primeira descoberta a respeito de sinais, de que seus requisitos geralmente são muito mais difíceis de cumprir do que parecem; havia menos cravos à vista do que se poderia esperar para o início do verão. Por exemplo, uma floricultura parecia ser um lugar óbvio em que procurar, embora isso de fato lhe parecesse ser como que trapacear, até que Edith, esquadrinhando cuidadosamente a vitrine de uma loja de aparência tosca que se apresentava como uma FLORICULTURA, descobriu que não havia cravos ali. Rosas, sim. E lírios, violetas, samambaias, margaridas feiosas. Mas nenhum cravo. Intrigada, Edith seguiu em frente. Havia flores de papel na vitrine de uma casa funerária, e elas tanto poderiam ser cravos quanto qualquer outra coisa, mas Edith achou que flores de papel talvez não fossem permitidas, principalmente porque uma casa funerária não parecia ser um lugar para onde um sinal que se preze a levaria. Então, quando ela já tinha andado uns quatro quarteirões e começava a se desesperar, alguém disse: "Desculpe, mas a senhorita é a srta. Murrain?".

Edith se virou; as palavras tinham sido dirigidas a ela. Por um momento, sua mente não apreendeu o significado delas, porque o homem que havia falado com ela estava usando um cravo branco na lapela. Edith se deu conta de que o sinal não dizia "*cravos*", mas sim "*cravo*", e falou: "O quê?".

"A senhorita é a srta. Murrain?", o homem perguntou de novo, com muita educação.

"Não, não sou", respondeu Edith.

"Tem certeza?", perguntou o homem.

"Tenho", disse Edith.

"Absoluta?", insistiu o homem.

Edith o encarou. "Eu não sou a moça que o senhor está procurando", ela disse com o máximo de firmeza que pôde. (*Sou?*, perguntou-se de repente.) "Sinto muito", acrescentou quando viu que o homem tinha ficado decepcionado.

"Eu queria muito que a senhorita fosse", disse ele e soltou um suspiro.

"O senhor não conhece a moça?", perguntou Edith.

Ele riu. "Vem ver", disse. Ele a pegou pelo braço educadamente e a levou até um ponto mais adiante no mesmo quarteirão, onde havia um grupo de pessoas paradas diante da vitrine de uma loja. A loja era um mercado, e ao que parecia aquele era o dia da grande inauguração, pois havia bandeirinhas coloridas penduradas em torno da entrada e cartazes com a mensagem REFRIGERANTES GRÁTIS PARA AS MOÇAS espalhados pela calçada. As pessoas aglomeradas na frente da loja se separaram quando Edith e seu guia se aproximaram da vitrine.

"Está vendo?", disse o guia de Edith, e a mente dela registrou "*cartaz*", a segunda palavra do seu sinal.

ENCONTRE A SRTA. MURRAIN, exortava o cartaz. ENCONTRE-A, ENCONTRE-A, ENCONTRE-A. E, em letras menores, vinha a explicação: HOJE, EM ALGUM LUGAR DESTE BAIRRO, UMA AMIGA DOS IRMÃOS MURRAIN, PRODUTOS ALIMENTÍCIOS FINOS E DELICATÉSSEN, ESTÁ CAMINHANDO, DESACOMPANHADA, À ESPERA DE QUE ALGUÉM VÁ ATÉ ELA E PERGUNTE: "VOCÊ É A SRTA. MURRAIN?". SE VOCÊ FIZER A ELA ESSA PERGUNTA, ELA VAI LHE RESPONDER: "O MERCADO DOS IRMÃOS MURRAIN É O MELHOR MERCADO DA CIDADE". SE ENCONTRAR A SRTA.

MURRAIN E A TROUXER A ESTA LOJA — O MERCADO IRMÃOS MURRAIN, PRODUTOS ALIMENTÍCIOS FINOS E DELICATÉSSEN — NÓS LHE DAREMOS **100 DÓLARES** EM MERCADORIAS. OFERTA ESPECIAL DA GRANDE INAUGURAÇÃO, APENAS HOJE. E, na parte de baixo do cartaz, em letras bem miúdas, encontrava-se a mensagem: DICA ESPECIAL: A SRTA. MURRAIN ESTÁ USANDO UM CHAPÉU DA COR DA EMBALAGEM DO CAFÉ ESPECIAL DOS IRMÃOS MURRAIN.

"É vermelho", disse o guia de Edith quando ela se inclinou para ler as letras miúdas na parte de baixo do cartaz. "Quer dizer que o chapéu é vermelho. A embalagem do café especial deles é vermelha."

"Entendi", disse Edith, que usava, claro, um chapéu vermelho. Ela se virou e olhou para o seu guia. "Queria poder ajudá-lo", acrescentou.

"É, eu também queria", disse ele. Os dois saíram do meio da aglomeração e ficaram parados na calçada. "Cem dólares em compras de mercado me viriam muito a calhar."

"Se encontrar a srta. Murrain, eu tento pegá-la para o senhor", afirmou Edith.

"Pegue-a para si mesma", aconselhou ele, circunspecto. "Eles estão falando sério sobre as mercadorias." De repente, ele olhou para o relógio de pulso. "Santo Deus", disse, "eu estou atrasado."

"Aliás", disse Edith, quando ele se virou para ir embora. "Desculpe a pergunta, mas por que o senhor está usando esse cravo na lapela?"

"Isso?", perguntou ele, olhando para baixo. "Ah, *isso*. É que eu vou me casar daqui a dez minutos", respondeu e se foi, andando pela rua com uma pressa louca.

"Parabéns", Edith disse baixinho na direção do homem. Confusa, ela continuou parada ali por um momento. "*Cartaz*", disse consigo, "*cravo, cartaz, cartaz, cravo, cravo, cartaz, cartaz, cra...*" Dando-se conta de que estava começando a murmurar, ela apertou os lábios e pegou o pedaço de papel dentro do bolso.

"*Cravo*", leu. "*O cartaz. Gato azul.*"

"Gato azul?", perguntou-se, franzindo o cenho. "Gato azul? Gato *azul*? *Gato* azul?", ela se pegou murmurando de novo. Endireitou os ombros com firmeza e, determinada, andou em direção ao que acreditava ser a via de acesso mais próxima ao centro da cidade.

"Com licença, você é a srta. Murrain?"

Edith se virou; era uma mulher desta vez, e por um momento sentiu pena de *não* ser a srta. Murrain — a mulher parecia muito convicta de que tinha capturado seus 100 dólares em compras de mercado e, além disso, dava a nítida impressão de que 100 dólares em compras de mercado não lhe cairiam nada mal.

"Não, sinto muito", disse Edith. "Bem que eu queria ser."

"É que você está com o chapéu, por isso eu perguntei", disse a mulher. Depois, sorriu educadamente e seguiu em frente.

Se eu for para casa agora, Edith pensou, *a mamãe vai ficar no meu pé de novo por causa do Jerry. Se eu continuar andando, cedo ou tarde, vou ter que voltar e aí o problema todo vai...*

"Você é a srta. Murrain?"

"Não, lamento."

"Eu achei que não custava perguntar."

Ou então, pensou Edith, *se eu voltar e falar para ela de uma vez por todas...*

"Você é a srta. Murrain?"

"Não, sinto muito."

"Tem certeza?"

"Absoluta."

"Está bem."

Talvez seja melhor demorar um pouco mais para tomar uma decisão; quem sabe se assim...

"É a srta. Murrain! Ei, você é a srta. Murrain, não é?"

"Não, sinto mui..."

"É a srta. Murrain! Ei, eu peguei a moça, é a srta. Murrain!"

Consternada, Edith olhou ao redor e se viu cercada por uma multidão. A maioria das pessoas eram mulheres, donas de casa que tinham saído de manhã para fazer compras, algumas empurrando carrinhos de bebê, mas também havia alguns homens; todos eles — homens, mulheres, crianças — olhavam para ela e para a mulher corpulenta e de cara vermelha que a segurava pelo braço.

"Eu peguei a moça, eu peguei!"

"Escuta", Edith disse em voz baixa para a mulher de cara vermelha. "Sinto muito, mas eu *não* sou a srta. Murrain. Várias pessoas já me fizeram essa mesma..."

"Puxa, 100 dólares em mercadorias!"

Quando tentou se desvencilhar, Edith percebeu que a mulher de cara vermelha a segurava como quem segura uma criança rebelde. "Por favor", disse Edith, aflita, "acredite..."

"George, Maggie, Earl, eu peguei a moça, olha, eu peguei a moça do mercado!"

"Por favor, me *solta*", pediu Edith, puxando o braço com mais força. "Escuta", ela disse para a multidão, no tom mais sensato que podia, "se eu fosse essa srta. Murrain, eu *teria* que dizer que sou, não teria? Só que eu *realmente* não sou."

"Ela está tentando fugir, dona", afirmou um dos homens com imparcialidade. "Se ela fugir, as suas mercadorias já eram."

"Escuta aqui", a mulher de cara vermelha disse para Edith, sacudindo-a. "Você não vai me fazer *perder* aquelas mercadorias, está ouvindo?"

"Mas eu não tenho como fazer ninguém *ganhar*..." Recuperando o bom senso, Edith relaxou e sugeriu racionalmente: "Por que a senhora não vai comigo até o mercado? *Eles* podem lhe dizer se eu sou ou não sou a pessoa certa".

"Vai com ela até o mercado." A multidão aceitou a sugestão dela e começou a avançar ao longo do quarteirão, com a mulher de cara vermelha na frente, quase arrastando Edith e gritando aos quatro ventos: "Eu peguei, eu peguei a moça, eu peguei a moça do mercado".

O mercado estava a uns dois quarteirões de distância; eles só tinham percorrido mais ou menos uma quadra quando se depararam com um bando de crianças estridentes vindo de lá.

"A sra. Eaton ganhou", berravam elas. "A sra. Eaton ganhou todas as mercadorias, a sra. Eaton ganhou as mercadorias, a sra. Eaton achou a moça de chapéu vermelho, a sra. Eaton..."

A mulher de cara vermelha que estava segurando Edith parou, arregalou os olhos, respirou fundo e se virou para olhar para Edith com uma cara mais vermelha ainda, se é que era possível.

"Quer dizer que você", ela começou a dizer num tom claramente contido, para tornar seu iminente acesso de fúria ainda mais terrível, "quer dizer que você me *falou* que era a tal da moça e *não é*?" Ela largou Edith para botar as mãos na cintura e nesse momento Edith, que já tinha perdido toda a dignidade, aproveitou para fugir.

Entrou numa transversal e seguiu por ela em disparada, pensando a princípio que a mulher de cara vermelha estivesse correndo atrás dela, mas pouco depois percebeu, pelas vozes que vinham da rua de onde havia saído, que a mulher de cara vermelha e seu séquito tinham seguido na direção do mercado, provavelmente para contestar o resultado da premiação. Esbaforida, Edith parou de correr e começou a andar, procurando um lugar onde pudesse gastar uma de suas moedas de 1 centavo para tomar um café e recuperar o fôlego. Mais adiante, viu uma placa velha pendurada acima da calçada na qual estava escrito LANCHONETE DA KITTY. Aliviada, ela foi até lá mais que depressa e, ao chegar, viu que Kitty, com um estranho senso de humor, tinha decidido decorar a vitrine da lanchonete com a pintura de um grande gato azul.

"*Gato azul*", Edith disse consigo. "Kitty."*

Sem se dar mais ao trabalho de tentar pensar, Edith entrou. A Lanchonete da Kitty não passava de um longo balcão sobre o qual havia açucareiros e frascos de ketchup pousados aqui e ali, e a própria Kitty — presumia-se — estava entronada, com imensa pompa, numa cadeira dobrável numa ponta do balcão. Edith se sentou num dos bancos altos diante do balcão e Kitty se levantou quase como se Edith fosse um rato e veio andando devagar para servi-la, embora na verdade não parecesse possível haver espaço suficiente ali atrás para Kitty passar.

"Um café", pediu Edith quando Kitty se aproximou dela. "Puro, por favor."

Kitty fez que sim com a cabeça e examinou Edith de alto a baixo.

Edith tentou sorrir. "Se você está achando que eu sou a tal moça do chapéu vermelho, eu não sou, não", disse ela. "Ela já foi encontrada."

* Em inglês, a palavra pode ser tanto um apelido de Katherine como uma forma carinhosa de chamar um gato.

“Fico muito feliz em saber”, disse Kitty. “Que moça é essa?”

“Deixa para lá”, respondeu Edith, aliviada. “Você sabe alguma coisa sobre sinais do destino?”

“Não, nem sobre sinais do destino nem sobre moças de chapéu vermelho”, disse Kitty.

“Certo”, disse Edith. “Mas, se recebesse um sinal do destino, você o seguiria?”

“Eu não seguiria um arco-íris por um pote de ouro”, respondeu Kitty de modo obscuro.

Com dignidade, ela foi pegar o café para Edith e depois o pousou na frente dela com um gesto majestoso.

A essa altura, pensou Edith, *seguir o sinal é inevitável.* Depois que Kitty voltou para o seu trono na ponta do balcão, Edith tirou o pedaço de papel de dentro do bolso e o consultou, embora já soubesse o que estava escrito nele. “*Telefone*”, disse baixinho para si mesma, depois mais alto para Kitty: “Telefone?”.

Kitty não levantou os olhos da revista em quadrinhos que estava lendo, mas indicou com um polegar enorme o telefone de parede no fim do balcão. O aparelho não estava resguardado por uma cabine nem longe o bastante dos ouvidos de Kitty ou de quem quer que decidisse entrar na lanchonete, mas até ali o sinal havia sido explícito, e Edith, com mais duas de suas preciosas moedas de 1 centavo na mão, foi mais que depressa até a extremidade do balcão.

Discou um número que sabia de cor e ficou esperando um tempo interminável até que alguém atendesse a ligação.

“Oficina do Gambel.”

“O Jerry está?”, perguntou Edith timidamente.

“Eu vou ver.” A voz ecoou, distante. “Jerry? Ô Jeeeeerry? Tem uma moça no telefone querendo falar com você.”

Depois de outra espera infindável, ele disse:

“Alô?”

“Jerry?”, disse ela. “É a Edith.”

“Edith?” Havia surpresa na voz dele. “Aconteceu alguma coisa?”

“Jerry”, disse ela, insegura. “Desculpe ter feito você esperar. Quer dizer, eu sei o que fazer agora. Quer dizer, acho que, se você quiser, eu aceito me casar com você.”

"Aceita?" *O tom de voz dele*, ela pensou, esperançosa, *parece mais alegre do que triste*. "Ótimo", disse ele, e então ela se deu conta de que ele sabia o tempo todo que um dia ela ligaria para ele e diria sim.

"Você pode vir se encontrar comigo?", perguntou ela.

"Eu saio para almoçar daqui a dez minutos. Onde?"

"Eu estou num gato azul", disse ela. "Quer dizer, que importância tem isso? Quer dizer... Só um instante. Onde nós estamos?", ela perguntou para Kitty, que levantou a cabeça e ficou um bom tempo olhando para ela.

"Esquina da Flower Street com a East Avenue", respondeu Kitty. "Quanto tempo você levou para se decidir?"

"Três anos", disse Edith. "Esquina da Flower Street com a East Avenue", ela disse para Jerry.

"Certo", disse ele. "Daqui a uns vinte minutos eu chego aí, então. Quem vai cuidar da sua mãe?"

"Ela vai ter que se cuidar sozinha", respondeu Edith. "*Eu* preciso de alguém que cuide de *mim*."

"Nisso eu concordo", disse Kitty lá do fundo.

"Certo."

"E, Jerry", disse Edith. "Escuta, você pode trazer... quer dizer... o sinal diz... quer dizer, você tem... você pode arranjar..."

"O quê?", perguntou Jerry.

"*O quê?*", perguntou Kitty.

"Um anel", disse Edith, impotente.

"Eu já comprei", disse Jerry.

"O que foi que ele disse?", perguntou Kitty, curiosa.

"Ele disse que já comprou", respondeu Edith.

"O quê?", perguntou Jerry.

"Homem inteligente", disse Kitty.

"Até daqui a pouco", Edith disse para Jerry e ouviu, sorrindo, a resposta dele. Depois desligou o telefone, olhou para Kitty de cara feia e disse: "Eu não vou contar para você".

Kitty sorriu. "Três anos para tomar uma decisão", disse ela. "Você só pode ser maluca."

• • •

A vovó Williams chegou em casa com classe, de táxi, bem na hora que o jantar tinha acabado de ficar pronto e logo depois de a filha ter anunciado pela terceira vez que ia ligar para a polícia *naquele instante* e de o genro ter falado pela vigésima vez que ela devia dar um voto de confiança para a vovó, que vinha cuidando de si mesma fazia oitenta e sete anos e dificilmente iria se meter em encrenca agora.

"Puxa", disse a vovó enquanto o genro e os dois netos iam correndo até ela para pegar os pacotes que ela trazia, "que dia eu tive." Ela sorriu alegremente para todo mundo e acrescentou: "Surpresas só depois do jantar".

"A senhora está *bem*?", perguntou a filha. "Eu estava tão preocupada..."

A vovó arregalou os olhos. "Claro que eu estou bem", disse. "Você achou que eu tinha sido presa ou coisa assim?"

Quando todos estavam sentados à mesa de jantar em relativo silêncio, depois que a louça da sobremesa (os dois netos, de tão ansiosos, quase recusaram o pudim de chocolate) já havia sido recolhida e as xícaras de café servidas, a vovó se recostou em sua cadeira e disse, satisfeita: "Muito bem". Fez um gesto na direção dos netos e falou: "Agora tragam os meus pacotes, mas *com cuidado*".

Às pressas, as crianças pegaram os pacotes, sem nenhum cuidado, e os puseram no colo da avó. "Muito bem", disse ela, prolongando o suspense o máximo possível. "Todos prontos?" Os netos sinalizaram histericamente que todos estavam prontos. Com cautela, a vovó pegou um pacote, virou-o de um lado, depois de outro e o pousou em cima da mesa. Os netos, quase morrendo de curiosidade, perguntaram ao mesmo tempo: "É para mim? Vovó, é para mim?". A vovó fez que não com a cabeça. "Vocês, esperem", disse ela. Por fim, ela selecionou outro pacote, sentiu-o com os dedos e depois o entregou formalmente para a filha. "Para você", disse.

Ninguém respirou enquanto a filha abria o pacote, com todo o cuidado para não estragar o papel de embrulho, enrolando pedaços de barbante, protelando a operação. Por fim, inacreditavelmente, apareceu uma caixa.

"Bombom", disse a filha. "Vovó, que *gentileza* a sua!" Ela mostrou a caixa para todos, agradecida.

"Abre, abre", gritaram as crianças.

"Depois que a vovó terminar, eu abro e todo mundo come um."

Em seguida, o genro abriu o presente dele. "Uma gravata", disse, com grande entusiasmo. "Olha, gente, uma linda gravata azul e vermelha e laranja e verde!"

A neta mais nova, uma menininha que todos diziam que se parecia com a vovó quando criança, ganhou um conjunto de louças de brinquedo e imediatamente se pôs a servir nelas uma segunda porção de pudim de chocolate para todo mundo. O neto mais velho ganhou um revólver de caubói.

"Puxa, vovó", disse ele. "*Puxa.*"

"Sabem o que aconteceu?", vovó explicou, olhando com carinho para a família. "Eu *perdi* a minha *lista.*"

"Que chato", disse a filha, abrindo a caixa de bombom.

"Uma pena", disse o genro, lançando um olhar dúbio para a gravata.

"E", continuou a vovó, "eu tive que tentar lembrar o que todos vocês queriam."

"Era isso mesmo que *eu* queria", disse o neto na mesma hora. "Mãos ao alto", acrescentou, dirigindo-se ao pai.

"*E*", a vovó disse para a filha e para o genro, "eu conheci um rapaz que me causou uma surpresa e tanto. Bem na hora do almoço, quando eu estava entrando num restaurante para tomar um chá, ele passou correndo por mim e quase me derrubou no chão. Foi muito descuido dele, mas ele estava com muita, muita pressa." A vovó parou de falar e riu das expressões no rosto da filha e do genro. "Ele parou e me pediu desculpas, e vocês acreditam que ele disse que ia se casar? Ele me contou", continuou ela, suspirando com ar romântico, "que depois de três anos de espera, a noiva dele finalmente tinha aceitado o seu pedido."

"Impressionante", disse o genro.

"Encantador", disse a filha.

"Foi definitivamente *tocante*", disse a vovó, feliz.

.17

A estranhíssima casa ao lado

Publicado originalmente como "Strangers in Town", The Saturday Evening Post, maio de 1959

Eu não fofoco. Se tem uma coisa que eu detesto neste mundo, é fofoca. Mais ou menos uma semana atrás, no mercado, a Dora Powers começou a me contar de novo aquele boato horroroso sobre o garoto dos Harris, e aí eu olhei bem para ela e falei que, se ela repetisse mais uma palavra daquela história para mim, eu não ia mais falar com ela pelo resto da minha vida. E não falei. Tem uma semana que isso aconteceu e eu não dirigi uma única palavra a Dora Powers desde então, o que mostra bem o que eu acho de fofoca. O Tom Harris sempre foi mole demais com aquele menino, de qualquer forma; o garoto está precisando de uma boa sova para parar de fazer tanto escarcéu, e eu já falei isso para o Tom Harris uma centena de vezes ou mais.

Se não ficasse tão indignada quando penso naquela casa ao lado da minha, eu quase teria que rir vendo as pessoas da cidade paradas no mercado e nas esquinas e diminuindo a voz para falar de fadas e gnomos, quando todas elas sabem muito bem que esse tipo de coisa não existe nem nunca existiu e que elas só estão dando tratos à bola para arranjar histórias novas para contar. Eu não gosto de fofoca, como já disse, mesmo que seja sobre gnomos e fadas, e tenho para mim que a Jane Dollar está ficando gagá. Os Dollar nunca foram conhecidos por manter a lucidez até o amargo fim, de todo modo, e a Jane está beirando a idade que a mãe dela tinha quando mandou um bolo para ser vendido no bazar de caridade, mas esqueceu de botar ovos nele. Alguns disseram que ela fez isso de propósito, para se vingar das outras senhoras por não a terem convidado para ficar responsável por uma barraca, mas a maioria achou que a velha estava mesmo era perdendo o juízo, e eu desconfio que ela poderia facilmente ter olhado pela janela e visto fadas no jardim se isso alguma vez tivesse lhe passado pela cabeça. Quando chegam a certa idade, os Dollar são capazes de dizer qualquer coisa, e é justo nessa idade que a Jane está agora, meio ano a mais ou a menos.

Eu me chamo Addie Spinner e moro na penúltima casa da rua principal. Só tem uma casa depois da minha, e aí a rua meio que termina na beira do bosque — o bosque Spinner, como é conhecido, porque foi o meu avô que construiu a primeira casa do vilarejo. Antes de aquelas pessoas malucas se mudarem para lá, a casa depois da minha pertencia aos Barton, mas eles se mudaram daqui quando ele conseguiu um emprego na cidade grande, e já não era sem tempo, aliás, porque eles passaram mais de um ano vivendo às custas da irmã dela e do marido.

Bom, depois que os Barton finalmente foram embora — devendo a todo mundo da cidade, aposto —, não demorou muito para as pessoas malucas se mudarem para lá, e eu percebi que elas eram malucas assim que vi aqueles móveis. Eu já sabia que eles eram jovens e provavelmente não tinham muito tempo de casados, porque vi os dois quando eles vieram dar uma olhada na casa. Depois, quando vi os móveis sendo carregados lá para dentro, eu logo soube que eu e ela iríamos ter problemas.

O caminhão de mudança parou na frente da casa por volta das oito da manhã. Claro que muito antes dessa hora eu já estou com a minha louça toda lavada e a minha casa toda varrida sempre, então levei os trabalhos de costura que faço para os pobres para a varanda lateral e tratei de botar em dia um bocado de coisa que vinha deixando para depois. Como o dia estava quente, eu fiz só uma salada para o almoço e, como a varanda lateral é um lugar fresco e gostoso para se sentar e comer num dia quente, eu almocei lá e vi absolutamente tudo que estava entrando naquela casa.

Primeiro foram as cadeiras e poltronas, todas muito modernas, sem pernas nem assentos decentes, e eu sempre digo que uma mulher que compra esse tipo de móvel flutuante não tem um apreço genuíno pela própria casa, pela simples razão de que é fácil demais limpar em volta daquelas perninhas finas; um chão bem varrido tem que ser fruto de muito trabalho árduo. Além disso, tinha uma porção de mesinhas baixas, e isso é o tipo da coisa que não me engana: quando vê aquelas mesinhas baixas, você pode contar que aquela é uma casa onde vão consumir muita bebida alcoólica; aquelas mesinhas baixas são feitas para gente que tem o hábito de dar festas regadas a álcool e precisa de muitos lugares para pousar copos. A Hattie Martin tem uma dessas mesinhas baixas, e é um crime o quanto ela bebe. Então, quando vi as caixas de louça entrando na casa ao lado, eu tive a certeza. Ninguém que acabou de se casar tem aquela quantidade de louça sem ter uma profusão de taças de bebida, e ninguém vai conseguir me convencer do contrário.

Quando fui ao mercado mais tarde, depois que a mudança já tinha terminado, eu me encontrei com a Jane Dollar e falei para ela sobre o consumo de bebida que ia acontecer na casa ao lado, e ela disse que isso não a surpreendia nem um pouco, porque aquelas pessoas tinham uma empregada. Não alguém que ia lá uma vez por semana para fazer a limpeza pesada, mas uma empregada de verdade. Morava na casa e tudo. Eu falei que não tinha notado empregada nenhuma, e a Jane disse que, quando eu não notava alguma coisa, na maioria das vezes ela não acreditava que essa coisa existia neste mundo, mas que a empregada dos West era coisa certa; não fazia nem dez minutos que a mulher tinha ido ao mercado comprar um frango. Nós não achávamos que ela fosse ter tempo para preparar um frango decentemente para servir no jantar, mas depois concluímos que o frango devia ser para o dia seguinte. Certamente os West tinham planejado ir jantar na pousada aquela noite e a empregada podia preparar um ovo ou algo assim para si mesma. Jane disse que um dos problemas de ter empregada — Jane nunca tivera uma empregada na vida, e eu não falaria com ela se ela tivesse — era que nunca sobrava nada para o dia seguinte. Não importava o que planejasse, todo dia você tinha que comprar mais carne.

No caminho de volta para casa, eu fiquei olhando ao redor para ver se via a tal empregada. A maneira mais rápida de ir do mercado para a minha casa é pegando a trilha que corta o jardim dos fundos da casa ao lado e, embora geralmente não a use — você não encontra vizinhos para ajudar a passar o tempo durante o dia se usa uma trilha que passa por trás das casas —, eu achei que era melhor correr um pouco para preparar o meu próprio jantar e, então, cortei caminho pelo jardim dos fundos dos West. Esse era o nome deles, West, e como a empregada se chamava eu não sei, porque a Jane não tinha conseguido descobrir. Foi bom eu ter ido pela trilha, porque foi lá que encontrei a empregada, bem ali no jardim, de quatro, escarafunchando a terra.

"Boa noite", falei do modo mais educado possível. "Está meio úmido para se ajoelhar na terra."

"Eu não me importo", disse ela. "Gosto do que brota da terra."

Tenho que admitir que ela era uma mulher simpática, embora velha demais, eu diria, para fazer trabalhos domésticos. A coitada devia estar numa situação financeira triste, para se empregar naquela idade, mas lá estava ela, alegre e gorducha. Achei que talvez ela pudesse ser uma velha tia ou algo assim e que eles tivessem achado por bem adotar essa maneira de sustentá-la, então comentei, ainda com muita educação:

"Eu vi que vocês se mudaram para cá hoje, não foi?"

"É, foi", disse ela, sem na verdade me dizer nada.

"O nome da família é West?"

"É."

"A senhora por acaso é a mãe da sra. West?"

"Não."

"Tia, talvez?"

"Não."

"Não tem parentesco nenhum com a família?"

"Não."

"É só a empregada?" Depois me ocorreu que ela poderia não gostar que tocassem nesse assunto, mas a pergunta já estava feita e eu não tinha como voltar atrás.

"Sou." Ela respondeu de modo bastante gentil, tenho que reconhecer.

"O trabalho é puxado, imagino?"

"Não."

"São só eles dois?"

"Só."

"Mas não é o tipo de trabalho que eu imaginaria que a senhora gostaria de fazer."

"Não é ruim", disse ela. "Eu uso muita mágica, claro."

"Mágica?", perguntei. "Isso faz o seu trabalho ficar pronto mais rápido?"

"Ah, sim", disse ela, sem nem mesmo sorrir ou piscar o olho. "A senhora nem imaginaria que, enquanto estou aqui de quatro, eu estou fazendo o jantar da família, imaginaria?"

"Não", respondi. "Eu realmente nunca imaginaria uma coisa dessas."

"Está vendo aqui?", disse ela. "Esse vai ser o nosso jantar." Ela me mostrou uma bolota, juro, com um cogumelo e um tufo de capim em cima.

"Não me parece suficiente para a família toda", falei, meio que me afastando.

Ela riu de mim, ajoelhada lá no chão com a bolota dela, e disse: "Se sobrar, eu levo um pouco para a senhora depois. A senhora vai ver como satisfaz que é uma maravilha".

"Mas e o frango que a senhora comprou?", perguntei. Eu tinha avançado pela trilha e já estava a uma boa distância dela, mas queria muito saber por que ela havia comprado o frango se achava que eles não iam comer.

"Ah, isso", disse ela. "É para o meu gato."

Ora, quem compra um frango inteiro para dar para um gato, que, além do mais, nem deve comer ossos de galinha? Como eu disse para a Jane por telefone assim que cheguei em casa, o sr. Honeywell lá do mercado devia se recusar a vender frango para ela ou pelo menos convencê-la a levar algo mais adequado, como carne moída, por exemplo, muito embora nenhuma de nós acreditasse realmente que ela fosse dar o frango para o gato ou nem mesmo que ela tivesse um gato, aliás; gente maluca diz qualquer coisa que lhe vem à cabeça.

• • •

Por outro lado, eu vi com os meus próprios olhos que ninguém na casa ao lado comeu frango naquela noite; dá para ver a sala de jantar deles da janela da minha cozinha, se eu trepo em cima de uma cadeira, e o que eles comeram no jantar foi alguma coisa fumegante dentro de uma grande terrina marrom. Eu tive que rir quando me lembrei da bolota, porque era exatamente isso que aquela terrina parecia: uma enorme bolota. É provável que tenha sido isso que botou a ideia na cabeça dela. E, claro, mais tarde ela veio me trazer um pote com a tal comida fumegante e o deixou na minha escada dos fundos, porque é lógico que eu não ia abrir a minha porta tarde da noite com uma velha maluca do lado de fora e, como falei para a Jane, certamente eu não ia comer nenhuma gororoba esquisita feita por uma velha maluca. Mas dei uma mexida na gororoba com o cabo de uma colher e até achei que ela cheirava bem. Tinha cogumelo e feijão, mas não consegui identificar o que mais, e eu e a Jane chegamos à conclusão de que provavelmente tínhamos acertado da primeira vez e o frango era mesmo para o dia seguinte.

Eu tinha prometido a Jane que ia tentar dar uma olhada dentro da casa para ver como eles haviam arrumado aqueles móveis chiques e então, na manhã seguinte, fui devolver o pote deles e bati lá na porta da frente — geralmente, na nossa cidade a gente entra e sai das casas pela porta dos fundos, mas como eles eram novos aqui e, principalmente, como eu não sabia bem como se faz uma visita para quem tem empregada, eu usei a porta da frente. Como havia acordado cedo para fazer *donuts*, para ter alguma coisa para pôr dentro do pote quando o devolvesse, eu sabia que as pessoas da casa ao lado já tinham se levantado, porque vi o marido sair para trabalhar às sete e meia. Ele devia trabalhar na cidade grande, para ter que sair de casa tão cedo. A Jane acha que ele trabalha em escritório, porque o viu andando na direção da estação e ele não estava correndo; gente que trabalha em escritório não tem que chegar ao trabalho pontualmente, segundo a Jane, embora eu não faça ideia de como ela pode saber disso.

Foi a sra. West que abriu a porta, e tenho que reconhecer que ela estava bastante apresentável. Eu tinha pensado que, com a empregada para lhe levar o café da manhã e tudo mais, ela talvez ainda estivesse na cama, como esse pessoal faz, mas ela já havia se trocado, estava com um vestido rosa de usar em casa e bem acordada. Como ela não me convidou de imediato para entrar, eu meio que me aproximei um pouco mais da porta e, então, ela deu um passo para trás e perguntou se eu não queria entrar, e tenho que dizer que, por mais estranhos que fossem aqueles móveis, ela havia ajeitado tudo bem direitinho, com cortinas verdes nas janelas. Eu não tinha conseguido ver da minha casa qual era o padrão daquelas cortinas, mas, quando entrei, vi que era um padrão de folhas verdes como que entrelaçadas, e o tapete, que eu obviamente tinha visto os carregadores levarem lá para dentro, também era verde. Algumas daquelas caixas enormes que eu tinha visto na mudança deviam estar cheias de livros, porque havia um bocado de livros lá, todos arrumadinhos em estantes, e antes de ter tempo de pensar, já fui logo dizendo: "Nossa, vocês devem ter trabalhado a noite inteira para deixar tudo arrumado tão rápido. Mas, engraçado, eu não vi luzes acesas aqui à noite".

"Foi a Mallie que arrumou", disse ela.

"Mallie é a empregada?"

Ela deu um leve sorriso e depois disse: "Ela é mais uma madrinha do que uma empregada, na verdade".

Eu realmente detesto parecer curiosa, então disse apenas: "Ela deve ser daquele tipo de pessoa que não para quieta, não é? Ontem ela estava lá fora, escarafunchando o seu jardim".

"É." Era um custo extrair qualquer migalha de informação daquela gente, com as suas respostas curtas.

"Eu trouxe *donuts* para vocês", falei.

"Obrigada." Ela pousou o pote numa daquelas mesinhas baixas — a Jane acha que eles devem esconder o vinho, porque eu não vi nem sinal de nada do tipo por lá — e depois disse: "Nós vamos oferecer para o gato".

Bom, tenho que admitir que não gostei nem um pouco disso. "O gato de vocês deve ser bem guloso", falei para ela.

"Sim", disse ela. "Eu não sei o que nós faríamos sem ele. O gato é da Mallie, claro."

"Eu não o vi", comentei. Se nós íamos falar sobre gatos, eu achei que saberia me defender bem, já que vinha tendo um gato ou outro fazia coisa de uns sessenta anos, embora esse não me parecesse um assunto lá muito sensato para uma conversa entre duas senhoras. Como comentei com a Jane depois, havia uma porção de coisas que talvez ela quisesse saber sobre a nossa cidadezinha e as pessoas que moram aqui, coisas como qual era o melhor lugar para comprar ferragens, por exemplo — eu sei que fiz uma dúzia de pessoas deixarem de ir à loja de ferragens do Tom Harris depois que ele me cobrou 17 centavos por meio quilo de pregos —, e eu era justamente a pessoa que poderia lhe dar todas as informações certas. Mas ela achou por bem falar do gato. "... gosta de crianças", dizia ela.

"Imagino que ele faça companhia para a Mallie", falei.

"Bom, ele ajuda a Mallie, sabe?", disse ela, e aí eu comecei a pensar que talvez ela fosse maluca também.

"E como é que o gato ajuda a Mallie?"

"Com a mágica dela."

"Sei", falei e logo comecei a me despedir, desejando voltar depressa para casa e para o telefone, porque as pessoas da cidade certamente precisavam saber o que estava acontecendo. Mas, antes que eu tivesse andado até a porta, a empregada veio da cozinha e me deu bom-dia de um jeito educado à beça, depois falou para a sra. West que estava fazendo as cortinas do quarto da frente e queria saber se ela não gostaria de escolher o padrão. Enquanto eu estava ali parada, de queixo caído, ela estendeu um punhado de teias de aranha — nunca na vida eu tinha visto ninguém que fosse capaz de estender uma teia de aranha arrancada com tanta perfeição, nem, aliás, que quisesse fazer uma coisa dessas —, segurando na outra mão uma pena de gaio-azul e um pedaço de fita da mesma cor, e depois me perguntou o que eu tinha achado das cortinas dela.

Bom, aquilo foi demais para mim, aí eu saí de lá e fui correndo o caminho inteiro até a casa da Jane, que obviamente não acreditou numa palavra do que eu disse. Ela foi comigo até a minha casa só para poder dar uma olhada na casa ao lado, e eu nunca vou me recuperar do choque que tive quando vi que elas já tinham colocado cortinas naquele quarto da frente, e eram cortinas de um filó branco e delicado, com desenhos azuis que a Jane disse que pareciam penas de gaio-azul. A Jane falou que eram as cortinas mais lindas que ela já tinha visto na vida, mas elas me davam calafrios toda vez que eu olhava para elas.

Nem dois dias depois disso, eu comecei a encontrar coisas. Pequenas coisas, algumas até dentro da minha própria casa. Uma vez encontrei uma cesta com uvas na minha escada dos fundos, e juro que elas não foram cultivadas nem perto do nosso vilarejo. Para começar, elas brilhavam como se estivessem cobertas por um pó prateado e tinham um cheiro semelhante a um perfume estrangeiro. Eu as joguei no lixo, mas guardei um lencinho bordado que encontrei em cima da mesa do meu hall, que aliás ainda está numa gaveta da minha cômoda.

Uma vez eu encontrei um dedal colorido em cima de uma estaca da cerca e, em outra ocasião, a minha gata, Samantha, que está comigo há mais de onze anos, voltou para casa usando uma coleirinha verde e bufou para mim quando eu tirei a coleirinha dela. Um dia eu encontrei um cesto de palha cheio de avelãs em cima da mesa da cozinha e fiquei absolutamente possessa de pensar que alguém estava entrando e saindo da minha casa sem pedir, e eu nunca nem via essa pessoa.

Coisas assim nunca aconteciam antes de aquela gente maluca se mudar para a casa ao lado, e um dia eu estava dizendo isso para a sra. Acton, lá na esquina, quando a jovem sra. O'Neil se juntou a nós e contou que tinha encontrado a tal Mallie, a empregada, quando estava no mercado com o bebê dela. O bebê estava chorando, agoniado com um dentinho que estava para nascer, e a Mallie deu uma balinha verde para ele morder. Nós achamos que a sra. O'Neil só podia estar maluca também, por deixar o bebê dela botar na boca uma bala que vinha daquela família, e falamos isso para ela, e aí eu contei do consumo de bebidas que acontecia lá, dos móveis que tinham sido arrumados no escuro e da escavação no jardim, e a sra. Acton comentou que esperava sinceramente que eles não pensassem que, só porque tinham um jardim, eles tinham o direito de fazer parte do Clube de Jardinagem.

A sra. Acton é presidente do Clube de Jardinagem. A Jane diz que, se as coisas funcionassem como deveriam, eu é que devia ser presidente do clube, por ter o jardim mais antigo da cidade, mas a sra. Acton é a esposa do médico, e eu não sei o que as pessoas acharam que ele poderia fazer com elas quando elas ficassem doentes se a sra. Acton não fosse eleita presidente do clube. Enfim, ouvindo a sra. Acton falar, até parecia que era ela que decidia quem podia e quem não podia entrar no clube, mas eu tive que admitir que, nesse caso específico, todas nós seguiríamos o voto dela, muito embora a sra. O'Neil tenha nos falado no dia seguinte que não achava que aquelas pessoas pudessem ser tão malucas assim, porque o dentinho do bebê tinha rompido a gengiva naquela noite sem causar mais problemas.

Enquanto isso, aquela empregada ia ao mercado todo santo dia e todo santo dia comprava um frango. E mais nada. A Jane, que passou a ir ao mercado sempre que via a empregada indo até lá, diz que a empregada nunca comprava nada a não ser o frango. Um dia, a Jane criou coragem e comentou com a empregada que eles deviam gostar muito de frango, e a empregada olhou bem para ela e disse na cara dela que eles eram vegetarianos.

"Todos menos o gato, imagino", disse a Jane, que quando cria coragem sabe ser bem cara de pau.

"Sim, todos menos o gato", disse a empregada.

Nós acabamos chegando à conclusão de que o marido devia trazer comida para a casa da cidade grande, embora eu não faça a menor ideia de por que o mercado do sr. Honeywell aparentemente não era bom o bastante para eles. Depois que o dentinho do bebê parou de incomodar, o Tom O'Neil levou uma braçada de espigas de milho-doce recém-colhidas para eles, e eles devem ter gostado, porque mandaram uma manta azul e felpuda para o bebê que era tão macia que a jovem sra. O'Neil disse que o bebê nunca mais precisou de nenhuma outra, fosse inverno ou verão; e depois de ter estado tão indisposto, aquele bebê começou a crescer e ficou tão saudável que ninguém diria que era o mesmo bebê, embora os O'Neil jamais devessem ter aceitado presentes de pessoas estranhas, sem saber se a lã estava limpa ou não.

Então, eu descobri que aquela gente da casa ao lado tinha a mania de dançar. Toda santa noite, lá estavam eles, dançando. Às vezes eu ficava acordada até dez, onze horas da noite, ouvindo aquela música ímpia e desejando com todas as forças conseguir criar coragem para ir até lá e dizer umas verdades para eles. Não era tanto o barulho que não me deixava dormir — tenho que dizer que a música era suave e até lembrava um pouco uma cantiga de ninar —, mas as pessoas não têm o direito de viver desse jeito. As pessoas têm que ir para a cama num horário decente, levantar numa hora decente e passar os dias fazendo boas ações e tarefas domésticas. Uma esposa tem que fazer o jantar para o marido — e um jantar que não seja tirado de latas compradas na cidade grande, obviamente — e tem que dar uma passadinha na casa ao lado de vez em quando levando um bolo caseiro, para passar o tempo e se manter a par das novidades. E, acima de tudo, uma esposa tem que ir ela própria ao mercado, para se encontrar com os vizinhos, e não simplesmente mandar a empregada ir.

Todo dia, quando saía de manhã, eu encontrava no gramado aqueles círculos de cogumelos que o povo chama de anéis de fadas ou rodas de bruxas, e qualquer pessoa daqui da região sabe que isso quer dizer que o inverno vai chegar cedo, mas ao que parecia o pessoal da casa ao lado não estava nem um pouco preocupado em comprar carvão. Eu ficava olhando todo dia para ver se o caminhão do Adams aparecia, porque sabia perfeitamente que não tinha carvão nenhum dentro daquele porão; só o que eu precisava fazer era me abaixar um pouco quando estava no meu jardim que já dava para ver direitinho o interior do porão, que estava tão vazio e limpo que dava até a impressão de que eles pretendiam receber convidados ali. A Jane achava que eles eram do tipo que viaja o inverno inteiro e empurra a responsabilidade de lidar com a neve para os vizinhos. Mas o porão era a única parte da casa que dava para ver. Eles mantinham aquelas cortinas verdes tão bem fechadas na frente das janelas que nem chegando bem perto você encontrava alguma frestinha por onde pudesse espiar lá para dentro pelo lado de fora, e eles lá dentro dançando sem parar. Eu realmente queria conseguir criar coragem para ir até lá e bater naquela porta da frente alguma noite.

Mary Corn achava que era isso mesmo que eu tinha que fazer. "Você tem todo o direito, Addie", ela falou para mim um dia no mercado. "Você tem todo o direito do mundo de exigir que eles façam silêncio à noite. Você é a vizinha mais próxima que eles têm, e é a coisa certa a fazer. Diz para eles que eles estão ficando falados na cidade."

Bom, eu não consegui criar coragem, essa é que é a verdade. Volta e meia eu via a sra. West andando pelo jardim ou a Mallie, a empregada, voltando do bosque com uma cesta — onde tinha ido colher bolotas, sem dúvida —, mas nunca nem mesmo acenei a cabeça para elas. No mercado, tive que contar para a Mary Corn que não havia conseguido. "É que eles são estrangeiros, sabe?", falei. "Estrangeiros de algum tipo. Não parecem entender direito o que as pessoas falam. É como se eles sempre respondessem alguma outra coisa que não foi o que você perguntou."

"Se eles são estrangeiros", comentou a Dora Powers, que estava no mercado para comprar açúcar para confeitar um bolo, "é lógico que eles vieram para cá porque tem alguma coisa errada com eles."

"Bom, eu não vou visitar estrangeiros", disse Mary.

"Você não pode tratar estrangeiros como trata pessoas normais", falei. "Eu entrei na casa, vocês lembram, embora não tenha sido exatamente para fazer uma visita."

Então eu tive que contar tudo de novo para elas, sobre os móveis e o consumo de bebidas — e é logico que quem fica dançando a noite inteira também fica bebendo a noite inteira — e sobre os *donuts* deliciosos que eu fiz, seguindo uma receita da minha avó, e que ela disse que ia dar para o gato. A Dora achou que eles só podiam ter vindo para a nossa cidadezinha com alguma má intenção. A Mary falou que não conhecia ninguém que desejasse visitar aquela gente, sem saber se elas eram pessoas direitas nem nada, e aí nós tivemos que parar de conversar, porque bem nessa hora chegou a tal da Mallie para comprar o frango dela.

• • •

Qualquer um pensaria que eu era chefe de algum comitê ou coisa assim, pelo modo como a Dora e a Mary ficavam me cutucando, piscando e fazendo sinais para eu ir lá falar com ela, mas eu não ia fazer papel de idiota pela segunda vez, posso lhe garantir. Por fim, a Dora viu que não ia adiantar nada me pressionar, foi até lá e ficou plantada atrás da empregada, até que ela se virou e disse: "Bom dia".

A Dora foi direto ao ponto e disse: "Tem muita gente aqui na nossa cidade que gostaria de saber algumas coisas, sabe, moça".

"Imagino que sim", disse a empregada.

"Nós gostaríamos de saber, por exemplo, o que vocês vieram fazer aqui na nossa cidade", disse a Dora.

"Nós achamos que aqui seria um lugar agradável para morar", respondeu a empregada. Deu para ver que a Dora foi pega de surpresa por essa resposta, porque quem é que escolhe um lugar para morar porque ele é agradável? As pessoas moram na nossa cidadezinha porque nasceram aqui; elas não vêm para cá simplesmente porque querem.

Imagino que a Dora soubesse que nós todas contávamos com ela, porque ela respirou fundo e perguntou:

"E quanto tempo vocês pretendem ficar aqui?"

"Ah", disse a empregada, "acho que nós não vamos ficar muito tempo, não."

"Mesmo que não fiquem muito tempo", Mary disse depois, "eles ainda podem causar muito estrago enquanto estão aqui, dando mau exemplo para os nossos jovens e crianças. Só para citar um caso, eu soube que o garoto dos Harris foi pego de novo pela polícia rodoviária por dirigir sem carteira."

"O Tom Harris é mole demais com aquele garoto", comentei. "O que um garoto como aquele precisa é de umas boas sovas, e não de gente que vem morar bem no coração da nossa cidade e mostra para ele que é possível beber e dançar a noite inteira."

A Jane entrou no mercado nessa hora e falou que haviam lhe contado que todas as crianças da cidade começaram a passar na casa ao lado para levar dentes-de-leão e frutinhas vermelhas do bosque — e dos quintais dos próprios pais também, não tenho dúvida — e que as crianças andavam dizendo que o gato da casa ao lado sabia falar. Diziam que ele lhes contava histórias.

Bom, isso foi demais para mim, como você pode imaginar. As crianças já têm liberdade demais hoje em dia, de qualquer forma, sem que lhes metam baboseiras desse tipo na cabeça. Nós perguntamos a opinião da Annie Lee, quando ela veio para o mercado, e ela achava que alguém devia chamar a polícia, para dar um basta naquela história toda antes que algo de ruim acontecesse com alguém. Imaginem, ela falou, se uma dessas crianças vai lá para dentro daquela casa, como é que nós íamos saber se ela ia conseguir sair de lá de dentro de novo? Bom, não foi uma coisa agradável de imaginar, posso lhe dizer, mas a Annie Lee é aquele tipo de pessoa que está sempre esperando o pior. Eu não costumo ter muito contato com as crianças depois que elas aprendem que têm que ficar longe das minhas macieiras e dos meus melões, e não posso dizer que sei diferenciar umas das outras, salvo o garoto dos Martin contra quem uma vez eu tive que fazer uma queixa à polícia por ter roubado um pedaço de laminado do meu quintal, mas também não posso dizer que gosto da ideia de que aquele gato esteja de olho neles. Não é natural, de alguma forma.

E você acredita que foi logo no dia seguinte que eles roubaram o filho mais novo dos Acton? Ainda não tem nem 3 anos, aquele menino, e a sra. Acton, sempre tão ocupada com o Clube de Jardinagem dela, deixou o menino ir para o bosque com a irmã. Resultado: num piscar de olhos, já tinham pegado o menino. A Jane me ligou para contar. Ela soube pela Dora, que estava no mercado bem na hora que a filha dos Acton entrou lá correndo à procura da mãe para contar que o irmãozinho tinha se afastado dela e desaparecido no meio do bosque, e a tal Mallie, a empregada, estava lá escarafunchando a terra a menos de três metros de distância do lugar onde o menino fora visto pela última vez. A Jane falou que a sra. Acton, a Dora, a Mary Corn e mais meia dúzia de pessoas estavam indo naquele instante para a casa ao lado e que era melhor eu tratar de ir rápido lá para fora se não queria perder alguma coisa e que, se ela demorasse para chegar, era para eu lhe contar tudo que tinha acontecido. Eu mal tinha acabado de sair pela minha porta da frente quando elas vieram andando pela rua, talvez umas dez ou doze mães, avançando com tanta fúria que nem tinham tempo de sentir medo.

"Vamos lá, Addie", a Dora falou para mim. "Desta vez eles realmente passaram dos limites."

Eu sabia que a Jane jamais iria me perdoar se eu ficasse para trás, então lá fui eu me juntar a elas até a frente da casa ao lado. A sra. Acton estava pronta para subir os degraus da varanda e bater na porta, de tão furiosa que estava, mas antes que ela pudesse fazer isso a porta se abriu e então surgiram a sra. West e o menininho, todos sorridentes, como se nada tivesse acontecido.

"A Mallie o encontrou no bosque", disse a sra. West, e a sra. Acton agarrou o menino e o tirou de perto dela; deu para perceber que elas tinham andado assustando o menino pelo modo como ele começou a chorar assim que chegou perto da própria mãe. Só o que ele dizia era "gato", o que nos causou um frio na espinha, como você pode imaginar.

A sra. Acton estava tão indignada que mal conseguia falar, mas deu um jeito de dizer: "Fique longe dos meus filhos, está ouvindo?".

A sra. West pareceu surpresa.

"A Mallie o encontrou no bosque", disse ela. "Nós íamos levá-lo para casa."

"A gente pode imaginar como vocês iam levá-lo para casa", gritou a Dora, e então a Annie Lee berrou lá de trás:

"Por que é que vocês não vão embora da nossa cidade?"

"Acho que nós vamos mesmo", disse a sra. West. "Ela não é como nós imaginávamos."

Isso foi simpático, não foi? Não tem nada que me deixe mais revoltada do que gente que faz pouco da nossa cidade, onde o meu avô construiu a primeira casa, e eu protestei na mesma hora.

"Costumes estrangeiros!", falei. "Vocês são pessoas ímpias, imorais, com a sua dança e a sua empregada, e quanto mais rápido vocês forem embora desta cidade, melhor vai ser para vocês. Porque é bom que vocês saibam", sacudi o dedo em riste bem na cara dela, "que certas pessoas desta cidade não vão tolerar os seus costumes bestas por muito mais tempo, e eu aconselho que vocês, eu *recomendo* que vocês, melhor dizendo, peguem seus móveis, suas cortinas, sua empregada e o gato dela e deem o fora da nossa cidade, antes que a gente escorrace vocês daqui."

A Jane diz que não acredita que eu realmente tenha falado isso, mas todas as outras estavam lá para atestar que eu falei — todas menos a sra. Acton, que nunca tem nada de bom para dizer a respeito de ninguém.

Enfim, bem nessa hora nós descobrimos que elas tinham dado alguma coisa para o menininho, para tentar comprar a afeição dele, porque a sra. Acton arrancou a tal coisa da mão dele, enquanto o menino não parava de chorar. Quando ela estendeu a mão para nos mostrar o que era, foi difícil de acreditar, mas claro que aquelas pessoas são capazes de qualquer baixeza. Era uma maçãzinha dourada, toda reluzente, e a sra. Acton a atirou no chão da varanda com toda a força de que foi capaz, e o brinquedinho se espatifou e virou pó. "Nós não queremos nada de vocês", disse a sra. Acton e, como contei para a Jane depois, foi horrível ver a cara que a sra. West fez. Por um momento, ela só ficou lá parada, olhando para a gente. Depois se virou, voltou para dentro de casa e fechou a porta.

Alguém queria atirar pedras nas janelas, mas, como falei para elas, destruir propriedade privada é crime, e era melhor nós deixarmos a violência para os homens, então a sra. Acton levou o filhinho dela para casa, e eu voltei para a minha e telefonei para a Jane. Coitada da Jane; a coisa toda tinha se passado tão rápido que ela não teve tempo nem de botar o espartilho.

Eu mal tinha começado a falar com a Jane pelo telefone quando vi pela janela do hall que havia um caminhão de mudança bem na frente da casa ao lado e que os carregadores começavam a trazer lá de dentro aqueles móveis chiques. A Jane não ficou surpresa quando eu lhe contei isso. "Ninguém consegue preparar uma mudança rápido desse jeito", disse ela. "Provavelmente eles já estavam com tudo arrumado, planejando fugir daqui com aquele menininho."

"Ou talvez a empregada tenha feito isso com mágica", falei, e a Jane riu.

"Escuta", disse ela, "vai lá ver o que mais está acontecendo. Eu espero no telefone."

Não tinha nada para ver, nem mesmo da minha varanda da frente, a não ser o caminhão de mudança e os carregadores trazendo os móveis; não havia nem sinal da sra. West nem da empregada.

"O marido ainda não voltou do trabalho na cidade grande", disse a Jane. "Eu consigo ver a rua daqui. Elas vão ter muito o que contar para ele hoje à noite."

E foi assim que aquela gente se foi. Acho que tive muito mérito nisso, embora a Jane tente me irritar dizendo que a sra. Acton também teve a sua cota de participação. Quando a noite chegou, eles já tinham se mandado de mala e cuia, e eu e a Jane fomos até lá com uma lanterna para dar uma olhada na casa e ver que estragos eles tinham deixado para trás. Não havia absolutamente nada naquela casa — nem mesmo um osso de galinha, nem mesmo uma bolota —, a não ser uma pena de gaio-azul no andar de cima, mas isso não era algo que valesse a pena levar para casa. A Jane pôs a pena no incinerador quando nós voltamos para o andar de baixo.

Mais uma coisa: a Samantha, minha gata, teve filhotes. Talvez isso não lhe cause surpresa, mas com certeza causou um espanto tremendo em mim e na Samantha, considerando que ela já tinha para lá de onze anos e já havia deixado a juventude para trás fazia tempo, a velha bobalhona. Mas você teria rido se a visse dançando pela casa feito uma mocinha, lépida, faceira e tão satisfeita como se nunca tivesse feito isso na vida, e aqueles filhotes me preocupavam.

As pessoas não se atrevem a dizer nada sobre os meus gatinhos na minha frente, claro, mas elas continuam a falar aquelas baboseiras sobre fadas e gnomos. E não há como negar que os gatinhos são de um tom bem vivo de laranja, têm olhos bem amarelos e são bem maiores do que filhotes de gato normais costumam ser. Às vezes pego todos eles me observando quando estou na cozinha e confesso que sinto um calafrio me subir pela espinha. Metade das crianças da cidade fica implorando para ganhar um daqueles gatinhos — "gatinhos das fadas", elas os chamam —, mas não há um único adulto na cidade que se disponha a levar um deles para casa.

A Jane diz que tem algo de muito sinistro naqueles gatinhos, mas, sabe, é bem provável que eu nunca mais volte a falar com ela na vida. A Jane faz fofoca até sobre gatos, e fofoca é uma coisa que eu simplesmente não suporto.

.18

Uma grande voz silenciada

Playboy, março de 1960

A sala de espera era uma ilha de ineficiência no meio das vastas dependências do hospital, nas quais os sons ecoavam, as paredes eram pintadas de branco e as vozes tinham tons contidos. Na sala de espera havia cinzeiros, móveis de vime que soltavam estalidos, bancos de madeira bambos e cantos que claramente não eram varridos havia muito. O hospital funcionava independentemente dos intrusos que esperavam inquietos ali, e, com todos os leitos de todas as alas cheios, a diretoria do hospital não se incomodava nem um pouco de ver as cadeiras de vime e os bancos de madeira da sala de espera vazios, desperdiçando espaço. Katherine Ashton, que não queria ter chegado nem perto do hospital, que queria ter ficado em casa naquela tarde escura de domingo, que queria ter tido a chance de chorar um pouco sozinha, depois sair para jantar em algum restaurante pequeno e discreto — talvez naquele em que serviam molejas tão gostosas — e bebericar um conhaque, entregue à melancolia; Katherine Ashton entrou na sala de espera atrás do marido, dizendo: "Eu realmente preferia que a gente não tivesse vindo. Odeio hospitais e cenas de morte e, além do mais, como é que alguém pode saber que ele vai morrer hoje?".

"Você iria se arrepender para sempre se não tivesse vindo", disse Martin. Quando viu que a sala de espera estava vazia, ele se virou e olhou com esperança para um lado e para o outro do corredor do hospital. "Você acha que a gente pode subir agora mesmo?"

"Não é *possível* que eles deixem a gente subir. Não é *possível*."

"Nós fomos os primeiros a chegar", disse Martin, sensato. "Assim que eles deixarem alguém subir, nós temos que ser os primeiros, já que claramente chegamos antes de todo mundo."

"Eu vou me sentir uma idiota", disse Katherine. "E se ele não morrer? E se não vier mais ninguém?"

"Olha só." Martin parou de andar de um lado para o outro, entre a porta e a janela, e se postou na frente de Katherine, como se fosse fazer uma preleção para uma de suas turmas. "Ele *tem* que morrer. Pensa comigo: o Angell está vindo de Boston para cá de avião; praticamente a equipe inteira da *Dormant Review* passou a noite em claro preparando o obituário e os textos de tributo; o editor americano dele já está começando a organizar uma coleção de artigos em homenagem a ele; a esposa está vindo de Maiorca, se não tiverem conseguido impedi-la, e o Weasel está ligando para todos os principais críticos literários daqui até a Califórnia para eles chegarem aqui a tempo. Você acha que o homem vai ter a *desfaçatez* de continuar vivo depois disso?"

"Mas quando eu tentei ligar para o médico..."

"Na minha área", disse Martin, "você tem que estar nos lugares certos nas horas certas. Que nem um vendedor ou coisa assim. Só de estar aqui eu já tenho uma chance de conhecer o Angell, por exemplo. Quanto tempo eu poderia gastar tentando ter uma oportunidade de conhecer o Angell? E se eu fizer tudo direitinho, a *Dormant* pode até..."

"A Joan vem vindo ali", disse Katherine. "Ela ainda está chorando."

Martin foi mais que depressa até a porta. "Joan, querida", disse. "Como é que ele está?"

"Não... muito bem", disse Joan. "Oi, Katherine."

"Oi, Joan", cumprimentou Katherine.

"Finalmente consegui falar com o médico", disse Joan. "Fiquei ligando para ele sem parar até *forçá-lo* a falar comigo. Parece que a situação está muito... feia." Ela tapou a boca com a mão, como se quisesse impedir os lábios de tremerem. "Uma questão de horas."

"Meu Deus!", exclamou Martin.

"Que horror", disse Katherine.

"O Angell está vindo de Boston de avião, vocês souberam?" Joan se sentou devagar na beirada de um banco. "Tem alguém lá em cima com ele?"

"Eles não deixam ninguém subir", disse Katherine.

"Talvez estejam dando um banho nele ou coisa assim. Quer dizer, será que eles se dão a esse trabalho, se é só uma questão de..."

"Eu não sei", disse Katherine, e Joan começou a chorar de novo.

"Mas é certo mesmo que vai ser hoje?", perguntou Martin com uma espécie de delicadeza relutante.

"Você sabe como os médicos falam", disse Joan. "Tiveram que me levar para casa hoje de manhã e me dar um sedativo, de tanto que eu estava chorando. Eu não tinha dormido nem comido nada desde ontem, fiquei aqui o tempo inteiro, até que me levaram para casa e me deram um sedativo."

"Muito tocante", disse Martin. "Eu e a Katherine achamos que seria melhor não ter muita gente por aqui, então só viemos hoje."

"O John Weasel disse que ia trazer sanduíches e outras coisas mais tarde. Eu pretendo ficar aqui até o fim."

"Nós também", disse Martin com firmeza.

"Os Anderson estão vindo para cá e é provável que aquelas pessoas com quem ele foi passar o último fim de semana também estejam, é provável que elas venham lá de Connecticut. E, olha... nós achamos tão simpático... o pessoal do bar, sabe, o bar onde ele teve o infarte, bom, eles vão mandar flores. Nós achamos isso tão simpático."

"Muito gentil da parte deles", disse Katherine.

"Eu só espero que o Angell consiga chegar aqui a tempo. O Weasel botou os Smith e o carro deles de prontidão lá no aeroporto. Ele até ligou para a delegacia para pedir uma escolta policial, mas claro que é impossível fazer com que *eles* entendam. Eu ainda não consegui parar de chorar. Estou chorando sem parar desde ontem."

"Tem alguém vindo ali", disse Martin, e Joan soluçou. "É o Weasel", disse Martin. "Weasel, velho amigo. Alguma notícia?"

"Eu telefonei para o médico. Oi, Katherine. Joan, minha querida, você não devia estar aqui, *realmente* não devia, você me prometeu que ia tentar descansar. Agora eu estou zangado com você."

"Desculpe." Joan levantou os olhos, chorosa. "Eu não consegui suportar a ideia de não estar perto dele."

"Que *dia* eu tive", disse Weasel, soltando um suspiro, depois se sentou num banco e deixou as mãos caírem, exausto. "A *polícia*, sinceramente! Eu falei para eles *milhares* de vezes que a luz do mundo literário estava se *extinguindo* bem aqui, então será que eles poderiam, *por favor*, oferecer algum tipo de escolta para trazer o principal crítico literário do país lá do aeroporto, para que ele pudesse ouvir as últimas palavras dele e fechar os olhos dele e esse tipo de coisa, mas eu juro, querida, é exatamente como falar com um bando de *toupeiras*. Eles me chamavam de 'senhor' e perguntavam quem *eu* era, e", ele se aprumou e deu um tapa violento na própria testa, "a *esposa*, santo Baco, nem me pergunte da esposa! Eu fiquei o dia inteiro ontem passando cabogramas para Maiorca e telefonando para Washington e tentando conseguir aprovação do plano, e todos aqueles primos dela mexendo os pauzinhos simplesmente em *tudo* que era lugar, e ela vai chegar aqui sem absolutamente *nenhuma* bagagem!"

"Quer dizer que a esposa *vem*?" Joan arregalou os olhos, boquiaberta.

"Querida, ela deve estar para chegar a qualquer *momento*. Eu fiquei horas *implorando* àquela mulher que não viesse, juro, praticamente *suplicando*; falei que não havia nenhum lugar adequado para hospedá-la, que não tinha ninguém livre para acompanhá-la, que nós éramos *perfeitamente* capazes de cuidar de todos os preparativos por aqui, e ela não ouviu literalmente nada do que eu disse, juro que aquela mulher não ouviu nem uma única palavra do que eu disse. Eu *sabia* que você ia ficar *furiosa*", ele disse para Joan.

Joan gemeu. "Nós íamos mandar o *corpo* para ela."

Martin andava de um lado para o outro de novo, entre a porta e a janela. "Quando é que vão nos deixar subir?", perguntou, impaciente.

Joan olhou para ele, surpresa. "Você acha que *você* vai subir?"

"Nós fomos os primeiros a chegar", disse Martin.

"Mas você nem o conhecia."

"A Katherine o conhecia tão bem quanto você", disse Martin, categórico. "Além do mais, ele jantou com a gente na terça."

"A Katherine *certamente* não o conhecia tão bem quanto eu", disse Joan.

"Ele não jantou com vocês, *não*", disse Weasel. "Pelo menos não na terça. Na terça ele..."

"Eu o conhecia, sim", disse Katherine. "Se você quer uma comparação pública..."

Joan abriu a boca como se fosse interromper Katherine, depois começou a chorar e se virou quando mais gente entrou na sala de espera.

"Aquele é o Philips, da *Dormant*", Martin disse no ouvido de Katherine. "A mulher é Martha alguma coisa; é ela que escreve aquelas resenhas terríveis. Eu não conheço o outro homem." Martin foi até lá, de modo que Weasel tivesse que apresentá-lo, mas outras pessoas chegaram e de repente ele se viu numa roda em que as pessoas falavam baixinho, perguntavam umas às outras quanto tempo será que iria demorar e diziam umas para as outras os nomes de outros ali presentes. Ao fundo e ao redor das conversas a meia-voz, ouvia-se o suave lamento do choro de Joan.

Sem conseguir sair do banco em que estava sentada, Katherine se virou e disse para o estranho sentado ao lado dela: "Uma vez alguém me falou como é possível se treinar para suportar torturas físicas sem se render".

"Será que foi o Nielson?", perguntou o homem. "Ele escreveu um texto muito bom sobre tortura."

"Você finge que está acontecendo com outra pessoa", disse Katherine. "Recolhe a sua própria mente e deixa o seu corpo lá."

"Você conhecia o *homem*?", perguntou ele, apontando para cima. "Lá em cima?"

"Conhecia", disse Katherine. "Eu o conhecia muito bem."

Ao que parecia, alguém tinha trazido uma caixa de leite cheia de vodca, e alguma outra pessoa foi até o corredor e voltou trazendo uma pilha de copos de papel. Martin atravessou a multidão para trazer um copo com vodca para Katherine e disse: "O Angell está aqui. Ele conseguiu vir. Ninguém sabe nada da esposa. O homem de terno azul perto da porta é o Arthur B. Arthur, e a moça de cabelo escuro do lado dele é a jovem com quem ele se casou".

Perto de Katherine, Weasel dizia para alguém:

"... parou na capela para rezar. Ele está pensando em se converter, *enfim*, sabe?"

O homem ao lado de Katherine se inclinou e lhe perguntou:

"Quem vai cuidar do fundo memorial?"

"O Weasel, provavelmente", disse ela.

"Não me pergunte", disse Weasel do lado dela. "Por favor, não me pergunte. Se tiver que lidar mais uma vez com a megera daquela esposa, com certeza também vou *infartar*. Eu simplesmente *tenho* que voltar para Bronxville e tirar um longo descanso depois disso tudo; tem sido um verdadeiro *horror* desde sexta de manhã; eu ainda não voltei para casa nenhuma vez desde que ele teve o infarte, vim direto de Bronxville e tive que ficar na casa dos Anderson no West Side desde então, e tem sido simplesmente *horrível*."

Do pequeno grupo perto da porta veio o burburinho de um breve acesso de risadinhas contidas.

"E, de qualquer forma, eu quero que o Angell cuide do fundo memorial", disse Weasel. "O nome dele sempre pega muito *melhor* nesse tipo de coisa."

Joan agora chorava ruidosamente, debatendo-se nos braços do homem alto de terno azul. "Eu quero ir para perto dele!", gritava ela. A vodca do copo dela entornou no chão do corredor do hospital.

"Tem uma enfermeira vindo ali", disse alguém. "Não estão tentando oferecer uma *bebida* para ela?", outra pessoa perguntou. "*Silêncio*, todo mundo", disse Weasel, pelejando para conseguir passar pelo vão da porta.

"Ele morreu?", perguntou o homem do lado de Katherine. "A enfermeira falou que ele morreu?"

"Três minutos atrás", alguém disse. "Ele morreu tem uns três minutos."

"Nós perdemos *tudo*?" A voz de Weasel foi se elevando, em desespero. "Porque isso simplesmente *encerra* tudo, acabou. Eles prometeram que iam nos *chamar*", disse, ensandecido, para a enfermeira. "Esse foi o golpe mais *baixo* que eu já vi."

"Vocês não me deixaram ficar perto dele", Joan disse para a enfermeira num tom desconsolado. "Vocês não me deixaram ir para perto dele."

"Nós nem mesmo estávamos *lá*", disse Weasel. "Essa pobre menina..." Ele pôs um braço em volta de Joan carinhosamente.

"A sra. Jones estava com ele", disse a enfermeira.

"*O quê?*" Weasel caiu para trás de um jeito dramático. "Eles deixaram que ela subisse escondido? E ninguém me avisou? Ela chegou aqui?"

"A gente pode subir agora, pelo menos?", perguntou Martin.

"A sra. Jones está com ele", repetiu a enfermeira. "Sem dúvida a sra. Jones vai querer agradecer a todos os senhores em algum outro momento. Agora..." Ela fez um gesto discreto, mas inequívoco, indicando o corredor que levava à porta de saída do hospital.

"Francamente." Weasel apertou os lábios. "E o funeral?", perguntou. "Será que a sra. Jones vai querer cuidar *disso* também? Ela nunca leu uma *palavra* do que ele escreveu. Eu estava planejando ler aquela passagem do *Homem mau* sobre a morte", ele disse para Angell. "Você lembra? Começa com aquela descrição maravilhosa das moscas, lembra? Ele costumava recitar essa passagem quando estava bêbado. A sra. Jones simplesmente vai *ter* que vir aqui embaixo", ele disse para a enfermeira. "Como é que nós vamos poder cuidar dos *preparativos* assim?"

"A sra. Jones sem dúvida vai entrar em contato com os senhores", disse a enfermeira. Ela chegou um pouco para trás e repetiu o gesto, desta vez de um modo um pouco mais enfático.

Seguiu-se um minuto de hesitação silenciosa, e então Angell disse: "'No interior do cômodo penumbroso, espalha-se ligeira a sombra pálida da Morte, e à porta, a invisível Deterioração espera...'".

"Uma grande voz foi silenciada", disse Weasel, com reverência.

"Meu único verdadeiro amor", murmurou Joan, chorosa.

"Ele agora escreve com pena de ouro."

"Um grande escritor é um grande homem que escreve."

"Valeu a pena ter vindo", disse Martin, indo até Katherine para lhe dar o braço. "Eu conversei um minutinho com o Angell e ele falou para eu ligar para ele amanhã." Agora impaciente, Martin foi conduzindo Katherine em meio à multidão até o vão da porta, depois até o corredor.

"Tchau", disse a enfermeira.

Katherine e Martin seguiram lentamente pelo corredor do hospital, um pouco à frente dos outros, que permaneciam rindo e reunidos em torno de Joan, ouvindo Weasel falar. "É possível que agora ele tenha um lugar para mim naquela série de conferências", disse Martin e apontou para cima. "Agora que *ele* se foi, eu poderia fazer uma palestra sobre a obra dele. Sobre a tragédia pessoal dele, talvez."

"Estava quente lá dentro", disse Katherine.

Weasel os alcançou e disse rapidamente: "Nós todos estamos indo para a casa da Joan. Eu não acho que seja bom ela ficar sozinha nesse momento. Vocês dois vêm também?".

"Obrigado", disse Martin, "mas a Katherine também está muito abalada. Eu vou levá-la direto para casa."

Weasel lançou um olhar rápido para Katherine e disse: "Triste demais, tudo isso, não é? Eu quase *morri* quando soube que ele já tinha partido, e sem absolutamente *ninguém* lá que se importasse! Quer dizer, que se importasse *de verdade*".

"Nós prestamos a ele a homenagem que pudemos", disse Martin.

"A responsabilidade do intelectual", disse Weasel vagamente. "Se puder, vá lá na casa da Joan mais tarde."

Correndo com passinhos leves, Weasel voltou para o início do corredor e para perto de Joan, enquanto Martin e Katherine desciam a escada do hospital em direção à rua, deparando-se com um fim de tarde inesperadamente escuro.

"Meu único verdadeiro amor", disse Katherine.

"Hã?", disse Martin. "Você perguntou alguma coisa?"

"Não", respondeu Katherine e riu.

"Tem algum lugar em especial onde você gostaria de ir jantar?", perguntou Martin.

"Tem", disse Katherine. "Aquele restaurantezinho simpático onde servem molejas. Eu estava pensando nele antes de a gente vir para cá."

.19

Só o que ela disse foi sim

Vogue, novembro de 1962 (Outros títulos: ("Cassandra"; "Nem uma única lágrima"; "Vicky")

O que se pode fazer? O Howard e a Dorrie vivem me dizendo que eu sou sensível demais e me angustio demais com as coisas, mas até mesmo o Howard teve que admitir que o acidente dos Lanson não poderia ter acontecido numa hora pior. Soa muito mal falar isso assim, abertamente, mas eu prefiro ser franca e direta a ser hipócrita, e embora fosse uma coisa terrível de acontecer em *qualquer* momento, o fato de isso ter arruinado a nossa viagem para o Maine realmente me deixou *furiosa*.

Nós morávamos na casa ao lado da do Don e da Helen Lanson fazia dezesseis anos, desde antes de a nossa filha, Dorrie, e a filha deles, Vicky, terem nascido, e claro que, sendo vizinhos de porta e tendo filhas da mesma idade, nós sempre fomos relativamente próximos, muito embora ninguém tenha a obrigação de se dar bem com as pessoas o tempo *inteiro* e, para ser sincera, alguns dos amigos dos Lanson eram um pouco chiques demais para o nosso gosto. Além disso, eles não faziam segredo de absolutamente nada e esperavam que nós fôssemos assim também, mas, sabe, às vezes me incomodava um pouco pensar que, em dezesseis anos, nós não tínhamos tido um único dia de privacidade. Eu gosto de manter relações amigáveis com os vizinhos tanto quanto todo mundo, mas, às vezes, era um pouco demais. Eu costumava comentar com o Howard que a Helen Lanson sempre sabia o que nós íamos comer no jantar, e claro que o inverso também era verdadeiro; sempre que os Lanson tinham uma de suas brigas, nós tínhamos que fechar as janelas e descer para o porão para não ouvir, o que acabava sendo inútil, porque no dia seguinte sem falta a Helen Lanson ia lá em casa chorar no meu ombro. Espero que os novos vizinhos sejam um pouco mais... bem, reservados.

Eu e o Howard ficamos muito abalados quando soubemos o que tinha acontecido. O Howard foi com os policiais até a delegacia, e eu me ofereci para ir à casa ao lado dar a notícia para a Vicky. Não era o tipo de coisa que me agrada fazer, como você pode imaginar, mas alguém tinha que fazer isso, e eu conhecia a menina desde que ela havia nascido. Dei graças a Deus pela Dorrie estar na colônia de férias e não em casa, porque *ela* teria ficado arrasada, tendo morado na casa ao lado deles a vida inteira. Quando toquei a campainha da casa ao lado naquela noite, realmente eu não fazia ideia de como a menina iria reagir; nunca aprovei muito pais que saem à noite e deixam uma menina de 15 anos sozinha em casa — toda hora a gente lê notícias de homens que arrombam casas e encontram meninas sozinhas —, mas imagino que a Helen achasse que a Vicky ficaria bem tendo a nós na casa ao lado; nós certamente não saímos quase toda noite como os Lanson faziam.

Por outro lado, a Vicky nunca foi de se preocupar muito com nada; eu sei que ela abriu imediatamente a porta para mim naquela noite, sem nem perguntar quem era nem conferir se não era algum estranho; eu nunca deixo a Dorrie abrir a porta à noite a menos que ela saiba quem está do outro lado. Bom, é melhor abrir o jogo logo de uma vez: eu não *gosto* da Vicky. Nem mesmo naquela noite, sabendo de todos os problemas que ela teria pela frente, eu consegui me forçar a gostar dela. Estava morrendo de pena dela, claro, mas ao mesmo tempo só conseguia pensar no que eu iria fazer quando ela ouvisse a notícia. Ela era tão grande, desajeitada e feia que eu não conseguia encarar o fato de que teria que abraçá-la e consolá-la — detestava a ideia de segurar na mão dela e passar a mão no seu cabelo e, no entanto, eu era a única pessoa que poderia fazer isso. No caminho inteiro da minha casa até lá eu tinha ficado ruminando como iria dar a notícia, e, quando a Vicky abriu a porta e simplesmente ficou lá parada, olhando para mim — ela nunca dava "oi" nem nada parecido; simplesmente não era o tipo de pessoa que oferecia coisas, se é que você me entende —, eu quase perdi a coragem. Por fim, perguntei se poderia entrar, pois precisava falar com ela, e ela se limitou a abrir mais a porta e chegar um pouco para trás; eu entrei, ela fechou a porta atrás de mim e ficou lá parada, esperando. Bom, eu conheço aquela casa quase tão bem quanto conheço a minha, então fui até a sala de estar e me sentei; a Vicky veio atrás de mim e se sentou também, depois ficou olhando para mim.

Bom, nada como ir direto ao ponto, então eu tentei falar alguma coisa amável antes, mas resolvi ficar muito séria e dizer: "Vicky, você vai precisar ser muito forte".

Confesso que ela não me ajudou muito. Só ficou lá, sentada, olhando para mim, e de repente me ocorreu que toda aquela movimentação estranha — o Howard saindo de carro no meio da noite daquele jeito, a nossa casa com todas as luzes acesas e o próprio fato de eu estar ali naquele momento — poderia ter feito a Vicky perceber que havia algo de errado e talvez ela até já desconfiasse que tinha algo a ver com os pais dela, então quanto mais rápido ela soubesse a verdade, melhor seria, pensei, e então eu disse: "Aconteceu um acidente, Vicky. O cabo Atkins da polícia estadual telefonou para nós alguns minutos atrás, porque ele sabia que você estava sozinha em casa e queria que alguém estivesse aqui com você". Não foi uma maneira lá muito boa de cumprir o objetivo a que eu tinha me proposto, eu sei, mas eu preferia ter ficado lá fazendo rodeios e mais rodeios a falar para ela o que eu tive que dizer em seguida. Respirei fundo e disse: "São os seus pais, Vicky. Eles sofreram um acidente".

Bom, até então ela não tinha dito uma palavra, nem uma única palavra desde que eu havia entrado ali, e agora só o que ela disse foi: "Sim".

Achei que ela devia estar em choque e lembrei, aliviada, que, antes de ir para a delegacia, o Howard tinha tido a presença de espírito de telefonar para o dr. Hart e pedir que ele viesse me ajudar com a Vicky. Comecei a me perguntar quanto tempo o médico iria demorar para chegar, porque eu simplesmente não tenho o menor jeito para lidar com pessoas que estão passando mal e com certeza faria alguma bobagem. Fiquei pensando no médico e falei: "Eles sempre dirigiam rápido demais...". E ela disse: "Eu sei". Fiquei esperando que ela começasse a chorar ou a fazer o que quer que uma menina como aquela faz quando descobre que os pais morreram, depois me dei conta de que ela ainda não sabia que os pais tinham morrido, só sabia que eles tinham sofrido um acidente, então respirei fundo de novo e disse: "Os dois...". Mas não consegui falar, simplesmente não consegui pronunciar a palavra. Por fim, falei: "Eles se foram".

"Eu sei", disse ela. Então eu não precisava ter me preocupado.

"Nós sentimos muito, Vicky", falei, enquanto me perguntava se aquele era o momento em que eu deveria ir até lá e segurar na mão dela.

"Você acha que eles realmente acreditavam que iam morrer?", ela me perguntou.

"Bom, acho que ninguém realmente *acredita*...", comecei a dizer, mas ela não me ouvia; olhava cabisbaixa para as próprias mãos e balançava a cabeça. "Eu falei para eles, sabe?", disse ela. "Falei para a minha mãe uns dois meses atrás que isso ia acontecer, que eles iam sofrer um acidente e morrer, mas ela não quis me ouvir, ninguém nunca quer. Ela disse que era uma fantasia adolescente."

Bom, isso era a cara da Helen Lanson, claro. *Fantasia adolescente* é um exemplo típico da fala dela, e ainda fingia que estava sendo franca com a menina. Isso não era da minha conta, obviamente, mas posso dizer que a Dorrie levava palmada quando fazia alguma coisa errada e que lá em casa não tinha nada desse negócio de jargão psicológico para fazer com que ela pensasse que a culpa era minha. "Imagino que todo mundo tenha dito para eles", falei para a Vicky. "Dirigir como eles dirigiam era como pedir para uma coisa dessas acontecer. Eu mesma falei com a Helen sobre isso uma vez..."

"Foi aí que eu parei de ficar triste", disse ela, como se achasse que devesse se justificar. "Eu falei para ela, mas ela não acreditou em mim. Falei até que eu ia ter que ir morar com a tia Cynthia em Londres, Inglaterra." Ela sorriu para mim. "Eu vou gostar de Londres, Inglaterra; vou para uma escola grande lá e vou estudar muito."

Bom, até onde eu sabia, a tia Cynthia de Londres, Inglaterra, ainda não havia sido informada do que tinha acontecido, mas se aquela menina podia ficar lá sentada tranquilamente nem bem cinco minutos depois de saber que os pais haviam morrido e fazer planos para o futuro... bom, só o que eu podia dizer era que de repente a psicologia da Helen Lanson tivesse dado certo em parte, de um modo que talvez não a agradasse muito, e só espero que, se alguma coisa acontecer comigo algum dia, a *minha* filha tenha a decência de derramar algumas lágrimas. Embora provavelmente seja mais generoso acreditar que a Vicky estava em choque.

"Foi uma coisa terrível, isso que aconteceu", falei, enquanto perguntava aos meus botões quanto tempo o médico ainda ia levar para chegar.

"A tia Cynthia vai chegar aqui na terça-feira", disse ela. "O primeiro avião vai ter que voltar por causa de algum problema no motor. Eu sinto muito pela sua viagem para o Maine."

Fiquei comovida. Lá estava aquela menina, depois do desastre mais terrível que pode acontecer a uma criança, se compadecendo por nós termos perdido a nossa viagem para o Maine. Aquilo com certeza tinha sido o maior azar do mundo para nós, mas nem sempre você pode esperar que uma criança veja as coisas do ponto de vista de um adulto e, ainda que a notícia sobre os pais não tivesse lhe trazido uma única lágrima aos olhos, eu fiquei contente de ver que a menina era capaz de sentir pena de alguém mesmo assim. "Tente não se preocupar com isso", falei para ela. Claro que nós não podíamos nos mandar para o Maine na manhã seguinte à noite em que os nossos vizinhos de porta tinham morrido num acidente, mas também não adiantava nada a Vicky ficar se atormentando por causa disso. "Por favor, não se angustie com isso", falei.

"Vocês não vão poder ir mais para o fim do ano porque vai ficar frio demais lá. Vocês vão ter que ir para outro lugar, mas, por favor, não peguem nenhum barco. Por favor, promete?"

"Prometo, claro", respondi; como não queria que o médico chegasse e nos pegasse conversando sobre as minhas preocupações, falei: "Você vai ficar lá em casa com a gente até a sua tia chegar, está bem?".

"No quarto da Dorrie", disse ela.

Bom, na verdade eu ainda não tinha planejado nada, mas claro que o quarto da Dorrie era o melhor lugar para ela ficar; a gente nunca sabe quando vai precisar do quarto de hóspedes para acomodar alguma visita, e a Dorrie ainda ia passar mais duas semanas na colônia de férias. "Vamos fazer de conta que você é minha filhinha por um tempo", falei e logo fiquei me perguntando se era a coisa certa a dizer — com certeza tinha soado bem idiota —, mas depois ponderei que, afinal, eu havia sofrido um choque tanto quanto ela, e em seguida ouvi o carro do médico lá fora e confesso que foi um alívio. Ainda continuo achando que não é normal uma criança ouvir uma notícia como aquela e não ter nem um sobressalto.

Deixei a Vicky com o médico e fui até o andar de cima — como falei, eu conheço aquela casa tão bem quanto a minha —, para tentar encontrar algumas coisas para ela levar lá para casa; eu poderia voltar no dia seguinte para buscar o que ela quisesse, claro, então peguei só um pijama limpo da gaveta e um dos vestidos bons dela de dentro do armário; como ela teria que ver muita gente no dia seguinte e nos próximos, achei que não faria mal nenhum ela estar tão arrumadinha e limpa quanto eu pudesse fazê-la ficar. Peguei a escova de dentes dela no banheiro — não sou nenhuma maníaca por limpeza, mas teria vergonha se deixasse um banheiro chegar ao estado em que a Helen Lanson havia deixado o dela chegar —, então me ocorreu que talvez a Vicky tivesse algum cachorrinho de brinquedo, boneca ou coisa assim que a reconfortasse; apesar de a Dorrie já ter 15 anos, ela ainda tem o leãozinho azul que eu lhe dei quando ela era pequena, e sempre dá para saber quando ela está chateada com alguma coisa porque ela leva o leãozinho para a cama com ela quando vai dormir. Mas não havia nada desse tipo no quarto daquela menina. Era até chocante. Havia livros, claro, e um retrato dos pais dela, um estojo de tintas e um ou outro jogo, mas nada que fosse... bom, fofo. Por fim, levantei o travesseiro dela e encontrei um caderninho de capa vermelha, parecido com uma caderneta de anotações da escola ou coisa assim, e como estava embaixo do travesseiro, deduzi que fosse algo valioso para ela — já tinha visto o diário da Dorrie debaixo do travesseiro dela daquele mesmo jeito e, embora obviamente nunca o tenha aberto, sei como ela fica nervosa quando desconfia que alguém mexeu nele.

Achei que a Vicky talvez pudesse querer manter aquele caderninho em segurança perto dela e, então, guardei-o dentro da bolsa junto da camisola e um par de meias limpas; depois de pensar um instante (afinal, eu não iria querer que alguém fizesse o mesmo pela Dorrie?), peguei o retrato dos pais dela e o guardei também. Quando voltei lá para baixo, a Vicky continuava sentada no mesmo lugar, o médico ao lado dela; assim que cheguei perto deles, o médico olhou para mim e deu de ombros, então imagino que ela não tenha derramado nenhuma lágrima a mais com ele do que havia comigo. Fui para o hall com o médico e ele me disse que havia dado um sedativo para ela, então eu falei que ia levá-la para a minha casa e botá-la para dormir na cama da Dorrie. "Ela não parece se importar nem com uma coisa nem com outra", comentei.

"Às vezes leva um tempo", disse ele. "O que aconteceu foi uma coisa terrível; terrível demais, provavelmente, para a mente dela absorver tudo de imediato. Imagino que a partir de amanhã ela comece a sentir mais o baque, então amanhã de manhã eu passo lá para ver como ela está."

Bom, eu conferi se todas as luzes da casa estavam apagadas e todas as portas trancadas, depois peguei as coisas da Vicky e fomos para a casa ao lado; foi um alívio voltar para a minha própria casa, embora admita que senti um aperto no peito quando vi as nossas malas no hall, prontas para a viagem. Tínhamos planejado sair de manhã bem cedo, e agora eu teria que desfazer as malas e guardar tudo no lugar. Perguntei para a Vicky se ela queria chocolate quente e ela disse que sim — aliás, eu nunca tinha visto aquela menina recusar comida —, então a deixei na cozinha tomando o chocolate quente e comendo uma fatia do meu melhor bolo de chocolate e fui lá para cima ajeitar o quarto da Dorrie para ela. Tirei um bocado de coisa da Dorrie de lá, porque de alguma forma — não quero parecer malvada, mas é verdade — era difícil imaginar aquela menina enorme e sem graça dormindo rodeada dos desenhos bonitinhos, das bonecas, dos colares e dos suvenires de dança da Dorrie; a Vicky se encaixava no quarto da Dorrie como a Dorrie se encaixaria numa casa de boneca. Fiz a cama com capricho e botei o edredom azul da Dorrie por cima, porque ele teria que ser lavado de qualquer maneira antes de a Dorrie voltar para casa, depois chamei a Vicky para o quarto e fiquei esperando do lado de fora enquanto ela trocava de roupa. Antes de entrar para acomodá-la na cama, obviamente eu tinha decidido que daria um beijo de boa-noite nela sem hesitar nem nada assim, afinal, a menina agora estava completamente sozinha no mundo e só podia contar com o carinho de vizinhos que a acolhessem. Quando entrei, ela já estava na cama e acho que o sedativo do médico — ou o meu chocolate quente — já tinha começado a surtir efeito, porque ela parecia sonolenta e meio empanzinada, como uma gata gorda que acabou de comer um rato. Parecia grande demais para a cama da Dorrie, vou lhe dizer. Mas ela estava tentando ser forte; quando virou a cabeça no travesseiro e olhou para mim, deu um sorrisinho, o que me fez pensar que talvez estivesse prestes a chorar, mas ela se limitou a dizer: "Eu *avisei* para eles. Já sabia disso fazia uns dois meses".

"Não tenho dúvida de que você avisou", falei. "Tente não pensar mais nisso hoje, está bem?"

"Eles não acreditaram em mim."

"Bom, logicamente a culpa não foi sua, e não vai lhe fazer nada bem ficar remoendo isso. Agora, o que você tem que fazer é dormir."

"Eu já sabia que isso ia acontecer", disse ela.

"Shh", falei. Quando apaguei a luz e cheguei perto dela para lhe dar um beijo de boa-noite, ela olhou para mim e disse: "Não pegue nenhum barco". Ela havia criado alguma estranha conexão entre mim e barcos naquela cabecinha esquisita; deve ter mencionado isso pelo menos meia dúzia de vezes naqueles primeiros dias, em que estava tão confusa e atordoada. Imagino que tenha ouvido alguma coisa, ou talvez a Helen e o Don tenham falado alguma coisa — pode até ter sido uma das últimas coisas que eles falaram para ela; as pessoas sempre guardam esse tipo de coisa — que tivesse a ver comigo; Deus sabe que eles falavam um bocado de nós. Enfim, fosse como fosse, eu falei para ela não se preocupar mais com barcos, que ia ficar tudo bem, e finalmente me abaixei, dei um beijinho naquela testa branca enorme dela e disse: "Boa noite".

"Boa noite", disse ela. Liguei a luz noturna da Dorrie, para o caso de ela acordar no meio da noite e esquecer que estava no quarto da minha filha, depois fechei a porta e desci para esperar o Howard.

Ele chegou bem desanimado, então eu fiz um chocolate quente para ele também e, enquanto ele tomava o chocolate, ficamos conversando sobre a nossa viagem para o Maine. "Com certeza não há a menor possibilidade de nós viajarmos agora", falei para ele. "A menina está lá em cima. A gente não vai poder fazer absolutamente nada até a tia dela chegar."

"Eles avisaram à tia", disse Howard. "Enviaram um cabograma lá da delegacia."

"O que me deixa furiosa é ter que desfazer as malas. E aquele suéter verde maravilhoso que eu comprei especialmente para usar na viagem."

"Bom, não iria pegar muito bem se a gente simplesmente se mandasse e deixasse a menina sozinha."

"Não", falei. "O que aconteceu foi uma coisa terrível. E teria sido terrível em *qualquer* momento, claro, mas você não acha a *cara* deles fazer uma coisa dessas justo agora?"

"Não tem jeito. Vamos ter que planejar alguma outra coisa. Ela está dormindo?"

"Acho que sim. Eu dei uma caneca de chocolate quente para ela. Sabe, isso é outra coisa que me incomoda. Aquela menina não derramou uma única lágrima."

"Crianças assim às vezes sofrem mais por dentro, caladas."

"Talvez", falei, incrédula. "Imagino que a gente não vai precisar acordar cedo amanhã."

Realmente senti vontade de chorar, vendo o Howard carregar as malas escada acima, mas ele me falou para não ficar triste. "Foi muito azar, mas a gente vai pensar em alguma outra coisa."

Havia muita coisa para fazer no dia seguinte. Primeiro, eu tinha que esvaziar aquelas malas e guardar as roupas todas, para não amarrotarem. Além disso, eu achava que devia dar um pulo na casa dos Lanson e arrumar um pouco as coisas por lá — a Helen Lanson sempre deixava tudo bagunçado, e certamente eu não ficaria surpresa se encontrasse a louça do jantar ainda suja em cima da pia; aquela menina jamais levantaria um dedo para lavar nada, agora eu sei, depois de hospedá-la na minha casa. Ela não fazia absolutamente nada. Não consigo imaginar a Helen arrumando a bagunça da filha, então suponho que a própria

Vicky mantivesse o quarto dela limpo e vazio daquele jeito, mas na minha casa ela não fez a cama da Dorrie nem uma única vez, nunca levantou da cadeira para levar um único prato para a cozinha, nunca se ofereceu para passar espanador nem aspirador na casa, embora metade da bagunça fosse feita por ela.

Eu tinha que perdoá-la, claro, por causa do golpe horroroso que ela havia sofrido, mas duvido que a minha Dorrie agisse daquela maneira não importa *o que* acontecesse. Quer dizer, mesmo que eu tivesse morrido, seria um conforto saber que a minha filha não havia esquecido o treinamento que recebeu nem os bons modos que eu lhe ensinei.

Metade das vezes a Vicky não se dava ao trabalho nem de responder quando alguém falava com ela. Naquela manhã, eu perguntei o que ela queria que eu trouxesse lá da casa dela e ela só ficou olhando para mim. Talvez não houvesse nada lá que ela quisesse. Acabei decidindo que a tia teria que resolver tudo. A Helen tinha louças maravilhosas, incluindo um jogo de taças de vinho em troca do qual eu seria capaz de dar um braço; ela havia herdado as taças da avó, e seria de imaginar que até uma menina como a Vicky tivesse alguma noção do valor delas, mas quando comentei como adoraria ter um jogo de taças como aquele, ela de novo só ficou olhando para mim. Dei uma arrumada na casa dos Lanson e peguei algumas roupas para a Vicky, depois tranquei tudo com cuidado, trouxe as chaves para casa comigo e as botei em cima do console da lareira, onde poderia encontrá-las com facilidade quando a tia viesse. Se fosse outro tipo de pessoa, eu poderia ter trazido aquelas taças de vinho comigo e nunca ninguém ficaria sabendo.

Eu tinha certeza de que muita gente iria aparecer lá em casa ao longo do dia; sendo os Lanson populares como eram, parecia plausível que vários amigos deles passassem por lá para ver se a Vicky estava bem, se eu não estava deixando a menina passar fome nem batendo nela ou algo assim. Seria de imaginar que, com todos os amigos que os Lanson tinham, algum deles pudesse ter se oferecido para acolher a menina para que não ficássemos presos tomando conta dela, mas claro que nós estávamos bem ali quando a ajuda se fez necessária e, como o Howard disse, ainda assim não pegaria bem nós viajarmos tão pouco tempo depois. O médico disse que a Vicky estava bem; ela passou a maior parte da manhã lá em cima, no quarto da Dorrie, lendo os livros da Dorrie, e depois do almoço eu falei para ela botar uma roupa bonita, pentear o cabelo e ir se sentar na sala. Eu só a queria ali, vestida de maneira adequada, caso alguma visita aparecesse; por sorte, ela tinha um vestido escuro para usar. A sra. Wright passou cedo; ela morava um pouco mais adiante na nossa rua e tinha acabado de saber da notícia. Fungando muito e segurando um lenço na frente do rosto a maior parte do tempo, ela ficou dando tapinhas na mão da Vicky e dizendo que era triste demais, simplesmente triste demais, enquanto a Vicky olhava para ela. Depois de ficar mais ou menos um minuto fazendo isso, ela desistiu, foi comigo até a cozinha pegar uma xícara de chá e perguntou:

"Ela está assim desde que *aquilo* aconteceu?"

"Não", respondi. "Ela dormiu a noite inteira."

"Chorou muito?"

"Nem uma lágrima."

Peguei as xícaras de dentro do armário; da sra. Wright, não havia como escapar fácil. Chá e bolo de chocolate era o mínimo que ela esperaria, e me ocorreu que, se os amigos chiques dos Lanson viessem mais tarde, isso significaria ter que servir drinques, batata frita, biscoitinhos salgados, azeitonas e sei lá mais o quê. "É uma coisa triste demais", a sra. Wright não parava de dizer, "simplesmente triste demais. Eles morreram na hora?"

"Imagino que sim, mas não sei de nada." Eu sabia o que ela estava querendo saber, mas não ia ajudá-la. Não faz bem para as pessoas pensarem nessas coisas; eu não tinha perguntado absolutamente nada ao Howard e ele também não tinha tentado me contar nada, porque eu sempre acho que a gente já tem problemas suficientes no dia a dia sem procurar saber os detalhes horríveis do que acontece com outras pessoas. "Eles bateram num caminhão", falei. "É só o que eu sei."

"Bom, vai sair no jornal hoje à noite, de qualquer modo. Coitada da menina. Quem contou para ela? Você? Como ela reagiu?"

"Como seria de esperar", respondi. Não queria correr o risco de a sra. Wright botar a culpa em *mim* pelo modo como a Vicky havia reagido; ela podia achar que eu tinha dado a notícia da maneira errada ou coisa assim, então fui andando de volta para a sala com a bandeja do chá, e claro que ela teve que ir atrás de mim e não pôde mais me fazer perguntas sobre o assunto com a Vicky sentada bem ali. Em vez disso, ela tentou puxar conversa sobre temas mais amenos, imagino que para tentar animar um pouco a Vicky, embora eu pudesse ter lhe dito que ela gastaria o seu latim à toa.

Ela contou que a sra. Haven tinha esquecido na mercearia as costeletas de porco que ela havia comprado e que o merceeiro teve que interromper o jantar dele para ir abrir a porta da mercearia para ela; contou também que o gato dos Acton tinha sido atropelado, mas parou de contar a história de repente e olhou para a Vicky para ver se tinha falado alguma coisa errada, depois mudou rápido de assunto e começou a falar sobre o neto, que havia acabado de passar na seleção para uma faculdade de medicina.

"Ele vai ser médico", explicou ela.

"Ele vai ser pego com uma garota no quarto dele e vai ser expulso logo, logo", disse a Vicky de repente.

"Vicky!", exclamei. Não consegui pensar em nada adequado para falar; quer dizer, eu não podia castigar a menina, já que ela não era minha filha nem nada, mas eu realmente sentia que precisava fazer alguma coisa, vendo a sra. Wright sentada ali, de boca aberta. "Mocinhas têm que falar com educação com as pessoas, Vicky", falei. A Dorrie jamais diria uma coisa como aquela sobre o neto da sra. Wright.

"Eu vou relevar", disse a sra. Wright, "considerando as suas circunstâncias, Vicky, embora você não devesse pensar nesse tipo de coisa quando os seus pais acabaram..." Ela parou de falar e pegou o lenço de novo, enquanto a Vicky olhava para a parede e eu pensava no prazer que seria dar umas boas palmadas no traseiro daquela garota.

Mais tarde, alguns dos amigos dos Lanson vieram de fato, como eu já esperava, e aí foram drinques, batata frita, biscoitinhos salgados, picles e tudo quanto era tira-gosto que tínhamos em casa; nós poderíamos ter dado uma festa nossa, para os nossos próprios amigos, com o que gastamos para receber os amigos dos Lanson, embora eu tenha que dizer que um dos homens pegou a chave da casa dos Lanson, foi até lá e trouxe uma garrafa de gim, porque, segundo ele, era o mínimo que os Lanson iriam querer que nós fizéssemos, e eu achei que provavelmente ele tinha razão. Todo mundo tentava dizer alguma coisa gentil para a Vicky, mas era difícil. Eu ouvi uma conversa que me deixou chocada e juro que, se visse a Dorrie falar daquele jeito com pessoas mais velhas, eu lavaria a boca da minha filha com água e sabão. Um tal de sr. Sherman, que eu só conheci naquela noite, estava comentando com a Vicky como o pai dela havia sido um homem admirável — imagino que ele achasse que tinha que dizer esse tipo de coisa, embora qualquer pessoa que tenha conhecido Don Lanson soubesse que não era bem assim — e a Vicky simplesmente chegou para ele e falou, com aquela voz monocórdia dela: "A sua mulher finalmente tem provas para pedir o divórcio". Você pode imaginar o efeito que teve ela dizer aquilo bem na cara de um velho amigo do pai, e obviamente ele ficou surpreso, deu para perceber; acho que a Dorrie nem conhece a palavra *divórcio*. Algum tempo depois, eu ouvi a Vicky dizer para o advogado do pai que os documentos que estavam no escritório dele iam queimar num grande incêndio; ele estava falando sobre o testamento do pai dela, e imagino que a ideia de um testamento tenha mexido com ela de alguma forma — uma coisa pequena como aquela às vezes mexe mesmo, sabe — e aí ela reagiu feito uma criança ressentida. Eu estava achando isso tudo extremamente grosseiro da parte dela, afugentar os amigos do pai dela da minha casa daquele jeito, e pretendia dizer isso para ela, mas sempre tinha alguém lá conversando com ela, dando tapinhas na mão dela e falando para ela ser forte. Falar para a Vicky ser forte era como falar para o mar ser ondulante.

Bom, assim foi até a tia dela chegar. Ela demorou mais do que o previsto — houve algum problema com o avião — e acabou perdendo o enterro, mas eu providenciei para que a Vicky estivesse lá com um vestido azul-escuro, sapatos pretos, cabelo bem penteado e tudo mais, e nem no funeral aquela menina derramou uma lágrima. O enterro dos Lanson foi bem concorrido, devo dizer. Parecia até que eles eram o casal mais popular da cidade, mas imagino que as pessoas tenham achado que estavam prestando uma gentileza à Vicky, e claro que, como eu e o Howard estávamos como que no comando, creio que muita gente tenha ido também em consideração a nós. Uma hora, durante a cerimônia, a Vicky se inclinou na minha direção e sussurrou: "Está vendo aquele homem ali, aquele careca de terno cinza? Ele roubou dinheiro e vai para a cadeia", o que eu achei um comentário idiota e desrespeitoso para ela fazer durante o enterro dos próprios pais, principalmente porque muita gente pensou que ela estivesse ficando abalada e passou a observar para ver se eu ia ter que tirá-la dali.

A tia chegou no mesmo dia em que houve aquele grande incêndio no centro da cidade que destruiu quase por completo um enorme edifício de escritórios, então eu não pude apresentá-la a muitas das pessoas que passavam lá em casa quase todo dia. Eu havia lavado e passado todas as roupas da Vicky — afinal, eu não podia deixar que ela voltasse para casa suja — e as arrumado numa bolsa, prontas para serem levadas de volta. Tenho que admitir que não fiquei triste em passar a tarefa de cuidar daquela menina aos seus próprios parentes; era difícil vê-la no quarto da Dorrie o tempo todo, e o Howard estava chegando ao ponto de quase não conseguir comer, vendo aquela menina sentada à mesa do jantar toda noite, se empanturrando. Na noite antes de voltar para casa com a tia — elas iam ficar na casa ao lado um ou dois dias, providenciando para que as coisas fossem vendidas, armazenadas ou doadas, e tenho que admitir que acalentava uma vaga esperança de que a tia pudesse pensar em mim quando decidisse o que fazer com aquelas taças de vinho, já que a Vicky sabia o quanto eu era louca por elas, e depois de tudo que eu tinha feito —, na noite antes de ela ir embora, quando entrei no quarto para lhe desejar boa-noite, ela me deu aquele seu caderninho vermelho. "Isso é para você", disse ela. "Você foi tão gentil comigo que quero que você fique com ele."

Bom, esse foi o único agradecimento que recebi ou viria a receber. Nem uma única palavra foi dita, em momento algum, sobre as taças de vinho. Eu sabia que a Vicky tinha paixão por aquele caderninho e achava que estava me dando algo precioso, então aceitei o presente. "Fique longe de barcos", disse ela, e eu ri, realmente tive que rir, e então ela me pediu que cuidasse bem do caderninho e claro que eu prometi que cuidaria.

"Vou me lembrar de você quando estiver em Londres, Inglaterra", disse ela. "Fala para a Dorrie me escrever de vez em quando."

"Claro, pode deixar", respondi. A Dorrie é a criança mais doce do mundo e, se ela achasse que receber uma carta dela deixaria a Vicky feliz, ela se sentaria na mesma hora para escrever. "Agora, boa noite", falei. Já tinha me acostumado a lhe dar um beijo de boa-noite, mas nunca ansiava por isso.

"Boa noite", disse ela, e imediatamente tratou de dormir, como sempre fazia. Bom, elas foram embora, e eu soube que a casa foi vendida e que em breve outras pessoas se mudariam para lá. Dei uma olhada no caderninho vermelho da Vicky, esperando talvez encontrar um livrinho de poemas como o que a Dorrie me dera uma vez, ou até alguns desenhos. Mas fiquei decepcionada ao ver que a menina se divertia escrevendo pequenos textos com fofocas sobre os vizinhos e os amigos dos pais — embora, considerando a maneira como Don e Helen falavam das pessoas, não fosse algo tão surpreendente assim. Havia também histórias de horror sobre bombas atômicas e o fim do mundo, de um tipo que ninguém gostaria de imaginar que uma criança pudesse ficar ruminando. Eu não queria que a Dorrie pensasse em coisas como aquelas, então joguei o caderninho na lareira. *A Vicky devia ser uma criança muito solitária*, pensei, *para passar o tempo escrevendo historinhas tristes. Espero que ela esteja tão feliz em Londres quanto imaginava que iria ficar*; e, nesse meio-tempo, decidimos o que vamos fazer para compensar a viagem que não fizemos para o Maine. Vamos adiar em duas semanas a volta da Dorrie à escola — ela está sempre entre os melhores alunos, pode tranquilamente se dar ao luxo de perder alguns dias de aula — e vamos todos fazer um cruzeiro.

JARDIM NOTURNO

SHIRLEY JACKSON

.20

Casa

Ladies' Home Journal, agosto de 1965

Ethel Sloane assobiava baixinho quando saiu do carro e patinhou pela calçada alagada até a porta da loja de ferragens. Usava uma capa de chuva nova e botas resistentes, e a experiência de morar no campo há um dia a tornara perita em previsão do tempo. "Essa chuva não vai durar", disse, confiante, para o balconista da loja de ferragens. "Nessa época do ano, nunca dura."

O balconista fez que sim, diplomático. Um dia no campo tinha sido suficiente para Ethel Sloane travar conhecimento com boa parte da população local; ela havia ido à loja de ferragens várias vezes — "são tantas coisinhas que você nunca imagina que vá precisar numa casa velha" —, à agência dos correios para deixar o novo endereço deles, à mercearia para deixar claro que todas as compras de mercado dos Sloane passariam a ser feitas lá, ao banco, ao posto de gasolina, à pequena biblioteca e até mesmo à porta da barbearia ("... e daqui a alguns dias o meu marido, Jim Sloane, vai vir aqui!"). Ethel Sloane gostava da ideia de que agora eles eram os donos da velha casa dos Sanderson, gostava de andar pela única rua do vilarejo e, mais que tudo, gostava de saber que as pessoas sabiam quem ela era.

"Elas fazem você se sentir em casa logo de cara, como se tivesse nascido a menos de meio quilômetro daqui", ela explicou ao marido, Jim.

Intimamente, ela achava que os lojistas do vilarejo podiam demonstrar um pouco mais de disposição e presteza para se lembrar de seu nome; era provável que ela tivesse dado mais lucro às lojinhas do vilarejo do que qualquer uma delas havia obtido ao longo de um ano inteiro. *Elas só não são pessoas expansivas*, disse a si mesma, tranquilizando-se. *Leva um tempo para elas começarem a confiar; faz só dois dias que nós estamos morando aqui.*

"Primeiro, eu quero o nome de um bom encanador", ela disse ao balconista da loja de ferragens. Ethel Sloane era uma grande defensora da prática de obter informações diretamente da população local; os encanadores listados no catálogo telefônico podiam ser competentes o bastante, mas as pessoas do lugar sempre sabiam qual seria o mais adequado; Ethel Sloane não tinha nenhuma intenção de se indispor com os moradores do vilarejo, contratando um encanador malquisto. "Depois, quero ganchos de armário", acrescentou. "Afinal, o Jim, meu marido, é tão bom faz-tudo quanto é escritor." *Sempre diga às pessoas o que você faz*, ela pensou, *assim elas não precisam perguntar.*

"Acho que o melhor para cuidar de encanamento seria o Will Watson", disse o balconista. "Ele faz a maior parte dos serviços de encanamento por aqui. A senhora veio de carro pela estrada Sanderson nessa chuva?"

"Claro." Ethel Sloane disse, surpresa. "Eu tinha uma porção de coisas para fazer no centro."

"O rio está bem cheio. Dizem que às vezes, quando o rio está cheio..."

"A ponte aguentou o nosso caminhão de mudança ontem, então imagino que ela também vá aguentar o meu carro hoje. Aquela ponte ainda deve ficar firme mais um tempinho." Por um momento, ela ficou se perguntando se não deveria dizer "um bocadinho" em vez de "um tempinho", depois concluiu que mais cedo ou mais tarde isso viria naturalmente. "De qualquer forma, quem se importa com a chuva? A gente tem tanta coisa para fazer dentro de casa." Ela ficou satisfeita com "dentro de casa".

"Bom", disse o balconista, "claro que ninguém pode impedir a senhora de usar a velha estrada Sanderson, se é o que a senhora quer.

Mas a senhora vai ver que a maioria das pessoas daqui evita passar por lá quando está chovendo. Eu tenho para mim que tudo não passa de boato, mas também não costumo ir muito para aqueles lados, para falar a verdade."

"Ela fica meio enlameada num dia como o de hoje", disse Ethel Sloane com firmeza, "e talvez dê um pouco de medo atravessar a ponte quando o rio está cheio, mas você tem que estar preparado para esse tipo de coisa quando mora no campo."

"Não era disso que eu estava falando", disse o balconista. "Ganchos de armário? Será que nós temos ganchos de armário?"

Na mercearia, Ethel Sloane comprou mostarda, sabão, picles e farinha. "Tudo que eu esqueci de comprar ontem", explicou ela, rindo.

"A senhora pegou aquela estrada num dia como esse?", perguntou o merceeiro.

"Não é tão ruim assim", disse ela, surpresa de novo. "Eu não me importo com a chuva."

"A gente não usa aquela estrada nesse tempo", disse o merceeiro. "Correm rumores sobre aquela estrada, digamos assim."

"Certamente ela parece ter uma reputação e tanto aqui no vilarejo", disse Ethel e riu. "E não é nem de longe tão ruim quanto algumas outras estradas que eu já vi por aqui."

"Bom, eu avisei", disse o merceeiro e calou a boca.

Eu o ofendi, pensou Ethel, *falei que acho as estradas deles ruins; essas pessoas são muito zelosas da sua região.*

"Realmente a nossa estrada está bem enlameada", disse ela, quase num tom de quem pede desculpas. "Mas eu sou uma motorista muito cuidadosa."

"Continue sendo cuidadosa", disse o merceeiro. "Não importa o que a senhora veja."

"Eu sou cuidadosa sempre." Assobiando, Ethel Sloane saiu da mercearia, entrou no carro e fez o retorno em frente à estação de trem abandonada. *Muito agradável essa cidadezinha*, pensou, *e eles já estão começando a gostar de nós, todos tão preocupados com a minha segurança na estrada. Eu e o Jim somos o tipo de gente que combina com um lugar desses; nós nunca nos acostumaríamos na periferia de uma grande cidade nem em comunidades de qualquer tipo; somos gente de verdade. O Jim vai escrever e eu vou aprender a fazer pães com uma dessas mulheres do campo*, pensou. *E vou chamar o Watson para ver o encanamento.*

Ela ficou estranhamente comovida quando o balconista da loja de ferragens e depois o merceeiro foram até a porta de suas respectivas lojas para vê-la passar de carro. *Eles estão preocupados comigo*, pensou ela; *temem que uma moça da cidade não consiga encarar as estradas ruins e perigosas daqui. Eu aposto que no inverno deve ser terrível mesmo, mas eu sei me virar; sou do campo agora.*

Para ir para casa, ela precisava sair do vilarejo e seguir pela rodovia, depois pegar uma estrada de terra que ziguezagueava por entre campos de cultivo e uma ou outra casa de fazenda, depois atravessar o rio — assustadoramente cheio depois de toda aquela chuva — e dobrar uma curva para subir a colina íngreme que levava à casa dos Sanderson. Da ponte que cruzava o rio, já dava para Ethel Sloane ver a casa, embora no verão a vista ficasse escondida atrás das árvores. *É uma casa linda*, ela pensou, sentindo um pequeno nó na garganta de orgulho; *eu sou tão sortuda; lá está ela, lá em cima, tão altiva e distante, esperando que eu volte para casa.*

De um lado da colina, as terras dos Sanderson já haviam sido todas vendidas fazia tempo, e a encosta estava pontilhada de pequenos chalés e duas ou três casas de fazenda caindo aos pedaços; as pessoas daquele lado da colina usavam a outra estrada, que tinha um relevo mais suave, e Ethel Sloane ficou surpresa e meio apreensiva quando percebeu que as marcas de pneu visíveis na estrada em que ela estava e na ponte tinham sido todas deixadas por ela própria, ao descer; parecia que mais ninguém usava aquela estrada. *Até parece uma estrada particular*, pensou; *talvez eles tenham feito todo mundo desistir de usá-la*. Enquanto atravessava a ponte, Ethel olhou para cima para ver a casa; *a minha casa*, pensou, depois se corrigiu: *bem, a* nossa *casa*. Então, viu duas pessoas paradas na beira da estrada, em silêncio, na chuva.

Santo Deus, pensou, *o que elas estão fazendo ali paradas nessa chuva?* E parou o carro. "Querem carona?", perguntou, abrindo a janela. Olhando através da cortina de chuva, teve a impressão de tratar-se de uma velha e de uma criança, e a chuva as fustigava sem dó. Aguçando a vista, Ethel Sloane percebeu que a criança, um menino, estava muito aflito, todo molhado, tremendo e chorando na chuva, então falou, enérgica: "Entrem agora no carro; a senhora não pode deixar esse menino na chuva nem mais um minuto".

Os dois ficaram olhando para ela, a velha de cenho franzido, como se não escutassem. *Talvez ela seja surda*, Ethel pensou e, com a capa de chuva boa e as botas resistentes, saiu do carro e foi até eles. Sem querer tocar em nenhum dos dois por nada desse mundo, ela aproximou o rosto do da velha e disse em tom de urgência: "Vem, rápido. Entra no carro com o menino que lá está seco. Eu levo vocês para onde vocês quiserem". Então, horrorizada, viu que o menino estava enrolado numa manta e que, sob ela, usava apenas um pijama fino; com um estremecimento de cólera, Ethel viu também que ele estava descalço e com os pés na lama. "Entrem no carro imediatamente", bradou e correu para abrir a porta de trás. "Entrem no carro já, estão ouvindo?"

Em silêncio, a velha pôs a mão nas costas do menino, que, com os olhos arregalados e fixos em algum ponto atrás de Ethel Sloane, foi andando em direção ao carro, enquanto a velha ia atrás. Ethel olhou com repulsa para os pezinhos descalços do menino, que pisavam na lama e nas pedras, e disse para a velha: "A senhora devia se envergonhar; essa criança com certeza vai ficar doente".

Ela esperou os dois se sentarem no banco de trás do carro, depois bateu a porta e voltou para o seu banco. Tentou vê-los pelo espelho retrovisor, mas os dois estavam sentados no canto, num lugar que ela não conseguia ver, então ela se virou para trás; o menino estava encostado à velha, encolhido, e a velha olhava fixamente para a frente, com o semblante carregado e exausto.

"Para onde vocês vão?", perguntou Ethel, elevando a voz. "Para onde eu devo levá-los? Esse menino", ela disse para a velha, "precisa ir para um lugar seguro e vestir roupas secas o mais rápido possível. Para onde vocês vão? Eu vou fazer tudo para deixá-los lá o quanto antes."

A velha abriu a boca e, com uma voz de idosa inconsolável, respondeu: "Nós queremos ir para o solar dos Sanderson".

"Para o solar dos Sanderson?" *Para a nossa casa?*, pensou Ethel. *Esses dois querem nos visitar?* Então ela se deu conta de que, para a população local, o solar dos Sanderson provavelmente ainda incluía o terreno onde os chalés haviam sido construídos; *é provável que as pessoas daqui ainda chamem aquele lugar todo de solar dos Sanderson*, pensou, sentindo um estranho orgulho feudal. *Nós somos os senhores da mansão*, pensou, e sua voz ficou mais gentil quando ela perguntou: "Vocês ficaram esperando muito tempo na chuva?".

"Ficamos", respondeu a velha, com uma voz distante e desesperançada. *A vida deles deve ser muito triste*, pensou Ethel. *Imagine estar tão velha e cansada e ficar esperando na chuva até alguém passar.*

"Bom, logo, logo vocês vão estar em casa", disse Ethel, dando a partida no carro. As rodas escorregaram e derraparam na lama, mas finalmente ganharam força, e Ethel sentiu que o carro começava a subir a colina. A estrada estava muito enlameada, a chuva, mais grossa, e a traseira do carro se arrastava como que sob um peso extraordinário. *Parece que eu estou transportando um carregamento de ferro*, pensou Ethel. *Coitada da velha, é o peso dos anos.*

"O menino está bem?", perguntou Ethel, levantando a cabeça, sem poder se virar para olhar para eles.

"Ele quer ir para casa", disse a velha.

"Imagino que sim. Fala para ele que não vai demorar. Eu vou deixar vocês bem na porta de casa." *É o mínimo que eu posso fazer*, pensou, *e talvez entrar com eles para garantir que ele se seque e se agasalhe bem; coitado, com aqueles pezinhos descalços.*

Fazer o carro subir a colina não estava sendo nada fácil, e talvez a estrada estivesse um pouco pior do que Ethel havia pensado; ela sentia que não podia tirar os olhos do caminho nem falar enquanto guiava o carro pelas curvas fechadas, com a chuva se chocando contra o para-brisa e as rodas deslizando na lama. Em certo momento, ela disse: "Quase chegando lá em cima", e logo teve que se calar, segurando o volante com força. Quando o carro deu uma guinada final e galgou o último pequeno aclive que levava à pista plana em frente à casa dos Sanderson, Ethel disse "Conseguimos" e riu. "Agora para que lado eu devo ir?"

Eles devem estar assustados, pensou Ethel. *O menino com certeza está, e não é para menos; até eu fiquei um pouco nervosa.* Disse alto: "Nós estamos no topo agora, está tudo bem, nós conseguimos. Para onde eu levo vocês?".

Como de novo não houve resposta, ela se virou e tudo que viu foi o banco de trás do carro vazio.

"Mesmo que os dois *pudessem* ter saído do carro sem que eu percebesse", Ethel Sloane disse para o marido pela décima vez naquela noite, "eles não poderiam ter sumido de vista. Eu procurei por todo lado." Ela levantou as mãos num gesto enfático. "Dei a volta no topo da colina inteiro, na chuva, olhando em todas as direções e chamando por eles."

"Mas o banco do carro estava seco", disse o marido.

"Você não está sugerindo que eu imaginei tudo isso, está? Porque eu simplesmente não sou o tipo de *pessoa* que fica fantasiando uma velha e uma criança doente. Tem que haver alguma *explicação*; eu não imagino coisas."

"Bom...", disse Jim e hesitou.

"Você tem certeza de que não viu os dois? Eles não vieram até a porta?"

"Escuta...", disse Jim e hesitou de novo. "Olha", disse.

"Eu certamente *nunca* fui o tipo de pessoa que anda por aí imaginando ver velhas e crianças. Você *sabe* que eu não sou assim, Jim, você sabe que eu não sou de..."

"Bom", disse Jim. "Olha, *pode ser* que haja uma explicação", falou por fim. "Eu ouvi uma história. Nunca contei para você porque..."

"Porque o quê?"

"Porque você... bom...", disse Jim.

"Jim." Ethel Sloane comprimiu os lábios. "Eu não estou gostando disso, Jim. O que foi que você não me contou? Tem alguma coisa que você sabe e eu não?"

"É só uma história. Eu ouvi quando vim aqui para ver a casa."

"Você quer dizer que sabia de alguma coisa esse tempo todo e não me contou?"

"É só uma história", repetiu Jim, impotente. Então, desviando o olhar, disse: "Todo mundo sabe dessa história, mas ninguém fala muito disso, porque essas coisas...".

"Jim", disse Ethel, "me conta *agora*."

"É só que houve um menininho da família Sanderson que foi roubado, se perdeu ou alguma coisa assim. Acharam que uma velha maluca tinha levado o menino. As pessoas diziam isso, mas nunca se soube de nada com certeza."

"O quê?" Ethel Sloane se levantou e fez menção de ir até a porta. "Você quer dizer que uma criança foi roubada e ninguém me contou?"

"Não", respondeu Jim estranhamente. "Quer dizer, isso aconteceu sessenta anos atrás."

Ethel ainda falava disso no café da manhã do dia seguinte. "E eles nunca foram encontrados", disse consigo alegremente. "Todas as pessoas dos arredores saíram para procurar os dois e depois acabaram concluindo que eles tinham se afogado no rio, porque estava chovendo na época, exatamente como está agora." Ela olhou com satisfação para a chuva que tamborilava na janela da copa. "Ah, que maravilha", disse, depois soltou um suspiro, se espreguiçou e sorriu. "Fantasmas. Eu vi dois fantasmas de verdade. Não é de se espantar", continuou, "não é de se *espantar* que o menino estivesse com uma aparência tão horrorosa. Que horror! Ele foi sequestrado e depois morreu afogado. Não é de se *espantar*."

"Escuta", disse Jim, "se fosse você, eu esqueceria essa história. As pessoas daqui não gostam de falar muito sobre isso."

"Eles não quiseram me contar", disse Ethel e riu de novo. "Os nossos próprios fantasmas, e nenhuma alma quis me contar. Eu não vou descansar enquanto não souber dessa história com todos os detalhes."

"Foi por isso que eu não contei para você", disse Jim, desconsolado.

"Não seja bobo. Ontem todo mundo com quem eu falei me perguntou se eu tinha ido por aquela estrada, e eu aposto que todos eles estavam loucos para me contar a história. Mal posso esperar para ver a cara deles quando eu contar."

"Não." Jim cravou os olhos nela. "Você *não* pode sair por aí... se *gabando* disso."

"Claro que posso! Agora nós realmente fazemos parte deste lugar. Eu realmente vi os fantasmas daqui. E vou lá agora de manhã mesmo contar para todo mundo e descobrir tudo que eu puder."

"Eu gostaria que você não fizesse isso", disse Jim.

"Eu sei que você gostaria, mas vou fazer assim mesmo. Se desse ouvidos a você, eu ficaria esperando, esperando, esperando até surgir um bom momento para tocar no assunto e nesse meio-tempo talvez até começasse a acreditar que foi só um sonho ou coisa assim, então eu vou até o vilarejo logo depois do café."

"Por favor, Ethel", disse Jim. "Por favor, me escute. As pessoas podem não reagir do jeito que você imagina."

"Dois fantasmas só nossos." Ethel riu de novo. "Só meus", disse. "Mal posso esperar para ver a cara das pessoas lá do vilarejo."

Antes de entrar no carro, ela abriu a porta de trás e examinou de novo o banco traseiro, que estava seco e sem marcas. Então, sorrindo sozinha, sentou-se no banco do motorista e, tomada subitamente de um frio intenso, virou a cabeça para trás para olhar. "Céus", disse, quase sussurrando, "não é possível que vocês *ainda* estejam aí, não é possível! Eu acabei de olhar."

"Tinha estranhos na casa", disse a velha.

A pele da nuca de Ethel formigava como se alguma coisa molhada andasse por ali; o menino mantinha os olhos fixos em algum ponto atrás de Ethel, e os olhos da velha eram baços e mortos. "O que vocês querem?", perguntou Ethel, ainda sussurrando.

"Nós temos que voltar."

"Eu levo vocês." A chuva martelava forte nos vidros do carro, e Ethel Sloane, vendo a própria mão tremer ao estendê-la em direção à chave, disse a si mesma: *Não tenha medo, não tenha medo, eles não são de verdade.* "Eu levo vocês", falou, segurando o volante com força e manobrando o carro para virá-lo de frente para a estrada e descer a colina. "Eu levo vocês", repetiu, quase balbuciando. "Eu levo vocês de volta agora mesmo, prometo, fiquem tranquilos, eu prometo que levo vocês exatamente para onde vocês querem ir."

"Ele queria ir para casa", disse a velha, com uma voz muito distante.

"Eu levo vocês, eu levo." A estrada estava ainda mais escorregadia do que na véspera, e Ethel Sloane recomendou a si mesma: *dirija com cuidado, não tenha medo, eles não são de verdade*. "Vou deixar vocês exatamente no lugar onde os encontrei ontem. Vou levar vocês de volta."

"Tinha estranhos na casa."

Ethel se deu conta de que estava dirigindo mais rápido do que deveria; sentia que o horrendo frio úmido que vinha do banco de trás a impelia, forçando-a a correr.

"Eu levo vocês de volta", dizia sem parar para a velha e o menino.

"Quando os estranhos forem embora, a gente pode voltar para casa", disse a velha.

Perto da última curva antes da ponte, as rodas derraparam, e, penando para controlar o volante e gritando: "Eu levo vocês de volta, eu levo vocês de volta", Ethel Sloane só ouvia a terrível risada do menino enquanto o carro virava e deslizava em direção às águas do rio caudaloso. Uma das rodas resvalou e ficou girando no ar, e então, girando o volante com toda a força de que dispunha, Ethel trouxe o carro de volta para a estrada e parou.

Chorando, esbaforida, deitou a cabeça no volante, fraca e exausta. *Eles quase me mataram*, disse consigo, *aqueles dois quase me levaram com eles*. Ela não precisou olhar para o banco traseiro do carro; o frio tinha passado, e ela sabia que o banco estava seco e vazio.

O balconista da loja de ferragens levantou os olhos, viu Ethel Sloane e sorriu educadamente; em seguida, olhou de novo e franziu o cenho. "Está tudo bem, sra. Sloane?", perguntou. "A chuva está incomodando a senhora?"

"Eu quase sofri um acidente na estrada", disse Ethel Sloane.

"Na velha estrada Sanderson?" As mãos do balconista estavam imóveis em cima do balcão. "Um acidente?"

Ethel Sloane abriu a boca, mas logo tornou a fechá-la. "É", respondeu por fim. "O carro derrapou."

"Nós não usamos muito aquela estrada", disse o balconista.

Ethel fez menção de dizer alguma coisa, mas mudou de ideia.

"A fama dela não é muito boa por aqui", disse ele. "Do que a senhora está precisando hoje?"

Ethel pensou um momento e enfim respondeu: "Pregador de roupa, imagino que eu vá precisar de pregadores de roupa. Quanto à estrada Sanderson...".

"Sim?", disse o balconista, de costas para ela.

"Nada, não", disse Ethel.

"Pregadores de roupa", repetiu o balconista, botando uma caixa em cima do balcão. "Aliás, a senhora e o seu marido vão à festa da associação de pais e professores amanhã à noite?"

"Ah, sim, claro que vamos", disse Ethel Sloane.

.21

Vale

Gentleman's Quarterly, dezembro de 1965

A srta. Honoria Athens estava indignada, desanimada, ofendida e dolorida da raiz dos cabelos até a ponta dos pés. Furiosa, andava de um lado para o outro, claudicante, na pequena sala de estar da casinha que pertencia a ela fazia apenas três semanas; se tentava se sentar, dores lancinantes lhe subiam pelas costas; se ficava de pé, parada, suas pernas doíam. Andar de um lado para o outro pelo menos lhe dava a chance de descarregar a raiva batendo os pés no chão, mas um desejo de vingança profundo se aninhava em seu íntimo. *Eu podia ter comprado uma casa na encosta de um vulcão*, esbravejou consigo mesma. *Podia ter decidido morar numa cabana no meio de uma floresta cheia de ursos; podia ter me instalado bem na beira de uma autoestrada, mas* não. Tentou bater o pé com força no chão e, então, soltou um gemido. *Eu tinha que escolher um lugar bem* desagradável *para comprar a minha casinha*, pensou. *Tinha que escolher justo o único lugar da cidade que fica no meio do atalho para ir para a escola!* Levou as mãos à cabeça e gemeu com a dor que lhe varou os ombros.

Depois de quarenta e um anos dando aula em escola, a srta. Honoria Athens havia se aposentado, com o plano de viver feliz sozinha e cultivar uma pequena horta. Sua casinha ficava num quarteirão cheio de casinhas parecidas, numa cidadezinha cheia de casinhas, onde quase todo mundo tinha horta e quase todo mundo tinha filhos. A srta. Athens, que na verdade ainda gostava de criança depois de passar quarenta e um anos dando aula em escola, havia ficado contente com a ideia de morar numa comunidade cheia de gente jovem, com energia e alegria de viver. Isso foi antes de ela descobrir que o único jeito viável de cortar caminho para ir da sua vizinhança até a escola era pulando a sua cerca dos fundos, atravessando o seu quintal, seguindo pelo gramado da frente da casa ao lado e depois para a rua. Na verdade, o atalho passava bem no meio da horta da srta. Athens.

Claudicando, ela foi até a cozinha para olhar mais uma vez para a faixa de terreno que ela havia levado o sábado e o domingo inteiros para capinar, afofar e limpar; cada fisgada que ela sentia em seus músculos doloridos provinha daquela horta, e ela havia se consolado sonhando com legumes que viriam para a sua mesa em milagrosas frações de segundo, tão frescos que ela ainda sentia os raios de sol neles, tomates colhidos no frescor do anoitecer e comidos direto do pé, cenouras, rabanetes e abóboras trazidos para a sua pequena cozinha numa farta e exuberante colheita. Agora, olhando lá para fora pela janela da cozinha, a srta. Athens tinha vontade de chorar. O atalho que levava à escola passava pelo que teria vindo a ser a horta, e a terra que a srta. Athens tinha preparado com tanto esforço no dia anterior hoje estava pisoteada e enlameada de um jeito que não dava para acreditar, depois da passagem do que devia ter sido um exército calçando tênis.

Depois de quarenta e um anos dando aula em escola, a srta. Athens não tinha nenhuma razão para crer na eficácia de placas com dizeres como PROPRIEDADE PARTICULAR, ENTRADA PROIBIDA ou até mesmo POR FAVOR, NÃO PISE NA MINHA HORTA. Além disso, tinha uma boa ideia do que poderia acontecer com a sua horta no futuro se começasse a se queixar com os pais no intuito de fazer o atalho seguir pela calçada; também sabia perfeitamente que nenhum menino no mundo caminharia serenamente pela calçada para chegar a algum lugar quando havia a possibilidade de chegar ao mesmo lugar pulando uma cerca e atravessando um quintal cheio de lama. Amargurada, a srta. Athens pensou em arranjar uma espingarda carregada com chumbo grosso ou uma armadilha para leão.

Às três horas daquela tarde, a srta. Athens estava no seu quintal, escondida de forma vexaminosa atrás de uma moita. Vigiava um grupo de cerca de meia dúzia de meninos que, assobiando e gritando, atravessava o gramado da casa ao lado e estava prestes a entrar no seu quintal. Como as costas doloridas ainda atrapalhavam um bocado seus movimentos, ela só conseguiu pegar o último menino, bem quando ele dava impulso para trepar na cerca; ela o agarrou pela parte de trás do casaco, mas, tendo quarenta e um anos de experiência nas costas, ela imediatamente largou o casaco e o segurou firme pelo cinto.

"Ei", disse o menino, esperneando. "Ei, que isso?"

"Desce daí", disse a srta. Athens.

"Por quê?", perguntou o menino, mas suas mãos começaram a escorregar do alto da cerca e ele foi deslizando lentamente até aterrissar no chão, ao lado da srta. Athens. "Me solta", disse ele.

"Como você se chama?", perguntou a srta. Athens.

O menino desviou o olhar; todas as ações da srta. Athens até ali haviam sido agressivas, e sua voz tinha um tom francamente hostil. "George Washington", respondeu o menino.

"Está bem, George", disse a srta. Athens. "Por que você estava pisoteando a minha horta?"

"Eu não *sabia* que isso era uma horta. A gente *sempre* passa por aqui. Pra ir pra escola", explicou ele. "Esse é o caminho pra escola. E agora eu tenho que ir pra casa. A minha mãe..."

"Você pode entrar lá em casa para telefonar para a sua mãe — o nome dela é sra. Washington, imagino — e avisar que você tem uma coisa para fazer agora à tarde. Você vai afofar a terra da minha horta toda de novo."

"Eu não *posso*", disse o menino, se contorcendo. "Me *larga*."

"Desculpa", disse a srta. Athens. "Eu sei que você não foi o único que fez isso, mas você foi o único que eu consegui pegar. E Deus sabe que *eu* não tenho como afofar essa terra de novo. Então vocês, meninos, que estragaram tudo que eu tinha feito, vão ter que refazer tudo de novo."

"Puxa", disse o menino. "Eu *não posso*. Mas vou falar com os outros caras. Tenho certeza que alguns *deles* vão ajudar."

"Ah, eu também tenho certeza", disse a srta. Athens. "É por isso que eu estou segurando *você.*"

O menino relaxou um pouco. "Olha", disse ele, "está bem, a senhora diz que eu ajudei a estragar a terra da sua horta, então, claro, é justo eu ajudar a consertar. Só que *hoje* eu não posso. Mas prometo que volto aqui no sábado, sem falta, e trabalho na sua horta. Está bem?"

A srta. Athens ficou pensando. "E você cumpre as promessas que faz?", perguntou por fim.

"Cumpro, cumpro, *sim*. Quando eu prometo que vou fazer alguma coisa, eu *sempre* faço. Palavra de honra. Mesmo que eu esqueça."

"Espera", disse a srta. Athens. "Eu tive uma ideia. Vem comigo lá dentro." Quase puxando o menino, ela o levou para dentro de casa pela porta dos fundos e continuou segurando-o com firmeza pelo cinto enquanto remexia nas gavetas da cozinha, com uma mão só, à procura de um lápis e de um bloco de anotações. "Agora", disse ela, botando o bloco em cima da mesa, "você escreve o que eu vou dizer."

"Está bem", disse o menino, olhando para ela pelo canto do olho.

"Escreve... deixe-me ver. Escreve: Vale."

"Vale? Como assim?"

"É só uma maneira de você prometer por escrito que vai me pagar o que me deve."

"Vale. Pronto."

"Vale duas horas de trabalho na horta. E depois assina. Com o seu nome verdadeiro, por favor, George Washington."

O menino riu. "O meu nome verdadeiro é Allen Stuart", disse ele.

A srta. Athens olhou para o papel por cima do ombro do menino. "Não se esqueça de cortar os tês", disse; ela tinha sido professora de escola durante quarenta e um anos. "Muito bonita a sua letra, Allen. Agora essa folha de papel significa que você me deve duas horas de trabalho na horta. Quando me pagar com o seu trabalho, eu lhe devolvo o papel e aí você pode rasgá-lo. É só uma promessa por escrito."

Allen olhou para o papel com respeito. "A senhora vai fazer os outros caras assinarem papéis assim também?", perguntou.

"Quando eu os pegar", respondeu a srta. Athens. "Pode se servir da lata de biscoitos antes de ir, Allen. Ah, só mais uma coisa: esse papel é negociável."

"O quê?"

"Isso quer dizer que ele pode ser passado para outra pessoa. Por exemplo, suponhamos que eu encontre alguém — a sua mãe, digamos — que queira que você trabalhe por duas horas na horta *dela* e suponhamos que essa pessoa me ofereça alguma coisa em troca desse papel. Eu posso dar esse vale que você assinou para essa pessoa e aí você passa a ficar devendo as duas horas de trabalho para ela. Entendeu?"

"Entendi", disse Allen, apreensivo. "Posso ir pra casa agora?"

"Pai?" Como era seu costume, Allen Stuart debruçou-se pesadamente no encosto da poltrona do pai para ter uma conversa despretensiosa. "Pai, sabe aquela velha que acabou de se mudar para aquela casa lá perto do final do quarteirão? A velha Athens?"

"A srta. Athens?" O pai se remexeu, irritadiço. "Para de ficar respirando no meu cangote", disse.

Allen chegou alguns milímetros mais para o lado no encosto da poltrona. "Você sabe o que ela fez? Sabe, pai?"

O pai suspirou e pousou o jornal vespertino. "O quê?"

"Eu a conheci outro dia na mercearia", disse a sra. Stuart, depois levantou uma calça jeans rasgada e soltou um suspiro. "Nenhum animal trataria a própria pele do jeito que um menino de 12 anos trata as próprias roupas", comentou, dirigindo-se ao marido.

"Sabe, pai?"

"Allen", disse o sr. Stuart, "eu quero que você vá para o outro lado da sala e se sente em algum lugar. Eu não posso conversar direito sem olhar para você e, mesmo assim, já não é muito fácil. Eu..."

"Ela teve uma ideia incrível. Realmente *incrível*. Ela estava furiosa comigo, sabe, mas aí, quando eu falei pra ela que ia pagar por isso, ela..."

"Pagar pelo quê?", perguntou o pai.

"Furiosa com você? Por quê?", perguntou a mãe.

"Ah, isso não *importa*." Allen falava com pressa. "Só o que importa é que ela estava furiosa comigo, só isso. E quando eu falei 'pagar por isso' foi só maneira de dizer, porque, sabe, como é que alguém ia poder pagar uma coisa como aquela? Eu só quis dizer que eu ia consertar..."

"O que foi que você quebrou?", perguntou a mãe.

"O que foi que você estragou?", perguntou o pai.

"Ah, nada, *é sério*. Foi só a horta dela, e eu *pedi* desculpas. Mas ela disse que eu podia fazer o trabalho todo de novo e só o que eu tinha que fazer era assinar um papel..."

"Fazer *o quê*?", perguntou o pai, quase se levantando da poltrona.

"Só assinar um papel. E só o que estava escrito lá era que eu prometia trabalhar pra ela durante duas horas. Eu vou lá no sábado pra trabalhar na horta dela. Eu devo a ela, entende? Duas horas de trabalho", Allen explicou pacientemente.

Franzindo o cenho, o pai tornou a se recostar na poltrona. "Você tem certeza que era só isso que estava escrito no papel?", perguntou. "Não tinha nenhum outro tipo de promessa nele? Nenhum encargo para os seus *pais* ou coisa assim? Nenhuma menção a assumir qualquer tipo de responsabilidade? Claro que você é menor de idade, mas eu não quero ter que assumir nenhum contrato."

"É um vale", disse Allen.

"Espera", disse a mãe, inclinando-se para a frente. "Allen, você quer dizer que, em troca de alguma coisa que você quebrou na casa da srta. Athens, você fez uma promessa por escrito para trabalhar para ela por duas horas?"

"Isso mesmo", respondeu Allen, contente com aquela percepção incomum por parte de alguém que geralmente lhe parecia ter uma capacidade de compreensão quase abaixo do normal.

"Será que..." A mãe de Allen pensou profundamente. "Você faria a mesma coisa para mim? Por exemplo, digamos que você queira ir ao cinema, mas o dinheiro da sua semanada já acabou e você quer que eu lhe dê um adiantamento para poder ir ao cinema; em troca do adiantamento, você assinaria um vale desses para mim? Prometendo trabalhar por duas horas ou então fazer algum servicinho especial? Como consertar aquele degrau quebrado da escada dos fundos, por exemplo?"

"Eu ainda tenho dinheiro pro cinema essa semana", disse Allen, indo direto ao xis da questão. "Mas acho que sim. Eu poderia fazer um vale prometendo alguma coisa pra você."

"Mas e se eu adiantar o dinheiro do cinema para você e depois você quebrar a promessa que fez no vale?"

"Mãe!" Allen estava extremamente chocado. "Isso seria *trapacear*."

No final da tarde de terça-feira, a srta. Athens, andando de maneira quase normal agora, seguia pela rua em direção à sua casinha. Ela havia tido um dia duro, fazendo compras, e queria muito tomar uma xícara de chá. Ao chegar ao caminho que levava à porta de entrada da sua casa, ela ficou primeiro assustada, depois irritada, quando viu um menino vir andando às pressas do quintal em direção a ela, mas depois reconheceu Allen Stuart e disse: "Opa, olá, George Washington".

"Oi, srta. Athens. Deixa que eu carrego os seus pacotes." Obviamente, Allen estava muito satisfeito consigo mesmo. Subiu o caminho até a porta da casa da srta. Athens, entrou, carregando os pacotes dela, e os deixou em cima da mesa da cozinha. Em seguida, virando-se com uma euforia contida, disse:

"Eu vim pegar de volta aquele papel, por favor."

"Ah, meu Deus." A srta. Athens se sentou de repente numa cadeira da cozinha.

"Olha", disse Allen, todo feliz, apontando para a janela da cozinha.

A srta. Athens se levantou e foi olhar pela janela. "Minha *nossa*", disse baixinho.

"Eu fiquei trabalhando a tarde toda, desde que saí da escola", disse Allen, "e aposto que a sua terra está até *melhor* do que estava antes."

"Está com uma cara ótima, sem dúvida." A srta. Athens voltou e se sentou de novo. "Allen", disse, "isso é muito constrangedor."

Allen arregalou os olhos. "Algum *outro* problema?", perguntou.

"Allen", disse a srta. Athens, "sirva-se à vontade da lata de biscoitos. Infelizmente, eu fiz uma grande bobagem."

"Por quê?"

"Bom, é que eu passei na mercearia antes de vir para casa", explicou a srta. Athens, "e, bom, eu *achava* que tinha dinheiro suficiente. Eu me lembro nitidamente de ter pensado hoje de manhã que, a menos que comprasse coisas demais na loja de departamentos, eu teria dinheiro de *sobra* para fazer compras na mercearia. Eu ia até trocar um cheque, mas o sr. Smith disse..."

"A senhora perdeu o meu papel?"

"Não", respondeu a srta. Athens com tristeza. "Eu vendi. Mas eu pretendia voltar lá amanhã de manhã para comprar o vale de volta", continuou, com sinceridade. "Foi só porque o meu dinheiro acabou e eu *precisava* de chá e a única coisa que eu ainda tinha na bolsa era o seu vale. Então o sr. Smith disse que aceitava o vale como pagamento. Ele viu o seu nome e disse que conhecia você."

"Ah, *aposto* que ele me conhece", disse Allen, soturno. "No último Dia das Bruxas..."

"O quê?"

"Nada não", disse Allen.

"Eu vou lhe dizer o que vou fazer", disse a srta. Athens. "Quero ser justa em relação a isso. Como você fez o trabalho que tinha me prometido e como eu não estou mais de posse do seu vale, a única coisa que me cabe fazer é lhe pagar na mesma moeda."

"A senhora quer dizer", Allen disse bem devagar, "que vai me pagar com um vale prometendo que a *senhora* vai trabalhar pra *mim*?"

A srta. Athens sorriu. "Afinal", disse ela, "eu dei aula em escola durante quarenta e um anos. Imagino que eu seja capaz de fazer boa parte dos seus deveres de casa. Sei escrever uma redação muito bem pensada e organizada, por exemplo. Sou boa em aritmética, ortografia e geografia. Você deve conseguir encontrar trabalhos para me dar que ocupem duas horas." Ela riu. "É justo, afinal."

Um brilho da mais pura e desinteressada astúcia, um brilho que só pode surgir nos olhos de um menino de 12 anos que se vê diante de uma oportunidade que ultrapassa até suas expectativas mais delirantes, iluminou o rosto sério e a testa larga e franca de Allen Stuart. "Bom", disse ele, "eu não sei o que a minha mãe acharia disso, mas se a *senhora* acha que é justo, srta. Athens, eu aceito. Mas só se a senhora tiver certeza que *realmente* acha que é justo."

"Eu seria uma pessoa muito baixa, Allen, se pedisse que você fizesse uma coisa para mim e depois me recusasse a fazer algo por você." A srta. Athens pegou o bloco de anotações. "O que eu devo escrever? Só 'Vale duas horas de trabalho selecionado'?"

"Ah, sim", disse Allen. "Assim está ótimo."

"Pronto." A srta. Athens assinou seu nome com um floreio e entregou o papel para Allen. "Tudo justo e legal", garantiu ela.

"*Muito* obrigado", disse Allen, pegando o papel com certa pressa. "Muito, muito, *muito* obrigado, srta. Athens."

E foi assim que a srta. Honoria Athens se viu comprometida, por sua palavra de honra, a jogar durante duas horas no time de beisebol Rockville Rockets, na posição de interbases.

De posse do papel em que Allen Stuart prometia trabalhar por duas horas quando fosse solicitado, o sr. Smith, o merceeiro, levou-o para casa para mostrá-lo à esposa, que o levou muito a sério. "Sabe", ela explicou ao marido, "esse vale é tão legítimo quanto qualquer compromisso. O menino deu a palavra dele que iria trabalhar."

O sr. Smith abriu um largo sorriso. "Você se lembra do Dia das Bruxas do ano passado?", perguntou.

"É aquele mesmo menino? Mas você já botou as portas da garagem de volta no lugar faz tempo."

"Ele deve ser um rapazinho bem esperto", disse o sr. Smith. "Eu só aceitei esse papel como uma espécie de brincadeira; achei que, sabendo que esse papel está comigo, talvez o garoto se esforçasse para andar na linha, pelo menos por algum tempo."

"Mas eu *tenho* serventia para ele", disse a sra. Smith, ávida. "Se ele conseguir empurrar um carrinho de mão cheio de pedras, eu posso me valer dessas duas horas de trabalho dele e fazer o meu jardim de pedras, afinal", a voz dela adquiriu um tom de reprovação, "faz três semanas que venho pedindo para *você*..."

"Está bom", disse o sr. Smith, "mas lembra que eu tive que *comprar* esse vale."

"Ah, é?", disse a sra. Smith. "Quer dizer que agora você vai passar a me cobrar pelas mercadorias da mercearia?"

"O que você vai me dar em troca desse vale?"

A sra. Smith ficou pensando, olhando com ar de dúvida para o marido. Então, bem-humorada, disse: "Eu faço um vale para você, igualzinho a esse. Só que, em vez de empurrar um carrinho de mão, eu prometo fazer uma travessa de rolinhos de repolho recheados com creme azedo. E assino o meu nome embaixo".

"A travessa grande?", perguntou o sr. Smith.

"Sim, a travessa grande."

"Negócio fechado, gorducha", disse o sr. Smith.

A coisa talvez pudesse ter parado por aí, se a sra. Watkins da rua Willow não tivesse ido à mercearia na manhã seguinte para pedir doações para o bazar gastronômico da associação de pais e professores. O sr. Smith, que normalmente doava meia dúzia de caixotes de refrigerantes para o bazar, desta vez inventou de doar o vale que a sra. Smith havia feito para ele prometendo uma travessa grande de rolinhos de repolho recheados com creme azedo. A sra. Smith ficou compreensivelmente chateada quando soube e chamou a atenção do sr. Smith para o fato de que nem todo mundo tinha um gosto tão esquisito para comida a ponto de preferir o repolho recheado da sra. Smith a uma comida gostosa normal, acrescentando que o sr. Smith iria se sentir profundamente humilhado quando todas as comidas do bazar fossem vendidas menos o repolho recheado da sra. Smith, que ficaria lá abandonado, sozinho, em cima da mesa, porque ninguém quis comprar. O sr. Smith, então, prometeu que iria pessoalmente ao bazar e compraria *todos* os rolinhos de repolho recheados da sra. Smith, ao que a sra. Smith respondeu dizendo que, se ele fizesse isso, ela jamais iria perdoá-lo, porque isso só *provaria* que ninguém gostava do repolho recheado dela.

Allen Stuart, por sua vez, acabou cometendo a imprudência de gastar o dinheiro do cinema comprando uma pistola d'água, que foi quase imediatamente confiscada pela professora da sexta série, e então, para poder ir ao cinema com os amigos na quarta-feira à noite (quando eram exibidos dois desenhos animados e um seriado, além dos dois filmes da sessão dupla), teve que assinar mais dois vales para a mãe, um prometendo ajudar a irmã de 16 anos a lavar a louça toda noite por uma semana e outro oferecendo uma hora de trabalho como babysitter, do qual a mãe não precisava para si própria, mas queria usar como suborno numa negociação com a irmã *dela*, para conseguir a receita de um suéter e um vale — a irmã havia ficado fascinada com a ideia dos vales — para ter ajuda na parte mais difícil, que era tricotar as mangas.

Quando voltou para casa, a sra. Stuart leu a receita do suéter inteira e chegou à conclusão de que aquele suéter era difícil demais para ela; então, trocou a receita e o vale para ter ajuda para fazer as mangas com a filha, que lhe deu em troca um vale prometendo ajudar Allen com os deveres de aritmética toda noite durante duas semanas. O sr. Stuart, pasmo ao ver a cabeça loura da filha mais velha debruçada sobre o dever de aritmética do irmão mais novo, fez, por vontade própria, um vale se comprometendo a pagar um jantar para quatro no Rockville Inn, com direito a bife e tudo. "É um verdadeiro milagre", ele explicou à esposa, "ver os dois sentados um ao lado do outro, tão tranquilos e sossegados."

Esperando de tocaia no quintal de manhã e à tarde, a srta. Athens capturou e colheu as assinaturas de mais onze meninos de 12 anos.

Frances Stuart tinha suas fraquezas, como qualquer ser humano, e sua cabeça loura estava debruçada de tristeza. Como seria possível viver, ela se perguntava, de que forma, jeito ou maneira uma garota poderia continuar vivendo depois que Florence Crain tirou o papel com o nome de Jeff Rogers do chapéu no sorteio para o Baile da Sorte? Na verdade, como é que alguém poderia *suportar* uma coisa dessas? Era simplesmente demais. Claro que ninguém nem pensaria em insinuar que Florence Crain tivesse espiado quando pegou o papel, mas, puxa vida, aquilo tinha sido *coincidência* demais. Frances Stuart tinha absoluta convicção de que seria simplesmente *impossível* sobreviver à noite de sexta-feira, e claro que Florence iria usar aquele vestido preto feito para uma pessoa *décadas* mais velha do que ela e provavelmente ia ficar diabólica nele, e isso tudo era simplesmente *demais*. Durante vinte e quatro horas, Frances Stuart contemplou sua própria morte súbita por desilusão amorosa e se consolou imaginando os pais consternados, e até o irmão mais novo contrito, debruçando-se sobre o seu leito de morte, enquanto em algum outro lugar — talvez na ribanceira de um rio de águas turbulentas ou no alto de um penhasco quilômetros acima de atrozes rochedos pontudos — Jeff Rogers sussurrava o nome dela uma única vez, antes de se atirar rumo ao aniquilamento. Durante vinte e quatro horas, isso foi satisfatório. Então Frances Stuart, que tinha suas fraquezas, como qualquer ser humano, mas também tinha uma certa astúcia, armou-se da receita de suéter da tia, do vale que oferecia ajuda com as mangas do suéter, do vale do pai prometendo pagar um jantar para quatro no Rockville Inn e de um frasco de perfume ainda lacrado e foi à casa de Florence Crain.

Florence era uma negociadora implacável, mas, incluindo na troca uma saia amarela que era grande demais para ela de qualquer modo e mais um vale para dois refrigerantes na lanchonete, Frances saiu de lá com Jeff Rogers como par no Baile da Sorte e um vale de Florence prometendo emprestar o vestido preto para ela usar no primeiro baile do outono.

O bazar gastronômico da associação de pais e professores foi realizado no final da tarde de quarta-feira, e o sr. Smith chegou ao evento tarde demais. Na segunda-feira de manhã, a srta. Athens encontrou a sra. Stuart e a irmã na mercearia, todas convergindo para o balcão onde o sr. Smith estava, determinadas a adquirir mais rolinhos de repolho recheados da sra. Smith. "Bom dia", a sra. Stuart disse para a srta. Athens enquanto se dirigia ao balcão. "Faz tempo que eu estou querendo dar uma passadinha lá na sua casa para dar um oi. E, claro, para pedir desculpas pelo transtorno todo que o Allen lhe causou."

“Transtorno nenhum”, disse a srta. Athens. “Ele foi muito gentil me ajudando com a minha horta.”

“Eu soube”, disse a sra. Stuart. “Na verdade, eu estava pensando se por acaso a senhora teria algum vale que gostaria de trocar. O Allen já assinou vales comprometendo o crédito dele até o absoluto limite, mas eu *ainda* não tenho ninguém para consertar o degrau quebrado da nossa escada dos fundos, e aí eu pensei que talvez um dos outros meninos...”

A srta. Athens abriu a bolsa. “Na verdade”, disse, “*nada* parece fazê-los parar de usar o meu quintal como atalho, embora eles pareçam *tentar* não pisar na minha horta. Nem que viva cem anos eu vou conseguir usar todas as promessas de ajuda que tenho, embora tenha me ocorrido que eu poderia fazer um pequeno caramanchão, um terraço ou algo assim para usar todas essas horas de trabalho.” Ela folheou um maço de vales assinados de forma mais ou menos legível por vários rapazinhos que ainda tinham o otimismo de acreditar que o quintal da srta. Athens fosse o caminho mais fácil para chegar à escola. “De que tipo de menino a senhora gostaria?”, perguntou.

“Deixe-me ver”, disse a sra. Stuart, também desdobrando uma pequena coleção de folhinhas de papel. “A senhora não precisa de serviços de babá, precisa?”

“Eu posso ficar com os serviços de babá”, disse a irmã da sra. Stuart. “Tenho um aqui do meu marido prometendo instalar uma antena de televisão. Ou posso trocar pela minha própria promessa de ajudar você com aquelas cortinas, Grace.”

“Eu sou muito desajeitada com cortinas”, disse timidamente a srta. Athens. “Não sei por quê, mas não consigo ajeitar o caimento das minhas.”

“Bom”, disse a irmã da sra. Stuart, “com certeza eu posso tirar proveito dos serviços de dois ou três daqueles meninos, srta. Athens. Estou querendo fazer um cercadinho para o bebê no quintal.”

“Ótimo”, disse a srta. Athens. “Eu tenho quatro janelas na minha sala; três meninos trabalhando duas horas cada estaria bom para a senhora?”

“Perfeito”, respondeu a irmã da sra. Stuart.

“Espera”, disse a sra. Stuart. “Não troque todos os seus meninos, srta. Athens.”

"Ah, não se preocupe que todo dia eu consigo mais alguns", disse a srta. Athens, cáustica.

"E quanto a tirar o pó dos móveis, isso seria útil para a senhora?", perguntou a sra. Stuart. "A minha filha, Frances, prometeu trabalhar meia hora tirando o pó dos móveis todo dia durante uma semana." Ela riu. "Aqui tem um que imagino que não tenha serventia para a senhora", disse ela. "É do Allen, prometendo cortar o cabelo de duas em duas semanas até o outono. Isso me custou um saquinho de bolas de gude. Que tal um vale prometendo trabalhar de inspetora no baile de sexta à noite? Também tem um da filha caçula dos Atkins prometendo não nos dar nenhum filhote dos gatos deles durante um ano. Passar ancinho no terreno para recolher as folhas caídas no próximo outono? Retirar a neve da calçada? O Allen estava ficando desesperado. E aqui tem um da sra. Williams prometendo fazer um daqueles gorrinhos de tricô lindos que ela faz. Eu recebi esse da Frances, que o tinha recebido da filha dos Williams em troca de um permanente caseiro, e a filha dos Williams o tinha recebido da mãe por ter feito as compras de mercado da família e as carregado até em casa. Minha nossa." A sra. Stuart soltou um suspiro, olhando para o bolo de papéis que tinha nas mãos.

"Esse de tirar o pó me seria útil", disse a srta. Athens. "Ela é cuidadosa com porcelana antiga?"

"Ah, ela vai ser, sim", disse a sra. Stuart. "Ela vai ficar ótima depois do baile de sexta à noite."

Hesitante, o sr. Smith disse: "A minha mulher anda atrás de mim, porque eu não tenho tido muito tempo para fazer coisas em casa, sabe, e eu tive a impressão de ouvir uma das senhoras falar de uma antena de televisão. Eu ouvi direito?".

"Ouviu, sim", disse a irmã da sra. Stuart.

"O único problema", continuou o sr. Smith, "é que eu não sei muito bem como fazer esse tipo de negócio. O que eu posso oferecer em troca?"

A irmã da sra. Stuart sorriu, toda contente. "Repolho recheado com creme azedo."

A srta. Athens e a sra. Stuart pararam para conversar por um momento na frente da mercearia e chegaram para o lado para abrir passagem quando uma moça desconhecida se aproximou. A moça fez menção de entrar, hesitou, depois se voltou para a sra. Stuart. "Desculpe", disse ela, "mas a senhora por acaso é a sra. Stuart?"

A sra. Stuart riu. "Crianças são o melhor jornal do mundo", disse ela. "Eu sou a sra. Stuart e moro na casa que fica bem em frente à sua, do outro lado da rua. O seu sobrenome é Boone, vocês se mudaram para cá ontem e têm dois filhos, uma menininha de uns 4 anos e um bebê, que eu não sei se é menino ou menina."

"É menino", disse a sra. Boone. "Ele tem 3 meses." Ela era bonita e simpática e estava ofegante e claramente no meio de uma mudança, pois estava descabelada e de calça jeans. "Puxa, que vergonha", disse, indicando as próprias roupas, "mas o leite do bebê acabou, e eu estava tentando guardar as louças e encontrar os lençóis para poder fazer as camas, mas não estou conseguindo achar *nada*."

A sra. Stuart fez que sim com a cabeça, compreensiva, mas a srta. Athens, prática, tirou da bolsa o seu maço de vales. "Exato", disse ela. "Está me parecendo que quatro ou cinco dos meus meninos viriam muito a calhar para a senhora neste momento."

A sra. Boone parecia confusa, mas depois disse: "Ah, eu também tenho um papel desses". Então tirou do bolso da calça jeans o vale do sr. Stuart prometendo pagar um jantar para quatro no Rockville Inn. "Eu não entendi nada", disse a sra. Boone. "Ontem uma menina de cabelo preto muito bonita..."

"Florence Crain", disse a sra. Stuart com uma civilidade admirável.

"Isso mesmo. Florence. A sra. Smith aqui da mercearia sugeriu que a Florence talvez pudesse tomar conta das crianças para mim enquanto eu desencaixotava as coisas, e ela foi realmente um amor com as crianças, mas as senhoras sabem como são as meninas... ela viu um colar meu, só de bijuteria mesmo e claro que sem nenhum valor, e na verdade já fazia anos que eu não usava aquele colar, mas ela pareceu achar que ele era o colar perfeito para usar com um vestido preto que ela tem..."

"Eu conheço o tal vestido preto", disse a sra. Stuart, soturna.

"Não me pareceu algo muito adequado para uma menina da idade dela, no *meu* entender", disse a sra. Boone, interpretando corretamente a expressão da sra. Stuart. "Eu disse que lhe daria o colar com prazer, já que ela havia sido tão carinhosa com as crianças, então ela me deu esse papel. Disse que era uma troca. Mas eu acredito que isso pertença à senhora."

Impotente, a sra. Stuart fez que não com a cabeça. "De jeito nenhum", disse. "Isso pertence à *senhora*. Sábado à noite estaria bom para vocês?"

Todo ano a sra. Boone fazia geleia de gengibre seguindo uma receita deixada pela sua bisavó. Um pote da geleia de gengibre que a sra. Boone havia feito no ano anterior era uma troca mais que adequada pelas duas horas de trabalho como babá oferecidas por Frances Stuart, por meio de um vale que a sra. Stuart tinha ganhado botando cortinas novas no quarto de Frances. Os Boone tiveram um jantar tão agradável no Rockville Inn em companhia dos Stuart que ficaram entusiasmados para retribuir a gentileza e, com o tempo, a sra. Boone e a sra. Stuart se tornaram amigas próximas o suficiente para que a sra. Boone lhe passasse a receita da geleia de gengibre. O sr. Smith vinha recebendo tantas encomendas dos rolinhos de repolho recheados da sra. Smith que resolveu comprar da srta. Athens meia dúzia de vales assinados por meninos e usar a mão de obra somada de todos eles para construir um pequeno balcão num canto da mercearia, onde a sra. Smith começou a oferecer um pequeno serviço de bufê, que, com o tempo, se expandiu de tal forma que os Smith acabaram desistindo da mercearia e foram passar os invernos na Flórida. O caso mais agudo de veneração a um herói de que Allen Stuart já havia padecido na vida sofreu uma queda brusca quando Jeff Rogers o parou na rua, na saída da escola, e se ofereceu para pagar o cinema para ele durante uma semana em troca de um dos vales de Allen, aquele em que a irmã dele prometia ajudá-lo com os seus deveres de aritmética toda noite durante duas semanas. Perplexo, Allen argumentou que Jeff nem sequer tinha aula de aritmética e que só o que iria conseguir com aquele vale era ter que ficar um tempo sentado do lado da irmã mais velha maluca de Allen toda noite. Jeff disse que sim, ele sabia. Quando Allen, desgostoso, relatou para a irmã esse indício de decadência de um rapaz inteligente e bom jogador de futebol, ele ficou ainda mais confuso quando ela sem mais nem menos lhe deu 1 dólar e ainda um vale prometendo *fazer* os deveres de aritmética dele durante duas semanas. Resmungando, Allen saiu dali e foi para a casa dos Boone pagar o vale que havia assinado, prometendo ajudar o sr. Boone a desencaixotar o equipamento de pesca dele.

Na tarde de sábado, o tempo estava bom e quente, e a cidade inteira saiu de casa para ver uma carrancuda srta. Athens, a personificação da honra, com um boné cinza pequeno demais para ela na cabeça e o número treze nas costas, escolher um taco e se dirigir com ar ameaçador até a caixa do rebatedor. Os Rockville Rockets venceram, por um a zero, e todo mundo da cidade ainda se lembra, e com certeza jamais vai se esquecer, do inacreditável momento em que a srta. Athens, ao ver o primeiro arremesso vindo na sua direção, fechou os olhos e girou o taco.

.22

A possibilidade do mal

The Saturday Evening Post, dezembro de 1968

A srta. Adela Strangeworth caminhava com passos delicados pela rua principal a caminho da mercearia. O sol brilhava, a chuva forte da noite anterior havia deixado o ar fresco e limpo, e tudo na cidadezinha da srta. Strangeworth parecia lavado e lustroso. A srta. Strangeworth respirou fundo algumas vezes e pensou que não havia nada no mundo como uma manhã de verão perfumada.

Ela conhecia todo mundo da cidade, claro; gostava de contar a estranhos — turistas que às vezes passavam por ali e paravam para admirar as rosas da srta. Strangeworth — que nunca havia passado mais do que um dia fora daquela cidadezinha em toda a sua longa vida. Tinha 71 anos, ela contava aos turistas, com uma covinha bonita ao lado da boca, e às vezes se pegava pensando que a cidadezinha lhe pertencia. "O meu avô construiu a primeira casa na Pleasant Street", dizia, arregalando os olhos azuis com o espanto que isso era. "Esta casa, bem aqui. A minha família mora aqui há mais de cem anos. A minha avó plantou essas roseiras e a minha mãe cuidou delas, como eu faço agora. Eu vi a cidade crescer; me lembro de quando o sr. Lewis pai abriu a mercearia e do ano em que o rio transbordou e inundou os barracos na estrada baixa e me lembro também da agitação que houve quando alguns jovens quiseram transferir o parque para o espaço em frente ao lugar onde agora fica a nova agência dos correios. Queriam pôr uma estátua de Ethan Allen lá", nesse momento, a srta. Strangeworth franzia um pouco o cenho e sua voz adquiria um tom severo, "mas o certo seria pôr uma estátua do meu avô. Nem existiria uma cidade aqui se não fosse pelo meu avô e a serraria."

A srta. Strangeworth nunca dava nenhuma das suas rosas, embora os turistas lhe pedissem com frequência. O lugar delas era na Pleasant Street, e a srta. Strangeworth ficava incomodada com a ideia de as pessoas quererem tirá-las dali, levá-las para cidades e ruas estranhas. Quando o novo pastor chegou e as senhoras pediam doações de flores para decorar a igreja, a srta. Strangeworth mandou um enorme cesto de gladíolos; quando acontecia de colher rosas, ela as arrumava em jarros e vasos e as botava dentro da casa que seu avô havia construído.

Andando pela rua principal naquela manhã de verão, a srta. Strangeworth volta e meia tinha que parar para dar bom-dia ou perguntar pela saúde de alguém. Quando ela entrou na mercearia, meia dúzia de pessoas desviaram os olhos de prateleiras e balcões e se viraram para acenar para ela ou lhe desejar bom-dia.

"E bom dia para o senhor também, sr. Lewis", disse a srta. Strangeworth por fim. A família Lewis morava na cidade fazia quase tanto tempo quanto os Strangeworth, mas, assim que o jovem Lewis abandonou a escola secundária e foi trabalhar na mercearia, a srta. Strangeworth parou de chamá-lo de Tommy e passou a chamá-lo de sr. Lewis, e ele parou de chamá-la de Addie e passou a chamá-la de srta. Strangeworth. Eles tinham sido colegas na escola secundária, ido juntos a piqueniques, a bailes da escola e a jogos de basquete; mas agora o sr. Lewis estava atrás do balcão da mercearia, e a srta. Strangeworth morava sozinha na casa dos Strangeworth, na Pleasant Street.

"Bom dia", respondeu o sr. Lewis e acrescentou educadamente: "Lindo dia, não?".

"É, está um dia muito bonito, sim", disse a srta. Strangeworth, como se tivesse acabado de achar que o dia estava satisfatório, afinal. "Eu quero uma costeleta, por favor, sr. Lewis, uma costeleta de vitela pequena e magra. Esses morangos são do pomar do Arthur Parker? Amadureceram cedo este ano."

"Ele trouxe agora de manhã mesmo", disse o sr. Lewis.

"Eu vou querer uma caixa, então", disse a srta. Strangeworth. *O sr. Lewis parece preocupado*, ela pensou e hesitou por um momento, mas depois concluiu que não era possível que ele estivesse preocupado por causa dos morangos. Mas que ele estava parecendo muito, muito cansado, disso não havia dúvida. *Normalmente ele é bem animado*, pensou a srta. Strangeworth e quase fez um comentário sobre isso, mas era um assunto pessoal demais para puxar com o sr. Lewis, o merceeiro, então ela disse apenas: "E também uma lata de ração de gato e acho que um tomate".

Em silêncio, o sr. Lewis juntou as coisas que ela pediu em cima do balcão e esperou. A srta. Strangeworth olhou para ele com curiosidade, em seguida disse: "Hoje é terça, sr. Lewis. O senhor se esqueceu de me lembrar".

"Esqueci? Desculpe."

"Imagine o senhor esquecer que eu sempre compro o meu chá às terças-feiras", disse a srta. Strangeworth num tom gentil. "Cem gramas de chá, por favor, sr. Lewis."

"Mais alguma coisa, srta. Strangeworth?"

"Não, obrigada, sr. Lewis. Que dia lindo, não?"

"Lindo", disse o sr. Lewis.

A srta. Strangeworth chegou ligeiramente para o lado para dar espaço para a sra. Harper no balcão. "Bom dia, Adela", disse a sra. Harper, e a srta. Strangeworth respondeu: "Bom dia, Martha".

"Lindo dia, não?", disse a sra. Harper, e a srta. Strangeworth respondeu: "Sim, lindo mesmo", e o sr. Lewis, vendo-se alvo do olhar da sra. Harper, fez que sim com a cabeça.

"Faltou açúcar para fazer a cobertura do meu bolo", explicou a sra. Harper. Sua mão tremia de leve enquanto ela abria a carteira. Olhando de relance para ela, a srta. Strangeworth se perguntou se ela estaria se cuidando direito. *Martha Harper já não é nenhuma criança*, pensou a srta. Strangeworth. *Provavelmente está precisando de um bom tônico.*

"Martha", disse ela, "você não está parecendo lá muito bem."

"Eu estou muito bem, sim, obrigada", disse a sra. Harper, sucinta. Então, entregou o dinheiro ao sr. Lewis, pegou o troco e o açúcar e foi embora sem dizer mais uma palavra. A srta. Strangeworth a observou sair e balançou a cabeça de leve. Martha definitivamente não parecia *nada* bem.

Carregando sua pequena sacola de compras, a srta. Strangeworth saiu da mercearia para a luz forte do sol e parou para sorrir para a bebê dos Crane dentro do carrinho. *Don e Helen Crane sem dúvida são os pais mais jovens e prosas que eu conheço*, pensou com complacência a srta. Strangeworth, olhando para a touquinha bordada da bebê e para a manta de carrinho com orla de renda.

"Essa menininha vai crescer achando que vai viver cercada de luxo para o resto da vida", ela disse para Helen Crane.

Helen riu. "É assim mesmo que a gente quer que ela se sinta", disse. "Como uma princesa."

"Às vezes, uma princesa pode dar muita dor de cabeça", disse a srta. Strangeworth, ácida. "Com quantos meses a sua alteza está agora?"

"Vai fazer 6 meses na próxima terça", respondeu Helen Crane, olhando embevecida para a filha. "Mas eu tenho andado meio preocupada com ela. A senhora não acha que ela devia estar se movimentando mais? Tentando se sentar, por exemplo?"

"Não há terreno mais fértil para preocupações do que a cabeça de uma mãe de primeira viagem", disse a srta. Strangeworth com bom humor.

"É só que ela parece... lenta", disse Helen Crane.

"Isso é besteira. Cada bebê é diferente. Alguns se desenvolvem muito mais rápido do que os outros."

"É o que minha mãe diz também." Helen Crane riu, parecendo um pouco envergonhada.

"Imagino que você tenha deixado o Don todo chateado porque a filha dele já tem 6 meses e ainda não começou a aprender a dançar, não?"

"Eu não cheguei a comentar isso com ele. Ela é tão preciosa que passo vinte e quatro horas preocupada com ela."

"Bom, peça desculpas a ela agora mesmo", disse a srta. Strangeworth. "*Ela* provavelmente fica preocupada com o fato de você pular de susto o tempo todo." Sorrindo consigo mesma e balançando sua velha cabeça, ela seguiu pela rua ensolarada. Parou uma vez para perguntar ao pequeno Billy Moore por que ele não estava passeando no carro tinindo de novo do pai dele e, em frente à biblioteca, para conversar uns minutinhos com a srta. Chandler, a bibliotecária, sobre os novos romances que chegariam com a dotação anual para a biblioteca. A srta. Chandler parecia distraída, como se pensasse em outra coisa. Reparando que a srta. Chandler não havia tido o cuidado de arrumar o cabelo direito naquela manhã, a srta. Strangeworth soltou um suspiro. Detestava desleixo.

Muita gente parece angustiada ultimamente, pensou a srta. Strangeworth. Ontem mesmo, a filha de 15 anos dos Stewart, Linda, havia saído da própria casa correndo e chorando e continuou a correr e a chorar até chegar à escola, sem se importar se tinha alguém olhando. As pessoas da cidade deduziram que ela devia ter brigado com o filho dos Harris, mas depois da aula os dois apareceram juntos na lanchonete como sempre, ambos com uma cara horrível. Problemas em casa, as pessoas concluíram e puseram-se a lamentar a dificuldade de criar filhos como se deve hoje em dia.

A meio quarteirão de casa, a srta. Strangeworth começou a sentir o aroma intenso das suas rosas e passou a andar um pouco mais rápido. O perfume das rosas significava lar, e lar significava a Casa Strangeworth, na Pleasant Street. A srta. Strangeworth parou diante do seu próprio portão, como sempre fazia, e observou sua casa com profundo prazer, ornada com aquela profusão de rosas vermelhas, cor-de-rosa e brancas que ladeava o gramado estreito, as roseiras que escalavam e cercavam a varanda, e as linhas sóbrias, inacreditavelmente elegantes da casa, sempre vistosa, com a fachada branca e caiada. Todas as janelas reluziam, todas as cortinas pendiam engomadas e retas, e até as pedras do caminho de entrada estavam varridas e limpas. As pessoas da cidade se perguntavam como a velha srta. Strangeworth conseguia manter a casa tão bem conservada daquele jeito, e havia até uma lenda sobre um turista uma vez ter confundido a casa com o museu local e andado pela propriedade inteira sem se dar conta do equívoco. Mas a cidade se orgulhava da srta. Strangeworth, das suas rosas e da sua casa. Todo mundo na cidade tinha crescido junto. A srta. Strangeworth subiu a escada da sua varanda, destrancou a porta da frente com a sua chave e foi para a cozinha guardar as compras. Ficou debatendo consigo mesma se tomava uma xícara de chá e acabou decidindo que estava perto demais da hora do almoço; ela não teria apetite para a sua costeleta se tomasse chá agora. Então, foi para a sala de estar, tão clara e graciosa, onde ainda refulgia o trabalho das mãos da sua avó e da sua mãe, que haviam encapado as poltronas com um chintz vistoso e pendurado as cortinas. A mobília era frugal e lustrosa, e os tapetes artesanais redondos tinham sido obra da avó e da mãe da srta. Strangeworth, que havia posto um vaso cheio das suas rosas vermelhas na mesinha baixa em frente à janela, deixando a sala impregnada do perfume delas.

A srta. Strangeworth foi até a escrivaninha estreita no canto da sala e a destrancou com a chave. Como nunca sabia quando ia sentir vontade de escrever alguma carta, ela mantinha seu bloco lá dentro e a escrivaninha trancada. O papel de carta habitual da srta. Strangeworth era grosso e cor de creme, com o nome "Casa Strangeworth" impresso no alto da folha, mas, quando sentia vontade de escrever suas outras cartas, a srta. Strangeworth usava um bloco com folhas de várias cores, comprado na loja do jornal local. Era quase uma piada na cidade, aquele bloco colorido, com camadas de folhas cor-de-rosa, verdes, azuis e amarelas; todas as pessoas da cidade compravam e usavam aquele bloco para escrever esporádicos bilhetes informais e fazer listas de compras. Era comum se comentar, ao receber um bilhete escrito numa folha azul, que o missivista logo, logo iria precisar de um bloco novo — e lá estava ela, já na camada azul. Todo mundo usava os envelopes das mesmas cores para guardar receitas, acondicionar pequenos objetos avulsos ou até para proteger biscoitos dentro de lancheiras escolares. O sr. Lewis às vezes os dava a crianças que compravam balas avulsas, para que elas não as perdessem pelo caminho.

Embora na escrivaninha da srta. Strangeworth houvesse uma pena aparada, que havia pertencido ao seu avô, e uma caneta-tinteiro de ouro fosco, que havia pertencido ao seu pai, a srta. Strangeworth sempre usava um toco de lápis rombudo quando escrevia suas cartas e sempre as escrevia com uma letra de fôrma infantil. Depois de pensar por um momento, embora tivesse passado todo o caminho de volta para casa compondo a carta mentalmente, ela escreveu numa folha rosa: *Vocês nunca viram uma criança retardada, não? Algumas pessoas simplesmente não deveriam ter filhos, não é mesmo?*

Ela ficou satisfeita com a carta. Gostava de fazer tudo bem direitinho. Quando cometia um erro, como às vezes acontecia, ou quando as letras não ficavam bem espaçadas no papel, tinha que levar a folha descartada para a cozinha e queimá-la imediatamente. A srta. Strangeworth nunca adiava as coisas que tinham que ser feitas.

Depois de pensar por um momento, ela decidiu que gostaria de escrever outra carta, talvez para a sra. Harper, para complementar as que ela já havia enviado pelo correio. Selecionou uma folha verde desta vez e escreveu rapidamente: *Já descobriu do que todo mundo estava rindo depois que você foi embora do clube de bridge na quinta-feira? Ou a esposa é realmente sempre a última a saber?*

A srta. Strangeworth nunca se preocupava com fatos; suas cartas tratavam de um assunto mais maleável, a suspeita. Jamais teria passado pela cabeça do sr. Lewis que o neto dele poderia estar surrupiando trocados da caixa registradora da mercearia se ele não tivesse recebido uma das cartas da srta. Strangeworth. A srta. Chandler, a bibliotecária, e os pais de Linda Stewart teriam continuado a tocar a vida normalmente, sem nem desconfiar do possível mal que os espreitava, se a srta. Strangeworth não tivesse mandado cartas para lhes abrir os olhos. A srta. Strangeworth ficaria genuinamente chocada se *de fato* tivesse acontecido alguma coisa entre Linda Stewart e o menino dos Harris, mas, enquanto existisse mal à solta no mundo, ela considerava um dever manter sua própria cidade alerta para ele. Era muito mais sensato a srta. Chandler se perguntar de que a primeira mulher do sr. Shelley de fato havia morrido do que se arriscar a não saber. Havia muita gente malvada no mundo e só restava uma Strangeworth na cidade. Além do mais, a srta. Strangeworth gostava de escrever aquelas cartas.

Depois de pensar por um momento, ela se pôs a escrever o endereço de Don Crane num envelope, perguntando-se com curiosidade se ele iria mostrar a carta para a esposa e usando um envelope cor-de-rosa para combinar com o papel. Depois, endereçou um segundo envelope, verde, para a sra. Harper. Então uma ideia lhe veio à cabeça, e ela pegou uma folha de papel azul e escreveu: *A gente nunca sabe o que esperar dos médicos. Lembre-se de que eles são seres humanos como quaisquer outros e precisam tanto de dinheiro quanto o resto de nós. Imagine se, por acidente, a faca afundar mais do que deveria. Será que o dr. Burns ganharia os honorários dele e mais uma quantia extra daquele seu sobrinho?*

Ela endereçou o envelope azul à velha sra. Foster, que ia ser operada no mês seguinte. Tinha pensado em escrever mais uma carta, para o diretor do conselho escolar, perguntando como um professor de química como o pai de Billy Moore podia ter recursos para comprar um conversível novo, mas de repente ficou cansada de escrever. As três cartas que ela havia escrito bastavam por hoje. Poderia escrever mais no dia seguinte; elas não precisavam ser enviadas imediatamente.

A srta. Strangeworth vinha escrevendo aquelas suas cartas — às vezes duas ou três todos os dias durante uma semana, outras vezes não mais que uma no decorrer de um mês — fazia um ano. Nunca recebia resposta, claro, porque nunca as assinava. Se lhe perguntassem por que não as assinava, ela responderia que era porque o seu nome, Adela Strangeworth, um nome respeitado na cidade havia tantos anos, não condizia com aquele lixo. A cidade onde ela morava precisava ser mantida limpa e agradável, mas as pessoas eram lascivas, malvadas e corruptas em toda parte e precisavam ser vigiadas; o mundo era tão grande, e só restava uma Strangeworth nele. Com um suspiro, a srta. Strangeworth trancou sua escrivaninha e pôs as cartas dentro da sua carteira de couro preta grande, para botá-las no correio quando saísse para dar sua caminhada à noite.

Grelhou muito bem sua pequena costeleta, fatiou um tomate, preparou uma boa xícara de chá e se sentou para almoçar à mesa da sua sala de jantar, mesa essa que podia ser aberta para acomodar vinte e duas pessoas, e ainda havia uma segunda mesa no hall, caso fosse necessário. Sentada ao sol quentinho que entrava pelas janelas altas da sala de jantar, vendo seu jardim apinhado de rosas lá fora, manuseando os pesados talheres antigos e a louça fina e translúcida, a srta. Strangeworth se sentia satisfeita; não queria fazer mais nada, exceto o que estava fazendo. *As pessoas precisam viver com algum conforto, afinal*, pensou, tomando um gole de chá. Depois, quando seu prato, sua xícara e seu pires já estavam lavados, secos e de volta aos seus devidos lugares nas prateleiras, e os talheres já estavam de novo guardados no aparador de mogno, a srta. Strangeworth subiu a bela escada e foi para o seu quarto, que era o quarto da frente, com vista para as roseiras, e que já tinha sido da sua mãe e da sua avó. O conjunto de artigos de penteadeira da Crown Derby e os casacos de pele das duas continuavam lá, assim como os leques, as escovas de prata e os vasos de rosas; a srta. Strangeworth mantinha um vaso com rosas brancas na mesa de cabeceira.

Fechou a persiana, retirou a colcha de cetim rosa da cama, tirou o vestido e os sapatos e se deitou, cansada. Sabia que a campainha e o telefone não iriam tocar; ninguém da cidade ousaria incomodar a srta. Strangeworth durante sua soneca da tarde. Ela dormiu, imersa no perfume intenso das rosas.

Depois da soneca, trabalhou um pouco no jardim, poupando-se por causa do calor; então, entrou para preparar o jantar. Comeu aspargos da sua própria horta, com molho de manteiga e um ovo quente, e, enquanto jantava, ouviu o noticiário da noite e depois um programa de música clássica em seu radinho. Depois de lavar a louça e arrumar a cozinha, pegou seu chapéu — os chapéus da srta. Strangeworth eram famosos na cidade; as pessoas achavam que ela os havia herdado da mãe e da avó — e, trancando a porta da frente atrás de si, deu início à sua caminhada noturna, com a carteira debaixo do braço. Fez um aceno com a cabeça para o pai de Linda Stewart, que lavava o carro no ar agradavelmente fresco da noite. Teve a impressão de que ele parecia preocupado.

Só havia um lugar na cidade onde ela podia enviar suas cartas: a nova agência dos correios, bem vistosa com tijolos vermelhos e letras prateadas. Embora nunca tivesse pensado muito sobre o assunto, a srta. Strangeworth sempre havia tomado o cuidado de enviar aquelas suas cartas às escondidas; não teria sido sensato, obviamente, deixar que alguém a visse botá-las no correio. Assim, ela cronometrava sua caminhada de modo a chegar ao correio quando a escuridão da noite já escondesse os contornos das árvores e as feições das pessoas, embora fosse impossível alguém não reconhecer a srta. Strangeworth, com aquele seu jeito afetado de andar e suas saias farfalhantes.

Sempre havia um ajuntamento de jovens no entorno da agência do correio, os mais novos andando de patins no calçamento da entrada, que dava a volta ao redor do prédio inteiro e era a única pista lisa da cidade; e os ligeiramente mais velhos, reunidos em grupinhos para conversar, rir e fazer planos mirabolantes e animados para atravessar a rua e ir para a lanchonete dali a um ou dois minutos. A srta. Strangeworth nunca se sentia constrangida diante de jovens e crianças. Nunca tinha a sensação de que algum deles a encarava ou queria rir dela; seria algo extremamente repreensível os pais permitirem que os filhos zombassem da srta. Strangeworth, da Pleasant Street. A maioria das crianças abriu caminho respeitosamente para a srta. Strangeworth passar, temporariamente silenciadas pela sua presença, e alguns dos jovens chegaram a cumprimentá-la, dizendo com sobriedade: "Oi, srta. Strangeworth".

Ela sorriu para eles e seguiu adiante rapidamente. Já ia longe o tempo em que sabia o nome de todas as crianças da cidade. A fenda para depositar cartas na caixa do correio ficava na porta da agência. As crianças se afastaram quando a srta. Strangeworth se aproximou da porta, aparentemente surpresas com o fato de alguém querer usar a agência do correio depois que ela já havia sido oficialmente fechada por aquele dia e cedida às crianças. A srta. Strangeworth parou diante da porta, abriu sua carteira preta para pegar as cartas e ouviu uma voz que ela identificou de imediato como a de Linda Stewart. A coitadinha estava chorando de novo, e a srta. Strangeworth ficou escutando com atenção. Aquela era, afinal, a sua cidade, e aquelas pessoas eram a sua gente; se alguma delas estava com problemas, ela precisava saber.

"Eu não posso contar para você, Dave", disse Linda — então ela *estava* falando com o menino dos Harris, como a srta. Strangeworth já tinha imaginado —, "eu simplesmente não posso. É muito *nojento*."

"Mas por que o seu pai não quer mais que eu vá à sua casa? O que foi que eu fiz?"

"Eu não posso falar. *Nada* no mundo vai me fazer contar para você. A pessoa tem que ter uma mente muito suja para imaginar uma coisa dessas."

"Mas alguma coisa aconteceu. Você não para de chorar, e o seu pai está todo chateado. Por que é que *eu* não posso saber o que aconteceu também? Eu não sou como uma pessoa da família, afinal?"

"Não é mais, Dave, não é mais. Você agora não pode chegar nem perto da nossa casa, o meu pai falou. Ele disse que vai dar uma surra de cinto em você, se você aparecer lá. E é só isso que eu posso dizer: você não pode mais pôr os pés na nossa casa."

"Mas eu não *fiz* nada."

"Não importa, o meu pai disse..."

A srta. Strangeworth soltou um suspiro e se virou para o outro lado. Havia muita maldade nas pessoas. Mesmo numa cidadezinha encantadora como aquela, ainda assim havia muita maldade nas pessoas.

Ela enfiou suas cartas pela fenda da caixa do correio, e duas delas caíram lá dentro. A terceira esbarrou na beira da fenda e caiu do lado de fora, no chão, perto dos pés da srta. Strangeworth. Ela não percebeu, porque estava se perguntando se uma carta para o pai do menino dos Harris não poderia ajudar a extirpar aquela maldade em potencial. Cansada, a srta. Strangeworth se virou e foi andando de volta para casa, para a sua cama tranquila na sua casa linda, e nem ouviu quando o menino dos Harris a chamou para dizer que ela havia deixado alguma coisa cair.

"A velha Strangeworth está ficando surda", disse ele, observando-a se afastar e segurando na mão a carta que havia pegado do chão.

"Bom, que diferença isso faz?", disse Linda. "Que diferença faz o que quer que seja agora?"

"Essa carta é para o Don Crane", disse o menino dos Harris. "Ela deixou cair uma carta endereçada ao Don Crane. É mais fácil levar logo até lá. A gente passa pela casa dele de qualquer maneira." Ele riu. "Talvez tenha um cheque ou coisa assim aqui dentro e ele fique feliz de receber isso hoje em vez de só amanhã."

"Imagina se a velha Strangeworth ia mandar um cheque para alguém", disse Linda. "Bota na caixa do correio. Por que fazer um favor para alguém?" Ela fungou. "Ninguém daqui parece se importar com a gente, então por que a gente deveria se importar com eles?"

"Eu vou levar até lá mesmo assim", disse o menino dos Harris. "Talvez seja alguma boa notícia. Talvez eles estejam precisando de alguma alegria hoje. Como a gente."

Tristes e de mãos dadas, os dois foram andando pela rua escura, o menino dos Harris levando na mão o envelope rosa da srta. Strangeworth.

No dia seguinte, a srta Strangeworth acordou com uma enorme sensação de felicidade e, por um momento, ficou se perguntando por quê, mas depois lembrou que naquela manhã três pessoas iriam abrir cartas enviadas por ela. Talvez elas sofressem de início, mas expulsar a maldade nunca era fácil, e, para ficar imaculado, um coração tem que ser bem esfregado. Ela lavou seu rosto velho e flácido, escovou os dentes, ainda firmes apesar dos seus 71 anos, vestiu com cuidado suas roupas macias e mimosas e calçou seus sapatos de abotoar. Depois, se encaminhando para o andar de baixo e refletindo que talvez um pequeno waffle caísse bem no café da manhã na sala de jantar ensolarada, viu a correspondência no chão do hall e se abaixou para pegá-la. Uma conta, o jornal matutino, uma carta num envelope verde que lhe pareceu estranhamente familiar. Por um momento, a srta. Strangeworth ficou absolutamente imóvel, olhando para o envelope verde sobrescrito a lápis em letra de fôrma, e pensou: *parece uma das minhas cartas. Será que uma das minhas cartas foi devolvida? Não, porque ninguém saberia para onde devolvê-la. Como é que isso veio parar aqui?*

A srta. Strangeworth era uma Strangeworth da Pleasant Street. Suas mãos não tremiam enquanto ela abria o envelope e desdobrava a folha de papel verde que estava dentro dele. Começou a chorar silenciosamente por causa da maldade do mundo quando leu as palavras: *Olhe lá para fora e veja o que costumava ser o seu jardim de rosas.*

JARDIM NOTURNO
SHIRLEY JACKSON

.01

Epílogo

Fama

Writer, agosto de 1948

Dois dias antes de o meu primeiro romance ser lançado, enquanto eu fazia as malas para viajar da cidadezinha de Vermont, onde moro, para Nova York, o telefone tocou, e quando atendi, apressada e irritada, uma voz doce de velhinha falou: "Alô, quem fala?", o que é uma saudação telefônica bastante comum em Vermont.

"Aqui é Shirley Jackson", respondi, um pouco menos irritada, porque o meu nome me fazia lembrar do meu livro.

"Bom", disse ela de um jeito vago, "eu poderia falar com a sra. Stanley Hyman, por favor?"

Esperei alguns instantes. "Aqui é a sra. Hyman", falei com relutância.

A voz dela se animou. "Sra. Hyman", disse ela, contente, "aqui é a sra. Sheila Lang, do jornal. Faz dias que estou tentando entrar em contato com a senhora."

"Ah, sinto muito", falei. "Eu tenho andado extremamente ocupada... o meu livro e tudo mais."

"Sim", disse ela. "Bom, sra. Hyman, o que eu queria era o seguinte. É claro que a senhora lê o jornal, não lê?"

"Sim, claro", respondi. "E eu estava como que esperando..."

"Bom, então, com certeza a senhora lê a coluna Notas de North Village, não?"

"Leio, claro", respondi, calorosa.

"Essa é a *minha* coluna", disse ela. "Eu *escrevo* essa coluna."

"Bom, eu moro em North Village, claro", falei, "mas eu achava que para uma coisa dessa importância..."

"Então, o que eu estou fazendo é o seguinte. Estou telefonando para algumas pessoas da cidade que eu achei que poderiam ter alguma notícia para me dar..."

"Com certeza", falei, indo pegar uma das inúmeras cópias da sobrecapa do meu livro que estavam espalhadas pela casa. "O nome do livro..."

"*Antes* de mais nada", disse ela, "em que lugar da cidade exatamente a senhora mora, sra. Hyman?"

"Na Prospect Street", respondi. "*The Road Through the Wall.*"*

"Sei", disse ela. "Só um instantinho que eu vou tomar nota."

"Esse é o nome do livro", falei.

"Sim", disse ela. "Mas em qual casa?"

"Na antiga casa dos Elwell", respondi.

"Na esquina da Mechanic? Eu achava que os jovens Elwell estivessem morando lá."

"Eles moram na casa ao lado", falei. "Nós estamos na *antiga* casa dos Elwell."

"A antiga casa do *Thatcher*?", disse ela. "Nós sempre chamamos essa casa de a antiga casa do Thatcher. Foi ele que construiu, sabia?"

"Isso, é essa", falei. "O livro vai ser lançado depois de amanhã."

"Eu não sabia que tinha alguém morando nessa casa", disse ela. "Achava que estava vazia."

"Nós estamos morando aqui faz três anos", falei, meio dura.

"Eu não tenho saído muito", disse ela. "A senhora tem alguma noticiazinha local para mim? Alguma visita? Alguma festa de criança?"

* Título do primeiro romance de Shirley Jackson, publicado em 1948 e ainda sem tradução no Brasil.

"Eu vou lançar um livro na semana que vem", falei. "Estou indo para Nova York para o lançamento."

"Vai levar a família?", perguntou ela. "Aliás, a senhora tem filhos?"

"Tenho dois", respondi. "Eles vão comigo, sim."

"Ah, que ótimo", disse ela. "Aposto que eles estão animados."

"Sabe", falei, exasperada, "eu fui convidada para escrever a coluna das escoteiras para o seu jornal."

"É mesmo?" Ela parecia duvidar. "Tenho certeza de que a senhora vai gostar. É um jornal muito *informal*."

"Sim", falei. "A senhora gostaria de saber do meu livro?"

"Sim, claro, gostaria muito", disse ela. "Sempre que a senhora tiver alguma noticiazinha para mim, não deixe de me telefonar imediatamente. O meu número está no catálogo."

"Obrigada", falei. "Bom, o meu livro..."

"Eu adorei essa nossa conversa, sra. Hyman. Imagina que eu não sabia que havia alguém morando na antiga casa do Thatcher!"

"*The Road Through the Wall*", falei. "Da Farrar & Straus."

"Sabe", disse ela, "agora que não saio mais de casa, eu sinto que fazer essa coluna me mantém em contato com os meus vizinhos. É uma atividade social, de certa forma."

"Vai custar dois e setenta e cinco", falei. "Vai estar à venda na livraria local."

"A senhora provavelmente vai sentir a mesma coisa com a coluna das escoteiras", disse ela. "Muito obrigada, sra. Hyman. E me telefone de novo em breve."

"Eu comecei a escrever no inverno passado", falei.

"Até logo", ela disse num tom amável e desligou.

Eu guardei a coluna que foi publicada com o título Notas de North Village no jornal do dia seguinte. Várias pessoas comentaram sobre ela comigo. Estava na última das quatro páginas.

Notas de North Village

A sra. Royal Jones, da Main Street, está doente.

A srta. Mary Randall, da Waite Street, está confinada em casa, com catapora.

Uma das turmas de tapetes artesanais teve aula ontem à noite com a sra. Ruth Harris.

Hurlbut Lang, de Troy, passou o fim de semana em North Village com os pais, o sr. e a sra. R. L. Lang.

O bazar gastronômico da Igreja Batista foi adiado por tempo indeterminado em virtude das condições climáticas.

A sra. Stanley Hyman se mudou para a antiga casa do Thatcher, na Prospect Street. Ela e a família farão uma visita ao sr. e à sra. Farrarstraus da cidade de Nova York esta semana.

A sra. J. N. Arnold, de Burlington, passou o fim de semana na cidade com o sr. e a sra. Samuel Montague.

A pequena Lola Kittredge, da East Road, festejou seu aniversário de 5 anos na terça-feira. Seis amiguinhos foram até lá para lhe desejar muitos anos de vida. Foram servidos bolo e sorvete.